KNAUR

Über die Autorin:
Michelle Ross, Jahrgang 1963, arbeitete zwanzig Jahre als Angestellte, bevor sie ihren Wunsch, das Schreiben professionell zu betreiben, verwirklichte. Die Hintergründe ihrer Romane recherchiert sie auf regelmäßigen Reisen nach Großbritannien und ist dort auch als Reiseleiterin tätig. Sie lebt mit ihrer Familie im Großraum Stuttgart.
Die verlorene Zeit ist ihr erster Roman im Knaur Verlag.

Michelle Ross

Die verlorene Zeit

Roman

KNAUR

Besuchen Sie uns im Internet:
www.knaur.de

FSC
www.fsc.org
MIX
Papier aus verantwortungsvollen Quellen
FSC® C083411

Ein Unternehmen der Droemerschen Verlagsanstalt
Th. Knaur Nachf. GmbH & Co. KG, München

Redaktion: Ilse Wagner
Umschlaggestaltung: ZERO Werbeagentur, München
Umschlagabbildung: FinePic®, München
Satz: Adobe InDesign im Verlag
Druck und Bindung: CPI books GmbH, Leck
ISBN 978-3-426-51082-7

2 4 5 3 1

Prolog

Das Gefängnis von Bodmin, Cornwall, 13. März 1904

Nicht die Kälte und auch nicht die Feuchtigkeit, die in dicken Tropfen über die moosbewachsenen Wände lief, sondern das andauernde Hämmern und Sägen war das Schlimmste. Seit Stunden dauerte dies nun schon an, und die Frau, die auf einem Haufen von schmutzigem Stroh kauerte, konnte das Geräusch nicht aussperren, auch wenn sie beide Hände fest auf die Ohren presste.

Sie zitterte am ganzen Körper, denn sie wusste – dort draußen wurde alles für ihren letzten Gang vorbereitet. Es war reine Schikane des Wächters gewesen, sie ausgerechnet in diese Zelle zu bringen, aus deren glaslosem Fenster sie in den großen Gefängnishof sehen und alle Geräusche mitverfolgen konnte. Ihrem Fenster schräg gegenüber befand sich der Galgen, um den herum nun eilig die Holztribüne aufgebaut wurde. Viele Menschen würden kommen: Schaulustige, die miterleben wollten, wie sie, die Betrügerin und Mörderin, ihre gerechte Strafe erhielt. Doch nicht nur das einfache Volk würde bei Anbruch des nächsten Tages durch das mächtige Tor in den Gefängnishof drängen, sondern auch Damen und Herren der Gesellschaft.

Ob er auch kam? Ihre Augen brannten, sie hatte längst keine Tränen mehr. Zu Anfang hatte sie viel geweint, hatte geschrien und verzweifelt ihre Unschuld beteuert, dennoch war das Urteil gefällt worden. Seit sie ganz allein war, fühlte sie sich wie schon gestorben. Alles in ihr war tot, und nun wartete sie nur noch auf die Urteilsvollstreckung. In gewisser Weise verstand sie die Richter sogar, denn es gab nicht den geringsten Beweis, dass die Geschichte, die sie erzählt hatte, stimmte, nichts, was sie hätte anführen können, um die Geschworenen davon zu überzeugen, dass an ihren Händen kein Blut klebte. Sie wusste, hätte sie selbst in einem solch ungeheuerlichen Fall urteilen müssen, wäre auch sie zu dem einzig möglichen Urteil gekommen: Tod durch den Strang.

Nie zuvor in ihrem Leben hatte sie so viel Angst gehabt, obwohl ihr Leben immer von Höhen und Tiefen geprägt gewesen war. Es war jedoch nicht die Angst vor dem Tod, die sie lähmte, sondern die Angst vor dem Sterben. Würde der Henker den Knoten so anbringen, dass ihr Genick sofort brach, wenn die Luke unter ihren Füßen geöffnet wurde? Oder würde sie minutenlang wie ein nasser Sack am Strick baumeln und langsam ersticken und damit den Neugierigen ein ganz besonderes Schauspiel liefern?

Eigentlich konnte es ihr gleichgültig sein. Morgen, wenn die Sonne im Osten aufging und die zauberhafte Landschaft Cornwalls in ein unvergleichliches Licht tauchte, wäre sie schon tot.

Obwohl sie wünschte, ihn ein letztes Mal zu sehen, hoffte sie, dass er nicht zu ihrer Hinrichtung kam. In den letzten Monaten hatte er sie im Stich gelassen, sie war ihm nicht ein einziges Wort wert gewesen. Auch das konnte sie verstehen, denn sie hatte ihn zutiefst verletzt, und selbst ihr Tod würde diese Wunde nicht heilen können. Dabei hatte sie es doch nur gut gemeint. Mit allem, was sie getan hatte, hatte sie nicht ihr eigenes Wohl, sondern das anderer Menschen vor Augen gehabt.

In den letzten Stunden ihres Lebens betete sie, denn sie glaubte an Gott, wenn auch nicht an das Paradies nach dem Tod.

Dennoch befahl sie ihre Seele in die Hände einer höheren Macht. Sie glaubte nicht an Schicksal, denn alles, was geschehen war, hatte sie selbst zu verantworten.
Sie stockte im Gebet und hob lauschend den Kopf, denn sie hörte Schritte vor der Zellentür. Schnelle, schwere Schritte …
Es war also so weit, jetzt würde man sie holen, und in weniger als einer Stunde würde sie nicht mehr sein als eine Erinnerung …

Auszug aus einem Artikel des *Cornwall Observer*, 14. März 1904

Gestern Morgen bei Sonnenaufgang wurde Ellen Townsend im Gefängnis von Bodmin durch den Strick vom Leben zum Tode befördert.

Nach langer Zeit wurde wieder eine Frau im Gefängnis von Bodmin gehängt. Sie hat einen Menschen, wenn nicht sogar zwei, kaltblütig ermordet. Selbst als sich der Strang um ihren Hals legte, stand sie nicht zu ihrer Schuld, die ihr in einem wochenlangen Prozess eindeutig nachgewiesen wurde.

Die Vollstreckung des Todesurteils zog Hunderte von Menschen aus nah und fern an, obwohl öffentliche Hinrichtungen seit Jahren umstritten sind. In diesem Fall wurde das Publikum jedoch zugelassen, handelte es sich doch um eine Person des öffentlichen Lebens …

Dinah

San Francisco, USA

April 2012

1. Kapitel

Nun möchte ich Sie nicht länger mit meiner Rede langweilen, denn Sie haben bestimmt alle großen Hunger« – verhaltenes Gelächter war im Saal zu hören –, »und sage daher: Das Büfett ist eröffnet!«

Na endlich, dachte Dinah und trat von einem Fuß auf den anderen. Seit einer Stunde musste sie so tun, als höre sie dem feisten Politiker aufmerksam zu. Der Inhalt seiner salbungsvollen Rede war an Dinahs Ohren vorbeigerauscht, sie hätte nicht sagen können, worüber der Mann überhaupt gesprochen hatte. Sicher war es wieder einmal das übliche Gefasel. Politiker hörten sich selbst eben gern reden und machten dabei viele Worte, ohne wirklich etwas zu sagen.

Aus dem Augenwinkel beobachtete Dinah ihre Eltern, die am anderen Ende des Saales standen und begeistert applaudierten. Brandon Osbourne, ihr Vater, nickte beifällig, und ihre Mutter blickte mit einem strahlenden Lächeln in die Runde. Olivia Osbourne sah wie immer wunderschön aus, das musste Dinah neidlos zugeben. Obwohl Olivia vor einigen Wochen ihren fünfzigsten Geburtstag gefeiert hatte, war ihre Haut makellos wie feinstes Porzellan und ihre Figur so grazil, als hätte sie nie zwei Kinder geboren. Nun ja, dachte Dinah und runzelte die Stirn, Botox und das Skalpell eines Chirurgen beseitigen glücklicherweise die Spuren des Alterns, auch wenn Olivia Osbourne in der Öffentlichkeit niemals zugeben würde, sich solcher Mittel zu bedienen. Wie alle Damen in ihren Kreisen begründete sie ihre jugendliche Schönheit mit guten Genen, regelmäßigem Sport und einer gesunden Ernährung. Olivias Kleid, ein Traum aus dunkelroter Seide, schmiegte sich eng um ihre schmale Taille und betonte ihr ansehnliches und faltenfreies Dekolleté. Dinah sah an sich herunter. Sie trug ein schlichtes, knielanges schwarzes Cocktailkleid mit einem passenden Bolerojäckchen und fühlte sich wie verkleidet. Obwohl die Absätze ihrer Schuhe nur vier Zentimeter hoch waren – »Also, Kind, zu diesem Kleid kannst du unmöglich flache Treter tragen! Damit siehst du ja wie ein Bauerntrampel aus!«, hatte Olivia sie streng zurechtgewiesen, als Dinah die neuen Schuhe ablehnte –, taten ihr die Füße weh, und sie sehnte sich danach, dieser unendlich langweiligen Veranstaltung den Rücken kehren zu dürfen. Obwohl ihr Vater seit Tagen von nichts anderem gesprochen hatte, wusste Dinah nicht, was der Sinn und Zweck dieses Galaabends war, zu dem jeder, der in San Francisco in politischen und wirtschaftlichen Kreisen einen Namen hatte, eingeladen worden war. Na ja, sie hatte ihrem Vater auch nicht aufmerksam zugehört, als er von dem Empfang und dessen Bedeutung für ihn persönlich gesprochen hatte. Wie sie ihm eigentlich nie zuhörte, wenn er über seine Arbeit sprach. Dinah hatte viele Interessen – Politik gehörte nicht dazu. Wahrscheinlich lag es daran, dass sie ihr ganzes Leben darauf getrimmt worden war, in der Öffentlichkeit zu repräsentieren, da Brandon erst in der Mitte der Erfolgsleiter stand, die er ganz zu erklimmen hoffte.

»Na, Schwesterchen, amüsierst du dich gut?« Ein Finger bohrte sich in ihre Rippen, und ein junger, attraktiver Mann grinste frech.

»Amüsieren? Bei dieser Trauergemeinde? Da war ja auf der Beerdigung von Großtante May mehr Action.«

Kevin Osbourne, Dinahs vier Jahre jüngerer Bruder, der in seinem maßgeschneiderten Smoking perfekt in das Bild der anwesenden Gesellschaft passte, grinste und zwinkerte ihr zu. »Warte ab, bis die ersten Gläser Champagner gekippt werden, dann wird's ganz schnell locker. Apropos Champagner – soll ich dir was zu trinken holen?«

»Nein danke«, lehnte Dinah ab. »Du weißt, ich mach mir nichts aus dem Blubberwasser der Reichen.« Ebenso wenig wie aus Austern, Kaviar, Lachs und Trüffeln, die in verschwenderischer Fülle auf dem meterlangen Büfett angerichtet waren, vor dem sich jetzt der Großteil der rund zweihundert Gäste drängte.

»Ma und Dad sind froh, dass du mitgekommen bist«, sagte Kevin. »Und auch, dass du dich wie eine wohlerzogene Tochter verhältst.« Die letzten Worte hatte er mit einem Augenzwinkern gesagt, was Dinah unwillkürlich ein Lächeln auf die Lippen zauberte. Obwohl Kevin in die Fußstapfen seines Vaters trat, liebte sie ihren Bruder sehr.

»Hatte ich eine andere Wahl? Dad nahm mir den Autoschlüssel weg und meinte, ich würde ihn erst wiederbekommen, wenn ich mich ebenfalls auf diesem großkotzigen Empfang sehen lasse. Weißt du, wie ich das nenne: Erpressung! Schlichtweg fiese Erpressung.«

»Dinah, bitte, deine Ausdrucksweise!« Kevin runzelte die Stirn. »Noch zwei, drei Stunden, dann hast du es überstanden. Übrigens – vorhin traf ich Franklin auf der anderen Seite des Saals. Er hat nach dir gefragt und wird sicher gleich herüberkommen.«

»Sag ihm, ich hab die Masern oder sonst eine ansteckende Krankheit«, erwiderte Dinah, aber es war schon zu spät.

Einen Teller in der einen Hand balancierend, in der anderen zwei Gläser Champagner, näherte sich ein hochgewachsener, hagerer Mann, und Kevin machte, dass er in der Menge verschwand. Dinah war nicht schnell genug, was ohnehin nichts genützt hätte, denn unter zweihundert Gästen hätte Franklin sie auf jeden Fall gefunden.

»Dinah, mein Liebes, ich habe dich schon gesucht.«
Dinah hasste es, wenn Franklin sie so ansprach. Sie war keines Menschen *Liebes* und wollte das auch gar nicht sein. Am wenigsten für Franklin Brewster, der mit sechsundzwanzig Jahren zwar nur zwei Jahre älter war als sie, aber schon Sozius in einer der größten Anwaltskanzleien der Stadt und für Dinahs Eltern der perfekte Schwiegersohn.
»Franklin Brewster stellt alles dar, was sich eine Frau von ihrem Ehemann wünschen kann.« Olivias Worte klangen in Dinahs Ohren wider. »Er stammt aus gutem und vermögendem Haus, verfügt über einen tadellosen Ruf, ist äußerst tüchtig und sieht dazu noch blendend aus. Ich verstehe wirklich nicht, warum du immer wieder ablehnst, mit ihm auszugehen. Irgendwann wird er sich nicht mehr um dich bemühen und sich einer anderen Frau zuwenden.«
Genau darauf hoffte Dinah seit Monaten, bisher leider ohne Erfolg. Auch jetzt sah er sie mit diesem Blick an, der Dinah an einen kranken Hund erinnerte.
»Ich wusste, du hast noch nichts zu trinken«, sagte Franklin und drückte ihr eines der beiden Champagnergläser in die Hand. »Soll ich dir auch etwas zu essen holen? Es gibt nur das Beste vom Besten, ich empfehle dir den Hummer in der Zitronenmayonnaise und dann noch …«
»Danke, ich habe keinen Hunger«, unterbrach Dinah ihn und stellte ihr Glas, ohne einen Schluck getrunken zu haben, auf einen Tisch.
»Du solltest aber etwas essen, so dünn, wie du bist.« Franklin musterte sie von oben bis unten. »Wobei das nicht heißen soll, dass ich dich nicht bezaubernd finde. Das Kleid steht dir außerordentlich gut, ein wenig mehr weibliche Formen würden dich aber noch hübscher machen. Du solltest öfter Kleider tragen, denn in den alten Jeans und T-Shirts siehst du aus wie

das Kind armer Leute. Nicht, dass ich etwas gegen Jeans hätte« – er lächelte verständnisvoll –, »aber durch unsere Kleidung heben wir uns doch vom allgemeinen Pöbel ab.«
Am liebsten hätte Dinah die Hände auf die Ohren gepresst und ganz laut geschrien. Seit über einer Stunde versuchte sie, zumindest ein wenig so zu sein, wie die Eltern es von ihr erwarteten. Sie hatte keine andere Wahl gehabt, denn am Wochenende wollte sie mit ein paar Freunden zu einem Rockkonzert drüben am Muir Beach. Da sie sich nichts aus Alkohol machte, hatte sie versprochen zu fahren, dazu benötigte sie jedoch ihren Wagen. Dinah kannte ihren Vater gut genug, um zu wissen, dass er seine Drohung wahr machen und ihr die Autoschlüssel erst in vier Wochen wiedergeben würde, wenn sie heute Abend nicht die wohlerzogene Tochter eines aufstrebenden Politikers mimte. Brandon Osbourne meinte immer alles ernst, was mit seiner Arbeit und dem Ansehen der Familie zu tun hatte.
»Ich habe Karten für die Oper. Du begleitest mich doch, oder?« Franklins Frage riss Dinah aus ihren Gedanken. »Es wird Aida gegeben, und die Vorstellung am Samstagabend ist seit Wochen ausverkauft. Dank meiner Beziehungen ist es mir gelungen, noch zwei Karten zu bekommen. Ich hole dich gegen sieben Uhr ab.«
Unwillig kräuselte Dinah die Nase, was sie immer dann machte, wenn ihr etwas gehörig gegen den Strich ging und sie kurz vor einem Wutausbruch stand. Sie wusste allerdings nicht, dass sie dabei ganz entzückend aussah, denn ihre Nase war klein und wohlgeformt, gleichzeitig funkelten ihre veilchenblauen Augen, so dass sie beinahe schwarz wirkten, und Franklin sah sie schmachtend an.
»Danke, das ist sehr freundlich von dir, aber am Samstag habe ich leider schon eine andere Verabredung«, entgegnete Dinah

mühsam beherrscht und befürchtete, dass sie an ihren Mundwinkeln von dem künstlichen Dauerlächeln bald einen Krampf bekommen würde.

»Dann sag sie ab.« Franklin Brewster war kein Mann, der ein Nein akzeptierte, sondern meistens seinen Willen durchsetzte, sonst wäre er auf der Karriereleiter nicht schon so weit oben angelangt. Hierin war er fast das Ebenbild von Dinahs Vater. »Es bleibt dabei – sieben Uhr. Und zieh dieses Kleid an, es passt gut zu dem Ambiente der Oper.«

»Franklin, du scheinst mich nicht verstanden zu haben.« Dinah hob die Stimme, in ihr brodelte es wie in einem Vulkan kurz vor dem Ausbruch. Es war ihr gleichgültig, dass sich einige Gäste erstaunt umdrehten. »Ich werde nicht mit dir in die Oper gehen, da ich am Samstag etwas anderes vorhabe, das ich wegen eines solchen Singsangs, von dem ich zudem kein Wort verstehe, sicher nicht absagen werde. Du findest bestimmt eine andere Begleitung, die die Aufführung mehr zu schätzen weiß als ich.«

Lediglich das Zucken eines Augenlides verriet Franklins Ärger. Selbstbeherrschung war eines seiner obersten Gebote – niemals und nirgends die Kontrolle über sich selbst verlieren. Seine Stimme wurde jedoch unangenehm leise, als er antwortete: »Deine Eltern würden es sehr begrüßen, wenn wir beide mehr Zeit miteinander verbrächten. Für deinen Vater wäre es sehr von Nutzen, denn mein Dad könnte einiges für ihn tun, wie du weißt.«

»Hast du eine Ahnung, wie egal mir das ist?« Dinah nahm nun keine Rücksicht mehr auf die Gäste, ihr platzte endgültig der Kragen. »Es geht mir völlig am Arsch vorbei, ob dein Vater den meinen protegiert oder sonst was für ihn tut. Ich habe mit dem Scheißjob meines Alten nichts zu tun, ebenso wenig wie ich etwas mit dir zu tun haben will. Franklin Brewster, du

bist einfach nicht mein Typ! Allein bei der Vorstellung, dich zu küssen, muss ich fast kotzen. Hast du das jetzt kapiert?«
Erst als Dinah geendet hatte, bemerkte sie, wie ruhig es im Saal geworden war. Rund zweihundert Augenpaare waren auf sie gerichtet. Vereinzelt hörte sie entsetztes Keuchen, aber auch verhaltenes Kichern. Mit hochrotem Kopf und einem derart zornigen Blick, wie Dinah ihren Vater nie zuvor gesehen hatte, stürmte Brandon auf sie zu, packte sie grob am Arm und zerrte sie auf dem kürzesten Weg aus dem Saal.
»Das wirst du bereuen!«, zischte er und winkte Kevin herbei. »Dein Bruder wird dich sofort nach Hause bringen. Dort wirst du in deinem Zimmer bleiben und es erst wieder verlassen, wenn ich es dir erlaube.« Er senkte seine Stimme und raunte ihr ins Ohr: »Und das wird lange dauern, das verspreche ich dir.«
»Ich bin erwachsen, du kannst nicht …«, versuchte Dinah sich zu wehren, die Finger ihres Vaters lagen jedoch wie Stahlklammern um ihren Arm.
»Dann benimm dich auch so. Und jetzt verschwinde. Geh mir aus den Augen, bevor ich mich vergesse.«
Dinah wusste, wann es besser war, zu schweigen, denn jedes weitere Wort würde die Wut ihres Vaters noch mehr schüren. Sie war vierundzwanzig Jahre alt, und ihr Vater hatte kein Recht, so mit ihr zu sprechen oder sie gar einzusperren! Zwar hatte Dinah keine Angst vor ihm, denn – obwohl er ein ausgesprochener Despot war, der das Leben seiner Familie bestimmte – er würde niemals handgreiflich werden. Die psychischen Repressalien waren aber oft schlimmer als physische, und nicht zum ersten Mal beschloss Dinah, ihr Elternhaus einfach zu verlassen und endlich ein eigenständiges Leben zu führen.
Schweigend, die Arme abwehrend vor der Brust verschränkt,

saß sie wenige Minuten später neben Kevin im Fond eines Taxis. Ihr Bruder hatte ebenfalls keine Lust auf ein Gespräch, und sein Gesicht drückte deutliche Missbilligung über Dinahs Verhalten aus. Obwohl sich die Geschwister gut verstanden und es nie mehr als die üblichen Streitereien zwischen Bruder und Schwester gegeben hatte, entwickelte sich Kevin immer mehr zum Abbild seines Vaters. Wie Brandon studierte auch Kevin in Harvard und bekam nur die besten Noten und eine Auszeichnung nach der anderen. Jetzt in den Semesterferien hatte Dinah sich auf die gemeinsame Zeit mit ihrem Bruder gefreut, da sie sich seit zwei Jahren nur noch selten sahen. Im Augenblick jedoch wünschte sie Kevin ganz weit weg – am besten auf den Mond, denn sie zweifelte nicht daran, dass er sie in ihr Zimmer bringen und die Tür hinter ihr verschließen würde. Eingesperrt wie ein Teenager! Durfte ihr Vater das überhaupt? War das nicht Freiheitsberaubung, da Dinah volljährig war? Franklin Brewster hätte ihr bestimmt eine erschöpfende Antwort mit Nennung der entsprechenden Paragraphen geben können. Natürlich nicht, ohne sie darauf hinzuweisen, dass sie es sich schließlich selbst zuzuschreiben hatte und er der Meinung war, Kinder sollten stets ihren Eltern gehorchen – gleichgültig, in welchem Alter.

Zu Hause angekommen, wehrte Dinah sich nicht, als Kevin sie kurz angebunden bat, in ihr Zimmer zu gehen. Sie durfte noch eine Flasche Wasser, einen Joghurt und zwei Äpfel mitnehmen, dann drehte sich der Schlüssel im Schloss. Durch die Tür hörte Dinah seine Stimme.

»Es tut mir leid, aber dein Auftritt eben war wirklich unterirdisch. Du bist selbst schuld.«

Dinah riss sich das Abendkleid vom Körper, kickte es, zusammen mit den unbequemen Schuhen, in eine Ecke und schlüpfte in Jeans und einen leichten Baumwollpullover. Eine

Flucht aus dem Fenster entfiel, denn ihr Zimmer lag im Dachgeschoss, und sie würde sich bei einem Sprung alle Knochen brechen. Im Schneidersitz setzte sie sich aufs Bett, aß den Joghurt und einen Apfel – Streit machte sie immer hungrig – und zappte lustlos durch das Fernsehprogramm, ohne sich für irgendetwas zu interessieren. Dann nahm sie ihr Handy, surfte im Internet und schrieb ein paar nichtssagende Postings auf diversen Plattformen. Eine richtige Freundin, die sie jetzt anrufen, ihr das Herz ausschütten konnte und die sie trösten würde, hatte sie nicht. Bekannte, ja, davon gab es viele. Mit ihnen konnte Dinah prima Party machen und abfeiern, doch keiner würde es wagen, sich auf die Seite von Dinah Osbourne, der Tochter des einflussreichsten Politikers der Stadt, zu schlagen oder ihr Unterschlupf zu gewähren, wenn sie ihr Elternhaus verließ. Erschwerend kam hinzu, dass Dinah niemandem vertraute. Ihre Eltern hatten sie gelehrt, dass fast jeder Mensch auf seinen eigenen Vorteil bedacht und bestechlich war. Als sie noch ein Kind gewesen war, so mit zehn, zwölf Jahren, hatte sie eine beste Freundin gehabt, Katy, und sie waren unzertrennlich gewesen und hatten alles geteilt – Klamotten, Bücher und das erste Make-up. Aber schon damals waren ihre Eltern mit der Freundschaft nicht einverstanden gewesen, denn Katy war die Tochter eines einfachen Büroangestellten, während Brandon Osbourne am Beginn einer vielversprechenden politischen Karriere stand und sich nur mit Menschen umgab, die ihm auf diesem Weg nützlich waren. Das erwartete er auch von seinen Kindern. Als die beiden Mädchen vierzehn Jahre alt waren und Katy ihren ersten Freund hatte, erledigte sich die Freundschaft recht schnell, denn Katy verbrachte von nun an ihre Zeit lieber mit dem pickligen Jungen als mit Dinah. Der Kontakt brach bald vollständig ab, und ein Jahr später erfuhr Dinah, dass Katy und ihre Familie nach Minnesota gezogen waren. Den Grund des Umzugs brachte sie nie in Erfahrung, ebenso wenig eine Adresse oder Telefonnummer, um mit der einstigen Freundin wieder Kontakt aufnehmen zu können. Später, auf der Highschool, fand Dinah schnell einen großen Bekanntenkreis. Mit ihren Mitschülern zog sie fast jeden Abend los, feierte in Diskotheken und in Privathäusern, was nicht ohne Folgen für ihre schulischen Leistungen blieb. Den Abschluss schaffte sie gerade so mit Ach und Krach. Danach verlangte Brandon, sie solle Jura studieren.

»Für einen Politiker ist ein abgeschlossenes Jurastudium die beste Voraussetzung«, hatte er gesagt und Dinahs Einwand, sie wolle unter keinen Umständen Politikerin werden, mit einer Handbewegung abgetan. Schließlich hatte sie sich gefügt, denn tief in ihrem Inneren sehnte sie sich nach der Anerkennung ihres Vaters, auch wenn sie sich das nur selten eingestand.

Zwei Semester hielt Dinah durch, ließ sich allerdings nur selten an der Universität blicken und versäumte wichtige Klausuren, was schließlich zu ihrer Exmatrikulation führte. Nach einem eindringlichen Gespräch mit den Eltern gaben diese nach und erlaubten ihrer Tochter das Studium der Kunstgeschichte, denn damals dachte Dinah, dieses Fach würde sie interessieren. Die ersten Monate ging sie regelmäßig zur Uni und lernte auch zu Hause intensiv, dann geriet sie wieder in eine Clique, mit der sie erneut um die Häuser zog. Partys, Rockkonzerte, Demonstrationen gegen alles und jedes – Hauptsache, es wurde demonstriert – waren mehr Dinahs Welt als die nüchterne Kühle der Hörsäle. Als sie bei einer Demo gegen den Abriss eines alten Gebäudekomplexes zugunsten eines modernen Einkaufszentrums mit der Polizei aneinandergeriet und einen Beamten mit einem Stein verletzte, wurde sie verhaftet. Drei Tage ließ Brandon Osbourne seine Tochter in einer Sammelzelle schmoren, in der sie mit Prostituierten und Diebinnen zusammengepfercht war, bevor er sie nach Hause holte. Zwar wurde die Anklage fallengelassen, was sicher dem Einfluss Brandons zuzuschreiben war, das Studium konnte Dinah nach dieser Aktion aber vergessen, und ihre Eltern ließen keinen Zweifel daran, wie enttäuscht sie von ihr waren.

»Was haben wir nur falsch gemacht?«, jammerte Olivia. »Wir haben doch immer alles für das Kind getan.«

»Wir waren zu nachgiebig«, bemerkte Brandon und seufzte abgrundtief. »Jetzt werden andere Saiten aufgezogen. Solange du, Dinah, unter meinem Dach und von meinem Geld lebst, wirst du dich fügen und tun, was von dir verlangt wird. Natürlich steht es dir frei, zu gehen, ich frage mich nur, wovon du dich ernähren willst. Du kannst nichts, du hast nichts, und – glaube mir – das Leben da draußen ist kein Zuckerschlecken. Da kommen nur die durch, die wissen, wo's langgeht.« Und dazu gehörst du sicherlich nicht, besagte sein verächtlicher Blick.

Dinah ballte die Hände zu Fäusten und knirschte mit den Zähnen. Sie wusste, sie hätte sich schon längst aus dieser autoritären Enge befreien sollen. In einem Punkt hatte ihr Vater aber recht: Sie hatte keinen blassen Schimmer, wovon sie ihren Lebensunterhalt bestreiten sollte. Im letzten Winter hatte sie für ein paar Wochen gekellnert. Da sie keine Ausbildung hatte, wollte man sie in den feinen Restaurants der Stadt nicht einstellen, und in den Bars und Kneipen waren ihr die ständigen Belästigungen der Männer schnell auf die Nerven gegangen. Einen Job als Kassiererin in einem Supermarkt verlor sie schon nach einer Woche, da sie zweimal zu spät gekommen war. Sie schlief morgens eben gern lange und wurde erst gegen

Mittag richtig wach. Daher beschloss sie, nichts mehr zu machen, was ihrem Tagesrhythmus zuwiderlief. Dinah sah ein, dass sie verwöhnt war, aber an ein finanziell sorgenfreies Leben gewöhnte man sich eben schnell. Irgendwie wollte sie auf das alles auch nicht verzichten – das alte, große Haus in einer der besten Wohngegenden von San Francisco, mit sechzehn Jahren den Führerschein und einen eigenen Wagen, stets gesundes und gutes Essen auf dem Tisch, und zum Shoppen stand ihr eine eigene Kreditkarte zur Verfügung. Bewusst entzog Brandon ihr nicht diese Privilegien, denn er kannte seine Tochter so gut, dass er wusste, wie schwer es Dinah fallen würde, dies alles aufzugeben. Stattdessen hoffte er, sie weichzukochen. Manche von Dinahs Bekannten träumten von einer Karriere als Model, Sängerin oder Schauspielerin. Immerhin war Los Angeles, und damit Hollywood, nicht weit. Obwohl Dinah mit ihrer zarten Figur, den veilchenblauen Augen und dem schwarzen, lockigen Haar sehr hübsch war – mit knapp einem Meter siebzig Körpergröße war sie als Model zu klein. Eine schöne Stimme oder gar das Talent zur Schauspielerei waren ihr ebenfalls nicht in die Wiege gelegt worden. Manchmal dachte sie, es wäre schön, mit Tieren zu arbeiten, wobei sie in der Natur sein könnte, ihr fehlte jedoch die Antriebskraft, diesbezüglich Erkundigungen einzuholen. So fügte sich Dinah, begleitete, wenn es sich nicht vermeiden ließ, die Eltern zu politischen Versammlungen oder langweiligen Partys und versuchte, in der Öffentlichkeit nicht mehr als nötig aufzufallen. Seit einem halben Jahr jedoch versuchten die Eltern, sie mit Franklin Brewster zu verkuppeln, und alle Bemühungen, diesem unsäglich arroganten und von sich selbst überzeugten Menschen die Lust zu vergällen, sich mit ihr zu treffen, waren bisher gescheitert.

Unwillkürlich musste Dinah grinsen, als sie an den Eklat

dachte, den sie an diesem Abend ausgelöst hatte. Auch wenn es für sie Folgen haben würde, hatte Franklin nun wenigstens endgültig kapiert, dass aus ihnen niemals ein Paar werden würde. Einmal, vor etwa vier Monaten, hatte Dinah sich von ihm küssen lassen. Damals hatte sie sich sehr einsam gefühlt, und Franklin war eben da gewesen. Noch heute dachte sie schaudernd an diesen feuchten Kuss zurück. Franklin hatte die Situation sofort falsch verstanden, ihr an die Brust gefasst und versucht, ihren Rock hochzuschieben. Nun hatte Dinah durchaus ihre Erfahrungen mit Männern, aber so wenig erregt wie bei Franklin war sie nie zuvor gewesen. Er hatte es akzeptiert und gemeint, dass eine Frau, die es nicht gleich mit jedem trieb, für seine Position ohnehin passender wäre, und er würde warten, bis sie für den nächsten Schritt bereit wäre.

»Da kannst du warten, bis du schwarz wirst«, sagte Dinah laut und öffnete das Fenster, da sie das Bedürfnis nach frischer Luft hatte.

Die Nacht war mild, und Dinah blickte über das Lichtermeer der Stadt, die niemals zu schlafen schien. Sie liebte San Francisco, liebte die geraden, steilen Straßen und die zahlreichen Parks. Das Haus der Osbournes lag in einem der begehrtesten und damit auch teuersten Stadtteil – dem Alamo Square im Westen. Drei Straßenzüge weiter unten zog sich die *Painted Ladies* entlang, viktorianische Häuser, von denen einige bunt gestrichen waren und damit zu den beliebtesten Fotomotiven der Touristen zählten. Ihr Haus stammte zwar nicht aus viktorianischer Zeit, war aber auch schon über hundert Jahre alt. Dinahs Ururgroßvater hatte es 1906 nach dem großen Erdbeben, das San Francisco damals beinahe vollständig zerstört hatte, erbaut, und seitdem lebte die Familie hier. Natürlich waren immer wieder Renovierungen und Modernisierungen

vorgenommen worden, der ursprüngliche Stil des Hauses war jedoch erhalten geblieben. Obwohl Olivia oft über die vielen Ecken und Winkel murrte, fand es Dinah viel gemütlicher als die modernen Villen aus Stahl und Glas. Dinah, die sonst fast alles, was ihre Familie betraf, als altmodisch und spießig betrachtete, hing an dem alten Haus. Bei dem Gedanken, dass sie bereits die fünfte Generation war, die in diesem Haus lebte, wurde es ihr jedes Mal ganz warm. An ihre Großeltern hatte sie noch gute Erinnerungen, sie waren erst gestorben, als Dinah schon ein Teenager war, deren Eltern aber hatte sie natürlich nicht kennengelernt. Das Haus verfügte über einen geräumigen, mit altem Gerümpel vollgestellten Dachboden, auf dem Dinah und Kevin als Kinder stundenlang gespielt hatten. Seit über einhundert Jahren waren hier Sachen aufbewahrt, die einst für jemanden eine Bedeutung gehabt hatten. Früher hatte Dinah sich oft überlegt, wessen Beine sich wohl auf dem gepolsterten und bestickten Fußschemel ausgeruht hatten oder wer den kreisrunden Strohhut zu welchem Anlass getragen hatte. Bei dem wuchtigen, wurmstichigen Kleiderschrank hatte sie sich gefragt, wie der wohl auf den Dachboden gelangt war, denn dazu waren auf jeden Fall mehrere starke Männer erforderlich gewesen. In dem Schrank hingen noch altmodische, zum Teil mottenzerfressene Kleider, in die Dinah geschlüpft war und sich wie eine Lady gefühlt hatte. Sie hatte sich dann vorgestellt, eine wunderschöne Dame zu Beginn des 20. Jahrhunderts zu sein, die von gutaussehenden Gentlemen hofiert und umschwärmt wurde.
Sie seufzte. Nichts als sentimentale Kinderträume, die mit der Realität wenig gemein hatten. In dem Haus waren die Menschen gekommen und gegangen – so wie auch sie eines Tages gehen würde, ohne Spuren zu hinterlassen. Darum war es lange her, seit Dinah zum letzten Mal auf dem Dachboden gewe-

sen war. Sie schaute in den klaren Nachthimmel, und genau in diesem Moment entdeckte sie eine Sternschnuppe.
»Ich wünsche mir, dass irgendetwas geschieht, damit ich weiß, was ich mit meinem Leben anfangen soll«, sagte sie laut, denn es war ja niemand da, der ihren Wunsch hören konnte.

Die nächsten Tage vergingen in eisigem Schweigen zwischen Dinah und ihren Eltern. Sie musste in ihrem Zimmer bleiben, einzig Kevin leistete ihr ab und zu Gesellschaft, wenn er ihr das Essen brachte.
»Ma ist stinksauer.« Kevin lümmelte in einem Sessel. Er trug eine ausgefranste Jeans und ein bedrucktes T-Shirt und sah beileibe nicht wie ein Harvard-Student aus. »Mrs. Goodwin, die Vorsitzende des Komitees zur Unterstützung und Hilfe schwangerer Teenager, hat Ma nämlich von der nächsten Versammlung ausgeladen und gemeint, ihre Mitarbeit wäre nicht mehr nötig.« Kevin grinste schief. »Ma meint, das läge natürlich nur an deinem Auftritt, da die Goodwins auch auf der Party waren.«
»Ist mir doch egal.« Trotzig verschränkte Dinah die Arme vor der Brust. »Unsere Mutter engagiert sich in den vielen Komitees ohnehin nicht, weil ihr die Arbeit Spaß macht oder sie gar etwas für die Menschheit tun will, sondern nur, damit sie ständig in der Zeitung steht und all die wichtigen Frauen von noch wichtigeren Männern trifft.«
»Mag sein.« Kevin nickte zögerlich. »Dad will eben ganz nach oben, und kein Politiker schafft das ohne die Hilfe seiner Familie. Denkst du, Obama wäre Präsident geworden, wenn seine Frau ihm nicht den Rücken gestärkt hätte?«
»Zwischen Rücken stärken und die eigene Tochter unterdrücken und wie eine Verbrecherin einsperren ist immer noch ein Unterschied.« Dinahs Wangen färbten sich rot. »Wenn Dad

jedoch denkt, ich würde Franklin heiraten, dann hat er sich geschnitten! Bevor das geschieht, schlafe ich lieber unter einer Brücke und sammle mein Essen aus Mülltonnen.«

Nachsichtig schüttelte Kevin den Kopf.

»Das sagst du nur, weil du keinen blassen Schimmer hast, wie das Leben auf der Straße ist. Selbst in einem kleinen Apartment, wo es keinen Geschirrspüler oder eine Waschmaschine gibt, würdest du untergehen. Du kannst ja nicht einmal kochen, und wie du Geld verdienen willst – davon wollen wir gar nicht reden.«

Kevin hatte gesprochen, als wäre er der Ältere, und Dinah fühlte sich wieder einmal als die Dumme, die von nichts eine Ahnung hatte.

»Aber du weißt das, du Klugscheißer?«, giftete sie. »Ist klar, dass du zu Dad hältst, warst ja immer sein Liebling und ich nur das schwarze Schaf. Ich glaube, Ma und Dad wäre es am liebsten, wenn ich gar nicht erst geboren worden wäre.«

»Jetzt bist du aber ungerecht …«

»Lass mich allein!«

Dinah drehte ihrem Bruder den Rücken zu. Er sollte nicht sehen, wie verletzt sie war. Fest presste sie die Zähne aufeinander, konnte die Tränen aber nicht zurückhalten. Sie hasste sich für ihre Unentschlossenheit und ihre Feigheit, sich auf eigene Füße zu stellen. Auch wenn es nicht Franklin Brewster sein würde – Dinah sah sich schon als Ehefrau eines Politikers, deren einzige Aufgabe es war, gut auszusehen, Gäste zu empfangen und zu repräsentieren. Das konnte doch nicht alles sein, was sie von ihrem Leben zu erwarten hatte!

2. Kapitel

Das Einzige, was dein Vater möchte, ist ein wenig Kooperation deinerseits.« Mit einem Seufzer strich Olivia Osbourne eine Haarsträhne aus der faltenfreien Stirn. Unwillkürlich dachte Dinah, dass die Fingernägel ihrer Mutter zwar perfekt manikürt waren, der grelle pinkfarbene Lack aber so gar nicht zu ihrem Alter passte.

»Kooperation?« Sie stieß einen verächtlichen Laut aus. »Welch großspuriges Wort für etwas, das ich ganz einfach als Verschachern ausdrücken würde.« Sie sprach schnell weiter, um ihre Mutter nicht zu Wort kommen zu lassen. »Ma, wir leben im einundzwanzigsten Jahrhundert, und zwar in den Vereinigten Staaten von Amerika, dem fortschrittlichsten Land der Welt. Die Sklavenhaltung ist lange abgeschafft, ebenso, dass Kinder zwangsverheiratet werden.«

»Das will doch niemand …«, wandte Olivia kopfschüttelnd ein.

Dinah lachte bitter auf.

»Nun, ihr könnt mich zwar nicht zwingen, Franklin zu heiraten, die Repressalien, die Dad sich aber ausdenkt, weil ich mich weigere, mit diesem Stinkstiefel auch nur auszugehen, sprechen eine deutliche Sprache.«

»Also, wirklich, Dinah!« Empört runzelte Olivia die Stirn. »Deine Wortwahl ist auch eine Sache, über die ich entsetzt bin. Haben wir dich etwa wie ein Mädchen aus der Gosse erzogen? Haben wir nicht immer dafür gesorgt, dass es dir an nichts fehlt, und dir alle Wünsche erfüllt?«

Und so dankst du es uns, vollendete Dinah den Satz. Bei aller Auflehnung ihren Eltern gegenüber musste sie einräumen, dass ihre Mutter nicht unrecht hatte. Ihre Kindheit und Jugend waren wirklich schön gewesen, und Geld war nie ein Thema. Früher hatte Dinah die finanzielle Unabhängigkeit nicht zu schätzen gewusst. Erst seit einigen Jahren war ihr bewusst, dass die Familie eines Politikers nach anderen Regeln lebte als die Nachbarn von nebenan, die eine Autohauskette besaßen. Nicht nur Brandon, sondern die ganze Familie waren Personen des öffentlichen Lebens, und alles, was sie taten, wurde von den Medien kritisch beäugt.

Dinah gab sich einen Ruck.

»Also gut, ich komme heute Abend mit, werde keinen Mucks sagen und immer nett lächeln.«

Der Anflug eines Lächelns erschien auf Olivias Gesicht, wobei Dinah sich nicht sicher war, ob ihre Mutter nicht stärker lächeln wollte oder nicht *konnte,* da die meisten ihrer Gesichtsnerven zugunsten der jugendlichen Schönheit gelähmt waren. Sie konnte sich nicht erinnern, wann sie Olivia zum letzten Mal herzlich hatte lachen hören.

»Der heutige Abend ist für deinen Vater sehr wichtig.« Olivias Stimme nahm einen geheimnisvollen Tonfall an. »Wenn alles klappt, wirst du eine große Überraschung erleben.« Sie stand auf und ging zur Tür. Die Hand bereits auf dem Knauf, drehte sie sich noch mal zu Dinah um. »Zieh bitte das schwarze Kleid an, ich werde dir dann später das Haar aufstecken. Und bevor du heute Abend wieder einen deiner Ausraster bekommst, sage ich dir am besten gleich, dass Richard Brewster und sein Sohn auch unter den Gästen sein werden. Bemühe dich, einigermaßen freundlich zu Franklin zu sein. Das kann doch nicht so schwierig sein.«

Dinah presste die Lippen zusammen und beherrschte sich, um ihre Mutter nicht wieder zu reizen. Sie bezweifelte, dass Franklin ihr auch nur einen Blick schenken, geschweige denn

das Wort an sie richten würde. Mit ihrem Verhalten hatte sie sein männliches Ego, das bei einem Mann wie Franklin besonders stark ausgeprägt war, empfindlich verletzt und ihn außerdem vor den wichtigsten Persönlichkeiten der Stadt bloßgestellt. Heute, zwei Wochen später, tat es ihr sogar ein wenig leid, auch wenn sie nicht vorhatte, sich bei Franklin zu entschuldigen, wie ihr Vater es von ihr verlangte.
Dinah ging in das angrenzende kleine Badezimmer, drehte den Hahn auf und träufelte eine wohlriechende Essenz in das Wasser. Während eines Bades konnte sie sich am besten entspannen und darauf vorbereiten, mal wieder für ein paar Stunden die brave und wohlerzogene Tochter zu spielen.

Es war nur ein kleiner Empfang mit rund drei Dutzend Gästen, zu dem Senator Gordon in seinen exklusiven Bungalow am Rande der Stadt eingeladen hatte. Erleichtert stellte Dinah fest, dass sie zwischen ihrer Mutter und Kevin saß, während Franklin Brewster am anderen Ende des Tisches Platz nahm. Nach einer kurzen, höflichen Begrüßung mit einem schlappen Händedruck, bei dem Franklin an Dinah vorbeigesehen hatte, behandelte er sie wie Luft. Während des Essens – einem fünfgängigen Menü, für dessen Zubereitung Mrs. Gordon extra einen französischen Koch engagiert hatte – beteiligte sich Dinah an keinem Gespräch. Die Männer fachsimpelten über die allgemeine politische Weltlage, die Wirtschaftskrise und das Bauvorhaben eines Elektronikgiganten, für das fast ein ganzer Stadtteil der Abrissbirne zum Opfer fallen würde. Von den Frauen wurde nicht erwartet, dass sie sich an diesen Unterhaltungen beteiligten. Als nach dem Dessert sich Mrs. Gordon erhob und die Damen ins angrenzende Zimmer zu Kaffee und Gebäck bat, fühlte Dinah sich um mindestens hundert Jahre in der Zeit zurückversetzt. Sie hatte zahlreiche historische Romane gelesen und ebensolche Filme gesehen, daher wusste sie, dass früher nach dem Dinner die Männer unter sich blieben, während sich die Frauen zurückzogen. Diesbezüglich hatte sich trotz aller Gleichberechtigung nicht viel geändert. Dinah war heute Abend jedoch in einer guten Stimmung, so dass sie sich nicht ärgerte, sondern es eher belustigend fand. In einer oder zwei Stunden würden sie wieder nach Hause fahren und ihre Pflicht und Schuldigkeit getan haben. Nun konnte Dad ihr die Autoschlüssel nicht länger verweigern, außerdem hatte sie für kommendes Wochenende ein Barbecue mit ihren Bekannten geplant. Eine Party, bei der es leger zugehen würde: Steaks und Würstchen vom Grill, große Schüsseln Salat, Cola und Bier aus der Dose, statt Cocktailkleid und High Heels Jeans und Turnschuhe. Sie würden Musik von Nirvana und AC/DC hören und die Nacht über abhängen. Vielleicht käme auch der große, blonde Typ, mit dem Dinah vor ein paar Wochen ein wenig geflirtet hatte, wieder? Er war ein Mann, den Dinah nicht unbedingt von der Bettkante schubsen würde, wenn …

»Träumst du?« Olivia Osbourne stupste ihre Tochter an. »Mrs. Gordon hat dich schon zweimal etwas gefragt.«

»Oh, ich bitte um Verzeihung.« Dinah setzte ein strahlendes Lächeln auf und sah die Frau des Senators entschuldigend an. »Das Essen war derart deliziös, dass ich mich gerade fragte, ob mir Ihr vorzüglicher Koch wohl das Rezept der Fleischsoße verraten würde.«

Dinah hörte ihre Mutter scharf die Luft einziehen, denn mit Kochen hatte Dinah ebenso wenig am Hut wie mit solch geschwollenen Reden. Dinah hatte jedoch beschlossen, sich heute nur von ihrer allerbesten Seite zu zeigen, auch wenn sie dabei ziemlich dick auftragen musste, aber sie schien Erfolg zu haben, denn Mrs. Gordon nickte sichtlich zufrieden.

»Aber sicher, meine Liebe, das macht er bestimmt. Es ist schön, wenn junge Frauen noch selbst in der Küche stehen und sich nicht nur von Fastfood ernähren.«
Dinah stimmte ihr zu, wobei sie für einen doppelten Cheeseburger mit extra viel Käse und Ketchup jedes Bœuf Stroganoff stehenlassen würde. Glücklicherweise verlor sich Mrs. Gordon nun nicht in Kochrezepte, sondern sagte:
»Was macht Ihr Studium, Miss Dinah? Kunstgeschichte, nicht wahr?«
»Oh, das Studium habe ich beendet«, erwiderte Dinah. »Da ich vorhabe, meinem künftigen Gatten eine gute Hausfrau zu sein und ihn bei seinen politischen Ambitionen zu unterstützen, erschien mir eine Berufsausbildung unwichtig.« Beifallheischend schaute Dinah in die Runde und sah, dass ihre Mutter mit hochrotem Kopf einer Ohnmacht nahe war. »Ich finde, jede Frau, die einen Politiker heiratet, muss voll und ganz hinter ihm stehen und ihm den Rücken freihalten. Eigene Belange treten in den Hintergrund, denn was gibt es Schöneres als einen erfolgreichen und zufriedenen Ehemann?«
»Gut gesprochen.« Mrs. Gordon klatschte begeistert in die Hände. »Mein Mann wäre heute nicht Senator, wenn ich ihm nicht immer alle Alltagssorgen abgenommen hätte.« Sie sah Dinah mit einem bohrenden Blick an. »Wer ist denn der Glückliche, wenn ich fragen darf?«
»Ach, es gibt niemand Bestimmten.« Scheinbar verlegen senkte Dinah den Kopf. »Mein zukünftiger Mann muss aber wie mein Vater sein, ich meine, politisch gesehen und so.«
Die Frau des Senators war von Dinah zunehmend begeistert. Ihr kleiner Fauxpas von vor zwei Wochen war vergessen, sicher hatte die junge Frau an diesem Abend nur unter einer Unpässlichkeit gelitten und war deshalb derart ausfallend geworden.

»Ich bin sicher, der Richtige wird nicht mehr lange auf sich warten lassen, Miss Dinah.« Mrs. Gordon machte den Eindruck, als wolle sie gleich Dinahs Hand wohlwollend tätscheln. »Sie werden eine ganz hervorragende Politikergattin abgeben, auf die jeder Mann stolz sein kann, ebenso wie Ihre werte Frau Mutter.«

»Nun, eine Frau darf sich dabei aber nicht selbst vergessen«, wandte eine rothaarige Dame ein, deren Namen Dinah nicht kannte.

»Genau, es ist wichtig, das richtige Mittelmaß zu finden.«

An der nun folgenden Diskussion, ob die Gattin eines Politikers einen eigenständigen Beruf ausüben sollte oder nicht, beteiligte Dinah sich nicht mehr. Olivia setzte sich neben ihre Tochter und raunte:

»So sehr übertreiben musst du auch wieder nicht.«

»Warum nicht?« Dinah grinste. »Ich möchte doch alles tun, damit Dad Erfolg hat. Außerdem – wenn die alten Zicken sich so ausdrücken wie vor hundert Jahren ... ich kann das ebenso.«

»Dinah!« Olivias Mundwinkel zogen sich nach unten. »Kannst du nicht ein Mal vernünftig sein? Ich meine, einfach den Mittelweg beschreiten, anstatt andauernd auf Provokation aus zu sein?«

Können schon, aber nicht wollen, lag es Dinah auf der Zunge, doch da sich nun die Rothaarige mit einer Frage an sie wandte, setzte sie wieder ihr charmantes Lächeln auf und spielte ihre Rolle weiter.

Als die Familie später nach Hause fuhr, bemerkte Dinah den zufriedenen Gesichtsausdruck ihres Vaters. Er lächelte stumm vor sich hin, und auch Olivia schien mit dem Verlauf des Abends sehr zufrieden zu sein. Über Dinahs Verhalten fiel kein weiteres Wort, was sie ein wenig schmerzte. In den letzten Stunden hatte sie sich doch wirklich mehr als vorbildhaft verhalten, ein kleines Lob wäre schon angebracht gewesen. Aber so waren ihre Eltern eben, die Dinah trotz allem sehr liebte.

Am folgenden Freitagabend kam Dinah von einem Stadtbummel nach Hause. Sie war guter Stimmung, denn eine ausgiebige Shoppingtour durch die Boutiquen der Stadt hob stets ihre Laune. Brandon Osbourne hatte ihr die goldene Kreditkarte zurückgegeben, nicht ohne sie streng anzusehen.
»Nur vorübergehend, weil du in den letzten Tagen gezeigt hast, dass doch ein guter Kern in dir steckt.«
Dinah hatte die Gelegenheit genutzt, ihre Sommergarderobe zu erneuern. Seit ein paar Wochen gab es ein neues Modelabel, das supergeile Jeans herausbrachte, die ein unbedingtes »must have« waren. Dinah hatte sich gleich vier Stück in verschiedenen Farben gekauft.
»Da bist du ja endlich!« Ohne anzuklopfen, stürmte Kevin ins Zimmer, kaum dass Dinah die Tüten aufs Bett gelegt hatte. »Dad will mit uns sprechen.«
»Jetzt?« Dinah sah auf die Uhr. »Es ist gerade erst sechs, warum ist er überhaupt schon zu Hause? Sonst kommt er immer erst spät am Abend.«
»Keine Ahnung.« Kevin zuckte mit den Schultern. »Es muss etwas Wichtiges sein, denn Ma schaut schon den ganzen Tag so verklärt, und vorhin lief sie singend die Treppe hinunter. Also, kommst du ins Wohnzimmer?«
»Ja, gleich, ich wasche mir nur noch kurz die Hände, dann werde ich die Familienkonferenz mit meiner Anwesenheit beehren.«
»Wenn wir unter uns sind, kannst du aufhören, so geschwollen zu reden.« Kevin grinste und ließ Dinah allein.

Als Dinah wenige Minuten später das Wohnzimmer betrat, schenkte Brandon Osbourne gerade vier Gläser ein.
»Champagner?«, fragte Dinah erstaunt. »Gibt es etwas zu feiern?«
Ihre Mutter strahlte.
»So kann man es nennen. Das soll Brandon selbst erzählen.«
Dinah nippte nur an ihrem Champagner, denn ein unangenehmer Druck bildete sich in ihrer Magengegend, ganz so, als ahnte sie, gleich etwas zu erfahren, was ihr nicht gefallen würde.
»Also ... meine Lieben ...« Selbstgefällig sah Brandon in die Runde, dann blieb sein Blick an seiner Frau hängen. »Olivia, du weißt es bereits, und ich danke dir für deine Unterstützung, ohne die dieser Erfolg nicht möglich gewesen wäre. Kevin, Dinah ... ich wollte nicht darüber sprechen, bevor es nicht amtlich ist, heute jedoch ...«
»Nun spann uns nicht länger auf die Folter, Dad«, rief Kevin. »Wirst du etwa für das Gouverneursamt kandidieren oder so etwas in der Art?«
»Besser, mein Junge, viel besser.« Erneut machte Brandon eine Kunstpause. »Ich wurde in den Senat berufen. Ab dem nächsten Monat werde ich dort die Interessen der Stadt San Francisco vertreten.«
»Oh, Mann, Dad! Das ist ja super!«
Während Kevin aufsprang und seinen Vater umarmte und Olivia zufrieden lächelnd den Champagner trank, runzelte Dinah nur die Stirn.
»In den Senat?«, fragte sie leise. »Das heißt, du musst nach Washington umziehen?« Sie wusste nicht, ob sie sich darüber freuen oder traurig sein sollte, denn trotz allem wünschte sie sich nicht, dass ihr Vater ans andere Ende des Landes zog und sie ihn kaum noch sah.

»Nicht ich, wir«, erwiderte Brandon stolz. »Selbstverständlich kommt meine Familie mit.«

»Krass, da habe ich es dann von Harvard aus nicht mehr so weit nach Hause.«

»Nach Washington?«, wiederholte Dinah. »Das heißt, wir ziehen hier weg? Aber was wird mit dem Haus?«

Zum ersten Mal sprach Olivia. »Der Makler meint, wir würden schnell einen Käufer finden, immerhin liegt es in der besten Wohngegend und befindet sich in einem guten Zustand. In Washington werden wir zunächst in einem Apartment wohnen, bis wir ein geeignetes Haus gefunden haben.«

Dinah war, als rüttle jemand an ihrem Stuhl, denn plötzlich schwankte alles um sie herum. Dass ihr Vater Senator wurde, freute sie zwar, denn endlich trug seine jahrzehntelange unermüdliche Arbeit Früchte, die Aussicht, San Francisco zu verlassen, behagte ihr indes überhaupt nicht. Außerdem – dieses Haus hier verkaufen? Es Fremden überlassen, obwohl ihre Familie seit über hundert Jahren hier lebte?

»Ich bleibe in Frisco«, sagte Dinah spontan. »Ich kann doch hier wohnen bleiben, und – wer weiß – vielleicht gefällt es euch an der Ostküste auch nicht, dann ist das Haus immer noch da, wenn ihr zurückkommt.«

»Das kommt überhaupt nicht in Frage.« Über Brandons Nasenwurzel bildete sich eine steile Falte, ein deutliches Zeichen, dass seine gute Laune wich. »Als Senator muss ich meine ganze Familie bei mir haben.«

»Ich bin schon lange volljährig«, erinnerte Dinah ihn ruhig. Sie wusste, es hatte eigentlich keinen Sinn, eine laute Diskussion zu beginnen.

Dennoch sagte sie: »Du kannst mich nicht zwingen, alle meine Freunde zu verlassen und in eine Stadt zu ziehen, in der es noch spießiger zugeht als hier.«

Brandon trat so nahe zu seiner Tochter, dass ihre Gesichter nur eine Handbreit voneinander entfernt waren.
»Es steht dir selbstverständlich frei, zu wählen, wo du leben möchtest, liebe Tochter. Dieses Haus hier wird verkauft, bereits am Wochenende erwarten wir die ersten Interessenten. Wenn du dich entscheidest, uns nicht nach Washington zu begleiten, dann wirst du deinen Lebensunterhalt künftig selbst bestreiten müssen. Von mir erhältst du keinen Cent.« Fordernd streckte er seine Hand aus. »Am besten gibst du mir gleich die Kreditkarte zurück.«
»Das kannst du nicht machen!«
Fassungslos starrte Dinah ihren Vater an, auch Kevin zog hörbar die Luft ein, während Olivia ruhig sagte: »Dinah, sieh es als Chance, in Washington ganz von vorn beginnen zu können. Auch ich möchte, dass du uns begleitest, du bist schließlich unsere Tochter.«
Dinah stellte ihr Glas so heftig auf den Tisch, dass der Champagner überschwappte.
»Ihr könnt mich nicht zwingen, nach Washington zu ziehen«, schrie sie mit hochrotem Kopf. »Ich weiß schon lange, dass ich nur die missratene Tochter bin, dass ihr Kevin viel lieber habt, weil er immer das macht, was ihr von ihm erwartet, daher tut nicht so, als wäre es euch wichtig, dass ich mitkomme. Es geht doch gar nicht um mich. O nein, es ging nie um mich, sondern nur darum, dass alle da draußen glauben sollen, wir wären die perfekte Familie. Ein Vorbild für alle amerikanischen Familien …«
»Dinah, bitte …«, unterbrach Olivia, aber Dinah war derart erregt, dass sie sich umdrehte und wütend davonstürmte. Zwei Stufen auf einmal nehmend, rannte sie in ihr Zimmer und warf sich aufs Bett. Sie würde nicht umziehen! Auf keinen Fall! Gleich morgen würde sie einen Job annehmen –

egal, was für einen. Lieber wollte sie Böden schrubben oder am Fließband arbeiten als San Francisco und ihr Elternhaus verlassen.

In den nächsten drei Tagen lief sich Dinah die Hacken wund. Überall, wo sie sich vorstellte, erhielt sie die gleiche Auskunft: »Sie haben keine Ausbildung?« Ein bedauerndes Schulterzucken. »Wir suchen nur Fachkräfte.« Oder: »Wir stellen derzeit niemanden ein. Die Wirtschaftskrise, Sie verstehen?« Selbst in den zahlreichen Fastfood-Restaurants wurden keine Arbeitskräfte gesucht. Und wenn Dinah ehrlich war – sie aß zwar gern diese Hackfleischbrötchen, jedoch die Vorstellung, den ganzen Tag einem penetranten Bratengeruch ausgesetzt zu sein, behagte ihr überhaupt nicht.

Wahrscheinlich tauge ich tatsächlich zu nichts, dachte sie resigniert. Dad hat schon recht, ich bin eine verwöhnte Luxusgöre, die mit ihrem Leben nichts anzufangen weiß.

Während Dinah auf der Suche nach einem Job war, begannen ihre Eltern mit dem Ausräumen des Hauses. Die meisten Möbel wollten sie nach Washington mitnehmen, wo sie vorerst eingelagert werden würden, bis sie ein Haus gefunden hatten. Doch es war jetzt an der Zeit, sich von alten Sachen, die seit Jahren niemand mehr brauchte, zu trennen.

»Also, dieses Ding fand ich schon immer scheußlich«, sagte Olivia und betrachtete eine bauchige, weiße und mit gelben Blüten besetzte Vase.

»Ist das nicht ein Geschenk deiner Großtante zu unserer Hochzeit?«, fragte Brandon. »Die, die uns ihr kostbares Tafelsilber vermacht hat, als sie starb?«

Olivia nickte. »Trotzdem muss ich die Vase nicht mögen«, entgegnete sie, und die Vase landete im Mülleimer wie so vieles andere auch.

Dinah schmerzte es, zu sehen, wie das Haus – ihr Zuhause, in dem sie ihr ganzes Leben verbracht hatte – von Tag zu Tag leerer wurde. Als am Montag der Makler mit einem potenziellen Käuferpaar kam, flüchtete sich Dinah auf den Dachboden. Auf keinen Fall wollte sie mit ansehen, wie Fremde in ihr Zimmer eindrangen und den Raum abschätzend beurteilten.

»Diese Wand müssen wir entfernen, wenn wir das Haus kaufen, damit der Raum größer wird«, hörte Dinah den Mann sagen, woraufhin seine Frau entgegnete: »Und die Bäder müssen auch komplett erneuert werden. Natürlich in reinem Weiß, diese farbigen Fliesen sind ja völlig aus der Mode.«

Auf den Dachboden werden sie hoffentlich nicht kommen, dachte Dinah und erklomm die schmale Stiege. Die Tür quietschte, denn es war lange her, dass jemand hier oben gewesen war. Durch die Dachgaubenfenster fiel die Sonne, in deren Licht Millionen von Staubkörnern tanzten und sich auf der zentimeterdicken Staubschicht, die alle Möbel überzog, niederließen. Die Luft roch muffig, und in den Ecken hingen Spinnweben. Unwillkürlich musste Dinah niesen, dann ließ sie ihren Blick schweifen. Vermutlich würde alles, was hier seit Jahrzehnten lagerte, den Weg in den Müllcontainer finden, denn in der neuen Wohnung war kein Platz für altes Gerümpel, das hatte Olivia ja bereits angekündigt. Dinah strich mit einer Hand über den wuchtigen Schrank, wirbelte dabei Staub auf und musste erneut niesen.

»Wie kann ich es nur anstellen, hier wohnen zu bleiben?«, flüsterte sie in die Stille des Dachbodens, gleichzeitig wusste sie, dass sie – selbst wenn sie einen Job finden würde – das Haus nicht halten konnte. Allein die Nebenkosten, die solch ein altes Gebäude verschlang, würde sie niemals aufbringen können. Über einhundert Jahre Familiengeschichte würden in fremde Hände gelangen, und es gab nichts, was sie dagegen tun könnte. Plötzlich, als hätte ihr jemand einen Schlag versetzt, sackte Dinah zusammen und setzte sich auf den schmutzigen Fußboden. Ein Kloß bildete sich in ihrem Hals, und Tränen stiegen ihr in die Augen.

»Jetzt werde bloß nicht sentimental«, rief sie sich laut zur Ordnung. »Es ist nur ein Haus mit toten Gegenständen.«

Dinah wusste, wenn Kevin sie so sehen könnte, würde er mit Spott nicht sparen, da seine große Schwester sonst immer so taff war. Sie seufzte, wischte sich mit dem Handrücken die Tränen aus dem Gesicht und gab sich einen Ruck. Also gut, wenn es unabdingbar war, sich von dem Haus zu trennen, dann konnte sie wenigstens sehen, ob sie etwas fand, was sie nach Washington mitnehmen wollte. Etwas Kleines, Handliches, das sie an ihr Leben in San Francisco erinnern würde.

Es war Jahre her, seit Dinah zum letzten Mal in den Kommoden und Schränken gestöbert hatte. Die altmodische Kleidung war inzwischen von Motten zerfressen und roch unangenehm. Dinah entdeckte eine Menge alter Bücher, darunter die gesammelten Werke von Mark Twain. Sie schlug einen Band auf – *Leben auf dem Mississippi* – und las die Widmung:

Für Matthew
Alles Liebe zum 14. Geburtstag
Ma und Dad

Datiert war der Eintrag auf das Jahr 1918. Dinah strich ehrfürchtig über die Buchstaben. Die Tinte war auch nach so langer Zeit kaum verblasst. Matthew Osbourne war ihr Urgroßvater gewesen. Im Arbeitszimmer ihres Vaters gab es zahlreiche Fotoalben, denn die Vorfahren der Osbournes hatten sich immer gern ablichten lassen. Matthews jüngerer Bruder Pete hatte sogar eine Ausbildung in einem der Filmstudios in Hollywood gemacht und war Kameramann geworden. Dinah fragte sich, ob die alten Alben wohl auch den Weg in die Mülleimer antreten mussten, und beschloss, diese auf jeden Fall in Sicherheit zu bringen, auch wenn sie das letzte Mal als Kind einen Blick hineingeworfen hatte.

Sie wandte ihre Aufmerksamkeit einer wuchtigen Truhe zu, die im hintersten Winkel des Dachbodens stand. Dinah erinnerte sich, dass die Truhe stets verschlossen gewesen war, und ihr Vater meinte, der Schlüssel dazu wäre längst verschollen. Die wenigen Semester Kunstgeschichte an der Uni reichten Dinah aus, um zu erkennen, dass es sich bei der Truhe um eine Arbeit aus dem frühen 19. Jahrhundert handeln musste. Wahrscheinlich hatte einer ihrer Vorfahren das Möbelstück auf einem Flohmarkt erworben. Da die Ecken abgestoßen waren und Holzwürmer hier ausreichend Nahrung gefunden hatten, würde die Truhe sicher nicht mit nach Washington kommen. Dinah rüttelte an dem Deckel, der sich ein wenig verschieben ließ. Suchend sah sie sich um und griff nach einer schmalen, flachen Eisenstange. Wenn die Truhe ohnehin auf dem Müll landete, würde wohl niemand etwas dagegen haben, wenn sie sie aufbrach, vielleicht war ja doch etwas von Wert darin verborgen. Obwohl das Schloss alt und das Holz brüchig war, ließ sich der Deckel nicht so leicht öffnen, wie Dinah es immer im Fernsehen sah. Mehrmals rutschte sie mit der Eisenstange ab und hinterließ tiefe Schrammen in dem Holz. Bald war ihre Stirn schweißnass.

»Jetzt geh schon auf, du dummes Ding!«

Dinah wusste nicht, was sie in der Truhe zu finden hoffte. Wahrscheinlich war es nur die Tatsache, dass dieses einzige Möbelstück unter dem ganzen Gerümpel seit Jahren verschlossen war und sie deshalb unbedingt deren Inhalt erkunden wollte. Erneut setzte sie den Hebel an, packte die Stange mit beiden Händen und stemmte sich mit aller Kraft dagegen. Endlich knirschte es, und das Schloss sprang aus seiner Verankerung. Dinah legte die Stange zur Seite und klappte den Deckel nach oben. Gespannt blickte sie in die Truhe. Es war wie erwartet – keinesfalls war hier ein Schatz verborgen, sondern nur alte Kleider und Hüte, über die die Motten sich auch schon hergemacht hatten. Sie nahm einen dunkelgrünen, ausladenden Hut zur Hand, dessen Spitze so brüchig war, dass der Stoff unter ihren Fingern zerbröselte. Als Nächstes fand sie ein zum Hut farblich passendes Kleid. Obwohl Dinah sich mit der Mode vergangener Zeiten nicht gut auskannte, musste das Kleid mindestens hundert Jahre alt sein, denn die extrem schmale Taille und der Reifrock wiesen auf die Zeit vor dem Ersten Weltkrieg hin.

Wer mochte dieses Kleid getragen haben?, fragte sich Dinah. Auf jeden Fall muss die Frau sehr dünn gewesen sein. Obwohl sie selbst schlank war, würde ihr dieser schmale Schnitt unmöglich passen. Als Dinah weiter in den Sachen kramte, fand sie ein steifes Korsett, und sie schmunzelte. Jetzt wunderte sie sich nicht mehr, warum das Kleid so schmal geschnitten war. Sie räumte weitere drei Kleider in der gleichen Machart und zwei Hüte zur Seite, dann fand sie technische Fachbücher, die sich mit der Entwicklung von Fotoapparaten und Kameras beschäftigten, verschiedene Dinge des täglichen Lebens wie eine alte Haarbürste und einen Kamm, dem einige Zähne fehlten, und Kinderspielzeug aus Holz. Sie fragte sich, wer all diese Sachen wahllos in die Truhe geworfen hatte. Es war nichts von Wert, auch nicht von ideellem, darunter, denn auch die Holzeisenbahn und das kleine Steckenpferd taugten, ebenso wie die Bücher und Kleider, nur noch für den Müll.

Dinah wollte die Sachen gerade wieder in die Truhe räumen, als sie eine etwa DIN-A4-große Mappe entdeckte, die ganz unten lag. Sie war aus weichem, rostbraunem Leder und so gut erhalten, als wäre sie gerade eben erst im Schreibwarenhandel gekauft worden. Die Mappe war mit zwei Lederbändern verschlossen, die miteinander verknotet waren, und Dinah hatte Mühe, die Knoten zu lösen. Als es ihr gelungen war und sie die Mappe aufschlug, fielen ihr lose Zeitungsausschnitte entgegen, die erstaunlich gut erhalten und nur an den Rändern leicht vergilbt waren. Offenbar waren die Zeitungsseiten vor langer Zeit in die Mappe gelegt worden, so dass kein Licht dem Papier hatte Schaden zufügen können. In der Ecke, in der die Truhe stand, war es zu dunkel, um die Seiten anzusehen, daher schnappte Dinah die Mappe und ging unter ein Dachfenster, durch das helles Licht fiel. Vorsichtig nahm sie die Seiten in die Hand und stellte überrascht fest, dass es sich um Ausschnitte aus den britischen Zeitungen *The Times* und *The Guardian* handelte, sowie um eine weitere Zeitung mit dem Namen *Cornwall Observer*, von der sie noch nie gehört hatte. Datiert waren die Seiten alle auf die Tage des Monats März des Jahres 1904.
»Wow!«, entfuhr es Dinah, und ihr Pulsschlag beschleunigte sich. Für Geschichte hatte sie nie viel übriggehabt, jetzt jedoch gedruckte Seiten, die über einhundert Jahre alt waren, in den Händen zu halten, ließ sie nicht unberührt. Sie blätterte durch die Seiten, auf denen in allen über ein Thema berichtet wurde. Die *Times* titelte:

Hinrichtung in Cornwall
Die Mörderin Ellen Townsend ihrer gerechten Strafe zugeführt

Der *Cornwall Observer* schrieb:

Nach langer Zeit wurde wieder eine Frau im Gefängnis von Bodmin gehängt. Sie hat einen Menschen, wenn nicht sogar zwei, kaltblütig ermordet.

Nun war Dinahs Interesse endgültig geweckt. Sie setzte sich so auf den Fußboden, dass das Licht durch das Fenster direkt auf die Seiten fiel. Warum hatte jemand in diesem Haus Berichte aus englischen Zeitungen aufbewahrt, in denen von der Hinrichtung einer Frau die Rede war? Nach einer halben Stunde hatte Dinah alle Artikel gelesen. Eine gewisse Ellen Townsend hatte im Jahr 1903 einen Mann erstochen, von dem sie erpresst worden war. Zuvor soll sie bereits eine andere Frau ermordet haben, für diese Tat konnten aber keine stichhaltigen Beweise erbracht werden. Ellen Townsend selbst leugnete beide Taten, die Indizien waren aber so stark, dass sie in den frühen Morgenstunden des 13. März 1904 gehängt wurde. Dinah schauderte. In einem Artikel war die Hinrichtung derart detailliert geschildert, dass sie beinahe selbst zu spüren glaubte, wie der Henker den Strick um den Hals legte. Nicht nur im fernen Europa, auch in Amerika war es früher üblich gewesen, Hinrichtungen öffentlich stattfinden zu lassen, und der Reporter hatte dieses Spektakel offenbar genossen und in seiner Beschreibung kein Detail ausgelassen. Auch wenn Dinah die Todesstrafe, die es in Kalifornien nach wie vor gab, ablehnte, wusste sie, dass diese zu Beginn des letzten Jahrhunderts die gängigste Strafe für Mord gewesen war.
In den Berichten war auch von einem unglaublichen Skandal in den Kreisen des britischen Hochadels die Rede, worüber Dinah trotz allem schmunzelte. Jaja, die Briten – noch heute hielten sie alte, verstaubte Traditionen aufrecht und waren sehr darauf bedacht, dass ihre adligen Familien nicht in einen

Skandal verwickelt wurden. Dinah schob die Zeitungsseiten wieder zusammen. Was immer der Grund gewesen war, warum das Schicksal dieser unbekannten Ellen Townsend jemanden hier in San Francisco interessierte – es war Vergangenheit und längst vergessen. Plötzlich fiel Dinahs Blick auf eine Fotografie. Nur der *Cornwall Observer* hatte es gewagt, eine Abbildung der Mörderin zu drucken, während die anderen Zeitungen sich auf die Berichterstattung beschränkten. Dinah runzelte die Stirn und hielt das Foto näher ans Licht. Die Frau hatte ein längliches, schmales Gesicht, offenbar helle Haare, was auf der Schwarzweißfotografie aber schlecht zu erkennen war, und große Augen, die den Fotografen mit einem verzweifelten Ausdruck anblickten. Sie war noch nicht alt – in einem Artikel war von zweiundzwanzig Jahren die Rede gewesen – und sehr attraktiv. Erneut fragte sich Dinah, was die Unbekannte wohl dazu getrieben hatte, einen Menschen zu töten. Dann erregte etwas anderes Dinahs Aufmerksamkeit. Es war die Kette, die die Frau um den Hals trug und deren Anhänger auf der hellen Bluse gut zu erkennen war.
»Das gibt es doch nicht!«
Dinah blinzelte, kniff die Augen zusammen und starrte das Bild an. Sie kannte sowohl die Kette als auch den Anhänger, denn beides lag in dem Schmuckkästchen in ihrem Zimmer. Sie hatte den Schmuck zu ihrem achtzehnten Geburtstag von ihrer Mutter mit den Worten bekommen: »Die Kette ist ein altes Erbstück unserer Familie. Sie wird immer von der ältesten Tochter getragen.«
Nur ein dummer Zufall, dachte Dinah. Anhänger wie diese gab es zuhauf. Allerdings … irgendwo in Dinahs Kopf stieg die Erinnerung hoch, dass die Frau ihres Vorfahren, der das Haus hier bauen ließ, mit Vornamen Ellen hieß. Ellen Osbourne … Ellen Townsend. Ebendiese Ellen, deren jüngerer

Sohn ein Faible für das Fotografieren entwickelt hatte. Darum gab es auch etliche Aufnahmen von ihrer Vorfahrin, außerdem ein Gemälde, das sie und ihren Mann, Dinahs Ururgroßvater, zeigte. Das Bild hing an der Wand beim Treppenabsatz zum ersten Stock.

Dinah raffte die Zeitungsausschnitte zusammen, packte alles in die Mappe zurück, klemmte sich diese unter den Arm und verließ den Dachboden gerade in dem Moment, als der Makler mit dem Ehepaar die Treppe heraufkam.

»Und zum Abschluss möchte ich Ihnen noch den Dachboden zeigen, der viel Abstellfläche bietet, durchaus aber auch zu weiteren Wohnräumen ausgebaut werden kann …«

Ohne ein Wort des Grußes drängte Dinah sich an den dreien vorbei. Es war ihr gleichgültig, wenn man sie für unhöflich hielt. Eine Minute später stand sie vor dem Ölgemälde, das kaum größer als die Seite eines Schulheftes war. Der Mappe entnahm Dinah den Artikel mit der Fotografie von Ellen Townsend und hielt sie direkt neben das Bild, auf dem ihre Ururgroßmutter abgebildet war. Scharf zog sie die Luft ein, denn die Ellen ihrer Familie trug dieselbe Kette wie die hingerichtete Mörderin. Aber nicht nur das – obwohl zwischen den beiden Bildern einige Jahre liegen mussten, erkannte Dinah eines mit aller Deutlichkeit:

Ellen Townsend, die im Jahr 1904 im fernen England wegen Mordes hingerichtet worden war, und Ellen Osbourne, ihre Ururgroßmutter, waren ein und dieselbe Person!

3. Kapitel

Eine Kaffeetasse in den Händen, saß Olivia am Tisch, als Dinah die Küche betrat. Beim Anblick ihrer Tochter verengten sich ihre Augen, denn in Dinahs Haar hingen Spinnweben, die Jeans und das helle T-Shirt waren staubbedeckt, und ihre Wangen zierten dunkle Schmutzstreifen.

»Wie siehst du denn aus? Hoffentlich haben der Makler und die Kunden dich nicht so gesehen.«

»Die wollen doch das Haus und nicht mich kaufen«, erwiderte Dinah, griff nach der Glaskanne und schenkte sich eine Tasse ein. Sie war viel zu aufgeregt, um zu bemerken, dass der Kaffee nur noch lauwarm war.

»Ich hoffe, sie nehmen es.« Olivia seufzte. »Wir haben nicht mehr viel Zeit, das Haus zu verkaufen. Es ist schon ein wenig eigenartig, Fremde durch unser Haus gehen zu sehen und mir vorzustellen, dass sie bald hier leben werden.«

Dinah sah ihre Mutter mit einen Blick an, der besagte: Das ist eure Entscheidung, *ich* will hier ja nicht weg. Als hätte Olivia ihre Gedanken erraten, fuhr sie fort: »Ich freue mich, dass du dich entschlossen hast, mit nach Washington zu kommen. In dieser für Brandon ungemein wichtigen Zeit ist ein Zusammenhalt der Familie erforderlich.«

»Was bleibt mir anderes übrig, wenn Dad mir den Geldhahn zudreht?«

»Dinah, bitte …« Olivia musterte ihre Tochter streng. »Wie ich dir bereits mehrmals sagte …«

»Schon gut.« Dinah hob die Hand. »Sag mir lieber, ob die Alben noch in Dads Arbeitszimmer im Schrank sind, oder sind sie bereits verpackt?«

»Alben?« Olivias Gesichtsausdruck war eine einzige Frage. »Von welchen Alben sprichst du?«
»Die alten Fotoalben mit den Familienbildern. Sie waren immer im großen Schrank in den unteren Fächern.«
»Ach so, ja. Was, in aller Welt, willst du mit den alten Dingern?« Olivia erwartete keine Antwort und fuhr fort: »Im Laufe der Woche wird Brandon sein Arbeitszimmer ausräumen. Es ist gut, dass du mich an die Alben erinnerst, wir können sie gleich auf den Stapel legen, den die Entrümpelungsfirma mitnehmen wird.«
Auf gar keinen Fall, dachte Dinah, aber sie nickte nur. Als sie die Küche verlassen wollte, rief Olivia plötzlich: »Was hast du denn da?«, und deutete auf die Ledermappe, die Dinah sich unter den Arm geklemmt hatte.
»Das? Ach, nichts weiter.«
Im Flur waren die Stimmen des Maklers und der potenziellen Käufer zu hören.
»Also, ich weiß nicht ...« Die Frau zögerte. »Eigentlich ist das Haus ganz nett, es gibt aber furchtbar viel zu renovieren.«
»Über den Preis können wir natürlich noch verhandeln.« Das war der Makler, und Dinah machte, dass sie verschwand.
Im Arbeitszimmer ihres Vaters sah sie sich um. Er und Kevin würden erst gegen Abend nach Hause kommen, und eigentlich mochte Brandon es nicht, wenn jemand seine Sachen durcheinanderbrachte. Dinah wollte jedoch nicht herumwühlen, sondern sie ging gezielt zu dem wuchtigen Schrank auf der rechten Seite und öffnete die unteren Türen. Erleichtert atmete sie auf. Hier standen sie – die Fotoalben, nach Jahren sortiert, die alten noch in Leder gebunden, während die neueren einen billigen Plastikeinband hatten. Sie musste drei Alben herausnehmen und hineinsehen, bis sie das richtige gefunden hatte, dann jedoch blickte ihr von der ersten Seite ein

junges, attraktives Paar entgegen: Caswyn und Ellen Osbourne – ihre Ururgroßeltern am Tag ihrer Hochzeit, die 1904 in San Francisco stattgefunden hatte, denn der kleine Stempel des Fotografen unten links im Bild wies auf eine hiesige Adresse hin und trug das Datum dieses Jahres. Dinah nahm die Zeitungsseite aus der Mappe und legte sie neben das Hochzeitsfoto. Dieses war für die damalige Zeit in einer guten Qualität, und anstatt in Öl verewigt, lachte ihr hier eine glückstrahlende Braut entgegen. Dinah bemerkte einen leicht melancholischen Zug um Ellens Mund, während ihr Ahn Caswyn völlig gelöst wirkte. Wie schon bei dem Ölgemälde gab es keinen Zweifel – die beiden Ellen glichen sich wie ein Ei dem anderen. Nachdenklich fuhr Dinah sich über die Stirn. Wie konnte es sein, dass im Jahr 1904 Ellen Townsend in England hingerichtet worden war, während Ellen Osbourne im selben Jahr in San Francisco heiratete? Wäre die Ledermappe auf dem Dachboden nicht gewesen, in der jemand alles, was damals über den Mordprozess und die Hinrichtung in den Zeitungen stand, gesammelt hatte, hätte Dinah an eine zufällige Ähnlichkeit geglaubt. Ellen war ein Allerweltsname, allein in ihrem Bekanntenkreis gab es zwei junge Frauen, die so hießen.

»Ich muss herausfinden, wie meine Ururgroßmutter vor ihrer Hochzeit hieß«, murmelte Ellen, klappte das Fotoalbum zu und griff nach den anderen Alben. Sie würde nicht zulassen, dass diese Zeugen der Vergangenheit im Müllcontainer landeten. Irgendwie würde sie die Alben nach Washington bringen. Nachdem Dinah diese und die Ledermappe unter ihrem Bett versteckt hatte, überlegte sie, ob es so etwas wie ein Familienstammbuch gab. Darin mussten alle Eheschließungen verzeichnet sein, in der Regel auch mit Angabe des Geburtsnamens der jeweiligen Frauen. Wenn es so etwas in ihrer Familie gab, dann befand sich das Buch ebenfalls im Arbeitszimmer ihres Vaters. Da Dinah ihre Entdeckung aber nicht mit jemandem teilen wollte – erst wollte sie mehr herausfinden –, konnte sie weder ihren Vater noch ihre Mutter fragen. Auch Kevin wollte sie nicht einweihen. Obwohl sie ihren Bruder liebte, stand der doch auf Vaters Seite, und Dinah ahnte, dass ihr Dad über ihre Nachforschungen, was die Vergangenheit betraf, nicht gerade erfreut sein würde.

Während des Abendessens war Dinah ungewöhnlich schweigsam, was jedoch niemandem aufzufallen schien. Das Tischgespräch drehte sich ohnehin um den Verkauf des Hauses und um den baldigen Umzug in die Hauptstadt.

»Ich hoffe, das Paar kauft es«, sagte Olivia, nachdem sie von dem Maklerbesuch erzählt hatte. »Irgendwie hatte ich das Gefühl, die junge Frau habe sich auf den ersten Blick in das Haus verliebt, und ihre Bemerkungen bezüglich zahlreicher Renovierungen dienen nur dazu, den Preis zu drücken.«

»Warten wir die anderen Interessenten ab«, entgegnete Brandon und nahm sich eine zweite Portion des Bohnenauflaufs, den ihr mexikanisches Mädchen Rosa zubereitet hatte, da Olivia an allem, was auch nur im Entferntesten mit Hausarbeit oder Kochen zu tun hatte, nicht interessiert war. »Es besteht keine Notwendigkeit, das Haus schnell zu verkaufen, unser Auskommen in Washington ist auch so gesichert. Daher werden wir uns auf keine Preisreduzierung einlassen.«

»Genau«, stimmte Kevin zu. »Viel wichtiger ist, dass die neuen Eigentümer das Haus nicht völlig umbauen oder gar abreißen.«

»Abreißen?« Dinah schreckte aus ihren Gedanken an die geheimnisvolle Ellen auf. »Wieso sollte jemand das Haus abreißen?«

»Na, um ein neues, modernes Haus zu bauen.« Kevin bedachte sie mit einem verständnislosen Blick. »Oder glaubst du, jeder will in einer Bude wohnen, die über hundert Jahre alt ist?«

»Kevin hat recht.« Olivia seufzte. »Das Haus steht nicht unter Denkmalschutz, daher ist es durchaus möglich, dass jemand nur das Grundstück erwerben will. Vielleicht sogar eine Firma, die dann ein Mehrfamilienhaus oder ein Ladengeschäft baut.«

»Das soll uns egal sein«, entgegnete Brandon. »Hauptsache, der Preis stimmt.«

Mit jedem Wort verging Dinah mehr der Appetit. Sie warf die Serviette auf den Teller und stand auf.

»Ich bin müde«, sagte sie. »Außerdem kann ich es nicht mehr hören, wie ihr über das Haus sprecht, als wäre es ein lebloser Gegenstand, der nichts bedeutet. Immerhin hat unsere Familie hier seit mehreren Generationen gelebt, und die Menschen haben in diesen Wänden geliebt, gelacht und auch sicher geweint.«

Olivia und Brandon starrten ihre Tochter erstaunt an, und Dinah konnte beim Hinausgehen hören, wie Kevin sagte: »Jetzt ist sie völlig durchgeknallt.«

Dinah wartete bis nach Mitternacht, denn Brandon arbeitete oft bis spät in die Nacht hinein. Dann schaltete sie die Taschenlampe an ihrem Handy ein und schlich sich ins Arbeitszimmer hinunter. Obwohl sie hoffte, dass alle tief und fest schliefen, machte sie kein Licht. Sie überlegte, wo sich ein eventuelles Stammbuch befinden konnte. Wo waren ihre eigenen Unterlagen – Geburtsurkunde, Impfbuch und so weiter? Es widerstrebte Dinah, die persönlichen Sachen Brandons zu durchsuchen, daher ließ sie die Schubladen, in denen sich seine Unterlagen stapelten, unberücksichtigt. Erst nach einer knappen Stunde wurde sie fündig. Als Politiker war Brandon Osbourne äußerst korrekt und ordentlich, daher hatte er alle persönlichen Dokumente, die die Familie betrafen, in einem Karton nach Daten sortiert. Zuoberst lag die Geburtsurkunde von Kevin, darunter die von ihr, dann folgte der Trauschein ihrer Eltern. Dinah nahm den ganzen Stapel aus der Kiste. Das, was sie suchte, musste sich ganz unten befinden, denn über Vorfahren von Caswyn und Ellen war ihr nichts bekannt. Sie stieß einen leisen Schrei aus, als sie tatsächlich eine vergilbte, an den Knickstellen brüchige Heiratsurkunde ihrer Ahnen fand. Zitternd setzte sie sich in Brandons Bürostuhl. Die Handschrift war zwar klein und verschnörkelt, doch sie konnte die Daten mühelos entziffern.

Caswyn Arthur Osbourne, geboren am 1. November 1872 in Redruth, Cornwall, England

und

Ellen Townsend, geboren am 11. Juni 1881 in Penzance, Cornwall, England

Der Tag der Trauung im Standesamt in San Francisco war auf den 4. September 1904 datiert.
Ellen Townsend! Dinah schüttelte fassungslos den Kopf. *Ihre* Ellen, ihre Ururgroßmutter, war laut diversen Zeitungsberichten im März 1904 auf dem Gelände des Gefängnisses in Bodmin hingerichtet worden. Verurteilt wegen Mordes an einem Mann und wegen des Verdachts, einen zweiten Mord begangen zu haben, der ihr jedoch nicht nachgewiesen werden konnte.

Wie konnte das sein? Dinah schwirrte der Kopf über diese Entdeckung. Nicht nur das Aussehen, sondern auch der Name und die Daten stimmten. Außerdem – war in einem der Berichte nicht sogar ein Caswyn Osbourne erwähnt, mit dem Ellen Townsend verheiratet gewesen sein soll? Wenn ja, und Ellen war aus irgendeinem Grund nicht hingerichtet worden – warum dann die zweite Trauung in den Staaten? Schnell wühlte Ellen in den weiteren Unterlagen, und was sie dort fand, brachte sie nur noch mehr durcheinander. Es gab nämlich auch eine Geburtsurkunde von Matthew Osbourne, der nicht nur im Jahr 1904 geboren worden war – was Dinah bereits wusste –, sondern sein Geburtstag war der 10. März, und als Geburtsort war Bodmin angegeben. Bodmin – der Ort, an dem Ellen angeblich hingerichtet worden war, außerdem war Matthew geboren worden, bevor seine Eltern rechtmäßig getraut worden waren. Dinah schmunzelte.
»Tja, auch damals ging es nicht immer in der richtigen Reihenfolge vonstatten«, murmelte sie und schnappte sich alle Dokumente, verstaute den Rest wieder in der Kiste und diese so im Schrank, dass es keinem auffallen würde, dass sich jemand daran zu schaffen gemacht hatte, dann eilte sie in ihr Zimmer hinauf. Hier, bei hellem Lampenlicht, betrachtete sie erneut intensiv die Fotografien, studierte ein weiteres Mal alle Dokumente, dann schaltete sie ihren Laptop ein. Nach wenigen Minuten hatte sie alle erwähnten Ortschaften – Redruth, Penzance und Bodmin – gefunden. Sie lagen, wie von Dinah vermutet, im Südwesten der britischen Insel in der Grafschaft Cornwall, von der sie vorher noch nie gehört hatte. Weitere Klicks im Internet ergaben, dass Cornwall neben Schottland das beliebteste Reiseziel auf der britischen Insel war. Das interessierte Dinah nicht sonderlich, das Schicksal dieser unbekannten Ellen lag ihr viel mehr am Herzen.

Erneut nahm sie die Zeitungsartikel zur Hand. Vielleicht hatte sie sich getäuscht, und Ellen Townsend *sollte* nur gehängt werden und wurde im letzten Moment begnadigt oder entging ihrer Hinrichtung durch Flucht. Aber nein – sie hatte sich nicht geirrt. Alle Artikel berichteten übereinstimmend, dass Ellen Townsend am Morgen des 13. März 1904 hingerichtet worden war. Was mit ihren sterblichen Überresten geschehen war – darüber schwiegen sich die Zeitungen aus.
Stöhnend lehnte Dinah sich zurück und massierte mit einer Hand ihren schmerzenden Nacken. Vor lauter Aufregung hatte sie sich völlig verspannt, es war jedoch eine Anspannung, die Dinahs Nerven vibrieren ließ. Bisher hatte sie sich nie für die Geschichte ihrer Familie oder gar für ihre Vorfahren interessiert, sondern immer nur sich selbst gesehen. Jetzt jedoch fand Dinah es unheimlich interessant, herauszufinden, was es mit dieser Frau, die im fernen England gestorben war und doch gleichzeitig ihre Ahnin sein sollte, auf sich hatte. Ob ihr Vater etwas darüber wusste? Dieser hatte immerhin seinen Großvater noch gekannt, den Sohn von Matthew Osbourne. Und Matthew war der älteste Sohn von Ellen gewesen …
Obwohl die Zeiger der Uhr schon auf die dritte Nachtstunde zugingen, fand Dinah keinen Schlaf. Sie konnte es nicht erwarten, mit ihrem Vater über diese faszinierende Entdeckung zu sprechen, denn jetzt – darüber war sich Dinah im Klaren – würde sie ohne die Hilfe ihrer Eltern nicht weiterkommen, wollte sie das offenbar große Geheimnis ihrer Vorfahren lüften.

Olivia Osbournes solariumgebräunter Teint war unnatürlich blass, während Brandons Gesichtsfarbe in einem ungesunden Rot leuchtete. Eine dicke, blaue Ader pochte an seiner Schläfe – ein deutliches Zeichen seiner Erregung.
»Wir werden die Sachen auf der Stelle verbrennen«, rief er

und versuchte, nach den Zeitungsseiten zu greifen. Dinah war jedoch schneller und raffte die Papiere an sich.
»Aber Dad …« Sie war völlig perplex. Mit einer solchen Reaktion hatte sie nicht gerechnet, als sie vor einer Stunde den Familienrat einberufen und ihnen ihre Entdeckung präsentiert hatte.
»Also, ich finde das voll krass.« Kevin lümmelte grinsend im Sessel und kaute schmatzend auf einem Kaugummi herum. Fernab seiner Eliteuniversität war er auch nur ein zwanzigjähriger junger Mann, der sich gern mal gehenließ.
Brandons Augen verengten sich, eine steile Falte bildete sich über seiner Nasenwurzel. Streng sah er Dinah an.
»Was da steht, ist Unsinn oder reiner Zufall. Wir wissen, dass meine Urgroßmutter Ellen zusammen mit ihrem Mann dieses Haus hier baute, und ihr war ein gesundes Leben bis ins hohe Alter beschert.«
»Wer ist dann aber Ellen Townsend, die in England gehängt wurde? Es ist ja nicht nur die Namensgleichheit, Dad!«, sagte Dinah eindringlich. »Sieh dir die Fotos an. Also, wenn das nicht dieselbe Frau ist, fresse ich einen Besen.«
»Mit Salz und Pfeffer oder mariniert?«, warf Kevin ein, und Dinah boxte ihn in die Seite.
Brandon ging auf die Worte seiner Tochter nicht ein, und sein Blick war zornig, als er sagte: »Gleichgültig, wer diese Frau am anderen Ende der Welt war – wir … unsere Familie hat mit ihr nichts gemein. Darum wirst du mir jetzt alle Unterlagen geben, damit sie vernichtet werden können.«
Als hüte sie einen kostbaren Schatz, presste Dinah die Mappe an ihre Brust.
»Nein, Dad, bei allem Respekt, mich interessiert die Sache, und ich dachte, ihr würdet es ebenso spannend finden, welches Geheimnis sich hinter dieser Frau verbirgt.«

»Spannend?« Brandons Stimme wurde gefährlich leise. »Was glaubst du, liebe Tochter, wie *spannend* es werden wird, wenn an die Öffentlichkeit dringt, dass meine Urahnin eine verurteilte Mörderin war?«

»Das war sie vielleicht nicht.« Dinah hob ihre Stimme und konnte nicht verhindern, dass diese zitterte. »Ebendies sollten wir herausfinden. Ich wollte doch nur wissen, ob du etwas davon weißt, Dad. Immerhin hast du deinen Großvater, Ellens Sohn Matthew, noch gekannt. Hat er nie etwas über seine Eltern erzählt? Nie erwähnt, dass sie in England lebten, bevor sie nach San Francisco kamen?«

»Genug jetzt!«

Mit der flachen Hand schlug Brandon so heftig auf die Tischplatte, dass die Gläser klirrten. Olivia, die sich bisher an der Unterhaltung nicht beteiligt, sondern nur fassungslos die Zeitungsartikel angesehen hatte, seufzte.

»Dein Vater hat recht, Dinah. Der Skandal wäre unbeschreiblich, und Brandon könnte den Senat vergessen.«

»Der Senat!« Dinah sprang auf und starrte ihre Mutter an. »Es ist immer das Gleiche, nicht wahr? Unser Ansehen muss gewahrt werden, koste es, was es wolle. Bloß kein Schatten darf auf unsere ach so glückliche Familie fallen, damit Dad auf der Karriereleiter hinaufsteigen kann.« Ihr Blick ging zu Brandon, der den Mund zu einer Entgegnung öffnete, aber Dinah schnitt ihm das Wort ab. »Du magst mich zwar für lebensuntüchtig halten, Dad, und zum Teil hast du damit auch recht, denn was habe ich bisher auf die Reihe gebracht? Nicht viel, das muss ich zugeben, aber ich bin nicht dumm. Die Vorfahren der reichen und berühmten Familie Osbourne haben eine Leiche im Keller, vielleicht sogar im wahrsten Sinne des Wortes. Ich kann einfach nicht glauben, dass euch das völlig kaltlässt und nicht interessiert, was damals wirklich geschehen ist.«

»Also, mich schon«, sagte Kevin.
»Du halte dich da raus«, wies Brandon ihn sofort zurecht. »Ich möchte deine Kommilitonen in Harvard sehen, wenn sie erfahren, dass sie den Hörsaal mit dem Nachkommen einer Mörderin teilen.«
Für einen Moment sah es aus, als wollte Kevin etwas entgegnen, dann aber senkte er den Kopf und schwieg.
»Feigling!«, zischte Dinah ihrem Bruder zu. »Ich verstehe eure Aufregung nicht. Ma ... Dad, was kann schon geschehen, wenn wir versuchen, etwas über die Hintergründe herauszufinden? Davon muss doch nichts an die Öffentlichkeit dringen ...«
»Nichts, was ein Politiker tut, bleibt unbemerkt«, unterbrach Brandon sie scharf. »Es ist bekannt, dass, wenn man beginnt, in der Vergangenheit herumzustochern, oft ein Stein ins Rollen kommt, dem eine Lawine folgt. Eine Lawine, unter der wir begraben werden könnten.«
Dinah wusste nicht, ob sie eher verärgert oder enttäuscht über die Reaktion ihrer Eltern war. Eigentlich hätte sie sich denken können, dass gerade ihr Vater von dieser seltsamen Sache nichts wissen wollte. Obwohl sie, seit sie gestern die Papiere auf dem Dachboden gefunden hatte, die wahren Hintergründe erkunden wollte, hatte sie der Sache doch nicht so große Bedeutung zugemessen. Jetzt jedoch erwachte ihr Kampfgeist. Gerade deshalb, weil ihr Vater es vehement ablehnte, irgendetwas zu unternehmen, und forderte, die Papiere zu vernichten, wollte Dinah unbedingt herausfinden, welches Geheimnis ihre Ururgroßmutter umgab. Sie klemmte die Ledermappe unter den Arm und ging zur Tür.
»Was hast du vor?«, rief Olivia, die Augen weit aufgerissen.
Dinah blickte über die Schultern zurück und runzelte die Stirn.

»Ich werde es nicht einfach im Raum stehenlassen, ob unsere Vorfahrin eine Mörderin war oder nicht. Ihr könnt mir nicht verbieten, ein wenig zu recherchieren.«
Mit einem Satz war Brandon bei ihr. Seine Finger krallten sich in die Mappe.
»Du gibst mir sofort die Sachen, sonst ...«
»Was sonst?« Dina hielt seinem wütenden Blick stand, obwohl sie am ganzen Körper zitterte. »Willst du mir wieder die Autoschlüssel wegnehmen und mir Hausarrest erteilen? Muss ich dich daran erinnern, dass ich volljährig bin? Was, meinst du, würden deine Parteifreunde dazu sagen, wenn sie erführen, dass du deine Tochter einsperrst? Und *das,* Dad, geschieht jetzt, im einundzwanzigsten Jahrhundert. Ich glaube, das ist interessanter als Ereignisse, die vor über hundert Jahren stattfanden.«
Für einen Moment befürchtete Dinah, Brandon würde ihr die Mappe mit Gewalt entreißen, doch so weit ging er nicht, die unterdrückte Wut in seinen Augen sprach jedoch Bände.
»Brandon, bitte ...« Hilflos hob Olivia die Hände. »Lass das Mädchen. Sie wird ohnehin nicht mehr als das, was in den damaligen Zeitungen stand, herausfinden. Dinah« – Olivia sah ihre Tochter bittend an –, »ich weiß, trotz allem kannst du nicht wollen, dass die Karriere deines Vaters befleckt wird, darum bitte ich dich, die Öffentlichkeit nicht über deine Entdeckung zu informieren.«
Fassungslos erwiderte Dinah Olivias Blick.
»Traust du mir das wirklich zu?« Resigniert schüttelte sie den Kopf. »Wahrscheinlich hast du recht. Ich werde nichts Genaueres in Erfahrung bringen, und die Frage, was Ellen Townsend mit unserer Familie verbindet, wird nie geklärt werden.«
Brandon wandte sich ab, ging zu der kleinen Bar und schenk-

te sich einen doppelten Bourbon ein. Erst nachdem er das Glas in einem Zug geleert hatte, sah er seine Tochter wieder an.

»Du hast recht, das Gesetz verbietet mir, dir Vorschriften zu machen, daher kann ich nur an deinen Verstand appellieren. Lass die Sache ruhen, Dinah. Es ist selten gut, zu viel über Vergangenes zu wissen.«

Fest erwiderte Dinah seinen Blick und sagte leise: »Ich habe nur noch eine Frage, und ich bitte dich, mir diese ehrlich zu beantworten: Weißt du etwas über diese Ellen, oder weißt du wirklich nichts?«

»Ich habe heute zum ersten Mal von ihr gehört und gelesen«, antwortete Brandon, und Dinah glaubte ihm.

Obwohl sie die Sachen in ihrem Zimmer einpacken sollte, verbrachte Dinah den Vormittag des nächsten Tages auf dem Dachboden. Da es draußen regnerisch-trüb war, hatte sie einen Flutstrahler hinaufgeschleppt, denn die schwache Glühbirne spendete nur wenig Licht. Systematisch durchsuchte Dinah jeden Winkel, schaute in jeden Schrank, öffnete jede Schublade und spähte in jeden Karton. Sie räumte sogar die Sachen zur Seite, in der Hoffnung, dahinter könnte jemand etwas versteckt haben. Das Einzige, was sie fand, waren aber nur Heerscharen von Spinnen, die, in ihrer Ruhe gestört, die Flucht ergriffen. Obwohl Dinah nicht gerade eine Freundin der achtbeinigen Tierchen war und sich vor Ekel schüttelte, machte sie verbissen weiter. Als sie Schritte auf der Treppe hörte, wandte sie sich, unwillig über die Störung, um.

»Ich dachte, du willst vielleicht mal etwas essen.«

Kevin trug ein Tablett mit zwei Gläsern Milch und einem Teller Sandwiches in den Händen.

»Ist es schon so spät?« Überrascht sah Dinah auf die Uhr.

Tatsächlich, die Zeiger zeigten bereits die zweite Mittagsstunde, und jetzt merkte sie auch, dass ihr Magen knurrte. »Danke, das ist nett. Was macht Ma?«
»Sie sichtet ihre Kleider.« Kevin grinste. »Dabei hat sie festgestellt, dass sie für die exklusive Washingtoner Gesellschaft nichts anzuziehen hat, denn sie hofft ja darauf, früher oder später dem Präsidenten oder zumindest der First Lady vorgestellt zu werden.«
»Na, da wird Dads Kreditkarte wieder bluten müssen«, erwiderte Dinah grinsend. Die Geschwister ließen sich auf dem staubigen Boden nieder und nahmen sich je ein Schinkensandwich.
»Schon was gefunden?«, fragte Kevin. Dinah schüttelte den Kopf.
»Die Unterlagen in der alten Truhe scheinen wohl die einzigen Hinweise zu sein.« Sie seufzte. »Ich glaube Dad sogar, dass er von seinem Großvater nichts über dessen Eltern erfahren hat. Wahrscheinlich hat unsere Ahnin Ellen oder deren Mann die Zeitungen in die Truhe gelegt, diese auf den Dachboden geschafft und gehofft, dass sie niemals entdeckt werden.«
»Wenn das deren Intention war – warum wurden die Artikel denn überhaupt aufgehoben, oder warum hat Ellen sie nicht ganz einfach verbrannt?«
»Ach, interessiert dich die Sache jetzt doch?«
Kevin zuckte mit den Schultern.
»Schon, wobei ich glaube, dass wir uns auf alles einen eigenen Reim machen müssen. Dad hat recht, was interessiert es uns, was vor so langer Zeit geschehen ist? Das Heute zählt und das Jetzt, und für Dad wäre es echt peinlich, wenn wir wirklich eine Mörderin in der Familie hätten.«
Obwohl Dinahs Hunger noch nicht gestillt war, verging ihr der Appetit.

»Dann lass mich einfach in Ruhe, Kevin. Ich glaube nämlich nicht, dass diese Papierfetzen das Einzige waren, und *ich* möchte wissen, was an der Sache dran ist.«
»Mach, was du willst.« Kevin zuckte mit den Schultern und stand auf. »Es war jedenfalls eine gute Gelegenheit, den Dachboden zu sichten. Ich nehme an, das alte Gerümpel wird komplett entsorgt?«
Dinah nickte. »Alles, was ich behalten möchte, habe ich in mein Zimmer gebracht. Du kannst Ma sagen, dass die Firma den Rest abholen kann.«

Nach einer ausgiebigen heißen Dusche, um den Schmutz der Jahrzehnte abzuwaschen, schnappte Dinah sich ihren Laptop und setzte sich auf die Fensterbank im Erker ihres Zimmers. Die Umzugskartons, die schon bereitstanden, ließ sie unbeachtet, stattdessen tippte sie, die Wangen vor Aufregung gerötet, sämtliche Namen und Schlagwörter, die in den Zeitungen erwähnt worden waren, in die Suchmaschine. Das Ergebnis war aber mehr als dürftig. Das Gefängnis von Bodmin war heute ein Museum und eine Familienattraktion mit Restaurant, Pub und Kinderspielplatz. Gefangene wurden hier schon seit über achtzig Jahren nicht mehr untergebracht. Allerdings fand Dinah Bilder der alten Hinrichtungsstätte, und beim Anblick des Galgens lief es ihr kalt über den Rücken. War hier Ellen gestorben? Aber nein, rief sie sich sogleich zur Ordnung, die Ellen Townsend, die in Bodmin den Tod fand, konnte nicht ihre Ahnin gewesen sein.
Weitere Klicks verliefen ohne Ergebnis. Weder unter den Namen Ellen Townsend noch Caswyn Osbourne gab es irgendwelche Hinweise. Dinah nahm die Artikel zur Hand und studierte diese erneut intensiv. Im *Cornwall Observer* stieß sie dann auf einen Hinweis, der ihr bisher entgangen war. Der

Mord, für den Ellen gehängt worden war, hatte offenbar auf dem Anwesen von Tredethian Manor stattgefunden.
»Ja!«, rief Dinah laut, als die Suchmaschine gleich Hunderte von Einträgen zu dem Begriff *Tredethian Manor, Cornwall, England* brachte. Schnell klickte Dinah sich durch die einzelnen Seiten. Tredethian Manor war ein altes cornisches Herrenhaus, eigentlich eine Burg, die noch heute in fast unveränderter Form bestand. Seit vielen Jahren wurden das Haus und das ganze Anwesen von der Organisation *National Trust* verwaltet, die die Räumlichkeiten und den Park Besuchern zur Besichtigung öffnete. Einen Eintrag über eventuelle Besitzer fand Dinah nicht und in dem kurzen Abriss der Geschichte des Hauses auch keinen Hinweis auf einen dort stattgefundenen Mord oder einen sonstigen Skandal. Trotzdem war Dinah sicher, das richtige Haus gefunden zu haben, denn Tredethian Manor lag nicht nur in Cornwall, sondern in der Nähe der Stadt Helston, und *ihre* Ellen war laut den Unterlagen in der Nähe geboren. Das war eine Spur! Am liebsten hätte Dinah gejubelt, wenngleich sie die Entdeckung des Herrenhauses in ihren Recherchen, welches Geheimnis Ellen Townsend umgab, nicht weiterbrachte. Da ihr von dem stundenlangen Starren auf den Bildschirm die Augen brannten, klappte Dinah den Laptop zu und strich sich seufzend eine Haarsträhne aus der Stirn. Dabei fiel ihr Blick auf die Umzugskartons, dann auf ihre Schränke. Olivia würde verstimmt sein, wenn sie nicht endlich damit begann, ihre Sachen zu packen, immerhin sollte in vier Tagen die erste Fuhre abgeholt und nach Washington überführt werden.
Da schoss ein Gedanke durch Dinahs Kopf, der so ungeheuerlich war, dass sie nach Luft schnappte, ihn aber nicht sogleich wieder verwarf. Im Gegenteil, je länger sie darüber nachdachte, desto mehr Gefallen fand sie an der Idee. Dinah

schmunzelte, nahm aus ihrem Schrank eine Sporttasche und begann, ein paar Sachen zu packen. Viel wollte sie nicht mitnehmen, was sie noch benötigen würde, konnte sie sich in England kaufen.

Vielleicht war es eine Schnapsidee, aber Dinah beschloss, nach England zu fliegen und sich in Tredethian Manor ein wenig umzusehen. Vielleicht gab es da eine Art Archiv, in dem sie etwas über den Mord würde in Erfahrung bringen können. Allerdings wollte sie ihren Eltern nichts von ihrem Plan verraten, denn Brandon wäre in der Lage, ihr nicht nur die Kreditkarte abzunehmen, sondern sie auch wieder in ihrem Zimmer einzuschließen. Heute Nacht, wenn ihre Eltern und Kevin schliefen, würde sie zum Flughafen fahren und die nächste Maschine nach London nehmen. Von dort würde sie schon irgendwie in dieses Cornwall gelangen. Bis Olivia und Brandon ihr Fehlen bemerkten, wäre sie schon längst über dem großen Teich.

4. Kapitel

Durch die geöffneten Vorhänge drangen die letzten Strahlen der Abendsonne und tauchten das Zimmer in ein schummriges Zwielicht. Dinah räkelte sich ausgiebig, streckte ihre Glieder und gähnte herzhaft. Der Blick auf die Uhr sagte ihr, dass sie über zwanzig Stunden geschlafen hatte, was auch dringend notwendig gewesen war. Vor drei Tagen hatte sie mitten in der Nacht einen Flug von San Francisco nach Atlanta bekommen, und dort war sie in eine Maschine gestiegen, die sie nach Heathrow in England brachte. Wenn sie schon mal so nahe bei London war, hatte Dinah es sich nicht nehmen lassen, einen Abstecher in die britische Metropole zu machen, bevor sie gestern am frühen Morgen einen Zug nach Penzance bestieg und am Nachmittag im Westen Cornwalls ankam. Von der Reise völlig erledigt und unter Jetlag leidend, war sie in eines der am Bahnhof wartenden Taxis gestiegen.

»In ein kleines Hotel oder eine Pension, bitte«, hatte sie gemurmelt und war während der kaum zehnminütigen Fahrt beinahe in den Polstern eingeschlafen. Die Wirtin der Bed-&-Breakfast-Pension hatte sie sofort in ein Zimmer geführt und Dinah wohl angesehen, wie müde sie war, denn sie hatte versprochen, sie nicht zu stören.

»Schlafen Sie sich richtig aus, Miss«, hatte sie mit einem Schmunzeln gesagt, »die Formalitäten können wir morgen erledigen.«

Nach einer kurzen, kalten Dusche war Dinah in das Bett mit der nach Lavendel duftenden Bettwäsche gefallen und hatte wie ein Stein geschlafen. Jetzt war es kurz nach acht Uhr am

Abend, und ihr Magen knurrte vernehmlich. In Slip und T-Shirt trat sie ans Fenster.
»Wie schön!«, rief sie laut, denn die Pension lag oberhalb von Penzance, und der Blick ging nicht nur über die Dächer der Stadt, sondern fiel auch auf eine weitläufige Bucht. Dort in der Mitte erhob sich auf einem Felsen eine mächtige Burg, in deren Fensterscheiben sich rotgolden die Abendsonne spiegelte. Dinah, in San Francisco an schöne Ausblicke, wie zum Beispiel auf die Golden Gate Bridge, gewöhnt, zog hörbar die Luft ein. Sie hatte gewusst, dass England ein Land der Burgen und Schlösser war, auf ein solch bombastisches Bauwerk war sie jedoch nicht gefasst gewesen. Bereits während der Zugfahrt hatte sie hin und wieder kleine, verschlafene Ortschaften, die aussahen, als wäre die Zeit stehengeblieben, und große herrschaftliche Häuser gesehen.
Dinah ging ins Bad, putzte sich die Zähne und spritzte sich kaltes Wasser ins Gesicht, dann schlüpfte sie in Jeans und in ein frisches T-Shirt. Beschwingt lief sie über eine enge und steile, mit einem roten Teppich belegte Treppe nach unten.
»Hallo?«, rief sie in die kleine Lobby. »Ist hier jemand?«
Die freundliche Wirtin vom Abend zuvor erschien sofort.
»Ich hoffe, Sie haben gut geschlafen?« Sie streckte Dinah die Hand hin. »Sue Hartford, ich führe das Haus.«
»Dinah Osbourne«, entgegnete Dinah und schüttelte die Hand. »Ich glaube, ich habe mich gestern gar nicht vorgestellt. Umso freundlicher, dass Sie mir das Zimmer überlassen haben.«
Sue Hartford lächelte.
»Wenn Sie mir die Bemerkung erlauben, Miss, Sie sahen wie der Tod persönlich aus. Ich musste befürchten, dass, wenn wir auch nur zwei Sätze wechseln, Sie auf der Stelle einschlafen.«

»Ja, so fühlte ich mich auch.« Dinah sah sich um. »Ich nehme nicht an, dass ich heute Abend bei Ihnen noch etwas zu essen bekomme?«
Sue schüttelte bedauernd den Kopf.
»Ich biete nur Frühstück an, und in der Stadt bekommen Sie in den meisten Restaurants und Pubs nach neun Uhr nichts mehr. Es gibt aber ein paar Fish-&-Chips-Buden und Fastfood-Lokale, die bis spät in die Nacht hinein geöffnet haben. Am besten gehen Sie zur Strandpromenade hinunter.«
»Ich werde schon etwas finden«, entgegnete Dinah und wandte sich zum Gehen, da hielt Sue sie zurück.
»Wenn Sie allerdings mit einer guten hausgemachten Gemüsesuppe und warmen Scones zufrieden wären ... Ich habe auch noch nicht gegessen, und dabei könnten wir gleich die Formalitäten regeln.«
Erfreut sah Dinah die Wirtin an.
»Das wäre sehr freundlich von Ihnen, Mrs. Hartford ...«
»Bitte, nennen Sie mich Sue«, unterbrach die Wirtin.
»Aber nur, wenn Sie mich Dinah nennen.« Sie sah sich um. »Haben Sie eigentlich noch andere Gäste?«
»Derzeit nicht, die Ostersaison ist gerade zu Ende, und die Touristen kommen erst wieder ab Mitte Mai in unser schönes Cornwall.« Sie winkte Dinah, ihr zu folgen. »Wenn es Ihnen nichts ausmacht, essen wir in der Küche.«
Dinah, von zu Hause an eine moderne Küche mit weißen Einbaumöbeln gewöhnt, trat in einen Raum, der sie sofort an Filme aus der Vergangenheit denken ließ. Zwar gab es auch hier einen Elektroherd und einen Geschirrspüler, die Möbel aber schienen bunt durcheinandergemischt und aus verschiedenen Epochen zu stammen, wobei alles zusammen ein harmonisches Bild ergab. Am schönsten war die gemütliche Eckbank mit dem massiven Eichentisch und der grün-weiß ka-

rierten Tischdecke, auf den Sue Suppenteller und Besteck verteilte. Außer dem modernen Herd gab es noch einen altmodischen Kohleofen, der eine angenehme Wärme ausstrahlte, denn die Abende in Cornwall waren um diese Jahreszeit noch kühl. Nachdem Dinah zwei Teller der dicken und etwas scharfen Suppe und zwei noch warme englische Brötchen, die hier Scones genannt wurden, gegessen und Sue eine Kanne Tee aufgebrüht hatte, füllte sie das Anmeldeformular aus.

»Oh, Sie kommen aus Frisco?«, rief Sue freudig überrascht. »Dorthin haben mein Mann und ich unsere Hochzeitsreise gemacht, und wir waren auch in Los Angeles. Was führt Sie denn in unser beschauliches Cornwall?«

Dinah empfand die direkte Frage weder als neugierig noch als aufdringlich. Die etwa fünfzig Jahre alte Wirtin war so freundlich, dass Dinah keinen Grund sah, den Anlass ihres Besuches zu verschweigen.

»Ich bin auf der Suche nach meinen Vorfahren. Erst vor wenigen Tagen fand ich heraus, dass meine Ururgroßmutter aus dieser Gegend stammte.«

»Dann sind Sie ja fast eine Einheimische.« Vor Begeisterung klatschte Sue in die Hände. »Viele Ihrer Landsleute kommen auf der Suche nach ihren Wurzeln nach England, und ich hoffe, Sie finden, was Sie suchen. Haben Sie denn hier noch Verwandte?«

Dinah nippte an dem aromatischen Tee und schüttelte den Kopf.

»Nicht, dass ich wüsste.« Sie entschloss sich, die freundliche Wirtin in ihre Suche mit einzubeziehen. »Kennen Sie ein Haus namens Tredethian Manor?«, fragte Dinah. »Es muss in der Nähe einer Stadt mit dem Namen Helston liegen.«

»Warten Sie.« Sue sprang auf, eilte aus der Küche und kehrte kurze Zeit später mit einem Stapel Prospekte zurück. »Wir haben immer eine Auswahl von Faltblättern mit den Sehenswürdigkeiten der Umgebung für unsere Gäste vorrätig. Hier – das ist Tredethian Manor, etwa zehn Meilen in östlicher Richtung. Es liegt zwischen Helston und Porthleven. Letzteres ist ein Fischerhafen an der Küste, ebenfalls sehr sehenswert.«

Dinah sah sich den Prospekt an. Die Bilder deckten sich mit denen, die sie bereits im Internet gefunden hatte. Auf der Rückseite waren die Öffnungszeiten und Eintrittspreise vermerkt, ebenso Hinweise auf die weitläufige Parkanlage und den hauseigenen Tea-Room.

»Stammen Ihre Vorfahren von Tredethian?« Mit interessiert funkelnden Augen beugte sich Sue gespannt vor. »Sind Sie etwa eine Nachfahrin der früheren Besitzer?«

»Nein, sicher nicht«, wehrte Dinah lachend ab. »Es gibt nur einen Hinweis, dass meine Ahnin wohl mal in dem Haus gewesen sein muss.«

Dass Ellen Townsend im Garten von Tredethian Manor einen Mann erstochen haben sollte, verschwieg Dinah wohlweislich. Sie wusste, dass Engländer sehr traditionsbewusst waren, und – obwohl Sue Hartford bisher mehr als freundlich gewesen war – sie wollte nicht als Nachfahrin einer Mörderin angesehen werden.

»Sie hieß übrigens Ellen Townsend«, fuhr Dinah fort, denn sie glaubte nicht, dass der Name Sue etwas sagen würde, dafür lag der Mordfall zu lange zurück. »Und sie wurde in Penzance geboren und muss so etwa zwanzig Jahre in der Gegend gelebt haben.«

»Wann war das denn?«, fragte Sue interessiert.

»Ende des neunzehnten Jahrhunderts.«

»Darüber werden Sie sicher etwas im Archiv und in den Kirchenbüchern finden.« Sue nickte und sah Dinah erwartungsvoll an. »Ich nehme an, Sie wollen herausfinden, ob es noch weitere Nachkommen oder Verwandte gegeben hat, bevor Ihre Ahnin in die Staaten ausgewandert ist?«

»Ja, das interessiert mich sehr«, antwortete Dinah und dachte: Aber noch mehr, wie es sein kann, dass Ellen hier wegen Mordes gehängt worden war und gleichzeitig in San Francisco geheiratet und eine Familie gegründet hat.

»Ich wünsche Ihnen viel Glück und Erfolg.« Sue erhob sich. »Es ist schon spät …«

Dinah verstand und stand ebenfalls auf.

»Herzlichen Dank für das gute Essen, Sue. Ich würde mir noch gern etwas die Beine vertreten, wenn es geht.«

»Aber sicher, ich gebe Ihnen einen Hausschlüssel mit. Schließen Sie bitte hinter sich ab, wenn Sie zurückkommen, ich gehe nämlich früh schlafen.«

Bereits an der Tür, wandte Dinah sich nochmals zu Sue um. »Diese Insel mit der Burg … Kann man die auch besichtigen?«

»Sicher doch.« Sue kramte in den Prospekten und reichte Dinah einen weiteren. »Das ist St. Michael's Mount und eines der Wahrzeichen Cornwalls. Ein Besuch lohnt sich auf jeden Fall.«

Dinah dankte und verließ das Haus. Sie war froh, eine warme Daunenjacke mitgenommen zu haben, denn der Wind vom Meer her war kalt, und fröstelnd schlug sie den Kragen hoch. Sie ging ein paar Schritte in Richtung Stadt, dann blieb sie stehen und schnupperte. Obwohl sie ihr ganzes Leben in Meeresnähe verbracht hatte, unterschied sich die Luft hier am Atlantik gravierend von der an der Pazifikküste. Gestern Nachmittag war sie zu müde gewesen, um den Unterschied zu bemerken, jetzt atmete sie tief den würzigen Geruch nach Salz und Tang, gemischt mit dem Rauch aus zahlreichen Kaminen, ein. Offenbar heizten in England noch viele Menschen auf die herkömmliche Art, denn Dinah sah kein Dach ohne nicht mindestens einen Kamin. Als Dinah die Strandpromenade erreicht hatte, war es dunkel geworden. Sie hörte das Wasser an die Kaimauer schlagen und den Wind in den Bäumen rauschen. Die Burg auf der Felseninsel war künstlich beleuchtet. Dieses Kleinod musste sie unbedingt besichtigen, morgen wollte sie aber zuerst zum städtischen Standesamt, dem Rathaus, oder wie das hier in England hieß, gehen und nach Ellen Townsend forschen. Danach wollte sie nach Tredethian Manor und herauszufinden versuchen, ob dort etwas über den Mord zu erfahren war.

Dinah schlenderte eine Stunde auf der Promenade auf und ab, dann kehrte sie in ein Pub ein und bestellte ein Glas Rotwein. Durch den langen Schlaf war sie nicht müde. Sie lächelte still in sich hinein, als sie daran dachte, dass Kevin längst ihren Zettel, den sie vor ihrer Abreise unter seiner Tür hindurchgeschoben hatte, entdeckt haben musste. Dinah konnte sich die Wut ihres Vaters gut vorstellen, und Olivia würde jammernd die Hände über dem Kopf zusammenschlagen und wieder einen ihrer berühmten Migräneanfälle bekommen. Mit ihrem Entschluss, bei Nacht und Nebel nach England zu fliegen, hatte Dinah ihrem Ruf als schwarzes Schaf der Familie neue Nahrung gegeben. Der Umzug nach Washington und die Wahl Brandons in den Senat standen kurz bevor – und die Tochter des Hauses verschwand einfach. Nun, ihr Vater würde sich der Öffentlichkeit gegenüber eine zufriedenstellende Ausrede einfallen lassen. Darin war er Meister, denn schließlich war er Politiker, und die waren bekanntlich nie um eine Ausrede verlegen. Sicherheitshalber ließ Dinah ihr Handy jedoch ausgeschaltet. Sie hatte keine Lust auf die zahlreichen verpassten Anrufe und SMS, auf die sie ohnehin nicht antworten würde.

»Es tut mir leid, aber wir können Ihnen keine Auskünfte geben.« Der untersetzte Mann mit schütterem Haar und einer randlosen Brille sah Dinah entschuldigend an.
Dinah krauste unwillig die Stirn. Mit Widerstand hatte sie nicht gerechnet.
»Ich verstehe nicht, warum«, erwiderte sie nachdrücklich. »Ellen Townsend ist meine Ururgroßmutter. Diese Urkunde belegt, dass sie 1881 in dieser Stadt geboren wurde. Ich möchte lediglich wissen, ob bei Ihnen ein Todesdatum eingetragen ist.«
Der Herr nahm das Dokument zur Hand, rückte seine Brille zurecht und studierte es längere Zeit. Dinah beherrschte sich, um nicht mit den Fingerspitzen ungeduldig auf den Tresen zu trommeln. Sie hatte gedacht, sie brauchte einfach nur ins Amt zu marschieren, und man würde ihr bereitwillig die Unterlagen ihrer Vorfahren zeigen.
»Es tut mir leid«, wiederholte der Mann. »Sie werden verstehen, dass wir dem Datenschutz unterstehen und Fremden keine Einblicke in unser Archiv erlauben dürfen.«
»Ich bin aber keine Fremde, sondern eine Nachfahrin der gesuchten Person«, rief Dinah. »Erst gestern sagte mir eine Landsmännin von Ihnen, dass viele Menschen auf der Suche nach ihren Vorfahren nach England kommen. Wie soll ich etwas herausfinden, wenn Sie mir nicht helfen wollen?«
Er zuckte mit den Schultern.
»Wir haben unsere Anweisungen. Einblicke werden nur gewährt, wenn eine Verwandtschaft zweifelsfrei feststeht, was bei Ihnen nicht der Fall ist.« Der Mann griff nach einer Akte und schlug sie auf, ein deutliches Zeichen, dass er das Gespräch für beendet erachtete. Dinah knirschte mit den Zähnen und wandte sich ab. »Warten Sie«, rief der Mann und sah sich um, doch seine Kollegen waren alle in Gespräche vertieft.

»Die Behörden unterliegen diesen Bestimmungen, die Kirchen nicht. Wenn Ihre Vorfahrin hier getauft wurde, dann müsste sich ein Hinweis in einem Kirchenbuch befinden, ebenfalls, wenn sie in Penzance oder in der Umgebung beerdigt wurde. Mehr kann ich Ihnen nicht sagen.«
»Danke.« Dinah bemühte sich um ein Lächeln. »Sie wissen nicht zufällig, in welcher Kirche ich fündig werden könnte?«
»Welche Konfession hatte Ihre Vorfahrin? Anglikanisch, katholisch, methodistisch, jüdisch, baptistisch oder presbyterianisch?«
»Ähm ... nun ja ...« Da war Dinah eindeutig überfragt, aber sie überlegte blitzschnell. Ihre Eltern waren – wenngleich keine Kirchgänger – Protestanten, so lag die Vermutung nahe, dass Ellen der englischen Kirche angehört hatte. »Ich glaube, anglikanisch«, sagte sie deswegen.
Der Mann lächelte und wirkte dadurch gleich freundlicher. »Versuchen Sie es bei St. Mary's in der Chapel Street. Diese Kirche gibt es seit Jahrhunderten, und sie war stets die Hauptkirche der Einwohner von Penzance.«
Dinah bedankte sich und machte sich auf den Weg zur Kirche. Feuchte Kühle empfing sie, als sie das hohe und große Kirchenschiff betrat. Sofort bemerkte sie den gravierenden Unterschied zwischen diesem Gotteshaus und den Kirchen ihres Landes. Es war nicht nur das Alter, denn St. Mary's war seit etwa fünfhundert Jahren unverändert, sondern auch die Ausstattung. Alles wirkte, als wäre die Zeit stehengeblieben, und Dinah wäre nicht überrascht gewesen, plötzlich mittelalterlich gekleidete Menschen ins Gebet vertieft zu entdecken. Als sie sich genauer umsah, bemerkte sie eine moderne Lautsprecheranlage, und frische Blumen steckten in wenig mittelalterlichen, grünen Plastikbehältern.
»Hallo?«, flüsterte sie, denn sie konnte sich der besonderen

Atmosphäre, die jeder Kirche zu eigen ist, nicht entziehen. Als Dinah auf den Altar zuging, sah sie, dass eine der Seitentüren offen stand. Sie trat in einen engen, nur schwach beleuchteten Raum. »Ist hier jemand?«

Eine kleine, rundliche Frau mit schlohweißen Haaren trat aus dem Halbdunkel. In den Armen trug sie einen großen Strauß weißer Lilien.

»Kann ich Ihnen behilflich sein?«, fragte sie mit so starkem cornischen Akzent, dass Dinah Mühe hatte, sie zu verstehen.

»Ich suche jemanden, der mir hilft, Einblick in die Kirchenbücher nehmen zu können«, sagte Dinah. »Mein Name ist Dinah Osbourne, ich komme aus den Staaten und bin auf der Suche nach meinen Vorfahren.«

Der Mund der Frau verzog sich zu einem breiten Lächeln, und sie nickte.

»Oh, da sind wir gern behilflich. Es kommen oft Leute wie Sie zu uns«, wiederholte sie Sue Hartfords Aussage. »Wann sind Ihre Vorfahren denn ausgewandert?«

Dinah atmete erleichtert auf. Offenbar war sie hier an der richtigen Stelle.

»Es muss Anfang des zwanzigsten Jahrhunderts gewesen sein. Meine Ururgroßmutter wurde 1881 in Penzance geboren und wahrscheinlich in dieser Kirche getauft.«

Die Frau legte die Blumen auf einen Tisch.

»Warten Sie hier, ich hole Reverend Giles. Er wird Ihnen das richtige Buch heraussuchen.«

Dinah dankte und kehrte in den Altarraum zurück. Dort betrachtete sie die farbigen und bestimmt sehr alten Glasfenster der Apsis, auf denen Szenen aus dem Neuen Testament dargestellt waren. Sie musste nur wenige Minuten warten, bis ein hochgewachsener, schlanker Mann in einem dunklen Anzug durch die Nebentür auf sie zutrat. Dinah war überrascht, wie jung er war, und lediglich das Kollar wies ihn als Geistlichen aus.

»Mary sagte, Sie interessieren sich für die Kirchenbücher, um etwas über Ihre Ahnen zu erfahren?« Freundlich reichte er Dinah die Hand. »Ich bin Reverend Horatio Giles, und ich hoffe, Ihnen behilflich sein zu können.«

»Dinah Osbourne aus San Francisco«, sagte Dinah und wurde unwillkürlich von den eisblauen Augen des jungen Reverends angezogen, die in Kontrast zu seinem pechschwarzen Haar standen. Was für ein attraktiver Mann! Unwillkürlich fragte sie sich, ob Geistliche der anglikanischen Kirche auch dem Zölibat unterlagen oder wie die Protestanten frei davon waren. Sie hoffte Letzteres, denn ein so attraktiver Mann wie Horatio Giles brach sicherlich reihenweise Frauenherzen, auch wenn sein Vorname äußerst altmodisch war, aber irgendwie zu ihm passte.

»Wir dürfen heiraten«, sagte der Reverend prompt, und Dinah schoss das Blut in die Wangen. Verflixt, konnte der Mann etwa Gedanken lesen? Sie erinnerte sich nicht, wann sie zum letzten Mal errötet war, und wegen eines Mannes war es ihr ohnehin noch nie passiert. Bevor sie etwas völlig Sinnloses stammeln konnte, lachte Horatio Giles und fuhr fort: »Sie werden sich fragen, woher ich weiß, woran Sie gerade dachten, aber die Gesichter meiner Schäfchen sind für mich wie offene Bücher. Und diesen Blick, als Sie mich zum ersten Mal sahen, kenne ich zur Genüge.«

»Es … es tut mir leid.« Verlegen knetete Dinah ihre Finger. »Ich wollte nicht … also, das geht mich auch nichts an, aber ich weiß über die englische Kirche nicht Bescheid.«

Als Horatio Giles lachte, bemerkte Dinah zwei Reihen gepflegter weißer Zähne, was nicht gerade dazu beitrug, sich auf den Grund ihres Kommens zu besinnen.

»Die Kirchenbücher?«, half Reverend Giles ihr auf die Sprünge.
»Ähm ... ja.« Mensch, Dinah, reiß dich zusammen, schalt sie sich in Gedanken und fuhr dann fort: »Also, ich würde gern einen Einblick in das Taufregister von 1881 werfen. Juni dieses Jahres, um genau zu sein, wenn es geht. Ich vermute, meine Ururgroßmutter wurde in dieser Kirche getauft.«
Er nickte und legte seine langen, schlanken Finger übereinander. »Später ist sie dann nach Amerika ausgewandert?«
Dinah nickte. »Ich versuche herauszufinden, wann das war und warum sie das Land verlassen hat.«
Horatio Giles wandte sich um und bat Dinah, ihm zu folgen. »Kommen Sie mit, die Unterlagen werden in der Krypta aufbewahrt.«
In der Krypta war es noch ein paar Grad kälter als im Kirchenraum, und die Kühle half Dinah, wieder zur Besinnung zu kommen. Dieser Horatio Giles war schon eine Sünde wert, dachte sie, aber – obwohl Dinah kein Kind von Traurigkeit war – sie war nicht nach England gekommen, um einen heißen Flirt zu beginnen. Und noch weniger mit einem Geistlichen, mochte er auch noch so attraktiv sein!
In den nächsten Minuten galt Dinahs Faszination den zahllosen Kirchenbüchern, die sorgfältig, nach Jahren geordnet, in großen, feuerfesten Stahlschränken lagerten. Es mussten Hunderte sein, und Dinah fragte sich, wie man hier etwas finden sollte. Reverend Giles zog jedoch zielsicher ein in dunkelbraunes Leder gebundenes Buch mit der Jahreszahl 1881 hervor und schlug es auf den ersten Seiten auf.
»Juni, sagten Sie?«
Dinah nickte. »Am Elften des Monats wurde eine Ellen Townsend in Penzance geboren, so steht es auf der Heiratsurkunde.«

Horatio Giles blätterte zwei Seiten um, fuhr dann mit dem Finger über die Spalten, in denen in schwarzer Tinte gestochen scharf ein Name unter dem anderen vermerkt war.
»Hier haben wir sie.« Er sah auf und lächelte Dinah so warm an, dass ihr Herz unwillkürlich einen Hüpfer machte. »Ellen Townsend wurde in dieser Kirche am vierzehnten Juni des Jahres 1881 getauft.«
Nun klopfte Dinahs Herz stärker, weil sie endlich eine Spur entdeckt hatte. Also stimmten die Angaben auf der Heiratsurkunde mit dem Eintrag im Kirchenregister überein. Hier, in diesem Gebäude, nur wenige Meter über ihr, war tatsächlich ihre Ururgroßmutter getauft worden.
»Eines ist allerdings merkwürdig.« Horatio Giles runzelte die Stirn. »Sagten Sie nicht, Ihre Vorfahrin wäre in die Staaten ausgewandert?«
»Anfang des letzten Jahrhunderts, ja.«
»Nun, dann kann es sich bei dieser Ellen Townsend nicht um Ihre Ahnin handeln, denn hinter dem Taufdatum steht auch das Datum ihres Todes.«
»Was?« Nun schlug Dinah das Herz bis in den Hals. Sie beugte sich vor, um den Eintrag lesen zu können, dabei streifte sie mit ihrer Schulter die von Horatio und zuckte unwillkürlich zusammen. Dann las sie mit eigenen Augen das Datum, das neben einem Kreuz hinter dem Namen Ellen Townsend geschrieben worden war: 13. März 1904.
»Geht es Ihnen nicht gut?«
Besorgt griff Horatio nach Dinahs Arm, als sie schwankte. Das Blut rauschte in ihren Ohren, denn das Datum war dasselbe, das in den Zeitungen als Tag der Hinrichtung von Ellen genannt worden war.
»Steht dort auch, woran die Frau starb?«, fragte sie mit belegter Stimme.

Der Reverend schüttelte den Kopf.
»Sie starb auch nicht hier, sondern in Bodmin, allerdings ist vermerkt, dass sie einen Tag später hier beerdigt wurde.«
»Hier?« Vor Überraschung hatte Dinah laut gerufen und vergessen, dass sie sich in einer Kirche befanden. Sofort senkte sie die Stimme. »Was meinen Sie mit hier?«
»Nun, das Grab dieser Ellen Townsend muss sich auf dem hiesigen Friedhof befinden.«
In Dinahs Kopf wirbelten die Gedanken durcheinander. Blitzschnell überlegte sie, inwieweit sie Horatio Giles ins Vertrauen ziehen sollte. Auf der einen Seite wollte sie nichts über die unrühmliche Vergangenheit ihrer Vorfahrin – wenn sie es denn überhaupt war – verlauten lassen, andererseits unterlag ein Mann Gottes sicher einer Art Schweigepflicht und war dazu da, sich die Sorgen und Nöte seiner Schäflein anzuhören. Daher gab sie sich einen Ruck und fragte:
»Wurden Mörder auch in geweihter Erde beerdigt? Ich dachte, deren Leichen wurden früher irgendwo verscharrt oder wissenschaftlichen Zwecken zugeführt.«
»Sie lesen zu viele Horrorgeschichten.« Der Reverend lachte, offenbar nicht schockiert, als Dinah das Wort Mörder aussprach. »Sicher, im Mittelalter und auch noch später wurden Straftäter tatsächlich nicht auf den Friedhöfen beigesetzt, und es kam durchaus vor, dass die toten Körper der Anatomie dienten, im neunzehnten Jahrhundert aber hat man mit diesen barbarischen Sitten längst gebrochen.« Er sah Dinah so intensiv an, dass sie meinte, seine Augen würden direkt auf den Grund ihrer Seele blicken. »Verstehe ich Sie richtig, Miss, war Ihre Ahnin etwa eine verurteilte Straftäterin?«
Dinah nickte entschlossen. Sie würde Horatio Giles ins Vertrauen ziehen, denn er schien der Einzige zu sein, mit dessen Hilfe sie eine Spur von Ellen Townsend finden konnte.

»Um das herauszufinden, bin ich nach England gekommen. Ich habe Unterlagen entdeckt, aus denen hervorgeht, dass eine Frau mit dem Namen Ellen Townsend wegen Mordes an einem Mann im Gefängnis von Bodmin gehängt worden ist. Allerdings taucht ebendiese Frau einige Monate später in San Francisco wieder auf. Jedenfalls eine Frau mit genau demselben Namen, und auch das Geburtsdatum stimmt überein.« Dass eine optische Ähnlichkeit ebenfalls vorhanden war und die Kette, die die Verurteilte damals getragen hatte, sich heute in Dinahs Tasche befand, verschwieg sie vorerst. Zuerst wollte sie mehr über die Frau, die hier begraben lag, erfahren.

»Ellen Townsend ist kein seltener Name«, gab Horatio Giles zu bedenken. »Es ist aber schon ein seltsamer Zufall, wenn auch die Geburtsdaten übereinstimmen. Ich verstehe, dass Sie die Hintergründe herausfinden möchten. Am besten, Sie versuchen es in Bodmin. Auch wenn das Gefängnis schon lange geschlossen ist und dort seit Ewigkeiten niemand mehr hingerichtet wurde, in der Shire Hall sind die Unterlagen über frühere Hinrichtungen sicher noch vorhanden.«

»Das wird wohl nicht gehen.« Dinah seufzte und berichtete dem Geistlichen von ihren negativen Erfahrungen beim Amt. »Ich glaube kaum, dass ich so einfach Einblick in Gerichtsakten erhalten werde.«

Horatio Giles schmunzelte verschmitzt und wirkte wie ein Lausbub, der gerade etwas ausgefressen hatte, keinesfalls wie ein Kirchenvertreter. Unwillkürlich fragte sich Dinah, wie es wohl wäre, von ihm geküsst zu werden. Doch diese Vorstellung wurde von seinen nächsten Worten sogleich aus ihrem Kopf verdrängt.

»Tja, das mag wohl sein, wenn es sich jedoch bei dem Leiter des Archivs in Bodmin um meinen Schwager handelt, denke ich, er würde ein Auge zudrücken, wenn ich ein gutes Wort für Sie einlege.«

»Ihr Schwager? Der Bruder Ihrer Frau?«, rief Dinah und wurde sich erst bewusst, welche Enttäuschung in ihrer Stimme lag, als es schon zu spät war.

Horatios Grinsen wurde immer breiter.

»Der Mann meiner Schwester«, sagte er betont langsam. »Und jetzt kommen Sie, wir wollen sehen, ob wir das Grab von Ellen Townsend finden.«

Nachdem Horatio das Kirchenbuch wieder in den Schrank gestellt und diesen sorgsam verschlossen hatte, folgte ihm Dinah zurück in die Kirche und von dort durch eine Seitentür auf den alten Friedhof. Der Reverend hatte ihr erklärt, dass sich unmittelbar hinter dem Kirchengebäude bis vor dem Zweiten Weltkrieg der Hauptfriedhof befunden hatte, dann aber wegen Platzmangels ein neuer außerhalb der Stadt angelegt worden war. In der letzten Stunde, die Dinah in der Kirche verbracht hatte, war Nebel aufgezogen, und die kühle Feuchtigkeit legte sich auf Dinahs Wangen und half ihr, die sündigen Gedanken, den Reverend betreffend, aus ihrem Kopf zu verbannen. Der alte Teil des Friedhofs, in dem es noch Gräber aus dem 18. Jahrhundert gab, lag am östlichen Rand. Die meisten Grabsteine waren von Moos und Efeu überwuchert, die eingemeißelten Schriften unleserlich und die Grabhügel längst verschwunden und von Gras bedeckt. Einige Gräber jedoch schienen immer noch gepflegt zu werden. Als Dinah Horatio Giles darauf ansprach, nickte er.

»Wir haben hier sehr viele Familien, deren Stammbäume Jahrhunderte zurückreichen. Somit pflegen die Angehörigen noch heute die Gräber ihrer Vorfahren.«

Dinah hatte nicht viel Hoffnung, Ellens Grab zu finden, trotzdem ging sie von Stein zu Stein und versuchte, die In-

schriften zu entziffern. Dreimal stieß sie auf den Vornamen Ellen, die Nachnamen sowie die Daten waren aber andere. Sie wollte schon die Hoffnung aufgeben, als Horatio, der am anderen Ende gesucht hatte, rief:
»Ich glaube, ich habe es gefunden. Kommen Sie!«
Ungläubig und staunend stand Dinah vor dem Grab, auf dessen Stein gut leserlich der Name *Ellen Townsend,* das Geburts- und Sterbedatum *ihrer* Ellen und die Worte *Unvergessen bis in alle Ewigkeit* geschrieben standen. Das allein war es aber nicht, was Dinah einen kalten Schauer, der nicht von dem kühlen Wetter herrührte, über den Rücken jagte, sondern vielmehr die Tatsache, dass das Grab aussah, als hätte die Beerdigung erst kürzlich stattgefunden. Es war gepflegt, und neben sorgfältig gepflanzten Frühlingsblumen lag auch ein frischer Blumenstrauß aus roten und gelben Rosen, als hätte ihn jemand erst vor wenigen Stunden hier auf dem Grabhügel abgelegt.

5. Kapitel

Dinah zog ihre Jacke enger um sich, denn sie fröstelte so sehr, dass sie sich beherrschen musste, nicht mit den Zähnen zu klappern. Die Kälte kam von innen, und auch das Feuer, das in dem altmodischen Herd brannte, konnte sie nicht wärmen. Erst als Mary, die ältere Dame, die Dinah bereits in der Kirche getroffen hatte, ihr eine große Steinguttasse mit Tee reichte und die heiße Flüssigkeit ihren Magen füllte, konnte sie wieder einen klaren Gedanken fassen.

»Ein guter Tee hilft in allen Lebenslagen«, bemerkte Mary und reichte dem Reverend ebenfalls eine Tasse.

»Offenbar gibt es Verwandte«, sagte Horatio, nachdem er einen Schluck getrunken hatte. »Oder zumindest Personen, denen die letzte Ruhestätte von Ellen Townsend nicht gleichgültig ist.«

»Kann man herausfinden, wer das ist?«

Der Reverend zuckte mit den Schultern.

»Wohl kaum, außer Sie legen sich auf dem Friedhof auf die Lauer und warten, bis jemand die Grabstelle aufsucht.«

Seine scherzenden Worte und sein freundliches Verhalten beruhigten Dinah, und sie erwiderte sein Lächeln. Nachdem sie das Grab entdeckt hatte, lud Horatio Giles Dinah ins Pfarrhaus ein, denn er bemerkte, wie sehr die Tatsache, dass Ellen Townsend tatsächlich auf dem Friedhof begraben lag, den jungen Gast aus den Staaten aufwühlte. Obwohl in Dinahs Kopf alles durcheinanderwirbelte und sie nicht wusste, was sie denken sollte, fiel ihr wieder ein, dass Horatio erklärt hatte, dass er allein lebte.

Er ist also unverheiratet, dachte sie und wunderte sich, war-

um sie das plötzlich froh stimmte und für einen Moment von den Gedanken an Ellen ablenkte.
»Wissen Sie was?« Horatio legte eine Hand auf Dinahs Arm, eine Berührung, die sie mehr wärmte als der Tee. »Ich rufe jetzt meinen Schwager in Bodmin an. Sie erinnern sich? Wegen der Hinrichtung?«
Dinah nickte.
»Ich weiß nicht, wie ich Ihnen danken soll, Reverend.«
»Horatio«, sagte er leise. »Nenn mich Horatio, das klingt nicht so förmlich.«
»Gern, wenn du Dinah zu mir sagst.«
Dinah, die alles andere als bibelfest war und nur in die Kirche ging, wenn es sich nicht vermeiden ließ, empfand keine Scheu, mit einem Geistlichen so vertraulich zu plaudern. In der letzten Stunde hatte sie vergessen, dass Horatio ein Kollar trug, und sie hatte sich gefragt, ob er ohne dieses Zeichen kirchlicher Würde nicht ein Mann wie alle anderen war.
»Noch einen Tee?«
Mary riss Dinah aus ihren Gedanken, und sie nickte dankend. Von den warmen Scones, die Mary auf den Tisch gestellt hatte, rührte sie aber nichts an. Ihr Magen war wie zugeschnürt, obwohl sie seit dem Frühstück nichts mehr gegessen hatte. Nach wenigen Minuten kehrte Horatio, der im Nebenzimmer telefoniert hatte, zurück.
»Mein Schwager ruft zurück. Zuerst zeigte er sich etwas … unwillig.« Er zuckte lächelnd mit den Schultern. »Es gelang mir aber, ihn zu überzeugen, dass er ein christliches Werk tut, wenn er ein wenig in den alten Akten stöbert. Natürlich habe ich ihm nicht von dir erzählt. Ich denke, wir können das unter das Beichtgeheimnis fallen lassen.«
»Ich danke dir«, wiederholte Dinah. »Ich fürchte jedoch, in den Akten wird auch nichts anderes stehen, als ich ohnehin

schon herausgefunden habe. Ellen Townsend wurde wegen Mordes gehängt, und ihr Körper wurde auf diesem Friedhof begraben.« Sie runzelte die Stirn. »Wer aber ist die Ellen Townsend, die im Jahr 1904 meinen Ururgroßvater in San Francisco geheiratet hat und damit den Grundstein für unsere Familie legte?«

»Vielleicht doch nur eine zufällige Namensgleichheit«, gab Horatio zu bedenken. »Auch wenn das Geburtsdatum dasselbe ist … ich sagte bereits, dass weder die Namen Ellen noch Townsend selten sind.«

»Das würde ich ja auch glauben, wenn da nicht die Fotos und noch weitere Indizien wären.« Dinah schüttelte vehement den Kopf und hob die Stimme. »Sag jetzt nicht, es wäre ein weiterer Zufall, dass eine Frau mit dem Namen und Geburtsdatum meiner Ahnin ihr *zufällig* auch noch wie aus dem Gesicht geschnitten ist. Und dann die Sache mit der Kette …«

»Welcher Kette?« Horatio sah sie fragend an, und Dinah zog die Kette aus ihrer Tasche und zeigte dem Geistlichen die Fotografie, auf der Ellen Townsend dieses Schmuckstück trug.

»Das ist in der Tat bemerkenswert.« Horatio nickte Dinah beruhigend zu. »Die Menschen bezeichnen Ereignisse, die sie nicht erklären können, gern als Zufälle, wobei ich eher an göttliche Fügungen glaube. In diesem Fall bin aber sogar ich ratlos.«

Dinah lächelte und schenkte ihm einen dankbaren Blick.

»Es tut gut, mit jemandem über alles sprechen zu können. Wahrscheinlich werden meine Nachforschungen im Sand verlaufen, und das Rätsel wird nie gelöst.«

»Du hast es zumindest versucht.« Wieder legte Horatio seine Hand auf Dinahs, und sie wünschte, er würde sie nie mehr wegnehmen. Der Mann übte eine Anziehungskraft aus wie selten jemand anderer zuvor. Aus dem Augenwinkel sah sie,

wie Mary missbilligend die Stirn runzelte, auch Horatio hatte es bemerkt. Er räusperte sich und stand hastig auf.
»Es tut mir leid, aber ich muss leider unsere angenehme Unterhaltung abbrechen. Die Jungs des Kirchenchors warten sicher schon auf mich, wir haben gleich Probe.«
Dinah erhob sich ebenfalls.
»Du informierst mich, wenn dein Schwager etwas herausgefunden hat?«
»Selbstverständlich.« Horatio sah sich um, nahm einen Block und einen Kugelschreiber und reichte beides Dinah. »Schreibe mir bitte auf, wo ich dich erreichen kann.«
Dinah vermerkte die Adresse der Pension, in der sie abgestiegen war, sowie ihre Handynummer. Sie hoffte, Horatio würde sich bald bei ihr melden, nicht nur, um ihr die Informationen mitzuteilen. Durfte man eigentlich mit einem Geistlichen ausgehen? Zum Essen, ins Kino oder in eine Bar …
Dinah, du bist verrückt!, rief sie sich energisch zur Ordnung. Horatio Giles ist kein Mann für einen One-Night-Stand, und auf mehr würde er sich bestimmt nicht einlassen. Sie war nur eine Touristin und würde abreisen, wenn sie herausgefunden hatte, was sie interessierte. Oder aber auch, wenn sie feststellen musste, dass sie nie erfahren würde, was es mit Ellen Townsend auf sich hatte. Außerdem – was immer sie sich wünschte, es war ganz sicher kein Priester als Liebhaber oder gar Ehemann.

Den Rest des Tages verbrachte Dinah damit, Penzance zu erkunden. Sie schlenderte durch die historischen Straßen, bewunderte die vielen alten Gebäude in der Chapel Street, warf einen Blick in die zahlreichen Antiquitätengeschäfte, ohne etwas zu kaufen, und bemerkte überrascht, dass die Boutiquen junge Mode anboten, obwohl der Stil ein ganz anderer war als in den Staaten. Gegen Abend aß sie im Boatshead Café eine ganz hervorragende Fischplatte und genoss dabei den Ausblick über den Hafen bis hin zur Mount's Bay, in dessen Mitte der imposante St. Michael's Mount thronte. Morgen wollte sie zuerst Tredethian Manor aufsuchen, obwohl Dinah nicht glaubte, dort irgendwelche Informationen zu finden. Am übernächsten Tag stand dann ein Besuch der Felseninsel auf dem Programm. Tja, und dann musste sie langsam wieder an die Heimreise denken, obwohl es ihr in Cornwall besser gefiel, als sie erwartet hätte. Natürlich lag über der Stadt, so wie wahrscheinlich über ganz Europa, ein Hauch Rückständigkeit, trotzdem wünschte sich Dinah, längere Zeit hier verbringen zu können, um noch mehr von Cornwall zu sehen. Ihr Vater würde ohnehin toben, wenn sie zurückkehrte, da kam es auf ein paar Tage mehr oder weniger nicht an.

Als Dinah gegen acht Uhr am Abend in ihre Pension zurückkehrte, wurde sie von Sue Hartford bereits erwartet.
»Reverend Giles war hier und wollte Sie sprechen.« Sie hob erstaunt eine Augenbraue. »Wie haben Sie diesen Mann denn kennengelernt? Sie sind gerade erst zwei Tage in der Stadt.«
Dinah schmunzelte, denn auch Sue war von dem jungen Geistlichen offenbar angetan.
»Er ist mir bei der Suche nach meinen Vorfahren behilflich«, antwortete sie. »Hat er eine Nachricht hinterlassen?«
Sue nickte.
»Sie möchten bitte ins Pfarrhaus kommen, am besten sofort.« Sue blickte zur Wanduhr. »Er meinte, es könne auch gern später sein, er würde auf Sie warten.«
Dinahs Pulsschlag beschleunigte sich. Sie überlegte, rasch in ihr Zimmer zu gehen, sich frisch zu machen und sich umzuziehen, schalt sich dann aber sogleich eine dumme Gans. Sie

würde sich sofort auf den Weg machen, denn schließlich ging sie nicht zu einem Rendezvous, sondern traf sich mit einem Vertreter der anglikanischen Kirche, der ihr lediglich bei ihren Nachforschungen behilflich war. Es bestand also nicht der geringste Grund, sich für Horatio Giles herzurichten.

Dinah wusste nicht, ob sie enttäuscht oder erleichtert sein sollte, als Mary die Tür des Pfarrhauses öffnete. Wie hatte sie auch nur einen Moment annehmen können, mit Horatio allein zu sein? Wahrscheinlich wohnte Mary im Haus, groß genug war es schließlich. Horatio erwartete sie im Wohnzimmer.

»Ein Glas Wein?«, fragte er, nachdem sie sich mit Handschlag begrüßt hatten. »Keine Sorge, es ist französischer Burgunder, unsere englischen Weine biete ich dir besser nicht an. Du bist von den kalifornischen sicher verwöhnt.«

Dinah erwähnte lieber nicht, dass sie absolut keine Weinkennerin war und dass nicht jeder, der aus Kalifornien stammte, automatisch auch Wein mögen musste, und nahm das Angebot dankend an. Horatio kam auch gleich zur Sache.

»Gegen Abend rief mich mein Schwager zurück. Alles, was in den alten Zeitungen steht, stimmt. Ellen Townsend wurde am dreizehnten März des Jahres 1904 im Hof des Gefängnisses in Bodmin mittels des Strangs vom Leben zum Tod befördert, wie es in der Akte steht. Wie früher üblich, erfolgte die Hinrichtung öffentlich, und es waren etwa zweihundert Schaulustige zur Vollstreckung des Urteils gekommen.«

Dinah, die so etwas bereits erwartet hatte, war nicht enttäuscht.

»Dann sahen also vierhundert Augen, wie Ellen Townsend starb?«

»Sofern keine Einäugigen darunter waren, ja.« Horatio grinste, wurde aber gleich wieder ernst. »Dinah, ich habe keine

Ahnung, wer die Frau auf den Fotos ist, die in Frisco deinen Ururgroßvater ehelichte. Tatsache ist – es ist nicht die Ellen Townsend, die vor über hundert Jahren in Cornwall gehängt wurde und ihre letzte Ruhestätte auf unserem Friedhof gefunden hat.«

»Tja, alles spricht wohl dafür.« Dinah seufzte und nippte an ihrem Glas. »Es bleibt aber immer noch die Frage, warum mein Ururgroßvater alle Zeitungen, die über den Fall berichteten, aufgehoben und versteckt verwahrt hat. Eine Verbindung muss es geben, wenngleich ich wohl nie herausfinden werde, welche.« Sie stand auf und streckte Horatio die Hand hin. »Ich danke dir für alles, und ich habe mich sehr gefreut, dich kennenzulernen.«

»Die Freude ist ganz auf meiner Seite.« Er schüttelte ihre Hand und begleitete sie zur Tür. »Wenn du doch noch etwas erfahren solltest … hältst du mich auf dem Laufenden? Irgendwie interessiert mich diese mysteriöse Sache.«

»Das mache ich gern.« Dinah zögerte, es gab nichts mehr zu sagen, und sie wusste, sie musste sich jetzt verabschieden.

»Bleibst du noch länger in Cornwall?«, fragte Horatio.

»Ein paar Tage, ich finde das Land nämlich sehr schön, jedenfalls das, was ich bisher gesehen habe.« Erwartungsvoll sah Dinah den Reverend an und dachte: Na los, lade mich ein! Oder mach den Vorschlag, mir Cornwall zu zeigen. Leider kam von Horatio keine entsprechende Reaktion, und enttäuscht wandte Dinah sich um. »Einen schönen Abend noch, Horatio, und nochmals vielen Dank.«

Er winkte ihr kurz nach, dann schloss er die Tür hinter sich. Dinah fragte sich, ob sie ihn jemals wiedersehen würde. Wahrscheinlich war es für ihre Gefühlswelt besser, auf eine erneute Begegnung zu verzichten, denn sie war auf dem besten Weg, sich in den Geistlichen zu verlieben.

Nachdem Dinah am nächsten Morgen ausgiebig gefrühstückt hatte, setzte sie ihren Entschluss, Tredethian Manor zu besichtigen, in die Tat um. Zwar bezweifelte sie, dass sie dort in irgendeiner Weise mehr über Ellen Townsend erfahren würde, wenn sie aber schon in unmittelbarer Nähe eines großartigen englischen Schlosses war, dann wollte sie das Land nicht verlassen, ohne einen Blick darauf geworfen zu haben. Bereitwillig erklärte Sue Hartford, mit welchen Buslinien sie fahren musste, und kurz vor elf Uhr traf Dinah auf dem weitläufigen Besucherparkplatz oberhalb des Herrenhauses ein. An der Kasse erwarb sie ein Ticket und ein reich bebildertes Infobuch, dessen Text einen kurzen Überblick über die Geschichte von Tredethian Manor gab. Natürlich war nirgends der Name Ellen Townsend vermerkt, das hatte Dinah auch nicht erwartet. Eine kurze Passage im letzten Teil des Buches erweckte aber ihre Aufmerksamkeit:

1904 starb die direkte Linie der Swinbrooks aus, und der Besitz ging an einen entfernten Verwandten in Wales, der sich aber nie um Grund und Boden kümmerte. In den darauffolgenden Jahrzehnten verfiel das Haus, bis es der National Trust 1952 erwarb und nach mühevoller und langer Restaurierung der Öffentlichkeit zugänglich machte.
Der Titel Earl of Tredethian ist seit 1904 erloschen …

»1904, das würde ja passen«, murmelte Dinah, denn in diesem Jahr wurde Ellen hingerichtet. Schnell blätterte sie weiter, aber auf den letzten Seiten befanden sich lediglich die Öffnungszeiten und die Hinweise auf den Tea-Room und den Souvenirshop. Der Mord im Garten wurde mit keinem Wort erwähnt.
Sie betrat das herrschaftliche Gebäude durch den Hauptein-

gang, der direkt in die ehemalige große Halle führte. Eine Dame mittleren Alters knipste eine Ecke des Tickets ab und wies darauf hin, dass in den Räumlichkeiten nur ohne Blitzlicht fotografiert werden dürfe. Dinah nickte und machte sich an die Erkundung des Hauses, das größer war, als sie erwartet hatte. Nachdem sie durch zahlreiche, im viktorianischen Stil eingerichtete und dekorierte Räume geschlendert war, sich das eine und andere Detail etwas genauer angesehen und die Landschaftsmalereien, die die Wände zierten, betrachtet hatte, verlor Dinah das Interesse an dem Haus. Sicher, Tredethian Manor war architektonisch und historisch ein äußerst bemerkenswertes Gebäude, Dinah jedoch war enttäuscht, denn sie war aus anderen Gründen gekommen.

»Ich wusste, dass es Zeitverschwendung war«, murmelte sie, als sie in einen langen, mit einem dunkelroten Teppich ausgelegten und holzgetäfelten Gang einbog, an dessen Ecke ein Pfeil auf den Rundgang deutete. Sie war jetzt im zweiten Stockwerk, und ein Blick auf die in allen Zimmern angebrachten Hinweistafeln sagte ihr, dass sie sich im ehemaligen Gästetrakt befand. Da keine Saison war, besuchten nicht viele Touristen das Haus, und Dinah war in diesem Teil des Gebäudes allein. So schnell wie möglich wollte sie zum Ausgang zurückkehren und wieder nach Penzance fahren und sich dort eine Portion Fish & Chips gönnen, denn seit dem Frühstück waren einige Stunden vergangen, und sie hatte Hunger. Den Rest des Tages wollte sie sich ausruhen und morgen St. Michael's Mount besichtigen. Einen Ausflug nach Land's End, dem westlichsten Punkt der britischen Insel, hatte sie auch noch geplant. Der Flur machte eine Biegung und führte in ein weiteres, verwinkeltes Treppenhaus, Dinah zählte bereits das vierte. Wie sie aus der Broschüre wusste, wurde Tredethian Manor über mehrere Jahrhunderte erbaut und reno-

viert, und es wurden immer wieder neue Gebäudeteile hinzugefügt, wobei die alten belassen wurden. Aus diesem Grund war das Haus derart verwinkelt, dass man sich darin verlaufen konnte. Dinah hoffte, dass die Treppe, die nun nach unten führte, sie auch zum Ausgang bringen würde, denn sie hatte jegliche Orientierung verloren. Den Fuß bereits auf der ersten Stufe, warf sie einen Blick nach oben, wo die Treppe ins Dachgeschoss führte. Die Stufen nach oben waren mit einer Kette und dem Schild *Private* versperrt. Dinah wollte gerade weitergehen, da bemerkte sie an der Wand zum nächsten Treppenabsatz das lebensgroße Porträt einer jungen Frau.
»Teufel noch mal …«
Dinah sah sich um, noch immer war niemand zu entdecken. Kurzentschlossen stieg sie über die Absperrung, denn dieses Bild musste sie sich genauer ansehen. Als Dinah davorstand, gab es für sie keinen Zweifel: Die junge Frau in dem weißen Kleid und dem ausladenden hellen Hut, die hintergründig lächelnd dem Maler Modell gestanden hatte, war niemand anderes als Ellen – ihre Ururgroßmutter! Auch wenn sie auf dem Bild deutlich jünger war – Dinah schätzte sie auf höchstens siebzehn oder achtzehn Jahre –, handelte es sich eindeutig um Ellen Townsend oder auch Ellen Osbourne. Dinah lächelte zufrieden. Also war ihr Ausflug nach Tredethian doch nicht umsonst gewesen, und ihre Vermutungen wurden bestätigt: Es gab eine Verbindung zwischen ihrer Ahnin und dem Herrenhaus, auch wenn diese bisher lediglich darin bestanden hatte, dass Ellen im Garten einen Menschen ermordet haben sollte. Warum jedoch hing ein Porträt von ihr in diesem Treppenhaus? Normalerweise wurden nur Menschen porträtiert, die eine direkte Verbindung zu dem Haus hatten. Unter dem Bild war ein kleines Messingschild angebracht, das Dinah erst jetzt bemerkte. Als sie die Inschrift entzifferte, run-

zelte sie die Stirn, denn sie las den Namen: *Belinda Swinbrook.*

»Belinda? Das kann wohl nicht sein«, sagte Dinah laut und fragte sich, wer diese Belinda wohl gewesen war. Sie hätte ihren Sportwagen darauf verwettet, dass auf dem Porträt Ellen abgebildet war, die hier Belinda Swinbrook genannt wurde. Schnell nahm sie ihr Handy aus der Tasche und machte eine Aufnahme von dem Porträt. Dazu musste sie allerdings das Blitzlicht einschalten, denn der Treppenabsatz war nur schwach beleuchtet. Nun, sie war allein, und ein Foto mit Blitz würde dem Bild schon nicht schaden.

In diesem Moment schepperte es im Stockwerk über ihr, als wäre etwas Metallenes zu Boden gefallen, und Dinah zuckte wie ertappt zusammen. Schnell steckte sie ihr Handy zurück und spähte die Treppe hinauf. Da der Bereich hier als privat abgetrennt und nicht der Öffentlichkeit zugänglich war, lag die Vermutung nahe, dass die Räume im Dachgeschoss bewohnt waren. Dinahs Neugierde war größer als ein Verbotsschild, außerdem nahm sie es mit solchen Dingen ohnehin nicht so genau, daher hatte sie keine Bedenken, der Treppe weiter zu folgen, bis diese in einen engen Flur mit niedriger Decke mündete. Hier gab es weder Teppiche noch Holztäfelungen, und an den Wänden klebten ausgeblichene Tapeten, die an vielen Stellen fleckig und eingerissen waren. Der aus einfachen Holzdielen gefertigte Fußboden und die Türen, die in weitere Zimmer führten, hätten eine gründliche Politur nötig, das erkannte selbst Dinah, obwohl sie zu Hause niemals einen Putzlappen in die Hand nahm. Sie blieb stehen, lauschte, dann hörte sie murmelnde Stimmen, konnte aber kein Wort verstehen. Leise schlich sie zu der Tür, hinter der sie die Stimmen vermutete. Sie wollte sich gerade bücken, um durch das Schlüsselloch zu spähen, als die Tür von innen aufgerissen

wurde und Dinah sich gerade noch an der Wand abstützen konnte, sonst wäre sie direkt in die Arme eines großen, breitschultrigen Mannes gefallen.
»Was machen Sie hier?« Der Mann musterte sie ärgerlich. »Dieser Teil des Hauses ist privat und nicht der Öffentlichkeit zugänglich.«
»Ich weiß …« Dinah suchte nach den richtigen Worten. »Ich musste … ähm … ich meine, ich suche eine Toilette … Sie wissen schon …«
»Hier oben?« Die buschigen Augenbrauen des Mannes zogen sich unwillig über der Wurzel seiner nicht gerade zierlichen Nase zusammen. »Die sanitären Anlagen befinden sich im Erdgeschoss, ebenso im Tea-Room und beim Parkplatz.«
An seiner kräftigen Statur vorbei versuchte Dinah, einen Blick in das hinter ihm liegende Zimmer zu erhaschen, er trat aber schnell auf den Flur und schloss die Tür hinter sich.
»Wenn Sie nun gehen würden …« Die Geste seiner Hand war unmissverständlich.
»Wohnen Sie hier?«, fragte Dinah. »Das muss mächtig aufregend sein, in einem so alten Haus zu leben.«
Ohne auf Dinahs Frage einzugehen, sagte er herablassend: »Sie sind Ausländerin, nicht wahr? Ich vermute – Amerikanerin.«
»Richtig.« Trotzig hob Dinah das Kinn. »Haben Sie was dagegen?«
»Das ist mir völlig gleichgültig, solange Sie machen, dass Sie verschwinden. Offenbar kennt ihr in Amerika die Bedeutung von Privatsphäre nicht.« Er hob die Hand, und für einen Moment dachte Dinah, er würde sie packen und den Gang entlangschieben, doch dann ließ er den Arm wieder sinken. »Hier geht's lang, Miss.«
Dinah blieb nichts anderes übrig, als dem Mann zu folgen.

Dabei fiel ihr auf, dass er derbe Arbeitskleidung und Gummistiefel trug. Wahrscheinlich lebte er nicht im Haus, sondern war ein Angestellter des National Trust, der sich um die handwerklichen Belange des Gebäudes und um den Park kümmerte. Noch etwas anderes fiel Dinah auf. Der Mann war etwa Anfang dreißig und mit seinem von der Sonne aufgehellten Haar und den grauen Augen unglaublich attraktiv. Trotz der unangenehmen Situation, beim Schnüffeln erwischt worden zu sein, lächelte sie und dachte an Horatio Giles. Offenbar wimmelte es in Cornwall von attraktiven Männern, ein Grund, hier noch etwas länger zu verweilen.

Als sie den Treppenabsatz betraten, über dem Ellens Bild hing, wagte Dinah einen direkten Vorstoß.

»Sie wissen doch bestimmt, wer Belinda Swinbrook ist?«, fragte sie und deutete auf das Porträt. »Vielleicht sagt Ihnen der Name Ellen Townsend auch etwas?«

Bisher war der Mann zwar energisch, aber nicht unfreundlich gewesen, jetzt jedoch zuckte er zusammen, als hätte er einen Stromschlag erlitten. Seine Augen verengten sich, und seine Stimme klang kalt, als er sagte:

»Hier geht es raus, Miss. Immer den Pfeilen nach, dann gelangen Sie automatisch in den Souvenirladen und von dort ins Freie. Und ich rate Ihnen, künftig Verbotsschilder zu respektieren.« Er löste die Kette von einem Haken, damit Dinah an ihm vorbei in den öffentlichen Teil des Hauses treten konnte.

»Können oder wollen Sie mir nichts über Belinda und Ellen sagen?«, fragte Dinah, denn so einfach wollte sie nicht aufgeben. Da er keine Anstalten machte, ihre Frage zu beantworten, sondern sie nur ablehnend ansah, fuhr sie fort: »Ist Ihr Verhalten etwa die vielgepriesene Gastfreundschaft, für die ihr Briten eigentlich bekannt seid?«

Zornig runzelte er die Stirn.
»Erstens ist es mir so etwas von egal, ob Sie mich für gastfreundlich halten oder nicht, und zweitens bin ich kein Brite, sondern ein Cornishman.«
Mit seiner letzten Bemerkung konnte Dinah nichts anfangen, sah aber ein, dass jedes weitere Wort zwecklos war. Bei diesem ungehobelten Kerl, mochte er auch noch so attraktiv sein, würde sie nur ihre Zeit verschwenden, wenngleich sie spürte, dass er mehr über die Fremde mit dem Namen Belinda Swinbrook wusste. Sie konnte seinen Blick im Rücken spüren, als sie den Flur hinabging. Wahrscheinlich wartete er am Fuß der Treppe, ob sie auch wirklich zum Ausgang gehen würde. Dinah widerstand jedoch der Versuchung, sich zu ihm umzudrehen.
Durch weitere Korridore und vorbei an noch etwa einem Dutzend herrschaftlich eingerichteter Zimmer gelangte sie endlich über ein fünftes Treppenhaus in den gut bestückten Souvenirshop, in dem es nach Parfüms und Blütenpotpourris duftete. Von dort führte die Ausgangstür direkt in den Innenhof des Gebäudes, über den Dinah das Haus zwei Stunden zuvor betreten hatte. Kurzentschlossen überquerte sie den Hof und trat wieder durch die Tür in die Halle.
»Ihr Ticket, bitte.«
Offenbar erkannte die Dame Dinah nicht wieder.
»Ich war bereits im Haus«, erwiderte Dinah und zeigte der Dame ihr abgeknipstes Ticket. »Ich habe da nur noch eine Frage.«
Die Augen der Dame leuchteten interessiert, denn sie liebte es, wenn Besucher mehr über das Haus erfahren wollten.
»Ich werde versuchen, Ihre Frage zu beantworten.«
»Wer ist eigentlich Belinda Swinbrook? Ihr Name ist in der Broschüre nicht erwähnt.«

Die Dame lächelte unverbindlich, offenbar fand sie Dinahs Frage nicht ungewöhnlich.
»Sie war die Tochter des letzten Earls von Tredethian, starb aber in jungen Jahren. Mit ihr starb auch das Geschlecht der Familie aus, da der Earl keine weiteren Kinder hatte. Das war Anfang des letzten Jahrhunderts, der Besitz ging dann an entfernte Verwandte in Wales«, zitierte sie beinahe wörtlich aus dem Buch.
»Das habe ich gelesen.« Dinah nickte ungeduldig. »Wissen Sie mehr über diese Belinda? Ich habe ihr Porträt in einem der Korridore gesehen, und sie ähnelt jemandem aus meinem ... Bekanntenkreis.«
»Ihr Porträt?« Die Dame runzelte die Stirn. »Soviel ich weiß, hängt es in einem Teil des Hauses, der nicht für die Öffentlichkeit zugänglich ist.«
»Man kann es vom Flur aus sehen«, erwiderte Dinah schnell und hoffte, die Dame würde sich nicht wundern, dass sie auf die Entfernung das kleine Messingschild mit dem Namen hatte lesen können. »Sagt Ihnen der Name Ellen Townsend auch etwas?«
Die Dame seufzte und nickte langsam.
»Eine tragische Geschichte. Sehr tragisch und traurig, aber so genau weiß heute niemand mehr darüber Bescheid. Etwa zeitgleich zu Lady Belindas Tod soll eine Ellen Townsend einen ihrer Liebhaber ermordet haben. Man verdächtigte sie sogar, Lady Belinda getötet zu haben. Soviel ich weiß, wurde die Frau gehängt.«
So gut es ging, verbarg Dinah ihre Ungeduld. Neu war allerdings, dass Ellen auch Belinda Swinbrook ermordet haben sollte, denn in den Artikeln war nie der Name des zweiten Opfers erwähnt worden.
»Wer lebt eigentlich noch in diesem Haus?«, fragte sie, denn die Dame war sehr aufgeschlossen und gesprächig.

»Eine alte Lady, die irgendwie mit den früheren Besitzern auf vertrautem Fuß stand, ohne jedoch eine Verwandte zu sein. Soviel mir bekannt ist, hat sie bereits hier gelebt, als die Familie sich ausschließlich in Wales aufhielt. Bei Übergabe des Besitzes an den National Trust wurde der Dame ein lebenslanges Wohnrecht eingeräumt.«

»Und der junge Mann ist wohl ihr Enkel?«, hakte Dinah nach.

Die Dame schüttelte verwundert den Kopf.

»Nein, sonst wohnt hier niemand. Morgens und abends kommt ein privater Pflegedienst vorbei, das Essen erhält die Dame aus unserem Tea-Room, aber sonst gibt es niemanden, der sich um sie kümmert.« Sie senkte die Stimme, obwohl keiner in der Nähe war, der sie hätte belauschen können. »Unter uns gesagt ... ich glaube nicht, dass sie noch lange lebt. Sie muss um die neunzig und schwerkrank sein, ich habe sie aber noch nie gesehen.«

»Aha.« Dinah war fest davon überzeugt, dass sich in dem Zimmer, vor dem sie auf den Fremden getroffen war, die besagte Dame aufhielt. »Also, danke. Es ist wirklich ein sehr schönes Haus.«

»Ja, das finde ich auch. Besuchen Sie uns doch gern mal wieder.«

Dinah wollte die Halle gerade verlassen, als ihr Blick auf einen Ständer mit Prospekten fiel, den sie bei ihrem ersten Eintreten nicht bemerkt hatte. *Holiday Cottages* stand auf den bunt bedruckten Katalogen. Sie wandte sich noch mal der Dame zu.

»Vermieten Sie auch Ferienhäuser?«

»Ja, sicher doch«, antwortete die Dame. »Die Cottages vom National Trust gehören mit zu den schönsten in ganz England. Sind Sie interessiert?«

»Haben Sie hier auf Tredethian etwas?«

»Ja, natürlich, unsere Spezialität sind Häuser in den schönsten Gegenden und Cottages in den Parks unserer Herrenhäuser und Schlösser.«

Dinahs Herz begann, aufgeregt zu klopfen.

»Es ist nicht zufällig ein kleines Cottage frei? Für die nächsten zwei oder drei Wochen?«

»Oh, da fragen Sie am besten am Eingang, wo Sie Ihr Ticket kauften. Meine Kollegin kann Ihnen sicher weiterhelfen.«

Eine Stunde später unterschrieb Dinah den Mietvertrag für ein Cottage – ein ehemaliges Gärtnerhaus direkt im weitläufigen Park von Tredethian Manor. Der Preis war horrend, und Dinahs Vater würde toben, wenn er die Kreditkartenabrechnung sah. Dinah hatte der Versuchung, noch einige Zeit in Cornwall zu verbringen, aber nicht widerstehen können. Dafür war ein Cottage bequemer als die Bed-&-Breakfast-Pension. Außerdem hatte sie eine Idee, für die es nötig war, auch am Abend Zugang zum Haus zu haben.

Sue Hartford, die freundliche Pensionswirtin, war alles andere als erfreut, als Dinah so schnell wieder auszog. Auch Dinah schied mit einem Gefühl der Wehmut, vor allem, weil sie jetzt wohl nicht mehr ins Pfarrhaus von Penzance kommen und Horatio Giles wiedersehen würde. Der Gedanke, auf Tredethian Manor jedoch etwas über den Mord und das Geheimnis dieser Ellen Townsend zu erfahren, machte ihr den Abschied von Penzance leicht. Wegen des Porträts von Belinda Swinbrook kam Dinah immer mehr zu der Überzeugung, dass hier etwas Seltsames geschehen sein musste. Sie war fest entschlossen, nicht eher abzureisen, bevor sie diese Geschichte lückenlos aufgedeckt hatte.

6. Kapitel

Mit den Schlüsseln zu dem Cottage erhielt Dinah einen weiteren Schlüssel für die Zugänge zum Park, denn sie musste ja auch außerhalb der Öffnungszeiten in den Park hineinkommen.

»Wir schließen um fünf Uhr«, erklärte man ihr. »Selbstverständlich können Sie das Gelände auch später verlassen oder betreten. Dieser Schlüssel passt zu allen Toren, auch zu dem an der Zufahrtsstraße. Tredethian selbst ist natürlich verschlossen und mit einer Alarmanlage gesichert. Wir bitten Sie, gut auf die Schlüssel aufzupassen.«

Dinah versprach dies und zog in ihr neues Domizil ein. Das Cottage war nicht groß – lediglich ein Wohn- und Esszimmer, eine kleine Küche und im ersten Stock ein Schlaf- und ein Badezimmer –, aber liebevoll dekoriert und mit allen notwendigen Utensilien ausgestattet. Ihren Hunger hatte sie mit einem Sandwich und Kaffee gestillt und nur ein paar Kleinigkeiten wie Kaffee und Milch in einem kleinen Laden in Penzance eingekauft. Dinah war zu nervös, um richtig zu Abend zu essen. Sie hatte keine Ahnung, ob ihr Vorhaben gelang oder ob sie mit ihrer Vermutung völlig auf dem Holzweg war, einen Versuch war es allemal wert. Kurz nach sieben Uhr verließ sie das Cottage und ging durch den weitläufigen Park zum Herrenhaus. Der Himmel war mit dunklen Wolken bedeckt, wahrscheinlich würde es bald zu regnen anfangen. Alles war ruhig, nur hier und da schrie ein Vogel, und Dinah sah Kaninchen über die Wiese hoppeln. Ein wenig fürchtete sie sich, denn seit sie denken konnte, hatte sie noch nie eine solch absolute Stille erlebt. In San Francisco herrschte immer, auch mitten in der Nacht, Verkehrslärm, und die Ferien hatte Dinah bisher in Partyclubs irgendwo am Meer verbracht, wo es ohnehin nie ruhig war. Sie zuckte zusammen, als es neben ihr im Gebüsch raschelte und ein schriller, unmenschlicher Schrei ertönte.

»Du meine Güte!« Dinah sprang zurück und starrte fassungslos auf den großen Vogel, der gemächlich aus dem Gebüsch spazierte und mit hocherhobenem Kopf stolz an ihr vorbeiging, als wäre sie gar nicht existent. Dinah konnte sich nicht erinnern, je einen Pfau in freier Wildbahn gesehen zu haben.

»Was machst du denn für einen Lärm?«, fragte sie und lächelte, doch der Vogel schenkte ihr keine Beachtung.

Dinah umrundete das Herrenhaus, bis sie an der Rückseite eine Tür mit einem modernen Schloss entdeckte. Sie hoffte, es gebe nicht noch mehr Eingänge, und verbarg sich hinter der nächsten Ecke, von wo aus sie die Tür im Blick behalten konnte, ohne selbst gesehen zu werden. Sie musste fast eine Stunde warten und wollte ihr Vorhaben schon abbrechen, als sie Motorengeräusch hörte. Dicht presste sich Dinah an die Mauer und spähte vorsichtig um die Ecke. Ein weißer Kleinwagen mit roten Schriftzügen an den Seiten hielt direkt vor dem Eingang, und eine große, kräftige Frau mit einem kleinen Koffer, ähnlich einem Arztkoffer, stieg aus. Dinah triumphierte innerlich. Sie hatte also recht gehabt, und die Frau war bestimmt von dem Pflegedienst, der sich um die Dame im Dachgeschoss kümmerte. Nun galt es, leise und schnell zu sein. Die Pflegerin zog einen Schlüssel aus ihrer Jackentasche und öffnete die Tür, die auch von außen eine Klinke hatte und somit nicht ins Schloss fallen konnte. Nur zwei Sekunden später war Dinah an der Tür, und zu ihrer Erleichterung sah die Pflegerin keinen Grund, diese hinter sich wieder zu versperren. Offenbar war dieser Eingang nicht an das Alarmsystem angeschlossen.

Langsam drückte Dinah die Tür auf und lauschte. Die Deckenbeleuchtung brannte, und Dinah sah in einen schmalen, engen Flur mit nackten Wänden, von dem in regelmäßigen Abständen Türen abgingen. Offenbar handelte es sich hier um den ehemaligen Dienstboteneingang, denn oben an einer Wand waren noch die Klingeln zu erkennen, mit denen früher das Personal gerufen worden war. Dinahs Sneakers machten kein Geräusch, als sie den Gang entlang und die Treppe an dessen Ende hinaufhuschte. Sie war gerade auf dem zweiten Treppenabsatz, als das Licht erlosch und Dinah sich in fast völliger Dunkelheit befand, denn draußen war es dämmrig, und durch die kleinen Sprossenfenster fiel kaum Licht herein. Sie wagte nicht, die Taschenlampe in ihrem Handy einzuschalten, und tastete sich langsam weiter nach oben. Die Treppe endete an einer unverschlossenen Tür, und nachdem Dinah diese passiert hatte, erkannte sie im schwachen Licht den Gang, in dem sie am Nachmittag auf den fremden Mann getroffen war. Ihr Herz klopfte aufgeregt, denn unter dem Türspalt des Zimmers, aus dem der Mann getreten war, schimmerte Licht. Lautlos schlich sich Dinah zur Tür, presste ihr Ohr dagegen und hielt unwillkürlich den Atem an.

»Soll ich Ihnen den Fernseher einschalten?«, fragte vermutlich die Pflegerin.

»Nein danke, da kommt ohnehin nur Mist.« Die zweite Stimme war leiser, die Worte waren kaum zu verstehen. Es klang in Dinahs Ohren nach einer alten Frau.

Nun sprach wieder die erste Frau: »Vergessen Sie nicht, um zehn Uhr Ihre Tablette zu nehmen. Ein Glas Wasser habe ich auf Ihren Nachttisch gestellt. Ich habe morgen meinen freien Tag, Schwester Rose wird nach Ihnen sehen.«

Es erfolgte keine Antwort, Dinah hörte jedoch etwas rascheln. Schnell huschte sie in den hinteren Teil des Gangs, der inzwischen in völliger Dunkelheit lag. Keinen Augenblick zu spät, denn die Tür öffnete sich, und die Pflegerin trat heraus. Allerdings betätigte sie sofort den Lichtschalter, und Dinah erstarrte. Die Frau brauchte sich nur umzudrehen, und Dinah würde in große Erklärungsnot geraten. Das Glück war jedoch auf ihrer Seite, denn die Pflegerin hatte es offenbar eilig, warf nicht einen Blick über die Schulter zurück und eilte durch den Flur in Richtung Tür. Dinah wartete noch ein paar Minuten, dann klopfte sie leise an die Zimmertür der alten Dame.

»Hallo! Darf ich reinkommen?«

Zögernd öffnete sie die Tür und spähte in das Zimmer, das vom schwachen Licht einer Nachttischlampe nur wenig erhellt wurde. Dominierend war das große Himmelbett, das sicher aus einem vergangenen Jahrhundert stammte, und Dinah erkannte unter der weißen Decke eine zierliche Gestalt.

»Haben Sie etwas vergessen, Schwester?«, fragte die Frau in dem Bett, ohne den Kopf zu drehen.

»Entschuldigung, aber …« Dinah räusperte sich und trat näher. »Ich bin nicht die Schwester, aber ich muss Sie unbedingt sprechen.«

Nun schien Leben in die alte Frau zu kommen. So schnell, wie es Dinah der Alten nicht zugetraut hätte, richtete sie sich auf und rief: »Wer sind Sie? Wie kommen Sie hier rein?«

»Regen Sie sich bitte nicht auf«, versuchte Dinah, die Frau zu beruhigen, nicht, dass sie noch einen Herzanfall erlitt. Bei so alten Menschen wusste man ja nie … »Ich heiße Dinah und komme aus Amerika. Bitte, ich habe nur eine Frage an Sie.«

Die Frau schien sich etwas zu entspannen, der Anflug eines Lächelns huschte über ihr Gesicht.

»Wenn Sie gekommen sind, um mich auszurauben, dann nur zu. Ich habe nichts von Wert und würde Ihnen sogar suchen helfen, wenn ich aufstehen könnte.«

»Sie haben ja Humor!« Erleichtert trat Dinah dicht an das Bett. »Ich wollte Sie wirklich nicht erschrecken, aber der Mann heute Nachmittag ließ mich nicht zu Ihnen.«
»Thomas? Sie sind Thomas begegnet?«
Dinah zuckte die Schultern. »Seinen Namen nannte er nicht, er war aber alles andere als begeistert, mich in diesem Teil des Hauses zu entdecken. Verstehe ich ja. Normalerweise dringe ich auch nicht einfach so in Privaträume ein, aber wie ich bereits sagte, ich muss unbedingt etwas wissen, und vielleicht können Sie mir helfen, da Sie hier schon so lange wohnen.«
Die Frau entspannte sich, und eine schmale, von Altersflecken übersäte Hand tastete zu ihrem Nachttisch.
»Suchen Sie etwas?«, fragte Dinah hilfsbereit.
»Meine Brille. Ich bin nämlich seit meiner Kindheit kurzsichtig.«
Dinah reichte der Frau die Brille, und sie setzte sie auf. Als sie ihren Blick dann wieder Dinah zuwandte, weiteten sich ihre Augen erschrocken. Sie keuchte, und ihre Hände begannen zu zittern.
»Was ist mit Ihnen?« Dinah setzte sich auf die Bettkante. »Ich tue Ihnen wirklich nichts, nur ein paar Fragen, dann bin ich wieder verschwunden.«
»Ellen …«
Dinah meinte, sich verhört zu haben, so leise hatte die Frau den Namen ausgesprochen.
»Haben Sie gerade Ellen gesagt?«, fragte sie ungläubig. »Von welcher Ellen sprechen Sie?«
Die Frau gab keine Antwort, murmelte stattdessen: »Ich wusste, sie wird wiederkommen. Ich wusste es immer … Tote geben keine Ruhe …«
»Miss … Mrs. … ich heiße Dinah, und ich bin alles andere als

tot.« Zögernd nahm sie eine Hand der Frau und drückte sie. »Sprechen Sie vielleicht von Ellen Townsend?«
Die Frau schien sich zu beruhigen, in ihre Wangen kehrte ein wenig Farbe zurück.
»Also doch, ich wusste es. Ellen hat Sie geschickt, nicht wahr?«
Dinah war völlig verwirrt. Sie hatte gehofft, von der alten Frau etwas über Belinda Swinbrook, die ihrer Ahnin zum Verwechseln ähnlich sah, zu erfahren, aber jetzt war der Frau der Name Ellen Townsend nicht nur bekannt, nein, offenbar fürchtete sie sich sogar vor ihr, obwohl diese schon lange tot war.
»Warum glauben Sie, ich hätte etwas mit Ellen Townsend zu tun?«, fragte Dinah leise.
»Sie sehen aus wie sie.«
»Ich?« Dinah runzelte die Stirn. Die Alte konnte Ellen unmöglich gekannt haben, denn sonst müsste sie ja weit über hundert Jahre alt sein. »Ich finde das nicht, jedenfalls nicht, wenn ich mir die Fotos ansehe.«
Nun blitzte es triumphierend in den Augen der Frau auf. Ihre Angst hatte sie offenbar völlig verloren, denn ihre Stimme klang energisch, als sie sagte: »Ich wusste immer, dass eines Tages jemand kommt, um Vergeltung zu fordern. Und ich hoffte, dass ich dann noch am Leben bin, denn die Wahrheit muss ans Licht kommen. Wenn ich tot bin, dann stirbt alles mit mir.«
Die Geschichte wurde immer verworrener, Dinah jedoch fühlte sich wie in einem Glückstaumel. Gab es hier wirklich eine Spur, um das Geheimnis ihrer Ururgroßmutter lüften zu können?
»Wer ist Belinda Swinbrook?«, fragte sie direkt, denn die alte Frau machte inzwischen einen so munteren Eindruck, dass Dinah nicht befürchtete, sie könne sich unnötig aufregen.

»Belinda … Ellen … jaja … es ist lange her. So lange …« Ein bitteres Lächeln begleitete ihre Worte, dann richtete sie den Blick wieder auf Dinah. »Nennen Sie mich Amalia, mehr müssen Sie im Moment nicht wissen. Und Ihr Name war Dinah, nicht wahr? Ein sehr schöner Name.«
»Miss Amalia oder Mrs.?«, fragte Dinah.
Sie zuckte die Schultern und winkte ab.
»Nur Amalia, das genügt.« Wieder ging ihr Blick zum Nachttisch. »Wären Sie so freundlich, mir das Glas zu reichen? Ich habe Durst.« Dinah folgte dem Wunsch, und Amalia trank das Wasser in einem Zug, dann sank sie wieder in die Kissen zurück. »Sie kommen aus Amerika?«, fragte Amalia dann.
Dinah nickte. »Aus San Francisco.«
»Dann machen Sie Urlaub in unserem schönen Cornwall?«
»Nicht direkt«, antwortete Dinah und beschloss, der alten Dame die Wahrheit zu sagen. »Ich bin auf der Suche nach Ellen Townsend, denn sie war meine Ururgroßmutter.«
In knappen Sätzen erzählte Dinah von dem Auffinden der alten Zeitungsartikel und den Hinweisen, dass Ellen Townsend Anfang des 20. Jahrhunderts in Bodmin hingerichtet wurde, dieselbe Frau aber später noch viele Jahre in San Francisco gelebt hat. Irritiert registrierte sie, wie Amalia zu kichern begann, und sie fragte sich, ob die Frau wohl im Kopf nicht mehr alle beisammenhatte, obwohl sie bisher einen ganz vernünftigen Eindruck gemacht hatte.
»Warum lachen Sie?«, fragte Dinah.
Amalia zuckte mit den Schultern. »Erzählen Sie weiter! Wie haben Sie mich hier gefunden?«
»Heute Mittag entdeckte ich zufällig ein Porträt von Belinda Swinbrook, die meiner Vorfahrin zum Verwechseln ähnlich sieht«, fuhr Dinah fort, ihre Skepsis blieb jedoch. »Als ich dann hörte, dass Sie schon immer in diesem Haus leben, dach-

te ich, Sie können mir vielleicht etwas über diese Belinda und vielleicht auch über Ellen sagen.«

Amalia nickte und sah Dinah traurig an.

»Ich kann Ihnen alles sagen, mein Kind. Mein Körper ist zwar alt und meine Gelenke von der Arthrose derart zerfressen, dass ich nicht mehr laufen kann, aber hier oben« – sie tippte sich an die Stirn und schmunzelte –, »hier ist noch alles in Ordnung. Ich sehe Ihnen an, dass Sie denken, ich habe meine sieben Sinne nicht mehr beisammen, seien Sie aber versichert, das ist nicht der Fall. Sie sollen alles über Ihre Vorfahrin erfahren, allerdings nicht von mir, sondern von Ellen selbst.«

»Von Ellen? Wie soll das denn möglich sein?«

Amalia richtete sich in den Kissen auf, griff mit einer Hand unter ihr hochgeschlossenes Nachthemd und zog eine filigrane Goldkette mit einem kleinen Schlüssel hervor.

»Nehmen Sie den Schlüssel«, forderte sie Dinah auf, die daraufhin die Kette von Amalias Hals löste. »Machen Sie das Deckenlicht an, damit Sie etwas sehen, dann gehen Sie zu dem Sekretär neben dem Fenster«, fuhr Amalia fort.

Dinah tat wie geheißen und blinzelte, als der Raum plötzlich in gleißendes Licht getaucht wurde. Das besagte Möbelstück entlockte Dinah ein bewunderndes »Wow! Der ist aber uralt!«, woraufhin Amalia lächelte.

»Mindestens dreihundert Jahre. Tredethian ist voll von kostbaren Antiquitäten, und ich bin froh, dass ich den Sekretär in meinem Zimmer behalten darf. Schließlich bin ich keine von denen.«

Dinah wandte sich Amalia zu.

»Wer sind Sie dann? Die Dame in der Halle meinte, Sie hätten ein lebenslanges Wohnrecht in dem Haus.«

»Jaja, das war sehr edel vom letzten Herrn, obwohl wir uns nie begegnet sind.« Amalia seufzte und fuhr sich mit dem

Handrücken über die Augen. »Jetzt öffnen Sie endlich den Sekretär, und ziehen Sie die zweite Schublade von unten auf der rechten Seite heraus.«

Dinah hatte etwas Mühe, denn die Schublade klemmte. Wahrscheinlich war sie seit Jahrzehnten nicht mehr bewegt worden.

»Tasten Sie in das Fach«, fuhr Amalia fort, und Dinah folgte der Anweisung. »Ganz hinten müssen Sie ein Kästchen fühlen. Haben Sie es? Gut, dann nehmen Sie es heraus und bringen es mir.«

Dinah hielt einen kleinen Kasten aus schwarzem Holz in der Hand und fragte sich, ob er vielleicht aus Ebenholz und sehr kostbar war. Mit dem Kästchen setzte sie sich wieder zu Amalia auf die Bettkante und sah die alte Frau erwartungsvoll an.

»Öffnen Sie es mit dem Schlüssel meiner Kette.« Dinah tat wie geheißen. Der Deckel sprang auf, dann bat Amalia: »Geben Sie es mir bitte.«

Dinah erkannte, dass in dem Kästchen mehrere Bücher lagen, die wie Tagebücher aussahen. Amalia nahm das erste heraus, legte es neben sich, dann klappte sie den Deckel wieder zu.

»Verschließen Sie es wieder und legen es in den Sekretär zurück.«

Ihre Worte ließen keinen Widerspruch zu, und Dinah, der tausend Fragen auf der Zunge brannten, folgte ihrer Anweisung, denn sie würde nur etwas erfahren, wenn sie tat, was Amalia von ihr verlangte. Nie zuvor in ihrem Leben war sie derart aufgeregt gewesen, und sie spürte, sie war nicht mehr weit von dem Geheimnis um Ellen Townsend entfernt.

Amalia drückte Dinah das Tagebuch, das in kühles, glattes Leder gebunden war, in die Hand.

»Es gehört Ihnen, denn einst war es das Eigentum von Ellen Townsend. Es sind die Aufzeichnungen ihres Lebens, und

jetzt sollen Sie sie lesen. Ellen hätte es so gewollt, aus diesem Grund hat sie alles aufgeschrieben.«
»Ihre Aufzeichnungen?«, wiederholte Dinah. »Aber warum sind die hier in Cornwall? Warum hat Ellen sie nicht mit in die Staaten genommen oder sie dort niedergeschrieben? Und warum haben Sie das Buch? Und was ist mit den anderen Tagebüchern? Da waren doch noch weitere Bücher in dem Kästchen? Und ...«
»Stopp!« Energisch unterbrach Amalia Dinahs Redefluss und nickte verständnisvoll. »Ich kann mir denken, dass Sie jetzt sehr viele Fragen haben und auf alle eine Antwort möchten. So seid ihr jungen Leute heutzutage – immer alles auf einmal wissen wollen und das möglichst schnell. Die Geschichte von Ellen und Belinda muss aber langsam erzählt werden, und wenn Sie etwas Geduld haben, werden Ihre Fragen alle beantwortet.«
Das Tagebuch brannte wie ein glühendes Eisen in Dinahs Händen, als sie jedoch versuchte, es aufzuschlagen, legte Amalia schnell eine Hand auf die ihre.
»Nicht hier«, bat sie. »Gehen Sie an einen Platz, wo Sie Ruhe haben, und lesen Sie. Und dann kommen Sie wieder.«
»Bekomme ich dann auch die anderen?«, fragte Dinah erwartungsvoll.
Amalia nickte. »Wenn Sie nach dem ersten Tagebuch weiterlesen möchten, dann sollen Sie das ganze Vermächtnis Ellens erhalten. Es kann aber auch sein, Sie verurteilen Ellen und möchten gar nicht wissen, welch große Schuld sie auf sich geladen hat.«
»Ich will alles wissen!«, rief Dinah. »Ich bin extra aus den Staaten gekommen, um herauszufinden, warum Ellen Townsend in England hingerichtet wurde, danach aber unter dem Namen Ellen Osbourne in Frisco gesund und munter lebte.

Und ob Ellen wirklich eine Mörderin war, und wenn ja, warum sie es getan hat, und wenn …«

»Und wieder reden Sie zu viel«, unterbrach Amalia sie. »Sie müssen sich in Geduld üben, außerdem bin ich jetzt müde. Ich werde meine Tablette nehmen und schlafen.« Sie blickte zu der Medikamentenbox, und Dinah erinnerte sich an die Worte der Pflegerin.

»Ihr Wasserglas ist leer«, sagte sie, als wäre das im Moment das Wichtigste der Welt. »Damit sollten Sie doch die Tablette nehmen.«

»Sie haben gelauscht!« Amalia schmunzelte. »Es wäre sehr freundlich, wenn Sie mir das Glas füllen würden. Das Badezimmer ist direkt gegenüber.«

Obwohl in Dinah alles drängte, sich sofort in eine ruhige Ecke zu verziehen – am besten direkt hier in Tredethian –, konnte sie Amalia diese Bitte nicht abschlagen. Sie holte das Wasser und wartete, bis die alte Dame ihre Medizin geschluckt hatte, dann schickte Amalia sie fort.

»Gehen Sie jetzt, und besuchen Sie mich ruhig wieder, wenn Sie wissen möchten, wie es weitergeht. Am besten wieder am Abend, wenn die Pflegerin gegangen ist. Wie man hier hereinkommt, haben Sie ja heute festgestellt. Die Schwestern kommen immer gegen acht Uhr.«

»Warum kann ich nicht einfach tagsüber zu Ihnen hochkommen?«, fragte Dinah. »Wenn das Haus für die Besucher geöffnet ist?«

Vehement schüttelte Amalia den Kopf.

»Das zwischen Ihnen und mir … das braucht niemand zu wissen. Es würden nur unnötige Fragen gestellt werden.«

Die Sache wurde immer geheimnisvoller, Dinah spürte jedoch, dass sie von Amalia heute nichts mehr erfahren würde. Sie wurde zusehends schläfriger, wahrscheinlich enthielt die

Tablette ein Schlafmittel. Dinah stand auf und wandte sich zum Gehen, da rief Amalia sie noch mal zurück.
»Eines noch, Dinah: Gehen Sie Thomas aus dem Weg, er darf nicht wissen, dass Sie mich besuchen. Er würde es nämlich ganz und gar nicht gutheißen. Er meint, die Vergangenheit ist vergessen und sollte niemals aufgedeckt werden.«
»Thomas? Dieser Mann, der mich heute rausgeworfen hat?« Dinah nickte zustimmend, sie hatte sowieso keine Lust, erneut auf diesen unfreundlichen Typen zu treffen, auch wenn er unverschämt attraktiv war. »Kennt er die Geschichte ebenfalls?«, fragte sie noch, aber Amalias Augen waren bereits geschlossen, und sie gab keine Antwort mehr.

Zurück in ihrem gemütlichen Cottage, bereute Dinah, nur unzureichend eingekauft zu haben, denn trotz ihrer Anspannung und Aufregung hatte sie Hunger. Im naheliegenden Porthleven oder in Helston würde sie bestimmt noch etwas zu essen bekommen, Dinah hatte jetzt aber keinen Nerv, irgendwohin zu gehen, zumal sie nicht wusste, ob um diese Uhrzeit noch ein Bus fuhr. Außerdem konnte sie es kaum erwarten, Ellens Aufzeichnungen zu lesen, denn das Tagebuch brannte in ihren Händen wie Feuer.
»Ein Diättag tut meiner Figur gut«, sagte sie laut und kochte sich eine Kanne starken Kaffee. Sie würde ihn brauchen, denn wahrscheinlich würde sie die ganze Nacht über lesen. Als Willkommensgeschenk hatte Dinah im Cottage eine Flasche spanischen Rotwein sowie eine Packung Cornish Clotted Cream Shortbread vorgefunden – verhungern würde sie also nicht. Nach einem großen Becher Kaffee entkorkte sie die Weinflasche, legte die Kekse auf einen Teller und machte es sich auf dem Sofa im Wohnzimmer gemütlich. In diesem Moment klingelte ihr Handy, das sie vorhin eingeschaltet hatte.

Wie erwartet zeigte das Display vierzehn Anrufe in Abwesenheit und zahlreiche SMS an, die Dinah jetzt aber nicht lesen wollte. Es waren ohnehin nur Nachrichten von ihren Eltern, die sie aufforderten, unverzüglich nach Hause zu kommen. Daher wollte Dinah das Klingeln zuerst auch ignorieren, dann warf sie doch einen Blick auf das Display.
»Hallo, Kevin«, sagte sie, nachdem sie das Gespräch angenommen hatte.
»Dinah! Gott sei Dank! Endlich gehst du ran. Wir machen uns große Sorgen um dich«, hörte sie die Stimme ihres Bruders.
»Mir geht es gut«, antwortete Dinah.
»Ma und Pa rotieren wie aufgeregte Wildgänse.« Dinah hörte das Schmunzeln in der Stimme ihres Bruders. »Pa meint, wenn du nicht unverzüglich nach Hause kommst, sperrt er deine Kreditkarte.«
Nun war Dinah doch erschrocken. Gut, das Cottage hatte sie im Voraus bezahlt, sie brauchte aber trotzdem Geld, denn von irgendetwas musste sie schließlich leben.
»Das kann Pa nicht machen«, murmelte sie, wusste aber sogleich, dass Brandon Osbourne zu einem solch drastischen Schritt durchaus in der Lage war. Die Kreditkarte lief über sein Konto, und Dinah hatte keine Möglichkeit, eine Sperrung zu verhindern.
»Wo bist du überhaupt?«, fragte Kevin. »Doch nicht etwa in England und stocherst in der Vergangenheit herum?«
Dinah sah keinen Grund, ihrem Bruder etwas zu verraten, denn dann würden es die Eltern unweigerlich ebenfalls erfahren, daher sagte sie: »Ich muss etwas erledigen, aber das wird sich in den nächsten Tagen klären lassen. In einer Woche spätestens bin ich wieder zu Hause, das heißt, wenn Pa mir nicht den Geldhahn zudreht, sonst kann ich kein Flugticket kaufen.«
Kevin lachte laut.

»Ich werde es ihm sagen, er ist aber stinksauer. Der Öffentlichkeit erklärt er dein Verschwinden damit, dass du dich um eine kranke Tante in Minnesota kümmerst. Das kommt bei den Wählern gut an.«

Bitter entgegnete Dinah: »Klar, immer nur schön den Schein wahren und nicht zugeben, dass eine erwachsene Tochter durchaus auch mal allein verreisen kann, ohne den Eltern über jeden Schritt Rechenschaft abzulegen.«

»Dinah, bitte, versteh doch. Gerade jetzt, wo Pa in den Senat gewählt wird …«

»Es tut mir leid, aber ich komme zurück, sobald ich meine Angelegenheiten geregelt habe, und keinen Tag früher«, erwiderte Dinah, wartete nicht auf eine Antwort ihres Bruders und drückte die rote Austaste. Vielleicht war es nicht richtig, Kevin im Unklaren darüber zu lassen, wo sie war und dass sie nahe daran war, das Geheimnis ihrer Familie zu lüften, denn ihr Bruder machte sich ehrlich Sorgen um sie. Aber, verflixt noch mal, sie war erwachsen und nicht länger gewillt, sich wie ein Kleinkind behandeln zu lassen, nur weil Brandon Angst um seinen Ruf und um seine politische Karriere hatte. Dinah hätte gern mit Kevin über ihre Entdeckungen bezüglich Ellen Townsend gesprochen und auch von dem Tagebuch erzählt, doch die Gefahr, dass ihr Vater mit dem nächsten Flieger nach England kam, um sie zurückzuholen, war zu groß. Obwohl sie ihren Bruder liebte, hatte Kevin den Ehrgeiz seines Vaters geerbt. Sollte Brandon die Kreditkarte doch sperren! Hier in Cornwall gab es auch Jobs, mit denen sie sich die nächste Zeit über Wasser halten konnte. Sicherheitshalber wollte sie aber gleich morgen eine größere Summe Bargeld bei einer Bank abheben. Heute Abend hatte sie leider keine Möglichkeit, in die nächste Stadt zu gelangen, denn um diese Uhrzeit fuhr sicher kein Bus mehr. Dinah seufzte und nahm einen großen Schluck Rotwein. Die

Tatsache, dass sie es zu Hause nicht geschafft hatte, länger als ein paar Tage in einem Job auszuharren, ignorierte sie. Geld spielte im Moment ohnehin keine Rolle, denn sie wollte nur wissen, was Ellen Townsend in ihrem Tagebuch geschrieben hatte. Dinah schob alle Gedanken an ihre Familie beiseite, nahm das Tagebuch zur Hand und schlug es auf. Auf der ersten Seite war in schnörkelloser und gestochen scharfer Schrift der Name der Schreiberin zu lesen, allerdings ohne die Angabe eines Datums. Die Seiten waren an den Rändern vergilbt, aber nicht brüchig, und die Tinte war noch nicht verblasst, auch wenn Dinah die Augen zusammenkneifen musste, um die Wörter lesen zu können. Ellen Townsend hatte mit sehr kleiner Schrift geschrieben. Links und rechts gab es so gut wie keinen Rand, und Dinah wünschte sich eine Lupe, die das Lesen erleichtern würde. Sie lachte laut auf.

»Mädchen, du bist doch kein altes, fast blindes Weib, das eine Sehhilfe braucht!«

Sie wusste nicht, was dieses Tagebuch für sie bereithielt. Gespannt begann sie zu lesen …

Es bleibt mir nicht mehr viel Zeit, darum muss ich mich mit dem Schreiben beeilen. Vater meinte immer, ich wäre eine gute und schnelle Schreiberin, ebenso wie ich in wenigen Nächten dicke Bücher las, für die Vater oft mehrere Wochen brauchte. Nur noch zwei oder drei Wochen, vielleicht, wenn Gott ein Einsehen hat, auch noch vier, dann werden sie mich holen. Wenigstens haben sie mir die Bitte nach einem Tagebuch und Tinte erfüllt. Ha, einer zum Tode Verurteilten erfüllt man gern noch einen letzten Wunsch … Ich glaube, das, was ich gerade empfinde, nennt man Galgenhumor, dabei ist mir alles andere als zum Scherzen zumute. Es ist nicht die Angst vor dem Tod, oh, nein, damit habe ich mich abgefunden und hoffe nur, dass der Henker seine Arbeit schnell ausführt und ich nicht vor den Augen der Schaulustigen minutenlang am Strick zappeln werde, während die Luft langsam meinen Lungen entweicht. Was jedoch wird mit meinem Kleinen? Sie werden es mir wegnehmen. Wer wird sich darum kümmern? Um das Kind einer Lügnerin, einer Betrügerin und einer Mörderin? Ein Kind, das keine Eltern und keine Heimat mehr hat … es wird nur das Waisenhaus bleiben. Was wird man ihm oder ihr später erzählen? Die Wahrheit – dass seine Mutter gehängt wurde? Diese Vorstellung ist mehr, als ich ertragen kann, doch ich muss es aushalten, so wie ich die letzten Monate ausgehalten habe. Monate, in denen ich hoffte, irgendjemand würde mir Glauben schenken und die Wahrheit ans Licht bringen. Bis heute hoffte ich, er würde mir glauben, doch er hat mich kein einziges Mal besucht, dabei hätte ich Besuch empfangen dürfen.

»Wir sind keine Unmenschen«, sagte einer der Aufseher, und er war wirklich gut zu mir. Als die Nächte kalt wurden, brachte er mir eine wärmende Decke, aber sonst kam niemand. Ich kann es ihm nicht verdenken, doch was gäbe ich dafür, noch einmal sein Gesicht sehen zu können.

Heute, während ich diese Zeilen schreibe, frage ich mich, wann es begann, dass ich in diesen Strudel hineingezogen worden bin. Nein, das stimmt so nicht – ich selbst habe mich in die Gefahr begeben. Offenen Auges ging ich diesen Weg, an dessen Ende nun der Galgen für mich bereitsteht.

Deutlich erinnere ich mich noch heute an den Tag, der den Anfang meines Endes bedeutet hatte …

Ellen

Hyères, Südfrankreich

September 1902

7. Kapitel

Jones!« Wie ein Peitschenknall hallte der Name durch das Haus. »Wo, zum Teufel, stecken Sie? Beeilen Sie sich gefälligst, ich komme zu spät!«

Ellen hastete die Treppe hinunter, bemüht, nicht über ihren Rocksaum zu stolpern.

»Die Handschuhe … Mylady … ich habe sie nicht sofort gefunden«, stieß sie hervor und rang nach Luft.

Lady Harriet Northam warf einen Blick auf die Handschuhe, die ihr die Kammerzofe entgegenhielt, verzog dann verächtlich ihren schmallippigen Mund und zischte: »Doch nicht diese, Sie dummes Ding! Das sind die elfenbeinfarbenen, ich wies Sie an, die senfgelben zu holen. Können Sie eigentlich ein Mal etwas richtig machen? Ich frage mich, warum ich Sie überhaupt eingestellt habe.«

Ellen schluckte, um sich zu sammeln, bevor sie leise und unterwürfig antwortete: »Verzeihen Sie, Mylady, aber Sie wollten die senfgelben nicht mit nach Frankreich nehmen und wiesen mich an, diese nicht einzupacken. Sie waren der Meinung, die Farbe wäre aus der Mode gekommen, daher …«

»Reden Sie nicht einen solchen Unsinn!« Die hellgrauen Augen Lady Northams funkelten die Kammerzofe wütend an. »Das habe ich keinesfalls gesagt, denn ich verreise niemals ohne die passenden Handschuhe. Da ich ein senfgelbes Kleid trage, kann ich unmöglich diese hellen Handschuhe anziehen.« Sie seufzte, als läge alle Last der Welt auf ihren Schultern. »Versuchen Sie nicht, Ihre eigene Unzulänglichkeit auf andere abzuwälzen, Jones. Ich hätte größte Lust, Ihnen zu kündigen, aber vorerst muss ich mich wohl damit abfinden, einen ausgemachten Dummkopf als Zofe zu haben.« Sie streckte eine Hand aus. »Nun geben Sie die Handschuhe schon her! Ich muss sie wohl oder übel tragen und mich beeilen, denn eine Herzogin von Bratton darf man nicht warten lassen.«

Ellen atmete tief durch, schloss für einen Moment die Augen und zählte bis zehn, um ihre Empörung über das ungerechte Verhalten ihrer Arbeitgeberin hinunterzuschlucken. Klar und deutlich erinnerte sie sich, wie sie im Ankleidezimmer von Lady Northam auf ihrem Besitz in Sussex die Garderobe für ihren Frankreichaufenthalt zusammenstellte. Ellen hatte die senfgelben Handschuhe aus feinstem Kalbsleder bereits in eine der Reisetruhen gelegt, als Harriet Northam meinte, Ellen könne sie fortwerfen, niemand trüge mehr diese Farbe. Ihr nun zu unterstellen, sie wäre eine Lügnerin, ärgerte Ellen nicht nur, sondern verletzte sie sehr, obwohl sie sich in den letzten Wochen schon an zahlreiche Beleidigungen hatte gewöhnen müssen. Am liebsten wäre sie Lady Northam zuvorgekommen und hätte sofort ihre Stellung gekündigt, doch Ellen verfügte nicht über die Mittel, nach England zurückzukehren, und in Frankreich wollte sie sich nicht allein durchschlagen. Somit blieb ihr vorerst nichts anderes übrig, als auszuharren und Lady Northam zu ertragen. Ellen schwor sich jedoch, zu kündigen, sobald sie wieder englischen Boden betraten. Zu Hause würde sie hoffentlich schnell eine neue Stellung finden, wenngleich das Zeugnis von Harriet Northam sicher nicht gut ausfallen würde.

»Na los! Träumen Sie?« Lady Northams schrille Stimme riss Ellen aus ihren Gedanken. »Ich muss mich beeilen. Das Gepäck ist hoffentlich ordnungsgemäß verladen, Jones?« Ein erneuter Seufzer, der aus der Tiefe ihrer üppigen Brust kam. »Wahrscheinlich haben Sie wieder die Hälfte einzupacken vergessen.«

Auf diese erneute Spitze reagierte Ellen nicht. Stumm folgte sie ihrer Herrin zur Tür, spannte dort den zierlichen, elfenbeinfarbenen Sonnenschirm auf und hielt ihn schützend über Lady Northam. Obwohl es nur wenige Schritte zu ihrem Landauer waren, hatte die Lady eine nahezu panische Angst, sich der Sonne auszusetzen, darum war auch das Dach der Kutsche geschlossen, obwohl es ein wunderschöner Spätsommertag war und Ellen gern die wärmenden Strahlen der Sonne genossen hätte. Lady Harriet Northam war jedoch darauf bedacht, auf keinen Fall auch nur den Hauch einer Bräune auf ihre weiße Haut zu bekommen, denn gebräunt waren nur arme Menschen und Bauern, mit denen sie auf keinen Fall verglichen werden wollte.
Ellen half ihrer Herrin beim Einsteigen, und der leicht gebaute Landauer ächzte unter dem Gewicht der Lady, denn die Dame wog gut und gern über zweihundert Pfund. Nachdem Lady Northam in den weichen Polstern eine bequeme Position gefunden hatte, kletterte auch Ellen in den Wagen und setzte sich ihr gegenüber auf die schmale harte Bank.
»Kutscher, fahren Sie«, rief sie nach vorn, und der Landauer setzte sich in Bewegung.
Langsam fuhr der Wagen durch die engen Gässchen der Stadt, denn das Haus, welches Lady Northam für die Dauer ihres Aufenthalts gemietet hatte, lag unweit des Hafens in einer ruhigen und eleganten Gegend. Trotz der frühen Morgenstunde herrschte reger Betrieb in Hyères. Fischhändler zogen mit ihren Waren, die sie bei Sonnenaufgang von den einfahrenden Fischerbooten erworben hatten, zu den Verkaufsstellen, Milchmädchen eilten mit großen Blechkannen von Haus zu Haus, und Hausfrauen begaben sich zum Einkaufen auf den Markt, bevor die besten Stücke weg waren. In den vergangenen zwei Wochen, die Ellen in Hyères weilte, hatte sie ge-

lernt, dass das Leben in Südfrankreich einem anderen Rhythmus folgte, als sie es in England gewohnt war. Hier erledigte man alles früh am Tag, bevor am Mittag die große Hitze einsetzte. Dann zog man sich zurück und ruhte bei geschlossenen Fensterläden, bis sich gegen Abend die Luft abkühlte und die Menschen wieder auf die Straße gingen. Überhaupt spielte sich das Leben der Franzosen vornehmlich draußen ab. Während jetzt, Mitte September, in England schon die ersten Herbststürme übers Land zogen, erreichte hier das Thermometer bereits am Vormittag Werte um die achtzig Grad Fahrenheit. Die ersten Tage hatte Ellen mit der ungewohnten Hitze zu kämpfen gehabt, sich dann aber daran gewöhnt, und sie genoss die Wärme und die Sonne. Das war aber auch das Einzige, was sie an dieser Reise genoss, denn die Arbeit bei Lady Northam war eine einzige Tortur. Ellen, die in ihrem Leben nie große Ansprüche gestellt hatte und eigentlich mit allen Menschen immer gut ausgekommen war, bereute inzwischen zutiefst, die Stellung angenommen zu haben. Nun war sie jedoch in Südfrankreich und musste ausharren, bis Lady Northam beschloss, nach Hause zurückzukehren. Wann das sein würde, wusste Ellen nicht, sie befürchtete jedoch, ihre Herrin könnte den ganzen Winter in wärmeren Gefilden verbringen wollen, wie es viele ihrer Bekannten taten.

Während die Kutsche die letzten Häuser der Stadt hinter sich ließ und über eine enge, gewundene Straße die Hügel hinauffuhr und das Anwesen der Herzogin von Bratton ansteuerte, hing Ellen weiter ihren Gedanken nach. Glücklicherweise war Lady Northam nicht in der Stimmung, Konversation zu betreiben, so konnte Ellen ungestört die vergangenen Monate Revue passieren lassen. Als sie vor neun Wochen die Annonce in der Zeitung gelesen hatte, Lady Harriet Northam suche eine Kammerzofe mit französischen

Sprachkenntnissen, hatte sie sich um die Stellung beworben und diese zu ihrer eigenen Überraschung sofort erhalten, obwohl sie über keinerlei Erfahrung in diesem Beruf verfügte. Nach dem Tod ihres Vaters blieb Ellen jedoch nichts anderes übrig, als sich ihren Lebensunterhalt zu verdienen. Als Dorfschullehrer hatte ihr Vater zwar über ein ausreichendes Einkommen verfügt, und sie hatten nie hungern müssen, doch am Ende des Monats war kaum ein Penny übrig geblieben, um Rücklagen bilden zu können. Nicht einmal das kleine Haus, in dem sie bisher ihr Leben verbracht hatte, gehörte ihnen, sondern der Kirchengemeinde, und es wurde immer vom jeweiligen Lehrer bewohnt.

»Geld kann ich dir keines hinterlassen, wenn ich einmal aus dieser Welt scheide«, hatte Ellens Vater gesagt. »Ich werde dir jedoch etwas mitgeben, das sehr viel mehr wert ist als alles Geld der Welt – Bildung! Mein Mädchen, Wissen und Bildung sind das A und O. Du kannst noch so reich sein, wenn du dumm wie Bohnenstroh bist, wirst du niemals deinen Weg machen und den Respekt deiner Mitmenschen erringen.«

Ellen hatte nicht nur ihrem Vater zuliebe gelernt, der alles war, was sie hatte, denn ihre Mutter war kurz nach ihrer Geburt gestorben. Bereits mit sechs Jahren konnte sie einfache Bücher lesen und ganze Sätze schreiben, und wenig später begann ihr Vater, sie in der französischen Sprache zu unterrichten. Er liebte das Land und hatte zeit seines Lebens davon geträumt, einmal an die französische Mittelmeerküste zu reisen – was ihm jedoch nie vergönnt gewesen war. Ellens Vater verschlang alles, was er über Frankreich, dessen Geschichte und über Land und Leute in die Finger bekam, und Ellen lernte die melodiöse Sprache mühelos, auch wenn sie – besonders in der Grammatik – recht kompliziert war. So erschien es Ellen ein unglaublicher Glücksfall, dass Lady Northam eine

Kammerzofe suchte, die sie im Herbst nach Hyères begleiten sollte.
Im vergangenen Jahrhundert hatte sich das einstige Fischerdörfchen zu einem beliebten Ferienort für die englische Oberschicht entwickelt. Seit über hundert Jahren war es bei den Reichen und Adligen in Mode gekommen, den Städten zu entfliehen und den Sommer am Meer zu verbringen, und so waren Orte wie Eastbourne, Margate und allen voran natürlich Brighton an der englischen Südküste zu mondänen Badeorten ausgebaut worden. Doch irgendwann konnte auch die Pracht Brightons nicht über das meist regnerische und kühle Wetter hinwegtrösten, und diejenigen, die es sich leisten konnten, begannen, nach Südfrankreich zu reisen. Besonders beliebt war es, den Herbst und Winter an der Côte d'Azur zu verbringen, fernab von Eis und Schnee. Nachdem Königin Victoria einmal ihre Ferien in Hyéres verbracht hatte, entstanden neue, elegante Häuserzeilen, ganz im Stil der Regency-Mode, und die Strandpromenade konnte sich durchaus mit der in Brighton messen. In den letzten zwei, drei Jahrzehnten entwickelten sich auch Städte wie Nizza, Cannes und Monte Carlo, die auch etwas von dem Vermögen und dem Glanz, den die Engländer an die Côte d'Azur brachten, abbekommen wollten. Es gab aber immer noch genügend Briten, die das beschauliche Hyères den anderen mondänen Badeorten vorzogen. Darunter auch Lady Harriet Northam, die nicht gewillt war, irgendwo anders abzusteigen, denn hier in Hyères blieben die Engländer unter sich, und es gab kaum Kontakte zu den Einheimischen. Seit Jahren mietete Lady Northam dasselbe Stadthaus, um den Winter im milden Südfrankreich zu verbringen. Hier unterhielt sie einen kleinen Stamm von Personal, das zum Teil aus Franzosen bestand, und da Lady Northam sich standhaft weigerte, diese Sprache

zu erlernen, diente Ellen nicht nur als Zofe, sondern auch als Dolmetscherin. Eigentlich hätte sie an ihrer Arbeit Freude gehabt, wenn Harriet Northam nicht ausgesprochen launisch und nörglerisch gewesen wäre. Es schien nichts zu geben, was Ellen ihr recht machen konnte. Eigene Unzulänglichkeiten schob sie auf ihre Zofe, und sie bestand darauf, dass Ellen Tag und Nacht zu ihrer Verfügung stand. Einen freien Tag oder auch nur einen freien Nachmittag gab es nicht, ebenso wenig, wie Ellen Lohn für ihre Arbeit erhielt.

»Mein liebes Kind«, hatte Lady Northam belehrend gesagt, »Sie erhalten freie Kost und Logis, viermal im Jahr neue Kleidung, dazu noch die Reise an einen der schönsten Flecken Europas. Ich finde, das ist großzügig genug von mir. Sie werden kein Geld benötigen. Sie werden auch keine Gelegenheit haben, welches auszugeben. Außerdem unterliegt man ohnehin zahlreichen schlechten Verlockungen, wenn man klingende Münzen in der Tasche hat.«

Trotz dieser offensichtlichen Ausbeutung hatte Ellen die Stellung angenommen. Wahrscheinlich hätte Ellen auch eine andere Arbeit, zum Beispiel als Gouvernante, bekommen können, denn als Tochter eines Lehrers und mit ihrer Ausbildung war das ein üblicher Weg, um sich seinen Lebensunterhalt zu verdienen, doch die Aussicht, den Herbst in Südfrankreich zu verbringen, hatte Ellen so sehr gereizt, dass sie über das fehlende Gehalt hinwegsah. Sie war jetzt einundzwanzig Jahre alt und damit mündig – auch eine Heirat wäre ihr freigestanden. Ellen wollte aber nicht heiraten, nur um verheiratet zu sein, und bisher war ihr kein Mann begegnet, der in ihr den Wunsch nach einer Ehe und Kindern geweckt hatte. Da sie in ihrem Leben nie aus der ländlichen Beschaulichkeit des kleinen Ortes in Sussex herausgekommen war, kannte sie auch nicht viele Männer. James, der Bäcker, hatte eine Zeitlang um sie geworben, aber für Ellen war der ältere Mann stets nur ein väterlicher Freund gewesen. Auch der Sohn des Schmiedes war nicht abgeneigt, sie zur Frau zu nehmen. Dieser konnte perfekt Pferde beschlagen und das Eisen zum Glühen bringen, bis es sich unter seinen Hammerschlägen in die gewünschte Form bog, ansonsten konnte er aber kaum seinen eigenen Namen schreiben und hielt Bildung – insbesondere bei Frauen – für völlig überflüssig.

Entschieden schüttelte Ellen den Kopf. Nein, sie hatte keine hochfliegenden, unrealistischen Träume von ihrer Zukunft, aber ein gewisses Maß an Bildung sollte ein Mann schon mitbringen. Schließlich sollte eine Frau ihrem Gatten geistig niemals überlegen sein – das tat nicht gut.

»Was murmeln Sie da, Jones?« Lady Northams schrille Stimme riss Ellen aus ihren Gedanken. Ihre Herrin sah sie streng an. »Haben Sie etwa geträumt?«

»Nein, nein, Mylady«, versicherte Ellen hastig. »Mir gingen nur einige Gedanken durch den Kopf.«

»Nun, dann schlagen Sie sich die ganz schnell aus dem Kopf, denn wir sind gleich da. Ich hoffe, Sie wissen, was Sie zu tun und wie Sie sich zu verhalten haben? Wir sind schließlich bei einer Herzogin zu Gast, und ich kann nur beten, dass Sie mich nicht bis auf die Knochen blamieren.« Harriet Northam presste die Lippen zusammen und machte damit deutlich, dass sie genau dies befürchtete.

»Ich werde mein Bestes tun, Mylady.« Ellen sah sie aufrichtig an. Es nutzte nichts, wenn sie ihrer Herrin Kontra gab, es war besser, sich mit den Gegebenheiten zu arrangieren.

Der Landauer passierte ein großes Tor, dessen zwei schmiedeeiserne Flügel weit geöffnet waren, und fuhr eine breite, gewundene, an beiden Seiten von Palmen und Zypressen gesäumte Auffahrt entlang. Nach etwa einer halben Meile kam das Herrenhaus in Sicht. Dreistöckig, aus hellbraunem Stein und mit einer um das erste Stockwerk verlaufenden Veranda, war es ein für diese Gegend typisches Gebäude. Auf dem Kiesrondell vor dem Haupteingang herrschte hektische Betriebsamkeit, und Dutzenden von Kutschen entstiegen die Gäste, die das Wochenende im Haus der Herzogin von Bratton verbringen würden. Ellen sah auch zwei dieser modernen pferdelosen Wagen, die immer mehr in Mode kamen. Die Besitzer dieser Automobile, wie sie genannt wurden, mussten furchtbar reich sein, denn sie kosteten ein halbes Vermögen. Die Einladung der einflussreichsten Dame, die sich derzeit in Hyères aufhielt, glich einem Ritterschlag, und niemand wollte sich diese Gelegenheit entgehen lassen. Man reiste früh an, um der sengenden Mittagshitze zu entgehen. Der Wagen von Lady Northam musste einige Minuten warten, dann konnte der Kutscher vorfahren. Zwei livrierte Lakaien in den grünweißen Farben der Herzogin öffneten den Schlag und waren der Lady beim Aussteigen behilflich. Um Ellen kümmerte sich niemand. Das war auch nicht nötig, denn sie wusste, was sie zu tun hatte. Sie hatte dafür zu sorgen, dass das Gepäck ihrer Herrin auf deren Zimmer gebracht wurde, es dort dann auszupacken, die Sachen einzuräumen und sich danach um ihre eigene Unterkunft zu kümmern. Ellen war seit vier Uhr morgens auf den Beinen, spürte jedoch keine Müdigkeit. Zum ersten Mal in ihrem Leben war sie in einem so eleganten, herrschaftlichen Haus, denn der Landsitz von Lady Northam in England konnte es auf keinen Fall mit diesem Anwesen hier aufnehmen. Wenngleich Ellen zu keinem der anderen Gäste und noch weniger zu der Herzogin selbst Kontakt haben würde, begann ihr Herz, aufgeregt zu pochen. Dies war ihre Bewährungsprobe als Kammerzofe, und Ellen war fest entschlossen, diese zu bestehen.

Eine ältere, korpulente Dame in einem dunkelblauen Kleid mit weißer Schürze und Häubchen auf dem ergrauten Haar winkte Ellen zu sich.
»Lady Northam?«, fragte sie, und als Ellen nickte, hakte die Frau den Namen auf der Liste, die sie in den Händen hielt, ab. »Das grüne Zimmer im Westflügel. Erster Stock auf der linken Seite. Ich bin Mrs. Taylor, die Hauswirtschafterin, und für alles zuständig. Bei Fragen wendest du dich an mich, ja?«
Ellen nickte, und ohne sie weiter zu beachten, wandte sich die Hauswirtschafterin dem nächsten Kammerdiener zu und fragte auch diesen nach dem Namen seiner Herrschaft. Ellen nahm zwei der Taschen, die der Kutscher achtlos mitten auf den Kiesweg gestellt hatte, und machte sich auf den Weg zu Lady Northams Zimmer. Sie hoffte, dass es nicht allzu weit war, denn sie würde bestimmt viermal laufen müssen, bis sie alles Gepäck oben hatte. Selbstverständlich benutzte Ellen nicht das Hauptportal, sondern sie umrundete das Haus auf der östlichen Seite, wo sich der Dienstboteneingang befand. Durch einen schmalen Flur mit steinernem Boden und kahlen Wänden gelangte sie zu einem engen Treppenhaus. Den Fuß bereits auf der unteren Stufe, ließ ein lauter Ruf sie verharren.
»Nicht hier, um Gottes willen!« Eine hagere Frau in einem ähnlichen Kleid wie die Hauswirtschafterin eilte auf sie zu. »Das ist das Treppenhaus der Männer, du dummes Ding. Das für die Mädchen ist hinter dieser Tür.« Über die Schulter hinweg deutete sie auf eine niedrige dunkle Tür.
»Es tut mir leid«, murmelte Ellen. Sie hatte schon davon gehört, dass in großen Häusern die Treppenhäuser streng nach Geschlechtern getrennt waren.
»Zu wem gehörst du?«, fragte die Frau.
»Ich bin die Kammerzofe von Lady Harriet Northam«, gab Ellen bereitwillig Auskunft, und die Frau nickte.

»Mein Name ist Miss Croft, und ich bin neben Mrs. Taylor für das Personal zuständig. Wenn du die Sachen deiner Herrin versorgt hast, komm in die Küche, da bekommst du etwas zu essen und die Anweisung, wo du schlafen wirst.«

»Danke.« Ellen begab sich zu der dunklen Tür. Nach einer Stunde hatte sie es geschafft. Alles Gepäck war in Lady Northams Zimmer, Ellen hatte deren Kleider ausgeschüttelt und in den Schrank gehängt und die Kosmetikartikel auf der Frisierkommode in der Art, wie Lady Northam es wünschte, angeordnet. Ein junges Mädchen kam vorbei und fragte auf Französisch, ob sie frisches Wasser bringen sollte. Ellen nickte, sicher würde Lady Northam sich frisch machen wollen, wenn sie nach dem Begrüßungstrunk, der soeben im Salon gereicht wurde, wie Ellen von dem Dienstmädchen erfuhr, in ihr Zimmer kam, um zu ruhen. Zu guter Letzt schloss Ellen noch die hölzernen Fensterläden, um die Wärme, die mit Fortschreiten des Tages immer drückender wurde, auszusperren, dann machte sie sich auf den Weg, die Küche zu finden.

Sie nahm wieder die Dienstbotentreppe, tauchte in ein Gewirr von Gängen ein, die immer wieder in andere Richtungen abzweigten, und passierte zahlreiche Räume. Überall herrschte ein Gewimmel von Menschen – Dienstmädchen, Zofen und Diener, die für ihre Herrschaften Erledigungen ausführten. Ellen fiel auf, dass ausschließlich Englisch gesprochen wurde. Offenbar hielt es die Herzogin wie ihre Herrin – für die niedrigen Arbeiten konnte durchaus einheimisches Personal beschäftigt werden, für verantwortungsvolle Positionen ließ man sich von seinem eigenen, englischen Personal begleiten. Auch wenn die elitäre Gesellschaft die Annehmlichkeiten des schönen Wetters an der französischen Mittelmeerküste genoss, blieb man doch gern unter sich. Auch in Lady

Northams Haus war noch nie eine französische Dame empfangen worden.
In Ellens Nase stieg der Geruch nach Essen. Sie folgte diesem und gelangte endlich in eine Küche, die fast so groß war wie das gesamte untere Stockwerk von Lady Northams Haus. An zwei großen, hell gescheuerten Tischen saßen, streng voneinander getrennt, Dutzende Frauen und Männer. Aus einem großen Topf auf dem Herd roch es verführerisch nach Hühnersuppe und Gemüse. Ellen merkte erst jetzt, wie hungrig sie war. Miss Croft wies ihr einen Platz zwischen zwei Frauen in ihrem Alter zu, die bereitwillig zur Seite rückten.
»Alice Barker, Kammerzofe von Lady Trevisik«, sagte die zu ihrer Rechten, und die zu Ellens linker Seite Sitzende stellte sich ebenfalls vor.
»Holly Scott, meine Herrschaften sind Sir Ash und seine Gemahlin.«
Ellen erwiderte das freundliche Lächeln der beiden Mädchen.
»Angenehm, mein Name ist Ellen Townsend, und ich diene Lady Harriet Northam.«
»Townsend?« Mrs. Taylor, die Hauswirtschafterin, die Ellen eingewiesen hatte und ihr schräg gegenübersaß, runzelte verwundert die Stirn. »Bei mir bist du als Miss Jones gelistet. Wie kann das sein?«
Ellen lächelte freundlich und zuckte mit den Schultern.
»Mylady nennt mich Jones. Sie meint, mein richtiger Name wäre zu kompliziert, sie könne sich ihn nicht merken.«
Neben ihr prustete Alice los und murmelte: »Klar, Townsend ist auch furchtbar schwer«, was ihr sofort einen tadelnden Blick von Mrs. Taylor einbrachte.
»Ich erinnere mich«, sagte die Hauswirtschafterin und nickte zustimmend. »Im letzten Jahr wurde Lady Northam eben-

falls von einer Miss Jones begleitet, die war jedoch älter und sah auch anders aus als du.«

»Mylady nennt alle ihre Zofen Jones«, mutmaßte Ellen. »Ich bin erst seit wenigen Wochen bei ihr in Stellung und zum ersten Mal in Frankreich.«

Bereits am ersten Tag, nachdem Ellen ihre Arbeit angetreten hatte, hatte ein Küchenmädchen ihr erzählt, die Zofen von Mylady wechselten so schnell wie das englische Wetter. Nun, das wunderte Ellen überhaupt nicht. Sie selbst plante ja auch, sich nach einer anderen Stellung umzusehen, sobald sie wieder in England war.

In der folgenden Viertelstunde verstummten die Tischgespräche, denn jeder widmete sich dem Essen. In der Suppe schwammen reichlich Fleisch und Gemüse, und das Brot war weiß und noch warm. Ellen langte kräftig zu. Sie wusste ja nicht, wann sie wieder etwas zu essen bekommen würde.

Plötzlich bemerkte Ellen, wie ein junger Mann in der Livree eines Kammerdieners ihr vom Nebentisch immer wieder zuzwinkerte und sie anlächelte. Für einen Moment erwiderte Ellen das Lächeln, drehte sich dann aber zur Seite, damit sie nicht mehr in Richtung des Mannes schauen musste. Gut sah er aus, das musste man ihm lassen, Ellen hatte jedoch keine Lust auf ein Techtelmechtel, zumal dies unter den Dienstboten streng verboten war und unweigerlich zu ihrer beider sofortigen Entlassung geführt hätte.

Nachdem alle satt waren, hob Mrs. Taylor die Tafel auf und befahl den Kammerzofen, ihr zu folgen.

»Ich zeige euch jetzt eure Räumlichkeiten. Ihre Ladyschaften werden sicher Hilfe beim Umkleiden zum Lunch benötigen, daher seht zu, dass ihr mit dem Einrichten nicht trödelt, und findet euch dann wieder im Dienstbotenzimmer ein, wo ihr auf die Klingelzeichen wartet. Immer, wenn eure Herrschaf-

ten euch nicht benötigen, habt ihr in dem Raum neben der Küche zu warten.« Ein strenger Blick aus dunkelbraunen Augen traf die jungen Frauen. »Spaziergänge, gleichgültig, ob allein oder zu zweit, werden nicht geduldet, außer eure Ladyschaften bitten um eine Begleitung, was aber eher unwahrscheinlich sein wird. Gespräche mit den männlichen Domestiken sind streng untersagt, wenn ihr eine Nachricht auszurichten habt, sagt es mir oder Miss Croft. Ich hoffe, ich habe mich klar und deutlich ausgedrückt?«
»Ja, Mistress.«
Beinahe gleichzeitig nickten und knicksten die Frauen demütig. Die Kammern der Dienstboten befanden sich im Dachgeschoss. Etwas befremdet stellte Ellen fest, dass sie das Zimmer mit fünf anderen Mädchen teilen musste. Der Raum war eigentlich nur für drei Betten ausgerichtet, jetzt waren jedoch drei zusätzliche Betten hineingestellt worden, um die Vielzahl der Dienerschaft zu beherbergen. Somit blieb kaum Platz, sich umzudrehen. Einen Kleiderschrank gab es nicht, die Mädchen mussten ihre Kleider an Haken an den Wänden aufhängen und ihre Taschen unter den Betten verstauen. Alice und Holly waren auch diesem Zimmer zugeteilt, was Ellen begrüßte, denn beide waren nicht nur nett, sondern auch schon länger in Stellung und würden ihr sicher wertvolle Ratschläge geben können.

In den nächsten drei Tagen stellte Ellen fest, dass die Enge ihrer Kammer gleichgültig war, denn sie suchte sie ohnehin nur zum Schlafen auf. Vor Mitternacht war das nie der Fall, und um fünf Uhr endete die Nacht bereits wieder. Dann gab es für die Dienstboten ein leichtes Frühstück, anschließend wurde der Tee oder Kakao, je nach Wunsch, für die Herrschaften zubereitet und in den jeweiligen Zimmern serviert.

Danach half Ellen Lady Northam bei der Toilette, und während diese dann gemeinsam mit den Gästen das Frühstück einnahm, räumte Ellen das Zimmer auf, säuberte den Kamin und kümmerte sich um die Garderobe, die Lady Northam im Laufe des Tages tragen würde. Alle weiblichen Gäste kleideten sich sechs bis sieben Mal am Tag um, und Ellen musste ihr ständig zur Verfügung stehen. In der Zeit, wenn Mylady ihre Hilfe nicht benötigte, hielt Ellen sich in dem großen Gemeinschaftsraum neben der Küche auf, in dem die Klingeln angebracht waren, bereit, jederzeit zu Lady Northam zu eilen, wenn ihr Klingelzeichen ertönte. Wenigstens gab es regelmäßig und reichhaltig zu essen, wenngleich die Dienerschaft nie viel Zeit dazu hatte, denn sie waren ständig auf dem Sprung. Von Mrs. Taylor erfuhr Ellen, dass vier Dutzend Gäste das Wochenende auf dem Landsitz der Herzogin von Bratton verbrachten. Für die Herren waren die Tage mit Jagen ausgefüllt, an denen sich aber nur wenige Damen beteiligten. Diese saßen im Salon, tauschten den neuesten Klatsch aus und genossen die üppigen Mahlzeiten. Am Abend wurde gefeiert, eine Kapelle spielte zum Tanz, und der Champagner floss in Strömen. Von diesen Festivitäten bekam Ellen jedoch nichts mit, denn den Kammerzofen war es streng verboten, außer den Räumlichkeiten ihrer jeweiligen Herrschaft andere Bereiche des Hauses betreten. Am Sonntagvormittag fand ein Gottesdienst statt, an dem auch Ellen teilnahm. Sie, Alice und Holly standen in der hintersten Reihe. Es wunderte Ellen nicht, dass es sich um einen anglikanischen Gottesdienst handelte, der von einem englischen Vikar in englischer Sprache gehalten wurde, obwohl die Gegend hier streng katholisch war. Alice berichtete, dass vor zwölf Jahren die Kirche extra für die englische Gesellschaft erbaut worden war und kein Franzose einen Fuß hineinsetzte.

»Vor zwei Jahren residierte der König bei der Herzogin«, flüsterte Alice Ellen ins Ohr, während die Gemeinde in ein Lied einstimmte. »Da Sir Trevisik mütterlicherseits mit dem Königshaus verwandt ist, waren wir ebenfalls hier.«

»Hast du den König gesehen?«, fragte Ellen gespannt.

»Nur ein Mal aus der Ferne, als er im Garten spazieren ging. Er ist ein sehr beeindruckender Mann, und ich verstehe, warum man ihm so viele Liebschaften nachsagt.«

Ellen nickte, auch sie hatte davon gehört, dass König Edward bei einer schönen Frau nicht nein sagen konnte, obwohl er schon lange verheiratet war. Da sich Ellen aber für Klatsch nicht interessierte, verfolgte sie das Thema nicht weiter.

Nach der Kirche, als die Herrschaften in ihre Kutschen stiegen, um zum Herrenhaus zurückzufahren, näherte sich der junge Mann, der Ellen in der Küche freundlich zugelächelt hatte. Ellen hatte ihn zwar immer mal wieder flüchtig gesehen, zu einem weiteren Blickkontakt war es aber nicht mehr gekommen. Jetzt trat er an Ellens Seite.

»Haben Sie heute Nachmittag Lust auf einen Spaziergang?«

Über so viel Unverfrorenheit verschlug es Ellen beinahe die Sprache.

»Auf keinen Fall!«, entgegnete sie. »Außerdem habe ich keine Zeit.«

»Ach, kommen Sie. Ihre alte Dame legt sich nach dem Essen immer hin, da werden Sie doch eine Stunde erübrigen können.«

»Woher wissen Sie das?«, entfuhr es Ellen. Sie fand es eine Frechheit, dass er offenbar wusste, wer sie war, es aber nicht für nötig hielt, sich selbst vorzustellen.

Er zwinkerte ihr vertraulich zu und flüsterte: »Nichts, was in diesem Haus geschieht, entgeht mir, liebe Ellen. Ich darf doch Ellen sagen, nicht wahr? Miss Jones klingt doch zu förmlich.«

»Sie irren sich, mein Herr.« Ellen musste sich beherrschen, um nicht laut zu werden. »Sie wissen nicht alles. Mein Name lautet nämlich nicht Jones. Wenn Sie mich jetzt entschuldigen!«

Ellen war froh, dass in diesem Augenblick Alice des Weges kam. Schnell ging sie ihr entgegen und hängte sich bei ihr ein.

»Was hast du mit diesem Kerl zu schaffen?« Alice warf dem Mann einen skeptischen Blick zu. »Ich hoffe, du hast dich nicht mit ihm verabredet?«

»Sicher nicht.« Ellen runzelte die Stirn. »Du kennst ihn?«

Alice nickte.

»Der Kammerdiener von Lord Dawlish, ein furchtbarer Schürzenjäger, der es Jahr für Jahr bei jedem der Mädchen versucht. Bei Holly und mir hat er es im letzten Jahr auch probiert, wir haben ihm aber eine Abfuhr erteilt. Wir sind ja nicht so blöd, unsere Stellung für ein Techtelmechtel zu riskieren. Manchmal hat er durchaus Erfolg, denn er sieht gut aus. Sonst ist er aber eine taube Nuss, und das Wort Manieren hält er wahrscheinlich für ein einheimisches Fleischgericht.«

Ellen lachte. Gemeinsam kehrten die beiden Frauen ins Herrenhaus zurück, und Ellen verschwendete keinen weiteren Gedanken an den aufdringlichen Kammerdiener.

Am Montagmorgen rüsteten sich alle zur Abfahrt. Erneut brach man früh auf, um nicht in der Mittagssonne unterwegs sein zu müssen. Die Tage im Haus der Herzogin hatten Lady Northam offenbar gut gefallen, denn sie war weniger griesgrämig als sonst. Als das Gepäck verladen war, sie in der Kutsche Platz genommen hatte und der Wagen die gewundene Auffahrt hinunterfuhr, richtete sie das Wort an Ellen.

»Sie haben Ihre Sache leidlich gut gemacht, Jones.« Aus ihrem

Mund war das ein großes Kompliment, dachte Ellen, sogleich folgte jedoch Kritik. »Allerdings kam mir zu Ohren, dass Sie sich mit dem anderen Personal eingelassen und rücksichtslos getratscht haben. Damit nicht genug: Sie haben mit einem Diener angebändelt und ausgerechnet auf dem Kirchhof mit ihm geschäkert, obwohl ich Sie bei Ihrer Einstellung ausdrücklich darauf hingewiesen habe, dass ich keine Liebelei dulde. Daraus werde ich Konsequenzen ziehen müssen.«
Ellens Freude über das Lob verflog, und sie errötete über diesen haltlosen Vorwurf.
»Es tut mir leid, Mylady, wenn dieser Eindruck entstanden ist«, antwortete sie diplomatisch. »Ich habe mich lediglich ab und zu mit zwei Mädchen unterhalten, von Tratsch kann keine Rede sein. Und was den Mann betrifft …«
»Sparen Sie sich Ihre Ausreden«, schnitt Harriet Northam ihr das Wort ab. »Ich hätte größte Lust, Sie noch heute zu entlassen.«
Ellen holte tief Luft, sie merkte, wie ihre Hände vor Empörung zitterten. Sie hatte sich nichts zuschulden kommen lassen und würde diesen haltlosen Vorwurf nicht kommentarlos auf sich sitzenlassen!
»Bei allem Respekt, Mylady«, rief sie erregt, »dieser Kammerdiener suchte meine Gesellschaft, ich machte ihm aber unmissverständlich klar, dass ich an einem Gespräch nicht interessiert bin, geschweige denn an mehr. Die Unterhaltung dauerte weniger als eine Minute, danach habe ich kein Wort mehr mit ihm gewechselt.«
»Soso.« Streng glitt Lady Northams Blick über Ellen, die Lippen zu einem Strich zusammengepresst und im Blick eisige Ablehnung. »Nun, da es schwer sein würde, hier in Hyères eine neue englische Zofe zu finden und ich daher auf Sie angewiesen bin, bleibt mir nichts anderes übrig, als Ihnen zu glau-

ben. Was Sie allerdings nicht widerlegen können, ist Ihr enges Verhältnis zu den Dienerinnen anderer Damen.«

Ellen, froh, dass Harriet Northam sie nicht entließ, senkte den Kopf und blickte auf ihre im Schoß gefalteten Hände.

»Ein Zusammentreffen war unausweichlich, da wir ein Zimmer miteinander teilten. Die beiden Frauen waren mir lediglich mit Ratschlägen, wie ich die Wünsche Eurer Ladyschaft befriedigen kann, behilflich, da sie bereits länger als ich in Stellung sind. Es tut mir leid, wenn ich damit Ihren Anweisungen zuwidergehandelt habe, es war mir jedoch nicht bewusst, dass ich mit niemandem sprechen darf.«

»Sie wissen hoffentlich, Jones, dass Loyalität gegenüber seiner Herrschaft das erste Gebot eines guten Dieners ist?« Lady Northams Stimme war schneidend. Ellen nickte, den Blick weiterhin gesenkt, und dachte: Was gibt es über dich schon groß zu tratschen? »Nun, damit Sie lernen, künftig in der Wahl Ihrer Bekanntschaften etwas vorsichtiger zu sein, werden Sie für den Rest unseres Aufenthaltes das Haus nicht verlassen, außer in meiner Begleitung oder wenn ich Sie zu einem Botengang schicke.«

»Was?« Ellen konnte ihr Entsetzen nicht verbergen. Seit sie in Frankreich weilten, hatte sie in den Mittagsstunden, wenn Lady Northam sich zurückzog, um zu ruhen, stets eine oder zwei freie Stunden gehabt. Diese nutzte Ellen, um die Stadt zu erkunden, denn Hyères war voll von mittelalterlichen Bauwerken, für die Ellen sich sehr interessierte. Die Vorstellung, künftig in das dunkle Stadthaus eingesperrt zu sein, jagte Ellen einen Schauer über den Rücken.

Harriet Northam merkte, wie hart Ellen diese Strafe traf. Sie lächelte genüsslich und sagte so süßlich, dass die Falschheit wie zäher Honig aus jedem ihrer Worte troff:

»Sie sind noch sehr jung, Jones, und da Sie völlig allein auf dieser Welt stehen, muss ich mich um Sie kümmern. Ich bin nur um Ihr Wohl besorgt, denn Mädchen Ihres Alters und Ihres Aussehens geraten leicht unter die Räder.«

Ellen biss sich auf die Unterlippe, um auf keinen Fall ein falsches Wort zu äußern. Sie wusste, worauf ihre Herrin anspielte. Ellen war Eitelkeit fremd, denn damit füllte man keinen hungrigen Magen, sie wusste jedoch, dass sie von einem sehr ansprechenden Äußeren war. Ihr Haar war hellblond, und wenn die Sonne darauf traf, glänzte es wie gesponnenes Gold. Ihre Augen waren kornblumenblau, ihre Gesichtszüge harmonisch, und ihre Figur war schlank und an den richtigen Stellen proportioniert. Ellens Vater hatte ihr aber von klein auf eingebleut, dass ein gutes Aussehen allein nicht reichte, um in dieser Welt zu überleben.

»Auf den Charakter kommt es an, mein liebes Kind. Was nützt Haar wie aus Gold, wenn die Seele schwarz wie die Hölle ist?«

Ellen seufzte kaum vernehmlich und sah ihre Herrin ernst an. »Ich danke Ihnen für Ihre Großzügigkeit, mich nicht zu entlassen.« Jedes Wort fiel ihr schwer, sie hatte jedoch keine andere Wahl. Ihr Entschluss, sich eine neue Stellung zu suchen, sobald sie wieder englischen Boden betrat, festigte sich. Obwohl das Leben einer Kammerzofe niemals ein Zuckerschlecken war, hoffte Ellen, dass nicht alle Damen derart bösartig wie Harriet Northam waren. Da ihr im Moment die Hände gebunden waren, musste sie zusehen, die Zeit bis zur Heimreise, so gut es ging, zu überstehen.

8. Kapitel

Um die Wärme nicht ins Haus hineinzulassen, hatte Ellen alle Fensterläden geschlossen. Da sie jedoch den Saum an einem von Harriet Northams Kleidern ausbessern musste, blieb ihr nichts anderes übrig, als eine Lampe anzuzünden. Ellen seufzte und starrte auf die Näharbeit in ihrem Schoß. Dies war eine weitere Schikane ihrer Arbeitgeberin. Anstatt ihr am Morgen, als es noch kühl gewesen war und Ellen bei Tageslicht hätte arbeiten können, zu sagen, dass eine Naht zu säumen war, hatte Lady Northam damit bis nach dem Mittagessen gewartet.

»Ich brauche das Kleid zur Teestunde«, hatte sie gesagt, »darum müssen Sie sich sofort an die Arbeit machen.«

Gegen vier Uhr erwartete die Lady ein paar Damen der Gesellschaft, wofür in der Küche bereits fleißig gebacken wurde. Ellen machte es nichts aus, Näharbeiten zu erledigen. Stets hatte sie die Kleidung für sich und ihren Vater selbst angefertigt und dabei guten Geschmack bewiesen.

»Vielleicht sollte ich mir eine Stellung als Näherin suchen«, murmelte sie, während die Nadel durch die feine, dunkelgrüne Seide glitt. Oder als Gouvernante, dachte sie weiter. Ellen liebte Kinder und verfügte über Erfahrung, diese zu unterrichten, da sie den Vater in den letzten drei Jahren regelmäßig im Unterricht unterstützt hatte. Der Weg, selbst Lehrerin an einer öffentlichen Schule zu werden, war ihr jedoch verwehrt. Für Frauen gab es keine anerkannte Ausbildung zur Lehrerin, und Städte und Gemeinden stellten keine Frauen ein – ob mit oder ohne entsprechende Ausbildung. Als Lehrkraft an einer öffentlichen Schule zu arbeiten, war Männern vorbehalten.

Frauen mit einer Bildung wie Ellen blieb nur, sich als Gouvernante oder an Privatschulen zu bewerben, wobei solche Stellungen schwer zu bekommen waren.

»Ich werde sehen, was kommt, wenn ich wieder in England bin«, sagte Ellen laut und schnitt sorgsam den Faden ab.

»Haben Sie etwas gesagt?«

Ellen zuckte zusammen und fuhr zur Tür herum.

»Du hast mich erschreckt. Ich habe dich nicht hereinkommen hören.«

Das sechzehnjährige Mädchen mit den dunklen, glänzenden Haaren stellte das Tablett, das sie in den Händen trug, vor Ellen auf den Tisch.

»Es tut mir leid, Miss Jones. Ich dachte, Sie könnten eine Erfrischung gebrauchen.«

»Das ist sehr nett, danke, Marie.« Ellen schenkte sich ein Glas von der kalten Zitronenlimonade ein und trank durstig. »Mylady ruht noch?«, fragte sie das französische Mädchen, das Küchenmagd und Hausmädchen in einem war. Lady Northam führte keinen großen Haushalt, dafür war sie zu geizig. Ellen wusste, dass Marie ebenso wie die englische Köchin Mrs. Blake im Gegensatz zu ihr ein Gehalt bekamen, dies war aber so gering, dass es gerade für das Nötigste reichte. Marie wohnte nicht im Haus, sie kam jeden Morgen bei Tagesanbruch und ging am Abend. Mit den wenigen Sous half Marie, ihre mehrköpfige Familie zu unterstützen, denn ihr Vater war krank, und ihre vier Geschwister waren noch zu klein, um arbeiten zu können. Marie nannte Ellen Miss Jones, obwohl sie wusste, dass ihr richtiger Name Townsend lautete. Da Lady Northam diesen Namen jedoch nicht benutzte, war es sicherer, wenn Marie es auch nicht tat, sonst würde es nur einen weiteren Wutausbruch ihrer Herrin nach sich ziehen.

»Sie hat noch nicht geklingelt«, beantwortete Marie Ellens

Frage. »Ich melde es Ihnen sofort, wenn sie nach Ihnen verlangt.«
»Gut.« Ellen legte das Kleid zur Seite, nahm ein Taschentuch aus ihrem Rock und tupfte sich die Stirn ab. Die Näharbeit war beendet, jetzt brauchte sie keine Angst mehr zu haben, den teuren Stoff mit ihrem Schweiß zu verderben. Eigentlich war jetzt die Zeit, in der Ellen in den vergangenen Wochen das Haus verlassen und einen kleinen Spaziergang gemacht hätte. Obwohl es sehr warm war, sehnte sich Ellen nach frischer Luft. Nur wenige Gehminuten entfernt gab es einen kleinen Park mit Zypressen, Oliven- und Orangenbäumen, in deren Schatten es sich aushalten ließ.
Ellen wusste aber, dass sowohl Marie als auch Mrs. Blake Lady Northam sofort in Kenntnis setzen würden, wenn sie das Haus gegen die Anordnung der Herrin verließ, denn eine schlechtbezahlte Stellung war immer noch besser als keine Arbeit. Außerdem befand sich Mrs. Blake in einer ähnlichen Situation wie Ellen selbst.
Denn ohne Lady Northams Wohlwollen konnte sie nicht nach England zurückkehren, da die Köchin von den paar Pennys, die sie für ihre Arbeit erhielt, unmöglich die Kosten für die Rückreise bestreiten konnte.
»Mylady meinte, wenn Sie mit dem Kleid fertig sind, sollen Sie ihre Schuhe putzen.« In Maries Blick lag ein Funken Bedauern.
Ellen seufzte und trank das Glas Limonade leer.
»Ich mache mich gleich an die Arbeit. Nochmals danke, Marie, für die Erfrischung.«
Marie nickte. Beide würden Lady Northam verschweigen, dass das junge Dienstmädchen Ellen regelmäßig mit Essen und Trinken versorgte. Wenn es nach ihrer Herrin ging, dann hatte Ellen gefälligst nur zu den angesetzten Mahlzeiten et-

was zu sich zu nehmen, alles andere war in Harriets Augen Verschwendung.

Um drei Uhr half Ellen Lady Northam beim Ankleiden. Während sie das graue Haar bürstete und versuchte, aus den dünnen Strähnen eine ansehnliche und haltbare Hochsteckfrisur zu machen, musste Ellen sich erneut deren Unwillen gefallen lassen.

»Au! So passen Sie doch auf, Jones!«, jammerte die Lady, obwohl Ellen so vorsichtig wie möglich arbeitete. »Sie haben wirklich ungeschickte Finger. Da kann ja jede Bauernmagd besser frisieren!«

Dann lass dich doch von einer Bäuerin bedienen, dachte Ellen, presste aber die Lippen fest zusammen, um kein unbedachtes Wort zu äußern. Ebenfalls schwieg sie, als Lady Northam plötzlich befahl, anstatt das grüne das hellblaue Kleid bereitzulegen.

»Das Grün kleidet mich heute nicht«, bemerkte Lady Northam.

Ellen schluckte. Sie wusste, ihre Herrin hatte nie vorgehabt, das grüne Kleid zum Tee zu tragen. Sie hatte nur gewollt, dass Ellen bei Lampenlicht und in der Hitze den Saum ausbesserte. Ellen würde es nicht einmal wundern, wenn sie das grüne Kleid nie wieder tragen, sondern fortwerfen würde.

Nachdem die vier Damen eingetroffen waren, servierte Ellen den Tee, die Sandwiches und die kleinen Kuchenstücke, schenkte den Gästen ein und zog sich dann zurück. Obwohl sie in Frankreich waren, wurden nur englische Speisen gereicht, darum hatte Lady Northam auch ihre Köchin Mrs. Blake mitgenommen. Und deshalb hatte Ellen die französische Küche, die den Ruf hatte, die beste der ganzen Welt zu sein, bisher nicht kennengelernt. Nur zu gern hätte sie einmal die mit Schokolade gefüllten Croissants, die zahlreichen süßen oder herzhaften Tartes oder Muscheln in Weißwein- und Knoblauchsoße gekostet. Für Lady Northam waren die Franzosen jedoch Froschschenkel- und Schneckenfresser, deren Speisen auf keinen Fall den Weg in ihr Haus finden würden. Ellen fragte sich, warum so viele Engländer in dieses Land kamen, wenn sie die Menschen und auch das Essen ablehnten. Sie selbst hätte gern die ganze Welt bereist, in fremden Ländern die jeweiligen Kulturen und deren Sitten studiert und natürlich auch die kulinarischen Köstlichkeiten probiert. Dies würde für Ellen jedoch ein unerfüllter Traum bleiben, denn Menschen aus ihrer Gesellschaftsschicht verfügten nicht über die Mittel, zu reisen.

Am Sonntag begleitete Ellen ihre Herrin erneut in die Kirche, worauf Lady Northam großen Wert legte. Während Ellen aus der hintersten Reihe den Gottesdienst verfolgte, bemerkte sie, wie Lady Northam leicht schwankte, als sie sich zum Gebet aus der Bank erhob. Bereits am Morgen war Ellen an Lady Northam eine ungewöhnliche Blässe aufgefallen, auch hatte sie kaum ein Wort gesprochen und Ellen mit ihrer ständigen Kritik verschont, was für sie ungewöhnlich war. Außerdem hustete sie ständig, war aber auf Ellens Frage, ob sie sich unwohl fühle, nicht eingegangen. Nachdem der Pfarrer die Gemeinde verabschiedet hatte, eilte Ellen nach vorn. Die Lady saß noch in der Bank, unfähig, sich allein zu erheben und das Gotteshaus zu verlassen.

»Mylady, ist Ihnen unwohl?« Ellen beugte sich zu ihr vor und erschrak. »Sie haben Fieber!«, rief Ellen und griff nach ihrem Arm.

Lady Northam nickte.

»Mir ist schwindlig.« Ihre sonst laute, schrille Stimme war

kaum zu verstehen. »Jones, lassen Sie den Wagen vorfahren, ich möchte nach Hause.«

Eine Stunde später kam der Arzt zu Harriet Northam. Albert Croyde war natürlich Engländer, die englischen Herrschaften hätten sich niemals in die Hände von französischen Ärzten begeben, und betrieb seit vier Jahren in der Stadt eine Praxis. Während der Untersuchung schickte er Ellen hinaus. Obwohl Ellen keine große Sympathie für ihre Arbeitgeberin hegte, war sie doch in großer Sorge. Lady Northam sah wirklich furchtbar elend aus, und der bellende Husten klang besorgniserregend. Als sie wieder in Myladys Zimmer gerufen wurde, sah der Arzt sie ernst an.

»Sie schläft jetzt, ich habe ihr ein Medikament gegeben«, begann Croyde. »Mylady hat hohes Fieber, und ich vermute eine beginnende Lungenentzündung. In ihrem Alter ist damit nicht zu spaßen, aber ich hoffe, wir haben die Krankheit rechtzeitig erkannt und können einer Verschlimmerung entgegenwirken. Allerdings wird sie eine intensive Pflege benötigen.«

Ellen nickte. »Ich werde alles tun, was in meiner Macht steht, Doktor. Ich habe meinen Vater bis zu seinem Tod gepflegt und …«

Croyde hob die Hand.

»Keinesfalls möchte ich Ihre Fähigkeiten in Frage stellen, Miss Jones, aber hier ist eine ausgebildete Fachkraft vonnöten. Mylady braucht rund um die Uhr Betreuung, außerdem ist die Krankheit ansteckend. Ich möchte nicht in wenigen Tagen in diesem Haus eine zweite Patientin haben, darum werde ich Ihnen eine Pflegerin schicken. Sie kann in einer Stunde hier sein. Und Sie, Miss Jones, halten sich dem Krankenzimmer fern. Ich würde Mylady ungern ins städtische Krankenhaus überweisen, dieses ist doch etwas … gewöhn-

lich, und ein dortiger Aufenthalt würde dem Genesungsprozess wenig förderlich sein.«
»Aber die Pflegerin ... Sie kann sich doch ebenso anstecken?«
Dr. Croyde lächelte beruhigend.
»Krankenschwestern scheinen gegen alles immun zu sein, außerdem ist das ihr Berufsrisiko.« Er sah sich in dem Zimmer um. »Am besten lassen Sie ein zweites Bett in den Raum stellen, Mylady sollte nicht allein sein, falls sich ihr Zustand verschlechtert.«
»Selbstverständlich, Doktor, ich werde es sofort veranlassen.«
Ellen sah den Arzt fragend an. »Bitte, sagen Sie mir die Wahrheit: Wird sie es schaffen?«
Croyde zuckte mit den Schultern.
»Das kann man in diesem Stadium noch nicht sagen, Miss. Tag für Tag sterben daran weitaus jüngere Patienten. Ich werde jedoch alles tun, damit sich die Krankheit nicht verschlimmert.« Mit einer Handbewegung schloss er seine Tasche und ging zur Tür. »Ich werde der Frau alle notwendigen Anweisungen erteilen und heute Abend wieder nach Lady Northam sehen. Sollte sich ihr Zustand bis dahin verschlimmern, rufen Sie mich bitte umgehend.«
Ellen nickte, nun war ihr doch etwas beklommen zumute. Obwohl sie lieber heute als morgen Harriet Northam verlassen wollte, wünschte sie ihr keine so schwere Krankheit, die im schlimmsten Fall zum Tod führen konnte. Nachdem der Arzt gegangen war, schob Ellen mit Hilfe von Marie ein Bett aus einem der Gästezimmer in Lady Northams Schlafzimmer. Wie vereinbart traf die Krankenschwester kurze Zeit später ein. Sie war um die fünfzig, kräftig und mit einem ausgeprägten Damenoberlippenbart, was ihr ein strenges Aussehen verlieh. Schwester Bertha drückte Ellen auch gleich eine Liste mit den Dingen in die Hand, die sie benötigte.

»Wenn Sie das besorgt und mir gebracht haben, möchte ich Sie in diesem Zimmer nicht mehr sehen«, wiederholte sie die Anweisung des Arztes. »Haben Sie das verstanden?«
Ellen nickte. Nach zwei Stunden war alles besorgt, und als sie auf die Uhr sah, war es erst vier. Unschlüssig stand Ellen auf dem Flur vor Lady Northams Zimmer. Erst jetzt wurde ihr bewusst, was die Erkrankung der Lady für sie bedeutete: Sie war frei! Das Verbot, das Haus nicht zu verlassen, bestand nicht mehr – wie hätte Lady Northam das jetzt kontrollieren können? –, außerdem kümmerte sich Schwester Bertha um ihre Herrin, und für sie gab es nichts mehr zu tun.
Ellen eilte in ihr Zimmer, tauschte ihr Sonntagskleid, welches sie immer zum Kirchgang trug, gegen ein einfaches und leichtes Tageskleid, nahm ihren Mantel und setzte einen kleinen Hut auf. Es drängte sie nach draußen. Sie lenkte ihre Schritte nicht in den Park, sondern eilte durch die engen Gassen der Altstadt zum Meer hinunter. Die etwa eine Meile lange Strandpromenade war fast menschenleer, denn niemand aus der guten Gesellschaft ging um diese Uhrzeit spazieren. Erst gegen Abend, wenn es kühler wurde, traf man sich hier wieder, um zu sehen und gesehen zu werden und um dann zu einer Dinnerparty zu gehen. Ellen entdeckte eine leere Bank, von der aus sie einen guten Blick auf die Halbinsel Giens und die Überreste der Festung Tour Fondue hatte, die einst die Hafeneinfahrt von Hyères vor feindlichen Angriffen schützte, heute jedoch längst verfallen war. Ellen nahm sich vor, in den nächsten Tagen zu der Ruine zu gehen, auch wenn es ein weiter Weg war. Sowenig sie Lady Northam die Krankheit wünschte und von Herzen hoffte, sie würde nicht daran sterben – ein paar Tage konnte sie schon noch krank im Bett liegen und Ellen damit eine ungewohnte Freiheit bescheren. Bisher hatte sie von der Stadt und deren Umgebung kaum

etwas gesehen. Sehnsüchtig blickte Ellen hinaus aufs Meer. Am Horizont kreuzte ein Schiff. Ob eine Yacht oder ein Handelsfrachter – das konnte Ellen auf die Entfernung nicht ausmachen. Sie wäre gern einmal länger auf einem Schiff gefahren. Da Harriet Northam jedoch eine Abneigung gegen das Meer hatte und keinem Schiff traute, waren sie auf dem Landweg von England nach Südfrankreich gereist. Die kurze Überfahrt zwischen Dover und Calais war für Lady Northam eine Katastrophe gewesen, da sie unter Seekrankheit litt, und sie hatte ihre Kabine keine Minute verlassen. Somit hatte auch Ellen die Überfahrt unter Deck in der stickigen Kabine ihrer Herrin verbracht und nichts vom Meer gesehen.

»So allein, ma belle?« Zwei Hände legten sich plötzlich von hinten auf ihre Augen, und Ellen schrie auf. Ein Mann lachte leise. »Jetzt bist du erschrocken, nicht wahr? Rate mal, wer ich bin.«

Ellen versuchte, sich zu befreien, doch der Druck der Hände war stärker.

»Lassen Sie mich sofort los, oder ich rufe um Hilfe!«

Erneut dieses Lachen.

»Hier ist niemand. Außerdem – warum bist du heute so biestig?«

Ellen versuchte, ruhig zu atmen und nicht in Panik zu verfallen. Es war schließlich heller Tag, und wenngleich es auf der Promenade ruhig zuging, waren trotzdem Menschen in der Nähe, die auf einen lauten Schrei reagieren würden. Unwillkürlich spürte Ellen, dass die Hände weich, glatt und frei von Schwielen waren. Auch die gewählte Ausdrucksweise des Mannes, der offenbar Engländer war, ließ darauf schließen, dass es sich nicht um den Angriff eines Fischers oder eines sonstigen niedrigen Subjekts handelte.

»Was wollen Sie?«, fragte sie mühsam beherrscht. »Ich wäre

Ihnen sehr dankbar, wenn Sie Ihre Hände aus meinem Gesicht nehmen würden.«

Wieder das leise Lachen. »Ach, komm, rate! Sonst magst du doch auch solche Spielchen.« Ellen begriff allmählich, dass es sich um eine Verwechslung handeln musste, der Fremde meinte gar nicht sie. Diese Erkenntnis beruhigte sie ein wenig.

»Es tut mir leid, aber ich werde Ihren Namen nicht erraten, da ich Sie überhaupt nicht kenne. Sie müssen mich mit jemandem verwechseln.«

Daraufhin nahm er endlich die Hände von ihren Augen, und Ellen konnte wieder sehen. Er schwang sich mit einem Satz über die Lehne der Bank und setzte sich neben sie. Das war eine solche Frechheit, dass Ellen empört nach Luft schnappte, bevor sie jedoch etwas sagen konnte, rief er:

»Ist das ein neues Spiel, ma belle? Du weißt, ich liebe es, zu spielen, aber was soll diese Verkleidung mit dem schäbigen Kleid und dieser lächerliche Hut? Du siehst aus wie eine verklemmte Jungfrau.«

Empört sprang Ellen auf, ihre Wangen röteten sich vor Aufregung.

»Ich muss doch sehr bitten …«

»Du meine Güte, bist du heute mit dem falschen Fuß aufgestanden?«, unterbrach er sie grinsend.

Ellen betrachtete den Fremden, der eigentlich recht sympathisch wirkte. Er war etwa in ihrem Alter, mit ansehnlichen Gesichtszügen und sorgfältig gestutztem Backenbart, und der helle Sommeranzug bestand aus teurem Stoff und war von einem guten Schneider gefertigt. Offenbar ein Angehöriger der feinen englischen Gesellschaft, der seinen Schabernack mit ihr treiben wollte, denn spätestens jetzt musste er doch erkennen, dass sie nicht diejenige war, für die er sie gehalten hatte.

»Wenn Sie mich weiter belästigen, rufe ich um Hilfe.« Ellens Augen funkelten vor Zorn. Sie wusste nicht, wie hübsch sie in diesem Moment aussah. »Unter Ihresgleichen mag es üblich sein, sich derart respektlos einer Dame gegenüber zu verhalten, ich fordere Sie jedoch auf, mich unverzüglich in Ruhe zu lassen.«

»Aber Bella ...« Der Fremde war offensichtlich verwirrt, denn er strich sich fahrig über die Stirn. »Was ist denn mit dir los? Wir gehen doch immer so miteinander um, und bisher hat dir mein Verhalten gefallen.«

Ohne ein weiteres Wort oder einen Blick drehte Ellen sich um und ging, so schnell sie konnte, davon. Die Freude über diesen schönen Tag war verdorben. Zwar hatte der Mann sie Bella genannt, was aber nicht unbedingt darauf schließen ließ, dass er sie mit einer anderen Frau verwechselt hatte. Bella war italienisch und hieß »die Schöne«, und da er sie vorher mit einem französischen Kosenamen bedachte, konnte es nur ein plumper Flirtversuch gewesen sein, dem sie allerdings keine Bedeutung beimaß. Auch wenn sie nur eine Kammerzofe war, gab das niemandem das Recht, ihr derart respektlos zu begegnen.

Das Abendessen nahm Ellen in ihrem Zimmer allein ein. Immer noch beschäftigte sie das aufdringliche Verhalten des Fremden, sie machte sich aber auch Sorgen über den Gesundheitszustand von Lady Northam, der seit dem Mittag unverändert war. Der Arzt hatte sie noch mal untersucht, konnte aber keine Prognose stellen, wie sich die Krankheit entwickeln würde. Um sich abzulenken, ging Ellen in den Salon, um ein Buch zu holen. Sie hoffte, durch die Lektüre auf andere Gedanken zu kommen. Die Auswahl war nicht groß, da Lady Northam keine passionierte Leserin war, und Ellen hatte bisher auch noch nie Zeit und Muße gehabt, sich dem Lesen zu widmen. Sie fand den Roman *Jane Eyre,* den sie vor vielen Jahren schon einmal gelesen, aber das meiste der Handlung inzwischen wieder vergessen hatte. Sie freute sich, dieses Buch nun erneut in aller Ruhe lesen zu können.

Zwischen ihr und der Protagonistin gab es einige Übereinstimmungen: Auch Jane Eyre war gezwungen, eine Stellung anzunehmen, um zu überleben. Allerdings verlief Ellens Kindheit und Jugend wesentlich angenehmer als die der Romanfigur. Ellen erinnerte sich gern an die Zeit im alten Schulhaus, an die Abende, wenn sie und Vater bei Kerzenschein vor dem Kamin beisammensaßen und er auf Französisch mit ihr plauderte. Oder an die zahlreichen Wanderungen, die sie in den grünen Hügeln von Sussex unternommen und während derer ihr Vater sie mit der vielfältigen Fauna und Flora der Gegend vertraut gemacht hatte. Natürlich hatte Ellen häufig nach ihrer Mutter gefragt, an die sie keine Erinnerung hatte. Es gab kein Bild von ihr, ihr Vater meinte jedoch, sie wäre eine sehr schöne Frau gewesen. Ellens Mutter stammte aus einfachen Verhältnissen, für sie war die Heirat mit einem Lehrer ein sozialer Aufstieg gewesen.

»Du bist ihr sehr ähnlich«, hatte ihr Vater gesagt. »Wenn ich in deine Augen sehe, dann meine ich, ihre Augen zu sehen, denn sie sind von dem gleichen strahlenden Blau. Ebenso den Schwung deiner Lippen und die Figur hast du von deiner Mutter, meine geliebte Ellen. Ich bin so glücklich, dass sie dich mir geschenkt hat.«

Bei der Erinnerung an diese liebevollen Worte stiegen Ellen Tränen in die Augen. Warum musste ihr Vater sterben? Er war noch nicht alt gewesen, gerade sechsundvierzig Jahre, und immer gesund und kräftig. Nach einem heftigen Gewittersturm im Frühjahr besserte Henry Townsend das Dach des

Hauses aus. Solche Reparaturen erledigte er stets selbst, um das Geld für die Handwerker zu sparen, und Townsend stellte sich auch nicht ungeschickt dabei an. Dieses Mal jedoch verletzte er sich am Unterarm. Der rostige Nagel hinterließ einen schmalen, aber tiefen Kratzer. Ellens Vater hatte die kleine Verletzung nicht ernst genommen, auch nicht, als die Wunde sich zu entzünden begann und Ellen ihn bat, einen Arzt aufzusuchen. Etwa zehn Tage nach der Verletzung bekam er plötzlich alle Anzeichen einer Erkältung – Fieber, Kopfschmerzen und Schweißausbrüche, die ihn so sehr schwächten, dass er das Bett nicht mehr verlassen konnte. Trotzdem weigerte er sich immer noch, sich in ärztliche Behandlung zu begeben.

»Das Geld für einen Quacksalber kann ich mir sparen. Ich komme schon wieder auf die Beine«, hatte er mit einem Lachen gesagt. Es sollte das letzte Lachen sein, das Ellen von ihrem Vater hörte, denn als sie eigenmächtig den Arzt holte, war es bereits zu spät. Eine Woche später war Ellens Vater tot – gestorben an einer Tetanusinfektion. Das war eine Erkrankung, von der Ellen nie zuvor gehört hatte. Rechtzeitig behandelt, hätte er vielleicht eine Chance gehabt, als jedoch die Krämpfe einsetzten, die zum Erstickungstod führten, gab es keine Rettung mehr.

Nach seinem Tod gab man Ellen zwei Wochen Zeit, um das kleine Haus zu räumen. Am Tag, an dem sie ging, stand der neue Lehrer mit seiner Familie bereits vor der Tür.

Seufzend legte Ellen das Buch zur Seite. Obwohl die Handlung sie interessierte, konnte sie sich auf die gedruckten Worte nicht länger konzentrieren. Es war müßig, an die Vergangenheit zu denken und in ihr zu versinken. Sie musste nach vorn blicken und ihr Leben selbst in die Hand nehmen.

Am nächsten Tag erlebte Ellen eine unliebsame Überraschung. Als sie am Vormittag das Haus für einen Spaziergang verließ, sah sie den unverschämten Mann vom Tag zuvor auf der gegenüberliegenden Straßenseite stehen. Er hatte offenbar auf sie gewartet, denn als er sie erblickte, kam er rasch auf sie zu. Bevor sie wieder zurück ins Haus schlüpfen konnte, war er an Ellens Seite und berührte kurz ihren Arm.

»Verzeihen Sie, bitte … aber … ich muss Sie sprechen.«

»Wie kommen Sie hierher? Woher wissen Sie, wo ich wohne?«

Ellen sah die Straße hinunter, die um diese Uhrzeit von vielen Menschen bevölkert war. Sie hatte keine Angst, denn der Mann würde hier und jetzt sicher nicht wagen, sie zu belästigen.

Er zog seinen Hut und deutete eine Verbeugung an.

»Mein Name ist Randolph Jackman aus London. Es tut mir sehr leid, mich gestern nicht vorgestellt zu haben.«

Seinem Blick war anzusehen, dass er darauf wartete, Ellen würde sich nun ihrerseits vorstellen, was sie aber nicht tat.

»Wie kommen Sie hierher?«, wiederholte sie stattdessen ihre Frage, und ihr Tonfall ließ keinen Zweifel an ihrer Verärgerung.

»Ich bin Ihnen gefolgt.« Mit einem zerknirschten Lächeln, das seine hübschen Gesichtszüge sympathisch machte, sah er Ellen an. »Normalerweise verfolge ich Frauen nicht bis nach Hause, das habe ich nicht nötig, in Ihrem Fall jedoch …«

»Ach, jetzt wollen Sie mir bestimmt gleich sagen, Sie hätten sich auf den ersten Blick unsterblich in mich verliebt, könnten ohne mich nicht mehr leben, und werden mich beschwören, Sie zu erhören.«

Ellens Zorn schlug in Belustigung um, und zu ihrer Überraschung schüttelte Randolph Jackman den Kopf.

»Nicht, dass Sie nicht hübsch genug wären, um Sie, wenn es sein müsste, um die halbe Welt zu verfolgen. Mein Grund, das Gespräch mit Ihnen zu suchen, ist jedoch ein anderer.« Er runzelte die Stirn und sah Ellen eindringlich an. »Sie sehen einer mir bekannten Dame derart ähnlich, dass ich mich davon überzeugen musste, dass diese betreffende Dame mit mir kein seltsames Spiel treibt und sich für eine andere Person ausgibt. Auch hoffte ich, heute festzustellen, dass die Ähnlichkeit doch nicht so groß ist, wie ich gestern dachte, was jedoch nicht der Fall ist.« Er schüttelte verwundert den Kopf. »Es ist unglaublich ... wirklich unglaublich ...«

Also doch, dachte Ellen. Bereits gestern hatte sie vermutet, mit jemandem verwechselt worden zu sein. Allerdings verstand sie nicht, warum eine Ähnlichkeit einen Fremden veranlasste, sie zu verfolgen und vor ihrem Haus abzupassen.

»Nun, dann lassen Sie sich gesagt sein, dass ich nicht diese Dame bin und sie auch nicht kenne, Mr. Jackman«, sagte Ellen kühl. »Und jetzt wäre ich Ihnen dankbar, wenn Sie mich in Ruhe lassen würden.«

»Wie ist Ihr Name?«, fragte er direkt.

»Sie können nicht ernsthaft glauben, eine Antwort zu erhalten?« Ellen schüttelte entschieden den Kopf. »Bitte, gehen Sie jetzt.«

Jackman seufzte, gab aber noch nicht auf.

»Bitte, Miss, ich glaube, meine Bekannte würde es sehr interessieren, wer die Frau ist, die mit ihrem Gesicht durch die Welt geht. Gestern Abend war sie sehr aufgeregt, als ich ihr von unserer Begegnung erzählte.«

»Die betreffende Frau ist hier?« Nun war Ellen doch verblüfft. Sie hatte angenommen, Jackman spräche von jemandem in England. Er nickte bestätigend.

»Wir trafen uns erst gestern bei einer Dinnerparty. Bitte, Sie müssen mir glauben, dass Sie, Miss, dieser Dame gleichen wie ein Ei dem anderen.«

»Nun, manchmal gibt es solche Zufälle.« Ellen schmunzelte, die Sache begann, sie zu interessieren. »Wie ist denn der Name Ihrer Bekannten? Ich nehme an, sie ist Engländerin?«

Er zuckte bedauernd mit den Schultern.

»Sie werden verstehen, dass ich ihren Namen nicht preisgeben kann, solange sie nicht weiß, um wen es sich bei Ihnen handelt. Sie ist eine Dame der oberen Gesellschaft.«

»Aha.« Ellen lächelte amüsiert. »Dann sagen Sie der Dame bitte, wenn sie etwas von mir will – Sie wissen ja nun, wo ich zu finden bin. Und jetzt entschuldigen Sie mich bitte, ich habe zu tun.«

Ellen wandte sich ab und ging die Straße hinunter. Jackman folgte ihr nicht, er stand noch eine Weile an Ort und Stelle und sah ihr kopfschüttelnd nach. Wenn seine Geschichte stimmte, war es schon ein unglaublicher Zufall, dass es ausgerechnet in Hyères eine Frau geben sollte, der Ellen zum Verwechseln ähnlich sah. Wobei sie nicht glaubte, dass die Ähnlichkeit wirklich so groß war wie von Jackman geschildert. Das gab es nur bei Zwillingen, und sie war definitiv ein Einzelkind. Außerdem hatte Jackman von einer Dame der oberen Gesellschaft gesprochen. Nun, mit solchen Leuten war Ellen gar nicht, auch nicht weitläufig, verwandt. Vielleicht hatte Jackman einfach zu tief ins Glas geschaut, obgleich er auf Ellen einen nüchternen Eindruck gemacht hatte, und sah etwas, was sich beim näheren Betrachten bestimmt nur als oberflächliche Ähnlichkeit entpuppte.

Wie sehr Ellen sich mit dieser Einstellung täuschte, erfuhr sie am Nachmittag desselben Tages. Nach einem ausgiebigen Spaziergang durch die Altstadt und einem leichten Lunch aus

Salat und kaltem Hühnchen vom Vorabend zog Ellen sich in ihr Zimmer zurück, um weiter in ihrem Roman zu lesen. Sie hatte gerade die Passage erreicht, in der Jane Eyre ihre neue Stellung auf Thornfield Hall antrat, als es klopfte. Es war Marie, die unschlüssig auf der Schwelle stand.

»Miss, es ist Besuch gekommen.«

Ellen klappte das Buch zu und legte es auf den Tisch.

»Du hast sicher gesagt, dass Mylady indisponiert ist und keine Besucher empfangen kann?«

Marie trat verlegen von einem Fuß auf den anderen.

»Die Frau will nicht zu Mylady, sondern zu Ihnen, Miss. Es ist eine Dame ... eine richtige Dame, meine ich, und sie klopfte an die Vordertür. Auf der Straße steht eine große Kutsche.«

Ellens Herzschlag beschleunigte sich, und sie sprang auf.

»Wie ist ihr Name?«

»Den wollte sie mir nicht sagen.« Marie zuckte mit den Schultern. »Sie verbirgt ihr Gesicht hinter einem Schleier und tut recht geheimnisvoll, besteht aber darauf, unverzüglich mit Ihnen zu sprechen. Sie sagte, in diesem Haus müsse eine junge Frau wohnen, mit blondem Haar und blauen Augen. Nur gut, dass Mylady das nicht erfährt.«

Ellen konnte Maries Bedenken verstehen. Im Haus einer Harriet Northam war es nicht üblich, dass Angestellte Besucher empfingen, und noch weniger, dass diese durch die Vordertür kamen. In Ellen regte sich ein Verdacht. Vielleicht hatte Jackman seiner Bekannten von ihr erzählt, und diese hatte sich aufgemacht, um sie, Ellen, aufzusuchen. Nun, dann wollte sie sich diese Frau, die ihre Doppelgängerin sein sollte, mal ansehen.

»Führe die Dame in den Salon«, wies Ellen das Hausmädchen an, deren Augen sich bei der Vorstellung, eine Kammerzofe empfing Besuch im Salon, erschrocken weiteten. »Keine Sor-

ge, Marie«, beruhigte Ellen sie sofort, »ich bin sicher, in wenigen Minuten wird die Dame das Haus wieder verlassen haben, und Mylady wird davon nichts erfahren, wenn du deinen Mund hältst.«
Ellen richtete mit wenigen Handgriffen ihr Haar und warf einen Blick in den Spiegel. Sie trug einen schlichten dunkelgrauen Rock und eine elfenbeinfarbene Bluse ohne jeglichen Zierat oder gar Schmuck. Wenn es sich wirklich um eine Adlige handeln sollte, so war das kaum der passende Aufzug, sie zu empfangen. Ellen hatte sie jedoch nicht eingeladen und war nicht gewillt, vor ihr zu knicksen. Nachdem Ellen die Tür zum Salon öffnete, eintrat und höflich fragte: »Was kann ich für Sie tun, Madam?«, drehte sich die Frau ihr zu. Ihr Gesicht war unter einem an ihrem ausladenden Hut befestigten, dunklen Schleier verborgen. Ellen hörte jedoch, wie die Fremde bei ihrem Anblick hörbar die Luft einzog. Eine behandschuhte Hand fuhr zu ihrem Hals, und sie schwankte so sehr, dass Ellen befürchtete, die Frau würde jeden Moment ohnmächtig. Mit einem Schritt war sie an ihrer Seite.
»Geht es Ihnen gut?«, fragte sie höflich und bot ein Glas Wasser an, doch die Fremde schüttelte den Kopf. Als sie sprach, meinte Ellen, sich in einem Traum zu befinden, denn es war ihre eigene Stimme, die sie hörte.
»Es ist unglaublich … Randy hatte recht … wie kann das sein …?«
»Wer sind Sie?«, fragte Ellen direkt. »Und was wünschen Sie von mir?«
»Sie werden gleich verstehen.« Langsam, um die Spannung zu erhöhen, hob die Dame den Schleier. Als Ellen ihr Gesicht sah, begann auch unter ihren Füßen der Boden zu schwanken. Haltsuchend griff sie nach der Tischkante.
»Das gibt es nicht …«

»Offenbar doch.«
Minutenlang starrten die beiden Frauen sich an, ohne ein Wort zu wechseln, und jede meinte, in einen Spiegel zu sehen. Bis auf die Frisur und den Hut der Besucherin glichen sich ihre Gesichter bis ins kleinste Detail: Die gleichen kornblumenblauen, großen Augen unter blonden, sanft gebogenen Brauen und langen Wimpern, die schmale Nase, deren Spitze leicht nach oben zeigte, und die gleichen vollen, kirschroten Lippen, hinter denen zwei Reihen weißer, ebenmäßiger Zähne blitzten.
»Das kann einfach nicht wahr sein!«
Sie sprachen gleichzeitig dieselben Worte und zuckten zusammen.
»Wer sind Sie?«, fragte die Fremde leise und sichtlich um Fassung ringend.
Ellen sah keinen Grund, ihre Identität zu verschweigen.
»Ellen Townsend, ich bin die Gesellschafterin von Lady Harriet Northam.«
»Woher kommen Sie?«
»Aus Tadworth, Sussex, südlich von London.«
Die Dame nickte, streckte langsam ihre Hand aus, und Ellen nahm sie.
»Belinda Swinbrook aus Cornwall. Haben Sie jemals von Tredethian Manor in der Nähe der Stadt Helston gehört? Oder waren Sie in dieser Gegend?«
Ellen schüttelte den Kopf.
»In meinem ganzen Leben war ich noch nie in Cornwall. Ich wurde in Tadworth geboren und lebte dort, bis ich Lady Northam nach Frankreich begleitete.«
»Seit Generationen gehört Tredethian Manor unserer Familie«, erklärte Belinda Swinbrook. »Mein Vater ist der Earl of Tredethian.«

»Oh.« Ellen wusste nicht, was sie sagen sollte, darum besann sie sich auf ihre Pflichten als Gastgeberin. »Darf ich Ihnen etwas anbieten? Einen Tee, obwohl es für die Teestunde noch zu früh ist, oder ein Glas Limonade?«

Belinda sah sich im Salon um.

»Haben Sie nicht etwas Stärkeres im Haus? Einen Brandy oder Gin vielleicht? Ich glaube, wir beide brauchen jetzt einen kräftigen Schluck.«

Ellen, die nie zuvor Alkohol getrunken hatte, nickte und schenkte aus der Karaffe, die auf der Anrichte stand, zwei Gläser Brandy ein. Während Belinda Swinbrook ihr Glas in einem Zug leerte, nippte Ellen nur an der braunen Flüssigkeit. Der ungewohnte Alkohol brannte in ihrer Kehle, und sie musste husten.

Belinda Swinbrook musterte sie von oben bis unten, befühlte kurz den schlichten Stoff ihrer Bluse und blickte auf Ellens derbe Schuhe aus hartem Leder.

»Sie stehen nicht gerade auf der Sonnenseite des Lebens.« Es war keine Frage, sondern eine unverblümte Feststellung. »Nun, das kann sich ja ändern.«

»Ändern? Ich fürchte, ich verstehe nicht …«

Zum ersten Mal, seit sie das Haus betreten hatte, lächelte Belinda. Sie hatte den ersten Schock überwunden und sah jetzt die praktische Seite der Tatsache, dass sie ihrem Ebenbild gegenüberstand. Sie nahm Ellens Hand und zog sie vor den über dem Kamin hängenden Spiegel. Sich selbst direkt neben Belinda Swinbrook zu sehen, jagte Ellen einen kalten Schauer über den Rücken. Bis auf die Kleidung schienen sie wirklich ein und dieselbe Person zu sein.

»Eine solche Ähnlichkeit ist keine zufällige Laune der Natur«, sagte Belinda zuerst leise und nachdenklich, um dann fordernd fortzufahren: »Zieh dich aus!«

»Auf keinen Fall! Wie können Sie es wagen ...?«

Belinda winkte genervt ab.

»Jetzt stell dich nicht so an und sei nicht schockiert. Ich nehme an, auch unsere Körper ähneln sich, und ich habe mich schon oft in Unterwäsche gesehen. Und sogar ganz nackt«, fügte sie mit einem Schmunzeln hinzu. »Also los, ich möchte etwas nachprüfen.«

Ellen ahnte, worauf Belinda anspielte. Langsam knöpfte sie ihre Bluse auf, streifte sie links über die Schulter und schob den Träger ihres Unterkleides zur Seite. Scharf zog Belinda die Luft ein, als sie das dunkelrote Muttermal in Form eines Stiefels auf Ellens linkem Schulterblatt sah.

»Das Mal der Tredethians«, murmelte sie. »Ich habe es exakt an dieser Stelle. Mein Vater auch, ebenso sein Vater und dessen Vater, wie man mir sagte. Alle direkten Nachkommen unserer Familie tragen dieses Zeichen.« Sie trat zu Ellen, nahm ihre Hände und sah ihr fest in die Augen. »Dafür gibt es nur eine Erklärung.«

»Welche?«, flüsterte Ellen, obwohl außer Belinda niemand sie hören konnte.

»Wir beide müssen Schwestern sein. Zwillinge, würde ich sagen. Du und ich – wir sind eins. Und jetzt müssen wir nur noch herausfinden, warum wir keine Ahnung hatten, dass die jeweils andere existiert.«

9. Kapitel

Die Villa, in der Belinda Swinbrook am westlichen Stadtrand von Hyères wohnte, ähnelte der der Herzogin von Bratton, wenngleich die Räume weniger großzügig und bescheidener eingerichtet waren. Dennoch war es ein elegantes Haus, in dem es nicht an Komfort fehlte. Nachdem sich die beiden Frauen von ihrem ersten Schock erholt hatten, überredete Belinda Ellen, sie am nächsten Tag bei Sonnenaufgang aufzusuchen.

»Wir treffen uns im Rosengarten beim Springbrunnen, am besten um sechs Uhr, da ist noch niemand wach. Mir erscheint es vorerst sinnvoll, wenn niemand uns beide zusammen sieht. Erst müssen wir herausfinden, warum wir uns so sehr gleichen.«

»Was ist mit deinem Bekannten, diesem Jackman?«, fragte Ellen. »Er weiß, dass ich existiere.«

»Ach, Randolph.« Belinda winkte ab, und zum ersten Mal fiel Ellen ein etwas verächtlicher Zug um ihre Mundwinkel auf. »Den schicke ich weg. Es war schon immer sein Wunsch, Ägypten zu besuchen, er hatte bisher nur nicht die Mittel für eine solche Reise. Nun, ich glaube, jetzt kann er reisen.«

»Du bezahlst ihn, damit er fortfährt?«

»Natürlich, er ist ja auch auf meine Kosten mit nach Frankreich gekommen.« Verschwörerisch zwinkerte sie Ellen zu. »Randy ist ein lieber Kerl, aber völlig abgebrannt. Seine Familie hat ihr Vermögen an Spieltischen durchgebracht, auch der gute Randy bricht nicht mit dieser Tradition. Da er aber äußerst charmant ist, zudem noch recht ansehnlich, fand ich es … erheiternd, den Herbst mit ihm zu verbringen. Jetzt ist es jedoch besser, wenn er keine unnötigen Fragen stellt.«

Ellen schwirrte der Kopf. Nur zögernd hatte sie zugestimmt, Belinda am nächsten Tag aufzusuchen. Sie hatte eine unruhige Nacht verbracht und darüber nachgedacht, was ihr Vater über ihre Mutter erzählt hatte. Viel war es nicht gewesen, offenbar hatten sie sich zufällig auf der Straße kennen- und dann lieben gelernt. Kurz nach Ellens Geburt war sie gestorben. Anscheinend gab es keine weiteren Verwandten, die Eltern ihrer Mutter waren ebenso wie die des Vaters schon lange tot, und Geschwister hatten sie auch nicht gehabt. In den letzten Tagen, als ihr Vater dem Tod schon näher als dem Leben gewesen war, hatte Ellen ihn gepflegt und gewaschen und dabei auch seinen bloßen Rücken gesehen. Ihr Vater besaß das Mal nicht, seine Schulter war weiß und glatt gewesen.

Am nächsten Morgen wunderte sich Marie, die bereits seit fünf Uhr auf den Beinen war, dass Ellen so früh die Küche betrat und sich einen Tee zubereitete.

»Ich muss etwas erledigen«, erklärte Ellen, obwohl sie dem Hausmädchen gegenüber keine Rechenschaft schuldig war. »Wie geht es Mylady?«

»Eben habe ich Schwester Bertha eine Tasse Tee hinaufgebracht. Sie meinte, Mylady schlafe viel, und der Husten habe sich nicht verschlimmert. Wir sollen das Zimmer aber weiterhin meiden.«

»Sehr gut«, murmelte Ellen, denn wenn Mylady wieder bei Kräften und die Ansteckungsgefahr gebannt war, würde sie das Haus nicht mehr so einfach verlassen können, schon gar nicht so früh am Morgen.

An der nächsten Straßenecke nahm Ellen eine Mietdroschke, die sie an den westlichen Stadtrand zu der von Belinda angegebenen Adresse brachte. Die für die Fahrt notwendigen Münzen hatte Belinda ihr am gestrigen Abend gegeben, als Ellen ihr sagte, sie verfüge nicht über Barmittel. Ellen hatte das Geld nur widerwillig angenommen und versichert, sie würde es ihr auf jeden Fall zurückgeben, woraufhin Belinda lachend abgewinkt hatte.

»Wenn du tatsächlich eine Tredethian bist, dann spielen die paar Sous nun wirklich keine Rolle. Dann steht dir wesentlich mehr zu, als du dir jemals hättest träumen lassen.«

Belinda erwartete Ellen bereits, als diese den Rosengarten betrat.

»Schnell, die Hausmädchen werden gleich mit ihrer Arbeit beginnen. Wir gehen durch die Hinterpforte.«

Belinda führte Ellen durch eine niedrige Tür an der Rückseite des Hauses, die in einen schmalen Gang mündete. Über eine Steintreppe ging es in den zweiten Stock hinauf, und durch eine Tapetentür traten sie in einen mit hellem Holz getäfelten Flur, von dem zahlreiche Türen abzweigten. Belinda öffnete eine auf der linken Seite, schob Ellen hinein und schloss die Tür hinter sich ab. Sie befanden sich offenbar in Belindas Schlafzimmer, denn der große, helle Raum wurde von einem ausladenden Himmelbett mit blauen Vorhängen beherrscht, dessen Decken und Kissen zerwühlt waren. Belinda bemerkte Ellens Blick und erklärte:

»Ich habe dem Mädchen gesagt, mir wäre nicht wohl, und ich wolle länger ruhen. Allerdings bat ich um ein reichhaltiges Frühstück.« Sie deutete auf den runden Tisch mit den vier zierlichen Stühlen im Chippendale-Stil, der üppig gedeckt war. Eier und Speck, noch warmes Weißbrot, Marmelade, goldgelbe Butter und sogar eine Schale mit frischen Erdbeeren standen bereit. Ellens Magen war jedoch wie zugeschnürt, sie wusste, sie würde keinen Bissen hinunterbringen. Allerdings stieg ihr der Duft nach frisch aufgebrühtem Kaffee in die Nase. Kaffee war ein Luxus, den es in ihrem Elternhaus nie gegeben hatte, und Lady Northam verschwendete natür-

lich keine einzige Bohne an ihr Personal, so war Ellen der Genuss von Kaffee bisher versagt geblieben.
Belinda schenkte ein, und dankbar nahm Ellen die Tasse entgegen, tat etwas Zucker und Milch hinein und nippte an dem köstlichen Getränk. Die Ereignisse des vergangenen Tages schienen Belinda nicht den Appetit verdorben zu haben, sie griff herzhaft zu. Ellen fragte sich, ob ihre vermeintliche Schwester immer so viel aß, denn deren Figur war ebenso wie die ihre rank und schlank, mit weiblichen Rundungen an den richtigen Stellen. Da Ellen in ihrem Leben noch nie so viel zu essen gehabt hatte, um Gefahr zu laufen, dick zu werden, wünschte sie sich, auch in diesem Punkt Belinda ähnlich zu sein. Während des Frühstücks sprachen die beiden Frauen nicht. Nachdem Belinda die letzte Erdbeere vertilgt hatte, lehnte sie sich entspannt zurück und musterte Ellen intensiv.
»Du musst lernen, lockerer zu werden.« Sie lächelte verständnisvoll. »Du sitzt da, als ob gleich jemand kommen würde, um dich zum Richtblock zu führen. Entspann dich, Ellen, wir sind hier ganz ungestört. Niemand vom Personal würde es wagen, mich gegen meine Anweisung zu stören. Außerdem ist bekannt, dass ich gern lange schlafe.«
»Du wohnst allein hier?«, fragte Ellen.
»Natürlich nicht.« Belinda lachte hell, und Ellen meinte, ihr eigenes Lachen zu hören. »Das wäre doch ganz und gar unschicklich, nicht wahr? Das Haus gehört einer entfernten Verwandten, die fast dauerhaft in Hyères lebt, weil sie das englische Klima nicht verträgt. Claire Selworthy ist jedoch mit ihrem eigenen Leben beschäftigt, sie lässt mir alle Freiheiten, die ich mir wünsche, und fungiert eher pro forma als Anstandsdame. Aber jetzt erzähle von dir, Ellen.«
Ellen zuckte mit den Schultern.
»Da gibt es nicht viel zu erzählen.«

»Egal, ich will *alles* wissen.« Belindas Augen funkelten vor Aufregung. »Wo und wann bist du geboren? Wie hast du gelebt? Und wie bist du nach Hyères gekommen?«

»Wie ich bereits gestern sagte, wurde ich vor einundzwanzig Jahren geboren. Mein Geburtstag ist der elfte Juni …«

»Meiner ebenfalls!« Belinda sprang so heftig auf, dass das Geschirr auf dem Tisch klirrte. »Das ist der Beweis! Wir sind Zwillinge, daran besteht kein Zweifel. Jetzt müssen wir nur noch herausfinden, wer uns trennte und warum.« Sie seufzte und sah Ellen ernst an. »Erzähl weiter, wie ist dein Leben verlaufen?«

Ellen trank einen Schluck Kaffee, dann begann sie zu erzählen, da sie den Eindruck hatte, Belinda wäre wirklich interessiert, alles über sie zu erfahren. Ellen schilderte ihr nicht immer einfaches Leben als Tochter eines Dorfschullehrers, erwähnte dessen Tod und berichtete von ihrer Anstellung bei Lady Northam. Belinda war eine gute Zuhörerin, vor allen Dingen verstand sie es, Ellen mit gezielten Fragen aus der Reserve zu locken. So berichtete Ellen in der folgenden Stunde von den Schikanen Harriet Northams, und Belinda schlussfolgerte, ohne dass Ellen es direkt gesagt hatte, dass sie in ihrer Stellung alles andere als glücklich war.

»Die Dame muss ja ein richtiges Ekel sein«, sagte Belinda und schüttelte sich wie ein junger Hund. »Es ist unverschämt, dir kein Gehalt zu bezahlen.«

»Aus diesem Grund werde ich mir eine neue Stelle suchen, sobald wir wieder in England sind«, entgegnete Ellen. Belinda lachte jedoch laut auf.

»Eine Stellung? Mädchen, so wie es aussieht, bist du eine Swinbrook und damit auch eine Tredethian. Und eine Tredethian hat es nicht nötig, zu arbeiten.« Sie sprang auf, lief zu dem Schreibtisch und entnahm der Schublade Briefpapier und einen Füllfederhalter.

»Wir werden an Vater schreiben. Ich bin gespannt, welche Erklärung er hat, dass ich in Frankreich auf mein Ebenbild, das offenbar meine leibliche Schwester ist, getroffen bin.« Belinda schrieb die ersten Zeilen, dann stockte sie, legte den Füllfederhalter beiseite und runzelte nachdenklich ihre hohe, glatte Stirn. Schließlich zerknüllte sie das Blatt und warf es in die kalte Asche des Kamins.

»Ich habe eine bessere Idee.« Erneut funkelten ihre Augen. »Wir werden Vater mit den Tatsachen konfrontieren, dann kann er sich nicht herausreden. Ich bin gespannt, was er sagt, wenn er uns beide vor sich stehen sieht.«

»Uns beide?« Ellen verstand nicht gleich.

»Natürlich, du Dummerchen. Wir fahren nach England. Ach, das wird lustig werden.«

Lustig? Ellen fand die Lage, in der sie sich befand, alles andere als zum Lachen, doch sie beneidete Belinda um ihre Unbekümmertheit, wie sie mit diesem offensichtlichen Familiengeheimnis umging. Damen von Adel hatte Ellen sich immer beherrscht, steif und distinguiert vorgestellt, selbst wenn sie noch jung waren, keinesfalls jedoch so unbeschwert, wie Belinda sich gab. Offenbar brannte in ihr ein Feuer, das wohl auch die strengste Erziehung nicht hatte löschen können. Ebenso wie bei mir, dachte Ellen. Ihr Leben hatte sie zwar Beherrschung gelehrt, was besonders in Bezug auf ihre Arbeit bei Lady Northam auch erforderlich war, in ihrem Inneren jedoch drängte alles danach, diesen Zwängen zu entfliehen und sich frei und offen äußern zu können.

»Du meinst, du willst mich mit nach England nehmen?«, fragte Ellen zur Sicherheit.

»Natürlich, denn sonst werden wir nie erfahren, was für ein schändliches Spiel mit uns getrieben wurde.«

Ellens Herz begann, aufgeregt zu schlagen, nur mühsam verbarg sie ihre Freude. Plötzlich, von einem Tag auf den anderen, schien sich ihr Leben zu verändern. Und es war eine positive Veränderung. Ellen dachte nicht an das Geld und den Luxus, der Belinda umgab, sondern nur daran, bald wieder nach Hause zurückkehren zu können, und zwar ohne auf Harriet Northam angewiesen zu sein.

»Wann reisen wir?«, fragte sie gespannt. »Ich kann meine Sachen in einem Tag packen, es ist ja nicht viel.«

»Langsam, meine Liebe.« Beschwichtigend hob Belinda die Hand. »Ich bin schließlich erst vor vier Wochen angekommen und möchte die Zeit hier genießen. Ich hatte vor, bis Ende November zu bleiben, solange es noch angenehm ist.« Sie verzog das Gesicht, als sie fortfuhr: »Tja, zu Weihnachten muss ich ohnehin wieder in Cornwall sein. In meiner Position habe ich gewisse … Verpflichtungen.«

»Bis Ende November?« Ellens überschwengliche Freude schwand. »Ja, willst du denn deinen Vater nicht so schnell wie möglich fragen, warum es mich gibt und was geschehen ist?«

Belinda zuckte mit den Schultern.

»Ob ich das jetzt oder in zwei Monaten mache, ist doch egal. Nein, meine Liebe, ich möchte meine Freiheit und Unabhängigkeit genießen, solange es noch möglich ist. Wenn ich nach Hause fahre, ist die nämlich ein für alle Mal vorbei.« Verächtlich verzog sie ihren Mund, der Glanz in ihren Augen schwand. »Ich muss heiraten, und zwar noch dieses Jahr.«

»Du bist verlobt?« Ellen war überrascht, obwohl es eigentlich zu erwarten gewesen war, Belinda war schließlich im besten Heiratsalter, darüber hinaus war sie ausgesprochen schön und wahrscheinlich unermesslich reich, wie Ellen vermutete.

Belinda seufzte.

»Anfang des Jahres wurde die Verlobung offiziell bekanntgegeben, die Heirat ist aber schon seit Jahren geplant. Eigentlich

hätte die Hochzeit bereits im Sommer stattfinden sollen, ich konnte Vater jedoch noch diese Reise abringen. Gut, ich sagte, Tante Claire wäre erkrankt und bestünde auf meinen Besuch, damit ich mich um sie kümmern kann. Das war ein wenig geschwindelt, denn die gute Claire erfreut sich bester Gesundheit, aber Vater gab nach.« Für einen Moment verhärtete sich Belindas Blick. »Ich bekomme ohnehin meistens, was ich will, und ich wollte das Leben noch einmal mit allen Sinnen genießen, bevor ich mich unter das Joch der Ehe begebe.«
Aus jedem von Belindas Worten war unterschwellig eine gewisse Rebellion herauszuhören, und ihr scheinbar unbekümmertes Lächeln wirkte unecht.
»Liebst du deinen Verlobten denn nicht?«, fragte Ellen erstaunt.
Belinda lachte laut und spöttisch.
»Lieben? Man merkt, dass du aus einer anderen Welt kommst, denn in *unseren* Kreisen heiratet man nicht aus Liebe. Diese Ehe ist von unseren Vätern seit Jahren beschlossen. Sie ist passend und bringt für beide Familien Vorteile.«
»Ja, aber …« Ellen war verwirrt. Natürlich wusste sie, dass in höheren Kreisen Zweckehen die Regel waren. Durch den Eindruck, den sie bisher von Belinda gewonnen hatte, hatte sie allerdings vermutet, diese würde sich nicht solch strengen Regeln und Zwängen unterwerfen.
Belinda sprang auf und machte eine abfallige Handbewegung. »Lass uns nicht von meinem griesgrämigen Bräutigam sprechen. Wir sind in Frankreich – dem Land der Liebe und des Weins, und das wollen wir genießen. Noch bin ich frei und entschlossen, diese Freiheit bis zur Neige auszukosten. Besonders die Liebe! Schließlich werde ich Jahrzehnte von dieser Zeit hier zehren müssen.«
Ellen hatte keine genaue Vorstellung, was Belinda unter »aus-

kosten« verstand, denn auch in Hyères galten für die bessere Gesellschaft dieselben Anstandsregeln wie in England, und vermutlich wurde jeder von Belindas Schritten von den anderen genau beobachtet.

»Bist du eigentlich verliebt?«, fragte Belinda plötzlich, bevor Ellen ihre Bedenken äußern konnte.

»Ich? Nein … natürlich nicht.«

»Nun, immerhin bist du sehr hübsch.« Belinda lachte. »Ich kann das schließlich am besten beurteilen, oder? Es gibt wirklich niemanden, keinen Mann, der dein Herz schneller schlagen und dein Blut durch die Adern rasen lässt? Kein männliches Wesen, bei dem du alle guten Vorsätze vergessen willst und nur den Wunsch hast, dich einfach in seine Arme fallen zu lassen?«

Ellen fühlte sich von diesen direkten Worten peinlich berührt und senkte verlegen den Kopf, Belinda jedoch schien gar keine Antwort zu erwarten. Sie lief in das angrenzende Zimmer und kam kurz darauf mit einem kornblumenblauen Kleid über dem Arm zurück.

»Das ist eines meiner Lieblingskleider. Komm, zieh es an!«

»Ich weiß nicht …« Ellen zögerte, doch da öffnete Belinda bereits die Haken ihres Kleides.

Eine halbe Stunde später fiel es Ellen schwer, sich im Spiegel wiederzuerkennen. Belinda hatte ihr nicht nur das Kleid und zahlreiche Unterröcke übergestreift, sondern auch das Haar frisiert. Nun trug Ellen es in der gleichen Art wie Belinda – auf dem Hinterkopf kunstvoll aufgetürmt, links und rechts der Ohren ringelten sich zwei Strähnen, und ein kleines silbernes Diadem vervollständigte die neue Frisur. Das blaue Kleid hatte die gleiche Farbe wie Ellens Augen. Der Stoff schmiegte sich eng um ihre schmale Taille, und das mit zahlreichen, winzigen Perlen bestickte Dekolleté ließ den Ansatz ihrer weißen Brüste in gerade noch schicklicher Weise frei.

»Bin ich das?«, flüsterte Ellen ihrem Spiegelbild zu.

Belinda trat hinter sie, legte eine Hand auf Ellens Schulter und lächelte.

»Du solltest keine alten Kleider mehr tragen, denn du bist viel zu schön, um dich in diesen Lumpen zu verstecken. Ebenso schön wie ich.«

Ein Kloß bildete sich in Ellens Kehle, den sie schnell hinunterschluckte. Sie war nicht eitel, dafür war in ihrem Leben nie Platz gewesen, aber sie war jung, und keine junge Frau konnte bei schönen Stoffen und Schmuck unberührt bleiben. Seit der Begegnung mit Belinda herrschte in ihrem Kopf ein heilloses Durcheinander, jetzt jedoch ging ihr zum ersten Mal auf, was es bedeuten könnte, tatsächlich die leibliche Tochter eines Earls zu sein. Ihr Leben würde sich komplett ändern. Keine schwere Arbeit mehr, keine launische und missmutige Herrin, die sie täglich kritisierte und beleidigte, dafür elegante Kleider, erlesene Speisen und Tanzveranstaltungen …

Als hätte Belinda ihre Gedanken gelesen, lachte sie glockenhell auf. Schalk blitzte in ihren Augen.

»Mach mir das Kleid auf«, bat sie Ellen und wandte ihr den Rücken zu.

»Was hast du vor?«, fragte Ellen, als sie die Haken löste.

Belinda antwortete nicht. Schnell streifte sie sich ihr Kleid vom Körper, ließ es achtlos auf dem Fußboden liegen und schlüpfte in das schlichte Tageskleid, das Ellen gerade eben noch getragen hatte. Als sie es schließen wollte, merkte Ellen, dass Belinda es nicht gewohnt war, sich selbst anzukleiden. Sie schmunzelte und half, die Ösen und Haken zu schließen. Gemeinsam traten die beiden Frauen wieder vor den mannshohen Spiegel. Es war, als hätten sie ihre Identitäten getauscht – Belinda war zu Ellen und Ellen zu Belinda geworden.

»Faszinierend«, flüsterte Belinda, das Ellen bereits vertraute

Funkeln in den Augen, wandte sich dann zur Tür und war ohne ein weiteres Wort verschwunden.

»Wo willst du hin?« Ellen eilte ihr nach, spähte auf den Flur, hörte aber nur noch das Klappern von Belindas Absätzen auf der Treppe.

Unsicher kehrte sie in das Zimmer zurück. Was hatte Belinda vor? Und was sollte sie jetzt machen? Am liebsten hätte Ellen das Haus verlassen, da Belinda jedoch ihr Kleid trug, blieb ihr nichts anderes übrig, als zu warten, bis sie zurückkam. Ellen wäre es nie eingefallen, in Belindas Sachen zu gehen, denn das Kleid gehörte nicht ihr.

Der Kaffee in der Kanne war längst kalt geworden, dennoch trank Ellen einen Schluck, dann sah sie sich im Zimmer um. Offenbar war ihre Schwester dem Lesen nicht zugetan, denn nirgends fand sich ein Buch. Zögernd, als würde sie etwas Verbotenes tun, öffnete Ellen die Verbindungstür zum Ankleidezimmer und stand staunend vor rund drei Dutzend Kleidern, die säuberlich an drei Stangen hingen. Es war alles vorhanden – für Belindas Verhältnisse schlichte Tages- und Nachmittagskleider, drei Garnituren Reitkleidung, aufwendig gearbeitete und elegante Abendgarderoben, zu jedem Kleid der passende Hut und eine Vielzahl von Schuhen aus weichem Leder. Vorsichtig strich Ellen über die Stoffe. Warm und weich fühlte sich die Seide an, der Brokat raschelte, und der Stoff der Kleider aus Georgette war so hauchdünn, als würde er sich jeden Moment unter ihren Händen auflösen.

Ellen kehrte in Belindas Schlafzimmer zurück und sah sich unschlüssig um. Was sollte sie jetzt tun? Belinda würde sicher bald zurückkommen, es blieb ihr also nichts anderes übrig, als zu warten. Sie zog einen Stuhl zum Fenster, setzte sich und schaute über die Dächer von Hyères bis zum strahlend blauen Meer.

Ellen wusste nicht, wie viel Zeit vergangen war, als es an der Tür klopfte.
»Lady Swinbrook, verzeihen Sie die Störung, aber …« Es war die Stimme eines Mädchens, das erneut klopfte.
Ellen versuchte, ruhig zu bleiben. Belinda hatte gesagt, niemand würde wagen, sie zu stören, darum war es wohl das Beste, sich ruhig zu verhalten und so zu tun, als wäre sie nicht im Zimmer. Dann jedoch hörte sie eine zweite, deutlich ältere Stimme.
»Macht meine Nichte nicht auf?« Das neuerliche Klopfen war deutlich lauter und nachdrücklich. »Belinda, öffne bitte, ich weiß, dass du da bist.«
Ellens Herzschlag beschleunigte sich. Was sollte sie tun? Sich ins Ankleidezimmer flüchten und verstecken? Nachdem Belinda verschwunden war, hatte Ellen vergessen, hinter ihr wieder abzuschließen, daher konnte Ellen nicht verhindern, dass sich nun die Tür öffnete und eine großgewachsene Dame um die vierzig eintrat. Bei Ellens Anblick runzelte sie unwillig die Stirn.
»Warum machst du nicht gleich auf?« Ihr Blick glitt über Ellens Körper. Sie nickte wohlwollend. »Gut, ich sehe, du bist wenigstens schon angekleidet, was ein Wunder ist, wenn man bedenkt, dass es noch nicht Mittag ist.«
Ellen starrte die Fremde an. Mit dunklen Haaren und Augen war sie eine aparte Schönheit und sehr elegant gekleidet.
»Hat es dir die Sprache verschlagen?«
Du musst etwas sagen, dachte Ellen und suchte verzweifelt nach Worten.
»Nein … nein … nur …«, stammelte sie. »Mylady, verzeihen Sie …«
Die Dame lachte spöttisch.
»Seit wann bist du so förmlich zu deiner Tante? Warst du

letzte Nacht wieder lange aus und bist noch nicht wach, Belinda?«

Ellen atmete erleichtert auf, als sie sich an den Namen von Belindas Tante erinnerte.

»Tante Claire, verzeih bitte, ich ...«

Claire Selworthy winkte ab.

»Du hast hoffentlich die Damen nicht vergessen, die ich zum Lunch geladen habe. Es ist höchste Zeit, sie werden jeden Moment eintreffen.«

Eine kalte Hand schien nach Ellens Herz zu greifen.

»Lunch ...? Damen ...?«

Lady Selworthy seufzte.

»Du *hast* es vergessen, Belinda. Du meine Güte, wo hast du nur manchmal deinen Kopf? Wir möchten doch über die Spendenaktion für das Waisenhaus sprechen, damit die Bauarbeiten beginnen können und die Kinder wieder ein Dach über dem Kopf haben, bevor der Winterregen einsetzt.«

Du musst aufhören zu stammeln, dachte Ellen verzweifelt. Offenbar hatte Tante Claire bisher nicht gemerkt, dass sie nicht Belinda war, und Ellen wollte ihre Schwester nicht unnötig in Schwierigkeiten bringen. Darum fasste sie sich an die Stirn, schlug die Augen nieder und murmelte:

»Ich glaube, du musst auf mich verzichten, Tante. Ich habe schreckliche Kopfschmerzen.«

Mit einem Schritt war Claire an ihrer Seite und packte ihren Oberarm.

»Meine liebe Belinda, reiß dich zusammen. Ich lasse dir weiß Gott genügend Freiheiten. Dein Vater würde mich vierteilen, wenn er wüsste, was du hier so alles treibst. Da ist es nicht zu viel verlangt, wenn du dich ab und zu sozial engagierst und deinen Verpflichtungen als Lady Swinbrook nachkommst.

Hast du verstanden?« Der Griff löste sich, und Claire wandte sich zur Tür. »Ich erwarte dich in fünf Minuten im Speisezimmer. Keine Minute später, verstanden?«
Ellen blieb nichts anderes übrig, als zu nicken. Nachdem Claire Selworthy gegangen war, sank sie erschöpft auf einen Stuhl. Du meine Güte, was hatte Belinda ihr da nur eingebrockt! Sie musste so schnell wie möglich weg. Gleichgültig, ob sie Belindas Kleid trug, und egal, welche Schwierigkeiten die Schwester erwarten würde. Sollte Belinda doch sehen, wie sie da wieder herauskam.
Ellen spähte auf den Gang, auf dem wieder alles ruhig war, dann eilte sie zur Haupttreppe. Sie konnte sich an den Weg, über den sie ins Haus gekommen war, nicht mehr erinnern, so blieb ihr nichts anderes übrig, als durch das Hauptportal zu gehen. Die Hand bereits auf dem Türknauf, wurde diese jedoch im selben Moment von außen geöffnet, und sie stand einem Diener gegenüber.
»Mylady.« Er verbeugte sich. »Ihre Gäste sind soeben eingetroffen.«
Direkt hinter dem Diener traten zwei Frauen ein, wobei eine Ellen bekannt vorkam. Es war Lady Ash, die sie auf dem Fest bei der Herzogin von Bratton flüchtig gesehen hatte. Ellen versuchte, das Zittern ihrer Hände zu verbergen, als die Damen sie lächelnd begrüßten.
»Lady Belinda, Sie sehen wieder entzückend aus. Das Blau kleidet Sie ganz ausgezeichnet.«
»Lady Ash … wie schön, Sie zu sehen.« Ellen war erstaunt, wie ruhig die Worte über ihre Lippen kamen, obwohl alles in ihr in Aufruhr war. Sie erwiderte den Händedruck der Damen, sprach die zweite Lady jedoch nicht an, da sie ihr unbekannt war. Glücklicherweise erschien in diesem Moment Tante Claire in der Halle.

»Lady Ash, Lady St. Giles, wie schön, dass Sie Ihre Zeit in den Dienst einer guten Sache stellen.«

Ellen blieb nichts anderes übrig, als den Damen in das im Erdgeschoss gelegene Speisezimmer, in dem der ovale Tisch bereits für vier Personen gedeckt war, zu folgen. Nachdem sie Platz genommen hatten, servierten ein Diener und ein Hausmädchen die Suppe, von deren Geschmack Ellen nichts mitbekam, ebenso gut hätte man ihr Putzwasser vorsetzen können. Offenbar wurde von ihr keine geistreiche Beteiligung an dem Gespräch erwartet, worüber Ellen dankbar war. Sie erfuhr, dass es im Waisenhaus von Hyères vor drei Wochen gebrannt hatte. Glücklicherweise war niemand ernsthaft zu Schaden gekommen, die Kinder hatten jedoch kein Dach mehr über dem Kopf.

»Da unsere englische Gesellschaft von Jahr zu Jahr wächst, halten wir es für unsere Pflicht, die armen Waisen zu unterstützen«, bemerkte Claire Selworthy. »Ich dachte an einen kulturellen Abend mit Musik und Tanz, und den Erlös dieser Veranstaltung lassen wir dem Waisenhaus zukommen.«

»Eine wundervolle Idee, meine Liebe.« Lady Ash nickte begeistert. »Obwohl sich manche fragen werden, was uns französische Kinder angehen, denke ich wie Sie, liebe Claire. Es dauert mich jedes Mal sehr, wenn ich durch die Stadt fahre und all die hungrigen und zerlumpten Kinder sehe.«

»Sie haben vollkommen recht, meine Liebe.« Claire Selworthy nickte zustimmend. »Ich habe da auch schon eine Idee, die auf den ersten Blick vielleicht etwas frivol scheinen mag, aber befinden wir uns denn nicht in dem Land der Frivolitäten?« Sie kicherte verschämt und sah Ellen an. »Wir könnten unter den anwesenden Männern einen Tanz mit Belinda versteigern. Ich bin sicher, da wird ein hübsches Sümmchen zusammenkommen.«

Lady St. Giles klatschte begeistert in die Hände, auch Lady Ash nickte zustimmend. Ellen jedoch wünschte, der Boden würde sich unter ihr auftun und sie verschlingen.

»Das ist wirklich etwas … anstößig«, murmelte sie.

Claire Selworthy legte eine Hand auf ihren Unterarm.

»Aber meine Liebe, seit wann bist du so prüde? Du weißt, dass die Herren sich darum reißen, mit dir zu tanzen. Warum sollten sie nicht ein Mal dafür bezahlen? Außerdem ist es für einen guten Zweck.«

Oh, Belinda, was hast du mir da nur eingebrockt, dachte Ellen, dann aber fiel ihr ein, dass ihre Schwester die Sache schließlich ausbaden musste, wenn sie, Ellen, diesem frivolen Vorschlag zustimmte. Das geschähe ihr ganz recht, schließlich hatte Belinda sie in diese unmögliche Lage gebracht.

»Also gut, ich mache mit«, sagte sie ruhig und hoffte, das Treffen wäre bald beendet, denn ihre Nerven waren zum Zerreißen gespannt, und sie wusste nicht, wie lange sie Belindas Rolle noch spielen konnte, ohne dass jemand Verdacht schöpfte.

»Sehr schön.« Tante Claire nickte. »Dann legen wir … sagen wir … Samstag in einer Woche fest, ja? Gern stelle ich mein Haus zur Verfügung. Lady Ash, wenn Sie so freundlich wären, die Einladungen zu übernehmen?«

Die nächste halbe Stunde verging mit der Planung des Festes, zu dem Ellen jedoch keine Anmerkungen mehr machte. Als sich die beiden Damen endlich erhoben, um sich zu verabschieden, war es fast drei Uhr. Ellen fragte sich, wo Belinda so lange steckte. Auf jeden Fall würde sie jetzt so schnell wie möglich das Haus verlassen.

»Du wirst hoffentlich nicht krank, meine Liebe«, sagte Tante Claire, als sie allein waren. »So still wie heute habe ich dich noch nie erlebt.«

»Die Kopfschmerzen«, antwortete Ellen. »Ich sagte doch, ich fühle mich nicht wohl.«
Tante Claire lächelte verständnisvoll.
»Du solltest dich ein Weilchen hinlegen und ausruhen. Heute Abend sind wir zum Dinner bei den McAllens eingeladen, ich hoffe auf deine Begleitung.«
Ellen versicherte, bis zum Abend würde es ihr wieder gutgehen, und beeilte sich, den Augen von Claire Selworthy zu entkommen. Wenig damenhaft hastete sie mit gerafftem Rock die Treppe hinauf und riss die Tür zu Belindas Zimmer auf. Belinda saß im Sessel und sah ihr grinsend entgegen.
»Wo, in drei Teufels Namen, warst du?«, rief Ellen, nahe daran, die Beherrschung zu verlieren. »Weißt du überhaupt, in welch unmögliche Situation du mich gebracht hast? Stundenlang musste ich mit deiner Tante und zwei anderen Damen, die mich für dich hielten, Konversation betreiben und saß wie auf glühenden Kohlen, dass sie den Schwindel jeden Moment entdecken.«
»Reg dich nicht so auf.« Belinda hob beschwichtigend die Hand. »An deinem Wortschatz müssen wir dringend arbeiten, denn in unseren Kreisen flucht man nicht. Wie war der Lunch?«
»Du hast gewusst, dass Gäste kommen!« Bis zu diesem Moment hatte Ellen gedacht, Belinda habe das Treffen schlichtweg vergessen und sie nicht mit Absicht im Stich gelassen.
Belinda zuckte nur lapidar mit den Schultern.
»Ach, ich hatte einfach keine Lust auf die beiden alten Ladys. Immer das langweilige Gerede über soziale Werke und so etwas. Willst du denn nicht wissen, was ich erlebt habe?«
»Da du ohnehin darauf brennst, es loszuwerden, brauche ich wohl nicht zu fragen«, erwiderte Ellen verärgert. »Zuvor will ich jedoch mein Kleid zurückhaben, damit ich endlich gehen kann.«

Während sich die beiden Frauen aus- und wieder ankleideten, erzählte Belinda: »Ich war in der Stadt und auf dem Markt. Ach, es war herrlich, einfach zu Fuß durch die Straßen schlendern zu können, ohne von jedem angebettelt zu werden. Auf dem Markt wollte mir ein Fischhändler unbedingt seine Ware aufdrängen, der dachte wohl, ich wäre ein Hausmädchen, das für seine Herrschaft einkauft. Dann saß ich einfach ein Weilchen auf der Promenade, und niemand sprach mich an. Vielleicht ist es doch nicht ganz so schlecht, arm zu sein?«
»Für ein paar Stunden vielleicht. Du würdest dich ganz schnell nach deinem Leben zurücksehnen, wenn du nur einen Tag unter der Fuchtel von Lady Northam stehen würdest.« Ellen strich sich ihren Rock glatt und übersah dabei das übermütige Funkeln, das sich bei ihren Worten in Belindas Augen zeigte. In ihrem eigenen Kleid fühlte Ellen sich bedeutend wohler, auch wenn dieses einfach geschnitten und aus einem billigen Stoff gefertigt war. Nun war sie wieder Ellen Townsend, genannt Jones, die Tochter eines Schullehrers und Gesellschafterin von Lady Harriet Northam. Auch wenn die Vorstellung eines unbeschwerten Lebens für kurze Zeit einen gewissen Reiz für Ellen gehabt hatte – sie war in einer anderen Welt aufgewachsen und hatte sich mit ihrem Schicksal arrangiert. Es war nie gut, zu versuchen, dem Schicksal ins Handwerk zu pfuschen.
»Ich gehe jetzt und glaube, es ist besser, wenn sich unsere Wege nicht mehr kreuzen, Belinda.« Entschlossen straffte Ellen die Schultern und wandte sich zur Tür. »Vielleicht sind wir tatsächlich Schwestern, vielleicht ist unsere Ähnlichkeit auch nur ein unglaublicher Zufall. Auf jeden Fall hast du dein Leben, und ich führe meines. Unser beider Welten – sie passen nicht zusammen, daher ist es besser, wenn wir uns wieder trennen.«

»Das meinst du nicht ernst!« Belinda eilte an ihre Seite. »Ich habe mir immer eine Schwester gewünscht. Jemanden, mit dem ich alles teilen kann, auch meine Gedanken und Gefühle. So wie mit einer guten Freundin. Du kannst jetzt nicht einfach gehen und mich allein lassen.«

»Nun, ich glaube, an Freundinnen mangelt es dir sicher nicht«, sagte Ellen, war jedoch über den Ausdruck ehrlicher Bestürzung in Belindas Augen überrascht.

Sie zuckte mit den Schultern.

»Eine richtige Freundin habe ich nie gehabt, Ellen. Ich verbrachte drei Jahre in einem exklusiven Schweizer Pensionat. Dort lernt nur die Elite der Aristokratie, deutsche und österreichische Prinzessinnen waren unter den Schülerinnen. Zwar habe ich mich mit allen gut verstanden, aber eine solche Schule ist kein Ort, um Freundschaften fürs Leben zu schließen. Ansonsten bin ich von Kindermädchen und Gouvernanten erzogen worden, die streng darauf achteten, mit wem ich Kontakt habe.« Belinda lächelte wehmütig. »Ich erinnere mich – ich muss ungefähr acht oder neun Jahre alt gewesen sein –, als ich einmal mit der Tochter einer Magd im Garten spielte. Ich fand das Mädchen nett, und sie war so glücklich, dass ich ihr eine meiner Puppen geschenkt hatte. Als meine damalige Gouvernante das mitbekam, gab sie mir vier Wochen Stubenarrest, und später war das Mädchen, ebenso wie die Mutter, verschwunden. Die Tochter eines Earls spielt nicht mit der Tochter einer Dienstmagd.«

Obwohl Belinda die Worte mit einem Lächeln gesagt hatte, hörte Ellen die unterschwellige Traurigkeit. Unwillkürlich tat die Schwester ihr leid. Auch Reichtum schien seine Schattenseiten zu haben.

»Es wird übrigens ein Tanz mit dir versteigert«, erinnerte sich Ellen und berichtete von dem Gespräch.

Begeistert klatschte Belinda in die Hände, der kurze Anflug von Melancholie war vorüber.
»Oh, darüber freue ich mich wirklich, das hast du gut gemacht. Ich werde die Männer aber schön zappeln lassen, damit sie auch gehörig spenden.« Plötzlich wurde sie wieder ernst – Belindas Stimmungen schienen wie ein Blatt im Wind zu schwanken – und sah Ellen fest in die Augen. »Wir sehen uns doch wieder, nicht wahr? Du hast es nicht ernst gemeint, als du sagtest, dass wir uns trennen sollten?«
Ellen zögerte. Dass Belinda einfach die Rollen getauscht und sie in eine unmögliche Situation gebracht hatte, konnte und wollte sie ihr nicht so schnell verzeihen. Auf der anderen Seite fühlte auch sie eine unerklärlich starke Zuneigung zu Belinda. Es war, als hätte sie ihr ganzes Leben auf sie gewartet und gespürt, dass ein Teil von ihr fehlte. War das nicht ein untrügliches Zeichen, dass sie wirklich Zwillinge waren? Wenn Ellen ehrlich zu sich selbst war, wollte sie auch mehr über Belindas Leben wissen, wollte alles über das Haus in Cornwall und ihren Verlobten, von dem Belinda bisher kaum gesprochen hatte, erfahren.
»Nur, wenn du versprichst, mich nie wieder in deine Rolle zu drängen«, sagte sie ernst. »Lass mir ein paar Tage Zeit, ich muss erst über alles nachdenken. Außerdem wird Lady Northam wieder meine Dienste benötigen, wenn sie genesen ist, dann werde ich kaum noch weggehen können.«
»Das lass nur meine Sorge sein.« Belindas Augen funkelten vor Unternehmungslust. »Wir sehen uns bald wieder, liebste Schwester.«

10. Kapitel

Verwirrt von den Ereignissen des Tages, schlich Ellen in Lady Northams Haus. Sie benutzte den Dienstboteneingang und hoffte, niemanden anzutreffen, denn die Teezeit war vorüber, und die Vorbereitungen für das Abendessen hatten noch nicht begonnen. Ellen hatte fast ihr Zimmer erreicht, als Schwester Bertha plötzlich aus Lady Northams Raum trat und sie aufhielt.

»Da sind Sie ja, Jones.« Missbilligend zog sie die Mundwinkel nach unten. Ellen verzichtete auf den Hinweis, ihr Name sei nicht Jones, außerdem fuhr die Krankenschwester fort: »Mylady hat bereits mehrmals nach Ihnen verlangt.«

»Es geht ihr besser?« Ellen wusste nicht, ob sie sich über diese Genesung freuen sollte, denn ihr war klar, dass es nun mit ihrer Freiheit vorbei war.

»Der Arzt war über Mittag hier. Mylady hat noch einmal großes Glück gehabt, es ist keine Lungenentzündung, sondern nur ein hartnäckiger Husten und ein leichtes Fieber. Doktor Croyde befürchtet keine Ansteckungsgefahr mehr, somit sind meine Dienste in diesem Haus nicht mehr vonnöten.«

Am liebsten hätte Ellen die Schwester gebeten, noch zu bleiben, aber das oblag nicht ihren Befugnissen. Seufzend wandte sie sich zu den Räumen von Lady Northam. Schwester Bertha folgte ihr auf dem Fuß.

Die Läden waren geschlossen, das Bett nur schemenhaft zu erkennen, aber kaum hatte Ellen die Tür geöffnet, hörte sie auch schon die allzu vertraute schrille Stimme.

»Na endlich! Wo haben Sie sich herumgetrieben, Jones? Ich bezahle Sie nicht, damit Sie sich die Zeit vertreiben.«

Du bezahlst mich ja gar nicht, lag es Ellen auf der Zunge, stattdessen bemühte sie sich um einen neutralen Gesichtsausdruck und trat neben das Bett.

»Es tut mir leid, Mylady, ich war nur ein wenig spazieren, um mir die Füße zu vertreten.«

»Den ganzen Tag?« Harriet Northam richtete sich ächzend in den Kissen auf. »Ich hatte Ihnen untersagt, das Haus zu verlassen«, bellte sie. »Oder haben Sie das etwa schon wieder vergessen, Jones? Sie glauben wohl, nur weil ich ans Bett gefesselt bin, bekomme ich nicht mit, was in meinem Haus hinter meinem Rücken getrieben wird?« Ellen verzichtete auf eine Antwort. Gleichgültig, was sie gesagt hätte, es wäre ohnehin das Falsche gewesen, außerdem war Lady Northam gerade so richtig in Fahrt und hätte keinen Einwand gelten lassen. »Das wird Konsequenzen haben, Jones. Wenn ich nicht so hilflos wäre, würden Sie noch heute Ihre Koffer packen. Woher soll ich jedoch auf die Schnelle eine neue Zofe bekommen?«

»Schwester Bertha kann sich weiter um Sie kümmern.« Die Worte waren Ellen entschlüpft, bevor sie über eventuelle Konsequenzen nachdenken konnte. Plötzlich schien ihr die Aussicht, von Lady Northam entlassen zu werden, nicht mehr so schlimm wie noch vor ein paar Tagen. Hatte Belinda nicht gesagt, sie könne zu ihr kommen? Und in ein paar Wochen würden sie ohnehin zusammen nach England reisen.

»Halten Sie mir bloß diese Xanthippe vom Leib.« Es war offensichtlich, dass Harriet Northam auf dem Weg der Besserung war. »Ich habe sie hinausgeworfen ebenso wie diesen unfähigen Arzt. Die wollen alle nur mein Geld, und ich sehe nicht ein, eine Krankenschwester für Dinge zu bezahlen, die Sie, Jones, ebenso gut erledigen können.«

»Da hören Sie es«, raunte Schwester Bertha an Ellens Ohr. »Ich werde jetzt also gehen.«

Ellen konnte nicht verhindern, dass die Krankenschwester ihre Tasche nahm, Lady Northam ein kühles *Auf Wiedersehen* hinwarf und eine Minute später das Haus verlassen hatte. Ihre Herrin forderte dann auch sogleich, Ellen möge warmes Wasser bringen. Nachdem Ellen ihre Herrin gewaschen und in ein neues Nachthemd gekleidet hatte – wobei sie natürlich jeden Handgriff falsch machte –, wurde sie auch schon beauftragt, einen Imbiss herzurichten und Tee zu bringen.
»Ich habe *jetzt* Hunger und nicht, wenn die Köchin meint, das Essen fertig zu haben«, brummte Lady Northam. »Außerdem hat dieser Quacksalber gesagt, ich solle kräftig essen, damit ich das Bett in ein paar Tagen wieder verlassen kann.«
Ellen war bis in den späten Abend hinein beschäftigt. Nach dem Essen wünschte Lady Northam, vorgelesen zu bekommen, wobei sie Ellen wie üblich ständig unterbrach.
»Nuscheln Sie nicht so, Jones!«, oder: »Den Satz betonen Sie aber völlig falsch«, und auch: »Du meine Güte, Ihre Stimme hat wirklich einen unangenehmen Klang.« Ein erneuter abgrundtiefer, fast schon gequälter Seufzer. »Ich war wirklich blind, ausgerechnet Sie einzustellen, Jones. Warum hat Gott mich mit einer derart unfähigen Dienerin gestraft?«
Ellen presste die Zähne aufeinander und beherrschte sich, um das Buch nicht einfach aufs Bett zu werfen und zu sagen, Harriet Northam möge ihren Kram doch allein machen. Ihr Vater und sie waren gläubige Christen, waren regelmäßig zur Kirche gegangen und achteten Gottes Wort und seine Gesetze. Von Lady Northam zu hören, sie wäre eine Strafe Gottes, löste in Ellen brodelnden Zorn aus. Sie dachte an Belinda Swinbrook, das große Haus, in dem sie lebte, und an all die schönen Kleider und sonstigen Kostbarkeiten, auf die sie einen Blick erhaschen durfte und dadurch eine Ahnung erhalten hatte, dass ein Leben nicht nur von harter Arbeit und

ständigen Beleidigungen geprägt sein muss. Noch jetzt, Stunden später, lag Ellen der köstliche Geschmack des Kaffees auf der Zunge. Auch wenn der Nachmittag eine Zerreißprobe für ihre Nerven gewesen war – solche aufregenden, aber auch inspirierenden Stunden hatte Ellen nie zuvor in ihrem Leben verbracht.

»Träumen Sie, Sie dummes Ding?« Lady Northams schrille Stimme riss sie wieder in die Gegenwart. »Schütteln Sie mir die Kissen auf, ich will jetzt schlafen. Sie bleiben gefälligst in Ihrem Zimmer, damit ich klingeln kann, wenn ich Sie heute Nacht benötige. Und wagen Sie es nicht, morgen das Haus zu verlassen. Haben Sie verstanden, Jones?«

»Ja, Mylady. Selbstverständlich, Mylady. Alles, was Sie wünschen, Mylady.« Ellen konnte den Zorn in ihrer Stimme kaum noch verbergen und war versucht, das Haus noch am selben Abend für immer zu verlassen.

Sie verbrachte eine unruhige Nacht, in der ihre Gedanken immer wieder um Belinda Swinbrook kreisten. Konnte es wirklich sein, dass sie und Belinda Zwillingsschwestern waren? Die Ähnlichkeit und das Muttermal sprachen dafür. Wenn es stimmte, mussten sie als Säuglinge voneinander getrennt worden sein, da keine auch nur die geringste Erinnerung an die andere hatte. Ellens Mutter war kurz nach ihrer Geburt gestorben, während Belindas Mutter noch einige Jahre gelebt hatte. Sollte Belindas Theorie stimmen, dann war eine der beiden Frauen nicht die leibliche Mutter der Schwestern. Nur welche? Die reiche, angesehene Lady Swinbrook oder das ehemalige Dienstmädchen, von dem Ellens Vater erzählt hatte?

Vor langer Zeit hatte Ellen in einem von Vaters Büchern die Abhandlung eines Professors gelesen – den Namen des Ver-

fassers hatte sie längst vergessen –, der die These aufstellte, der Charakter eines Menschen werde nicht durch seine Abstammung, sondern durch sein Umfeld und seine Erziehung geprägt. Der studierte Mann behauptete, ein Kind zweier Verbrecher müsse nicht ebenfalls eine kriminelle Laufbahn einschlagen, wenn man das Kind rechtzeitig aus seiner Umgebung entfernte und ihm eine gute Ausbildung zukommen ließ. Andererseits war es aber auch so, dass ein Prinz, der bei mittellosen Bauern aufwuchs und nie etwas von seiner aristokratischen Abstammung erfuhr, ebenso Bauer wie seine vermeintlichen Eltern wurde. Deutlich erinnerte sich Ellen, wie sie mit ihrem Vater über diesen Artikel diskutiert hatte, denn Ellen fand diese These äußerst interessant. Henry Townsend allerdings war einsilbig und wortkarg gewesen, hatte versucht, das Thema zu wechseln, und als Ellen hartnäckig blieb, hatte er zornig die Unterhaltung abgebrochen, obwohl er sich sonst immer über Ellens grenzenlosen Wissensdurst freute.
Wenn Belindas Vermutung stimmte, dann war Ellen ebenfalls die Tochter des Earls of Tredethian, und somit verstand Ellen heute das Verhalten ihres Vaters. Henry Townsend musste gewusst haben, dass sie nicht sein leibliches Kind war, vielleicht sogar, aus welch hohen Kreisen sie stammte. Kein Wunder, dass diese Abhandlung ein äußerst heißes Eisen gewesen war, über das er auf keinen Fall sprechen wollte. Was jedoch blieb, war die Frage nach den Gründen. Warum hatte man sie fortgeschafft, und warum war Belinda geblieben? Ellen konnte es kaum erwarten, dem Earl gegenüberzustehen und hoffentlich Antworten auf ihre zahlreichen Fragen zu erhalten.

In den nächsten Tagen blieb Ellen nichts anderes übrig, als ihre volle Aufmerksamkeit Lady Northam zu widmen. Die Dame erholte sich erstaunlich schnell, Ellen hegte jedoch den

Verdacht, sie genoss es, die Leidende zu spielen und dadurch Ellen auf Trab zu halten. Jede Stunde musste sie die Kissen aufschütteln und ihre Herrin umbetten, ständig wünschte sie zu essen, auch wenn sie gerade eine Stunde zuvor ein üppiges Mahl zu sich genommen hatte. Dann wieder musste Ellen sie frisieren oder ihr vorlesen, und es gab immer wieder Kleidungsstücke, die es galt, auszubessern. In den wenigen Stunden, in denen Mylady ruhte, sank Ellen erschöpft auf ihr Bett. Alles in ihr rebellierte, und jeden Tag war sie kurz davor, Harriet Northam zu verlassen, ihr Verstand jedoch hieß sie bleiben. Seit Tagen hatte sie nichts mehr von Belinda gehört und wusste nicht, ob die vermeintliche Schwester ihr Angebot, Ellen könne zu ihr kommen, wirklich ernst gemeint hatte. Wenn sie jetzt ging, bestand die Gefahr, in einem fremden Land ohne Arbeit und ohne ein Dach über dem Kopf auf der Straße zu stehen. Obwohl in Ellen alles gegen Harriet Northams Verhalten rebellierte, war sie pragmatisch veranlagt. Ihr Vater, jedenfalls der Mann, den sie immer für ihren Vater gehalten hatte, hatte ihr stets eingeschärft, keine Risiken einzugehen, und mit dem, was man hatte, zufrieden zu sein.

An einem regnerischen Nachmittag im Oktober, an dem zu spüren war, dass auch am Mittelmeer der Herbst nicht mehr fern war, fand Ellen ihre Herrin aufgeregt und mit geröteten Wangen vor.

»Jones, kleiden Sie mich an!«, forderte sie. »Das gelbe Kleid, und versuchen Sie wenigstens ein Mal, mir eine anständige Frisur zu machen, auch wenn Ihre ungeschickten Hände das wohl kaum hinbekommen werden. Und beeilen Sie sich!«

»Mylady erwarten Besuch?«, fragte Ellen mehr aus Höflichkeit als aus Interesse, denn ihr war nicht bekannt, dass sich Gäste angemeldet hätten.

Lady Northam nickte.
»Lady Claire Selworthy hat sich kurzfristig zum Tee angesagt, ich erhielt ihre Nachricht vor wenigen Minuten. Nun, Ihnen wird der Name natürlich nichts sagen, Jones, die Dame genießt jedoch einen ausgezeichneten Ruf. Auch wenn Lady Claire natürlich nicht so einflussreich ist wie die Herzogin und bei deren Fest auch nicht anwesend war, ein Besuch von Lady Claire bedeutet eine große Ehre.«
Die Haarbürste entglitt Ellens Hand und fiel klirrend zu Boden.
»Sie ungeschicktes Ding«, blaffte Lady Northam. »Können Sie denn nicht aufpassen? Die Bürste ist ein Erbstück meiner Großmutter. Wenn das Silber beschädigt ist, werden Sie das bezahlen.«
Ellen ging auf die Vorwürfe nicht ein, ihr Herz raste zu sehr, als dass sie etwas hätte sagen können. Belindas Tante kam in dieses Haus! Du meine Güte, Lady Selworthy würde sie erkennen, dessen war sich Ellen sicher. Sie würde die Ähnlichkeit zu Belinda feststellen und Fragen stellen. Was sollte sie jetzt tun?
Als würde sie neben sich stehen, bürstete Ellen Lady Northams Haar und versuchte, aus den dünnen, grauen Strähnen eine ansprechende Frisur zu gestalten. Schließlich half sie Lady Northam in das gewünschte Kleid, bot ihr dann den Arm, auf den sich die Lady schwerer als nötig stützte, und geleitete sie in den kleinen Salon hinunter. Mit wenigen Handgriffen deckte Ellen den Tisch für zwei Personen, immer noch zu konfus, um einen klaren Gedanken fassen zu können. Sie war nur froh, dass sie kein Stück des kostbaren Porzellans fallen ließ, so sehr zitterten ihre Hände. Schließlich, als Lady Northam sie in die Küche schickte, damit sie sich um den Tee kümmern konnte, rannte Ellen regelrecht aus

dem Zimmer. Auf dem Flur begegnete sie Marie, die einen Stapel Bettwäsche auf den Armen trug.

»Marie, tust du mir einen großen, einen ganz großen Gefallen?«

Das französische Hausmädchen sah sie lächelnd an.

»Gern, wenn ich kann …«

»Mylady erwartet gleich einen Gast. Du musst den Tee servieren. Sag, ich habe Kopfschmerzen oder Bauchweh oder sonst etwas. Ich bin auf jeden Fall krank.«

»Aber …« Marie runzelte skeptisch die Stirn. »Mylady wird es nicht gutheißen, wenn ich serviere. Das ist doch Ihre Aufgabe. Sie wird zornig werden und mich beschimpfen …«

»Das ist egal«, unterbrach Ellen schroffer als beabsichtigt. »Entschuldige, Marie, mir geht es wirklich nicht gut. Lady Northam wird es nicht wagen, vor einem Gast ausfallend zu werden.« Sie zwinkerte dem Mädchen zu und bemühte sich um ein zwangloses Lächeln. »Wir wissen doch, dass Mylady anderen gegenüber immer den Schein einer distinguierten Dame wahrt, nicht wahr? Wenn sie nachher zornig auf dich ist, nehme ich das auf mich und werde für alles einstehen. Bitte, Marie, tu mir den Gefallen.«

Marie schien überzeugt.

»Gut, ich mache es, Sie werden aber Ärger bekommen, Miss, mächtig großen Ärger.«

»Das Risiko gehe ich ein«, murmelte Ellen mehr zu sich selbst als zu Marie, denn es war immer noch besser, als Claire Selworthy zu begegnen. In diesem Moment knirschten auch schon Kutschenräder vor dem Haus. »Du musst öffnen«, befahl sie Marie, nahm dem Mädchen die Wäsche ab und blieb dann abwartend auf dem Treppenabsatz stehen, wo man sie nicht sehen konnte. Eine Minute später hörte sie die Stimme von Claire Selworthy und die von Marie, die die Dame bat, ihr in

den Salon zu folgen. Glücklicherweise sprach Belindas Tante französisch, sonst hätte das für Marie und für sie noch mehr Ärger bedeutet, wenn ein Gast des Hauses von jemandem begrüßt wurde, der dessen Sprache nicht beherrschte.
Über die Hintertreppe, um Lady Claire auf keinen Fall zu begegnen, brachte Ellen die Wäsche in die zuständige Kammer und verstaute sie ordentlich im Schrank.
»Pst!« Ellen zuckte zusammen und drehte sich erschrocken um. An der Tür stand eine verschleierte Frau, Ellen erkannte sie jedoch sofort.
»Belinda! Wie kommst du hier herein?«
»Mit meiner Tante, allerdings sagte ich ihr, ich würde in der Stadt Besorgungen erledigen. Ich musste nur warten, bis sie im Haus verschwunden war, dann schlich ich mich über die Hintertür herein. Von dir wusste ich ja, dass es außer dem Hausmädchen und der Köchin kein weiteres Personal gibt.« Belinda sah sich in der Wäschekammer um. »Können wir in dein Zimmer gehen?«
Ellen nickte, schaute aber trotzdem vorsichtshalber auf den Gang, bevor sie Belinda an der Hand nahm. So schnell sie konnten, eilten sie die Treppe hoch, und Ellens Herzschlag beruhigte sich erst, als sie die Tür ihres Zimmers hinter sich geschlossen hatten. Sicherheitshalber drehte Ellen den Schlüssel im Schloss.
»Wenn dich Lady Northam oder deine Tante entdeckt …«, sagte Ellen, Belinda unterbrach sie jedoch mit einer Handbewegung und lachte.
»Die nächsten Stunden wird die alte Hexe beschäftigt sein, dafür sorgt Tantchen schon.«
Ellen begann zu verstehen.
»*Du* hast deine Tante hierhergeschickt!« Sie amtete heftig. »Ich habe gedacht, ich bekomme einen Herzschlag, als Myla-

dy sagte, wen sie zum Tee erwartet. Lady Selworthy würde mich sofort erkennen.«

»Würde sie nicht«, rief Belinda triumphierend. »Und weißt du auch, warum? Nein? Nun, sie würde dich gar nicht näher ansehen, meine Liebe. Ich möchte wirklich nichts gegen Tante Claire sagen, sie ist jedoch ein furchtbarer Snob. Personal beachtet sie gar nicht, das ist nur dazu da, ihr zu Diensten zu sein. Ihre eigenen Angestellten kennt sie natürlich schon, aber in einem fremden Haus würde Tantchen niemals einer Angestellten Aufmerksamkeit zuteilwerden lassen. Daher hätte sie dich zwar wahrgenommen, wenn du ihr den Tee serviert hättest, deinem Gesicht jedoch keinen Blick gegönnt. Aber ich sehe, meine kleine Schwester ist erfinderisch. Du hast das französische Mädchen zum Servieren geschickt, das war sehr klug von dir.«

»Wieso kleine Schwester?«, war das Erste, was Ellen einfiel.

Belinda lachte hell. »Nun, es ist doch klar, wer von uns die Ältere ist, oder? So naiv, wie du bist …«

Unsicher, ob Belinda das ernst meinte oder sich über sie lustig machte, schob Ellen ihr den einzigen Stuhl, der sich in ihrem Zimmer befand, zu.

»Willst du dich nicht setzen?«, fragte sie höflich.

Erst jetzt sah sich Belinda in dem einfachen Raum um. Und was sie sah, veranlasste sie, ihre kleine, wohlgeformte Nase zu rümpfen und skeptisch die Stirn zu runzeln. Die Kammer war schmal und eng und hatte nur ein kleines Fenster, das zur Nordseite führte und deswegen niemals Sonne hereinließ. Ein einfaches Bett, eine Waschkommode, ein Schrank, ein Tisch ohne Tischdecke und ein Stuhl bildeten die ganze Einrichtung. Kein Bild oder sonstiger Ziergegenstand schmückten die kahlen, weißen Wände.

»Das ist ja fast wie in einer Gefängniszelle.« Missbilligend schweifte Belindas Blick durch den Raum, dann ging sie ohne Scheu zum Schrank, öffnete ihn und starrte auf drei Röcke, zwei Blusen und zwei Kleider, die ordentlich auf Bügeln hingen. »Wo sind deine anderen Sachen?«

Abwehrend verschränkte Ellen die Arme vor der Brust. Sie sah keinen Grund, sich zu schämen, dennoch wünschte sie, Belinda wäre niemals gekommen.

»In dem Schrank ist alles, was ich besitze«, sagte sie. »Für eine Frau in meiner Stellung ist es ausreichend.«

Nicht nur äußerlich, sondern auch sonst – obwohl in zwei verschiedenen Welten aufgewachsen – waren sich die beiden Frauen ähnlich, darum bemerkte Belinda sofort den pikierten Unterton in Ellens Stimme.

Fest legte sie eine Hand auf deren Schulter und drückte sie auf den Stuhl. Sie selbst setzte sich auf die Bettkante und sah Ellen ernst an.

»Ich verstehe, dass unser Zusammentreffen dich verwirrt. Glaube mir, mir geht es ebenso. Es gibt jedoch keinen Grund, sich zu schämen, dass das Leben es bisher nicht gerade gut mit dir gemeint hat …«

»Ich schäme mich nicht!«, unterbrach Ellen, Belinda beachtete ihren Einwand jedoch nicht und fuhr fort:

»Es ist nie zu spät, sein Leben zu ändern, wenn man es nur ernsthaft will. Sieh mich an, Ellen. Ich weiß, dass ich dieser vermaledeiten Ehe nicht ausweichen kann, das bin ich meinem Vater und der Tradition unserer Familie schuldig. Bis es so weit ist, koste ich das Leben jedoch in all seinen Facetten aus. Selbstverständlich werde ich meinem zukünftigen Mann einen Stammhalter schenken. Wenn diese leidige Aufgabe jedoch erledigt ist, dann habe ich keineswegs vor, auf dem Land zu versauern. Ich habe dann meine Pflicht erfüllt. Nach außen hin werden mein Gatte und ich den Schein einer intakten Ehe wahren und sehr diskret vorgehen, uns aber dennoch auch andere, kleine Vergnügungen gönnen.«

Die letzten Worte waren von einem Augenzwinkern begleitete, und Ellen schwankte zwischen Unverständnis und Faszination.

»Wenn du deinen Verlobten derart verabscheust – warum heiratest du ihn dann?«, fragte sie erstaunt. »Es werden doch sicher genügend Männer deines Standes um deine Gunst buhlen, darunter ist vielleicht einer, für den du mehr Gefühle aufbringst.«

Belinda lachte bitter, ein Schatten fiel über ihr Gesicht.

»Das ist nicht so einfach, meine Liebe. In unseren Kreisen spielen Gefühle keine Rolle.«

»Möchtest du mir von deinem Verlobten erzählen?«

Belinda zuckte mit den Schultern und seufzte.

»Warum nicht? Du wirst ihn ja ohnehin irgendwann kennenlernen. Sein Name ist Caswyn Osbourne, und er …«

»Caswyn?«, fiel Ellen ihr ins Wort. »Welch außergewöhnlicher Name.«

»In Cornwall ist er nicht selten«, antwortete Belinda. »Es ist ein sehr alter, wahrscheinlich keltischer Name, der übersetzt in etwa so viel heißt wie gerechter Krieger. Unsere cornische Sprache ist leider ausgestorben, es gibt niemanden mehr, der sie beherrscht, doch alte Namen findet man noch überall.«

»Wie ist er so?« Ellen beugte sich gespannt vor.

Belinda zuckte mit den Schultern, verächtlich zog sie die Mundwinkel nach unten.

»Schrecklich, einfach nur furchtbar. Er ist ein Emporkömmling, wie man so schön sagt. Sein Vater war ein einfacher Minenarbeiter, der es zum Obersteiger geschafft hat. Dann jedoch machte er eine größere Erbschaft, von der er sich eine eigene Mine kaufte. Nun, er hatte Glück, und die Mine war

eine wahre Goldgrube.« Belinda bemerkte Ellens Verwirrung, darum erklärte sie schnell: »Ich meine natürlich nicht Gold, meine Liebe. In Cornwall wird Zinn und Kupfer gefördert und in die ganze Welt exportiert. Die Mine der Osbournes hatte so viel Zinn wie zehn andere Minen zusammen. Heute zählen die Osbournes zu den reichsten Familien der Grafschaft, allerdings bleibt einem auch mit viel Geld der Zugang zur besseren Gesellschaft verwehrt.«
Ellen begann zu verstehen. Sie nickte.
»Deshalb will dieser Caswyn dich heiraten, um sich so mit einer aristokratischen Familie zu verbinden?«
»Ich sehe, du stehst meiner eigenen Intelligenz in nichts nach.« Belinda lachte hell. »Da das Land, auf dem sich die Minen – inzwischen sind es sieben oder acht – der Osbournes befinden, direkt an unser Land grenzt, ist es eine gute Verbindung, durch die beide Familien gewinnen. Zu Tredethian gehören nämlich auch Minenanlagen, und mit diesen und denen der Osbournes werden wir zu den mächtigsten Minenbesitzern in ganz Cornwall. Vater hat keinen männlichen Erben, ich als Frau kann ja wohl kaum die Minen weiterführen, wenn er mal nicht mehr ist. Caswyn kennt das Geschäft von Kindesbeinen an. Er heiratet in eine angesehene Familie ein, wird unseren Namen annehmen, die Minen werden zu einer Kompanie vereint, und das Dach von Tredethian kann endlich repariert werden.«
»Das Dach?« Ellen schüttelte verwundert den Kopf. »Seid ihr etwa in finanziellen Schwierigkeiten?«
»Nun, Geld kann man nie genug haben. Der Erhalt und die Pflege eines Besitzes wie Tredethian verschlingen Jahr für Jahr Unsummen, da ist es beruhigend zu wissen, dass man sich keine Gedanken machen muss, dass einem irgendwann das Dach über dem Kopf einstürzt.«

Ellen wusste nicht, wie ernst Belinda ihre Äußerung meinte. Ein Earl musste doch unermesslich reich sein, daher verstand sie nicht, warum Belinda einen sogenannten Emporkömmling heiraten musste, um die finanzielle Sicherheit zu gewährleisten.
»In den Augen der guten Gesellschaft heiratest du aber doch unter deinem Stand«, bemerkte sie. »Warum nimmst du dir nicht einen Mann, der deiner Stellung entspricht und ebenso vermögend ist? Ich kann mir nicht vorstellen, dass es dir an diesbezüglichen Angeboten mangelt.«
Belinda schüttelte lachend den Kopf.
»Du kannst es nicht verstehen, Ellen, aber die Zusammenlegung der Ländereien ist von großer Bedeutung. Es gibt Stimmen, die munkeln, dass die Minenindustrie auf dem absteigenden Ast ist. In den letzten Jahren mussten immer mehr kleine Minen schließen, obwohl sie noch lange nicht abgebaut sind, die Besitzer können aber das Geld für die Förderung nicht mehr aufbringen. Außerdem wandern immer mehr Arbeiter nach Südafrika aus, weil dort angeblich bessere Arbeitsbedingungen herrschen und höhere Löhne gezahlt werden. Wenn ich Caswyn Osbournes Frau bin, dann gehören uns zwölf Zinn- und Kupferminen. Damit beherrschen wir die Industrie in Cornwall, kontrollieren den Handel und diktieren die Preise.«
Obwohl Ellen sonst nicht schwer von Begriff war, verstand sie immer noch nicht, dass Belinda einen Mann heiraten wollte, für den sie offenbar keine Sympathie empfand, nur um ihr ohnehin sicher nicht geringes Vermögen zu vermehren.
Als hätte Belinda ihre Gedanken gelesen, fuhr sie fort: »Natürlich wird sich Caswyn auch eine Geliebte halten, das ist bei solchen Ehen, wie wir sie führen werden, üblich. Und ich werde mich auch zu amüsieren verstehen. Die … Momente,

die wir miteinander verbringen müssen, um einen Erben zu zeugen, werden auch vorbeigehen, wenn du verstehst, was ich meine?«

Ellen nickte beklommen. Sie hatte kaum eine Ahnung davon, was zwischen Mann und Frau vor sich ging, wenn sie das Bett miteinander teilten. Sie wusste nur, dass es ihr sehr unangenehm wäre, mit einem Menschen, für den sie keine Sympathie empfand, so eng zusammen sein zu müssen.

»Ich denke dann einfach an das nächste Fest«, fuhr Belinda fort, ohne Ellens Verlegenheit zu beachten. »Oder an die nächste Gartenparty im Buckingham-Palast und an ein neues Kleid, was ich mir eigens für diesen Anlass schneidern lassen werde. Ich hoffe, Caswyn wird seine Pflicht schnell erledigen, dann ist die leidige Angelegenheit nach ein paar Minuten vorbei.«

Obwohl Belinda mit diesem Thema offen umging, war es Ellen peinlich, nach näheren Details zu fragen. Darum sagte sie: »Wie sieht er eigentlich aus? Ist er wenigstens äußerlich ansprechend?«

Belinda schüttelte sich wie ein junger Hund, der ins Wasser gefallen war.

»Caswyn Osbourne ist äußerlich wie innerlich ein abstoßender Mann. Er vermag es nicht, zu jagen oder sich zu amüsieren, verbringt die Tage nur mit Arbeit und scheut sich nicht, wie ein einfacher Arbeiter in die Minen einzusteigen. Vater würde sich niemals auf ein solches Niveau herablassen, doch mein *lieber* Verlobter kann seine Abstammung eben nicht verleugnen. Es wird ein hartes Stück Arbeit werden, ihn so hinzubekommen, dass ich mich mit ihm in der Öffentlichkeit nicht blamiere.«

Fassungslos hatte Ellen zugehört.

»Das klingt, als würdest du ihn regelrecht hassen?«

»Hass?« Belinda schüttelte den Kopf und lächelte verschlagen. »Nein, Hass wäre zu viel der Ehre, denn Hass kann ein ebenso starkes Gefühl wie Liebe sein. Nein, ich verachte Caswyn und finde ihn einfach nur widerlich. Wahrscheinlich denkt er dasselbe von mir, also passen wir doch hervorragend zusammen, oder nicht?«

»Dann empfindet er ebenso wenig für dich wie du für ihn?«, fragte Ellen. Sie war betroffen und gleichzeitig dankbar, nicht in einem solchen Umfeld aufgewachsen zu sein, denn dann würde sie womöglich ähnlich wie Belinda denken und handeln.

»Gefühle? Pah!« Verächtlich stieß Belinda die Worte aus. »Ich sagte dir bereits, Liebe oder gar Romantik sind in unserer Gesellschaftsschicht ohne Bedeutung. Du kannst das nicht verstehen, Ellen, denn du hast nie erlebt, wie es ist, reich zu sein. Sich über Geld keine Gedanken machen zu müssen, täglich köstliche Speisen serviert zu bekommen, kostbare Kleider und Schmuck zu tragen und für jeden Handgriff einen Diener zu haben. Glaube mir, liebe Schwester, wenn du das einmal kennengelernt hast, würdest auch du niemals wieder auf diese Annehmlichkeiten verzichten wollen.«

»Wenn Reichtum bedeutet, auf Liebe verzichten zu müssen, dann bin ich froh, arm zu sein«, sagte Ellen leise. »Meine Seele, mein eigenes Ich, würde ich niemals für alles Geld der Welt verkaufen.«

Belinda stand auf und schob den Stuhl zur Seite. Ihr Tonfall war beinahe mitleidig, als sie erwiderte: »Du weißt nicht, wovon du sprichst, Ellen. Wenn du keine Ahnung hast, wovon du deine nächste Mahlzeit bezahlen oder wo du in einer kalten Nacht schlafen sollst, dann werden Gefühle und dieser ganze Quatsch sehr schnell zweitrangig.« Sie blickte auf ihre kleine goldene Uhr, die in Form einer Brosche am Revers ihres Kleides befestigt war. »Nun muss ich aber gehen, nicht, dass Tantchen vor mir zu Hause ist. Bringst du mich zur Hintertür? Ich werde mir dann eine Mietdroschke nehmen.« Schweigend gingen die beiden Frauen durch das stille Haus. Ellen sah Belinda nach, bis diese um die Ecke verschwunden war. Dieser Caswyn Osbourne musste ein ganz besonders übler Bursche sein, Ellen empfand jedoch kein Mitleid mit ihrer Schwester. Sie wählte ihren Weg aus freien Stücken, doch sie, Ellen, würde lieber arbeiten, bis ihr die Finger bluteten, bevor sie sich an einen Ungeliebten verkaufen würde.

11. Kapitel

Und Tredethian Manor ist wirklich schon sechshundert Jahre alt?«

Hin- und hergerissen zwischen Faszination und Unverständnis für Belindas Verhalten, hatte Ellen sich wieder mit ihrer Schwester getroffen. Das war gar nicht so einfach, denn Lady Northam gab ihr kaum eine Minute zum Verschnaufen, geschweige denn, dass sie das Haus verlassen konnte. Weil Ellen bei Claire Selworthys Besuch Marie zum Servieren geschickt hatte, hagelte es schwere Vorwürfe. Die Tatsache, dass Ellen vorgab, unter starken Bauchschmerzen zu leiden, hatte Lady Northam mit einer Handbewegung abgetan.

»Papperlapapp, Sie sind zu wehleidig, Jones. Schließlich habe ich Sie eingestellt, weil Sie jung sind, und ich hoffte, auch gesund. Wenn das erneut vorkommt, können Sie Ihre Sachen packen.«

Ellen hatte allmählich die Nase voll von den ständigen Drohungen, entlassen zu werden, doch noch war sie nicht so weit, selbst zu gehen. Noch behielt ihr gesunder Menschenverstand die Oberhand, und sie entschuldigte sich für ihr Verhalten bei Lady Northam und versprach, künftig ihre Aufgaben nicht mehr zu vernachlässigen. Lady Northam achtete streng darauf, und so dauerte es über eine Woche, bis Ellen sich wieder mit Belinda treffen konnte. Harriet Northam war zu einer musikalischen Matinee geladen, zu der sie Ellens Begleitung nicht wünschte, so hatte Ellen Belinda eine Nachricht gesandt, und die beiden Frauen trafen sich in einer ruhigen Ecke am Rande eines Parks, wo nicht zu befürchten war, von jemandem gesehen zu werden.

Auf Ellens Nachfrage begann Belinda, von Tredethian Manor, dem Stammsitz der Familie in Cornwall, zu erzählen.
»Mindestens so alt, Teile des Gemäuers gehen sogar auf die Zeit von Wilhelm dem Eroberer zurück. Es heißt, unsere Vorfahren wären mit William aus der Normandie nach England gekommen, darüber gibt es aber keine Unterlagen.«
»Es ist sicher aufregend, in einem so alten Haus, in dessen Mauern bestimmt sehr viel geschehen ist, zu leben.«
»Aufregend?« Belinda verzog spöttisch den Mund. »Nun, es ist eher mühsam als aufregend. Regelmäßig ist das Dach an irgendeiner Stelle undicht, durch die Fenster zieht es, die Räume sind schlecht zu heizen, denn die meisten Kamine verbreiten mehr stinkenden Qualm als wärmendes Feuer. Im Gebälk sitzt der Wurm und in den Mauern der Schimmel. Vor etwa dreißig Jahren hat mein Großvater den Westflügel umbauen und modernisieren lassen. Dort befinden sich auch meine Räumlichkeiten, und es ist einigermaßen auszuhalten, zumindest im Sommer. Während der Herbst- und Winterstürme, die regelmäßig über Cornwall toben, denkst du, die Wände um dich herum stürzen jeden Moment ein.«
»Wie viele Räume hat das Haus?«
Belinda zuckte mit den Schultern.
»Ich glaube, achtzig, es können auch neunzig sein. Ich habe sie noch nie gezählt und war auch noch nicht in allen.«
»Ja, interessiert dich das Haus denn nicht?« Ellen war erstaunt. Sie hatte schon bemerkt, dass Tredethian Manor für Belinda nur ein Haus war, wobei sie von dem wenigen, das ihre Schwester erzählte, völlig fasziniert war. Sie hätte ihr stundenlang zuhören können.
Belinda lachte auf ihre spöttische Art, die Ellen inzwischen vertraut war.
»Glaubst du etwa, ich halte mich im Küchentrakt oder gar in

den Schlafräumen des Personals auf?« Ungläubig sah sie Ellen an. »Nach meiner Hochzeit werde ich als Erstes den alten Turm abreißen und an dessen Stelle einen neuen Flügel bauen lassen. Da hinein lasse ich fließendes Wasser legen und auch elektrischen Strom, denn wir leben ja immer noch fast wie im Mittelalter. Es gibt sogar Leute, die haben einen eigenen Telefonanschluss, davon will Vater aber nichts wissen. Er meint, es wäre kein Geld für einen solchen Schnickschnack vorhanden, aber Caswyn soll den Bau ruhig bezahlen. Er gehört dann ja schließlich zum Hochadel, wenngleich ihm natürlich der Titel eines Earls verwehrt bleibt, denn dieser kann nur vererbt werden. Aber für seinen sozialen Aufstieg kann er schon etwas springenlassen.«

»Spukt es bei euch?«, fragte Ellen plötzlich. »Ich habe gehört, fast jedes alte englische Schloss hat sein eigenes Gespenst.«

»Sicher, wir haben Hunderte von Geistern.« Belinda lächelte amüsiert. »Ellen, Ellen, du liest zu viele Romane. Vergiss deine romantischen Träumereien. Tredethian Manor ist ein alter, maroder Kasten, den man am besten komplett einreißen und an dessen Stelle man ein modernes Landschloss bauen sollte. Vater hängt an dem maroden Gemäuer, er wird jedoch nicht ewig leben und dann ...«

Ellen stockte der Atem über eine solche Kaltschnäuzigkeit. Sie hatte das Lehrerhaus, in dem sie ihre Kindheit und Jugend verbrachte, von ganzem Herzen geliebt. Sicher, es war klein, eng und im Winter auch zugig gewesen, trotzdem war es Ellen schwergefallen, ihr Heim zu verlassen. Tredethian Manor hatte eine lange Geschichte, Belinda jedoch interessierte sich kein bisschen für die Historie, während sie selbst darauf brannte, das Schloss mit eigenen Augen zu sehen und jeden Winkel erforschen zu können.

Eine nahe Kirchturmuhr schlug die zweite Mittagsstunde, und Ellen sprang auf.

»So spät schon! Ich muss zurück, Lady Northam wird jeden Moment kommen.«

Belinda legte eine Hand auf Ellens Arm.

»Du könntest zu mir ziehen.«

»Meinst du das wirklich im Ernst?« Ellens Herz begann, aufgeregt zu klopfen. Die Aussicht, Lady Northam endlich zu verlassen, versetzte sie in freudige Erregung.

»Warum solltest du dich weiter von dieser Furie tyrannisieren lassen? In zwei Monaten reisen wir ohnehin nach England. Da kannst du doch jetzt schon bei mir wohnen und dieses ganze Elend hinter dir lassen.«

»Und deine Tante?«, fragte Ellen zweifelnd. »Bisher wolltest du nicht, dass jemand von meiner Existenz erfährt.«

Grübelnd zog Belinda die Unterlippe zwischen die Zähne und kaute darauf herum. Eine Angewohnheit, die Ellen in bestimmten Situationen auch hatte. Ein spitzbübisches Lächeln stahl sich in ihre Augen.

»Ich habe da so eine Idee …«

»Und die wäre?«, fragte Ellen skeptisch, denn Belindas Ideen entsprachen nicht unbedingt immer ihren eigenen Vorstellungen.

Liebevoll legte Belinda einen Arm um ihre Schultern und flüsterte, obwohl sie niemand hören konnte: »Es wird alles gut. Vertrau mir einfach.«

Wenig später brachen die beiden Frauen auf und gingen in unterschiedliche Richtungen davon.

»Jones! Was haben Sie sich dabei gedacht, meine Anweisungen zu missachten? Ich hatte Ihnen verboten, das Haus zu verlassen.«

Schwer auf ihren Stock gestützt, stand Lady Northam wie ein Racheengel im Salon. Sie schäumte regelrecht vor Wut.
»Verzeihen Sie, Mylady, aber ich habe das Recht, regelmäßig Ausgang zu erhalten.«
»*Recht?* Sie sprechen von Recht, Jones? Sie haben gar keine Rechte, denn Sie sind meine Angestellte. Ich ernähre und kleide Sie, beschere Ihnen einen angenehmen Aufenthalt in Frankreich, und Sie wagen es, irgendwelche suspekten Rechte einzufordern?«
Belinda, die sich köstlich amüsierte, in Ellens Kleid vor Harriet Northam aufzutreten und dieser *Dame* die Meinung zu sagen – etwas, das sich Ellen niemals getraut hätte –, senkte scheinbar demütig den Kopf, auch damit Harriet Northam den Schalk in ihren Augen nicht sah.
»Vielleicht ist es der Aufmerksamkeit von Mylady entgangen«, sagte sie betont unterwürfig, »aber in England wurde die Sklavenhaltung schon lange abgeschafft. Da ich kein Gehalt von Ihnen erhalte, sehe ich mich nicht in der Position einer Angestellten, sondern eher in der einer Sklavin. Dies könnte Ihnen große Schwierigkeiten bereiten, wenn ich ein englisches Gericht davon in Kenntnis setzen würde, denn was Sie machen, ist Ausbeutung und wird, soviel mir bekannt ist, nicht nur von der Gesellschaft, sondern auch vom Gesetz missbilligt.«
Lady Northam verschlug es die Sprache, was bisher noch nie vorgekommen war. Ihr ohnehin fahler Teint wurde zuerst um einige Nuancen blasser, dann breitete sich eine tiefe Röte über Hals und Wangen aus. Es dauerte einige Minuten, bis sie wieder sprechen konnte, und während dieser Zeit starrte Belinda ihr fest in die Augen.
»Sie undankbares und unverschämtes Weibsstück! Ohne mich und meine mildtätige Großzügigkeit wären Sie in der

Gosse gelandet. Verlassen Sie auf der Stelle mein Haus! Ich möchte Sie hier niemals wieder sehen!«
Belinda knickste demonstrativ übertrieben.
»Ganz wie Sie wünschen, Mylady. Es gibt nichts, was mir mehr Freude bereitet. Zum Abschluss kann ich Ihnen nur wünschen, dass Sie eines Tages an Ihrer eigenen Bosheit ersticken mögen.«
»Raus hier!« Für ihr Gewicht erstaunlich schnell, trat Lady Northam vor und schwenkte ihren Stock. Wäre Belinda nicht zur Seite gesprungen, hätte der Hieb sie mitten ins Gesicht getroffen. Sie schenkte der Lady ein letztes verächtliches Lächeln, eilte zur Tür und warf diese hinter sich derart heftig ins Schloss, dass die Wände zitterten. In der Diele trat Marie aus einer Ecke hervor und starrte Belinda erschrocken an. Das Mädchen hatte den Streit gehört, wenngleich sie die englisch gesprochenen Worte nicht verstehen konnte.
»Mademoiselle, Sie können nicht gehen. Was wollen Sie denn jetzt machen, und wo wollen Sie hin?«
Belinda lachte laut. Ellen hatte ihr erzählt, dass die junge Marie der einzig freundliche Mensch in diesem Haus war, es aber auch sehr schwer hatte. Daher griff sie in ihre Tasche, holte ein paar Münzen hervor und drückte sie dem Mädchen in die Hand.
»Du solltest auch gehen«, sagte sie. »Am besten noch heute. Ich bin sicher, du findest schnell eine andere Anstellung, bis dahin wird dir das Geld weiterhelfen.«
Marie starrte abwechselnd auf die Münzen in ihrer Hand und auf Belinda. Sie merkte zwar, dass mit der jungen Frau etwas anders war als sonst, wäre aber niemals auf die Idee gekommen, dass es nicht Ellen war, die vor ihr stand.
»Merci«, murmelte sie. »Aber Sie brauchen doch jetzt jeden Sou …«

»Das ist schon in Ordnung, Marie, mach dir um mich keine Gedanken, ich komme zurecht.«

»Ich helfe Ihnen packen, Miss«, bot Marie sich an, Belinda schüttelte jedoch den Kopf.

»Das ist nett, aber ich werde nichts mitnehmen. Du kannst meine Sachen haben, wenn du willst. Viel ist es ohnehin nicht.«

Marie starrte sie fassungslos an, doch Belinda eilte schon zur Tür. Mit einem kurzen »Mach's gut« verließ sie das Haus, warf auch diese Tür heftig hinter sich zu, und auf der Straße lächelte sie befriedigt.

»Ellen, nun beginnt für dich ein neues Leben!«

Wie angewurzelt blieb Marie in der Halle stehen, blickte abwechselnd auf das Geld in ihrer Hand und auf die Tür, durch die Belinda verschwunden war. Erst jetzt wurde ihr bewusst, dass die junge Frau mit einem seltsamen Akzent französisch gesprochen hatte, der Marie zuvor nicht aufgefallen war. Ellen hatte stets ein fast akzentfreies Französisch gesprochen, heute jedoch …

»C'est la vie«, murmelte Marie, straffte die Schultern und dachte ernsthaft darüber nach, Ellens Rat zu folgen, ebenfalls ihre Stellung zu kündigen und sich etwas anderes zu suchen. Sollte Lady Northam doch sehen, wie sie allein zurechtkam!

»Du … hast … was?« Fassungslos lief Ellen in Belindas Zimmer auf und ab, blieb dann vor ihrer Schwester stehen, packte sie bei den Schultern und schüttelte sie leicht. »Wovon soll ich jetzt leben? Die Stellung war zwar schlecht, ich hatte aber wenigstens ein Dach über dem Kopf und etwas zu essen.«

Nachdem sie sich im Park getrennt hatten, war Ellen auf Belindas Vorschlag hin in deren Haus gegangen. Belinda meinte, sie würde gern für ein paar Stunden in Ellens Rolle schlüpfen

und Lady Northam kennenlernen, am Abend würden sie dann wieder ihre Rollen tauschen. Durch den Hintereingang war Ellen ungesehen in deren Zimmer gelangt, ebenso wie Belinda in Ellens früheres Zimmer geschlichen und sich dort umgezogen hatte, bevor sie Lady Northam die Meinung gesagt hatte. Dass Belindas elegantes Kleid sich nun noch im Haus von Harriet Northam befand, störte sie nicht. Sie hatte genügend andere Kleider, auf das eine kam es nicht an.
Sanft löste Belinda Ellens Hände und lächelte verständnisvoll. »Meine Liebe, ich habe doch gesagt, dass du bei mir wohnen wirst.« Sie machte eine weit ausholende Geste. »Hier ist wahrlich genug Platz für uns beide, und glaube mir, meine Tante kann es sich leisten, einen hungrigen Bauch mehr zu füllen.«
»Deine Tante …« Ellen starrte Belinda verwirrt an. »Dann wirst du es ihr sagen? Dass wir wahrscheinlich Zwillinge sind, meine ich?«
»Noch nicht, denn Tantchen ist heute Morgen abgereist. Sie wird die nächsten Wochen in Venedig verbringen. Vielleicht fahren sie auch nach Rom weiter?«
»Sie?«, fragte Ellen verständnislos, und Belinda kicherte.
»Tante Claire und ihr Liebhaber. Jetzt schau nicht so schockiert. Glaubst du, dass eine Frau wie Claire keinen Liebhaber hat? Obwohl sie mit ihren über vierzig Jahren nicht mehr jung ist, sieht sie noch hervorragend aus, zudem ist sie seit über sechs Jahren Witwe.«
»Warum heiratet sie dann nicht wieder?« Ellens Vorstellungen der gediegenen und nach außen hin prüden englischen Gesellschaft kamen heftig ins Wanken.
»Manche Männer sind nicht zum Heiraten«, erklärte Belinda mit einem herablassenden Unterton. »Man hat Spaß mit ihnen, kann sich gut amüsieren, doch Tantchen würde niemals einen solchen Filou zum Ehemann nehmen.«

Stöhnend, beide Hände gegen ihre schmerzenden Schläfen gedrückt, sank Ellen in einen Sessel. Es dauerte einige Zeit, bis sie sagen konnte: »Was wird jetzt?«

Unbekümmert lachte Belinda und antwortete, ohne auf Ellens Frage einzugehen:

»Du hättest das Gesicht der Northam sehen sollen, es war köstlich! Ich habe gedacht, es trifft sie gleich der Schlag, als ich ihr sagte, dass sie eine Sklavenhalterin wäre. Von dir hätte sie niemals solche Worte erwartet.« Belinda ging zu einem Tisch, schenkte aus der Karaffe roten Wein in zwei Gläser und reichte eines Ellen, die jedoch ablehnte.

»Danke, ich trinke nicht.«

»Ach komm, du musst etwas lockerer werden und aufhören, dir so viele Gedanken zu machen. Genieße einfach dein Leben! Wir sind in Frankreich, das Wetter ist schön und die Männer heißblütig. Wenn wir erst wieder in England sind, ist es mit dem lustigen Leben vorbei, denn Vater wird auch für dich sicher bald einen passenden Ehemann parat haben. Mein Gott, warum müssen unsere Landsleute nur immer ein Gesicht machen, als würden sie zum Frühstück Zitronen verspeisen?«

Ellen nippte an dem Wein. Der ungewohnte Alkohol lief ihr wie Öl durch die Kehle, und tatsächlich merkte sie, wie sie sich zu entspannen begann. Zuerst war sie panisch gewesen, als sie hörte, dass Belinda ihre Stellung gekündigt hatte – oder vielmehr von Lady Northam hochkant hinausgeworfen worden war –, jetzt jedoch begann sie, an der Situation das Positive zu sehen. Wenn es wirklich stimmte, und Belindas Vater war ebenso ihr leiblicher Vater, dann hatte sie einen Anspruch auf all die schönen Dinge, mit denen sich Belinda umgab, und auch auf das angenehme Leben.

»Was werden wir jetzt machen?«, fragte sie, und Belinda tätschelte ihre Wange.

»Erst mal sehen wir, dass du neue Sachen bekommst.« Leicht verächtlich sah sie an sich herunter, sie trug immer noch Ellens Kleid. »Mit diesen Fetzen kannst du dich nirgends sehen lassen.«

Die nächsten Stunden verbrachten die beiden jungen Frauen im Ankleidezimmer. Ellen probierte immer mehr Kleider an, die ihr alle wie eine zweite Haut passten, und Belinda sortierte großzügig aus, welche sie selbst nicht mehr tragen wollte.

»Dieses hier, zum Beispiel, habe ich beim Lunch mit der Herzogin von Marlborough getragen«, sagte sie bei einem kornblumenblauen Mittagskleid mit roséfarbenen Stickereien auf Mieder und Rock und mit passendem Hut und Handschuhen. »Sie nahm mich unter ihre Fittiche, da meine Mutter ja schon tot war, und stellte mich ein paar Wochen später bei Hof vor.«

»Du bist dem König vorgestellt worden?« Ellen verharrte in der Bewegung, sah ihre Schwester bewundernd an.

»Natürlich, das ist unvermeidlich, wenn man in die Gesellschaft eingeführt wird. Es war vor zwei Jahren und ein unvergessliches Erlebnis! Drei Dutzend neue Kleider wurden eigens für diesen Zweck für mich geschneidert, schließlich darf man bei den zahlreichen Einladungen nicht zweimal in derselben Garderobe erscheinen. Wir verbrachten vier wunderbare Wochen in London, und jeden Tag war ich zum Lunch oder zum Tee in einem anderen Haus eingeladen, lernte eine Menge nette und interessante, aber auch weniger nette und weniger interessante Menschen kennen. Und dann erst die eleganten Bälle! Ach, ich habe getanzt, bis mir die Füße schmerzten.«

»Erzähl mir mehr davon«, bat Ellen mit leuchtenden Augen, denn das war eine Welt, von der sie bisher nur in der Zeitung gelesen hatte und deren Faszination sie sich nicht entziehen konnte.

Belinda ging zum Kamin und zog an der Glockenschnur.
»Es ist ohnehin Zeit, den Tee zu nehmen. Das Mädchen soll uns aber Kaffee bringen, den trinkst du doch so gern, nicht wahr? Die Köchin hat sicher auch einen warmen Kuchen im Ofen.«
»Was wirst du dem Personal über meine Anwesenheit sagen?«, fragte Ellen ernüchtert. »Sie werden sich doch mit Sicherheit wundern, plötzlich zwei identische Frauen vor sich zu haben.«
Belindas Augen wurden schmal, ihre Stimme hatte einen harten Unterton, als sie sagte: »Personal ist nicht dazu da, Fragen zu stellen, sondern dazu, zu tun, was man ihnen sagt. Du hast aber recht, heute brauchen sie von dir noch nichts zu erfahren. Bleib daher im Ankleidezimmer.«
Ellen wunderte sich zwar über Belindas Verhalten, auch empfand sie deren Einstellung dem Personal gegenüber als unangenehm, denn schließlich hatte sie, Ellen, bis zum heutigen Tag auch eine solche Stellung bekleidet. Sie verharrte jedoch still im Nebenzimmer, als ein Mädchen kam und Belinda Kaffee, zwei Tassen und eine Platte Kuchen bestellte. Wahrscheinlich würde sich das Hausmädchen über die zweite Tasse wundern, Ellen vermutete jedoch, dass das Belinda gleichgültig war. Es war eben eine völlig andere Welt, in der Belinda lebte, von der Ellen jedoch immer mehr fasziniert war.
Wenig später ließ sie sich den heißen Kaffee und kleine, noch warme Nussküchlein schmecken und dachte, dass es durchaus seine Vorteile hatte, vermögend zu sein. Aufmerksam lauschte sie Belindas Erzählung von ihrer Einführung in die Gesellschaft. Ihr Debüt war selbstverständlich ein großer Erfolg gewesen.
»Natürlich dient diese ganze Vorstellung einzig und allein dazu, einen angesehenen und gutsituierten Ehemann zu fin-

den«, erklärte Belinda. »Da meine Verlobung mit Caswyn Osbourne bereits beschlossene Sache war, konnte ich ungehindert mit allen Männern flirten, ohne mir Gedanken machen zu müssen, jemand könnte es falsch verstehen.«

»Du hast bestimmt einige Herzen gebrochen«, scherzte Ellen.

Belinda nickte.

»Das kann schon sein, etliche Herren verfolgten mich mit schmachtenden Blicken und versuchten, mich zu einem privaten Stelldichein zu überreden. Das waren aber alles keine Männer.« Belinda machte eine wegwerfende Handbewegung und zwinkerte Ellen zu. »Richtige Männer, meine ich, wenn du verstehst. Ich habe kein Interesse an Galanen, die mir andauernd vorschwärmen, wie blau meine Augen und wie golden mein Haar ist. Das weiß ich selbst. Da waren mir Männer wie Freddy ... oder hieß er Frank oder so ähnlich ...?, die einen einfach küssen, ohne lange zu fragen, schon viel lieber.«

»Er hat dich geküsst?« Ellen vergaß, ihren Kuchen zu essen.

»Es war bei einem Ball. Nachdem ich zwei- oder dreimal mit ihm getanzt habe, kam ich meinen Verpflichtungen gegenüber den anderen Herren nach. Irgendwann musste ich dann mal raus. Du weißt, was ich meine ... Da wartete er in einem Gang, in dem sich sonst niemand aufhielt. Er nahm mich einfach in den Arm und küsste mich. Oh, Freddy oder Frank oder so ähnlich war einfach wundervoll.«

»Du weißt nicht mehr, wie der Mann hieß, von dem du deinen ersten Kuss bekommen hast?«, fragte Ellen erstaunt. Sie war noch nie geküsst worden, jedenfalls nicht in der Art und Weise, von der Belinda sprach. Wenn es jedoch eines Tages so weit sein sollte, würde sie den Namen des Mannes wohl niemals vergessen.

Belustigt sah Belinda Ellen an.

»Freddy war doch nicht der erste Mann, den ich küsste, du Dummerchen!« Sie kicherte scheinbar verlegen, der Schalk blitzte jedoch aus ihren Augen. »Als ich im Pensionat war, gab es einen Jungen. Ich glaube, es war der Sohn des Gärtners. Der hat mir gezeigt, was es heißt, richtig zu küssen und geküsst zu werden, bis einem der Atem wegbleibt.«
Ellen legte den Kuchen zur Seite, plötzlich hatte sie keinen Appetit mehr. Bereits bei ihrer ersten Begegnung hatte sie gespürt, dass Belinda oberflächlich war, was die Beziehung zum anderen Geschlecht anging. Ellens Vater hatte sie nicht streng oder gar prüde erzogen, trotzdem hielt sie sich an gewisse Grundsätze und Wertvorstellungen. In den letzten Tagen hatte Ellen jedoch festgestellt, dass die gepredigte Moral in höheren Kreisen wohl nur Schein war. Ellen wusste nicht, wie sie mit Belindas Offenheit umgehen sollte, ohne ihre neu gewonnene Schwester zu verletzen. Schlussendlich war sie jetzt auf Belinda angewiesen, daher wagte sie nicht, offen Kritik an ihrem Verhalten zu üben.

Am Abend erfuhr Ellen von Belindas Plan, den diese offenbar schon länger ausgeheckt haben musste. Unter dem Siegel der Verschwiegenheit erzählte Belinda von Jean-Luc – einem Franzosen, mit dem sie seit einigen Wochen ein sehr inniges Verhältnis hatte und den sie auch an dem Nachmittag, als sie mit Ellen die Kleider getauscht und sie mit Tante Claire allein gelassen hatte, besucht hatte. Mit einem schwärmerischen Blick beschrieb Belinda Jean-Luc, und Ellen fragte sich, ob sie sich ernsthaft in den jungen Mann verliebt hatte, obwohl Belinda sonst immer so tat, als würde sie mit den Gefühlen der Männer, die sie umschwärmten, nur spielen.
»Jean-Luc ist Künstler und lebt im Hafenviertel der Stadt«, erzählte Belinda. »Er malt und fertigt Skulpturen an, außer-

dem sieht er sehr gut aus und ist überaus charmant. Ich wünschte, du könntest ihn kennenlernen.« »Und ich hoffe, du weißt, was du machst.«

»Ich sehe dir an, dass du mein Verhalten missbilligst«, fuhr Belinda fort, als Ellen die Stirn runzelte. »Ich erwarte auch gar nicht, dass du mich verstehst, da wir jedoch Schwestern sind, musst du mir helfen.«

»Wie soll diese Hilfe aussehen?«, fragte Ellen und ahnte, worauf hinaus Belinda wollte.

»Jetzt, da Tante Claire verreist ist, möchte ich ein paar Tage mit Jean-Luc verbringen. Bisher hatten wir nur wenige heimliche Stunden. Ich werde mit ihm übers Wochenende aufs Land fahren, Jean-Luc hat mir von einem Bauernhof in den Bergen erzählt. Da kennt mich niemand, ich brauche also keine Angst zu haben, entdeckt zu werden.«

»Und ich soll dich hier vertreten?«, fragte Ellen und brachte die Sache damit auf den Punkt.

Belinda nickte erleichtert.

»Tantchen ist nicht da, und dem Personal gegenüber brauchst du nicht viel zu tun. Nur für den Fall, dass jemand von diesen alten Ladys plötzlich vorbeikommt, wäre es gut, wenn ich, also du, hier bin. Du kannst dann sagen, du bist indisponiert und kannst niemanden empfangen. Es ist schon ein Mal gutgegangen, selbst Tantchen hat nicht gemerkt, dass du nicht ich bist, also brauchst du dir keine Sorgen zu machen.«

»Ich weiß nicht ...« Auf der einen Seite wollte Ellen keine Spielverderberin sein, denn außerdem hatte sie Belinda sehr viel zu verdanken, andererseits widerstrebte ihr innerlich ein solcher Betrug.

Darüber hinaus missbilligte sie Belindas Verhältnis mit dem Franzosen, schließlich würde sie bald heiraten. Ellen vermutete, dass die beiden wohl mehr als nur Händchen hielten, vor allem, da sie Tag und Nacht beisammen sein würden. Dann dachte sie an das elegante, große Haus, die vielen schönen Kleider, an das gute und reichhaltige Essen und gab sich einen Ruck.

»Nun gut, aber nur drei Tage.«

Stürmisch umarmte Belinda die Schwester und küsste sie auf die Wange.

»Du bist ein Goldstück! Es war ein unglaublicher Glücksfall, dass wir uns fanden, meinst du nicht auch?«

Ellen erwiderte ihr Lächeln, innerlich war sie sich jedoch nicht sicher, ob die Begegnung mit Belinda ihr wirklich Glück gebracht hatte.

Wohlig räkelte Ellen sich im Bett. Das Laken und die Bezüge dufteten nach einer Mischung aus Lavendel und Rosen, durch das einen Spalt geöffnete Fenster zog der Duft des anbrechenden Tages, und eine Amsel sang ihr Morgenlied. Sie hatte tief und traumlos geschlafen, obwohl sie am gestrigen Abend noch glaubte, kein Auge zutun zu können. Belinda hatte eine kleine Tasche gepackt und sich am späten Nachmittag ungesehen aus dem Haus geschlichen.

»Du machst das schon«, waren ihre letzten Worte gewesen, und Ellen hatte ihr, ein flaues Gefühl im Magen, nachgeschaut.

Ellen betrachtete den hellblauen, mit goldenen Ornamenten bestickten Baldachin über ihrem Bett. Sie hatte die farbgleichen Bettvorhänge nicht geschlossen, und das Bett selbst war so breit, dass bequem drei Menschen darin hätten schlafen können, ohne sich gegenseitig zu berühren. Als es leise an der Tür klopfte, fuhr Ellen erschrocken hoch.

»Ja?«, rief sie und presste die Decke vor die Brust.

Die Tür öffnete sich, und ein junges Mädchen schaute herein.

In einem fast akzentfreien Englisch sagte sie: »Mylady, sind Sie schon wach? Ich bringe Ihnen Ihre Schokolade.«
Ellen nickte, und das Mädchen balancierte ein Tablett zu ihrem Bett. Mit geschickten Handgriffen stellte sie das Tablett, das mit vier Füßen versehen war, vor Ellen ins Bett, stopfte ihr ein Kissen in den Rücken, damit Ellen aufrecht und bequem saß, und knickste dann.
»Möchten Sie zum Frühstück herunterkommen, Mylady?«
Unsicher sah Ellen auf das Tablett, auf dem eine Tasse heißer, köstlich duftender Schokolade, ein Glas Orangensaft und ein Teller mit zwei Scheiben Weißbrot, getränkt mit goldgelber Butter, standen. Frühstück? Das war doch ihr Frühstück, oder etwa nicht? Ellen versuchte, sich ihre Verwirrung nicht anmerken zu lassen.
»Danke, nein, ich denke, mit dem hier werde ich satt sein.«
Das war ein Fehler gewesen, das merkte Ellen sofort, denn die Augen des Mädchens weiteten sich erstaunt.
»Es ist doch nur Ihr Morgenimbiss, Mylady. Die Köchin hat bereits begonnen, das Frühstück zuzubereiten. Ich kann ihr aber ausrichten, dass Sie heute nicht speisen möchten, und Lady Selworthy ist auch nicht im Haus ...«
»Nein, nein, ich komme hinunter«, sagte Ellen rasch. Sie vermutete, dass die Köchin sonst beleidigt sein könnte.
Das Mädchen knickste erneut.
»Ich werde Ihnen dann beim Waschen und Ankleiden helfen, Mylady.«
Ellen lag es schon auf der Zunge, zu sagen, dass dies nicht nötig wäre, dann lächelte sie aber zustimmend. Auf keinen Fall durfte sie sich anders als Belinda verhalten, wenngleich es ihr unangenehm war, sich von jemandem beim Ankleiden helfen zu lassen. Belinda hatte zwar gesagt, sie könnte Unwohlsein vorschützen, um die kommenden Tage niemandem

zu begegnen, dem Personal konnte Ellen jedoch nicht ausweichen. Außerdem hatte Ellen keine Lust, die ganze Zeit im Haus eingesperrt zu sein. Dann hätte sie gleich bei Lady Northam bleiben können.

Kaum hatte das Mädchen das Zimmer verlassen, nahm Ellen einen Schluck von der Schokolade, die beinahe ebenso köstlich wie Kaffee schmeckte. Das Brot war weich und noch warm, die Butter leicht gesalzen. Frühstück im Bett! Einer der Vorteile, zu der oberen Gesellschaftsschicht zu gehören. Nachdem sie alles bis auf den letzten Krümel aufgegessen hatte, war sie satt und fragte sich, wie sie nachher noch mal »offiziell« frühstücken sollte. In diesem Moment klopfte es, und wieder erschien das Mädchen, dieses Mal mit einer Kanne warmen Wassers.

Ellen schwang ihre Beine aus dem Bett, zog Belindas seidenen Morgenmantel an und konnte nicht verhindern, von dem Mädchen beobachtet zu werden, während sie sich Gesicht und Hände wusch. Sie überlegte, ob Belinda den Namen des Mädchens, das ihr offenbar als Zofe diente, erwähnt hatte, konnte sich aber nicht daran erinnern. Dann bürstete das Mädchen Ellens Haar und steckte es mit wenigen, geschickten Handgriffen auf. Der Blick in den Spiegel sagte Ellen, dass sie mit der Frisur, die Belinda stets trug, ihrer Schwester wirklich aufs Haar glich.

»Welches Kleid möchten Sie heute tragen, Mylady?«

Schnell ging Ellen Belindas Kleider durch, es waren jedoch zu viele, als dass sie sich genau an jedes Einzelne erinnern konnte. Sie hatte blonde Haare und blaue Augen, folglich wäre ein blaues Kleid sicher eine gute Wahl.

»Das blaue, bitte«, sagte sie deswegen.

»Das mit den roséfarbenen Stickereien, das mit dem weißen Spitzenkragen, das mit den gelben Manschetten oder das mit den dunklen Paspelierungen?«

Ellen schluckte über diese Auswahl. »Letzteres, bitte.«
Für einen Moment runzelte das Mädchen verwundert die Stirn, und Ellen überlegte, ob sie etwas Falsches gesagt hatte. Vielleicht war das von ihr gewählte Kleid für den Vormittag nicht angemessen? Die Adligen zogen sich doch mehrmals um, hatten für jede Tages- und Abendzeit stets die passende Garderobe. Sie konnte nicht wissen, dass sich ihre Zofe über das »bitte« wunderte, denn Belinda erteilte eigentlich nur Befehle.
Wenige Minuten später war Ellen in ein mittelblaues Kleid aus einem leichten, duftigen Stoff gekleidet, das, bis auf dunkelblaue Paspelierungen am züchtigen Ausschnitt und an den Manschetten, schmucklos war und dadurch recht schlicht wirkte. Da Ellen keine Ahnung hatte, in welchem Zimmer das Frühstück eingenommen wurde, beeilte sie sich, dem Mädchen zu folgen. Erst als diese sich, die Schüssel mit Waschwasser in den Händen, vor einer Tür im Erdgeschoss erstaunt zu Ellen umwandte, erkannte sie ihren Fehler. Hinter der Tür hörte sie das Geklapper von Geschirr und Töpfen. Offenbar war hier der Eingang zum Dienstbotentrakt.
»Wenn Mylady mit der Köchin wegen des heutigen Speiseplans sprechen möchten, schicke ich Mrs. Hillier zu Ihnen.«
»Das ist nicht nötig, danke«, sagte Ellen schnell. Wie peinlich, wenn sie der Zofe in die Küche gefolgt wäre, denn das würde Belinda sicher niemals tun.
Nachdem das Mädchen verschwunden war, sah Ellen sich unschlüssig um. Lady Northam nahm das Frühstück in einem kleinen Speisezimmer im Erdgeschoss ein, doch deren Haus war auch um einiges kleiner. Zögernd öffnete sie die erste Tür zu ihrer Rechten und gelangte in einen Raum, der offenbar die Bibliothek und gleichzeitig das Arbeitszimmer war, denn die Wände waren mit Bücherregalen bedeckt, und in der Mit-

te stand ein Schreibtisch. Das nächste Zimmer war wie ein kleiner Empfangsraum gestaltet, beim Öffnen der dritten Tür wurde Ellen fündig. Der ovale Tisch, an dem acht Personen Platz fanden, war nur für eine Person gedeckt, und auf der Anrichte standen Tee- und Kaffeekannen, Warmhalteplatten mit Eiern und Speck und Körbe mit frischem Brot und Obst. Erleichtert atmete Ellen auf. Es war niemand zu sehen, offenbar konnte sie in Ruhe allein frühstücken. Als sie sich von dem Kaffee nehmen wollte, öffnete sich eine Tapetentür, und ein Mann in der Livree eines Butlers trat ein. Er verneigte sich und sagte mit sonorer Stimme:

»Darf ich Ihnen den Kaffee servieren, Mylady?« Ellen nickte, und dienstbeflissen schob ihr der Butler den Stuhl hin. »Eier, Speck und Würste, wie immer, Mylady?«

»Ja, danke, gern …«

Unsicher sah Ellen auf den Teller mit den warmen Speisen. Ihr Magen war wie zugeschnürt, es würde allerdings Verdacht erregen, wenn sie nichts aß. Vielleicht wäre es das Beste, wenn sie doch Unwohlsein vorschützen und sich in ihr Zimmer zurückziehen würde. Durch das Fenster strahlte jedoch die Sonne, und Ellen zog es mit aller Macht nach draußen. Sie zwang sich, ein paar Gabeln zu essen, vom Kaffee ließ sie sich jedoch ein zweites Mal einschenken. Obwohl die Bewegungen des Butlers leise waren – es gab nicht das geringste Geräusch, als er die Spiegeleier auf den Teller legte – und er sich, während Ellen aß, still im Hintergrund hielt, fühlte sie sich beobachtet. Schnell tupfte sie ihre Lippen mit der Serviette ab und stand auf, bevor der Butler ihren Stuhl wegziehen konnte.

»Ich gehe aus«, sagte sie und versuchte, Belindas Tonfall nachzuahmen.

Der Butler senkte kurz den Kopf, sagte dann jedoch: »Möchten Mylady nicht zuerst Ihre Post sichten und beantworten?«

Post? Nein, das wollte Ellen nicht, und sie würde sich hüten, irgendwelche Briefe zu beantworten, daher erwiderte sie: »Das hat Zeit bis zum Mittag.«
»Werden Mylady den Lunch hier einnehmen?«
»Ich glaube nicht.« Ellen ging zur Tür, bevor sie diese jedoch öffnen konnte, hatte der eifrige Butler das für sie bereits getan. Wenn sie jedoch gehofft hatte, dem Mann jetzt entfliehen zu können, so war das ein Irrtum, denn er stellte schon seine nächste Frage.
»Werden Gäste zum Abendessen erwartet?« Ellen verneinte, und der Butler fuhr fort: »Dann bleibt es bei dem Speiseplan, den Mylady mit Mrs. Hillier besprochen hat?«
»Sicherlich«, antwortete Ellen. Auch der Name des Butlers war ihr unbekannt, dabei wusste sie, dass diese Dienstboten es gewohnt waren, von ihren Herrschaften namentlich angesprochen zu werden.
Oh, Belinda, du musst mir noch viel, sehr viel erzählen, dachte Ellen, eilte in ihr Zimmer und holte ihren Mantel. Sie wollte so schnell wie möglich aus dem Haus, bevor doch noch jemand die Scharade, die hier gespielt wurde, entdecken würde.

12. Kapitel

Die nächsten Tage wurden für Ellen zu einem Eiertanz, bei dem sie ständig befürchtete, ihre wahre Identität zu verraten, und sich fragte, warum sie sich auf dieses Spiel eingelassen hatte. Nach ihrem Spaziergang am ersten Tag nach Belindas Verschwinden verließ Ellen ihr Zimmer nur noch zu den Mahlzeiten, denn sie musste feststellen, dass sie nicht unerkannt durch die Stadt spazieren konnte. Sie hatte kaum die Hafenpromenade erreicht, als sie auch schon von zwei Damen, die in Begleitung eines älteren Herrn waren, angesprochen wurde.

»Lady Belinda, wie nett, Sie heute Morgen hier zu treffen«, sagte die eine von ihnen, eine Frau, nicht viel älter als sie selbst.

»Sie sind allein?« Die andere, vom Alter und vom Aussehen her könnte es sich um die Mutter der jungen Dame handeln, sah suchend umher, um dann missbilligend die Lippen zu schürzen. In diesem Moment wurde Ellen bewusst, dass eine Dame niemals allein ausging. Wenn sie alleinstehend war, musste sie sich von einem Familienmitglied, einer Bekannten oder zumindest von ihrer Zofe begleiten lassen.

»Äh … meine Zofe ist krank«, war das Erste, was Ellen einfiel. »Das Wetter ist jedoch so schön, da dachte ich …«

Die jüngere Dame kam ihr zu Hilfe.

»Ihre Tante ist verreist, hörte ich«, sagte sie lächelnd. »Dann sind Sie ja ganz allein, Lady Belinda. Wenn Sie möchten, können Sie sich uns gern anschließen. Wir promenieren ein wenig, legen uns aber am Nachmittag zur Ruhe, um für heute Abend frisch zu sein.«

»Sie kommen doch auch zu dem Ball?« Zum ersten Mal sprach der Herr. »Wenn Sie auf Ihrer Tanzkarte noch einen Platz frei haben …«

»Arthur, Lady Belinda wird lieber mit den jungen Männern tanzen.« Tadelnd, aber mit einem Lächeln sah die ältere Dame Ellen an, die schnell den Kopf schüttelte.

»Ich denke nicht, dass ich an dem Vergnügen teilnehmen werde«, sagte sie und bemühte sich um einen bedauernden Gesichtsausdruck.

»Aber Sie haben doch eine Einladung erhalten?«, rief die jüngere Dame. »Wenn nicht, dann kann es sich nur um einen bedauerlichen Irrtum handeln. Ich werde sofort mit Lady Ash sprechen …«

»Das ist nicht nötig, danke.« Ellen wäre am liebsten auf Nimmerwiedersehen in ein Mauseloch verschwunden. Wenigstens war ihr Lady Ash bekannt, wenngleich sie immer noch keine Ahnung hatte, mit wem sie hier entlangspazierte. »Selbstverständlich habe ich eine Einladung erhalten, ich fühle mich jedoch … etwas indisponiert, und mir steht der Sinn nicht nach Tanzen.« Ellen war stolz, dass ihr dieser Ausdruck eingefallen war, er klang doch herrschaftlicher als ein schlichtes unwohl.

Die ältere Dame zwinkerte ihr verschwörerisch zu und senkte ihre Stimme.

»Ich verstehe. Nun, da kann man nichts machen, das ist eben das Schicksal von uns Frauen.«

Ihr Mann Arthur, der die Worte gehört hatte, errötete, und auch Ellen schoss das Blut ins Gesicht. Die monatlichen Beschwerden von Frauen waren kein Thema, das vor den Ohren eines Mannes erwähnt werden durfte, selbst Frauen untereinander schwiegen sich darüber aus. Schnell senkte Ellen den Kopf und deutete ein zustimmendes Nicken an.

»Danke für Ihr Verständnis.«

Glücklicherweise wurde das unerfreuliche Thema fallengelassen, und die beiden Damen plauderten über den bevorstehenden Ball und über die Gäste, die erwartet wurden. Ellen tat so, als hörte sie interessiert zu, warf immer mal wieder »Ach, ja?« oder »Wie interessant!« ein und hoffte, sich bald von der Gruppe trennen zu können. Immer wieder begegneten sie anderen Personen, die sie freundlich grüßten, zwei Herren lüfteten sogar ihre Hüte und wünschten »Einen schönen Tag, Lady Swinbrook«. Es mussten folglich Bekannte von Belinda sein.
Ellen war froh, als sie sich endlich verabschieden und ins Haus zurückkehren konnte. Ungesehen gelangte sie in ihr Zimmer. Dort sank sie erschöpft auf das Bett. Tatsächlich hatte niemand bemerkt, dass sie nicht Lady Belinda Swinbrook war. Ellens Nerven waren jedoch zum Zerreißen gespannt, und sie hoffte, die drei Tage würden rasch vergehen. Dann wollte sie sich mit Belinda nie wieder auf einen solchen Tausch einlassen.

Die nächsten Tage schützte Ellen nun doch Unwohlsein vor, konnte ihre Zofe jedoch nur schwer davon überzeugen, keinen Arzt zu rufen.
»Ich bin nur etwas müde und werde viel schlafen«, sagte sie lächelnd. »Bitte serviere mir das Essen in meinem Zimmer.«
Noch immer wusste sie nicht den Namen des Mädchens, hatte aber durch geschickte Fragen herausgefunden, dass der Butler auf den klangvollen Namen McKinnley hörte, aus Schottland stammte und seit zwei Jahrzehnten im Dienst von Claire Selworthy stand, die sich die meiste Zeit des Jahres in Hyères aufhielt.
Nach vier Tagen wurde Ellen zunehmend unruhiger. Belinda hatte von drei Tagen gesprochen, die sie mit ihrem Geliebten

auf dem Land verbringen wollte. Gut, sie hatte schon mehrmals bewiesen, dass Zuverlässigkeit nicht gerade eine Tugend von ihr war, daher machte sich Ellen nicht sofort Sorgen, als die Schwester nach drei Tagen nicht zurückkehrte. Nach weiteren zwei Tagen, die ohne eine Nachricht von Belinda vergingen, wurde Ellen zornig. Offenbar war es Belinda gleichgültig, in was für eine Situation sie Ellen brachte. Es war nun kein Spiel mehr! Belinda musste wissen, dass sie sich nicht länger aus der Öffentlichkeit zurückziehen konnte, zumal täglich Briefe und Karten mit Einladungen zum Tee oder zu Abendveranstaltungen abgegeben wurden, dessen Beantwortung Ellen nicht mehr länger hinauszögern konnte. Wenn Ellen noch länger vorgab, sich unwohl zu fühlen, würde früher oder später ein Arzt sie aufsuchen und natürlich feststellen, dass sie sich bester Gesundheit erfreute. Wie konnte Belinda derart egoistisch sein und nur an ihr Vergnügen denken? Offenbar war es ihr völlig gleichgültig, wie Ellen mit der Situation zurechtkam. Der Luxus, der Ellen umgab, war zwar nicht zu verachten, dennoch wünschte Ellen, endlich wieder sie selbst sein zu können. Wenn Lady Claire anwesend gewesen wäre, hätte sie Belindas Tante – die wahrscheinlich ja auch ihre Tante war – alles gestanden, so jedoch waren Ellen die Hände gebunden. Dem Personal gegenüber würde sie den Schein wahren, ansonsten blieb ihr nichts anderes übrig, als weiterhin alle Einladungen auszuschlagen und auf Belindas Rückkehr zu warten.

Am fünften Tag nach Belindas Verschwinden änderte sich schlagartig das Wetter. Nachdem der Vormittag noch sonnig und angenehm mild gewesen war, zogen binnen einer Stunde am Himmel schwarze, bedrohlich wirkende Wolken auf, wenig später entlud sich ein heftiges Gewitter mit starkem Regen, dabei fegte ein Sturm über die Stadt, so dass sich niemand auf die Straße traute. Etliche Dächer der einfach gebauten Häuser wurden fortgerissen, und Fensterscheiben barsten. Der Wellengang des Meeres war so heftig, dass die Hafenpromenade überschwemmt wurde und die Anwohner ihre Häuser gerade noch im letzten Moment verlassen konnten, bevor das Wasser eindrang und die Wohnräume bis hinauf in den ersten Stock überschwemmte.

Im Haus von Claire Selworthy rüttelte der Sturm zwar auch an den Läden und pfiff bedrohlich um die Mauern, das Gebäude war jedoch aus festen Steinen erbaut und durch die Hügellage vom Wasser nicht bedroht. Der Regen verwandelte den Garten in eine Schlammwüste, auch einige Bäume fielen dem Sturm zum Opfer und knickten um, als wären sie Zahnstocher.

McKinnley, der viele Jahre hier lebte, meinte, dass im Herbst solche Stürme keine Seltenheit wären.

»Die Engländer denken immer, in Südfrankreich herrsche das ganze Jahr über strahlender Sonnenschein«, erklärte er Ellen. »Nun, mit den Herbststürmen meiner Heimat Schottland ist das natürlich nicht zu vergleichen, dennoch darf man die Gewalt der Natur nicht unterschätzen. Hoffentlich haben alle Fischer es rechtzeitig in den schützenden Hafen geschafft.«

Ellen hingegen machte sich mehr Sorgen um Belinda als um die Fischer. Sie hoffte, das Unwetter hatte nur in Küstennähe derart heftig gewütet, und Belinda und ihr Liebhaber waren auf dem Land, wohin ihre Reise sie führen sollte, in Sicherheit.

Nachdem weitere drei Tage ohne eine Nachricht von Belinda vergangen waren, wurde Ellen von einer stündlich wachsenden Unruhe erfasst. Belinda war zwar alles andere als zuver-

lässig – diese lange Abwesenheit konnte Ellen sich aber nicht mehr erklären. Sie versuchte, die Angst, die von ihr Besitz ergriff, zu unterdrücken, und überlegte, was sie tun konnte, außerdem war sie gezwungen, Belindas Rolle in der Öffentlichkeit zu spielen. Lady Ash war nämlich mit dem Vorschlag, Spenden zugunsten der Flutopfer zu sammeln, an sie herangetreten. Wollte Ellen Belindas Ruf nicht nachhaltig schädigen, musste sie die Dame empfangen. Lady Ash erschien in Begleitung von Lady St. Giles, der Ellen zuvor bereits begegnet war, und keine der Damen schöpfte Verdacht, es könnte sich bei ihrer Gesprächspartnerin nicht um Belinda Swinbrook handeln. Wegen der Abwesenheit Tante Claires musste Ellen die Damen selbst empfangen, den Tee einschenken und Konversation betreiben. Dabei saß sie wie auf Nadeln, befürchtete jederzeit, ein unpassendes Wort und einen Ausdruck zu verwenden oder sich anderweitig zu verraten. Zu Ellens eigener Überraschung schien sie ihre Sache gut zu machen, denn die Damen plauderten offen und ungezwungen mit ihr. Man einigte sich darauf, am kommenden Sonntag eine musikalische Soiree zu veranstalten, deren Erlös den Fischern, deren Katen beim Sturm beschädigt und zum Teil unbewohnbar geworden waren, zugutekommen sollte.
Nachdem Lady Ash und Lady St. Giles das Haus verlassen hatten, lehnte Ellen sich schwer atmend gegen die Tür. Sie hatte Schweißperlen auf der Stirn, die aber nichts mit der Temperatur zu tun hatten. Das Unwetter hatte den Herbst nach Südfrankreich gebracht, nur noch selten zeigte sich die Sonne, und die grauen Wolken erinnerten an England und ließen den Charme der Gegend verblassen. Kurzentschlossen holte Ellen einen von Belindas Mänteln und verließ das Haus. Der Weg zum Hafen hinunter war weit und steil, und obwohl es regnete und ein kühler Wind blies, wollte sie den Kutscher

nicht bemühen. Dieser würde es zwar nicht wagen zu fragen, was sie im Hafenviertel zu tun hätte, er würde sich aber sehr wohl Gedanken machen. Durch ihre vorherigen Erkundigungen der Stadt kannte Ellen sich ein wenig aus und fand schnell das Viertel, in dem die Künstler lebten.

»Er ist Maler und Bildhauer«, hatte Belinda von ihrem Geliebten geschwärmt, und Ellen versuchte krampfhaft, sich an den Namen zu erinnern.

»Jean-Luc«, murmelte sie schließlich, nur leider wusste sie keinen Nachnamen, da Belinda diesen nie erwähnt hatte.

Sie klopfte an die erste Tür und fragte eine vor ihrer Zeit verblühte Frau nach einem Künstler mit Namen Jean-Luc. Die Frau schüttelte den Kopf.

»Jean-Luc heißen hier viele.« Ihre Lippen entblößten ein lückenhaftes Gebiss. »Was macht er?«

»Er malt und fertigt Statuen«, erwiderte Ellen. »Ich muss ihn finden, bitte.«

Die Frau streckte Ellen ihre Hand entgegen. Die Geste war offensichtlich, und Ellen war froh, ein paar Münzen in ihre Manteltasche gesteckt zu haben. Sie legte eine hinein, und die schwieligen, schmutzigen Finger schlossen sich blitzschnell um das Geldstück.

»Tut mir leid, ich kann hier nicht jeden kennen. Hab den Namen noch nie gehört.«

»Aber …« Bevor Ellen reagieren konnte, hatte sich die Tür hinter der Frau geschlossen.

Verärgert wandte Ellen sich ab. Beim nächsten Mal würde sie erst jemandem Geld geben, wenn dieser sie zu Jean-Luc geführt oder ihr zumindest gesagt hatte, wo der Künstler wohnte, sofern er überhaupt in dieser Gegend eine Unterkunft hatte. Hyères war groß, es war nicht gesagt, dass alle Künstler im Hafenviertel lebten.

Nach einer Stunde und drei weiteren Personen, die Ellen befragte, war ihr das Glück hold. Sie sprach eine alte Frau an, die auf sie den Eindruck eines harmlosen Mütterchens machte, und fragte nach dem Maler Jean-Luc.
Die Alte sah Ellen aus blicklosen, fast blinden Augen an.
»Jean-Luc Marais, den kenne ich. Ist mein Nachbar. Kann seine Bilder aber nicht sehen. Meine Augen ... sind nicht mehr das, was sie mal waren. Was willste denn von dem?«
»Es geht um eine gemeinsame Bekannte«, sagte Ellen. »Bitte, können Sie mir sagen, wo ich ihn finden kann?«
Vage deutete die Alte auf ein schmales Haus, von dessen Fassade der Putz bröckelte und die Fensterscheiben blind vor Schmutz waren.
»Da wohnt er. Ist aber nicht da. Ist verschwunden, seit über einer Woche schon.«
»Verschwunden?« Ellens Herz schlug schneller. »Was heißt das? Wo ist er hin?«
Die Alte zuckte ihre mageren Schultern.
»Hab was mitbekommen ... Nicht, dass ich lausche, die beiden haben aber laut gesprochen, konnte nicht anders als zuhören ... War eine Frau, wollte mit Jean-Luc segeln gehen.«
»Segeln?« Ellen dachte, die Frau müsse sie für beschränkt halten, da sie ständig deren Worte wiederholte. »Wann war das? Bitte, erinnern Sie sich! Es ist sehr wichtig.«
Zur Bekräftigung ihrer Worte drückte Ellen der Alten eine Münze in die Hand.
»Weiß nicht mehr genau. Ist über eine Woche her, vielleicht auch länger. Auf jeden Fall vor dem Sturm. Hab mich noch gewundert, dass jemand wie Jean-Luc segeln geht, die Frau schien aber ein Boot zu haben. Muss wohl 'ne Reiche sein, aber Jean-Luc hat immer Frauen mit Geld. Seitdem habe ich ihn nicht mehr gesehen.« Sie lachte gackernd. »Guter Witz,

oder? Na, ich meine, ich habe nicht mitbekommen, dass Jean-Luc wieder nach Hause gekommen ist.«
»Danke«, murmelte Ellen resigniert. Wenn es stimmte, was die Alte sagte, dann befürchtete sie das Schlimmste.
Ihr nächster Weg führte Ellen ins Büro des Hafenmeisters. Die Dämmerung setzte langsam ein, und der Mann, der in Größe, Korpulenz und mit seinem grauen Bart, der ihm bis auf die Brust wucherte, dem Bild eines alten Seebären entsprach, verbarg nicht seinen Unwillen, als Ellen die Tür aufdrückte, gerade, als er abschließen wollte.
»Für heute ist Schluss«, brummte er, ohne seine Pfeife aus dem Mund zu nehmen. »Kommen Sie morgen wieder.«
»Einen Augenblick, bitte!« In Ellens Stimme lag ein Flehen, das den Mann etwas milder stimmte. »Ich muss etwas über ein Segelboot wissen, das vor etwa einer Woche ausgelaufen ist.«
Interessiert musterte der Hafenmeister Ellen, kam dann durch ihre elegante Kleidung zu dem Schluss, dass er eine feine Dame wie sie besser nicht vor den Kopf stoßen sollte.
»Kommen Sie rein.« Er ließ Ellen an sich vorbei in den niedrigen, mit Aktenschränken vollgestellten Raum eintreten und bot ihr den einzigen Stuhl an. Ellen zog es jedoch vor, stehen zu bleiben. Sie hatte kein gutes Gefühl … gar kein gutes Gefühl …
»Also, um welches Schiff handelt es sich?«
»Den Namen weiß ich leider nicht.« Ellen sah ihn entschuldigend an. »Es muss aber vor etwa einer Woche bei Ihnen gemietet worden sein.«
Ein erneuter abschätzender Blick.
»Sie sind Engländerin, nicht wahr, obwohl Ihr Französisch fast perfekt ist. Ich erkenne eine Engländerin sofort, wenn ich sie sehe.« Der Bart des Hafenmeisters wackelte, offenbar

lachte er. »Da war eine Dame, sah Ihnen sogar recht ähnlich. Sie hat ein Boot gemietet. Zu einer Fahrt die Küste entlang, sagte sie. Das kommt öfter vor. Ihr Reichen habt ja für so etwas Zeit und auch Geld, und wir verdienen damit ein paar Francs hinzu.« Er ging zu dem mit Papierbergen überladenen Schreibtisch, bei dem Ellen sich fragte, wie man darauf etwas finden konnte, und wühlte in verschiedenen Zetteln. »Wie ist denn der Name der Frau, die Sie suchen?«

»Ellen Townsend«, antwortete Ellen spontan. Sie war sich sicher, Belinda hatte nicht gewagt, ihren eigenen Namen anzugeben.

Der Hafenmeister nickte und zog ein Blatt Papier aus einem der unordentlichen Stapel.

»Richtig, auf diesen Namen wurde vor acht Tagen die *Belle Fleur* für fünf Tage gebucht. Der Mietpreis wurde in bar im Voraus bezahlt.«

Ellens Handflächen wurden feucht vor Aufregung. Sie war auf der richtigen Spur.

»War ein Mann bei Bel… bei Miss Townsend? Ein Franzose?«

Der Seebär schüttelte den Kopf, dann verdüsterte sich sein Blick, und er studierte das Blatt in seinen Händen intensiv.

»Sie war allein, aber wenn Sie mich fragen … ich denke nicht, dass sie das Boot für einen Ausflug, den sie allein machen wollte, mietete.« Er sah Ellen ernst an, Betroffenheit im Blick.

»Ich hoffe, die Frau war keine Bekannte von Ihnen?«

»Doch … ja … aus diesem Grund bin ich auf der Suche nach ihr.« Ellens Hoffnungen schwanden, und sie wusste, was der Hafenmeister sagen würde, bevor er die Worte aussprach.

»Also, von dem Schiff … von der *Belle Fleur* wurden vorgestern Teile des Hecks weiter westlich an den Strand gespült. Ist wohl in den Sturm gekommen.«

Haltsuchend griff Ellen nach der Stuhllehne.
»Und die Passagiere?« Ihre Stimme war nicht mehr als ein Flüstern.
Ein bedauerndes Schulterzucken war die Antwort.
»Wir haben niemanden gefunden. Ich kenne den Captain, war ein feiner Bursche, alter Freund von mir. Seine Frau und die Kinder tun mir leid.« Erst jetzt schien der Hafenmeister zu bemerken, wie sehr Ellen diese Nachricht erschütterte. »Sie sind ja bleich wie der Tod! Wollen Sie ein Glas Wasser?«
»Nein … das ist nicht … nötig.« Ellen konnte kaum einen klaren Gedanken fassen.
»Es tut mir aufrichtig leid um Ihre Bekannte. Glauben Sie mir, ich kenne das Meer, bin über fünfzig Jahre zur See gefahren. Bei dem Sturm … da kommt keiner wieder. Auch nicht als Leiche. Was das Meer erst mal hat, das gibt es so schnell nicht wieder her.«
Die lange Erfahrung als Seefahrer hatte den Mann hart gemacht, und er war kein einfühlsamer Mensch. Der Tod auf dem Wasser gehörte zu seinem Leben wie das tägliche Brot, und er hatte keine Ahnung, wie man mit feinen Damen umging. Er hoffte nur, dass diese hier nicht gleich in Ohnmacht fallen würde. Schließlich hatte er Feierabend, und zu Hause wartete seine Frau mit dem Abendessen auf ihn.
»Hoffe, Ihnen geholfen zu haben«, brummte er und ging zur Tür. Ein unmissverständliches Zeichen, dass er das Gespräch für beendet hielt.
»Danke«, sagte Ellen leise, immer noch nicht in der Lage, ihre Gedanken zu ordnen. Es regnete stärker, der Wind hatte aufgefrischt und blies die harten Tropfen direkt in Ellens Gesicht. Ihre weichen Lederschuhe versanken im Dreck und Unrat der Straße. Ellen kümmerte das jedoch nicht. Als wäre sie nicht sie selbst, ging sie die Straßen entlang, kam nicht auf

die Idee, eine Mietdroschke anzuhalten, und merkte nicht, wie die Nässe ihren Mantel durchdrang und ihr über den Nacken lief.

Es war bereits dunkel, als Ellen das hell erleuchtete Haus von Claire Selworthy erreichte. Sie hatte kaum die Tür geöffnet, da eilte ihr auch schon das Hausmädchen entgegen, dicht gefolgt von McKinnley, der sie besorgt musterte.
»Wir waren in großer Sorge, Mylady«, sagte er mit sonorer Stimme.
»Es geht mir gut«, war alles, was Ellen hervorbrachte. Ihr Gesicht war nicht nur vom Regen nass, aber sie bemühte sich, die Tränen zu unterdrücken.
Der Butler reagierte sofort.
»Manon, mach heißes Wasser für ein Bad. Mylady muss sich sofort umkleiden.«
Lediglich am Rande registrierte Ellen, dass sie nun endlich wusste, wie das Mädchen, das ihr als Zofe zur Hand ging, hieß, doch es war ihr gleichgültig. Alles war plötzlich gleichgültig geworden …

Eine halbe Stunde später lag Ellen im warmen Badewasser, das nach Orangenblüten duftete. Unter anderen Umständen hätte sie das Bad genossen, jetzt jedoch kreisten ihre Gedanken nur um einen einzigen Punkt: Belinda war tot! Tot, tot, tot … Belinda war tot …
Belinda war in den Sturm geraten und ertrunken. War es schnell gegangen, oder hatte sie leiden müssen? Beinahe körperlich konnte Ellen die panische Angst fühlen, die Belinda erfasst haben musste, als das Schiff im hohen Wellengang kenterte oder auf ein Riff aufschlug und zerbrach und sie ins Wasser fiel und die Wellen über ihrem Kopf zusammenschlu-

gen. Und was war mit Jean-Luc? Der Hafenmeister hatte gesagt, dass wohl niemand das Unglück überlebt hatte, zumal Wrackteile des Segelbootes gefunden worden waren. Ellen wusste, sie musste die Hoffnung, dass Belinda dem Tod von der Schippe gesprungen war, begraben. Wenn sie noch lebte, dann wäre sie längst nach Hause gekommen.

Vielleicht liegt sie in irgendeinem Hospital, ist bewusstlos oder kann sich nicht erinnern, wer sie ist? Diese kleine Hoffnung hämmerte in Ellens Hinterkopf. Sie hatte schon von Menschen gelesen, die durch einen Unfall ihr Gedächtnis verloren hatten und es erst Wochen oder gar Monate später wiedererlangten. Manche auch überhaupt nicht. Wenn Teile des Bootes an den Strand gespült wurden – warum nicht auch die Menschen, die an Bord waren? Belinda war zäh und eine Kämpferin. Sie konnte nicht einfach tot sein. Sie *durfte* nicht tot sein. Was sollte sie, Ellen, denn ohne sie machen?

Am nächsten Tag kümmerte es Ellen nicht, was das Personal denken mochte, als sie sich vom Kutscher zu allen Hospitälern der Stadt fahren ließ. Es regnete immer noch, und Ellen wollte nicht riskieren, sich zu erkälten. Zuerst suchte sie das vornehme, großzügig gebaute und eingerichtete Krankenhaus auf, in dem die vermögenden Franzosen, aber auch die englischen Gäste behandelt wurden, danach klapperte sie die vier kleineren Hospitäler ab. Was sie dort zu sehen bekam, jagte ihr einen Schauer nach dem anderen über den Rücken. Die Krankensäle waren klein und dunkel, die Luft abgestanden und muffig, da manche nicht über Fenster verfügten, und über allem lag der Geruch nach Krankheit und Tod. In den Gängen saßen, in Ermangelung von Stühlen, Mütter mit Kindern auf dem Boden, alte Menschen, deren Gesichter schmerzverzerrt waren, aber auch zahlreiche jüngere, denen das Elend ihres Lebens ins Gesicht geschrieben stand. Ellen, die sich bisher bester Gesundheit erfreut hatte, versuchte, sich ihr Entsetzen nicht anmerken zu lassen. Ein weiterer Vorteil als Wohlhabender war, dass man sich solchen Umständen nicht aussetzen musste, wenn man ärztliche Hilfe in Anspruch nahm. Sie hatte nicht geahnt, dass es auch ohne ein aktuelles Kriegsgeschehen so viele Kranke und Verletzte gab, und bemühte sich, die Menschen nicht allzu genau anzusehen. Das Mitleid hätte sie sonst überschwemmt, sie musste jedoch Belinda oder wenigstens diesen Jean-Luc finden.

Erst im letzten Hospital antwortete eine Schwester auf Ellens Frage, ob in den vergangenen Tagen eine unbekannte, junge Frau eingeliefert worden war, mit einem Nicken.

»In der Tat, da haben wir jemanden. Sie ist bewusstlos, hat wohl einen Schlag auf den Kopf bekommen. Bisher hat niemand nach ihr gefragt.«

Ellens Herz klopfte aufgeregt, als sie der Schwester in den Krankensaal folgte. Als sie dann am Bett der Unbekannten stand, hätte sie vor Enttäuschung weinen können. Es war nicht Belinda.

»Wie sieht es mit einem Mann aus?«, fragte Ellen trotzdem. »Sein Name ist Jean-Luc, seinen Nachnamen weiß ich nicht, er ist aber Franzose.«

Die Schwester schüttelte den Kopf.

»Nein, von denen, die hier liegen, heißt keiner so. Und Männer ohne Namen haben wir nicht.«

Ellens letzte Hoffnung schwand. Resigniert verließ sie das Hospital, nachdem die Schwester ihr erklärt hatte, dass die nächsten Krankenhäuser sich in Toulon befanden. Ellen schloss aus, dass Belinda dort war, denn der Sturm war in der Nacht, nachdem sie und ihr Liebhaber in See gestochen waren, ausgebrochen, und der Wind war von Westen gekommen. Somit mussten sie in östlicher Richtung abgetrieben und zerschellt sein, während Toulon westlich von Hyères lag.

An diesem Abend konnte Ellen nichts essen. Manon, bereits daran gewöhnt, dass ihre Herrin seit einigen Tagen außergewöhnlich still und in sich zurückgezogen war, entfernte das Tablett mit den übriggebliebenen Speisen aus Ellens Zimmer. An der Tür zögerte sie, und Ellen merkte, dass ihr etwas auf der Zunge brannte. Ein Hausmädchen würde aber niemals unaufgefordert sprechen, darum fragte Ellen: »Ist noch etwas, Manon?«

Das Mädchen schluckte zweimal und sah Ellen unsicher an.

»Verzeihen Sie meine Anmaßung, Mylady, aber Lady Selworthy konsultiert stets einen englischen Arzt, der in der Stadt praktiziert, wenn sie sich nicht wohl fühlt. Vielleicht sollten Sie ...« Manon verstummte abrupt, sie fürchtete, zu weit gegangen zu sein, Ellen winkte jedoch nur lächelnd ab.

»Ich bin nicht krank, vielleicht nur etwas erschöpft.«

»Aber Mylady ...« Durch Ellens Freundlichkeit mutig geworden, fuhr Manon fort: »Seit Tagen essen Sie kaum etwas, und Sie gehen nicht mehr aus. Auch Mr. McKinnley macht sich Sorgen, und Ihre Tante wird schrecklich wütend werden, wenn sie zurückkommt und Sie nicht wohlauf vorfindet.«

Mit aller Macht riss Ellen sich zusammen und brachte ein Lächeln zustande.

»Das ist sehr freundlich von dir und Mr. McKinnley, Manon. Ich werde es mir überlegen.«

Manon knickste, und nachdem sie das Zimmer verlassen hatte, sank Ellen aufs Bett. Sie barg ihr Gesicht in den Händen und zitterte am ganzen Körper.

»Was soll ich denn jetzt nur tun? Oh, Gott, wie soll es weitergehen?«

In der folgenden Nacht kam Ellen zu dem Entschluss, dass es Zeit war, die Wahrheit zu sagen. Belinda Swinbrook war tot – alles sprach dafür. Die Wahrscheinlichkeit, sie läge bewusstlos oder ohne Erinnerung in einem Hospital außerhalb von Hyères, war nur Wunschdenken. Der Hafenmeister hatte selbst gesagt, dass diesen Sturm niemand überlebt haben konnte. Somit mussten Belindas Tante und natürlich auch ihr Vater von dem schrecklichen Ereignis erfahren. Wahrscheinlich besaß Belinda in England auch noch mehr Verwandte. Wenn sie, Ellen, weiterhin Belindas Rolle spielte, dann war das nicht nur moralisch verwerflich, vielleicht machte sie sich damit sogar strafbar, denn sie zog ja nicht unerhebliche Vorteile aus dieser Position. So schwer es Ellen auch fiel, am nächsten Vormittag machte sie sich auf den Weg zu ihrer ehemaligen Arbeitgeberin. Sie wusste keine andere Lösung. Lady Harriet Northam kannte sie, außerdem lagen in deren Haus noch ihre Papiere, die sie als Ellen Townsend auswiesen. Belinda war ja damals gegangen, ohne irgendetwas, was Ellen gehörte, mitzunehmen. Bisher war es Ellen nicht bewusst gewesen, dass sie ihre Papiere brauchte, wenn sie nach England zurückkehren wollte. Sie schluckte schwer, wenn sie daran dachte, vor Lady Northam zu Kreuze kriechen zu müssen. Die Dame würde Belindas Verhalten bei deren letzter Begegnung niemals verzeihen, zumal sie davon ausging, es wäre Ellen gewesen, die ihr die Meinung gesagt hatte. Sie musste jedoch in den Besitz ihrer Papiere kommen, damit sie sich hier in Frankreich eine neue Anstellung suchen konnte. Dann würde sie so lange sparen, bis sie das Geld für die Reise nach England beisammenhatte.

Ellen fiel sofort auf, dass bei Lady Northams Haus alle Fensterläden geschlossen waren, obwohl die Sonne nicht schien. Auf ihr Klopfen hin öffnete niemand, auch die Hintertür zum

Küchentrakt war verschlossen. Als Ellen wieder auf die Straße trat, sprach eine Dame mit zwei Hunden sie an.
»Wenn Sie Lady Harriet suchen, die ist abgereist.«
»Wissen Sie, wann?« Ellen hatte es befürchtet.
»Gleich, nachdem der schreckliche Sturm sich gelegt hat«, antwortete sie bereitwillig. »Ich wohne nur zwei Häuser weiter, daher habe ich ihre Abreise vom Fenster aus gesehen.«
Nun erinnerte sich Ellen an die Frau. Tatsächlich hatte sie ihr mehrmals den Tee serviert, die Dame hatte Ellen aber nie einen Blick geschenkt und erkannte sie deswegen jetzt nicht als Harriet Northams ehemalige Gesellschafterin. Durch Ellens Kleidung wäre die Dame auch niemals auf die Idee gekommen, jemand anderem als einer Dame der Gesellschaft gegenüberzustehen.
»Wissen Sie etwas über das Hausmädchen?«, fragte Ellen.
»Marie ist ihr Name, den Nachnamen weiß ich leider nicht.« Die Dame lachte.
»Marie ist nicht gerade ein seltener Name, weder in England noch hier in Frankreich. Das englische Personal hat Lady Northam begleitet, was aus den Franzosen geworden ist ...« Sie machte eine Pause und zuckte mit den Schultern. Einer der Hunde, Dobermänner, wie Ellen vermutete, zerrte so heftig an der Leine, dass die Frau taumelte. »Ich muss weiter, Verzeihung, aber Sie sehen ja. Alphonse ist heute etwas ungeduldig.«
Nachdem die Dame um die Ecke verschwunden war, starrte Ellen auf das Haus. Wie kam sie jetzt an ihre Papiere? Für einen Moment war sie versucht, die Hintertür aufzubrechen und in das Haus einzudringen. Gut, Lady Northam konnte ihre Identität nicht mehr bestätigen, vielleicht waren jedoch ihre Sachen noch da.
»Ich brauche meinen Pass«, murmelte Ellen. »Wie soll ich sonst nach England kommen?«

Sie wusste, es wäre ein sinnloses Unterfangen, sich auf die Suche nach Marie zu machen. Sie bedauerte, nicht mehr mit dem Mädchen gesprochen und etwas von ihrer Familie erfahren zu haben. So wusste sie nur, dass Marie mit ihrem Lohn ihre jüngeren Geschwister unterstützte, aber nicht, was ihre Eltern taten, oder gar, wo sie wohnten. Unmöglich konnte sie in der ganzen Stadt an jedes Haus klopfen und nach einer Marie fragen.

»Oh, Belinda, was haben wir nur getan? Welchen Stein haben wir ins Rollen gebracht?« Ellen war der erstaunte Blick eines Passanten, der ihre Worte hörte, gleichgültig. Sie hatte das Gefühl, am Rand eines Abgrunds zu stehen, und es brauchte nur einen Schritt, um hinabzustürzen.

13. Kapitel

Wie eine Raubkatze, die man in einen zu kleinen Käfig gesperrt hatte, lief Ellen in Belindas Zimmer auf und ab. Sie zermarterte sich den Kopf, was sie jetzt tun sollte, dabei überwältigte sie immer wieder die Trauer über Belindas Tod. Mit ganzer Kraft versuchte sie, nicht zu weinen, denn Tränen brachten sie jetzt nicht weiter. Sie hatte Belinda nur eine kurze Zeit gekannt, und obwohl Ellen einiges an ihr missfallen hatte, war eine gewisse Bindung zwischen ihnen entstanden. Wie ein unsichtbares Band, das sie seit ihrer Geburt aneinandergekettet hatte und nie zerrissen worden war. Ellen hatte nie an die These geglaubt, dass Zwillinge für immer miteinander verbunden blieben, gleichgültig, wohin sie das Leben trieb. Auch hatte sie nie zuvor das Gefühl gehabt, etwas oder jemand fehle in ihrem Leben. Seit sie und Belinda sich jedoch begegnet waren, musste Ellen zugeben, dass sie sich einem anderen Menschen nie zuvor derart verbunden gefühlt hatte. Nun weinte sie nicht nur über Belindas Tod, sondern auch über die verlorene Zeit, die sie und Belinda nicht hatten miteinander verbringen können. Einundzwanzig Jahre hatten sie nichts voneinander gewusst, und jetzt, nachdem sie sich gefunden hatten, war das Schicksal so grausam, sie wieder auseinanderzureißen. Es gab so vieles, was Ellen gern erfahren hätte, so viele Fragen, die sie Belinda noch hätte stellen wollen …

Dachte Ellen an ihren Vater, so fühlte sie sich hin- und hergerissen. Alles sprach dafür, dass Henry Townsend nicht ihr leiblicher Vater war, und doch hatte sie nie etwas anderes als grenzenlose Liebe für ihn empfunden. Henry hatte sie gekleidet und genährt, war an ihrem Bett gesessen, wenn sie Alpträume gehabt hatte oder krank gewesen war, und er hatte ihr so vieles beigebracht. In ihrem Herzen würde Henry Townsend immer ihr Vater bleiben.

Ellens Gedanken schweiften nach Cornwall. Wie er wohl war – Dorian Swinbrook, der Earl of Tredethian? Belinda hatte kaum über ihn gesprochen, sie hatte auch keine Beschreibung seines Äußeren abgegeben. Warum auch? Für Belinda war Dorian Swinbrook ihr Vater, ein Mensch, dessen Existenz selbstverständlich war und über den sie nicht nachdachte. Nun jedoch war Belinda tot, und der Earl wusste es nicht, würde es niemals erfahren, wenn nicht sie, Ellen, ihn informierte.

Sie ging zum Schreibtisch, öffnete ein paar Schubladen und wurde in der zweiten von oben fündig. Das Briefpapier bestand aus feinstem, elfenbeinfarbenem Bütten, oben rechts war ein Wappen, das zwei gekreuzte Schwerter über einem silbernen Löwen auf rotem Grund zeigte, darunter Belindas Namen. Das also ist das Familienwappen, dachte Ellen, und ein Kloß bildete sich in ihrem Hals. Die Schwerter wiesen darauf hin, dass Vertreter des Geschlechts der Tredethians an den Kreuzzügen teilgenommen hatten, und der Löwe war ein Symbol für außergewöhnlichen Mut.

»Ist das auch meine Familie?«, murmelte Ellen, füllte den Federhalter mit schwarzer Tinte und begann zu schreiben.

»Sehr geehrter …« Sie hielt inne. Wie sprach man einen Earl korrekt an? Vielleicht sollte sie schreiben: *»Werter Earl of Tredethian …«*, oder besser noch *»Mylord Tredethian …«*?

Ellen machte einen neuen Versuch, und ihre Hand schrieb beinahe von selbst *»Lieber Vater«*. Erschrocken legte sie den Füllfederhalter zur Seite. Schnell zerknüllte sie das Blatt und warf es ins Kaminfeuer. Nachdenklich stützte sie das Kinn

auf die Hände und starrte auf das Wappen. Wie teilte man einem Vater mit, dass seine Tochter ertrunken war? Natürlich durfte sie Jean-Luc nicht erwähnen, denn sie wollte Belinda nicht nachträglich in Misskredit bringen. Der Schmerz über den Verlust seiner Tochter würde bei dem Earl auch ohne pikante Details groß genug sein. Und wie schrieb man, dass sie, die Verfasserin, glaubte, ebenfalls seine Tochter zu sein? Für einen Moment dachte Ellen an Caswyn Osbourne, Belindas Verlobten. Seine Hoffnung, in den englischen Hochadel einzuheiraten, war mit Belindas Tod zunichtegemacht. Dieser Mann war Ellen jedoch von Herzen gleichgültig. Für einen Menschen, der aus reiner Berechnung eine Ehe einging, empfand Ellen nur tiefste Verachtung.
Nach einer Stunde und fünf weiteren Entwürfen gab Ellen auf. Egal, wie sie es anging – sie konnte die richtigen Worte nicht finden. Mehr, um sich abzulenken, als aus Interesse öffnete sie die weiteren Schubladen des zierlichen Mahagonischreibtischs. Es widerstrebte ihr, in Belindas Sachen zu wühlen, es kam ihr vor, als würde sie die Würde ihrer toten Schwester entweihen. Plötzlich fanden ihre Hände einen schmalen, weißen Umschlag mit dem Aufdruck einer ihr unbekannten Reederei. Langsam öffnete Ellen den Umschlag und fand einen Passagierschein für die *Queen Alexandra,* ein Schiff, das Hyères Ende November in Richtung Southampton in England verlassen würde. Die Fahrkarte war auf Belindas Namen ausgestellt.
Eine heiße Welle schoss durch Ellen und ließ sie schneller atmen. Wie sie den Unterlagen entnehmen konnte, war die Überfahrt bezahlt, offenbar hatte Belinda bereits bei der Hinreise nach Frankreich auch die Rückfahrt gebucht und die Kosten beglichen. War das ihre Chance, nach Hause zu kommen? Niemand würde merken, dass nicht Belinda Swinbrook,

sondern Ellen Townsend an Bord ging. Selbst wenn Bekannte Belindas auf dem Schiff sein sollten – bisher hatte auch niemand den Schwindel bemerkt. Neben den Buchungsunterlagen fand Ellen auch Belindas Pass. Sie hielt das Dokument in ihren zitternden Fingern, und ein Plan, der aberwitzig und alles andere als legal war, nahm in ihrem Kopf Gestalt an. Sie selbst hatte keinen Penny, keine Papiere und keine Möglichkeit, Frankreich zu verlassen. Ihre tote Schwester hatte jedoch für alles gesorgt, aber sie konnte diese Reise nicht mehr antreten …

»Das ist verrückt!« Ellen sprang auf und lief, die Hände hinter dem Rücken verschränkt, auf und ab. »Völlig irrsinnig, das geht niemals gut!«

Die Idee hatte sich jedoch in Ellens Kopf festgesetzt und ließ sich nicht mehr vertreiben. Nichts hielt sie in Hyères, im Gegenteil, sie sehnte sich nach der Heimat. Außerdem würde sie hier niemals die Wahrheit über ihre Herkunft herausfinden. Es gab nur einen einzigen Menschen, der ihr Antwort auf die vielen Fragen geben konnte: Dorian Swinbrook, der Earl of Tredethian. Daher war es vordringlich, so bald wie möglich mit ihm zu sprechen. Ellen nahm den Passagierschein erneut zur Hand. Die Abfahrt der *Queen Alexandra* war erst in drei Wochen. Drei lange Wochen, in denen Ellen die Maskerade aufrechterhalten musste, was ihr von Tag zu Tag schwerer fiel. Was, wenn Claire Selworthy in dieser Zeit zurückkehrte? Zwar war es Ellen gelungen, die Tante ein Mal zu täuschen, sie bezweifelte jedoch, dass ihr das gelingen würde, wenn sie unter einem Dach lebten und sich täglich begegneten. Was also blieb ihr anderes übrig, als Belindas Identität noch einmal zu nutzen, um nach England zurückzukehren. Belindas Barvermögen, das sie in einer Geldbörse im Schreibtisch aufbewahrt hatte, war nicht sehr hoch. Ellen wusste nicht, ob Be-

linda ein Konto bei einer Bank in Hyères unterhielt. Außerdem hätte sie sich niemals an fremdem Eigentum vergriffen, das wäre ihr wie Diebstahl vorgekommen, auch wenn Belinda nicht mehr am Leben war.
Ellen griff nach ihrem Mantel, steckte den Passagierschein in die Tasche und verließ das Haus, ohne jemandem zu begegnen.

Ellen fand das Büro der Schifffahrtsgesellschaft auf Anhieb. Es lag direkt an der Hafenpromenade im Obergeschoss eines herrschaftlichen Hauses. Als Ellen die Tür öffnete, sah sie sofort, dass hier nur vermögende Engländer verkehrten, denn der Empfangsraum war elegant und mit englischen Stilmöbeln eingerichtet. Freundlich lächelnd begrüßte ein älterer Herr sie und fragte in akzentfreiem Englisch:
»Was kann ich für Sie tun, Mylady?«
Ellen zückte die Fahrkarte.
»Wenn es geht, möchte ich diese Überfahrt umbuchen.«
»Umbuchen?« Die buschigen Augenbrauen des Herrn hoben sich.
Ellen nickte.
»Ich muss so schnell wie möglich nach England.«
Der Herr studierte die Daten, dann lächelte er bedauernd.
»Es tut mir leid, aber die Queen Alexandra verkehrt nur ein Mal im Monat zwischen Hyères und England. Das letzte Schiff ist vor vier Tagen ausgelaufen.«
Ellen hatte eine solche Antwort befürchtet und sich daher die folgenden Worte bereits überlegt.
»Es kann auch ein anderes Schiff sein. Egal, welches, Hauptsache, ich gelange so schnell wie möglich nach England.«
»So etwas ist nicht üblich ...«
»Es ist ein Notfall«, unterbrach Ellen. »Ein ... Todesfall in der

Familie«, fügte sie schnell hinzu, und das war nicht einmal gelogen.

Der Herr sah sie mitfühlend an.

»Das tut mir leid. Bitte, nehmen Sie Platz, ich werde sehen, was ich machen kann.«

Ellen setzte sich in einen weichen, gepolsterten Sessel. Der Mann nahm eine Mappe und blätterte in einem Stapel Papiere. Nervös knetete Ellen ihre Finger. Es musste doch früher ein Schiff gehen! Hyères war schließlich eine große Hafenstadt, und England und Frankreich unterhielten rege Handelsbeziehungen. Ausnahmsweise herrschte zwischen den beiden Ländern seit Jahrzehnten Frieden, was in der Geschichte bisher nur selten der Fall gewesen war.

»Ich hätte da etwas.« Der Herr sah hoch. »Die Marseille ist ein französischer Handelsdampfer, der ein gewisses Kontingent an Passagieren aufnehmen kann. Allerdings entspricht der Komfort in keiner Weise dem auf der Queen Alexandra. Sie müssten unter wesentlich schlechteren Bedingungen reisen.«

»Gut, ich nehme es.« Ellen sprang auf. »Die Passage kann umgebucht werden, nicht wahr?«

Mit einer bedauernden Geste hob der Mann die Hände.

»Das ist möglich, ja, Mylady, allerdings kann ich Ihnen nicht den zu viel entrichteten Preis für Ihre ursprünglich gebuchte Passage zurückerstatten. Es gibt da gewisse Vorschriften der Reederei, Sie werden verstehen …«

»Das ist mir egal.« Ellen riss sich zusammen, sie wollte sich ihre Freude nicht allzu deutlich anmerken lassen und fuhr daher kühl fort, wie es Belinda in ihrer Situation auch getan hätte: »Machen Sie mir bitte die Papiere fertig.«

»Gern.« Er sah auf die Fahrkarte. »Wenn Sie einen Moment warten möchten, Lady Swinbrook, dann können Sie die Unterlagen gleich mitnehmen.«

Eine Stunde später trat Ellen beschwingt auf die Straße, in ihrer Tasche den Passagierschein für den französischen Handelsfrachter *Marseille*, der in zwei Tagen im Morgengrauen auslaufen würde.

Ihre Entscheidung war gefallen, auch wenn sie wusste, dass sie unrecht tat. Im Moment gab es keine andere Möglichkeit. Sie musste auf dem schnellsten Weg nach England zurück, den Earl of Tredethian aufsuchen und ihm persönlich vom Tod seiner anderen Tochter berichten. Ellen hatte keinen Plan, was sie tun würde, wenn sie ihre schwere Aufgabe erledigt hatte. Sollte sie nach Sussex zurückkehren? Auf jeden Fall musste sie eine Anstellung finden. Das war jedoch zweitrangig. Als Erstes musste sie den Familienstammsitz finden und mit Belindas Vater sprechen, alles Weitere würde sich finden.

»Du bist auch eine Tredethian«, hämmerte es in Ellens Kopf. Belindas Vater würde die große Ähnlichkeit auffallen, und er würde sich Ellens Fragen stellen. Obwohl Ellen Angst vor den Antworten hatte, musste sie ihre Abstammung klären. Sie wollte wissen, ob sie und Belinda tatsächlich Zwillinge waren und warum man sie getrennt hatte. Vielleicht würde der Earl alles leugnen, sie vielleicht sogar als Lügnerin und Hochstaplerin bezeichnen, doch sie trug das Mal der Familie auf ihrer Schulter. Nach Belindas Aussage hatten nur direkte Nachkommen dieses auffällige Muttermal.

Ellen sah sich in dem Zimmer um, in dem sie die letzten zwei Wochen gelebt und in dem sie sich immer als Eindringling gefühlt hatte. Sie hatte nur eine kleine Tasche mit dem Nötigsten gepackt: zwei Kleider zum Wechseln, etwas Unterwäsche, die wichtigsten Toilettenartikel. Und sie nahm nur den Hut mit, den sie während der Reise tragen würde. Alles andere gehörte Belinda, nicht ihr, auch wenn die Schwester nie wieder zurückkehren würde. Allerdings hatte Ellen deren Pass an sich genommen. Niemand würde bemerken, dass nicht Belinda Swinbrook, sondern Ellen Townsend an Bord der *Marseille* ging.

Dinah

Tredethian Manor, Cornwall

April 2012

14. Kapitel

Der Morgen graute, als Dinah das Tagebuch zur Seite legte. Sie hatte die ganze Nacht gelesen. Ihre Augen schmerzten von der ungewohnten Anstrengung, und auf ihrer Schädeldecke schien eine schwere Last zu liegen. Die Kopfschmerzen kamen sicher von der Flasche Rotwein, die Dinah im Laufe der Nacht getrunken hatte. Sie legte das Tagebuch in die Ablage neben dem Fernseher zu den Zeitschriften und dem Informationsmaterial für die Gäste, streckte dann wie eine Katze ihre Gliedmaßen und ging in die Küche. Was sie jetzt brauchte, war ein starker, schwarzer Kaffee und irgendwann etwas zu essen.

Während das Wasser kochte, starrte Dinah durch das Fenster nach draußen. Dichter Nebel, durch den sie keine zehn Meter weit sehen konnte, war aufgezogen, und im noch schwachen Morgenlicht fühlte sich Dinah wie auf einem anderen Planeten. Gestern Abend hatte sie von ihrem Cottage aus noch weit in den großen Park von Tredethian schauen können, heute schien da draußen nichts anderes als eine dicke, graue Wand zu sein. Der heiße Kaffee belebte Dinah, und die Kopfschmerzen ließen nach. Beide Hände um die Tasse gelegt, stützte sie sich mit den Ellbogen auf den Fenstersims und starrte in den Nebel. Nach Amalias verwirrenden Andeutungen hatte Dinah nicht gewusst, was sie in Ellen Townsends Tagebuch erwartete. Das, was sie nun gelesen hatte, verwirrte sie. Es hatte also zwei Frauen gegeben – Ellen und Belinda –, die sich wie ein Ei dem anderen glichen und wohl Zwillingsschwestern gewesen waren. Vage erinnerte sich Dinah an einen amerikanischen Spielfilm mit den Olsen-Twins, in dem eine ähnliche

Geschichte erzählt wurde: Zwei Zwillingsmädchen wurden nach ihrer Geburt getrennt und wuchsen in völlig unterschiedlichen Welten auf. Zufällig lernten sie sich in einem Ferienlager kennen und beschlossen, ihre Rollen zu tauschen. War der Film nicht nach der Vorlage eines alten Buches von einem europäischen Schriftstellers gedreht worden?
Dinah griff zu ihrem Handy und loggte sich im Internet ein. Die Kosten dafür würden zwar enorm sein, darauf konnte sie jetzt aber keine Rücksicht nehmen. Nach einiger Zeit wurde sie fündig: Erich Kästner hieß der Schriftsteller, er war Deutscher gewesen, und sein Buch *Das doppelte Lottchen* schilderte in etwa das, was Ellen und Belinda erlebt hatten. Warum hatte man die beiden Mädchen getrennt? Offenbar war der Earl of Tredethian der Vater der Kinder gewesen, und deshalb hätte auch Ellen ein angenehmes Leben in Cornwall verbringen können. Aus welchem Grund hatte man ein Baby einem fremden Schullehrer gegeben? Seufzend strich sich Dinah eine Haarsträhne aus der Stirn und massierte sich die Schläfen. Die Sache wurde immer verwirrender. Bisher erklärte das Tagebuch auch nicht, warum Ellen einen Menschen getötet hatte und dafür zum Tode verurteilt worden war. Und noch weniger, wie sie der Hinrichtung entkommen und in den Staaten ein neues Leben hatte beginnen können.
Für einen Moment dachte Dinah, dass vielleicht Belinda ihrem Ururgroßvater nach Amerika gefolgt war, doch auch das war nicht möglich. Belinda war beim Segeln ums Leben gekommen. Wenn das nicht der Fall gewesen sein sollte, dann wäre Belinda doch früher oder später nach Tredethian zurückgekehrt, denn schließlich war das Haus ihr Erbe, auch wenn sie Caswyn Osbourne unter keinen Umständen hatte heiraten wollen. Eines war Dinah klar: Bei ihrem Vorfahren,

der das Haus in San Francisco erbaut hatte, handelte es sich eindeutig um Caswyn Osbourne.
War Ellen wirklich in Belindas Namen nach Cornwall gefahren? Alles sprach dafür, doch was war dann geschehen? Wie hatte der Earl reagiert, als er plötzlich dem Ebenbild seiner Tochter gegenüberstand und erfahren musste, dass Belinda tot war? Wurde Ellens Abstammung geklärt? Wurde sie vielleicht sogar vom Earl als legitim anerkannt und heiratete anstelle von Belinda Caswyn Osbourne? Vielleicht hatte sich der Earl gedacht, wenn eine Tochter nicht mehr am Leben ist, dann kann deren Platz doch die andere einnehmen. In gewisser Weise konnte Dinah Ellen verstehen. Was hätte die junge Frau ohne Geld allein in Südfrankreich machen sollen, nachdem Belinda gestorben und ihre ehemalige Arbeitgeberin abgereist war?
Fragen über Fragen – in Dinahs Kopf brummte es wie in einem Bienenstock. Sie sehnte sich nach frischer Luft und trat vor das Cottage. Fröstelnd zog sie die Jacke um sich und atmete tief durch. In der Luft lag ein Hauch von Salz und Tang, und Dinah roch das Meer, obwohl es von hier aus, auch bei gutem Wetter, nicht zu sehen war. Nach wenigen Minuten fühlte sie sich besser. Doch ihr Magen knurrte vernehmlich. Sie musste unbedingt nach Porthleven oder Helston und dort etwas essen. Bestimmt gab es Coffeeshops, die Frühstück anboten, außerdem musste sie für die nächsten Tage einkaufen. Am besten mietete sie sich in Helston einen Wagen, außerdem musste sie sich bei einer Bank Bargeld beschaffen.
»Was machen Sie denn schon wieder hier?«, hörte sie plötzlich eine Stimme hinter sich.
Mit einem Schrei fuhr Dinah herum, das Herz klopfte ihr im Hals. Aus dem Nebel löste sich der Schatten eines großen Mannes, den sie nicht hatte kommen hören.

»Meine Güte, müssen Sie sich so anschleichen? Sie haben mich zu Tode erschreckt!«
»Na, dafür sehen Sie aber noch reichlich munter aus«, gab er schlagfertig zurück.
Dinah erkannte den Mann, es war dieser Thomas, der sie tags zuvor aus dem Herrenhaus gescheucht hatte. Auch heute musterte er sie von oben bis unten, und Dinah war es unangenehm, wie seine Augen über ihren Körper glitten. Sie wäre keine Frau gewesen, hätte sie nicht in diesem Moment daran gedacht, wie sie wohl aussah: übermüdet, ungewaschen, die Haare zerzaust. Und sie trug immer noch ihre Klamotten vom Vortag.
»Habe ich Ihnen nicht erst gestern gesagt, Sie sollen von hier verschwinden?«, herrschte Thomas sie an und trat so dicht vor Dinah, dass sie seinen warmen Atem auf ihren Wangen spüren konnte.
»Entschuldigen Sie mal, was erlauben Sie sich?«, entgegnete Dinah empört. »Ich wohne hier.«
»Hier?« Er deutete auf das Cottage. »Ach, dann haben Sie das Haus gemietet?«
»Ganz richtig.« Dinahs Kopfschmerzen kehrten zurück, sie wollte sich vor dem ungehobelten Kerl aber nichts anmerken lassen. »Vom National Trust für vorerst zwei Wochen gemietet und ordnungsgemäß bezahlt. Sie können sich ja gern im Büro im Herrenhaus erkundigen, wenn Sie mir nicht glauben.«
Er zuckte lapidar mit den Schultern.
»Dann muss ich mich wohl entschuldigen, aber in der heutigen Zeit kann man nicht vorsichtig genug sein. Immerhin sind Sie gestern in Bereichen des Hauses herumgeschlichen, in denen Sie nichts zu suchen hatten.«
»Erstens bin ich nicht herumgeschlichen, und zweitens sagte

ich bereits, es täte mir leid, mich verlaufen zu haben«, erwiderte Dinah patzig. »Wenn Sie mich jetzt entschuldigen, ich habe zu tun.«
Er machte keine Anstalten zu gehen, stattdessen spähte er an Dinah vorbei ins Innere des Cottage.
»Sie haben nicht zufällig einen warmen Tee oder Kaffee da?«, fragte er, als wären sie seit Jahren die besten Freunde. »Ist doch recht frisch heute Morgen. Wenn der Nebel sich lichtet, werden wir einen sonnigen Tag bekommen.«
Dinah schnappte nach Luft. Was erlaubte der Typ sich eigentlich? Auf keinen Fall würde sie ihn ins Haus lassen, denn sie erinnerte sich an Amalias Worte, dass sie Thomas nichts von den Tagebüchern erzählen und ihm aus dem Weg gehen sollte.
»Sorry, ich habe mir gerade die letzte Tasse aufgebrüht«, sagte sie daher. »Darum muss ich jetzt in den nächsten Ort, um ein paar Sachen einzukaufen.«
Er musterte sie erneut, und zum ersten Mal fiel Dinah auf, dass er graue Augen und dichte schwarze Wimpern hatte.
»Ich nehme an, Sie haben noch nicht gefrühstückt.« Es war mehr eine Feststellung als eine Frage. Unwillkürlich schüttelte Dinah den Kopf, und plötzlich lächelte er, als er fortfuhr: »Wie wäre es mit einer Portion Eier, Speck und Bohnen? Dazu einen guten starken Tee?«
Dinah lief das Wasser im Mund zusammen. »Wollen Sie mich etwa zum Frühstück einladen?«, fragte sie spöttisch.
»Mein Cottage liegt nur fünfhundert Yards entfernt, und ich habe für mein eigenes Frühstück schon alles vorbereitet. Wollte mir aber erst noch ein wenig die Füße vertreten.«
»Ich soll mit zu Ihnen kommen?« Dinah wusste nicht, ob sie entrüstet oder belustigt sein sollte. Sie entschied sich für Letzteres. »Warum sollte ich Ihre Einladung annehmen? Sie be-

handeln mich wie einen Eindringling, lassen keinen Zweifel daran, dass ich unerwünscht bin, und jetzt …«
»Ich heiße übrigens Thomas«, unterbrach er sie und streckte ihr die Hand hin.
»Na, wenigstens stellen Sie sich endlich vor«, entgegnete Dinah, übersah aber seine Hand und ließ sich nicht anmerken, dass sie seinen Namen bereits kannte. »Wurde auch Zeit, oder? Thomas und wie weiter?«
Er ging auf ihre Worte nicht ein und fragte: »Und mit wem habe ich das Vergnügen?«
»Dinah«, sagte sie kurz und sah keinen Grund, mehr als ihren Vornamen zu nennen.
»Also, nachdem wir uns jetzt kennengelernt haben – kommen Sie mit? Ich habe nämlich Hunger.«
In Dinah stritten sich die unterschiedlichsten Gefühle. Einerseits war das Angebot äußerst verlockend. Bis sie die lange Auffahrt und die Straße zur Bushaltestelle gegangen und dann mit dem Bus nach Helston gefahren war, würde mindestens eine Stunde vergehen, wenn der Bus überhaupt regelmäßig fuhr. Andererseits war dieser Thomas ihr nicht ganz geheuer, und Amalias Warnung klang ihr in den Ohren. Dinah war jedoch noch nie eine Frau gewesen, die Herausforderungen aus dem Weg ging, und schließlich siegte ihr Hunger.
»Also gut, geben Sie mir zehn Minuten, damit ich mich waschen und umziehen kann.«
Thomas grinste und wirkte dabei zum ersten Mal ein klein wenig sympathisch.
»Beeilen Sie sich, ich warte im Wohnzimmer.«
Wie selbstverständlich trat er an Dinah vorbei ins Cottage und ließ sich auf das Sofa fallen. Dinah, den Mund bereits zu einer Bemerkung geöffnet, klappte ihn wieder zu, seufzte nur und eilte die enge Stiege ins Bad hinauf. Nur gut, dass sie El-

lens Tagebuch vorhin weggelegt hatte, so dass Thomas es hoffentlich nicht entdecken würde. Er war ein seltsamer Mann, aber die Aussicht auf ein herzhaftes, warmes Frühstück ließ Dinah alle Bedenken vergessen.

Zwanzig Minuten später saß Dinah in einer gemütlichen Küche, die aussah wie in einem Magazin für englischen Landhausstil. Die Balkendecke war niedrig und wie die Wände mit Rauhputz versehen, die einseitige Küchenzeile bestand aus rustikalen Möbeln, und beherrscht wurde der Raum von einer gemütlichen Eckbank mit bunt bezogenen Kissen. Auch ein wärmendes Feuer in einem offenen Kamin fehlte nicht. Sie bot Thomas an zu helfen, doch er schenkte ihr einen heißen, starken Tee ein und meinte, sie solle sich setzen. Binnen weniger Minuten hatte er ein typisch englisches Frühstück zubereitet, und Dinah ließ es sich schmecken. Von den gebackenen Bohnen in Tomatensoße bat sie sogar um einen Nachschlag. Selten hatte ihr ein Frühstück so gut geschmeckt.

»Was machen Sie eigentlich auf Tredethian?«, fragte sie, nachdem sie zum Schluss eine Portion Joghurt mit Grapefruitstücken gegessen hatte. »Arbeiten Sie im Herrenhaus?«

Er lächelte, dabei zeigten sich feine Fältchen um seine Augen. Unwillkürlich fragte sich Dinah, wie alt Thomas wohl war, denn es war schwer, sein Alter zu schätzen.

»Man könnte mich als Mädchen für alles bezeichnen«, beantwortete er bereitwillig Dinahs Frage. »Ein wenig Gartenarbeit, leichte Reparaturen im Haus und was sonst noch anfällt.«

»Aha.« Dinah erinnerte sich an die Auskunft der Mitarbeiterin des National Trusts, die meinte, außer der alten Dame würde niemand hier wohnen. Sie konnte sich nicht verkneifen zu fragen: »Und nebenbei kümmern Sie sich noch um die

Frau im Dachgeschoss, nicht wahr? Sind Sie ein Verwandter von ihr?«

Plötzlich, als hätte jemand einen Schalter umgelegt, veränderte sich Thomas' Gesichtsausdruck. Das Lächeln verschwand, ein harter Zug bildete sich um seinen Mund, und er presste die Lippen zusammen, bevor er unfreundlich zischte: »Es ist jetzt wohl besser, wenn Sie gehen. Sie finden den Weg allein zurück, nicht wahr?«

Er stand auf, öffnete die Tür, die direkt nach draußen führte, und machte eine eindeutige Handbewegung. Deutlicher konnte ein Hinauswurf nicht sein, und Dinah hatte keine andere Wahl, als das Cottage zu verlassen. Sie blieb aber vor Thomas stehen, sah ihm fest in die Augen und sagte:

»Sie scheinen ein Mensch mit zwei Gesichtern zu sein, aber glauben Sie mir: Ich lege keinen Wert darauf, das eine oder auch das andere jemals wiederzusehen. Ich habe das Cottage für zwei Wochen gemietet, um hier Urlaub zu machen, und am besten gehen Sie mir künftig aus dem Weg. Da Sie ja jetzt wissen, wo ich wohne, wird das wohl nicht so schwierig sein. Auf jeden Fall habe ich es nicht nötig, zum Spielball Ihrer Launen zu werden, und hoffe, Ihr Verhalten spiegelt nicht das aller Engländer wider.«

Thomas zuckte zusammen, und Dinah erkannte befriedigt, dass er offenbar nicht gewohnt war, derart Kontra zu bekommen. Entschlossen straffte sie die Schultern und verließ das Cottage, ohne Thomas noch einen Blick zu gönnen.

Tatsächlich hatte sich der Nebel inzwischen gelichtet, und am Horizont war schon ein Streifen blauer Himmel zu sehen. Zuerst ärgerte sich Dinah über Thomas' Verhalten, aber schließlich war sie ja von Amalia gewarnt worden. Eigentlich war er Dinah heute Morgen zuerst recht freundlich und umgänglich erschienen, erst als sie die Sprache auf Amalia brachte, hatte sich seine Stimmung geändert. Die Vermutung, Thomas wusste über Ellens und Belindas Geschichte Bescheid, lag nahe. Er konnte jedoch nicht ahnen, dass Dinah dabei war, das Geheimnis der Schwestern zu ergründen, denn Amalia hatte ihm bestimmt nichts von ihrem Besuch erzählt. Gut, Thomas mochte recht attraktiv sein, aber sein Verhalten war nicht in Ordnung. Überhaupt – mit dem freundlichen Reverend konnte er in keiner Weise mithalten. Horatio Giles! Natürlich, sie musste Horatio von Ellens Tagebuch erzählen! Er hatte ja gesagt, dass er an der Geschichte ihrer Ururgroßmutter interessiert war, und Amalia hatte Dinah nicht verboten, mit jemandem darüber zu sprechen. Außerdem war Horatio Geistlicher. Alles, was Dinah ihm anvertraute, würde unter die Schweigepflicht fallen.

Obwohl sie die ganze Nacht nicht geschlafen hatte, fühlte sich Dinah munter und ausgeruht. Sie war zu aufgedreht, um müde zu sein. Nachdem sie vorhin nur kurz das Gesicht gewaschen hatte, gönnte sie sich jetzt eine lange, heiße Dusche, wusch sich die Haare und cremte sich mit einer duftenden Körperlotion, die zur Ausstattung des Cottage gehörte, ein. Dann zog sie eine der Designerjeans an, die sie mitgebracht hatte, und schlüpfte in ein bunt bedrucktes T-Shirt, das sich über ihren gut entwickelten Brüsten spannte, aber nicht unschicklich oder gar billig wirkte. Noch etwas getönte Tagescreme, Wimperntusche, einen Hauch Lippenstift und Parfüm hinter die Ohren …

»Was soll das, Dinah?« Sie lachte ihr Spiegelbild aus, als sie merkte, dass sie so viel Wert auf ihr Äußeres legte, weil sie vorhatte, Horatio Giles zu besuchen. Am Morgen, als sie mit Thomas zusammen gefrühstückt hatte, war ihr ziemlich gleichgültig gewesen, wie sie aussah.

Dinah brauchte mit dem Bus geschlagene zwei Stunden nach Penzance, und ihr Entschluss, sich einen Wagen zu mieten, stand fest. In der Stadt gab es vermutlich zahlreiche Autovermietungen, und nachdem sie mit Horatio gesprochen hatte, würde sie sich darum kümmern. Es war einfach zu umständlich, immer den Bus zu nehmen, zumal dieser auch nur unregelmäßig und in den Abendstunden überhaupt nicht fuhr. Von der Bushaltestelle in Penzance zum Pfarrhaus war es nicht weit, und Dinahs Blick fiel auf den imposanten St. Michael's Mount. Für den heutigen Tag hatte sie eigentlich einen Besuch auf der Felseninsel geplant, jetzt jedoch beschäftigten sie weit wichtigere Pläne.

Die Haushälterin Mary öffnete und musterte Dinah skeptisch.

»Sie wollen zum Reverend? So früh? Ich weiß nicht, ob Mr. Giles schon zu sprechen ist.«

Dinah wollte gerade entgegnen, dass elf Uhr nicht unbedingt früh war, als sie Horatios Stimme hörte.

»Wer ist es denn, Mary?«

»Diese junge Frau …«

Weiter kam sie nicht, denn Horatio tauchte hinter seiner Haushälterin auf. Er trug keine Soutane, sondern schwarze Jeans und einen zartgrünen Pullover, und Dinahs Puls beschleunigte sich, denn ohne das Habit eines Priesters sah er wie ein normaler junger Mann aus, ein äußerst attraktiver junger Mann …

»Dinah! Ich freue mich, dich zu sehen.« Mit ausgestreckten Händen kam Horatio auf sie zu, und Dinah erwiderte seinen festen Händedruck. »Komm herein. Hast du schon gefrühstückt?«

»Danke, ich habe keinen Hunger, zu einer Tasse Kaffee sage ich aber nicht nein.«

Dinah grinste, während sie Horatio in sein Arbeitszimmer folgte. Heute war sie bereits von zwei attraktiven Männern zum Frühstück eingeladen worden. Es begann, ihr in Cornwall immer besser zu gefallen, auch wenn der eine Mann offenbar recht seltsam war. Aus dem Augenwinkel sah sie, wie Mary unwillig die Mundwinkel nach unten zog, als Horatio sie bat, Tee und eine Tasse Kaffee in sein Zimmer zu bringen.
»Ich habe mir im Park von Tredethian Manor ein Cottage gemietet«, platzte Dinah heraus, sobald sie mit Horatio allein war.
»Auf Tredethian?«, wiederholte Horatio erstaunt. »Hast du dort etwas über deine Vorfahrin gefunden?«
»Und ob!« Dinahs Augen glänzten. Sie zog das mitgebrachte Tagebuch aus ihrer Tasche und schob es Horatio hin. »Ein Teil des Geheimnisses ist gelüftet, es gibt aber noch viele offene Fragen.«
Entspannt lehnte Horatio sich zurück und faltete die Hände über seinem nicht vorhandenen Bauch. »Erzähle, denn bis ich alles gelesen habe, ist der Tag vorbei.«
Dinah berichtete, wie sie zuerst Belindas Porträt und dann die alte Dame entdeckt hatte. Dann fasste sie den Inhalt des Tagebuches zusammen und sah, wie Horatios Augen vor Erstaunen immer größer wurden.
»Das ist ja unglaublich!«, rief er, als sie geendet hatte. »Zwei Mädchen, die sich gleichen wie ein Ei dem anderen. Die eine stirbt in Frankreich, und die andere kehrt unter deren Identität nach Tredethian zurück. Das ist ja wie im Film!«
»Was weißt du über Belinda Swinbrook?«, fragte Dinah.
»Leider so gut wie nichts. Tredethian Manor ist in Cornwall natürlich ein Begriff, bisher hat mich die Geschichte des Hauses und seiner Bewohner jedoch nicht sonderlich interessiert.«
Dinah überlegte, dabei zog sie die Unterlippe zwischen die

Zähne. Nach einigen Minuten sagte sie: »Was stand im Taufregister von Ellen Townsend? Gab es da nicht auch einen Eintrag über die Eltern?«
Horatio nickte. »Ja, beim Beruf ihres Vaters ist Lehrer angegeben.« Er erhob sich. »Am besten schauen wir gleich noch mal nach, vorgestern haben wir auf solche Informationen nicht so viel Wert gelegt.«
Dass Horatio *wir* gesagt hatte, wärmte Dinah innerlich und machte sie glücklich. Es war schön, mit ihren Gedanken und Überlegungen nicht allein zu sein, und wer weiß – vielleicht würde sich ja doch noch ein kleiner Flirt ergeben? Dinah wäre einer heißen Nacht mit Horatio Giles jedenfalls nicht abgeneigt.

In der Krypta war es dunkel und kalt, doch Dinah war viel zu aufgeregt, um zu frieren. Erneut hielt sie das Kirchenbuch, in dem Ellens Taufe verzeichnet war, in den Händen und las den Eintrag über Ellens Eltern: Henry und Anna Townsend.
»Kann man feststellen, wann die beiden heirateten?«, fragte Dinah, und Horatio verstand den Grund ihrer Frage.
»Natürlich, sofern sie in dieser Kirche getraut worden sind.« Er öffnete einen Schrank auf der anderen Seite der Krypta und zog verschiedene Bücher heraus. Eines gab er Dinah, dann schauten sie unter den Jahren 1878 bis 1881 alle Einträge durch, konnten jedoch keinen Vermerk über eine Eheschließung zwischen Henry Townsend und einer Frau mit dem Namen Anna finden.
»Das hat nichts zu bedeuten«, sagte Horatio. »Wir wissen nicht, wie lange Ellens Eltern bereits verheiratet waren, bevor sie geboren wurde. Oder sie haben gar nicht hier, sondern in irgendeiner anderen Gemeinde den Bund fürs Leben geschlossen. Vielleicht noch nicht mal in Cornwall.«
Dinah seufzte. »Das ist also eine Sackgasse?«

Horatio zuckte bedauernd mit den Schultern.
»Sieht ganz so aus. Es tut mir leid, aber eigentlich ist es nicht wichtig, wann und wo Ellens Eltern getraut wurden. Wenn es zwei Kinder waren ... warum ist dann keine zweite Geburt eingetragen worden?«
»Vielleicht wurde der Pfarrer bestochen?«, mutmaßte Dinah, und Horatio sah sie erstaunt an.
»Bestochen? Von wem und warum?«
»Na, das ist doch klar! Diese Anna bekommt zwei Kinder, aber eines wird, aus welchen Gründen auch immer, nach Tredethian gebracht. Damit das niemand mitbekommt, erhalten die Townsends von jemandem im Herrenhaus Geld, und der Pfarrer trägt nur die Geburt eines Kindes ein. Das würde auch erklären, warum Ellen schreibt, sie wäre in Sussex aufgewachsen. Die Townsends haben nach Ellens Geburt Cornwall verlassen, wahrscheinlich, weil man sie dazu zwang, damit es nicht zu einer weiteren Begegnung kommt.«
Horatio lachte laut auf. Das Echo hallte von den kahlen Wänden der Krypta zurück, und er schlug sich erschrocken die Hand auf den Mund.
»Verzeihung, Herr Jesus Christus«, murmelte er demütig, der Schalk in seinen Augen sprach jedoch eine andere Sprache. »Bei deiner blühenden Fantasie solltest du Schriftstellerin werden«, fuhr Horatio leiser fort.
Dinah zwinkerte ihm zu. »Na, was nicht ist, kann ja noch werden. Auf jeden Fall muss ich mehr über Belinda Swinbrook in Erfahrung bringen. Glaubst du, das ist möglich?«
Horatio nickte. »Ich werde mich mit meinem Kollegen, der für den Pfarrbereich von Tredethian zuständig ist, in Verbindung setzen und ihn um die Bücher bitten. Hast du heute Abend Zeit? Ja, gut, dann komm ins Pfarrhaus, bis dahin werde ich die Unterlagen haben.«

Vor Freude hätte Dinah hüpfen mögen, sie erinnerte sich aber daran, dass sie sich in einer Kirche befand, wo ein solches Verhalten ziemlich unpassend wäre. Sie grinste verstohlen. Zu Hause hatte sie oft Regeln gebrochen, weil sie bewusst provozieren wollte, aber hier begann sie zum ersten Mal nachzudenken, bevor sie handelte. War diese Wandlung allein dem attraktiven Geistlichen zuzuschreiben, oder erkannte sie endlich, dass andauernder Widerstand im Leben zu nichts führte? Auf jeden Fall hatte sie für den Abend ein Date, auf das sie sich freute. Und nicht allein, weil sie hoffte, mehr über Belinda, Ellens Zwillingsschwester, herauszufinden.

Nachdem sie das Pfarrhaus verlassen hatte, wollte Dinah ihr Vorhaben, sich ein Auto zu mieten, sofort in die Tat umsetzen. Horatio hatte ihr eine Autovermietung, nur wenige Schritte vom Pfarrhaus entfernt, empfohlen. Dort angekommen, entschied sich Dinah für einen Kleinwagen und folgte dem Verkäufer ins Büro, um die Formalitäten zu regeln. Ihren Führerschein hatte sie glücklicherweise dabei, und sie hoffte, dass dieser in England auch anerkannt würde.
»Das ist in Ordnung«, sagte der Verkäufer und gab ihr die Fahrlizenz zurück. »Wir brauchen allerdings eine Kreditkarte für die Anzahlung und als Bürgschaft.«
Dinah nickte und reichte dem Mann die Karte, die er in das Lesegerät schob. Kurz darauf runzelte er die Stirn, entnahm die Karte dem Gerät und rieb mit dem Ärmel über den Magnetstreifen.
»Stimmt etwas nicht?«, fragte Dinah, aber der Verkäufer lächelte unverbindlich.
»Die Karte wurde nicht angenommen, das kommt manchmal vor. Wir versuchen es noch mal.«
Doch auch der zweite und der dritte Versuch scheiterten. Mit

einem bedauernden Schulterzucken gab der Mann Dinah die Karte zurück.

»Es tut mir leid, Miss Osbourne, aber es sieht so aus, als wäre die Karte gesperrt.«

Alles Blut wich aus Dinahs Gesicht, und sie knirschte mit den Zähnen. Also hatte ihr Vater Ernst gemacht und die Kreditkarte sperren lassen. Vor unterdrückter Wut ballte sie die Hände zu Fäusten.

»Ich weiß auch nicht … es tut mir leid …«, stammelte sie und fragte sich, ob sie sich jemals zuvor in einer solch peinlichen Situation befunden hatte. »Das kann nur ein Versehen der Bank sein …«

»Dann klären Sie das mit Ihrer Bank.« Das Lächeln des Mannes verschwand und machte einem geschäftsmäßigen Ausdruck Platz. »Sie werden verstehen … unter diesen Umständen können wir den Vertrag leider nicht abschließen.«

Verstohlen blickte er auf seine Uhr, und Dinah verstand. Sie schnappte die Karte, stand auf und verließ mit einem hastig gemurmelten Abschiedsgruß das Büro. Auf der Straße atmete sie erst einmal tief durch, dann zückte sie ihr Handy. So einfach wollte sie sich nicht geschlagen geben, auch wenn ihr Vater Druck auf sie ausübte. Brandon Osbourne schien auf ihren Anruf gewartet zu haben, denn er war nicht im Geringsten überrascht, als er das Gespräch entgegennahm, obwohl es in San Francisco erst früher Morgen war.

»Sieh mal an, die verlorene Tochter«, sagte er statt einer Begrüßung.

»Warum hast du die Kreditkarte sperren lassen?«, fragte Dinah und bemühte sich, ruhig zu bleiben. »Ich brauche doch Geld …«

»Du bekommst alles, was du willst, wenn du nach Hause kommst«, unterbrach Brandon scharf. »Ich bin aber nicht gewillt, deine verrückten Eskapaden länger zu unterstützen.«

»Dad, du kannst mich nicht so hängenlassen!«, brüllte Dinah ins Telefon, obwohl vorübergehende Passanten sie erstaunt ansahen. »Wie soll ich nach Hause kommen, wenn ich keinen Flug buchen kann?«

Dinah konnte sein selbstherrliches Lachen beinahe sehen, als Brandon erwiderte: »Sag mir, wann und von wo du fliegen willst, und ich regle das für dich. Ansonsten musst du sehen, wie du zurechtkommst, Dinah. Du willst erwachsen sein und deinen eigenen Weg gehen? Nun gut, dann fange am besten heute damit an und such dir in England einen Job, denn von mir kannst du keine finanzielle Unterstützung mehr erwarten.«

»Aber Dad ... Daddy ...« Dinah versuchte es auf die schmeichelnde Tour, denn mit Zorn würde sie bei Brandon erst recht nichts erreichen. »Ich bin hier einer sehr interessanten Sache auf der Spur. Wenn du erfährst, was wirklich mit dieser Ellen Townsend geschehen ist, dann wirst du ...«

»Rennst du immer noch dieser fixen Idee hinterher?«, unterbrach Brandon barsch. »Obwohl ich dich ausdrücklich gebeten hatte, die Sache auf sich beruhen zu lassen. Aber du machst ja immer das Gegenteil von dem, was ich möchte, nicht wahr?«

»Dad, bitte hör mir zu, es ist ganz anders«, versuchte Dinah zu erklären, aber Brandon wollte nichts weiter hören.

»Wie ich bereits sagte: Wenn du bereit bist, nach Hause zu kommen, dann ruf mich wieder an, und ich werde alles arrangieren. Ansonsten wünsche ich dir viel Glück.«

Fassungslos starrte Dinah auf das Display, denn ihr Vater hatte einfach aufgelegt. Sie wusste, ein erneuter Anruf wäre zwecklos, denn Brandon würde das Gespräch nicht mehr annehmen. Wütend stampfte sie mit dem Fuß auf, dann ließ sie sich auf eine niedrige Mauer sinken, denn ihre Beine wollten sie plötzlich nicht mehr tragen. Nie hätte sie ihrem Vater wirklich zugetraut, sie so einfach ohne einen Cent im Ausland im Stich zu lassen. Sie überlegte, ob Olivia wohl etwas davon wusste, konnte sich aber nicht überwinden, ihre Mutter anzurufen. Olivia war mit Brandon meistens einer Meinung, und eine zweite Abfuhr konnte Dinah jetzt nicht ertragen. Als sie den Kopf hob, sah sie den mächtigen St. Michael's Mount vor sich. Jetzt hätte sie die Zeit gehabt, das Bauwerk zu besichtigen, es kostete aber sicher Eintritt, und Dinah musste von nun an mit ihrem restlichen Bargeld äußerst sparsam umgehen. Ein Blick in ihren Geldbeutel bestätigte ihre Vermutung – sie hatte noch genau sechsundvierzig Pfund und zweiundsiebzig Pence. Da sie nicht wusste, wie lange sie noch in Cornwall bleiben würde, bis sie das Geheimnis endgültig würde aufklären können, durfte sie keinen Penny verschwenden.

»Also heute kein Kulturprogramm«, murmelte sie und überlegte, wie sie sich die Zeit bis zum Abend vertreiben sollte. Auf keinen Fall wollte sie gleich nach Tredethian zurückkehren, denn das kostete nicht nur Zeit, sondern auch zweimal die Busfahrkarte. Glücklicherweise schien die Sonne, und die Luft war mild, also würde sie sich die Zeit schon irgendwie vertreiben. Ein strammer Spaziergang an der Küste entlang in Richtung Mousehole würde ihr sicher guttun. Dabei könnte sie sich überlegen, wie es weitergehen sollte. Sie stand kurz vor der Aufklärung des Geheimnisses ihrer Ururgroßmutter und würde jetzt nicht vor ihrem Vater zu Kreuze kriechen. Irgendwie würde sie sich schon über Wasser halten. Dinah hoffte auf den Abend. Vielleicht wusste Horatio ja einen Weg, wie sie kurzfristig Geld verdienen könnte. Zu schade, dass er mit Mary bereits eine Haushälterin hatte. Das wäre ein Job gewesen, den Dinah nur zu gern ausgeübt hätte. Dass sie allerdings keinerlei Kenntnisse von Hausarbeit und noch weniger vom Kochen hatte, vergaß Dinah in diesem Moment.

15. Kapitel

Zu Dinahs Erleichterung hatte Mary ein Abendessen vorbereitet, als sie pünktlich um sieben Uhr wieder das Pfarrhaus betrat. An der unbewegten Miene der Haushälterin war nicht abzulesen, was sie von Dinahs erneutem Besuch hielt, allerdings war die ältere Dame nicht gewillt, die beiden jungen Leute allein zu lassen.

»Essen wir erst einmal eine Kleinigkeit«, begrüßte Horatio Dinah und forderte sie auf, sich zu setzen. »Mit vollem Magen spricht es sich leichter. Darf ich dir einen Wein anbieten?«

»Eine Cola wäre mir lieber«, entgegnete Dinah, und Mary stellte sogleich die entsprechende Flasche und ein Glas auf den Tisch. Sie hatte kleine Kalbspasteten gebacken, dazu gab es buntes Gemüse und Kartoffelbrei. Selten hatte Dinah ein Essen so gut geschmeckt. Das war kein Wunder – hatte sie ja seit dem Frühstück nichts mehr gegessen. War es wirklich erst zwölf Stunden her, dass sie in Thomas' Cottage gewesen war und gedacht hatte, der Mann wäre attraktiv und freundlich? Verstohlen musterte sie den leger gekleideten Reverend und hätte Mary am liebsten auf den Mond geschossen, um mit Horatio allein sein zu können.

Sei nicht ungerecht, schalt sie sich in Gedanken. Mary tut nur ihren Job, und das Essen ist wirklich ganz ausgezeichnet.

Nach dem Essen servierte Mary Kaffee, und Horatio holte aus dem Nebenzimmer einen Stapel Papiere. Mary gähnte hinter vorgehaltener Hand, stand auf und sah von Dinah zu Horatio.

»Sie kommen allein zurecht, Reverend? Ich möchte mich gern

zurückziehen. Das Geschirr lassen Sie einfach stehen, ich kümmere mich morgen darum.«

»Gute Nacht, Mary.« Horatio lächelte der Haushälterin zu, und Dinah verbarg ihre Erleichterung. In Marys Anwesenheit fühlte sie sich befangen, wahrscheinlich, weil die Dame ahnte, dass Dinahs Interesse an Horatio sich nicht allein auf die Aufklärung ihrer Familiengeschichte bezog.

»Nun, dann kommen wir mal zum Anlass deines Besuches heute Abend«, sagte Horatio, als sie allein waren. Dinah seufzte verhalten. So dankbar sie Horatio für seine Hilfe war – sie hätte sich gewünscht, er würde sich ganz einfach freuen, dass sie hier war, auch ohne Anlass. Sie riss sich jedoch zusammen und lächelte.

»Konntest du etwas herausfinden?«

Horatio nickte und zeigte auf die Unterlagen.

»Ein paar Telefonate, und am Nachmittag war ich in Helston, wo Belinda Swinbrook getauft wurde. Mein Kollege war äußerst kooperativ, er liebt es nämlich, wenn Menschen sich für ihre Wurzeln interessieren.« Er bemerkte, wie Dinah die Stirn runzelte, und fuhr schnell fort: »Natürlich habe ich ihm nichts von dem Mord und der ganzen Sache gesagt, ein wenig musste ich mein plötzliches Interesse für die Familiengeschichte der Tredethians aber schon begründen.«

»Klar doch«, sagte Dinah und sah auf die Unterlagen. »Soll ich die alle durchsehen?«

»Du kannst sie mitnehmen, wenn du möchtest. Ich kann dir aber auch zusammengefasst erzählen, was darin steht.« Dinah nickte, und Horatio fuhr fort: »Also, Belinda Swinbrook wurde im Jahr 1881 auf Tredethian Manor geboren, wenige Tage später in der dortigen Kirche getauft, die zum Kirchspiel Helston gehört, darum auch der Eintrag in die dortigen Bücher. Sie war das einzige Kind von Dorian Swinbrook, dem sechsten Earl of Tredethian, und seiner Frau Melanie, geborene Arlington, die bei Belindas Geburt bereits neun Jahre verheiratet gewesen waren. Belinda war ihr erstes und auch einziges Kind. Bis zu ihrem zwölften Lebensjahr wurde das Mädchen von verschiedenen Kindermädchen und Gouvernanten erzogen, dann verbrachte sie fünf Jahre in einem Schweizer Internat. Ich fand Hinweise, dass Belinda Swinbrook sich im Januar des Jahres 1902 mit Caswyn Osbourne verlobte und die Hochzeit noch im selben Jahr wenige Tage vor Weihnachten stattfand.«

»Das weiß ich ja schon alles«, unterbrach Dinah ihn und konnte einen leicht genervten Unterton nicht verbergen. »Allerdings kann nicht Belinda Osbourne geheiratet haben, es muss Ellen gewesen sein.«

»Es ist aber der Name Belinda Swinbrook vermerkt«, beharrte Horatio. »Vielleicht ist sie ja nach Tredethian zurückgekehrt?«

Dinah lachte ungläubig. »Sie ist tot, hast du das vergessen?«

Horatio zuckte mit den Schultern und schmunzelte.

»Laut Ellens Tagebuch sieht es danach aus, aber …«

Dinah wusste, worauf hinaus er wollte, waren ihr während ihres ausgiebigen Spaziergangs an der Küste doch ähnliche Gedanken gekommen.

»Angenommen, du hast recht, und Belinda starb nicht beim Segeln – wo sollte sie denn so lange gewesen sein? Ellen schreibt, dass Belinda weder ihren Ausweis noch viel Geld bei sich gehabt hatte, als sie zum Segeln aufbrach. So, wie Belindas Charakter geschildert wurde, kann ich mir durchaus vorstellen, dass sie eine Zeitlang ausbrechen wollte, aber Belinda hätte niemals auf ihr rechtmäßiges Erbe verzichtet. Dazu war sie viel zu geldgierig und machthungrig. Wenn es ihr möglich gewesen wäre, wäre sie früher oder später nach Hause gekommen und hätte ihr Recht eingefordert.«

Fahrig strich sich Horatio über die Stirn, dann nickte er nachdenklich.
»Ich glaube, du hast recht. Wenn wir also davon ausgehen, dass Belinda Swinbrook auf dem Grund des Mittelmeers ihre letzte Ruhestätte gefunden hat, bleibt nur die eine logische Erklärung: Ellen Townsend hat ihre Identität nicht verraten und Caswyn geheiratet. Aus welchen Gründen auch immer. Die Unterlagen bestätigten, dass im Herbst 1903 Ellens Lüge aufgedeckt wurde, nachdem sie einen Mann ermordet hatte.«
»Was war das eigentlich für ein Mann?«, fragte Dinah. »Sein Name wurde bisher nirgendwo erwähnt.«
Bedauernd hob Horatio die Hände.
»Tut mir leid, das konnte ich nicht in Erfahrung bringen. Ellen Townsend, die bei ihrer Verurteilung schwanger war, wurde in Bodmin inhaftiert und die Hinrichtung hinausgeschoben, bis sie ihr Kind zur Welt gebracht hatte.«
»Was wurde aus dem Kind?«, fragte Dinah aufgeregt. »Und was aus Caswyn?«
»Keine Ahnung.« Ein erneutes Schulterzucken. »Die Eintragungen über die Familie Swinbrook enden mit Belindas Heirat, nicht einmal ihr Tod wurde verzeichnet. Danach ging, wie wir wissen, der Besitz an einen entfernten Verwandten des Earls aus Wales. Das ist leider alles, was ich dir mitteilen kann.«
Dinah trank den Rest ihres inzwischen kalten Kaffees und sah nachdenklich an Horatio vorbei zum Fenster. Draußen war es schon dunkel geworden, und sie fragte sich, wie sie nach Tredethian zurückkommen sollte.
»Ich glaube, ich muss nicht am Ende suchen, sondern am Anfang«, sagte sie dann.
»Am Anfang?« Horatio verstand nicht sofort.
»Das Ende von Ellen und auch von Belinda kennen wir, nicht

wahr? Es ist aber wichtig zu wissen, ob die beiden Frauen wirklich Zwillingsschwestern waren, und wenn ja, warum man sie trennte. Wann, sagtest du, wurde Belinda genau geboren?«

Horatio blätterte in den Unterlagen, zog ein Blatt hervor und las ab: »Am elften Juni 1881 …«

»Genau wie Ellen!« Dinah sprang so hastig auf, dass ihr Stuhl umkippte. »Das Datum ist jedenfalls in Ellens Heiratsurkunde angegeben. Das kann kein Zufall sein!«

Horatio nickte. »Da stimme ich dir zu.« Er stand auf, sah nach draußen und dann wieder zu Dinah. »Es ist spät, heute kommen wir nicht mehr weiter. Wie kommst du eigentlich zurück nach Tredethian?«

»Mit dem Bus, sofern überhaupt noch einer fährt«, sagte Dinah, und ihr Herz begann plötzlich, wieder schneller zu schlagen. Tatsächlich – Horatio sagte nun genau das, was sie sich erhofft hatte.

»Ich fahre dich, um diese Uhrzeit sollte eine junge Frau nicht mehr allein unterwegs sein. Selbst nicht in unserem beschaulichen Cornwall.«

»Das ist sehr nett von dir.«

Dinah legte ihre Hand auf seinen Arm, und für einen Moment war sein Gesicht dem ihren so nahe, dass sie sich nur auf die Zehenspitzen hätte stellen müssen, um ihn küssen zu können. Bei jedem anderen Mann hätte sie keine Skrupel gehabt, Horatio strahlte jedoch, auch ohne seine Soutane, eine gewisse Unnahbarkeit aus, die Dinah schnell einen Schritt zurücktreten ließ.

Während sie zu seinem Wagen gingen, fragte er: »Wolltest du dir nicht ein Auto mieten?«

Dinah schluckte, bevor sie antwortete: »Ach, der Linksverkehr … Ich traue mir das einfach nicht zu.«

»Das ist gar nicht so schwierig.«

Horatio öffnete die Beifahrertür und reichte Dinah die Hand, damit sie leichter einsteigen konnte. Das hatte noch nie ein Mann gemacht, nicht einmal Franklin Brewster, der sonst eher konservativ war. Dinah ärgerte sich, in diesem Moment ausgerechnet an Franklin denken zu müssen, und schnell sagte sie: »Ich kann ja auch nicht mehr lange in England bleiben, darum lohnt sich ein Mietwagen nicht.«

Im Auto dachte sie, dass jetzt der passende Zeitpunkt wäre, Horatio zu fragen, ob er nicht einen Job für sie wüsste. Dann hätte sie ihm jedoch von ihrer prekären finanziellen Situation erzählen müssen, und plötzlich schämte sie sich deswegen. Diese Art von Scham war ein ungewohntes Gefühl für Dinah, eines von vielen Gefühlen, die sie empfand, wenn sie mit Horatio zusammen war. Er wusste, dass sie aus einem vermögenden Elternhaus in den Staaten stammte. Ihm gegenüber jetzt zugeben zu müssen, dass sie unter der Fuchtel ihres Vaters stand, der ihr die Kreditkarte gesperrt hatte, und dass sie noch nie in ihrem Leben eigenes Geld verdient hatte, das brachte sie nicht fertig, denn es warf kein gutes Licht auf sie. Dinah wollte aber, dass Horatio nur das Beste von ihr dachte.

Die kurze Fahrt – mit dem Auto war man in weniger als zwanzig Minuten bei der Einfahrt zu Tredethian – verlief schweigend, jeder hing seinen eigenen Gedanken nach. Am Tor stoppte Horatio. Im Licht der Scheinwerfer, die den Innenraum nur schwach beleuchteten, wirkte sein Profil weich, beinahe weiblich.

»Soll ich dich nicht bis zum Cottage bringen?«, fragte er. »Es ist doch noch ein langer Weg durch den dunklen Park.«

»Das schaffe ich schon«, versicherte Dinah. »Ich muss das Tor ja wieder abschließen, du kommst dann nicht mehr heraus«, fügte sie hinzu und dachte: Außer, er würde heute Nacht bei mir bleiben. In Kalifornien würde sie zu einem solch attraktiven Mann einfach sagen: »Möchtest du nicht noch auf einen Kaffee mitkommen und bis zum Frühstück bleiben?« Dinah lächelte ob ihren Gedanken. Nein, einem Horatio Giles machte man kein so eindeutiges Angebot, das spürte sie instinktiv. Wenn sich etwas zwischen ihnen entwickeln sollte, so musste der erste Schritt von ihm ausgehen.

»Außerdem kann ich sehr gut auf mich aufpassen«, sagte sie deswegen energisch.

»Daran habe ich keinen Zweifel.«

Horatio stieg aus und öffnete Dinah die Tür. Sie wartete, bis er ihr seine Hand reichte, dann erst stieg auch sie aus dem Wagen. Für eine Minute standen sie sich schweigend gegenüber, dann räusperte Dinah sich und sagte: »Vielen Dank fürs Heimbringen. Ich rufe dich an, wenn ich das zweite Tagebuch gelesen habe.«

»Ich warte darauf, denn die Sache beginnt, mich immer mehr zu interessieren. Also dann, gute Nacht.«

Er nickte Dinah noch einmal zu, stieg wieder ein, und sie blieb stehen, bis die Rücklichter des Autos in der Dunkelheit verschwunden waren. Erst dann schloss sie die kleine Pforte auf, trat hindurch und verschloss das Tor wieder sorgfältig. Die Nachtluft war kühl, der Himmel aber wolkenlos, und der Halbmond spendete genügend Licht, um den Weg zu ihrem Cottage zu finden.

»Ach, verflixt!« Dinah schlug sich mit der Hand gegen die Stirn. »Das zweite Tagebuch!«, murmelte sie. Amalia hatte sie heute Abend vermutlich erwartet, und eigentlich hätte Dinah die alte Dame auch aufsuchen und um die Fortsetzung bitten wollen. Doch wegen Horatio hatte sie völlig die Zeit vergessen.

»Schlag dir den Pfaffen aus dem Kopf!«, wies sie sich laut zurecht, da knackte es plötzlich neben ihr im Gebüsch. Mit einem Schrei sprang sie zur Seite, als sich plötzlich ein Schatten aus den Hecken schälte.

»So spät noch unterwegs?«

»Thomas!« Dinah atmete erleichtert auf. Obwohl ihr der Typ nicht gerade sympathisch war, hatte sie keine Angst vor ihm. »Das Gleiche könnte ich Sie fragen.«

Er ging auf ihre Bemerkung nicht ein, sondern griff nach ihrem Arm, obwohl Dinah protestierte: »Was soll das? Lassen Sie mich sofort los!«

»Ich bringe Sie zum Cottage«, sagte er in einem Ton, der keinen Widerspruch duldete. »Obwohl außer uns beiden sich wohl niemand heute Nacht im Park aufhalten wird, sollten Sie nicht allein durch die Gegend schleichen.«

»Warum machen sich plötzlich alle Männer Gedanken um meine Sicherheit?«, entfuhr es Dinah, und Thomas ging auch sofort auf ihre Worte ein.

»Ach, Sie kommen von einem Date? Wie unhöflich von Ihrer Verabredung, Sie allein nach Hause gehen zu lassen. Mit wem waren Sie denn aus?«

Empört schnappte Dinah nach Luft.

»Das geht Sie einen feuchten Kehricht an, und jetzt lassen Sie mich los, ich finde den Weg ganz gut allein.«

Thomas lachte verhalten und machte keine Anstalten, ihren Arm loszulassen. Eigentlich war es ganz angenehm, nicht allein durch den dunklen Park mit den riesigen, uralten Eichenbäumen und den meterhohen Hecken, in denen es ständig raschelte und knackte, zu gehen. Als sich im schwachen Mondlicht die Umrisse des Cottage abzeichneten, sagte er: »Wenn Sie das nächste Mal nachts ausgehen, nehmen Sie eine Taschenlampe mit. In einer der Küchenschubladen müsste eine sein, wenn nicht, leihe ich Ihnen gern meine.«

Dinah wusste nicht, wie sie Thomas einschätzen sollte. Offenbar war er wirklich um ihre Sicherheit besorgt, warum jedoch verhielt er sich dann wieder abweisend und unfreundlich? Sie hatte ihm nichts getan, und dass sie von den Tagebüchern Ellens wusste, konnte er nicht ahnen. Dinah schloss aus, dass Amalia ihm von ihrer Begegnung erzählt hatte, schließlich hatte die alte Dame sie sogar vor ihm gewarnt.
Die schlaflose Nacht zuvor und der lange, aufregende Tag forderten ihren Tribut, und Dinah war in dem Moment, als ihr Kopf das Kissen berührte, eingeschlafen, ohne sich weitere Gedanken über Thomas oder Horatio zu machen.

Das Schreien eines Kindes war beinahe unmenschlich, und am liebsten hätte Dinah sich die Ohren zugehalten, ihre Arme waren – wie ihr ganzer Körper – jedoch gelähmt. Hilflos musste sie mit ansehen, wie ein Mann und eine Frau von jeder Seite an einem Baby zerrten.
»Sie gehört mir!«, rief der Mann mit zornrotem Gesicht.
»Nein, mir! Mir, mir, mir!«, kreischte die Frau und zog noch heftiger an dem Kind, das plötzlich zwei identische Köpfe hatte.
Dinah befürchtete, der zarte Körper würde jeden Moment in der Mitte auseinandergerissen werden, und plötzlich erklang ein weiterer, lauter Schrei.
Dinah wurde es erst bewusst, dass sie selbst es gewesen war, die geschrien hatte, als sie aufwachte. Ihr Puls raste, und das T-Shirt klebte an ihrem schweißnassen Körper. Mit zitternden Fingern tastete sie nach der Nachttischlampe, und als das Licht anging, begriff Dinah, dass sie einen äußerst realistischen Alptraum gehabt hatte. Es war kein Wunder, dass die Geschichte von Ellen und Belinda sie bis in ihre Träume verfolgte.

Mit nackten Füßen ging Dinah die Treppe hinunter in die Küche, machte auch hier das Licht an, goss sich ein Glas Wasser ein und trank es in einem Zug aus. Draußen war es noch dunkel, und ein Blick auf die Uhr sagte ihr, dass sie erst eine Stunde geschlafen hatte. Plötzlich schoss ein Gedanke durch Dinahs Kopf.

»Ja, natürlich!«, rief sie laut und lachte. Wenn Ellen und Belinda wirklich Zwillingsschwestern waren und beide in Cornwall geboren worden waren, dann mussten sich darüber Eintragungen finden lassen. Die Engländer waren derart akribisch, hier wurde alles genau dokumentiert. Wahrscheinlich kam das noch aus den Zeiten des Domesday Books, und eigentlich war es ja auch schön, wenn man über Jahrhunderte hinweg genau verfolgen konnte, wer wann wo gelebt hatte. Die bisher gefundenen Einträge sagten zwar aus, dass Ellen in Penzance und Belinda auf Tredethian geboren wurde, trotzdem war Dinah überzeugt, dass es einen Hinweis auf eine Zwillingsgeburt genau in dieser Zeit geben musste. Ende des vorletzten Jahrhunderts waren Mehrfachgeburten noch sehr gefährlich gewesen, ganz sicher hatte die Frau – wer immer die Mutter der beiden Mädchen gewesen war – die Geburt nicht allein durchgestanden. Ein Arzt oder eine Hebamme musste sie betreut haben. Diese Person war dann sicher in irgendeiner Weise bestochen oder sonst wie zum Schweigen gebracht worden. Dinah war jedoch überzeugt, dass sie etwas finden würde, wenn sie nur ausgiebig danach suchte. Natürlich würde sie Horatio wieder um Hilfe bitten, denn der Geistliche hatte Zugang zu allen Registern.

Diese Erkenntnis und der Gedanke an ihr neues Ziel ließen Dinah den Alptraum vergessen, und schnell schlief sie wieder ein. Am nächsten Abend wollte sie Amalia aufsuchen, von der sie hoffentlich das zweite Tagebuch erhalten würde. Wer weiß? Vielleicht klärte sich in diesem die Geschichte ja bereits auf?

»Es tut mir leid, aber Reverend Giles hat heute den ganzen Tag zu tun.« Marys Stimme war zwar nicht unfreundlich, ihr Tonfall aber kühl.
»Kann ich ihn auf dem Handy erreichen?«, fragte Dinah enttäuscht, die nur die Telefonnummer des Pfarrhauses hatte. »Bitte, Mary, es ist sehr wichtig.«
»Reverend Giles hat sich um eine große Gemeinde zu kümmern«, antwortete Mary mit leichter Ungeduld in der Stimme. »Ich werde ihm ausrichten, dass Sie angerufen haben, aber rechnen Sie heute nicht mit einem Rückruf. Schließlich ist Sonntag, und es finden zwei Gottesdienste und eine Taufe statt.«
Dinah dankte ihr und drückte die rote Austaste ihres Handys. War heute wirklich Sonntag? Durch die Ereignisse der letzten Tage hatte sie jegliches Zeitgefühl verloren. Gestern war sie nicht mehr zum Einkaufen gekommen, außerdem musste sie sparen. Trotzdem musste sie etwas essen, daher sprang sie schnell unter die Dusche, zog sich an und machte sich auf den Weg zum Herrenhaus. In den Räumen gab es einen Tea-Room, der ab zehn Uhr geöffnet hatte, und obwohl ein Frühstück mit über neun Pfund eigentlich für sie zu teuer war, ließ es Dinah sich schmecken. Nach einem so reichhaltigen englischen Frühstück würde sie den ganzen Tag über nichts mehr brauchen. Als Dinah satt war und die Toilettenräume aufsuchen wollte, fiel ihr Blick auf einen Zettel, der am Durchgang zum WC an der Wand befestigt war.

Aushilfskraft gesucht für leichte Küchen-
und Serviertätigkeiten
Bei Interesse bitte an der Kasse des Tea-Rooms melden

Dinah überlegte nicht lange, und eine halbe Stunde später fand sie sich, eine dunkelrote Schürze umgebunden, in der Küche des Tea-Rooms wieder. Die Bezahlung mit fünf Pfund die Stunde war zwar nicht gerade üppig, aber mit sieben Stunden Arbeit täglich, sechs Tage die Woche, würde sie über die Runden kommen, zudem durfte sie kostenlos essen und trinken. Das Cottage war noch für zwölf Tage bezahlt, und außer für ein paar Toilettenartikel und die Busfahrten nach Penzance brauchte sie ja kein Geld. Außerdem war ihr neuer Arbeitsplatz praktisch, lag dieser ja nur wenige Gehminuten von ihrem Cottage entfernt, und ihre Schicht begann um zehn Uhr, was Dinah, die noch nie eine Frühaufsteherin gewesen war, sehr entgegenkam.

In den nächsten Stunden hatte Dinah keine Zeit zum Nachdenken. Obwohl eigentlich keine Hauptsaison war, strömten die Besucher an diesem warmen Sonntag in Massen nach Tredethian Manor. Junge Familien mit Kindern, vereinzelte ausländische Touristen und jede Menge Rentner besichtigten das Herrenhaus und ließen ihren Besuch dann bei einer Tasse Kaffee, einem leichten Lunch oder einem süßen Cream Tea in Ruhe ausklingen. Dinah hatte alle Hände voll zu tun, und erstaunlicherweise machte ihr die Arbeit sogar Spaß. Julia, eine Frau mittleren Alters, die die Küche unter sich hatte, war freundlich und verständnisvoll, auch wenn etwas nicht gleich auf Anhieb klappte.

»Du wirst es schon noch lernen«, sagte sie. »In einem Monat schmeißt du den Laden hier allein.«

Dinah enthielt sich einer Antwort. In zwei, spätestens drei Wochen würde sie hier weg sein, das hatte sie aber geflissentlich verschwiegen, als sie sich für den Job vorgestellt hatte, denn eigentlich wurde eine Kraft für die gesamte Sommersaison gesucht.

Nachdem ihre Schicht beendet war, lud Julia Dinah zu einem Tee ein und äußerte sich wohlwollend über ihre Arbeit.
»Du bist flink und freundlich zu den Gästen.« Wohlgefällig nickte sie. »Und dein amerikanischer Akzent gefällt mir. Also dann, bis morgen.«
In ihrem Cottage duschte Dinah heiß, denn die Küchengerüche hafteten nicht nur in ihren Kleidern, sondern auch in ihren Haaren. Bis sie Amalia aufsuchen konnte, hatte sie noch ein wenig Zeit, daher entschloss sie sich zu einem Spaziergang durch den Park. Das war auch etwas Neues hier in England. In San Francisco war sie kaum zu Fuß gegangen, hatte selbst für kurze Wege ihren Sportwagen benutzt, hier jedoch mochte sie es, durch die Natur zu streifen und die Landschaft zu betrachten. Es war zwar wolkig, und der Wind war frisch, Dinah schlang sich aber ein Tuch um den Hals, und die Fleecejacke hielt sie warm. Der Park war größer, als sie gedacht hatte, denn erst nachdem sie fast eine Stunde gelaufen war, stieß sie an den Zaun, der die südliche Zufahrt begrenzte. Rechts führte ein Weg in die oberen Gärten, wie Dinah aus der Broschüre wusste. Als sie den steilen Anstieg bewältigt hatte und auf der Kuppe stand, wurde sie mit einem wunderschönen Ausblick belohnt. Im Norden schaute sie zur Stadt Helston, und im Süden schimmerte das Meer am Horizont. Sie war ganz allein, denn Tredethian Manor schloss um fünf Uhr seine Pforten für Besucher.
»Wie schön!«, rief Dinah, sah sich dann aber in der Erwartung, Thomas irgendwo zu entdecken, um. Glücklicherweise blieb ihr an diesem Nachmittag eine Begegnung erspart. Dinah überlegte, wie es wohl wäre, in einem solch großen Haus zu leben. Auf den ersten Blick erschien es romantisch, sie dachte aber auch praktisch. Selbst jetzt im Frühling war es in den Räumen kalt, wahrscheinlich konnte nur mit den offenen

Kaminen geheizt werden, denn Heizkörper hatte sie bei ihrem Rundgang durch das Herrenhaus keine gesehen. Allein die Nebenkosten und die Reinigung eines solchen Gebäudes mussten Unsummen verschlingen, und eigentlich war es auch ungemütlich, am Abend in einem Wohnzimmer zu sitzen, das über die Ausmaße eines Ballsaales verfügte. Die früheren Besitzer hatten schon recht gehabt, Tredethian dem National Trust zu übereignen, so kam es wenigstens der Allgemeinheit zugute, anstatt langsam, aber sicher zu verfallen.

Kurz vor acht Uhr machte Dinah sich wieder auf den Weg. Heute musste sie nicht lange warten, die Pflegeschwester kam pünktlich. Dinah gelangte auf dieselbe Art wie beim letzten Mal ins Haus, nur dieses Mal hatte sie die Taschenlampe aus der Küche ihres Cottage mitgenommen, außerdem kannte sie inzwischen den Weg. Dinah verbarg sich in einem Seitengang, bis sie die Schwester die Treppe hinuntergehen hörte, dann klopfte sie an Amalias Tür.

»Sind Sie noch wach?«, rief sie und öffnete die Tür einen Spalt. »Ich bin es – Dinah.«

Die Nachttischlampe brannte, und Amalia sah ihr lächelnd entgegen. Heute lief der Fernseher, Amalia hatte sich gerade eine Tiersendung angesehen.

»Sie sind tatsächlich wiedergekommen.« Amalia stützte sich auf die Ellbogen und richtete sich auf. »Wären Sie bitte so freundlich, den Flimmerkasten auszumachen?«

Dinah tat es, setzte sich dann auf die Bettkante und nahm Amalias Hand. Deren Haut war kalt und trocken wie Pergament, und Dinah erschrak, wie dünn Amalia war.

»Ich habe es gelesen«, sagte Dinah und zog das Tagebuch aus ihrer Jackentasche. »Ist Ellen tatsächlich unter Belindas Namen nach England gereist? Was hat der Earl of Tredethian zu alldem gesagt, und wieso gibt die Eintragung ins Kirchenbuch an, dass Belinda und Caswyn geheiratet haben, obwohl Belinda ertrunken ist?«

Amalia schüttelte den Kopf und seufzte.

»Immer noch so ungeduldig, meine Liebe. Ich sagte doch, Sie werden alles erfahren, aber langsam, nach und nach. Sie wollen also wirklich wissen, wie es weitergeht?«

»Aber natürlich!«, rief Dinah. »Nie zuvor habe ich so etwas Spannendes gelesen.«

Amalia lächelte verständnisvoll. »Spannend durchaus, ja, aber auch erschütternd.«

»Ja, die arme Belinda.« Dinah nickte und lächelte wehmütig. »Obwohl sie wahrlich kein Engel war, gewann ich durch die Aufzeichnungen den Eindruck, dass Ellen sie trotzdem sehr mochte.«

Amalia nestelte die Kette unter ihrem Nachthemd hervor, löste den Verschluss und reichte Dinah den Schlüssel. »Sie kennen sich ja inzwischen aus.«

Wenig später hielt Dinah das zweite Tagebuch in den Händen. Obwohl sie begierig war, es sofort aufzuschlagen, um weiterzulesen, beherrschte sie sich. Sie wusste, Amalia wollte nicht, dass sie in ihrer Gegenwart in Ellens Aufzeichnungen eintauchte, außerdem brannte ihr noch eine Frage auf der Zunge.

»Dieser Thomas …«, begann sie und bemerkte, wie Amalia sofort die Stirn runzelte. »Also, es war nicht zu vermeiden, ihn zu treffen, da ich ja hier in der Nähe wohne. Finden Sie auch, dass er recht seltsam ist?«

»Seltsam? Wie meinen Sie das?«

»Nun, manchmal ist er freundlich, doch immer, wenn ich von der Vergangenheit anfange, wird er regelrecht böse. Er weiß von Ellens Geschichte, nicht wahr?« Amalia brauchte nichts zu sagen, Dinah las die Antwort in ihren Augen. »Ist er ein Verwandter? Von Ellen, Belinda oder von Ihnen? Und wer sind Sie überhaupt?«, fragte sie aufgeregt, erntete aber nur ein Kopfschütteln.

»Nicht heute, Dinah, Sie müssen Geduld haben. Eines kann ich Ihnen aber verraten: Thomas und ich sind nicht miteinander verwandt, und, ja – uns verbindet die Kenntnis des Geheimnisses, das über diesem Haus liegt. Eigentlich ist er ein netter Kerl und sehr hilfsbereit, er hat aber seine Gründe, warum er nicht möchte, dass die Vergangenheit ans Licht kommt.«

»Welche Gründe?«, versuchte Dinah es erneut. »Warum machen Sie nur so ein schreckliches Geheimnis um etwas, das über hundert Jahre zurückliegt und heute wahrscheinlich kein Schwein mehr interessiert.«

Kaum nachdem Dinah diese Worte ausgesprochen hatte, taten sie ihr auch schon leid. Amalia war keine Frau, mit der man im Gossenjargon sprach, und der unwillige Zug um ihren Mund veranlasste Dinah, sofort um Entschuldigung zu bitten.

»Schon gut.« Amalia drehte den Kopf zur Seite. »Bitte, lassen Sie mich jetzt allein, ich bin müde. Kommen Sie wieder, wenn Sie das zweite Buch gelesen haben.«

»Nur noch eine Frage«, bat Dinah und griff wieder nach Amalias Hand. »Waren Ellen und Belinda tatsächlich Zwillingsschwestern, die als Kinder getrennt wurden? Wird Ellen dies überhaupt jemals herausfinden? Damals gab es ja noch keine DNA-Tests und solche Sachen, und außer dem Muttermal gibt es keine Beweise, dass der Earl auch Ellens Vater war.«

Leider war Amalia nicht bereit, auf Dinahs Fragen zu antworten. Sie zeigte überhaupt keine Reaktion, hatte den Kopf abgewandt und die Augen geschlossen. Dinah fügte sich, steckte das Tagebuch in ihre Tasche und verließ Tredethian Manor auf demselben Weg, auf dem sie gekommen war.

Zurück in ihrem Cottage, brühte sie sich eine Tasse Kaffee auf und machte es sich auf dem Sofa bequem. Es würde wieder eine schlaflose Nacht werden, denn auch das zweite Tagebuch war dick, und die Seiten waren eng beschrieben. Allerdings durfte Dinah nicht vergessen, dass sie jetzt einen Job hatte und am nächsten Tag pünktlich um zehn Uhr im Tea-Room sein musste. Sie brauchte jedoch nicht viel Schlaf, und die Spannung, wie es mit Ellens Geschichte weiterging, übertraf alle anderen Gedanken. Ellens Handschrift war Dinah inzwischen vertraut, so wurde sie sofort wieder in den Sog, den die Worte ihrer Ahnin in ihr auslösten, hineingezogen …

… Falmouth ist ein sehr geschäftiger Hafen, der von Dampfschiffen und Seglern aus aller Welt angesteuert wird. Während der Überfahrt, die bis auf einen Sturm im Golf von Biskaya, den das Schiff und alle Passagiere unbeschadet überstanden, ruhig und angenehm war, erfuhr ich von freundlichen Passagieren, dass bereits zu Zeiten von Heinrich VIII. die Küstenbefestigung Pendennis Castle erbaut worden war, um Falmouth gegen eine drohende Invasion der Franzosen zu sichern. Während des Angriffs der spanischen Armada spielte Falmouth eine wichtige Rolle, doch erst Anfang des siebzehnten Jahrhunderts wurde die Stadt gegründet und der Hafen als Handelsstützpunkt ausgebaut. Das alles mag zwar interessant sein, spielt aber heute und jetzt keine Rolle mehr, denn ich werde diese lebhafte Hafenstadt niemals wiedersehen. Ich möchte vielmehr schildern, was nach meiner Ankunft geschah, als ich nach Wochen der Abwesenheit endlich wieder meinen Fuß auf englischen Boden setzen konnte …

Ellen

Cornwall

Oktober 1902

16. Kapitel

Auf den ersten Blick zählte Ellen dreiundzwanzig Schiffe, auf allen herrschte ebenso wie auf den Kais hektische Betriebsamkeit. Pritschenwagen luden Waren entweder auf oder ab, und Hunderte von Menschen drängten sich auf den Landungsbrücken, jeder Einzelne von ihnen offenbar schwer beschäftigt.

Die Reisetasche fest in der Hand, verließ Ellen an der Seite von Monsieur Arroche das Schiff über eine schmale Planke. Jacques Arroche war ein französischer Weinhändler, der eine Ladung Bordeaux persönlich nach England begleitete, um diesen im Südwesten der Insel zu verkaufen. Monsieur Arroche war Ellen bei der Überfahrt nicht von der Seite gewichen, obwohl sie auf seine plumpen Flirtversuche nicht eingegangen war. Trotzdem hatte der Franzose sich nicht abwimmeln lassen und sie mehrmals um ein Wiedersehen gebeten, in der Zeit, in der er seinen Geschäften in England nachging.

»Sie werden erwartet?«, fragte Arroche und reichte Ellen die Hand, damit sie auf der Planke nicht stolperte.

Ellen nickte, obwohl es nicht der Wahrheit entsprach. Würde sie eingestehen, dass sie keine Ahnung hatte, wohin und an wen sie sich wenden sollte, hielte es der Franzose für seine Pflicht, sie unter seine Fittiche zu nehmen, was sie unter allen Umständen vermeiden wollte.

»Vielleicht begegnen wir uns eines Tages wieder«, fuhr Arroche fort. Seinem Blick war anzusehen, dass er auf eine Einladung wartete, sie zu besuchen, doch Ellen zuckte nur unverbindlich mit den Schultern.

»Überlassen wir es dem Schicksal, Monsieur. Ich danke Ihnen

für Ihre freundliche Reisebegleitung und wünsche Ihnen für Ihre Geschäfte in England viel Erfolg.«

Unmissverständlicher konnte der Hinweis, dass sich ihre Wege jetzt trennten, nicht sein. Nach einer letzten Verbeugung verschwand Arroche schließlich in der Menge. Ellen sah sich um. Matrosen rollten Fässer über das Kopfsteinpflaster, schleppten Kisten und große, mit Netzen zusammengehaltene Ballen. Laute Rufe, nicht nur in englischer Sprache, drangen an ihr Ohr, und ein Verkäufer bot aus seinem Bauchladen heiße Maronen an. Obwohl Ellen Hunger hatte – das Frühstück lag schon einige Stunden zurück, ein Mittagessen hatte es nicht gegeben, da das Schiff in dieser Zeit in den Hafen einlief – und ihr bei dem Geruch das Wasser im Mund zusammenlief, unterdrückte sie den Wunsch, sich eine Tüte Maronen zu kaufen. Sie musste mit dem Bargeld, das sie in einer kleinen Ledertasche direkt an ihrem Körper trug, haushalten. Wahrscheinlich musste sie eine Droschke mieten, um nach Tredethian Manor zu gelangen, oder gar mit der Eisenbahn fahren. Ellen straffte die Schultern, nahm ihre Tasche, die sie für einen Moment abgestellt hatte, und ging den Kai entlang, in der Hoffnung, in der Stadt Kutschen zu finden. Plötzlich trat ihr ein hochgewachsener, breitschultriger Mann in den Weg.

»Ich glaube es ja nicht!« Seine Stimme klang tief und kehlig, und er verzog verächtlich die Lippen, während er sprach. »Hast du etwa gespürt, dass du hier gebraucht wirst, und bist früher zurückgekommen? Mein Brief kann dich unmöglich erreicht haben.«

Ellen stand wie erstarrt da, unfähig, etwas zu sagen. Der Fremde musterte sie mit seinen steingrauen Augen. Er war etwa um die dreißig, schlank, aber kräftig, mit dunklem, leicht welligem Haar, und seiner Kleidung nach musste es sich um einen Arbeiter handeln.

»Ich verstehe nicht …«, war alles, was Ellen schließlich herausbrachte.
»Nein, warum solltest du auch, Belinda.«
Jetzt dämmerte es Ellen. Natürlich, der Mann hielt sie für Belinda. Das hieß, er musste ihre tote Schwester kennen. Vielleicht war es sogar ein Verwandter, denn er duzte sie ungeniert, obwohl sie schwerlich derselben Gesellschaftsschicht entstammten, wie seine einfache Kleidung vermuten ließ. Glücklicherweise sprach der Fremde weiter und ersparte Ellen damit eine Reaktion.
»Du hast Glück, dass ich in der Stadt bin, denn ich nehme nicht an, dass jemand über deine Ankunft informiert ist und dich abholt?«
»Nein, es war … eine spontane Idee, nach England zu reisen«, sagte Ellen leise.
»Tja, deine spontanen Ideen kenne ich ja.« Wieder dieser unterschwellige Spott in seiner Stimme. »Nun, deinem Vater nützt es nun auch nichts mehr.«
»Was heißt das?«
Sein Blick veränderte sich. Ellen meinte, für einen Moment einen Anflug von Mitgefühl in seinen Augen erkennen zu können, der aber gleich wieder verschwand, als er in brutaler Offenheit sagte: »Er ist vor vier Tagen gestorben.«
Der Boden schien unter Ellens Füßen zu schwanken, und sie wäre gestürzt, wenn der Mann sie nicht gehalten hätte.
»Aber wieso …?«, stammelte sie.
»Du fragst, wieso? Belinda, dein Vater war schon krank, als du meintest, unbedingt nach Frankreich reisen zu müssen. Die Gesundheit irgendeiner entfernten Tante war dir wichtiger als das Leben deines eigenen Vaters. So warst du immer – egoistisch und rücksichtslos, wenn es um deine Belange geht. Wenn es dich interessiert: Die letzten Worte des Earls galten dir.«

Unfähig, einen klaren Gedanken zu fassen, lehnte Ellen sich an eine Hauswand. Es war ihr gleichgültig, dass ihr heller Mantel dabei schmutzig wurde.
»Was hat er gesagt?«
»Darüber kann dir die Golberden Auskunft geben, sie war bis zum Schluss bei ihm.« Der Mann schaute sich aufmerksam um, seufzte und wandte sich dann wieder Ellen zu. »Ich kann dich im Wagen mitnehmen. Dein Gepäck werden wir allerdings einlagern müssen und später abholen lassen, denn der Wagen ist mit Waren bereits voll beladen.«
Ellen deutete auf ihre Tasche.
»Das ist mein Gepäck.«
»Hä?« Verständnislos blickte der Mann auf ihre kleine Tasche. »Ich teile dir mit, dass dein Vater tot ist, und du hast nichts anderes im Sinn, als einen deiner dummen Scherze zu machen.«
»Niemals war mir weniger zum Scherzen zumute als jetzt, das müssen Sie ... das musst du mir glauben«, verbesserte Ellen sich schnell. »Ich habe nicht mehr Gepäck bei mir.«
Er lachte, doch das Lachen erreichte nicht seine Augen, wie Ellen feststellte. Dennoch waren es interessante Augen ... grau mit einem dunklen Rand um die Pupille. Schnell riss sich Ellen von diesem Blick los. Er sprach mit unverändertem Spott weiter:
»Ich kann mich gut daran erinnern, wie du bei deiner Abreise fünf Schrankkoffer und Dutzende von Hutschachteln mitgenommen hast. Wir brauchten drei Wagen, um alles zum Hafen zu bringen. Was hast du mit den Sachen gemacht? Außerdem willst du mir nicht im Ernst weismachen, du hättest in Frankreich nicht fleißig eingekauft und dir mindestens ein Dutzend neue Kleider schneidern lassen.«
Ellens Gesicht verschloss sich. Sie war zu dem Entschluss ge-

kommen, dass der Mann wohl tatsächlich ein Verwandter sein musste, obwohl selbst das sein respektloses Verhalten nicht entschuldigte. Offenbar waren er und Belinda nicht gerade freundschaftlich verbunden. Vielleicht gehörte er zu einem Zweig verarmter Verwandtschaft und arbeitete auf dem Landsitz des Earls. Ellen sah keine Veranlassung, wegen ihres Gepäcks mit ihm zu diskutieren, und noch weniger, ihm zu sagen, dass sie gar nicht Belinda war. Jetzt, da der Earl nicht mehr lebte, musste sie neu überlegen, was zu tun war. Auf jeden Fall wollte sie nach Tredethian Manor. Sie war gespannt darauf, das Haus mit eigenen Augen zu sehen. Der Zufall hatte ihr die Gelegenheit beschert, nach Tredethian zu kommen, womit sie niemals gerechnet hatte.

»Nimmst du mich jetzt mit? Wenn nicht, dann miete ich eine Kutsche.« Ellen versuchte, ihre Stimme kühl und überlegen klingen zu lassen, ganz so, wie Belinda mit diesem unverschämten Mann gesprochen hätte.

Er nickte und musterte sie unverhohlen von oben bis unten.

»Es dauert einige Zeit, wir sind mit dem Beladen noch nicht fertig.« Der Fremde nahm ihren Arm und führte sie eine Gasse hinauf zu einem offenen Gefährt, bei dem zwei Männer beschäftigt waren, zahlreiche Kisten auf der Ladefläche zu verstauen. Er sah sich kurz um, dann deutete er auf eine niedrige Steinmauer.

»Am besten, du wartest hier, ich beeile mich.«

Ellen sah dem Mann nach, als er mit großen Schritten davoneilte, ohne sie weiter zu beachten. Obwohl eine frische Brise wehte, fror sie nicht. In ihrem Inneren fühlte sie eine ungewohnte Wärme, die nichts mit den Außentemperaturen zu tun hatte. Sie zermarterte sich das Gehirn, wer der Mann sein könnte, und versuchte, sich jedes Gespräch mit Belinda in Erinnerung zu rufen.

»Wir haben nicht viele Verwandte«, hatte Belinda gesagt. »Jedenfalls nicht in Cornwall. Vor zwei- oder dreihundert Jahren ist ein Zweig nach Südwales gegangen, es besteht aber schon lange kein Kontakt mehr zwischen den Familien.«

Da der Mann einige Jahre älter war als sie, schien es unwahrscheinlich, dass er und Belinda gemeinsam aufgewachsen waren. Ellen seufzte. Es blieb ihr nichts anderes übrig, als abzuwarten und zu hoffen, dass er seinen Namen zufällig preisgab. Auf jeden Fall schien er Belinda gegenüber keine große Sympathie aufzubringen. Obwohl er sofort angeboten hatte, sie nach Hause zu fahren, waren sein Verhalten und seine Wortwahl alles andere als freundlich gewesen. Im Gegenteil – als er Ellen vom Tod des Earls berichtete, schien er sie sogar zu verhöhnen. Man sollte annehmen, dass man einer Tochter den Tod ihres Vaters schonender offenbarte, er jedoch hatte es regelrecht genossen, ihr die Nachricht ins Gesicht zu schleudern. Wenn es stimmte, und Lord Dorian war bei Belindas Abreise nach Frankreich bereits schwerkrank gewesen, dann brachte auch Ellen wenig Verständnis für Belindas Verhalten auf. Obwohl Ellen wusste, dass sie an Ort und Stelle ihre wahre Identität richtigstellen sollte, hielt etwas sie zurück, was sie nicht erklären konnte. Trotz seiner offensichtlichen Ablehnung fühlte sie sich von dem Mann magisch angezogen. Er sah zweifellos gut aus, sein markantes Kinn wirkte ausgesprochen männlich, und seine steingrauen Augen waren von dichten, dunklen Wimpern umgeben. Die vorspringende Nase rundete sein ausdrucksstarkes Gesicht ab. Unter anderen Umständen hätte Ellen sich gefreut, diesen Mann näher kennenzulernen, jetzt jedoch musste sie sich ihrer bevorstehenden Aufgabe widmen und überlegen, was sie nun tun sollte.

Nach etwa einer halben Stunde kehrte der Mann zu Ellen zu-

rück. Höflich, aber mit sichtlichem Widerwillen reichte er ihr seinen Arm, mit der anderen Hand nahm er ihre Tasche.
»Wir können fahren«, sagte er kurz. »Ich glaube ja immer noch nicht, dass das dein ganzes Gepäck sein soll. Nun, es kann mir gleichgültig sein. Entsprechende Trauerkleidung für die Beerdigung wirst du in Tredethian ja wohl haben, oder?«
»Ich denke schon«, antwortete Ellen vorsichtig, woraufhin er wieder spöttisch lächelte.
»Wie ich dich kenne, wird es dir widerstreben, eines deiner alten Kleider zu tragen. Du hast jedoch keine Zeit, dir etwas Neues anfertigen zu lassen.«
»Wann ist die Beerdigung?«, fragte Ellen, woraufhin er sie von oben herab ansah.
»Ich dachte, du fragst das gar nicht mehr, meine Liebe. Morgen Vormittag, du hast also noch die ganze Nacht Zeit, dich auszuruhen. Schließlich willst du ja eine schöne trauernde Tochter sein, nicht wahr? Wenn ich dir einen Rat geben darf: Du solltest versuchen, wenigstens ein wenig zu weinen, das macht Eindruck auf die Gäste. Wenn es von allein nicht klappt, dann steck dir eine Zwiebel in die Tasche und rieche unbemerkt daran.«
Da Ellen nicht wusste, wie sie auf diesen offenen Hohn reagieren sollte, schwieg sie. Oh, Belinda, was hast du diesem Mann nur getan, dass er dich derart verabscheut, dachte sie. Als er ihr beim Einsteigen die Hand reichte und Ellen durch das Leder ihrer dünnen Handschuhe die Wärme seiner Haut spürte, begann ihr Herz, schneller zu schlagen. Es ist sicher nur die Aufregung über das Neue, das Unbekannte, was auf sie zukam, sagte sich Ellen, obwohl die Anwesenheit des Mannes sie verwirrte. Da es sich bei dem Wagen nicht um eine Kutsche, sondern um einen Pritschenwagen handelte, saß Ellen neben dem Mann auf dem Kutschbock, der so schmal war,

dass sich ihre Körper berührten. Sie versuchte, so weit wie möglich zur Seite zu rücken, was lediglich dazu führte, dass er die Stirn runzelte und grinste.

»Pass auf, dass du nicht herunterfällst, meine Liebe. Wir möchten doch nicht, dass dein hübsches Kleid schmutzig wird, nicht wahr?«

Ellen verzichtete auf eine Antwort. Solange sie nicht wusste, wer dieser ungehobelte Kerl war, der mit Belinda offenbar auf sehr vertrautem Fuß stand, würde sie sich auf keine weitere Unterhaltung einlassen. Sie hoffte, Tredethian Manor bald zu erreichen. Was sie dann allerdings tun sollte – sie hatte keine Ahnung und musste alles auf sich zukommen lassen.

17. Kapitel

Gut, dass der Regen aufgehört hat«, sagte der Mann, als sie über eine schmale, steil ansteigende Straße Falmouth den Rücken kehrten und die letzten Häuser der Stadt hinter sich ließen. »Sonst wären dein Hut und deine Frisur völlig ruiniert worden. Nicht vorzustellen, wenn Bekannte uns begegnen würden.«

Ellen ärgerte sich über diese Ironie und erwiderte mit fester Stimme: »Ich weiß nicht, warum du, seit wir uns getroffen haben, nichts anderes kannst, als mich zu verhöhnen. Ich habe gerade erfahren, dass der … dass mein Vater gestorben ist, und du verhältst dich, als würde mich das nicht berühren. Warum?«

Der Mann zuckte zusammen und sah Ellen erstaunt an.

»Du fragst wirklich nach dem Warum? Nun, wir beide wissen, wie wenig ihr, du und dein Vater, euch zu sagen gehabt habt. Keine Angst, liebe Belinda, von dem Streit, den ihr vor deiner Abreise hattet, habe ich niemandem erzählt. Es wundert mich, dass du nicht in Betracht ziehst, dass das, was du Lord Dorian an den Kopf geworfen hast, seine Gesundheit wesentlich beeinträchtigt haben könnte. Vielleicht ist er deshalb bald darauf gestorben? Hast du darüber einmal nachgedacht?« Er lachte höhnisch. »Wahrscheinlich nicht, denn du wirst deine Zeit in Frankreich ausgekostet haben, während dein Vater zu Hause mit dem Tod kämpfte.«

Je länger er sprach, desto mehr sackte Ellen in sich zusammen. Sie wusste, sie hätte jetzt »Ich bin nicht Belinda!« rufen sollen, doch der Schock, dass ihre vermeintliche Schwester vielleicht am Tod ihres Vaters eine Mitschuld trug, schnürte Ellen die Luft ab.

»War der Streit wirklich so heftig?«, flüsterte sie.
Er lachte laut, es war jedoch kein fröhliches Lachen.
»Es ist klar, dass du das schon wieder vergessen hast. Unangenehmes verdrängst du immer schnell, denkst, dass es dann nicht geschehen wäre. Wenn du von mir jetzt Absolution erhoffst, dann muss ich dich enttäuschen, meine Liebe. Inwieweit euer Streit deinen Vater vorzeitig ins Grab gebracht hat … das musst du mit dir selbst und mit deinem Gewissen ausmachen. Sofern du überhaupt eines hast …«
Tief kuschelte Ellen sich in die Wolldecke, die er ihr zum Schutz gegen den kühlen Wind gegeben hatte, und beschloss zu schweigen. Bevor sie nicht herausgefunden hatte, was zwischen Belinda und ihrem Vater vorgefallen war und welche Rolle der Fremde dabei spielte, war es besser, nichts mehr zu sagen. Sie und Belinda waren offenbar charakterlich unterschiedlicher, als Ellen bisher angenommen hatte. Jedes weitere Wort hätte sie verraten können. Außerdem beunruhigte sie die Mitteilung, der Earl werde schon morgen zu Grabe getragen. Sicher kämen viele Menschen, um Lord Dorian das letzte Geleit zu geben. Menschen, die sie alle für Belinda Swinbrook hielten und die sie, Ellen, nicht kannte. Sie konnte doch unmöglich morgen in der Kirche oder gar auf dem Friedhof vor die Trauergemeinde treten und verkünden, dass sie gar nicht Belinda, sondern wahrscheinlich seine verstoßene andere Tochter war.
Was soll ich bloß machen?, fragte sich Ellen zum wiederholten Mal. Am besten wäre es wohl, noch ein, zwei Tage zu schweigen und ihre Rolle zu spielen, zumindest so lange, bis die Beerdigung vorüber war. In diesem Moment wünschte sie sich, Belinda niemals begegnet oder zumindest nicht der wahnwitzigen Idee verfallen zu sein, mit ihren Papieren nach Cornwall zu reisen.

Da der Mann offenbar ebenfalls nicht an einer weiteren Konversation interessiert war, verlief die Fahrt schweigend. Der Wagen erreichte eine Anhöhe, und Ellen konnte weit ins Land blicken. Cornwall war ganz anders als Surrey, Ellens bisherige Heimat. Auf den von Hecken umgebenen Wiesen grasten Schafe und vereinzelt auch Rinder, dazwischen sah sie kleine, einfache Bauernkaten. Am meisten jedoch faszinierten Ellen die Minenanlagen. Nur mit Mühe gelang es ihr, keine Fragen zu stellen, denn Belinda war die Gegend natürlich vertraut, daher versuchte sie, gleichgültig auszusehen, obwohl es ihr schwerfiel, ihr Interesse an der Landschaft zu verbergen. Der Weg war gesäumt von den hohen, gemauerten Kaminen der Maschinenhäuser, um die herum sich Dutzende von Hütten und Steinhäuser wie kleine Dörfer ausbreiteten. Ellen hatte schon von der blühenden Bergbauindustrie Cornwalls gehört, sich aber kein Bild davon machen können. Sie erinnerte sich daran, dass Belinda erzählt hatte, ihre Familie sowie die ihres Verlobten erzielten ebenfalls Erträge aus Zinn- und Kupferminen. Daher war sie gespannt, zu gegebener Zeit mehr darüber zu erfahren.
Nach etwa zwei Stunden erreichten sie einen geschäftigen Marktflecken. Kleine Steinhäuser drängten sich um eine uralte Kirche, in der schmalen Hauptstraße reihte sich ein Ladengeschäft an das andere. Die meisten boten Waren für den Bergbau an, und über einem Geschäft las Ellen die Worte *Helston's Merchandise.* Erleichtert atmete sie auf. Sie hatten die Stadt Helston erreicht, nun konnte es nicht mehr weit sein, denn Belinda hatte erwähnt, dass Tredethian Manor nur wenige Meilen westlich von Helston lag. Inzwischen hatte die Dämmerung eingesetzt, und Ellen merkte, wie sehr die Reise und die Aufregungen des heutigen Tages sie nicht nur hungrig machten, sondern auch erschöpft hatten. Sie sehnte sich nach

etwas zu essen und nach einem Bett. Morgen wollte sie dann darüber nachdenken, wie sie sich verhalten und wie es weitergehen sollte.

In der Hauptstraße erregte eine Menschenansammlung Ellens Aufmerksamkeit. Vor einem dreistöckigen Gebäude, das, im Gegensatz zu den sonst eher einfachen Häusern, mit Erkern und Türmchen so prächtig wie ein kleiner Palast gebaut war, drängten sich Männer und Frauen in dunkler Kleidung, die meisten zogen schwerbeladene Handkarren hinter sich her.

»Was ist da los?«, fragte Ellen und beugte sich vor.

Der erstaunte Blick des Mannes sagte Ellen, dass ihre Frage unbedacht war, was seine Antwort sogleich bestätigte.

»Seit wann interessierst du dich für unsere Arbeit?« Erstaunt runzelte er die Stirn. »Heute Abend werden in der Coinage Hall die Blöcke markiert und versteuert, bevor sie morgen zum Verladen nach Falmouth gebracht werden.«

»Aha.« Ellen verstand kein Wort, presste aber die Lippen fest zusammen, um keine weiteren Fragen zu stellen. Belinda hatte sicher gewusst, was eine Coinage Hall war und wie das mit dem Steuersystem funktionierte. Leider ließ der Mann die Sache nicht auf sich beruhen. Zweifelnd wanderte sein Blick über Ellen.

»Mir scheint, du hast in Frankreich nicht nur dein Gepäck, sondern auch das bisschen Verstand, das du hattest, zurückgelassen. Wenn ich es nicht besser wüsste, dann …«

Erschrocken fuhr Ellen zu ihm herum.

»Was dann?«, rief sie, doch er zuckte nur mit den Schultern.

»Ich habe es längst aufgegeben, irgendetwas, was du machst oder denkst, zu hinterfragen oder gar zu ergründen.«

Seine Gesichtszüge verschlossen sich, und Ellen betrachtete ihn heimlich von der Seite. Das Profil hob sich gegen die Dämmerung ab, und er wirkte wie ein römischer Krieger, von denen Ellen Zeichnungen in den Büchern ihres Vaters gesehen hatte.

Nun dauerte es nicht mehr lange, bis der Wagen die Hauptstraße verließ und in einen schmalen, von mächtigen Bäumen gesäumten Weg einbog. Nach etwa einer Meile kam im letzten Tageslicht ein kleines Haus in Sicht, dessen Dach mit Zinnen bewehrt war und an ein Miniaturschloss erinnerte. Direkt daneben versperrte ein großes, zweiflügliges Tor die Weiterfahrt. Der Wagen war aber bereits gehört worden, denn die Tür des Hauses öffnete sich, und eine ältere Frau eilte auf den Wagen zu. Als sie Ellen sah, knickste sie und senkte den Kopf.

»Willkommen daheim, Mylady. Es tut … mein aufrichtiges Beileid, Mylady, auch von meinem Mann.«

»Danke.«

Heiser presste Ellen das Wort hervor, während der Mann streng forderte: »Mach das Tor auf, Lady Swinbrook ist erschöpft.«

Ein weiterer Knicks, dann öffnete die Frau beide Flügel, damit der Wagen passieren konnte. Über eine gewundene Auffahrt ging es nun durch eine Parkanlage, wie sie Ellen niemals zuvor gesehen hatte. In Sussex gab es zwar auch herrschaftliche Häuser, deren Gärten an Sonntagen für das Volk geöffnet wurden, eine solch üppige Vegetation wie hier überraschte Ellen jedoch völlig. Leider war es inzwischen zu dunkel, um einzelne Gewächse erkennen zu können, und Ellen beschloss, diese riesige Gartenanlage so bald wie möglich zu erkunden.

Als der Wagen um eine Kurve bog, konnte Ellen im letzten Moment einen Aufschrei unterdrücken. Obwohl Belinda viel von Tredethian Manor erzählt hatte, war Ellen auf diesen Anblick nicht gefasst. Das Gebäude war nicht nur ein prächtiges Herrenhaus, es ähnelte mehr einem königlichen Schloss als einem Landsitz. Im Großen und Ganzen hatte das vierstöckige Haus seinen mittelalterlichen Charakter bewahrt. Wie das Torhaus war auch hier der Dachfirst mit Zinnen bewehrt, der normannische, mit Pechnasen gesäumte Turm ragte stolz in die Höhe, und zahlreiche Fenster waren hell erleuchtet. Auch hier war ihre Ankunft bereits bemerkt worden, denn als der Wagen auf dem Kiesrondell hielt, wurde die schwere Holztür geöffnet, und eine korpulente Frau und zwei Diener eilten die fünf Stufen herunter. Während die Diener abwartend stehen blieben, knickste die Frau vor dem Wagen und wiederholte die Worte der Pförtnersfrau.

»Willkommen zu Hause, Mylady. Wir hatten keine Ahnung von Ihrer Ankunft, sonst hätten wir natürlich …«

»Lady Belindas Rückkehr ausgerechnet heute ist Zufall«, unterbrach der Mann, bevor Ellen zu einer Erklärung ansetzen konnte. »Sie verließ Frankreich, bevor mein Brief sie erreichte, deshalb wurde niemand von ihrer Ankunft in Kenntnis gesetzt. Ebenfalls zufällig war ich in Falmouth, als ihr Schiff heute anlegte. Also habe ich sie nach Hause gebracht.«

»Danke, Sir.« Ein Nicken der Frau in Richtung des Mannes.

Sir?, dachte Ellen, also wahrscheinlich doch ein Verwandter. Sie ließ sich vom Kutschbock helfen, sah dann die Frau freundlich an. Wenigstens bei ihr hatte sie eine Ahnung, wer sie sein könnte, denn Belinda hatte von der Frau, die sich um alle Belange des Haushaltes von Tredethian kümmerte, erzählt.

»Danke, Miss Golberden«, sagte sie auf gut Glück. »Es tut mir so leid, nicht hier gewesen zu sein, als der … als mein Vater starb.«

Ein Schatten fiel über das Gesicht der Wirtschafterin.

»In Namen des gesamten Personals darf ich Ihnen unser aufrichtig empfundenes Mitleid aussprechen, Mylady. Es ist ein schwerer Schlag …«

Der Mann hatte Ellens Tasche auf den Kies gestellt und tippte an seine Mütze.
»Ich muss weiter, Miss. Die Waren müssen heute noch entladen werden.« Zu Ellen gewandt, deutete er eine Verbeugung an und schenkte ihr zum Abschied ein spöttisches Lächeln. »Wir sehen uns morgen, Belinda.«
Lydia Golberden blickte erstaunt auf Ellens Tasche.
»Wird Ihr Gepäck nachgeliefert, Mylady?«
»Das ist mein ganzes Gepäck. Ich bin ziemlich überstürzt aus Frankreich abgereist. Vielleicht spürte ich, dass Vater mich braucht.«
Spontan war Ellen diese Begründung eingefallen, und sie hoffte, die Haushälterin würde sich damit zufriedengeben. Diese nickte kurz und sagte: »Sie werden müde und hungrig sein. Da ich über Ihre Ankunft nicht informiert war, konnte ich leider nichts vorbereiten, werde aber sofort veranlassen, dass Ihre Räume geheizt und ein warmes Bad bereitet werden.«
»Ich bin sicher, in der Küche wird sich etwas Essbares finden lassen«, antwortete Ellen leichthin, dann fiel ihr jedoch siedend heiß ein, dass ihre Art wohl kaum einer trauernden Tochter, die vor wenigen Stunden vom Tod ihres Vaters erfahren hatte, entsprach. Daher fuhr sie ernst fort: »Es tut mir leid, dass meine Rückkehr unter einem so schlechten Stern steht.«
Lydia Golberden senkte den Blick.
»Sie möchten sicherlich zuerst Ihren Vater sehen.«
»Er ist noch hier?« Ein kalter Schauer lief über Ellens Rücken.
»Wir haben ihn in seinem Arbeitszimmer aufgebahrt«, antwortete die Haushälterin. »Der Sarg wird morgen direkt vom Haus in die Kapelle gebracht.«

Ellen schluckte. Am liebsten hätte sie auf dem Absatz kehrtgemacht und wäre geflohen, ihr blieb aber nichts anderes übrig, als Lydia Golberden ins Haus zu folgen. Einer der Diener nahm ihre Tasche und sagte, er würde dafür Sorge tragen, dass man sofort ihre Räumlichkeiten herrichtete. Ellen betrat die große, mit Dutzenden von Kerzen hell erleuchtete Eingangshalle, aber sie hatte jetzt keinen Blick für die alte Balkendecke und die elegante Einrichtung. Aus dem Augenwinkel beobachtete sie die Wirtschafterin. Auch sie schien nicht zu bemerken, dass nicht Belinda, sondern eine Fremde an ihrer Seite ging. Wahrscheinlich sahen alle nur das, was sie sehen wollten, und da niemand auch nur im Entferntesten in Erwägung zog, sie könnte nicht Belinda sein, schöpfte auch niemand Verdacht.
Schweigend folgte Ellen der Wirtschafterin der breiten, mit dunkelrotem Teppich belegten und von einem aufwendig geschnitzten Geländer flankierten Treppe in den ersten Stock zu einer Galerie hinauf, wo Lydia Golberden die erste Tür auf der linken Seite öffnete und sie an sich vorbei eintreten ließ.
»Bitte, Lady Belinda, ich lasse Sie ein paar Minuten allein.« Im Dämmerlicht erkannte Ellen ihren mitfühlenden Blick. »Es tut mir so leid …«
»Danke«, murmelte Ellen und trat beklommen in das nur schwach erleuchtete Zimmer. Die Vorhänge waren zugezogen, in der Mitte stand ein prächtiger Sarg auf einem Holzgestell, an dessen Seiten zwei schwarze Kerzen die einzigen Lichtquellen bildeten. Zögernd, als wären ihre Füße aus Blei, näherte sich Ellen dem offenen Sarg und blickte auf das wächserne Gesicht des Mannes, der aller Wahrscheinlichkeit nach ihr leiblicher Vater war. Dorian Swinbrook war noch nicht alt gewesen, in seinem Gesicht zeichneten sich nur wenige Falten ab, und sein helles Haar war beinahe frei von grauen Sträh-

nen. Zu Ellens Erleichterung sah er aus, als würde er schlafen. Sie hatte schon davon gehört, dass Tote, sofern sie keines gewaltsamen Todes gestorben waren, friedlich und entspannt aussahen. Langsam streckte Ellen die Hand aus und berührte die auf der Brust gefalteten Hände des Earls. Sie waren eiskalt, fühlten sich aber nicht unangenehm an.

»Vater …?«, flüsterte sie kaum hörbar, obwohl sie allein war. »Wenn es stimmt, was die Kirche sagt, und wir leben oben im Himmel weiter, dann weißt du, was mit Belinda geschehen ist. Vielleicht bist du jetzt schon bei ihr.« Tränen stiegen Ellen in die Augen. Sie weinte aber nicht um den Menschen, der kalt und steif vor ihr lag, sondern über Belindas Tod und die Erkenntnis, dass sie jetzt wohl niemals die Wahrheit über ihre Herkunft in Erfahrung bringen würde.

»Ich bin Ellen«, fuhr sie kaum hörbar fort. »Bin ich ebenfalls deine Tochter? Und wenn ja, warum hast du mich weggegeben? War deine Frau auch meine Mutter?«

Fragen über Fragen, auf die Ellen jetzt keine Antwort mehr erhalten würde. Mit einem Seufzer wischte sie die Tränen aus dem Gesicht. In diesem Moment klopfte es verhalten.

»Lady Belinda?«, hörte sie Lydia Golberdens Stimme. »Ihr Bad ist bereit, und ich habe Ihnen das Abendessen auf Ihr Zimmer bringen lassen, da ich annahm, Sie möchten jetzt allein sein.«

Ellen riss sich vom Anblick des toten Earls los und verließ das Trauerzimmer. Sie schämte sich nicht ihrer Tränen, schließlich wurde von Belinda erwartet, dass sie um ihren Vater trauerte.

»Begleiten Sie mich bitte in mein Zimmer?«, fragte Ellen, da sie keine Ahnung hatte, wo in diesem großen Haus sich Belindas Räumlichkeiten befanden. »Ich habe noch ein paar Fragen.«

»Selbstverständlich, Mylady.« Lydia Golberden schien keinen Verdacht zu schöpfen. »Ich kann Ihnen versichern, Ihr Vater starb ganz friedlich im Schlaf. Er hat nicht leiden müssen.« Sie blieb stehen und sah Ellen an, wobei sich ihr Blick fest auf Ellen richtete. »Am Abend vorher hat er noch von Ihnen gesprochen. Er hoffte, Sie würden Ihren Weg machen, egal, was vorgefallen war und was die Zukunft bringen mag.«
Ellen erinnerte sich daran, dass der Fremde erwähnt hatte, der Earl habe noch kurz vor seinem Tod von Belinda gesprochen. Sie wollte die Haushälterin aber nicht über diesen angeblichen Streit befragen, das war kein Thema, das man mit einer Angestellten diskutierte. Im Augenblick machte sie sich ohnehin mehr Gedanken über die Beerdigung am nächsten Tag. Sicher würde auch Caswyn Osbourne, Belindas Verlobter, kommen. Eine Konfrontation war unausweichlich, aber wie konnte sie ihm sagen, dass seine Braut ebenfalls tot und sie selbst nicht Belinda war? Osbourne war jetzt der wichtigste Mensch, dem Ellen die Wahrheit berichten musste.
»Lydia, wissen Sie, ob … Mr. Osbourne …« Sie stockte und fuhr dann fort: »Ob mein Verlobter auch an der Beerdigung teilnimmt und ob das Protokoll vorsieht, dass er an meiner Seite geht?«
Obwohl der Flur nur schwach beleuchtet war, erkannte Ellen grenzenloses Erstaunen auf dem Gesicht der Haushälterin.
»Aber Lady Belinda …« Sie suchte nach den richtigen Worten. »Selbstverständlich wird Mr. Osbourne anwesend sein und Sie in der Kirche und am Grab stützen. Haben Sie das denn nicht schon alles mit ihm besprochen?«
»Besprochen?« Nun war es an Ellen, überrascht zu sein. »Ich bin eben erst angekommen, da war keine Zeit …« Sie verstummte, denn der Blick der Wirtschafterin zeigte, dass sie offenbar an ihrem Geisteszustand zweifelte.

»Mylady, ich verstehe, wie durcheinander Sie sein müssen.« Sie nickte und sah Ellen mit einem Blick an, wie man ein kleines Kind, das sich die Knie aufgeschlagen hatte, tröstete. »Die lange, beschwerliche Reise und dann diese Nachricht ... wenn Sie sich ausgeruht haben, wird es Ihnen bessergehen.«
Was war an meiner Frage denn so absonderlich?, grübelte Ellen und murmelte: »Ja, sicher, Lydia, ich bin so erschöpft, dass ich die einfachsten Dinge vergesse.« Sie bemühte sich um ein ungezwungenes Lächeln. »Wahrscheinlich haben mein Verlobter und ich die Einzelheiten schon vor meiner Abreise besprochen, da mein Vater bereits krank und mit seinem Tod zu rechnen war.«
Ruckartig blieb die Wirtschafterin stehen und runzelte ungläubig die Stirn.
»Aber, Mylady ... Mr. Osbourne ... Ihr Verlobter hat Ihnen die schreckliche Nachricht doch mitgeteilt und Sie nach Hause gebracht. Haben Sie während der ganzen Fahrt nicht über den Tod Ihres Vaters gesprochen?«
Der Boden schien zu schwanken, und alles Blut sackte aus ihrem Kopf. Haltsuchend lehnte sie sich an eine Wand. Das also war Caswyn Osbourne, der Mann, den Belinda so vehement abgelehnt und als Emporkömmling beschimpft hatte. Nun verstand sie auch sein spöttisches, verächtliches Verhalten ihr gegenüber, obwohl sie nicht wusste, warum er sie derart unhöflich behandelt hatte. Sie hatte sich ja schön blamiert!
Lydia Golberden griff nach Ellens Arm und stützte sie.
»Es ist alles etwas viel, Lady Belinda«, wiederholte sie mitfühlend. »Die Reise und dann diese schreckliche Nachricht. Wenn Sie erst gebadet und etwas gegessen haben, werden Sie sich besser fühlen. Wenn Sie möchten, gebe ich Ihnen einen leichten Schlaftrunk, damit Sie morgen ausgeruht sind.«

Ellen lehnte dankend ab. Trotz allem, was in den letzten Stunden auf sie eingestürmt war, wollte sie einen klaren Kopf behalten.

Das Schaumbad verströmte den Duft nach Vanille, doch Ellen konnte sich nicht entspannen. Die Augen geschlossen, lehnte sie an dem weichen Rückenpolster der Badewanne. Sie hatte nicht gewusst, dass es so etwas gab. Immer wieder drängte sich das markante Gesicht von Caswyn Osbourne in ihre Gedanken. Deutlich erinnerte sie sich an Belindas Worte, die ihren Verlobten als alt und unattraktiv bezeichnet hatten, dazu als knallharten Geschäftsmann, der zum Erreichen seiner Ziele über Leichen ging. Nun, Letzteres konnte Ellen nicht beurteilen, obwohl sie sich vorstellen konnte, dass Caswyn kein einfacher Mann war. Sie hatte seinen Zynismus deutlich zu spüren bekommen. Er war aber weder alt noch unattraktiv, im Gegenteil, wie sich Ellen seufzend eingestehen musste. Nie zuvor in ihrem Leben war sie einem Mann begegnet, der sie vom ersten Moment an derart fasziniert hatte. Sie fühlte sich zwischen Interesse an seiner Person und Abneigung gegen sein Verhalten ihr gegenüber hin- und hergerissen. Obwohl ihr Verstand sagte, dass sein unfreundliches Verhalten nicht ihr, Ellen, sondern Belinda galt, war sie wütend darüber, wie er sie behandelte. Aber solange sie nicht ihre richtige Identität offenbarte, durfte sie weder Caswyn noch sonst jemandem zürnen. Sie alle glaubten, Belinda Swinbrook vor sich zu haben, die offenbar über mehr negative Charakterzüge verfügte, als Ellen in der kurzen Zeit, die sie miteinander verbracht hatten, feststellen konnte.
»Was mache ich hier nur?«, rief sie und schlug mit der flachen Hand auf das Wasser, das nach allen Seiten spritzte. Sofort wurde die Tür zum Nebenzimmer geöffnet.

»Sie haben gerufen, Mylady?« Ein junges Mädchen in der Kleidung der Dienstboten trat ein. »Darf ich Ihnen aus dem Bad helfen?«
Ellen hatte das Mädchen ganz vergessen, das, nachdem sie ihr Bad gerichtet hatte, im Nebenzimmer wartete, bis Ellen fertig war. Sie bemühte sich um ein ungezwungenes Lächeln und nickte. Ein wenig peinlich war es ihr schon, nackt vor dem Mädchen aus der Wanne zu steigen und sich in angewärmte, flauschig weiche Handtücher hüllen zu lassen. Aus ihrer Zeit bei Lady Northam wusste sie jedoch, dass eine Angehörige des obersten Standes sich bei fast jeder Verrichtung von einem Domestiken helfen ließ. Dumm war wiederum, dass Ellen keine Ahnung hatte, wie das Mädchen hieß. Sie umschiffte diese Klippe, indem sie das Mädchen nicht direkt ansprach, was diese auch nicht zu erwarten schien.
Nachdem Ellen sich von ihr in ein bequemes Hauskleid hatte helfen lassen und ihre Haare gebürstet waren, brachte das Mädchen ein Tablett mit einer Gemüsesuppe, kaltem Hühnchen, Brot, Käse und Wein.
»Miss Golberden meinte, Sie möchten auf Ihrem Zimmer speisen, Mylady«, sagte sie.
Ellen nickte und bedankte sich für das Essen. Für einen kurzen Moment flackerten die hellen Augen des Mädchens verwundert, und Ellen dachte, dass Belinda sich wohl für diese Selbstverständlichkeit nicht bedankt hätte. Daher bemühte sie sich um einen leicht herablassenden Ton, als sie sagte: »Richte Miss Golberden aus, ich möchte sie sprechen. Unverzüglich, wenn es möglich ist.«
Offenbar hatte Ellen die richtigen Worte gewählt, denn das Mädchen knickste und eilte davon. Ellen hatte gerade die halbe Suppenschale geleert, als die Haushälterin nach einem Klopfen eintrat.

»Sie wünschen mich zu sprechen, Mylady?«
Ellen widerstand der Versuchung, der Frau einen Platz anzubieten. Eine Lady ließ eine Angestellte in ihrer Gegenwart nicht sitzen.
»Ich möchte gern eine Aufstellung des Personals in diesem Haus sehen, Lydia.«
»Warum denn das?« Lydia Golberdens Augen weiteten sich erstaunt. »Ist etwas nicht in Ordnung, Mylady?«
»Nein, nein«, antwortete Ellen schnell. »Ich möchte lediglich wissen, welchen Lohn das Personal erhält. Darüber wird doch sicher Buch geführt, nicht wahr?«
Die Unsicherheit stand der Haushälterin ins Gesicht geschrieben, und Ellen bemerkte, wie sie nervös ihre Finger ineinander verschränkte.
»Aber doch nicht heute?«, fragte sie, besann sich dann aber sofort. »Sicherlich, Mylady, wenn Sie wünschen … aber …«
Ellen unterbrach sie mit einer Handbewegung.
»Ich wäre Ihnen dankbar, wenn Sie mir die Aufstellung gleich bringen würden, Lydia. Das ist doch kein Problem, oder?«
Lydia Golberden öffnete den Mund, als wolle sie noch etwas entgegnen, und Ellen las in ihrem Blick völliges Unverständnis, dann jedoch senkte sie den Kopf und murmelte: »Ich bin in fünf Minuten zurück.«
Wieder allein, beglückwünschte sich Ellen zu dieser Idee, die ihr während des Bades gekommen war. Egal, was die Haushälterin davon hielt, für sie, Ellen, was es eine Möglichkeit, auf unverfängliche Weise die Namen der Dienstboten und ihre Stellung in diesem Haus in Erfahrung zu bringen. Ellen wusste, sie musste so schnell wie möglich klarstellen, dass sie nicht Belinda Swinbrook war, bevor der Earl jedoch nicht beerdigt worden war, wollte sie diesen Eklat nicht auslösen. Zur Beerdigung würden bestimmt alle Bekannten der Swin-

brooks, vielleicht auch Verwandte, erscheinen, wahrscheinlich war es das Beste, sich zuerst an einen von ihnen zu wenden. Außerdem – der Earl hatte sicher ein Testament hinterlassen, und der zuständige Notar oder Anwalt würde mit ihr sprechen wollen. Vielleicht war er der richtige Ansprechpartner, die Angelegenheit zu klären? Im Moment war Ellen zu verwirrt, um zu entscheiden, was das Richtige war, darum würde sie einfach alles auf sich zukommen lassen.

Aufmerksam studierte Ellen das in dunkles Leder gebundene Buch von Lydia Golberden. In deren steiler, kleiner Schrift waren alle Angestellten, die im Haus oder auf dem Besitz von Tredethian beschäftigt waren, namentlich mit ihrem Rang aufgelistet, dahinter stand deren jährlicher Lohn. Als Erstes fand sich natürlich der Name der Wirtschafterin, und Ellen stieß erstaunt einen Pfiff aus, als sie deren Gehalt sah. Laut Aufstellung erhielt Lydia Golberden ein jährliches Gehalt von zweihundert Pfund! Das war eine ungeheuerliche Summe, selbst für Ellen, die sich mit den Löhnen von Dienstboten auf solch herrschaftlichen Besitztümern wie Tredethian Manor nicht auskannte. Als Schullehrer hatte ihr Vater rund ein Viertel dieser Summe im Jahr erhalten, und sie hatten damit durchaus ihr Auskommen gehabt. Ellen wusste allerdings, dass ein Mädchen in Tadworth, das auf einer Farm als Magd arbeitete, sechzehn Schillinge im Monat erhielt. Sie nahm die Finger zu Hilfe und überschlug ein Jahresgehalt von rund zehn Pfund für die Magd. In der letzten Spalte auf der Buchseite war das Jahr, seitdem die Leute hier beschäftigt waren, eingetragen. Ellen las, dass Lydia Golberden seit vierundzwanzig Jahren im Haus war – zuerst als zweites Hausmädchen, aber bereits drei Jahre später wurde sie zur Wirtschafterin ernannt und erhielt schon damals einen recht hohen Lohn.

In den folgenden Jahren wurde dieser immer wieder erhöht, die zweihundert Pfund pro Jahr bekam Lydia Golberden seit rund fünf Jahren. Da Ellen davon ausging, dass sie außerdem freie Kost und Logis erhielt, musste Lydia Golberden in all den Jahren ein richtiges Vermögen angehäuft haben. Vielleicht sparte sie für das Alter, wenn sie nicht mehr arbeiten konnte? Ellen wusste nicht, wie alt die Haushälterin war, schätzte sie jedoch auf etwa fünfzig Jahre, also noch jung genug, um weitere zehn oder fünfzehn Jahre in Stellung zu bleiben.
Aufmerksam studierte Ellen die weiteren Eintragungen, die ihre Bedenken bestätigten. Melly, das Hausmädchen, das ihr das Bad gerichtet hatte und Belinda als Zofe zur Hand ging, erhielt jährlich lediglich zwölf Pfund, die Köchin, eine Mrs. Davis, kam auf fünfundzwanzig Pfund, und selbst der Stallmeister, der mit am meisten verdiente, überschritt nicht die dreißig Pfund. Die Küchenmädchen erhielten je nach Alter und Dauer ihrer Beschäftigung in diesem Haus zwischen sechs und acht Pfund jährlich.
Ellen legte das Buch zur Seite und runzelte die Stirn. Warum wurde die Wirtschafterin derart hoch bezahlt? Die Erklärung lag auf der Hand: Da sie selbst die Auszahlungen vornahm, waren die Bücher vermutlich nie von Dorian Swinbrook geprüft worden, wahrscheinlich hatte er seiner Angestellten hundertprozentig vertraut, und Belinda hatte sich ebenfalls nicht darum gekümmert. Deutlich konnte Ellen sich an Belindas Worte, um Tredethian würde es finanziell nicht zum Besten stehen, erinnern. Waren sie und ihr Vater wirklich so blauäugig gewesen, die Ausgaben nicht streng zu kontrollieren? Ellen seufzte und fuhr sich mit dem Handrücken über die schmerzenden Augen. Seit Stunden las sie bei Kerzenlicht, Mitternacht war bereits vorüber, und morgen stand ihr ein

anstrengender Tag bevor. Sie entkleidete sich, zog eines von Belindas seidenen Nachthemden an, die fein säuberlich gefaltet zu Dutzenden in einer Kommode aufbewahrt wurden, ging zu Bett und löschte die Kerze. Alles sprach dafür, dass Lydia Golberden ihren Dienstherrn seit Jahren nach Strich und Faden betrog. Es war jedoch nicht ihre Aufgabe, dies aufzudecken. Es war … Sie fuhr hoch und starrte in die Dunkelheit. Ja, was war denn ihre Aufgabe? Zu sagen, dass Belinda tot auf dem Meeresgrund lag, und dann? Außer dem Muttermal und ihrer Ähnlichkeit gab es keinen Beweis, dass sie ebenfalls eine Tochter von Dorian Swinbrook war. Eine Tochter, deren Existenz zwanzig Jahre lang verheimlicht und nur durch Zufall entdeckt worden war. Ellen kannte sich mit den Gesetzen nicht aus, sie wusste aber, dass ein uneheliches Kind keinen Erbanspruch hatte. Bastarde, wie diese Menschen auch heute noch gern genannt wurden, rangierten auf der gesellschaftlichen Ebene ganz unten. Vielleicht wäre es anders gewesen, wenn der Earl sie als seine Tochter offiziell anerkannt hätte, das war aber nun nicht mehr möglich. Die Frage, die Ellen jedoch wie keine andere beschäftigte, war: Wenn sie wirklich außerehelich geboren worden war, was war dann mit Belinda? Bei ihrer Ähnlichkeit mussten sie beide doch dieselben Eltern haben! Sonst wäre es ein wirklich zu großer und unwahrscheinlicher Zufall. Ellen konnte Tredethian Manor nicht einfach wieder verlassen, ohne hinter dieses Geheimnis gekommen zu sein. Es ging ihr nicht um Geld und Besitz, sondern um die Wahrheit, die sie nur hier herausfinden konnte. Wie jedoch sollte sie sich in der Rolle von Belinda verhalten? Sie hatte keine Ahnung, wie man einen Besitz wie diesen führte, noch weniger, wie man sich in der guten Gesellschaft bewegte.

Bei dem Gedanken an Caswyn schlug Ellens Herz schneller,

und sie presste die Lippen zusammen. Er und Belinda waren offiziell verlobt gewesen, und eine Verlobung brachte gewisse Rechte mit sich. Was, wenn Caswyn durch seine Verbindung zu Belinda der rechtmäßige Erbe war, auch wenn die Trauung noch nicht stattgefunden hatte? Da er ein knallharter Geschäftsmann war – Ellen erinnerte sich an Belindas Worte, als sie meinte, ein Osbourne würde zum Erreichen seiner Ziele über Leichen gehen – und das Anwesen auf jeden Fall haben wollte, würde er um Tredethian kämpfen. Über das nötige Geld für einen Rechtsstreit verfügte er ebenfalls. Das konnte, das durfte sie nicht zulassen! Sie presste die Hände fest auf die Schläfen, als könne sie so ihre Gedanken ordnen. Die verlockende Idee, noch länger die Rolle ihrer Schwester zu spielen, hatte sich bereits in ihrem Kopf festgesetzt und ließ sich nicht mehr vertreiben, wenngleich sie wusste, dass sie nicht nur einen schweren Fehler beging, sondern sich vielleicht sogar strafbar machte. Sie seufzte, entzündete das Licht wieder, stopfte sich zwei Kissen in den Rücken und nahm das Haushaltsbuch erneut zur Hand. Wenn sie schon nicht schlafen konnte, konnte sie ebenso gut weiter in dem Haushaltsbuch lesen, um sich von all den anderen verworrenen Gedanken abzulenken. Wer weiß, was sie darin noch entdecken würde …

In der nächsten Stunde fand Ellen heraus, dass der Earl bis vor zwei Jahren einen Butler beschäftigt hatte. Über die Gründe, warum diese Position entfallen war, war jedoch nichts vermerkt. Belinda hatte von finanziellen Schwierigkeiten gesprochen, was ein Grund dafür sein könnte, da außer Dorian Swinbrook und Belinda keine weiteren Familienangehörigen auf Tredethian lebten. Ein so kleiner Haushalt, besonders auf dem Land, benötigte nicht zwingend einen Butler. Ellen vermutete, dass Lydia Golberden allen Belangen des

Hauses und des gesamten Personals vorstand. Bei größeren Gesellschaften wurde Personal aus den umliegenden Dörfern beschäftigt, das war eine übliche Vorgehensweise. Erneut kehrten Ellens Überlegungen zur Haushälterin zurück. Obwohl die Frau ihr freundlich begegnet war, war etwas an ihr, was Ellen Unbehagen bereitete. Lydia Golberden war mittelgroß, so korpulent, dass man sie schon als dick bezeichnen konnte, dennoch war ihr Gesicht länglich und schmal, und in ihren dunkelblonden Haaren zeigten sich nur vereinzelt graue Strähnen. Ihre Augen waren von einem verwaschenen Blau, und Ellen hatte das Gefühl, als würde sich Lydias Blick tief in ihre Seele bohren. Plötzlich fiel Ellen ein, warum ihr die Haushälterin suspekt erschien – es war der Mangel an Respekt gegenüber ihrer Herrschaft. Lydia war in ihrer Art und auch in ihren Worten zwar höflich gewesen, es war aber mehr eine Höflichkeit wie unter ihresgleichen. Zwar war Ellen frei von jeglichem Standesdünkel, wenn sie sich jedoch in Belindas Rolle versetzte, so war die Haushälterin etwas zu vertraut mit ihr umgegangen.

»Was geht das mich an?«, murmelte sie. »In ein paar Tagen bin ich hier wieder weg, und die Frau kann mir egal sein.«

Obwohl Ellen fest entschlossen war, ihre wahre Identität bei der nächsten sich bietenden Gelegenheit zu enthüllen, blieb ein kleiner Stachel des Zweifels in ihr. Wenn sie wirklich ging, würde das bedeuten, Caswyn Osbourne nie wiederzusehen.

18. Kapitel

Die zu Tredethian Manor gehörende Kirche, deren Turm und Grundmauern aus normannischer Zeit stammten, war bis auf den letzten Stehplatz gefüllt. Offenbar gab es wirklich keine näheren Verwandten, denn Ellen saß allein in der Familienbank in der ersten Reihe, deren Holz mit geschnitzten und farbig bemalten Wappen derer von Tredethian verziert war. Direkt hinter ihr saßen Caswyn Osbourne und sein Vater, ein weißhaariger Herr mit so freundlichen Gesichtszügen, dass sich Ellen unwillkürlich fragte, wie die beiden Männer miteinander verwandt sein konnten. Vor dem Gottesdienst hatte Lawrence Osbourne Ellens Hand genommen und ihr sein Beileid ausgedrückt. In seinen Augen konnte Ellen die Aufrichtigkeit seiner Worte erkennen, während Caswyn ihrem Blick auswich.

Auf den übrigen Bänken saßen in Schwarz gekleidete Damen und Herren und auch einige Kinder, die still und ehrfurchtsvoll auf den geschlossenen Sarg starrten, der vor dem Altar aufgebaut war. Unter dem Tuch, ebenfalls mit dem Familienwappen bestickt, und dem Chrysanthemen-Kreuz konnte man das dunkle Holz kaum sehen. Ellen hatte aus dem umfangreichen Kleiderfundus Belindas ein einfaches schwarzes Samtkleid ausgewählt, dazu trug sie einen passenden Mantel ohne jeglichen Zierat. Ihr Haar bedeckte ein ausladender Hut, und ein Schleier verhüllte ihr Gesicht. Dennoch hatte Caswyn sich die Bemerkung »Du siehst aus, als würde der Tod deines Vaters dich wirklich berühren« nicht verkneifen können, als er ihr durch den Schleier ins Gesicht sah. Die Ereignisse der letzten Wochen und die schlaflose Nacht hatten Spuren hin-

terlassen, was außer Caswyn niemanden zu überraschen schien. Ellen starrte auf den Sarg und hörte in sich hinein, konnte aber nichts empfinden. Der Mensch, dessen Körper kalt und leblos in dem Sarg lag, war ihr nicht nahe. Vielleicht war Dorian Swinbrook wirklich ihr Vater gewesen, doch für sie war er ein fremder Mann. Ihr Vater würde immer der Schullehrer Henry bleiben, gleichgültig, ob sie das Geheimnis ihrer Herkunft würde lüften können oder ob nicht.
Weder die perfekt organisierte Trauerfeier noch die gut gewählten Worte des Pfarrers – der in seiner Trauerrede Dorian Swinbrook als einen äußerst beliebten und großzügigen Patron darstellte, aber kein Pfarrer würde bei einer Beerdigung etwas Negatives über den Verstorbenen sagen – erreichten Ellens Herz. Sie hoffte, dass es bald vorbei sein möge, denn sie sehnte sich danach, allein zu sein und in Ruhe über alles nachdenken zu können.
»Gesegnet sind die, die im Glauben an Gott sterben …« Die Worte des Pfarrers rauschten an Ellens Ohren vorbei. War der Earl ein gläubiger Mensch gewesen? Hatte Belinda an das Paradies, das einen angeblich nach dem Tod erwartete, geglaubt? Ellen schluckte den Kloß in ihrer Kehle hinunter. Sie wusste es nicht und würde es niemals erfahren.
Als der Pfarrer seine Gebete beendet hatte und sich Schweigen über die Trauergemeinde senkte, schulterten sechs dunkel gekleidete Männer den Sarg, und der Pfarrer gab das Zeichen, dem Trauerzug zum angrenzenden Friedhof zu folgen. Als Ellen aus der Bank trat, war Caswyn an ihrer Seite und bot ihr seinen Arm.
»Du erlaubst? Die Leute erwarten, dass dein Bräutigam dir zur Seite steht.«
Dankbar nahm Ellen seinen Arm. In der Tat brauchte sie jetzt eine Stütze an ihrer Seite. Als sie vor die Kirche traten, weite-

ten sich ihre Augen vor Staunen, denn der gesamte Kirchhof sowie die umliegenden Wiesen waren voller Menschen. Es mussten Hunderte sein.
»Wo kommen die denn alle her?«, flüsterte sie.
»Es sind die Arbeiter deines Vaters«, antwortete Caswyn. »Die jetzt wohl deine Arbeiter sind. Ich habe mir erlaubt, die Arbeit in den Minen heute ruhen zu lassen, auch meinen Angestellten habe ich freigegeben. Die Menschen wollen von deinem Vater Abschied nehmen, denn er hatte stets ein offenes Ohr für ihre Belange, wenngleich du das sicher nicht verstehen wirst.«
Die Trauergemeinde bildete respektvoll eine Gasse, während Ellen an Caswyns Arm durch die Reihen schritt. Frauen beugten das Knie, Männer nahmen ihre Mützen ab und senkten den Kopf. Auch hier waren zahlreiche Kinder unter den Trauernden, und Ellen erschrak, als sie in die vielen schmalen und hungrigen Gesichter schaute. In den Augen mancher Jungen, kaum älter als zehn, elf Jahre, sah sie bereits so viel Wissen wie in denen eines alten Mannes. Obwohl es Ende Oktober und bereits kühl und feucht war, hatten die meisten der Kinder weder Jacke noch Mantel an, einige trugen nicht einmal Schuhe.
Auch wenn Ellen Caswyn bezüglich der Arbeiter einiges fragen wollte, wusste sie, dass sie im Moment schweigen musste. Niemand würde ihr glauben, dass sie sich um das Wohl dieser Menschen sorgte, während ihr Vater zu Grabe getragen wurde. Plötzlich stob ein Schwarm Krähen aus den Bäumen des Kirchhofs auf und kreiste über den Köpfen der Trauergemeinde. Für Ellen war ihr Krächzen wie ein Totengesang – die letzte Melodie auf dem Weg in die ewige Dunkelheit.
Die nächste Überraschung erlebte Ellen, als die Sargträger auf

ein mit Türmchen verziertes, rechteckiges Gebäude aus weiß-schwarzem Marmor zugingen. Sie hatte angenommen, der Earl würde in einem Erdgrab bestattet, stattdessen befanden sich die Gräber der Familie in diesem prächtigen Mausoleum, das einem König würdig gewesen wäre. Über dem Eingang fand sich auch hier das Familienwappen sowie in goldenen Lettern der Name *Tredethian* und *Requiescat in pace.*
Bemüht, sich ihre Spannung nicht anmerken zu lassen – immerhin war sie nie zuvor in einem Mausoleum gewesen –, betrat Ellen das Grabmal. Sie fröstelte bei der feuchten Kühle. Automatisch klammerte sie sich fester an Caswyns Arm.
»Hier wirst du eines Tages auch liegen«, flüsterte er ihr spöttisch zu. »Das heißt, wenn du es nicht vorziehst, bei einer deiner zahlreichen Reisen rund um die Welt das Zeitliche zu segnen.«
Ellen war über seine Pietätlosigkeit nicht überrascht. Sie passte zu Caswyn, der offenbar keine Gelegenheit ausließ, sie zu beleidigen. Ihre Aufmerksamkeit wurde dann jedoch von einem aufwendig gearbeiteten Grabmal beansprucht, das inmitten des Raums stand. Ein weißer, mit Blattgold überzogener Engel wachte über die letzte Ruhestätte einer Dame, bei deren Namen Ellens Blut schneller durch ihre Adern schoss.

Melanie Elisabeth Swinbrook, geb. Arlington
1852–1893

Die goldenen Lettern erschütterten Ellen – Belindas Mutter! Lagen hier die sterblichen Überreste der Frau, die auch ihre Mutter gewesen war? Sie schwankte, und Caswyn legte stützend seinen Arm um ihre Taille, bis sie wieder sicher stand. Sein erstaunter Blick streifte sie. Ellen war froh, dass er in dem Dämmerlicht und durch den Schleier ihr Gesicht nicht

genau sehen konnte, das nicht Trauer, sondern Spannung verriet.
Schweigend verfolgte die Handvoll Menschen, die hinter ihr ins Mausoleum getreten war, wie der Sarg von Dorian Swinbrook in eine Grabkammer direkt neben seine Frau geschoben wurde, dann sprach der Pfarrer ein paar Worte, segnete die Grabstätte und endete mit dem Vaterunser, in das alle einfielen. Ellen trat vor, beugte ihr Knie vor dem noch offenen Grab des Earls und warf die Rose, die sie die ganze Zeit in der Hand gehalten hatte, auf den Sarg. Nachdem Caswyn es ihr gleichgetan hatte, nahm er wieder ihren Arm und geleitete sie nach draußen. Obwohl es nieselte und ein kalter Wind blies, war Ellen froh über die frische Luft. Die Atmosphäre im Mausoleum hatte ihr fast die Kehle abgedrückt, und ihr war übel. Am Friedhofstor musste sie noch eine Weile steif und förmlich fremde Hände schütteln, denn zu dem anschließenden Empfang in Tredethian Manor waren nur die engsten Freunde und Nachbarn geladen. Als Caswyn wieder ihren Arm nahm und sie zur Kutsche führen wollte, wäre Ellen am liebsten davongelaufen. Ganz weit fort, irgendwohin, wo keine Menschen waren und sie mit ihrem Schmerz und ihrer Verwirrung darüber, wie es weitergehen sollte, allein sein konnte.
»Ich möchte bitte ein paar Schritte gehen«, bat sie leise.
»Du willst laufen? Freiwillig?« Caswyns Augenbrauen hoben sich. »Soll ich dich begleiten?«
»Danke, aber ich möchte einen Moment allein sein«, entgegnete Ellen. Es war ihr gleichgültig, ob sie sich jetzt anders verhielt, als Belinda es getan hätte. Sie brauchte ein paar Minuten Ruhe und frische Luft, bevor sie sich den Gästen stellen konnte. Am Morgen hatte Lydia Golberden ihr mitgeteilt, dass rund vier Dutzend Trauergäste zu dem Empfang ins

Herrenhaus geladen waren. Sie musste nun für ein oder zwei Stunden die Rolle der trauernden Tochter ebenso wie die der perfekten Gastgeberin spielen. Ellen war sicher, Belinda hätte damit keine Probleme gehabt, sie selbst sehnte sich aber danach, sich in ihr Zimmer zurückziehen zu können und niemanden mehr sehen zu müssen. Noch musste sie die Form wahren, durfte niemanden brüskieren oder gar heute und jetzt die Wahrheit offenbaren. Sie musste ihre Rolle einige Zeit weiterspielen, bis der richtige Zeitpunkt gekommen war.
Der Weg vom Kirchhof zum Herrenhaus war nicht weit. Obwohl Ellen langsam ging, erreichte sie Tredethian in weniger als zehn Minuten, und Caswyn Osbourne erwartete sie am Fuß der Treppe und geleitete sie ins Haus. Auch wenn er seit gestern keine Gelegenheit ausgelassen hatte, sie zu beleidigen, war sie über seine Anwesenheit froh. Er erschien Ellen wie ein Fels in der Brandung.
In der Halle waren die Gäste bereits versammelt. Hausmädchen und Diener reichten den Damen warmen Punsch – je nach Wunsch mit oder ohne Alkohol, für die Männer standen Karaffen mit Brandy, Whisky und Zigarren bereit. Auf einem Büfett waren Platten mit Sandwiches und kalten Pies angerichtet. Die Gäste griffen ungeniert zu, denn so eine Beerdigung machte hungrig, und der Verstorbene hätte sicher nicht gewollt, dass ihre Mägen knurrten. Lydia Golberden hatte in der Kürze der Zeit die Trauerfeier und den Leichenschmaus perfekt organisiert, wofür Ellen ihr nicht nur Dank, sondern auch größten Respekt zollte. Wahrscheinlich hatte die Frau sich in den vergangenen Jahren in allen Bereichen unentbehrlich gemacht und bezog deswegen einen derart hohen Lohn.
Die Trauergäste traten einer nach dem anderen zu Ellen und sprachen ihr Beileid aus, und Ellen hatte den Eindruck, dass alle es ehrlich meinten. Offenbar ging der Tod des Earls den

Menschen hier wirklich nahe. Da Ellen keinen der Anwesenden kannte, dankte sie stets mit einem Kopfnicken und einem gemurmelten »Danke, das ist sehr freundlich, Mylady« oder »Ich danke Ihnen, Sir«, womit sie auf der sicheren Seite blieb. Einzig mit Lawrence Osbourne wechselte sie mehr als ein paar belanglose Worte. Caswyns Vater war trotz seiner grauen Haare und einem Gesicht, dem man ansah, dass er sein ganzes Leben schwer gearbeitet hatte, ein gutaussehender und agiler Mann.

»Lady Belinda, wir alle sind von dem frühzeitigen Tod Ihres Vaters sehr betroffen.« Seine Stimme klang ebenso angenehm wie die Caswyns, und sein Blick war offen und ehrlich. »Ich hatte gehofft, Dorian in nächster Zeit besser kennenlernen zu dürfen, wenn unsere Familien erst einmal miteinander verbunden sind.«

Es war das erste Mal, dass Ellen an ihre, beziehungsweise an Belindas Verlobung erinnert wurde. Bevor sie etwas entgegnen konnte, warf Caswyn ein:

»Nun, das wird jetzt noch etwas warten müssen, Vater. Das Trauerjahr werden wir wohl einhalten, nicht wahr, Belinda?«

Ellen nickte beklommen. Sollte sie jetzt die Wahrheit gestehen? Sie hatte bereits den Mund geöffnet, als ein blonder, mittelgroßer Mann zu ihr trat. Auf den ersten Blick war er attraktiv, als er sich aber über Ellens Hand beugte und einen Kuss andeutete, sah Ellen die erweiterten Äderchen auf seinen Wangen und die Andeutung von Tränensäcken. Beides wies auf übermäßigen Alkoholgenuss hin, und auch heute hatte er den gehaltvollen Getränken offenbar schon kräftig zugesprochen, als er das Wort an sie richtete.

»Mein aufrichtiges Beileid, Lady Belinda.«

Sie dankte mit einem Kopfnicken, zuckte dann aber wie unter einem Schlag zurück, denn der Mann hielt ihre Hand nicht nur länger als nötig fest, sondern strich mit seinem Daumen auch noch vertraulich über ihre Handfläche. Diese Geste hatte etwas unangenehm Intimes. Schnell entzog Ellen ihm ihre Hand und hängte sich bei Caswyn ein, der den Mann unfreundlich musterte.

»Golberden! Sie sind immer da anzutreffen, wo es kostenlosen Alkohol gibt, nicht wahr?«

Bei Nennung des Namens zuckte Ellen erneut zusammen. Augenscheinlich handelte es sich bei dem aufdringlichen Mann um einen Verwandten der Haushälterin, vielleicht sogar um ihren Sohn, wobei Lydia Golberden ihres Wissens nach unverheiratet war.

»Ach, Osbourne, Sie sind wie immer die Freundlichkeit in Person«, gab Golberden zurück und wandte seine Aufmerksamkeit wieder Ellen zu. »Obwohl meine Bekanntschaft mit dem Earl nicht sehr … ausgeprägt war, war es mir ein Bedürfnis, ihm die letzte Ehre zu erweisen. Und natürlich Ihnen, liebe Belinda, mein Mitgefühl auszusprechen.«

»Ich danke Ihnen, Mr. Golberden«, erwiderte Ellen mühsam beherrscht, denn der Blick, mit dem der Mann sie musterte, war beinahe unverschämt, wenn nicht sogar als schamlos zu bezeichnen, außerdem hatte sie sehr wohl bemerkt, dass er die Anrede Lady wegließ. Instinktiv wusste sie, dass Belinda und diesen Mann mehr verbunden hatte als nur eine flüchtige Bekanntschaft, und ein kühler Schauer lief über ihren Rücken.

»Könntest du wenigstens, wenn ich an deiner Seite bin, auf die Gesellschaft dieses Mannes verzichten?«, zischte Caswyn leise, nachdem Golberden sich zurückgezogen hatte. »Ich darf dich daran erinnern, dass wir Diskretion vereinbart haben, und wünsche, dass du dich daran hältst. Ich erfülle meinen Teil dieser Vereinbarung schließlich auch.«

»Ich kann ja wohl niemandem verbieten, an der Beerdigung teil-

zunehmen.« In Ellen regte sich Trotz. Obwohl dieser Golberden ihr von Herzen zuwider war, wollte sie sich von Caswyn nicht abkanzeln lassen, als wäre sie ein Schulmädchen. Daher fügte sie, entgegen ihrer Art, hochnäsig hinzu: »Außerdem ist es mein Haus, in dem ich empfangen kann, wen ich will.«
Vor unterdrücktem Zorn funkelten Caswyns Augen wie regennasse Steine.
»Na endlich, da ist sie wieder, die Belinda, die ich kenne.« Seine Stimme troff vor Hohn. »Vorhin, im Mausoleum, dachte ich für einen Moment, die Zeit in Frankreich hätte dich verändert, und du zeigst aufrichtige Trauer. Wie gut, dass ich mich getäuscht habe, meine Liebe, und du deine Maske endlich fallen lässt. Mit dieser Belinda komme ich nämlich besser zurecht.«
Empört schnappte Ellen nach Luft, doch bevor sie zu einer Erwiderung ansetzen konnte, trat ein älterer, schmächtiger Herr mit einer goldumrandeten Brille zu ihnen.
»Mylady, verzeihen Sie die Störung, aber können wir die Testamentseröffnung noch heute vornehmen?«
Testament ... Anwalt ... kombinierte Ellen sofort.
»Selbstverständlich, wann passt es Ihnen?«, fragte sie und hoffte, der Herr würde nicht erwarten, mit Namen angesprochen zu werden. Die Sache entwickelte sich immer mehr zum Balanceakt auf einem Drahtseil, und Ellen befürchtete, jeden Moment in die Tiefe zu stürzen.
»Wenn die Gäste gegangen sind, Lady Swinbrook?«, schlug der Anwalt vor. »Einen Teil des Personals müssen wir auch hinzuziehen, da Dorian so freundlich war, einige von ihnen mit Legaten zu versehen.«
»In einer Stunde im Arbeitszimmer?«, schlug Caswyn vor, als gehöre ihm das Haus bereits.
Der Anwalt zog sich mit einem Nicken zurück, und Ellen

war fest entschlossen, ihm noch vor der Testamentseröffnung die Wahrheit zu gestehen. Der Mann sah aus, als könne sie ihm vertrauen, außerdem schien er mit dem Earl auf vertrautem Fuß gestanden zu haben, da er ihn beim Vornamen nannte. Ein Mann in seiner Position wusste sicher, wie das Vermögen des Earls nach dem Tod Belindas verwaltet werden musste. Vielleicht konnte er ihr raten, wie sie sich verhalten sollte und ob es eine Möglichkeit gab, zu beweisen, dass sie eine leibliche Tochter von Dorian Swinbrook war.

»Ach ja, Sophie lässt dir natürlich auch ihr aufrichtiges Beileid übermitteln«, riss Caswyn sie aus ihren Überlegungen. Ellen grübelte, wer Sophie war. Glücklicherweise fuhr Caswyn fort: »Leider fühlt sich meine Schwester gesundheitlich nicht in der Lage, der Beerdigung beizuwohnen.«

»Oh, ist sie krank? Richte ihr bitte liebe Grüße aus und wünsche ihr eine gute Besserung«, sagte Ellen erleichtert, diese Klippe umschifft zu haben.

Caswyns Augen verengten sich.

»Nicht einmal an der Beisetzung deines Vaters kannst du dir deinen Hohn verkneifen.« Seine Stimme war leise vor unterschwelligem Zorn. »Belinda, kannst du überhaupt einmal etwas anderes tun, als die Menschen fortwährend vor den Kopf zu stoßen?«

Ohne eine Antwort abzuwarten, ging Caswyn davon und verschwand in der Menge. Da Lawrence Osbourne mit einem Herrn ins Gespräch vertieft war, blieb Ellen allein zurück. Was hatte sie denn jetzt schon wieder Falsches gesagt? Sie hatte nur freundlich sein wollen, aber offenbar war Caswyn, was die Gesundheit seiner Schwester betraf, ziemlich empfindlich. Als Ellen die Wirtschafterin, die gerade mit einer leeren Platte auf dem Weg in die Küche war, bemerkte, trat sie schnell neben sie.

»Lydia, darf ich Sie etwas fragen?«
»Selbstverständlich.« Die Haushälterin sah Ellen an, als hätte sie soeben einen gebratenen roten Elefanten zum Abendessen verlangt. Seit wann fragte eine Lady ihre Angestellte um Erlaubnis, wenn sie eine Frage an sie richten wollte? Ellen versuchte, sich zu konzentrieren, und sagte ruhig: »Miss Sophie Osbourne ... die Schwester meines Verlobten ... ist sie ernsthaft erkrankt?«
In Lydias Augen sah Ellen das gleiche Unverständnis wie zuvor bei Caswyn.
»Sie wissen doch, wie schlecht es ihr geht, Lady Belinda. Ihr Zustand hat sich in den Wochen Ihrer Abwesenheit verschlechtert, der Arzt rechnet mit dem Schlimmsten.«
»Das tut mir leid.« Ellen meinte ihre Worte aufrichtig, wenngleich sie immer noch nicht wusste, woran Caswyns Schwester litt. Wenn ihr Leben jedoch auf der Kippe stand und Belinda dies offenbar wusste, verstand sie, warum Caswyn derart schroff reagiert hatte.
Ein Gast nach dem anderen verabschiedete sich, bis schließlich nur noch Ellen, Caswyn, sein Vater und der Anwalt unvermittelt in der Halle zurückblieben. Bevor sie ins Arbeitszimmer gingen, zog der Anwalt unvermittelt zwei Umschläge aus der Innentasche seines Rockes.
»Lady Belinda, kurz vor seinem Tod hat Ihr Vater mir einen Brief für Sie übergeben, den ich Ihnen vor der Testamentseröffnung aushändigen soll. Er meinte, Sie sollten ihn in Ruhe lesen und dann Ihre Entscheidung treffen.«
Ellen starrte auf den elfenbeinfarbenen Umschlag. In ihrem Magen begann es zu kribbeln. Hatte der Earl sich kurz vor seinem Tod dazu durchgerungen, seiner Tochter – in diesem Fall meinte er natürlich Belinda – sein Geheimnis anzuvertrauen? Das Geheimnis, dass es eine zweite Tochter, nämlich

sie, Ellen, gab? War sie vielleicht sogar in dem Testament berücksichtigt? Dorian Swinbrook konnte nicht wissen, dass Belinda ihre Schwester längst gefunden hatte, als er diesen Brief schrieb. Der Umschlag brannte wie Feuer in ihren Händen, und sie konnte es kaum erwarten, ihn zu öffnen und die letzten Worte ihres Vaters zu lesen. Den zweiten Umschlag übergab der Anwalt Caswyn.

»Auch Ihnen, Mr. Osbourne, hat mein Freund ein paar Zeilen hinterlassen. Ebenfalls mit der Bitte, diese vor der Eröffnung seines Testamentes zu lesen.« Er verneigte sich in Ellens Richtung. »Ich lasse Sie jetzt allein, Mylady. Wir sehen uns in einer halben Stunde im Arbeitszimmer.«

Ohne Caswyn zu beachten, eilte Ellen in ihr Zimmer hinauf, ließ sich auf die Bettkante fallen und öffnete den Umschlag. Drei dicht beschriebene Briefbögen fielen ihr entgegen, und zum ersten Mal sah sie die große und elegant geschwungene Schrift ihres vermeintlichen Vaters. Mit pochendem Herzen und in der Erwartung, gleich etwas über das große Geheimnis ihrer Existenz zu erfahren, begann sie zu lesen.

Belinda …

Ellen stutzte bei dieser nüchternen Anrede. Sie hätte ein *Meine geliebte Tochter* oder etwas in der Art erwartet.

Wenn Du diese Zeilen liest, dann wirst Du erleichtert, wenn nicht sogar froh sein, dass ich endlich meine letzte Ruhestätte an der Seite Deiner Mutter gefunden habe. Doktor Chapman, mein Freund und Wegbegleiter, wird in wenigen Minuten meinen Letzten Willen verlesen, von dem Du glaubst, er berge für Dich keine Überraschung. Natürlich gehst Du davon aus, dass Du als mein einziges Kind auch meine einzige Erbin bist. Du wirst Dich daher fragen, warum ich Dir diese Zeilen hier schreibe. Nun, es dreht sich um

Dein Erbe und natürlich um Caswyn Osbourne. Ich nehme an, Du hast, nachdem Du von meinem Tod erfahren hast, was wahrscheinlich in Frankreich der Fall war, und Du somit meiner Beerdigung nicht beiwohnen konntest, sofort daran gedacht, dass Tredethian Manor jetzt Dir gehört, Du damit machen kannst, was Du willst, und eine Heirat mit Osbourne nun unnötig geworden ist. Nun, mein Kind, Du weißt, dass die Verbindung mit Osbourne mein Wunsch ist – zu Lebzeiten sowie auch jetzt, da der Tod an meine Tür klopft. Ebenso ist Dir die finanzielle Situation unseres Besitzes, den viele Generationen in Jahrhunderten aufgebaut haben, bekannt. Ich sehe Dich regelrecht vor mir, wie Du Dir jetzt Gedanken machst, an wen Du das Haus und den Grund und Boden so schnell wie möglich verkaufen kannst, um dann Dein Leben zu genießen, anstatt eine Ehe mit einem Mann, für den Du nicht das geringste Gefühl empfindest, einzugehen. Tredethian Manor ist jedoch seit über sechshundert Jahren im Besitz unserer Familie, und ich werde nicht zulassen, dass meine vergnügungssüchtige Tochter dieses Erbe einfach verschleudert, weil sie frei von jeglichem Verantwortungsbewusstsein ist, was unseren alten Namen und guten Ruf betrifft. Daher möchte ich Dich mit diesen Zeilen vorwarnen, dass Du Tredethian Manor mit all seinen festen und beweglichen Gütern nur erhältst, wenn Du – wie vereinbart – bis spätestens Weihnachten Caswyn Osbourne heiratest. Für den Fall, dass Du Dich diesem meinem letzten Wunsch nicht fügst, habe ich ein zweites Testament gemacht, in dem ich den Besitz meinem entfernten Cousin dritten Grades in Wales zuspreche, auch wenn seit Jahrzehnten kein Kontakt zu dieser verwandtschaftlichen Linie der Swinbrooks besteht.

Während ich diese Worte schreibe, liebe Belinda, muss ich

laut lachen, obwohl der Sensenmann nachhaltig an meine Tür klopft. Ich kann Deinen zuerst erschrockenen und dann zornigen Blick sehen. Ich kenne Dich gut, mein Kind, sehr gut sogar. Und ich höre Deine Worte, mit denen Du mich jetzt verfluchen wirst. Und weißt Du was? Es macht mir eine diebische Freude, Dir dieses Schnippchen geschlagen zu haben. Solltest Du jetzt argumentieren, dass die Vermählung mit Caswyn nicht so schnell stattfinden kann, von wegen Trauerjahr und so, so lass Dir gesagt sein, dass jeder für Eure Entscheidung, so bald wie möglich vor den Altar zu treten, Verständnis haben wird. Tredethian braucht einen Mann, der sich um alles kümmert und Dir in dieser schweren Zeit hilfreich zur Seite steht. Oder willst Du die Minen und das Anwesen etwa allein führen? Ha, wohl kaum. Dabei liefest Du ja Gefahr, Dir eines Deiner hübschen Kleider zu beschmutzen.

Du siehst, meine Liebe, Dein alter Vater lässt Dir die Wahl: Entweder Du heiratest Caswyn Osbourne in den nächsten Wochen und alles bleibt, wie es war, oder Du entscheidest Dich dafür, Dein flatterhaftes Leben weiterzuführen. In diesem Fall musst Du auf jegliche finanzielle Unterstützung verzichten. Diesbezüglich hat Chapman bereits gezielte Anweisungen erhalten, und auch unsere walisischen Verwandten werden entsprechend instruiert werden. Die Entscheidung liegt einzig und allein bei Dir, Belinda.

Jetzt möchte ich Dich aber nicht länger mit dem Geschwätz eines alten Mannes aufhalten, sicher brennst Du darauf, Caswyn – der übrigens ebenfalls einen Brief mit ähnlich lautendem Inhalt erhalten wird – meine Zeilen ins Gesicht zu schleudern und ihm die Augen auszukratzen. Aber,

Tochter, glaube mir, er hat an meiner Entscheidung keinen Anteil, er wird davon ebenso überrascht sein wie Du. Manchmal ist es nötig, Menschen, die einem nahestehen, zu ihrem Glück zu zwingen.
Du wirst es nicht lesen wollen, aber trotz allem habe ich Dich geliebt. So, wie ein Vater seine Tochter liebt, wenngleich diese ihm seit Jahren jeden Grund dazu gegeben hat, genau das nicht zu tun.
Darum lebe wohl, Belinda. Wenn es stimmt, was die Pfarrer sagen, dann werden wir uns eines Tages wiedersehen.

Dorian Arthur Swinbrook, sechster Earl of Tredethian
Tredethian Manor, im Oktober 1902

Fassungslos starrte Ellen auf das Geschriebene, las es ein zweites und dann ein drittes Mal, die Worte veränderten sich jedoch nicht. Nicht das von ihr erwartete Familiengeheimnis wurde gelüftet, was der Earl offenbar für derart unwichtig hielt, dass er sich nicht einmal kurz vor seinem Tod damit beschäftigt hatte. Nein, der Brief war eine einzige Anklage Belinda gegenüber. Ellen, die durch einige Bemerkungen Belindas in Bezug auf ihren Vater geahnt hatte, dass deren Beziehung nicht besonders gut gewesen sein musste, war schockiert. Der Earl hatte von seiner Tochter nichts gehalten, traute ihr sogar zu, Tredethian Manor zu verkaufen. Und er wollte, dass sie und Caswyn so schnell wie möglich heirateten …
Ellen stöhnte laut auf, der Brief entglitt ihren kraftlosen Fingern. Was sollte sie jetzt tun? Wenn sie gestand, nicht Belinda zu sein, würde dieses prachtvolle, alte Haus mit allem, was dazugehörte, an Menschen gehen, die nur sehr entfernt einen Anspruch auf das Erbe hatten. Der Name Tredethian würde

ein für alle Mal von der Tafel der Geschichte gelöscht. Wenigstens war ihre Befürchtung, Caswyn Osbourne würde der neue Besitzer werden, vom Tisch. Wenn sie Caswyn heiratete, würde Tredethian natürlich offiziell auch ihm gehören, denn als verheiratete Frau hatte sie keine Rechte. Der gesamte Besitz einer Frau ging bei deren Eheschließung automatisch in die Hände des Mannes über. Das war eine schreiende Ungerechtigkeit, über die Ellen jetzt aber nicht weiter grübeln wollte, es gab andere, wichtigere Dinge zu bedenken. Was für eine Zukunft erwartete sie, wenn sie die Wahrheit gestand? Obwohl Ellen sich nie viel aus Luxus gemacht hatte und wusste, dass im Leben andere Werte zählten, hatte sie in den letzten Wochen doch Geschmack daran gefunden. Sie faltete die Hände.

»Vater, verzeih mir«, bat sie leise und meinte damit den Mann, der sie seit ihrer Kindheit Ehrlichkeit und Aufrichtigkeit gelehrt hatte und gegen dessen Grundsätze zu verstoßen sie nun dabei war.

Dennoch konnte sie nicht zulassen, dass Tredethian Manor in fremde Hände geriet. Ellen sprang auf und lief unruhig im Zimmer auf und ab. Sie war auch eine Tredethian, immerhin sprach vieles dafür, und spürte eine besondere Verbundenheit, die sie sich nicht erklären konnte. Zwar war sie vor wenig mehr als vierundzwanzig Stunden in Tredethian angekommen, hatte ihr Herz aber binnen kurzer Zeit an das alte Haus verloren. Wenn sie jetzt jedoch ging, dann würde sie nie die Chance bekommen, das Geheimnis ihrer Geburt zu lüften. Dies konnte sie nur tun, wenn sie blieb. Und sie konnte nur hierbleiben, wenn sie Caswyn so schnell wie möglich heiratete …

»Nein, nicht ich, sondern Belinda muss ihn heiraten«, sagte sie leise und starrte aus dem Fenster. Die Vorstellung, in wenigen Wochen die Ehefrau des Mannes zu werden, der ihrer Schwester verhasst gewesen war und der ihr, Ellen, nur mit Verachtung begegnete, versetzte sie in einen Aufruhr der Gefühle, wie ihn Ellen nie zuvor erlebt hatte.

Caswyn erwartete Ellen am Fuß der breiten, geschwungenen Treppe in der Halle, die sich inzwischen geleert hatte. Sie waren ganz allein. Sein Gesichtsausdruck war purer Zynismus, als er auf sie zutrat.

»Hast du es gelesen?« Ellen nickte, für Worte fehlte ihr die Kraft. »Und wie lautet deine Entscheidung?«, fuhr Caswyn fort. »Es wäre besser, wenn wir uns einig sind, bevor Chapman die Konditionen offiziell verkündet.«

»Caswyn« – es fiel Ellen schwer, seinen Namen auszusprechen –, »warum willst du diese Ehe? Dir liegt doch ebenso wenig daran wie mir.«

Es war Ellen, die sich in diesem Moment in die Rolle ihrer toten Schwester vertiefte, gelungen, Caswyn zu verunsichern. Das dauerte aber nur ein paar Sekunden, dann hatte er sich wieder im Griff.

»Nun, die Aussicht, in Adelskreise aufzusteigen, lässt wohl keinen Mann kalt, oder?« In seinen Augen las Ellen, wie ernst er seine Worte meinte. »Ich weiß, es ist nicht üblich, wenn eine Adlige einen Bürgerlichen heiratet und dass dieser damit automatisch geadelt wird, in unserem Fall ist jedoch alles so vereinbart worden. Außerdem – und bitte korrigiere mich, sollte ich mich irren – kannst du das Haus auch ohne die Klausel im Testament deines Vaters nicht halten, wenn mein Vater und ich dir nicht aus der finanziellen Klemme helfen. Das werden wir allerdings nicht tun, wenn du dich weigerst, mich zu heiraten. Also, was ist? Gehst du auf die Bedingungen ein, oder ziehst du es vor, dein Zuhause für immer und ewig zu verlieren?«

Ellen versuchte, sich vorzustellen, wie Belinda auf diese Frage reagiert hätte. Auf keinen Fall überschwenglich oder gar aufbrausend, sondern eher kühl. Darum runzelte sie die Stirn und sagte scheinbar gelangweilt:
»Zuerst will ich hören, was Chapman zu sagen hat. Vielleicht sind die Briefe ... meines Vaters nur ein Scherz.«
»Na, das wäre dann der schlechteste Witz, den ich jemals gehört habe«, entgegnete Caswyn und sah ihr fest in die Augen. »Wir sind uns also einig?«
Ellen schluckte, die Zunge klebte ihr wie ein Klumpen am Gaumen. Jetzt, rief eine Stimme in ihrem Hinterkopf, jetzt musst du die Wahrheit sagen! Bei seinem Blick verstummte diese warnende Stimme jedoch, und Ellen flüsterte entgegen aller Vernunft: »Ja, wir sind uns einig.«

Die Testamentseröffnung brachte keine weitere Überraschung. Zuerst erhielten die Angestellten kleinere Legate, wie es in diesen Kreisen üblich war. Ellen war nicht überrascht, zu erfahren, dass der Earl Lydia Golberden die Summe von eintausend Pfund vermachte.
»Miss Golberden hat meiner Familie immer treu gedient«, verlas Dr. Chapman die letzten Worte des Verstorbenen. »Ich hoffe, sie wird Tredethian Manor auch weiterhin vorstehen, wenngleich sie durch das Geld in der Lage ist, sich aus dem Arbeitsleben zurückzuziehen.«
Ellen drehte sich zu der Haushälterin um. Lydia Golberden hatte den Kopf gesenkt, so dass Ellen ihren Gesichtsausdruck nicht sehen konnte. Nichts an ihrer Haltung verriet, ob sie über das Erbe von eintausend Pfund überrascht war, und Ellen vermutete, dass sie damit gerechnet hatte.
Nachdem alle Angestellten bedacht und entlassen worden waren, waren Ellen, Caswyn und der Anwalt allein. Dr. Chap-

man räusperte sich mehrmals, man konnte ihm ansehen, wie unangenehm ihm die Situation war.
»Lady Swinbrook« – sein Blick glitt zu Caswyn –, »Mr. Osbourne ... der Verstorbene hat eine Klausel in seinem Letzten Willen eingefügt, über die ich Sie nun in Kenntnis setzen muss.«
Caswyn hob die Hand.
»Wenn Sie damit meinen, dass Lady Belinda nur dann ihr Erbe antreten kann, wenn sie noch in diesem Jahr meine Frau wird, so ist uns das bekannt. Der Earl hat uns seinen Wunsch in den Briefen mitgeteilt, die Sie so freundlich waren, uns zu übergeben.«
Sichtlich erleichtert, dass nicht er der Verkünder dieser seltsamen Klausel war, atmete der Anwalt auf.
»Lady Swinbrook, werden Sie den letzten Wunsch Ihres verehrten Vaters erfüllen?«
Seine hellen Augen hinter den dicken Brillengläsern hefteten sich auf Ellen, unter deren Füßen der Boden zu schwanken schien. Sie brauchte eine Minute, dann straffte sie die Schultern und sagte mit klarer Stimme:
»Ja, Doktor Chapman, wir werden, sobald es möglich ist, heiraten.«
Zufrieden nickte der Anwalt, ein Stein fiel ihm vom Herzen. Als sein Freund Dorian ihm das seltsame Testament diktierte, hatte er befürchtet, es könne zu Schwierigkeiten kommen, da er Belinda seit ihrer Kindheit kannte und wusste, wie eigensinnig sie war. Es war allgemein bekannt, dass die Verbindung zwischen ihr und dem Minenbesitzer Osbourne, der in der ganzen Grafschaft nur als »Sohn des Emporkömmlings« bezeichnet wurde, nicht aus Liebe, sondern allein aus wirtschaftlichen Gründen geschlossen werden sollte. Chapman hatte befürchtet, Lady Belinda würde nun, da ihr Vater tot

war, eine Vermählung vehement ablehnen und um ihr Erbe kämpfen. Wenngleich der Letzte Wille Dorians, den Besitz einem entfernten Familienzweig zu überlassen, falls seine Tochter sich seinem Wunsch gegenüber verweigerte, hieb- und stichfest war, hätte ein Rechtsstreit einen unglaublichen Skandal verursacht. Er selbst fand, dass die beiden jungen Menschen äußerlich ein schönes Paar abgaben, obschon er sich fragte, wie Osbourne mit der Extravaganz seiner Braut umgehen würde. Das war jedoch eine Sache, die ihn nichts anging. Chapman war froh, nicht die walisischen Verwandten ausfindig machen zu müssen.

»Sie müssten hier noch unterschreiben, Lady Swinbrook«, sagte er nun und schob Ellen das Schriftstück, mit dem sie bestätigte, das Erbe mit allen Konsequenzen anzunehmen, hin.

Ellen erschrak, denn sie wusste nicht, wie Belindas Unterschrift aussah. Unsicher blickte sie von Chapman zu Caswyn, der scheinbar desinteressiert aus dem Fenster starrte. Dann nahm sie entschlossen die Feder, tauchte sie in das Tintenfass und schrieb

Belinda Swinbrook, Countess of Tredethian

Zu ihrer Erleichterung warf Chapman nur einen flüchtigen Blick auf das Schriftstück. Warum sollte er die Unterschrift auch näher in Augenschein nehmen? Für ihn gab es ja keinen Zweifel, Belinda gegenüberzusitzen.

An der Tür verneigte sich der Anwalt.

»Noch mal mein aufrichtiges Beileid, Mylady. Ihr Vater wird mir fehlen, er war ein guter Freund.«

»Ich danke Ihnen.« Ellen seufzte, sie spürte, dass der Anwalt aufrichtig über den Verlust des Earls trauerte.

Allein mit Caswyn, trat Ellen unsicher von einem Fuß auf den anderen, dann brach er das Schweigen.

»Nun, dann wollen wir mal, meine Liebe.«
»Wollen wir was?«
Er grinste, das Lachen erreichte jedoch nicht seine Augen.
»Den Hochzeitstermin festlegen. Wie wäre es mit dem Sonntag vor Weihnachten? Das ist in sieben Wochen, die Zeit sollte ausreichen, um alle nötigen Vorbereitungen zu treffen. Niemand wird ein großes Fest erwarten, nicht so kurz nach dem Tod deines Vaters.«
Ellens Herz pochte so laut, dass sie hätte schwören können, Caswyn müsste es hören. Mit leiser Stimme, in der sie das Zittern darin nicht verbergen konnte, antwortete sie: »Ich bin damit einverstanden. In sieben Wochen werden wir also Mann und Frau sein.«

19. Kapitel

Wie ein weißes Leinentuch lag der Novembernebel über dem Land, die Wiesen waren feucht, und die Dämmerung ließ noch etwa eine Stunde auf sich warten. Fröstelnd zog Ellen das Umschlagtuch fest um die Schultern, doch sie genoss die frische und klare Morgenluft. Es war erst sechs Uhr, und im Herrenhaus war es, bis auf ein paar Geräusche aus dem Küchentrakt, ruhig. So war Ellen, die daran gewöhnt war, stets früh mit ihrem Tagwerk zu beginnen, von niemandem gesehen worden, als sie aus dem Haus schlich. Aus Belindas umfangreicher Garderobe hatte sie ein für deren Verhältnisse schlichtes, dunkelblaues Samtkleid gewählt, fand sogar ein Paar bequeme Schnürschuhe ohne Absätze und hüllte sich in ein Cape aus dicker und warmer Wolle. Ellen hatte auch in der letzten Nacht kaum ein Auge zugetan und sehnte sich nach frischer Luft und Bewegung. Belinda hatte ihr erzählt, dass Tredethian Manor nur zwei Meilen vom Meer entfernt lag, und Ellen lenkte ihre Schritte in südwestliche Richtung. Je näher sie dem Wasser kam, desto mehr lichtete sich der Nebel, und nach einer halben Stunde erkannte sie die ersten Häuser einer kleinen Ortschaft. Das musste Porthleven sein, dachte Ellen, ein einstiges Fischerdorf und bis vor etwa fünfzig Jahren auch ein bedeutender Hafen an diesem Küstenabschnitt. Wegen der zahlreichen Zinn- und Kupferminen ging heute jedoch kaum noch jemand in Porthleven dem wenig lukrativen Fischfang nach, sondern fast neunzig Prozent der Einwohner arbeiteten in den Minen.

Für die Männer und Frauen des Dorfes war der Tag schon lange angebrochen. Der Rauch der Kamine vermischte sich mit dem torfigen Geruch der Klippen und dem nach dem Salz des Meeres. Tief atmete Ellen ein. Der Druck hinter ihrer Stirn ließ nach, und sie beschleunigte ihre Schritte. Die Straße fiel steil zum Hafen hinunter ab, in dem ein paar einsame Fischerboote im Schlick der Ebbe dümpelten. Als sie ein schmales, weißgetünchtes Cottage passierte, öffnete sich die Tür, und eine Frau trat heraus.

»Mylady ...« Die Frau knickste, und Ellen erkannte den Ausdruck von Verwunderung und Unsicherheit auf deren Gesicht.

»Guten Morgen, gute Frau.« Bevor Ellen nachdachte, waren die Worte ihrem Mund entschlüpft. »Hoffen wir, dass sich der Nebel bald auflöst und wir einen sonnigen Tag bekommen.«

»Ja, natürlich ...« Die Verblüffung der Frau könnte nicht größer sein, als hätte Ellen ihr angeboten, bei der Hausarbeit helfen zu wollen. Sie schmunzelte. Belinda war sicher nie zu so früher Stunde und dann auch noch zu Fuß in Porthleven erschienen.

Durch Ellens Freundlichkeit mutig geworden, fuhr die Frau fort: »Werden Sie die Mine weiterführen, Mylady?«

»Die Mine?« Ellen stutzte, erinnerte sich dann daran, dass zu Tredethian mehrere Minen gehörten. »Wir werden sehen«, antwortete sie vage, nickte der Frau zu und ging rasch davon. Einer der Gründe, warum Dorian Swinbrook auf die Verbindung mit Caswyn Osbourne drängte, war die Zusammenführung der Minen gewesen. Ellen hatte während der Fahrt von Falmouth nach Tredethian die Maschinenhäuser aus der Ferne gesehen, war aber nie in der Nähe einer Mine gewesen. Entschlossen schritt sie aus. Wenn sie schon hier war, wollte sie einen Blick auf diese einträgliche Industrie werfen, die im letzten Jahrhundert Cornwall zu Reichtum geführt hatte. Es profitierten jedoch nur die Minenbesitzer von diesem lukrativen Geschäft – die Arbeiter fristeten ein klägliches Dasein,

und die Tätigkeit unter der Erde brachte nur zu oft einen frühen Tod, sei es durch Unglücksfälle, die in jeder noch so gut geführten Mine vorkamen, aber auch durch Krankheiten, die das Einatmen des Staubes unter Tage verursachte.
Rechts des Hafens führte ein schmaler steiler Weg, gesäumt von den geduckten typischen Cottages der Minenarbeiter, auf die Klippen hinauf. Immer mehr erstaunte Blicke streiften Ellen. Offenbar war sie, beziehungsweise Belinda, bei den Leuten von Porthleven bekannt, und sie konnte das Flüstern und Raunen hinter ihrem Rücken hören. Oben auf den Klippen angekommen, bot sich Ellen ein unvergesslicher Anblick: Linker Hand erstreckte sich das graue, schäumende Meer, und vor ihr lag eine Landschaft, wie sie sie nie zuvor gesehen hatte. Dunkle, schiefergedeckte Holzhütten, anscheinend willkürlich irgendwohin gebaut, drängten sich um zwei große, mehrstöckige Steinhäuser, die von hohen Kaminen, aus denen weißer Dampf aufstieg, flankiert wurden. Je näher Ellen kam, desto lauter wurden das Stampfen der Maschinen, die unablässig das Wasser aus den Schächten hinauf- und die Luft hinunterpumpten, und das Hämmern von Hunderten von Frauen, die das Gestein an der Oberfläche bearbeiteten. Das Tagwerk der Arbeiterinnen hatte schon längst begonnen, denn in einer Mine arbeitete man rund um die Uhr. Normalerweise gab es drei Schichten zu je acht Stunden, und so herrschte hier niemals Untätigkeit. Erneut wurde Ellen verwundert beäugt, doch die Frauen hielten in ihrer Arbeit nicht inne. Mit Befremden sah Ellen viele Kinder, kaum älter als acht oder zehn Jahre, die ebenso wie ihre Mütter aus den schweren Loren, die, von Ponys gezogen, aus den dunklen Stollen irgendwo im Felsen auftauchten, Gesteinsbrocken heraushoben und zu Sammelstellen schleppten. Die Rücken der Kinder waren gekrümmt und ihre Gesichter vom Staub

schwarz gefärbt. Die meisten waren auch hier wie bei der Beerdigung für das kühle und feuchte Wetter viel zu unzulänglich gekleidet. Durch den nächtlichen Nebel war der Boden feucht, Ellen merkte jedoch nicht, wie sie bis zu den Knöcheln im Schlamm versank. Ihr Entsetzen über die Umstände, unter denen Frauen und Kinder ihre harte Arbeit verrichten mussten, war zu groß.

»Was machen Sie denn hier? Zu wem wollen Sie?«

Ellen zuckte zusammen. Sie hatte nicht bemerkt, dass ein großer, bulliger Mann aus einer Hütte getreten war und sich ihr nun in den Weg stellte. Sein dunkler Anzug, das Gesicht und auch die Hände waren sauber, und Ellen vermutete, dass er einer der Verwalter wäre. Offenbar war er einer der wenigen, der sie nicht erkannte, denn sein Blick war alles andere als freundlich. Ellen ließ sich nicht einschüchtern und sah ihn fragend an.

»Ist das hier die Mine des Earls von Tredethian?«

Der Mann runzelte unwillig die Stirn.

»Wheel Gwennap, ja, aber der Earl lebt nicht mehr.«

»Das ist mir bekannt. Wer hat hier das Sagen?«

»Ich, wenn es beliebt.« Seine dunklen Augen musterten Ellen von oben bis unten. Offenbar war er nicht bei der Beerdigung gewesen, daher erkannte er Ellen nicht. »Was wollen Sie?«, wiederholte er die Frage. »Frauen haben hier nichts zu suchen.«

»Ach, ich sehe hier aber Dutzende, wenn nicht sogar Hunderte von Frauen«, entgegnete Ellen und deutete hinter sich.

»Das ist etwas anderes, die arbeiten hier.« Er kniff die Augen zusammen und musterte sie von oben bis unten. Obwohl sie schlicht gekleidet war, wiesen der feine Stoff ihres Mantels und der elegante Hut sie als Angehörige der höheren Gesellschaftsschicht aus, was den Mann aber unbeeindruckt ließ. »Nehme nicht an, Sie wollen hier anfangen?«

Ellen schüttelte den Kopf und sagte dann spontan: »Ich würde mir die Mine gern ansehen.«
Nach der ersten Verblüffung lachte der Mann laut los.
»Das ist der beste Witz, den ich seit langem gehört habe. Verschwinden Sie jetzt, Miss, wir sind kein Museum.«
»Ich wüsste nicht, was dagegen spricht, wenn ich mich auf dem Gelände etwas umschaue«, entgegnete Ellen entschlossen. Da sie zufällig hierhergeraten war, interessierte es sie brennend, mehr über die Minen, aus denen Tredethian schließlich einen Teil seines Einkommens bezog, zu erfahren.
»Machen Sie, dass Sie verschwinden.« Drohend kam der Mann einen Schritt näher. »Oder soll ich nachhelfen? Gegenüber Frauen wende ich zwar ungern Gewalt an, wenn Sie mir aber keine andere Wahl lassen …«
Bei seinem entschlossenen Gesichtsausdruck wich Ellen ein paar Schritte zurück. Ich lass mich nicht einschüchtern, sagte sie sich. Die Mine gehört schließlich mir, und der Mann arbeitet für mich.
»Wie lautet Ihr Name, Mister?«, fragte sie daher laut und sah ihn provozierend an.
»Wüsste nicht, was Sie das angeht.« Grob packte er Ellen am Oberarm. »Gehen Sie jetzt freiwillig, oder soll ich nachhelfen?«
»Lassen Sie die Dame sofort los!« Caswyn! Ellen war froh, ihn zu sehen. Als er jedoch vor ihr stand, sah sie, dass sein Ärger, sie hier vorzufinden, dem des Verwalters in nichts nachstand. »Lanner, gehen Sie sofort wieder an Ihre Arbeit. Verstanden?«
Der Verwalter zeigte sichtlichen Respekt vor Caswyn.
»Selbstverständlich, Sir. Ich wollte nur wissen, was diese Frau hier macht. Sie wissen doch, Unbefugten ist das Betreten des Geländes verboten, und Frauen erst recht …«

»Lady Swinbrook kann man wohl kaum als Unbefugte bezeichnen, Lanner. Seit dem Tod des Earls gehört Wheel Gwennap ihr, das Testament wurde verlesen.«
Die Augen des Verwalters weiteten sich erstaunt, und er starrte Ellen entsetzt an.
»Lady Swinbrook? Wusste nicht … Verzeihung … es tut mir leid.« Unterwürfig verbeugte er sich.
»Es ist gut, Lanner, verschwinden Sie jetzt.«
Ellen war nicht überrascht darüber, wie souverän Caswyn mit dem Mann umging, der seinem Befehl umgehend folgte und wieder in der Hütte verschwand. Als Caswyn ihren Arm packte, war sein Griff nicht weniger schmerzhaft, und seine Stimme bebte vor verhaltener Wut.
»Tom Lanner hat recht. Was, in drei Teufels Namen, machst du hier?«
»Bist du bitte so freundlich, in meiner Gegenwart nicht zu fluchen?« Ellen erwiderte seinen zornigen Blick. »Obwohl ich dir keine Rechenschaft schuldig bin … ich hatte das Bedürfnis nach frischer Luft, und zufällig führte mich mein Weg hierher.«
»Ja, das muss wohl reiner Zufall gewesen sein.« Er lachte kurz und spöttisch. »Ich wusste nämlich nicht, dass es dir überhaupt bekannt ist, wo die Minen deines Vaters liegen. Ach, Verzeihung, ich meinte natürlich … deine Minen, denn nun gehört das alles hier dir. Bisher hast du dich allerdings einen Dreck darum gekümmert.« Verächtlich spuckte Caswyn in hohem Bogen aus.
Emporkömmling nannte ihn Belinda, schoss es Ellen durch den Kopf, und sie musste ihrer Schwester recht geben, denn ein wirklicher Herr hätte niemals in einem solchen Ton mit einer Dame gesprochen.
»Ich muss doch sehr bitten …«
Caswyn ließ Ellen jedoch keine Gelegenheit für eine Zurecht-

weisung. »Auch die frühe Uhrzeit erstaunt mich. Seit wann verlässt du dein Bett vor dem Lunch? Zumindest in angekleidetem Zustand?«

»Menschen ändern sich«, war das Erste, was Ellen einfiel. Es war keine gute Idee gewesen, hierherzukommen. Sie hatte aber auch nicht wissen können, dass sie ausgerechnet Caswyn begegnete.

»Was machst du eigentlich hier?«, fragte sie und verschränkte abwehrend die Arme vor der Brust. »Hast du bei deinen eigenen Minen nicht genügend zu tun?«

Seine Augen verengten sich zu schmalen Schlitzen, als er erwiderte: »Wenn du in den letzten Jahren deinem Vater oder mir auch nur ein Mal zugehört hättest, dann wüsstest du, dass diese Mine hier schon längst pleite wäre, wenn ich mich nicht darum kümmern würde. Nicht, dass die Zinnvorräte erschöpft wären, nein, im Gegenteil, aber die Geschäftsführung deines Vaters ließ doch sehr zu wünschen übrig. Ich möchte und ich werde kein schlechtes Wort über den Earl sagen, ihm war aber ebenso wie mir klar, dass er als Gentleman und nicht als Geschäftsmann geboren ist. Darum wurde mir schon vor drei Jahren die Leitung von Wheel Gwennap anvertraut. Ebenso wie von Wheel Mulyara.«

Ellen vermutete, dass es sich dabei um die zweite zu Tredethian gehörende Mine handelte, und beschloss, am besten nichts mehr zu sagen, um sich nicht noch tiefer in dem Sumpf der Unwissenheit und der Lügen zu verirren.

»Dann gehe ich jetzt wieder.« Sie trat zurück, und Caswyn musste ihren Arm loslassen, den er während des ganzen Gesprächs umklammert hatte. »Keinesfalls wollte ich stören. Da mir die Minen jetzt jedoch gehören, halte ich es für eine gute Idee, mich darüber zu informieren. Besonders die Verhältnisse, unter denen die Arbeiter beschäftigt sind, interessieren

mich. Vielleicht kannst du mir bei Gelegenheit die Anlage zeigen und mir die Lohnlisten der Arbeiter vorlegen. Gerade die Frauen und Kinder sehen nicht so aus, als würden sie ihrer harten Arbeit entsprechend entlohnt.«
»Wie bitte?« Bisher war es kaum jemandem gelungen, Caswyn Osbourne aus der Fassung zu bringen, jetzt jedoch fehlten ihm die Worte.
Ohne ihn weiter zu beachten, machte Ellen auf dem Absatz kehrt und ging den Weg, den sie gekommen war, zurück. Auf seine Aufforderung: »Warte, ich hole jemanden, der dich nach Hause bringt«, reagierte sie nicht. Insgeheim freute sie sich, Caswyn verunsichert zu haben. Das hatte richtig Spaß gemacht. Zugleich wusste sie, dass es ein äußerst gefährliches Spiel war, das sie im Begriff war zu spielen, auch wenn sie einen Zug gewonnen hatte.

Lydia Golberden verlor kein Wort, als Ellen eine Stunde später nach Tredethian zurückkehrte. Ihr Blick, mit dem sie Ellens feuchtes Cape und ihre verschmutzten Schuhe musterte, sprach jedoch Bände. Einer Hausangestellten oblag es indes nicht, die Handlungsweisen ihrer Herrschaft zu kommentieren oder gar zu kritisieren, daher sagte Lydia Golberden lediglich: »Das Frühstück ist im kleinen Speisezimmer serviert, Mylady. Vielleicht möchten Sie es lieber auf Ihrem Zimmer einnehmen? Wenn Sie sich umgekleidet haben?«
Ellen, die erst jetzt merkte, wie hungrig sie war, nickte.
»Schicken Sie mir Kaffee und etwas Toast auf mein Zimmer.«
Schnell, bevor ein Mädchen ihr zu Hilfe eilen konnte – denn Ellen konnte sich nicht daran gewöhnen, beim Aus- und Ankleiden eine Fremde in ihrer Nähe zu haben –, schlüpfte sie aus dem Cape, streifte die Schuhe und die feuchten Strümpfe ab. Just in dem Moment, als Melly, das erste Hausmädchen,

mit einem Tablett eintrat, war Ellen fertig und sah dem Mädchen freundlich entgegen.

»Stell es bitte auf den Tisch. Danke.« Obwohl Worte wie *bitte* und *danke* Belindas Charakter nicht entsprochen hatten – woran Ellen inzwischen keinen Zweifel hegte –, wollte sie nicht darauf verzichten, das Personal freundlich zu behandeln. Was diese darüber dachten, war ihr gleichgültig. Wie sie Caswyn bereits gesagt hatte: Menschen konnten sich ändern, und niemand würde wohl Anstoß an ein wenig Höflichkeit nehmen.

Plötzlich stolperte Melly über eine Falte im Teppich, eine Tasse fiel zu Boden und zersprang.

»Oh, Mylady ... Entschuldigung. Ich ... ich ... es tut mir leid ...«, stammelte das Mädchen und brach in Tränen aus.

»Das ist doch nicht so schlimm«, beruhigte Ellen sie. »Oder handelt es sich um ein besonders kostbares Porzellan?« Melly schüttelte den Kopf, Tränen rannen über ihre Wangen. »Das kann doch jedem passieren. Bring einfach eine neue Tasse, dann hole Schaufel und Besen und räume die Scherben weg.«

Ellen wunderte sich über den fassungslosen Blick des Mädchens.

»Sie entlassen mich nicht?«, presste sie hervor.

»Entlassen?« Ellen schüttelte verwundert den Kopf. »Wegen einer solchen Lappalie? Meine Güte, natürlich nicht.«

»Danke!« Endlich versiegten Mellys Tränen, und sie senkte demütig den Kopf. »Ich danke Ihnen so sehr ...«

Nachdem das Malheur beseitigt war, Ellen gefrühstückt und den Vorfall schon wieder vergessen hatte, klopfte es, und die Haushälterin trat ein. Abwartend blieb sie an der Tür stehen, bis Ellen sie aufforderte zu sprechen.

»Was gibt es, Lydia?«

»Lady Belinda, darf ich Ihre Zeit für einen Moment in Anspruch nehmen?«

Ellen schmunzelte über die Ausdrucksweise der Haushälterin und bot ihr an, Platz zu nehmen. Die Frau blieb jedoch stocksteif an der Tür stehen.
»Ich wollte Ihnen nur meinen Dank aussprechen, dass Sie Melly nicht entlassen haben. Die Kleine ist ein gutes Mädchen, fleißig und ehrlich. Manchmal allerdings auch etwas ungeschickt, aber sie bemüht sich. Ich verspreche Ihnen, dass ein solcher Vorfall nicht mehr geschehen wird.«
Ellen dämmerte es, dass die Haushälterin von der zerbrochenen Tasse sprach.
»Ich sagte bereits zu Melly, dass ein solches Missgeschick jedem passieren kann. Das ist wahrlich kein Grund für eine Entlassung, vor der das Mädchen offenbar große Angst hatte.«
Lydia Golberden senkte den Kopf und erwiderte leise: »Ich meinte ja nur … Sie selbst sagten, wenn Melly sich nicht zusammenreißt, muss sie ihre Sachen packen.«
»*Das* habe ich gesagt?« Ellen fuhr auf.
Die Haushälterin nickte ernst.
»Dabei ist Mellys Vater wegen der Arbeit in der Mine schon lange krank, die Lunge, wissen Sie. Ihre Mutter ist auch nicht die Gesündeste, und Mellys Geschwister sind alle noch klein. Die Familie lebt in erster Linie von dem Verdienst des Mädchens.«
»Das ist schlimm«, murmelte Ellen. »Sagen Sie Melly, sie braucht sich keine Sorgen zu machen.«
»Danke, Mylady, auch im Namen Mellys.«
Lydia Golberden war schon an der Tür, als Ellen sie zurückrief.
»Sagen Sie, wie viel Lohn erhält das Mädchen?« Ellen hätte auch im Buch nachschlagen können, war aber überzeugt, die Haushälterin, die die Gehälter auszahlte, hatte die Summe im Kopf.

Lydia Golberden sah Ellen erstaunt an, sagte dann aber sogleich: »Acht Pfund im Jahr, ausbezahlt in monatlichen Anteilen.«
»Erhöhen Sie bitte den Lohn um zwei Pfund«, sagte Ellen streng. »Das ist sicher kein Problem, oder?«
Lydia Golberden starrte sie fassungslos an.
»Nein, nein, sicher nicht, aber …«
»Was, Lydia?«
»Sie werden vielleicht denken, dass es mich nichts angeht, Mylady, aber die Finanzen des Hauses … Nun, Ihr Herr Vater und auch Sie meinten, dass es nötig sei, sparsamer zu leben …«
»Was man bei einem Jahresgehalt von zweihundert Pfund, welches Sie beziehen, sicher nicht sagen kann.« Spontan entfuhren Ellen diese Worte.
Die Haushälterin zuckte zuerst erschrocken zurück, dann straffte sie die Schultern und sah Ellen beinahe herausfordernd an.
»Ihr Vater hat meine Arbeit stets geschätzt, Mylady. Außerdem bin ich schon seit vielen Jahren in diesem Haus.«
Ellen bemerkte Lydias herausforderndes, wenn nicht sogar respektloses Funkeln in den Augen, ganz so, als wollte die Frau sagen: Wage es nicht, meinen Lohn in Frage zu stellen. Ein ungeheuerlicher Verdacht beschlich Ellen. War die Frau etwa auf vertrautem Fuß mit dem Earl gestanden? Auf *besonders* vertrautem Fuß? Möglich wäre es. Wenngleich Lydia Golberden keine Schönheit im landläufigen Sinn war – die Vorlieben der Männer waren verschieden. Außerdem war der Earl seit vielen Jahren Witwer gewesen und bestimmt nicht der Erste, der eine Liaison mit einer Angestellten unterhielt. Ellen kannte Belindas Vater nicht, somit konnte sie die Situation nicht einschätzen. Ein Klumpen bildete sich in ihrem

Magen, als sie daran dachte, wie intim Miles Golberden, offenbar ein Verwandter von Lydia, sich ihr gegenüber verhalten hatte. Leitete dieser vielleicht von der besonderen Stellung, die Lydia Golberden in diesem Haus innehatte, Rechte für sich selbst ab? Obwohl Ellen mit allem rechnete, versetzten ihr die Worte der Haushälterin einen unerwarteten Schlag.
»Zwar hatten wir vereinbart, Lady Belinda, über den ... *Vorfall* niemals wieder zu sprechen, es scheint mir jedoch an der Zeit, Ihnen in Erinnerung zu rufen, dass Sie vor einem Jahr froh über meine Dienste waren. Sehr froh sogar, und das, was ich für Sie getan habe, war doch recht spezieller Natur, nicht wahr?«
Ellens Kopf schien zu platzen, da sie keine Vorstellung hatte, worauf die Frau anspielte. Mit trockenem Mund sagte sie leise: »Ich habe keine Ahnung, wovon Sie sprechen.«
Lydia Golberden lachte spöttisch.
»Natürlich wollen Sie es vergessen, doch glauben Sie mir, Sie werden es ebenso wenig wie ich jemals vergessen. Damals waren Sie mir äußerst dankbar, als ich Ihnen den Kontakt zu einer Frau vermittelte, die *Damen* in solch prekären Situationen hilft. Ihr Vater hätte Sie aus dem Haus gewiesen und enterbt, Ihren Verlobten hätten Sie nur noch von hinten gesehen. Von dem Skandal einmal abgesehen.«
Nach und nach dämmerte es Ellen, was Lydia mit *speziellen Diensten* meinen könnte. Oh, Belinda, welche Abgründe werden sich mir noch offenbaren?, dachte Ellen verzweifelt. Schwach hob sie die Hand.
»Es ist gut, Lydia, Sie können gehen.«
»Dann bleibt alles so, wie es ist?« Die Frage entbehrte jeden Respekts, aber Ellen wusste, die Haushälterin hatte sie beziehungsweise Belinda in der Hand und würde ihr Wissen ausspielen, falls es nötig werden sollte.

»Ja, aber den Lohn des Mädchens erhöhen Sie trotzdem. Ich bin sicher, das wird Tredethian nicht in den Bankrott treiben.«
Lady Golberden senkte zustimmend den Kopf. Plötzlich wirkte sie wieder unterwürfig, ganz so, wie es einer Wirtschafterin gebührte, und verließ das Zimmer. Ellen schlug die Hände vors Gesicht. Obwohl Lydia es nicht offen gesagt hatte, sah sie nun klar. Belinda war schwanger gewesen, und das sicher nicht von ihrem Verlobten Caswyn Osbourne, und die Wirtschafterin hatte dabei geholfen, dieses Malheur zu beseitigen. Bezüglich der Vaterschaft hegte Ellen einen Verdacht. Sie schüttelte sich, wenn sie an Miles Golberden dachte und daran, wie vertraulich er sie in der Meinung, sie wäre Belinda, angesehen und berührt hatte.
Ellens Entschluss, ihre Rolle weiterzuspielen, geriet ins Wanken. Am liebsten hätte sie auf der Stelle ihren Koffer gepackt und Tredethian den Rücken gekehrt. Ihr Verstand sagte ihr, dass genau dies das einzig Vernünftige war, was sie tun sollte. Wenn sie jetzt jedoch ging, wäre der Besitz unwiderruflich verloren. Sie durfte nicht zulassen, dass nun alles vorbei war, denn schließlich sprach alles dafür, dass auch sie, Ellen, ein Teil dieser Familie war. Wie sollte sie künftig mit der Ungewissheit ihrer Herkunft leben? Die Frage, ob sie eine Tredethian wäre oder nicht, würde sie bis ans Ende ihres Lebens begleiten und niemals wieder loslassen. Wenn sie herausfinden wollte, wer sie wirklich war und wo ihre Wurzeln lagen, dann blieb ihr nichts anderes übrig, als auszuharren und weiter Belindas Rolle zu spielen.
Ellen fragte sich nur, welche unangenehmen Geheimnisse aus dem Leben ihrer Schwester sie noch erfahren sollte.

Am Nachmittag begann Ellen, das Haus zu erkunden. Lydia Golberden war zum Einkaufen nach Helston gegangen, so dass Ellen keine unliebsamen Störungen befürchten musste. Obwohl Belinda einiges erzählt hatte, war Ellen über die Größe und Einrichtung des alten Hauses erstaunt. Der Haupttrakt erstreckte sich über drei Stockwerke, wobei das untere zu Zeiten von Königin Elisabeth auf die mittelalterlichen Grundmauern gebaut worden war. Aus dieser Zeit stammte der große Bankettsaal, der mit dem unebenen Steinboden und der rußgeschwärzten Balkendecke in seiner ursprünglichen Form erhalten geblieben war. Ellen fiel es nicht schwer, sich vorzustellen, wie hier vor Jahrhunderten die Menschen gegessen, gefeiert und getanzt hatten. An der Nord- und an der Südseite gab es jeweils Kamine, die so hoch waren, dass sie bequem darin stehen konnte. Von der großen Halle führten zwei Treppen links und rechts in die neueren West- und Ostflügel, in denen sich die Wohnräume und Gästezimmer befanden. Im ersten Stock betrat Ellen den großen Salon, der wegen seiner grünen Vorhänge, Teppiche und Stuhlbezüge auch »Grüner Salon« genannt wurde. Von Belinda wusste sie, dass bei Festen aus dem Raum, der sich über die ganze Längsseite des Hauses erstreckte, die Möbel hinausgeräumt und der Salon zum Ballsaal wurde, da der ehemalige Bankettsaal für Empfänge zu ungemütlich war. Da Tredethian über mehrere Jahrhunderte hinweg erweitert und umgebaut worden war, stieß Ellen immer wieder auf Flure und Treppenaufgänge, die sie noch nicht gesehen hatte. In einem Treppenhaus, das ins Dachgeschoss zu den Dienstbotenzimmern führte, blieb Ellen ruckartig stehen, denn sie sah sich selbst. Nein, korrigierte sie sich sofort, als sie das lebensgroße Porträt betrachtete. Es war natürlich nicht sie, sondern Belinda, die ein Maler in Öl verewigt hatte. Das Bild musste zwei oder drei Jahre alt sein, und Ellen lief ein Schauer über den Rücken. Bereits in jüngeren Jahren hatte Belinda diesen überlegenen, spöttischen Ausdruck in den Augen gehabt, der von dem Künstler perfekt festgehalten worden war. Es war ein seltsames Gefühl, ihre tote Schwester auf dem Porträt zu sehen und gleichzeitig zu wissen, dass sie, Ellen, in dem Alter ebenso ausgesehen hatte. Schnell wandte Ellen sich ab und ging die Treppe hinunter, die sie in einen weiteren Flur führte, der in die lange Galerie im Westflügel mündete. Hier fand Ellen das, wonach sie gesucht hatte. An den mit dunklem Eichenholz getäfelten Wänden hingen Porträts längst verblichener Tredethians – alle in großer Robe in Öl verewigt. Während die Herren streng, manche auch distanziert dem Betrachter entgegensahen, waren die Damen in anmutigen Posen und mit einem Lächeln auf dem Gesicht dargestellt. Ellen erkannte Dorian Swinbrook sofort, obwohl das Porträt sicher zwei oder drei Jahrzehnte alt sein musste. Er posierte in einer prachtvollen roten Uniform, die Brust mit zahlreichen Orden geschmückt. Ellens Herz begann, heftig zu klopfen, als sie daneben das Bild einer jungen, dunkelhaarigen Dame mit zarten Gesichtszügen entdeckte. Obwohl auch ihre Lippen ein Lächeln andeuteten, schien der Ausdruck in ihren Augen gleichgültig. Sie machte den Eindruck, als hätten die Sitzungen sie gelangweilt.

Melanie Elisabeth Swinbrook, Countess of Tredethian las Ellen auf dem kleinen goldenen Schild, das unter dem Bild angebracht war.

Angestrengt suchte Ellen nach einer Ähnlichkeit zwischen der Dame und Belinda und damit ihr selbst. Doch weder die hohe Stirn noch die Stellung der Augen, die fein geschwungene Nase oder die schmalen Lippen ließen darauf schließen, dass zwischen ihr und der Countess eine Verwandtschaft bestand. Dabei handelte es sich hier um die Dame, die Belinda für ihre Mutter gehalten hatte. Melanie Elisabeth Swinbrook

hatte offenbar kein äußerliches Merkmal an ihre Töchter weitergegeben.
»Bist du überhaupt meine Mutter?«, murmelte Ellen. »Wenn ja, warum hast du eine von uns weggegeben? Was ist dein Geheimnis?«
»Mylady ...?«
Erschrocken fuhr Ellen herum. Aus dem Halbdunkel einer Ecke trat die Wirtschafterin.
»Sie sind schon zurück?«
Lydia Golberden nickte, ihr Gesichtsausdruck blieb unbewegt, und Ellen konnte daraus keine Rückschlüsse ziehen, ob und was Lydia von ihrem kurzen Selbstgespräch gehört hatte.
»Matthew, einer der Kutscher, nahm mich aus Helston mit. Ein Pferd musste neu beschlagen werden.«
Ellen bemühte sich um eine unbefangene Haltung.
»Was gibt es, Lydia?«
»Mister Osbourne ist unten, Mylady«, antwortete die Wirtschafterin. »Ich habe ihn in den kleinen Salon gebeten.«
Caswyn! Unwillkürlich atmete Ellen schneller. Was führte ihn nach Tredethian? Am Morgen hatte er nicht erwähnt, dass er sie im Laufe des Tages aufsuchen wollte.
»Ich komme sofort«, sagte sie und strich unwillkürlich den Rock glatt. Kurz überlegte sie, ob sie in ihr Zimmer gehen und sich umziehen sollte, denn sie trug immer noch das schlichte dunkle Samtkleid, entschied sich dann jedoch dagegen. Einerseits gab es keinen Grund, sich für diesen Mann herauszuputzen, außerdem war Caswyn Osbourne kein Mensch, den man warten ließ.

Mit dem Rücken zur Tür stand er am Fenster und schaute auf die Terrasse, die man vom kleinen Salon im Erdgeschoss betreten konnte. In Kübeln blühten selbst jetzt im November noch dunkelblaue Hortensien und Rosensträucher, was am milden cornischen Klima lag. Ellen hatte jedoch für die Schönheiten der Natur keinen Blick.

»Caswyn?« Abwartend blieb sie an der Tür stehen.

Langsam drehte er sich um, seine steingrauen Augen wanderten über ihre Gestalt, dann runzelte er die Stirn, bis eine steile Falte über der Nase entstand.

»Was wolltest du heute wirklich draußen bei der Mine?« Caswyn war kein Freund langer Vorreden, er kam gleich zur Sache.

»Wie ich es sagte – mein Weg führte mich zufällig nach Porthleven«, antwortete Ellen und hoffte, unter seinem Blick nicht zu erröten.

»Das glaube ich dir nicht, Belinda. Du tust nie etwas zufällig. Alles in deinem Leben ist geplant, und dein Handeln führt auf ein Ziel zu.« Mit ein paar Schritten kam er Ellen so nahe, dass sie nur die Hand hätte ausstrecken müssen, um ihn zu berühren. »Ich weiß nicht, was du in Frankreich erlebt hast, aber eines muss ich dir sagen: Die Belinda, die vor etwa drei Monaten abreiste, obwohl ihr Vater sterbenskrank war, und die unsere Verlobung mit Füßen trat, hat mir besser gefallen. Was für ein Spiel spielst du? Du kannst nicht ernsthaft glauben, dass ich dir dein Interesse für die Belange der Minen und noch weniger für die Bedürfnisse der Arbeiter abnehme. Belinda, niemand erwartet von dir, dass du nach dem Tod deines Vaters so tust, als würde dir etwas an seiner Arbeit liegen. Jeder hier kennt dich und weiß, dass dir andere Menschen stets gleichgültig sind.«

»Caswyn, lass dir erklären …«

Ellens Einwand wurde brüsk unterbrochen.

»Zwischen uns ist alles geregelt, und wir haben unsere Ziele klar abgesteckt. Mit unserer Heirat rettest du Tredethian vor dem Bankrott, und ich steige in die Adelskreise auf. Dafür habe ich mich bereit erklärt, deinen Namen anzunehmen, damit das Geschlecht der Tredethians nicht ausstirbt. Mehr bedeutet die Unterschrift, die wir beide leisten werden, jedoch nicht. Obwohl jeder weiß, dass Gefühle bei unserer Eheschließung keine Rolle spielen, haben wir vereinbart, nach außen den Schein zu wahren. Wenn du diesen Bedingungen nicht mehr Folge leisten möchtest, dann sage es. Sag es hier und jetzt, anstatt so zu tun, als würdest du plötzlich eine gewisse Sympathie für mich hegen.«

»Sympathie?« Leise wiederholte Ellen das Wort. »Ich … ich weiß nicht … wie kommst du darauf?«

Er lachte, es war jedoch ein bitteres Lachen, das seine Augen nicht erreichte.

»Wie du weißt, bist du nicht die erste Frau in meinem Leben und wirst sicher auch nicht die letzte sein, meine Liebe, daher kenne ich den Ausdruck in den Augen einer Frau, wenn sie versucht, mit einem Mann zu flirten. Da ich weiß, was für eine hervorragende Schauspielerin du bist, finde ich es in unserem Fall einfach nur« – er zögerte, spie dann das Wort regelrecht aus – »lächerlich.«

Ellen schluckte. Sie war vollkommen verwirrt, und in ihr kämpften Zorn und Enttäuschung. In erster Linie war sie nicht auf Caswyn wütend, sondern auf sich selbst, da sie in diesem Moment eingestehen musste, dass Caswyn Osbourne ihr nicht völlig gleichgültig war. Obwohl er keine Gelegenheit verstreichen ließ, sie zu brüskieren und zu beleidigen, fühlte sie sich in seiner Gegenwart … wohl. Ein anderes Wort fiel Ellen für ihre Empfindungen nicht ein. Darüber hinaus war er ein sehr attraktiver Mann, bei dessen Anblick wohl jedes Frauenherz ein paar Takte schneller schlagen würde, obwohl Belinda das völlige Gegenteil behauptet hatte. Auf keinen Fall durfte er merken, dass die Aussicht, seine Frau zu werden, Ellen mit einer nahezu lächerlichen freudigen Erwartung erfüllte, die sie selbstverständlich nur der neuen, ungewohnten Situation zuschrieb. Krampfhaft überlegte sie, wie sie reagieren sollte. Belinda hätte laut und nicht minder spöttisch als er gelacht und sicher eine passende Bemerkung parat gehabt, doch Ellen schien alles, was sie hätte sagen können, falsch.

»Noch ist es nicht zu spät, Belinda«, fuhr Caswyn fort. »Das Einzige, was ich dir glaube, ist, dass dich der Verlust von Tredethian schmerzen würde. Vielleicht wiegt dieser Verlust jedoch geringer als eine Ehe mit einem Mann, der dich nur aus geschäftlichen Gründen zur Frau nimmt.«

»Vielleicht«, murmelte Ellen und wich seinem Blick aus. Caswyn hatte recht – wenn sie an sich dachte, so wollte sie lieber allein bleiben, als an einen Mann gebunden zu sein, der ihre Gefühle mit Füßen trat und sie spüren ließ, dass sie nichts weiter als eine geschäftliche Transaktion war. Gerade, als sie den Mund öffnen und sagen wollte, dass sie nicht Belinda und damit ihre Verlobung ohnehin hinfällig war, packte Caswyn sie bei den Schultern und schüttelte sie leicht.

»Ich *will* diese Verbindung, Belinda. Du weißt, wie sehr ich sie will, denn erst dann werden mein Vater und ich in der Gesellschaft anerkannt sein. Außerdem möchte ich nicht, dass alles, was Generationen zuvor geschaffen haben, einfach zerstört wird. Willst du wirklich mit ansehen, wie fremde Menschen hier leben, sofern diese Waliser überhaupt Interesse haben, Tredethian zu bewohnen? Ich befürchte, dass diese Leute die Minen schließen werden, denn sie werden wohl kaum über Erfahrungen im Bergbau verfügen. Bei allem Egoismus, den du an den Tag legst – das kannst du nicht wollen, Belinda.«

In der kurzen Pause, die er machte, um Luft zu holen, gelang es Ellen, ein »Sicher nicht ...« einzuwerfen, dann sprach Caswyn auch schon weiter.

»Trotzdem bin ich nicht gewillt, deine Eskapaden stillschweigend zu akzeptieren und mich von dir zum Narren halten zu lassen. Ich verlange von dir, dass du, wenn wir in Gesellschaft auftreten, zumindest so tust, als wärst du eine ehrbare Frau. Wie dir bekannt ist, weiß ich genügend von dir, um deinen Ruf ruinieren zu können. Und ich werde davor nicht zurückschrecken, wenn du mich lächerlich machst. Ich weiß viel von dir, sehr viel, wovon du sicher nicht möchtest, dass es an die Öffentlichkeit dringt. Darum hör auf, so zu tun, als hättest du plötzlich ein Herz. Sei einfach wieder die Belinda Swinbrook, die ich kenne und die ich einschätzen kann. Ich bin nämlich kein Mann, der Überraschungen liebt.«

In Ellens Kopf wirbelten die Gedanken durcheinander. Es schien ihr, als ob nicht nur sie, sondern auch Caswyn ein doppeltes Spiel trieb. War ein Mann wie er wirklich bereit, eine Zweckehe einzugehen, nur um in die Gesellschaft aufzusteigen? Ellen vermutete, es steckte mehr dahinter, etwas, wovon Belinda entweder keine Ahnung gehabt oder nicht darüber gesprochen hatte.

Sie nahm ihre ganze Selbstbeherrschung zusammen, hob den Kopf und sah ihn fest an.

»Ich werde deinen Wünschen Folge leisten, Caswyn, und mich bemühen, die Frau zu sein, die du erwartest.«

Ellen fand, dieser Satz war ein Meisterstück, denn sie blieb sich damit treu. Wie sie selbst jedoch damit zurechtkommen sollte, dass der Mann, bei dem sie auf dem besten Weg war, sich in ihn zu verlieben, zwar ihr Ehemann sein, sie aber niemals lieben, ja, sogar regelrecht verabscheuen würde, wusste sie nicht. Dennoch war sie bereit, das Wagnis einzugehen. Nicht nur allein Caswyns wegen, sondern auch, weil sie es Belinda und dem Namen Tredethian schuldig war.

20. Kapitel

In der Nacht hatte es geschneit. Ellen schaute aus dem Fenster auf den Rosengarten, wo die Beete und der Rasen wie von einem feinen Zuckerguss überzogen waren. Alles war weiß – schneeweiß wie das Kleid, das auf einem Bügel an der Schranktür hing, und schneeweiß wie ihr Teint, aus dem alles Blut gewichen zu sein schien. Unter ihren Augen indes lagen dunkle Schatten.

»Der Schnee bleibt nicht liegen.« Melly riss Ellen aus ihren Gedanken. »Ist ohnehin selten, dass es hier schneit, und die dunklen Wolken am Himmel … das sind Regenwolken, Mylady.«

Ellen bemühte sich um ein Lächeln. Seit sie Melly das Missgeschick mit der zerbrochenen Tasse verziehen hatte, schien das Mädchen ihr regelrecht ergeben zu sein. Als Ellen dann erfuhr, dass Belinda ihre letzte Zofe vor ihrer Abreise nach Frankreich entlassen hatte – die Gründe dafür blieben ihr verschlossen –, und herausfand, dass Melly Geschick beim Frisieren zeigte, war das einstige Hausmädchen zur Zofe aufgestiegen. Seitdem glühten Mellys Wangen vor Eifer, und sie war stets bemüht, Ellen alles recht zu machen.

»Es wird Zeit, Ihre Haare zu richten, Mylady.«

Ellen unterdrückte einen Seufzer und setzte sich an die Frisierkommode. Immer noch hatte sie sich nicht an die zahlreichen Toilettenartikel und an die Kämme und Bürsten mit goldenen Stielen gewöhnt, nach denen Melly jetzt ganz selbstverständlich griff. Im Kamin, der mit grün-blauen Delfter Kacheln verziert war, loderte ein Feuer, trotzdem fröstelte Ellen. Melly, die bemerkt hatte, dass ihre Herrin fror, nahm rasch eine Decke, legte sie Ellen über die Beine und zog den Morgenmantel fester um ihre Schultern.

»Wie ich sagte, es wird heute noch regnen, und dann wird es wieder wärmer.«

Ellen nickte. »Du kennst dich gut mit dem Wetter aus?«

Melly errötete, als sie antwortete: »Mein Großvater war Fischer. Als Kinder saßen wir oft zu seinen Füßen, und er erzählte uns nicht nur Geschichten von sagenhaften Meeresgestalten, sondern lehrte uns auch, den Himmel zu lesen. ›Als Fischer muss man immer wissen, wie das Wetter wird‹, sagte er. Das ändert sich, besonders auf dem Meer, nämlich sehr schnell. Jetzt noch Sonnenschein, und in der nächsten Stunde findet man sich im größten Sturm wieder.« Melly plapperte viel, Ellen störte das jedoch nicht. In den letzten Wochen hatte sie durch Mellys Geschwätzigkeit mehr über das Leben auf Tredethian Manor und seine Bewohner erfahren, als es ihr sonst möglich gewesen wäre. Obwohl Melly sehr nett und hilfsbereit war – sie war auch ein wenig naiv und schöpfte keinen Verdacht, wenn Ellen sich an vergangene Erlebnisse nicht immer gleich erinnern konnte.

Melly zog ein wenig zu fest an ihren Haaren, und Ellen zuckte zusammen.

»Verzeihen Sie«, entschuldigte Melly sich, »es tut mir leid …«

»Ist schon gut.«

Ellen winkte ab. Ihr Blick schweifte zum Fenster, vor dem sich dichte, dunkle, beinahe schon bedrohliche Wolken ballten. Wahrscheinlich hatte das Mädchen recht, und aus den Wolken würde sich bald Regen ergießen. Obwohl erst Vormittag, war es im Zimmer so dunkel, dass alle Lampen entzündet worden waren, das Licht konnte jedoch nicht Ellens trübe Gedanken erhellen. In drei Stunden würde sie Caswyn Osbournes Frau sein. Nein, halt – nicht sie, sondern Belinda

Swinbrook würde vor den Altar treten und den Bund fürs Leben schließen. Sie, Ellen, existierte überhaupt nicht mehr. Es gab nichts, nicht das kleinste Papier, das ihre Identität bewies.

Was mache ich eigentlich? Diese Frage stellte sich Ellen seit Wochen, obwohl sie sich entschlossen hatte, künftig als Belinda zu leben. Jetzt, so kurz vor dem endgültigen Schritt, mit dem sie eine Straftat beging, schienen ihre Zweifel zu überwiegen. Am liebsten wäre sie aufgesprungen und ganz weit fortgelaufen. Ellen blieb jedoch sitzen und sah zu, wie Melly mit geschickten Handgriffen ihr Haar kunstvoll auf dem Hinterkopf auftürmte. Locke für Locke wickelte Melly vorsichtig um ihren Finger und steckte sie dann mit Nadeln fest. Ellen schätzte, dass sie schon rund zwei Dutzend Haarnadeln auf dem Kopf hatte, dabei war erst die Hälfte der Frisur fertig.

Noch kannst du gehen, sagte die Stimme in ihrem Kopf, die in den letzten Tagen immer lauter geworden war. Noch hatte sie sich nicht strafbar gemacht. Sie hatte sich zwar als Belinda ausgegeben, woraus man ihr aber keinen Strick drehen konnte. Jedenfalls rechtlich nicht. Wenn sie jedoch heute Nachmittag in Belindas Namen heiratete und ihre Unterschrift unter die Urkunde setzte, dann war sie eine Betrügerin.

Ellen dachte an ihren Vater – der Vater, der sie aufgezogen hatte. Henry Townsend würde sich im Grab umdrehen, wenn er wüsste, was Ellen im Begriff war zu tun. Stets hatte er sie zur Ehrlichkeit und Rechtschaffenheit erzogen, es würde ihm das Herz brechen, sie nun hier zu sehen. Das Argument, Ellen tue das alles nur, um Tredethian Manor der Familie zu erhalten, war nur einer der Gründe dafür, dass Ellen nicht sofort floh. In den letzten Wochen hatte sie sich an die Annehmlichkeiten, die Belindas Stellung ihr boten, gewöhnt. Deutlich erinnerte sie sich an die Worte ihrer Schwester, als diese ihr sagte, dass man – hatte man einmal das angenehme Leben kennengelernt – niemals wieder zurück in die Gosse wollte. Außerdem war da noch Caswyn Osbourne …

Was ihn anging, war Ellen hin- und hergerissen. Zweifelsohne war er attraktiv und wirkte äußerst männlich, sein Charakter schien jedoch dunkel wie die Regenwolken vor Ellens Fenster. Seiner Arbeit in den Minen zollte Ellen großen Respekt, denn Caswyn hatte zu jeder Tages- und Nachtzeit ein offenes Ohr für die Belange der Arbeiter und leitete die Minen mit harter, aber gerechter Hand. Bisher hatte Ellen sich nicht getraut, noch mal zur Küste zu gehen, obwohl ihr Interesse am Bergbau groß war. In der Bibliothek fand sie zahlreiche Bücher über das Thema – von der Geschichte bis zur Neuzeit –, die sie mit Begeisterung las und versuchte, sich so viel wie möglich zu merken. Wenn sie erst Caswyns Frau war, würde sie ihn schon dazu bringen, sie mit unter Tage zu nehmen oder zumindest auf das Minengelände, denn Ellen wollte unbedingt etwas für das Wohl der Arbeiter tun.

»Ich bin fertig, Mylady.«

Erneut holten Mellys Worte Ellen in die Realität zurück. Das Mädchen trat einen Schritt zurück, und Ellen betrachtete sich im Spiegel. Eine Fremde schien sie anzusehen. Die kunstvoll aufgesteckte Frisur machte ihr Gesicht schmaler, einzelne Strähnen kringelten sich wie unbeabsichtigt in ihrem Nacken, und Melly hatte ein funkelndes Brillantdiadem auf dem Kunstwerk drapiert. Obwohl sie wunderschön aussah, fröstelte Ellen und zog schauernd die Schultern zusammen.

»Ich lege sofort neue Kohlen auf«, beeilte Melly sich zu versichern. »Sie müssen jetzt das Kleid anziehen.«

Ellen stand auf, in diesem Moment öffnete sich die Tür. Ellen hatte nicht gehört, dass angeklopft worden war, vielleicht hatte sie aber auch nicht darauf geachtet. Lydia Golberden, in ein Kleid aus dunkelblauem Taft, der bei jedem Schritt raschelte, gekleidet, musterte Ellen von oben bis unten, dann ging ihr Blick zu Melly.

»Es ist gut, du kannst gehen.«

Ihr Blick war ebenso hart wie ihr Ton, und Melly, obwohl sie in ihrer Stellung als Zofe der Wirtschafterin beinahe ebenbürtig war, wagte keinen Widerspruch. Sie knickste und eilte aus dem Zimmer.

»Es wird Zeit, sich anzukleiden, Lady Belinda.« Lydias Hand strich vorsichtig über den weißen, schimmernden Stoff des Brautkleides. »Sie erlauben, dass ich Ihnen behilflich bin?«

»Natürlich, Lydia.«

Immer noch fühlte sich Ellen in der Gegenwart Lydias befangen, besonders, seit sie wusste, dass die Wirtschafterin und Belinda ein wenig angenehmes Geheimnis teilten. Zwar hatte Lydia nie wieder davon gesprochen, doch ihr Verhalten Ellen gegenüber ließ keinen Zweifel daran, dass sie sich ihrer Stellung auf Tredethian bewusst war und diese auch verteidigen würde.

Der Stoff raschelte, als Lydia das Kleid vom Bügel nahm. Es war aus weißem Satin gefertigt und mit Gold- und Silberfäden durchwirkt. Ein enges Oberteil mit gerüschtem Ärmelansatz, der Ellens Schultern bedeckte, ihre Arme jedoch frei ließ, ging in einen bauschigen Rock über, der in einer etwa zwei Meter langen Schleppe endete. Kleine, kaum stecknadelkopfgroße, schimmernde Perlen schmückten in verschwenderischer Fülle den Rock und ließen die Trägerin wie eine Prinzessin wirken. Ellen hätte am liebsten in einem schlichten Kleid geheiratet, auch erschien ihr Weiß in Anbetracht dessen, dass sie sich immer noch in Trauer um den Earl befand, unangebracht. Lydia Golberden hatte aber auf dieses Kleid bestanden.

»Bereits Ihre Urgroßmutter trug es«, hatte Lydia gesagt.

»Auch Ihre Großmutter und Ihre Mutter haben in diesem Kleid ihr Eheversprechen gegeben. Sie können mit der Tradition nicht brechen. Selbstverständlich kann das Kleid nach Ihren Wünschen noch geändert werden.«
Ellen hatte keine Wünsche gehabt, sie war von dieser kostbaren Robe viel zu überwältigt gewesen. Auch die Gewissheit, dass Generationen von Tredethians darin vor den Altar getreten waren, ließ das Gewand als etwas ganz Besonderes erscheinen.
Lydia zog Ellen das Korsett fest, ging ihr beim Hochrollen und Befestigen der Strümpfe zur Hand, und half ihr dann geschickt in das Kleid. Es war schwerer, als Ellen gedacht hatte, und sie stöhnte.
»Nach einer Stunde haben Sie sich daran gewöhnt«, sagte Lydia mit einem Lächeln, das sie sofort sympathischer wirken ließ.
»Hoffentlich stolpere ich nicht.« Skeptisch blickte Ellen auf die Schleppe. »Vielleicht hätte man es doch etwas kürzen sollen.«
Lydia Golberden gab keine Antwort, sie war damit beschäftigt, die zahlreichen Haken und Ösen in Ellens Rücken zu schließen. Als sie damit fertig war, glaubte Ellen, kaum noch atmen zu können, so eng saßen das Korsett und das Kleid. Kein Wunder, dass Damen der Gesellschaft immer wieder in Ohnmacht fallen, dachte sie. Natürlich hatte sie früher auch ein Mieder unter ihrer Kleidung getragen, dieses war jedoch niemals so fest geschnürt. Ellen musste aber zugeben, dass die Schnürung und das Kleid ihre schlanke Taille um einiges schmaler aussehen ließen und ihren Busen, der trotz des bestickten Dekolletés schicklich bedeckt war, anhoben.
»Bin das wirklich ich?«
Sie hatte nicht bemerkt, dass sie laut gesprochen hatte. Ein wohlgefälliges Lächeln huschte über Lydias Lippen.

»Sie sehen wunderschön aus, wenn ich mir die Bemerkung erlauben darf, Mylady.« Die Augen der Wirtschafterin funkelten wie dunkler, nasser Stein. »In drei Stunden haben Sie erreicht, was Sie wollten.«
Ellen zuckte zusammen.
»Wie soll ich das verstehen?«
»Nun, ich denke, Sie haben mich richtig verstanden.« Lydia zuckte anscheinend gleichgültig mit den Schultern, ließ Ellen aber nicht aus den Augen. »Wobei ich mich schon ein wenig wundere, dass Sie diesen Emporkömmling tatsächlich heiraten. Jetzt, nachdem Ihr Vater tot ist …«
»Ich denke nicht, dass wir dieses Gespräch fortsetzen sollten«, unterbrach Ellen barsch. In der letzten Zeit hatte sie gelernt, ebenso energisch wie Belinda aufzutreten, Lydia Golberden ließen ihre Worte jedoch unbeeindruckt.
»Aber meine Liebe, wir beide wissen doch, wie sehr Ihnen dieser Osbourne gegen den Strich geht, nicht wahr? Natürlich mussten Sie sich dem Wunsch Ihres Vaters fügen. Wen kümmern seine Wünsche jetzt noch, seit er kalt und starr in der Gruft liegt? Ich habe angenommen, Sie kehren Tredethian und den Osbournes so schnell wie möglich den Rücken, um das zu tun, was Ihrer wahren Gesinnung entspricht.«
In Ellens Kopf meldete sich ein pochender Schmerz, während sie krampfhaft nach den richtigen Worten suchte.
»Wie Sie wissen, hat mein Vater mit seinem Letzten Willen festgelegt, dass Tredethian Verwandten in Wales zufällt, wenn ich nicht heirate.« Sie versuchte, kühl und überlegen zu wirken. »Würde das geschehen, wären alle Arbeitsplätze gefährdet, auch der Ihrige, Lydia, denn keiner weiß, wie es mit dem Besitz weitergehen wird. Ich bin eine Tredethian und kann nicht zulassen, dass unsere Familie alles verliert.«
»Gut gesprochen.« Respektlos und spöttisch lachte Lydia laut

auf. »Allerdings habe ich immer gedacht, dass Sie auf das Haus und alles, was damit zusammenhängt, pfeifen. Sie sehen mich schon etwas verwundert, bei Ihnen plötzlich eine solche Bindung an die Familientradition zu erkennen.«
»Menschen ändern sich.« Ellen runzelte die Stirn. »Ist sonst noch etwas? Wenn nicht, dann bitte ich Sie zu gehen. Ich möchte noch etwas allein sein, bevor die Zeremonie beginnt.«
»Wie Sie wünschen, Mylady.«
Scheinbar demütig deutete Lydia einen Knicks an und verließ das Zimmer. Mit laut pochendem Herzen sank Ellen auf einen Stuhl. Nach der Hochzeit würde Caswyn auf Tredethian leben. Sie konnte nur hoffen, dass es ihm gelingen würde, die Wirtschafterin in ihre Schranken zu weisen. Allerdings musste sie vorsichtig sein, damit Lydia nicht ausplauderte, was sie von Belindas Vorleben wusste. Obwohl Caswyn keinen Zweifel daran ließ, dass sie eine reine Zweckehe eingingen und er weiterhin ein freies Leben führen wollte, ahnte Ellen, dass es ihm wenig gefallen würde zu erfahren, dass sie, oder vielmehr Belinda, nicht nur nicht jungfräulich in die Ehe ging, sondern sogar schon eine Engelmacherin aufgesucht hatte.
»Noch ist es nicht zu spät, du kannst immer noch gehen.«
Leise murmelnd trat Ellen ans Fenster. Melly hatte recht behalten – der Schnee war in Regen übergegangen, und die weiße Pracht, die für wenige Stunden den Rosengarten wie unter einem Leichentuch begraben hatte, löste sich auf, und was blieb, waren Matsch und Schmutz. Ellen drückte ihre heiße Stirn an die kühle Scheibe und seufzte. Was sollte sie nur machen? Was war das Richtige und was das Falsche?
Sie erschrak beinahe zu Tode, als sich plötzlich rechts von ihr die Wand einen Spaltbreit öffnete und ein Mann direkt in ihr Zimmer trat.
»Bist du allein?«

Ellen schluckte und starrte von der Tapetentür, die ihr bisher nicht aufgefallen war, auf den Eindringling.
»Was … wie … verschwinden Sie, oder ich rufe um Hilfe!«, stieß sie hervor, der Mann aber lachte nur.
Plötzlich erinnerte sich Ellen. Sie hatte ihn bei der Beerdigung gesehen. Schon damals hatte er sich ihr gegenüber allzu vertraut benommen, und deutlich war ihr Caswyns Reaktion auf das Erscheinen dieses Mannes in Erinnerung.
»Miles Golberden!«
»Ach, die Dame erinnert sich tatsächlich noch an mich?« Sein Lachen war hart und spöttisch. »Und ich dachte schon, *Mylady* habe mich vergessen.«
Ellen konnte nicht verhindern, dass er mit einem Schritt bei ihr war. Sein Blick glitt schamlos über ihren Körper.
»Du bist schön, wirklich sehr schön. Ich hoffe, Osbourne weiß zu schätzen, was er bekommt. Pech, die Sache mit dem verdammten Testament deines Vaters. Wenn der Alte nicht diese Klausel verfügt hätte, hättest du den baufälligen Kasten verkaufen und wir hätten zusammen das Leben genießen können. Paris, Rom, Madrid und auch New York …« Er seufzte und rollte theatralisch mit den Augen. »Nun, dann muss ich wohl allein reisen, werde dir aber aus jeder Stadt schreiben.«
»Bitte, was wollen Sie?« Ellen versuchte, die aufkommende Panik zu unterdrücken.
»Sie?« Er runzelte die Stirn. »Warum so förmlich, meine Liebe? Überhaupt – warum hast du dich in letzter Zeit so rar gemacht? Jede Woche war ich bei unserem Treffpunkt und habe auf dich gewartet. Meine kleine Bella wird mich doch nicht vergessen haben, oder?«
Zu Ellens Entsetzen beugte er sich so schnell vor und küsste sie auf den Mund, dass sie nicht rechtzeitig ausweichen konn-

te. Seine Lippen waren kalt und feucht, und sie roch Alkohol in seinem Atem. Schnell wand sie sich aus seinem Griff und wich zurück, bis sie die Fensterbank in ihrem Rücken spürte.
»Du musst gehen …« Miles Golberden mit Du anzusprechen, fiel Ellen schwer, sie musste jedoch ihre Rolle weiterspielen. »Es kann jeden Moment jemand kommen.«
Er lachte verächtlich und stützte seine Hände links und rechts von Ellen an die Scheibe. Sie versuchte, sich ihre Panik nicht anmerken zu lassen. Erneut lachte er spöttisch.
»Was so ein Brautkleid ausmacht, Schätzchen. Früher hat es dich nicht gestört, dass ich dich in deinem Zimmer aufsuchte, obwohl dein strenger Vater nur wenige Räume entfernt schlief. Hast dich jetzt wohl dazu entschlossen, ganz die schüchterne und unberührte Braut zu spielen, damit dein feiner Verlobter nicht merkt, was für eine er sich ins Bett holt, hä?«
»Bitte …« Mit großer Mühe brachte Ellen ein verkrampftes Lächeln zustande. »Das mit uns … es ist vorbei. Ich werde Caswyn Osbourne heiraten und ihm eine gute Frau sein.« Als Ellen sein ungläubiges Staunen sah, fügte sie schnell hinzu: »Menschen können sich ändern, vielleicht bin ich erwachsen geworden.«
»Nun denn …« Endlich wich Miles einen Schritt zurück, und Ellen konnte wieder ruhiger atmen. »Ich verstehe zwar nicht, warum du dich an einen Mann verschenkst, der dich überhaupt nicht will und nur zur Frau nimmt, um in der Gesellschaft aufzusteigen, aber du hattest ja schon immer deinen eigenen Kopf. Eigentlich sollte ich dir böse sein, Bella, aber du weißt, dass ich dir stets alles verziehen habe. Als du einfach mir nichts, dir nichts nach Frankreich abgehauen bist und dazu noch diesen Trottel von Randolph mitgenommen hast …« Miles merkte, wie Ellen zusammenzuckte, und lach-

te gackernd. »Bist du überrascht, dass ich weiß, dass du nicht allein gefahren bist? Schätzchen, du solltest mich besser kennen. Jedenfalls war ich zuerst mächtig sauer, sagte mir dann aber, dass der gute alte Randy es dir sicher nicht so gut besorgen wird wie ich. Der ist doch ein Schlappschwanz. Wo ist er eigentlich abgeblieben? Er ist nicht mit dir zusammen zurückgekehrt, oder?«

Ellen schüttelte den Kopf. Plötzlich war ihr eiskalt, obwohl das Feuer im Kamin hell loderte. Sie befürchtete, jeden Moment ohnmächtig zu werden, und hätte sich das Brautkleid am liebsten vom Körper gerissen.

»Er wollte nach Italien reisen«, sagte sie leise. »Bitte, du musst jetzt gehen ...«

Miles hob die Hand.

»Du willst mich also wirklich loswerden?« Er zuckte mit den Schultern. »Nun gut, es gibt genügend andere, die mir das Bett wärmen werden. Denk daran, wenn du neben deinem Ehemann, der kalt wie ein Fisch ist, liegst und dich an meine Zärtlichkeiten erinnerst. Allerdings meine ich, dass ein kleines Abschiedsgeschenk angemessen wäre, oder etwa nicht?«

Mit einem Schritt war Miles wieder zu Ellen getreten, und sein Arm legte sich fest um ihre zitternden Schultern. Mit der anderen Hand nestelte er an der Schnürung in ihrem Rücken.

»Lass mich sofort los!« Energisch befreite Ellen sich aus seinem Griff. »Du bist einfach ... geschmacklos!«

In seine Augen trat ein gefährliches Glitzern, als sein Blick ungeniert über Ellens Körper glitt, als stünde sie nackt vor ihm.

»Ah, Madam spielt die Tugendhafte. Wahrscheinlich hast du Angst, deine Frisur könnte zerstört oder dein Kleid zerknittert werden. Nun gut, heute füge ich mich deinen Wünschen. Allerdings ...« Er machte eine bedeutungsvolle Pause und fuhr dann mit einem harten Ton fort: »Ich bin etwas knapp bei Kasse. Du kannst mir sicher aushelfen, nicht wahr?«

Aus Erleichterung, dass Miles Golberden nur Geld und keine körperliche Nähe wollte, atmete Ellen auf.

»Ich habe kein Geld im Haus«, sagte sie, was der Wahrheit entsprach. In der Tat hatte sie, seit sie auf Tredethian Manor war, noch nie einen Penny benötigt. Sie bekam hier alles, was sie benötigte, und bisher hatte es keinen Anlass gegeben, Helston oder Penzance aufzusuchen, um Einkäufe zu erledigen.

»Ein Scheck tut es auch.«

Miles Golberden schien genau zu wissen, was er wollte. Zielstrebig zog er die zweite Schublade des Schreibtisches auf, wühlte kurz in den darin liegenden Papieren und hielt dann ein Scheckbuch in der Hand. Ellen wusste, es blieb ihr keine andere Wahl, als einen Scheck auszustellen und mit Belindas Namen zu unterschreiben, obwohl sie sich damit der Urkundenfälschung strafbar machte. Außerdem stand sie vor demselben Problem wie bei der Testamentseröffnung – sie kannte Belindas Schrift nicht! Der Anwalt hatte nichts bemerkt, bei der Bank aber wäre wahrscheinlich Belindas Unterschrift hinterlegt, und es würde sofort festgestellt werden, dass ihre nicht mit dieser übereinstimmte. Was hatte sie jedoch für eine andere Wahl? Ellen war sicher, Miles Golberden würde nicht eher gehen, bevor sie ihn nicht entsprechend bezahlt hatte.

»Wie viel?«, fragte sie knapp, während sie den Federhalter mit der Tinte füllte.

»Nun, mit zwei oder drei wäre mir die nächste Zeit geholfen.«

»Dreihundert Pfund?« Ellen schnappte nach Luft, denn das war eine Menge Geld.

»Schätzchen, was ist nur mit dir los?« Spöttisch schüttelte Miles den Kopf. »Mit ein paar Hundertern komme ich nicht weit. Schreib am besten dreitausend, wenn ich mehr brauche, komme ich wieder.«

»Dreitausend!« Der Federhalter entglitt Ellens Fingern, und die Tinte hinterließ einen hässlichen Fleck auf der polierten Platte des Schreibtisches. »Das ist unmöglich!«

Lapidar zuckte Miles mit den Schultern und lehnte sich, die Arme vor der Brust verschränkt, gegen den Tisch.

»Ich weiß, dass es um Tredethian nicht zum Besten steht, aber in wenigen Stunden heiratest du einen der reichsten Männer Cornwalls. Da dürfte es doch kein Problem sein, ein paar Tausender lockerzumachen. Ich bin sicher, dein dich *liebender* Ehemann wird nicht knausrig sein, schließlich erhält er ja eine einmalige Gegenleistung.«

In Ellens Kopf wirbelten die Gedanken durcheinander. Was machte es schon, wenn sie Miles einen Scheck mit der geforderten Summe gab? Sie hatte keine Ahnung, ob das Bankkonto überhaupt eine so hohe Deckung aufwies, außerdem bestand die Gefahr, dass der Scheck ohnehin nicht eingelöst werden konnte. Daher riss sie sich zusammen, nahm den Federhalter wieder auf und stellte den Scheck aus. Sie hatte kaum den letzten Buchstaben geschrieben, als Miles ihr das Papier auch schon aus den Händen riss. Einige Zeit wedelte er mit dem Scheck durch die Luft, damit die Tinte trocknete, dann faltete er ihn sorgsam und steckte ihn in die Innentasche seines Jacketts.

»Braves Mädchen.« Er grinste höhnisch. »Jetzt will ich die strahlende Braut aber wieder allein lassen, heute ist schließlich der glücklichste Tag in deinem Leben.« Mit einem kundigen Griff öffnete er die Tapetentür, die keine Klinke aufwies. Auf der Schwelle drehte er sich noch mal zu Ellen um. »Du weißt ja, wo du mich findest, wenn du von deinem Ehemann genug hast. Deine Vorsätze in allen Ehren, ich kenne dich aber nur zu gut. Noch bevor das Jahr zu Ende ist, wirst du wieder in meinen Armen liegen und mich anflehen, dich zu lieben.«

Ohne eine Antwort abzuwarten, schloss er die Tür hinter sich und war verschwunden. Der Boden schwankte unter Ellens Füßen. Haltsuchend klammerte sie sich an den Bettpfosten. Plötzlich fror sie nicht mehr, sondern Schweißperlen rannen ihr über Stirn und Rücken. Instinktiv spürte sie, dass mit der Zahlung der immensen Summe Miles Golberden nicht für immer aus ihrem Leben verschwunden war. Er würde wiederkommen, mehr Geld fordern und wahrscheinlich auch noch etwas anderes. Ellen hatte gewusst, dass Belinda, was die körperliche Liebe zwischen Mann und Frau betraf, nicht prüde gewesen war, aber bei der Vorstellung, dass Miles und Belinda … wurde es Ellen beinahe übel. Das Einzige, was sie hoffen konnte, war, dass Miles akzeptieren würde, dass sie von nun an Caswyn treu und eine gute Ehefrau sein wollte.

Ein Klopfen an der Tür zwang Ellen, sich zusammenzureißen.

»Es wird Zeit, Mylady.«

Trotz des erfreulichen Anlasses einer Hochzeit war Lydia Golberden immer noch in Dunkelblau gekleidet, die Haare gescheitelt, streng nach hinten gekämmt und im Nacken zu einem Knoten geschlungen. Unwillkürlich dachte Ellen, dass die Wirtschafterin das gleiche Kleid an der Beerdigung des Earls getragen hatte, und auch sonst machte sie eine Miene, als gälte es nicht, eine Hochzeit zu feiern.

»Lydia, wurde Miles eigentlich auch zu der Hochzeit eingeladen?«, fragte Ellen geradeheraus. Sie musste dies wissen, um später nicht unliebsam überrascht zu sein, sollte sie Miles unter den Gästen entdecken.

Die Augen der Wirtschafterin weiteten sich erstaunt.

»Selbstverständlich nicht, Mylady. Das wäre doch ... sehr unpassend, finden Sie nicht? Sobald Mister Osbourne hier der Herr im Haus ist, darf sich mein Neffe nicht mehr blicken lassen.«

Er ist also ihr Neffe, dachte Ellen und nickte.

»Selbstverständlich, ich dachte nur ...«

Was sie wirklich dachte, ließ Ellen offen und griff nach dem zum Brautkleid passenden Mantel. Lydia legte diesen Ellen um die Schultern, dabei murmelte sie leise: »Keine Sorge, Mylady, meine Lippen sind verschlossen. Von mir wird Ihr Bräutigam nie etwas erfahren.«

Ellen brauchte nicht zu fragen, worauf die Wirtschafterin anspielte. Sie wusste aber auch, dass Lydia sie mit ihrem Wissen in der Hand hatte.

Obwohl Ellen zu ihrer eigenen Hochzeit ging, zudem noch zu einem Mann, dem ihr Herz von Tag zu Tag mehr zuflog, fühlte sie sich, als trete sie den Gang zum Schafott an.

21. Kapitel

Wie bereits bei der Beerdigung von Sir Swinbrook war die kleine Kirche bis auf den letzten Platz gefüllt, und auf dem Kirchhof drängten sich die Menschen, die bei Tredethian Manor und bei den Osbournes in Lohn und Brot standen. Obwohl es aufgrund des erst wenige Wochen zurückliegenden Trauerfalls nur eine kleine Hochzeitsfeier war, waren rund vier Dutzend Gäste geladen worden. Als Lydia Golberden mit Ellen zusammen die Einladungen erstellte, war Ellen schnell bewusst geworden, dass eine *kleine* Feier in ihren Kreisen eine solche Gästeliste erforderte. Sie mochte sich gar nicht vorstellen, wie viele Menschen sie hätte einladen müssen, wenn die Hochzeit nicht vom Tod ihres vermeintlichen Vaters überschattet gewesen wäre.

Die Zeremonie war kurz, und als Ellen am Arm ihres Ehemanns aus der Kirche trat, warf sie einen Blick auf den breiten goldenen Reif an ihrem linken Ringfinger. Der Ring war protzig und mit einem großen, dunkelroten Stein besetzt, der bestimmt echt war, aber überhaupt nicht Ellens Geschmack entsprach. Caswyn hatte den Ring anfertigen lassen und war dabei Belindas Vorlieben gefolgt. Dann richtete sich Ellens Aufmerksamkeit auf die Arbeiter auf dem Kirchhof. Erneut zog sich ihr Magen bei dem Anblick der ausgemergelten Gesichter zusammen. Trotz dieser offensichtlichen Armut jubelten die Menschen dem Brautpaar zu.

»Hoch lebe die Herrin und der Herr!«, erschallte es vielstimmig, und Mützen flogen in die Luft.

»Ein Hoch auf Sir Osbourne und Lady Belinda. Möge das Glück stets an ihrer Seite sein.«

Eine ältere Frau, deren Rücken vom Tragen der Gesteinsbrocken gekrümmt war, fiel vor Ellen auf die Knie und versuchte, ihren Rocksaum zu küssen. Schnell trat Ellen zurück.

»Stehen Sie auf! Sie holen sich ja den Tod, wenn Sie im Matsch knien.«

»Aber Mylady ...« Die Frau sah sie enttäuscht an. »Ich wollte doch nur ...«

»Das Küssen des Saums eines Brautkleides bedeutet Glück und Gesundheit für die eigenen Kinder«, raunte Caswyn Ellen zu. »Natürlich weißt du das nicht, die cornischen Bräuche haben dich ja noch nie interessiert.«

Beschämt blickte Ellen auf die Frau, die immer noch im fingerdicken Schmutz des aufgeweichten Kirchhofs kniete.

»Verzeihen Sie, gute Frau«, sagte sie milde und trat wieder vor. Dem Beispiel der Alten folgten noch einige andere Frauen, und bald war Ellens Saum von Schmutzflecken übersät, was sie aber nicht störte. Vielmehr rührte Ellen das Verhalten der Arbeiterinnen, und sie beschloss, sich künftig intensiv mit den Sitten und Gebräuchen Cornwalls zu beschäftigen.

Während Caswyn ihr in die Kutsche half, sagte Ellen: »Wir müssen etwas für die Arbeiter und ihre Familien tun.«

Ihr frisch angetrauter Ehemann stieß einen Laut der Verwunderung aus.

»Wie aufmerksam, dass du wenigstens am Tag deiner Hochzeit an die Menschen denkst, die uns ein sorgloses Leben ermöglichen. Wie du siehst, haben heute alle frei, die Arbeit in den Minen ruht, und in den Pubs in Porthleven und in Helston wird kostenloses Bier und heiße Suppe ausgeschenkt. Zusätzlich erhält jedes Kind ein Stück Kuchen. Ich habe also an alles gedacht.«

»Danke.« Ellen sah ihn von der Seite an. Im diffusen Zwielicht der geschlossenen Kutsche zeichnete sich Caswyns Profil scharf gegen das Fenster ab, und ein warmes Gefühl durchströmte Ellen. Er war ihr Mann! Nun war sie tatsächlich mit Caswyn Osbourne verheiratet, und ab heute würde er auf Tredethian Manor mit ihr zusammenleben. Gut, in den letzten Wochen hatte Caswyn Anweisung gegeben, einige Räume im Ostflügel für ihn herrichten zu lassen, während Ellens Räumlichkeiten sich im Westflügel befanden. Vermutlich arbeitete er immer bis spät in die Nacht und wollte Ellen nicht stören. Trotzdem war sie gespannt, wie sich ihr Zusammenleben gestalten würde.

Auf Tredethian Manor wurden sie von Cobbs, dem Butler, begrüßt, der sich zuerst vor Ellen, dann vor Caswyn tief verbeugte. Caswyn hatte auf die Einstellung eines Butlers bestanden.

»In einem großen Haus wie Tredethian Manor ist ein Butler unabdingbar«, hatte er vor vier Wochen zu Ellen gesagt. »Wir werden Gäste empfangen, auch Arbeiter werden das Haus aufsuchen, um bei mir vorzusprechen. Deine seltsame Haushälterin in allen Ehren, ein Butler zeugt jedoch von einem gewissen Niveau.« Als er Ellens erstaunten Blick sah, fügte er schnell hinzu: »Keine Sorge, selbstverständlich werde ich für die Kosten aufkommen. Tredethian wird ja schließlich mein neues Zuhause.«

Während Ellen an Caswyns Arm in die große Halle, die mit Kübelpflanzen aus den Gewächshäusern festlich geschmückt war, trat, wurde ihr zum ersten Mal mit aller Deutlichkeit bewusst, dass Tredethian Manor nicht mehr ihr, sondern Caswyn gehörte. Trotzdem war Ellen glücklich, denn Tredethian würde in der Familie bleiben. Caswyn trug jetzt den Namen Swinbrook und die nächste Generation der Tredethians würde unter diesem Dach geboren werden. Bei dem Gedanken, Caswyn früher oder später einen Erben zu schenken, schoss Ellen das Blut ins Gesicht. Unwillkürlich dachte sie an den feuchten, ekelhaften Kuss von Miles Golberden, den sie immer noch auf ihren Lippen spürte. Sie wusste, dass sie und Caswyn das Bett teilen mussten, um ein Kind zu zeugen, wenngleich Ellen keine genauen Vorstellungen davon hatte, was unter den Decken vor sich gehen würde. Da ihr Caswyn aber nicht zuwider war, beschloss sie, alles auf sich zukommen zu lassen.

»Als Erstes werde ich das Dach reparieren lassen«, sagte Caswyn plötzlich. »Nicht, dass uns dieses bei den Frühjahrsstürmen über dem Kopf zusammenbricht.«

Unwillkürlich sah Ellen nach oben, ganz so, als erwarte sie, erste feuchte Flecken an der hohen Balkendecke zu sehen.

»Das ist sehr freundlich«, antwortete sie leise.

Caswyn blieb stehen und drehte Ellen zu sich, so dass er ihr direkt in die Augen schauen konnte.

»Das ist keine Freundlichkeit, meine Liebe, sondern eine notwendige Maßnahme. Ich wusste, dass ich einen maroden Kasten, in den ich einiges stecken muss, heirate, und ich werde meinen Verpflichtungen nachkommen.«

Es war, als hätte er Ellen die Faust in den Bauch gerammt, und ihr Glücksgefühl der letzten Stunde verflog. Er hatte also einen maroden Kasten geheiratet. Natürlich wusste Ellen, dass Caswyn damit nicht sie, sondern das Haus meinte, trotzdem tat es weh, nur wenige Minuten nach der Trauung daran erinnert zu werden, dass ihre Ehe eine reine Zweckgemeinschaft war. Caswyn schien von Ellens Gefühlen nichts zu bemerken, denn er fuhr unbekümmert fort:

»Ich werde dir ein Konto einrichten, über das du frei verfügen kannst. Allerdings werde ich mir erlauben, einen Blick auf deine Ausgaben zu haben, denn auch meine Mittel sind begrenzt. Anstatt wie früher mehrmals im Jahr teure Modesalons in London oder in Paris aufzusuchen, wirst du dich mehr um das Haus kümmern, ganz so, wie es einer braven Ehefrau zukommt. Natürlich müssen wir regelmäßig Gäste empfangen und deren Einladungen Folge leisten, und ich werde dafür sorgen, dass du genügend zum Anziehen hast. Auch an Schmuck soll es dir nicht fehlen – vorausgesetzt, du verhältst dich so, wie es meinen Vorstellungen entspricht.«

Ellen schluckte ob seiner gefühllosen, harten Worte. Caswyn ließ keinen Zweifel daran, wie künftig die Rangordnung auf Tredethian aussah. Sie nickte, fasste Mut und sagte:

»Ich würde gern etwas für die Bergarbeiter tun, um ihr schweres Los zu erleichtern.«

Hätte Ellen den Wunsch geäußert, allein eine Weltumsegelung machen zu wollen, hätte Caswyn nicht überraschter sein können. Er brauchte einige Zeit, sich zu sammeln, dann sagte er nur: »Darüber sprechen wir noch. Da kommen die ersten Gäste. Wir sollten sie begrüßen, so wie es Sir und Lady Swinbrook ansteht.«

Obwohl das Essen, das seit Tagen in der großen Küche von Tredethian zubereitet worden war, vorzüglich mundete und der Wein in Strömen floss, stocherte Ellen auf ihrem Teller herum und nippte lediglich am Wein. Die Gäste jedoch schienen sich vorzüglich zu amüsieren. In einigen von ihnen erkannte Ellen Menschen, die bereits bei der Beerdigung des Earls anwesend waren, einige Gesichter waren ihr indes völlig fremd. Sie umschiffte diese Klippen aber elegant, indem sie erneut jede Dame mit Lady und jeden Herrn mit Sir ansprach. Lawrence Osbourne, Caswyns Vater, saß zu ihrer Rechten und machte aus seiner Freude, seinen Sohn als Herrn von Tredethian Manor zu sehen, keinen Hehl.

»Nur schade, dass Dorian das nicht mehr erleben durfte.« Vertraulich tätschelte er Ellens Hand. »Mit ihm habe ich einen wahren Freund verloren.«

Ellen mochte den alten Herrn, der so ganz anders als sein Sohn zu sein schien. Dennoch durfte sie sich nicht täuschen lassen, denn auch Lawrence Osbourne war durch die Verbindung zu den Swinbrooks in der Gesellschaft aufgestiegen. Er hatte das Recht, mit Sir angesprochen zu werden, und ihr gemeinsamer Sohn würde mit dem Erreichen seiner Volljährigkeit den Titel eines Earl of Tredethian erhalten. Nun würde niemand mehr wagen, Caswyn als Emporkömmling zu bezeichnen und verächtlich über ihn die Nase rümpfen. Durch ihre Vermählung und die Vereinigung der Zinn- und Kupferminen beider Familien waren die Osbournes jetzt die einflussreichsten Minenbesitzer in Cornwall, deren Worte künftig Gewicht haben würden. Lawrence Osbourne wollte aber nicht auf Tredethian leben.

»Nein, nein, ich bleibe in meinem Haus«, hatte er gesagt, als Caswyn ihm den Vorschlag unterbreitete. »Ihr braucht Zeit für euch allein, um euch aneinander zu gewöhnen. Wenn ihr mich allerdings einladet, komme ich gern.«

Obwohl es eine größere Hochzeitsfeier war, wurde auf Musik und Tanz verzichtet, denn immerhin befand Ellen sich immer noch in Trauer, so viel Ausgelassenheit wäre unangebracht gewesen.

Am Nachmittag wurden den Gästen Kaffee, Tee, Torten und Kuchen serviert, dann begann sich die Gesellschaft langsam aufzulösen. Und wieder schüttelte Ellen Hände, bedankte sich nochmals für die schönen Glückwünsche und die zahlreichen Geschenke und wünschte eine gute Heimreise. So manche Frau zwinkerte ihr vertraulich zu oder raunte ihr sogar ein paar Worte ins Ohr.

»Sie brauchen keine Angst zu haben. Es ist nicht schlimm und geht auch schnell vorbei.«
»Es ist das Schicksal von uns Frauen«, meinte eine andere und klopfte Ellen wohlwollend auf den Rücken. »Ihr Gatte ist ein attraktiver Mann, vielleicht finden Sie ja sogar Gefallen *daran.*«
Ellen errötete, doch glücklicherweise schienen die Damen keine Antwort zu erwarten. Dann war sie mit Caswyn allein. Lediglich die Dienstboten begannen unter den strengen Blicken und harschen Anweisungen Lydias mit dem Aufräumen.
»Wo ist dein Vater?«
Ellen sah sich um, konnte den grauhaarigen Lawrence aber nirgendwo entdecken.
»Er ist schon vorausgefahren.«
»Voraus? Wohin?«, fragte Ellen erstaunt.
»Nach Wheel Gwennap, wir müssen eine Abstützung überprüfen. Gestern sickerte Wasser durch die Decke, und wir schicken die Arbeiter erst wieder hinunter, wenn wir sicher sind, dass der Stollen hält.«
Es ist ja jetzt auch deine Mine, dachte Ellen unwillkürlich, dann wurde ihr bewusst, was Caswyn gesagt hatte.
»Du willst auch noch zur Mine?«
»Selbstverständlich.«
»Heute?« Ellen sah Caswyn erstaunt an. »Jetzt? An unserem Hochzeitstag?«
Für einen Moment schien Caswyn verunsichert, hatte sich aber schnell wieder im Griff, und seine Worte waren voller Spott, als er sagte: »Die Gäste sind gegangen. Es ist nicht nötig, die Fassade als glückliches Ehepaar länger aufrechtzuerhalten. Ich dachte ohnehin schon, sie würden nie gehen, und meine Mundwinkel sind von dem vielen Lächeln ganz verkrampft.« Er sah an sich herunter und fuhr fort: »Ich muss

mich nur schnell umziehen und hoffe, Cobbs hat meine Kleidung bereits eingeräumt.«
Er wandte sich von Ellen ab und war schon an der Tür, als sie ihm nachlief, ihn am Arm fasste und rief: »Wann kommst du zurück? Ich meine ... wegen des Abendessens und so ...«
Ellen wusste selbst nicht genau, was sie mit *und so* meinte, Caswyn schien sie aber bestens zu verstehen. Er lachte laut.
»*Das*, meine Liebe, kannst du nicht wirklich von mir erwarten. Natürlich kränkt es dich, dass ich deinem Liebreiz und Charme nicht erliege wie so zahlreiche andere Männer, darauf kann ich aber keine Rücksicht nehmen. Das Gerüst unserer Ehe war von Beginn an klar. Mach dir einen schönen Abend und warte nicht auf mich.«
Wie ein lästiges Insekt schüttelte Caswyn Ellens Hand ab und stapfte zur Tür hinaus. Wenn er sie mitten ins Gesicht geschlagen hätte, wäre Ellen nicht enttäuschter gewesen.
Was habe ich denn erwartet, ich dummes Ding?, fragte sie sich. Hatte sie wirklich gedacht, durch eine Unterschrift auf einem Stück Papier würde Caswyn sie plötzlich ehren und lieben, so wie er es vor dem Altar geschworen hatte? Ellen atmete tief durch, straffte die Schultern und reckte das Kinn vor. Nun gut, Caswyn Osbourne, du willst es nicht anders, dachte sie. Auf keinen Fall würde sie ihm nachlaufen oder sich ihm gar an den Hals werfen. Sie hatte auch ihren Stolz und würde sich einem Mann, der sie nicht wollte, nicht aufdrängen.
»Es wird kühl, Mylady.«
Ellen zuckte zusammen. Sie hatte nicht gehört, dass Lydia sich genähert hatte, und wünschte, die Wirtschafterin würde nicht immer so lautlos herumschleichen.
»Mein Mann« – wie ungewohnt diese Worte aus ihrem Mund klangen – »wird nicht zum Abendessen hier sein, Lydia, und

ich habe auch keinen Hunger. Sprechen Sie bitte dem Personal in meinem Namen Dank aus, es war eine sehr schöne Feier.«
Lydia senkte den Kopf, aber nicht schnell genug, um vor Ellen das Blitzen in ihren Augen verbergen zu können.
»Soll ich Cobbs bitten, das Zimmer des Herrn heizen und sein Bett aufdecken zu lassen, oder wird er in Ihren Räumen nächtigen?«
Ob dieser Direktheit verschlug es Ellen beinahe die Sprache. Keine Dienstbotin würde sich herausnehmen, eine solche Frage ihrer Herrin zu stellen, wenn sie diese nicht in der Hand hatte, so wie Lydia Belinda. Obwohl Ellen eine scharfe Antwort auf der Zunge lag, wagte sie nicht, Lydia zurechtzuweisen. Erst musste sie herausfinden, was diese Frau wirklich alles wusste und was das Rätsel ihrer eigenen Vergangenheit war. Daher sagte sie mühsam beherrscht: »Lassen Sie bitte beide Räume heizen, Sir Caswyn hat diesbezüglich keine Wünsche geäußert. Und schicken Sie Melly in mein Zimmer, damit sie mir beim Umkleiden behilflich sein kann.«
So aufrecht, als hätte sie einen Stock verschluckt, ließ Ellen die Wirtschafterin stehen. Erst als sie ihr Zimmer erreicht und die Tür hinter sich geschlossen hatte, sackte sie in sich zusammen. Es wurde immer schwerer, die Fassade, sie wäre Belinda, aufrechtzuerhalten, und Ellen wusste nicht, wie lange sie sich noch würde verstellen können. Gewissermaßen war es von Vorteil, wenn Caswyn ihre Nähe mied, denn er schien Belinda sehr gut zu kennen. Trotzdem wurmte es Ellen, dass er offenbar nur das sah, was er sehen wollte, und sich keine Mühe machte, seine Vorurteile über Bord zu werfen und zu erkennen, dass sie – Ellen – anders war. Sie musste einen Weg finden, dass Caswyn dies merkte, und Ellen hatte da auch schon eine Idee.

Ihre erste Nacht als Caswyns Ehefrau – ihre Hochzeitsnacht – verbrachte Ellen allein. Bis weit nach Mitternacht lauschte sie den Geräuschen, von denen das alte Haus bis unters Dach angefüllt war, aber keine schweren Schritte erklangen vor ihrer Tür. Einmal überlegte sie, Caswyn in seinen Räumen aufzusuchen, war bereits aufgestanden und in den Morgenmantel geschlüpft, dann verwarf sie den Gedanken schnell wieder. Derart erniedrigen würde sie sich keinesfalls! So manche Frau hätte Gott gedankt, wenn ihr Mann sie in der Hochzeitsnacht nicht aufsuchte, das hatte Ellen früher aus gewissen Gesprächen herausgehört. Darum fragte sie sich, was dieser leichte Schmerz in ihrer Brust, wenn sie an Caswyn dachte, zu bedeuten hatte. Ellen beschloss, sich auf ihre Ideen und Vorstellungen, wie sie das Los der Bergarbeiter verbessern könnte, zu konzentrieren, worüber sie schließlich einschlief.

Auch am nächsten Morgen bekam Ellen ihren frisch angetrauten Ehemann nicht zu Gesicht. Als sie das Morgenzimmer betrat – das so genannt wurde, weil seine Fenster gen Osten ausgerichtet waren und deswegen am Morgen die Sonne hereinschien –, richtete der Butler eine Nachricht von Caswyn aus.
»Mylord ist bereits vor Sonnenaufgang fortgegangen.« Cobbs' Gesichtsausdruck war unbewegt, mit keiner Miene verriet er, was er darüber dachte, dass der Ehemann seine Frau am ersten gemeinsamen Morgen allein ließ. Wenn er überhaupt etwas dachte, überlegte Ellen. »Er lässt ausrichten, Sie mögen mit dem Lunch nicht auf ihn warten, er wird bei den Minen essen.«
»Danke, Cobbs«, antwortete Ellen.
In den ersten Tagen, nachdem der Butler auf Tredethian Manor angekommen war, hatte sie ihn mit *Mister* Cobbs ange-

sprochen, aber schnell gemerkt, dass dies ein Fauxpas war. Sie wusste nicht einmal seinen Vornamen, denn die Formalitäten hatte Lydia Golberden übernommen. Ellen wusste nur, dass Cobbs aus dem Norden Devons stammte und zuvor in mehreren herrschaftlichen Häusern gedient hatte. Er war um die fünfzig, alleinstehend und der distinguierteste Mensch, den Ellen jemals getroffen hatte. In seiner Gegenwart fühlte Ellen sich oft befangen, denn seine wasserhellen Augen schienen auf den Grund ihrer Seele zu blicken, wenngleich er sich überaus höflich und unterwürfig verhielt.

Während Ellen ihren Tee trank und warmen Toast und Eier aß, schweiften ihre Gedanken zu den vergangenen Wochen zurück. Auch an ihrer Trauung hatte Sophie Osbourne, Caswyns Schwester, nicht teilgenommen, und weder Caswyn noch sein Vater Lawrence hatten sie auch nur mit einem Wort erwähnt. Ellen rätselte über diese geheimnisvolle Frau und fragte sich, was Belinda getan hatte, da Sophie so offensichtlich den Kontakt zu ihr mied. Natürlich war Ellen in den letzten Wochen mehrmals in Darracott – wie das Haus der Osbournes hieß – gewesen, war bei ihren Besuchen aber nie Sophie begegnet. Sie hatte zwar in Erfahrung gebracht, dass Caswyns Mutter bei der Geburt seiner jüngeren Schwester gestorben war, dennoch schien diese Sophie nicht zu existieren. Nichts in dem Haus wies auf die Anwesenheit einer weiblichen Person hin. Darracott war von Lawrence vor zwanzig Jahren erbaut worden und daher ein modernes Haus. Es konnte sich in Größe und Ausstattung natürlich nicht mit Tredethian messen, denn es wirkte eher wie ein großes Farmhaus, verfügte aber über großzügig bemessene Räume mit hohen Decken und großen Fenstern. Die Einrichtung hingegen war spartanisch, wies gerade das Nötigste auf, was zwei Männer brauchten. Um den Haushalt kümmerte sich ein älteres

Ehepaar, das in einem Cottage in der Nähe lebte. Die Frau kaufte ein, kochte, wusch und putzte, während ihr Mann die gröberen Arbeiten erledigte. Der Garten von Darracott war klein und völlig verwildert. Wahrscheinlich war hier noch nie etwas getan worden, denn die Osbournes legten keinen Wert auf Blumenbeete oder einen Kräutergarten. Nach ihrem ersten Besuch war Ellen froh, dass Caswyn nach ihrer Hochzeit nach Tredethian ziehen würde, denn es würde ihr schwerfallen, sich in Darracott heimisch zu fühlen.
Als sie zum ersten Mal bei Lawrence Osbourne zum Tee geladen war, hatte sie die Sprache auf Sophie gebracht.
»Nimmt Ihre Tochter den Tee nicht mit uns ein, Sir?«
Lawrence' bis dahin freundlicher Ausdruck wechselte schlagartig. Seine Augen verdunkelten sich, er presste die Lippen zusammen und wich Ellens Blick aus.
»Wenn Sie bitte den Tee einschenken möchten?«, sagte er, ohne auf Ellens Frage einzugehen.
Seitdem hatte Ellen vermieden, ihn oder Caswyn nach Sophie zu fragen. Doch sie war fest entschlossen, herauszufinden, welches Geheimnis sich hinter der Unbekannten verbarg. Sie erinnerte sich an Lydias Worte, die junge Frau wäre zu krank, um das Haus zu verlassen. Wahrscheinlich handelte es sich um eine schwere, vielleicht sogar ansteckende Krankheit, mutmaßte Ellen. Was jedoch hatte Belinda damit zu tun?

Da die Hochzeit nur wenige Tage zuvor stattgefunden hatte, würden sie auf Tredethian Manor ein ruhiges Weihnachtsfest verbringen. Lawrence Osbourne war der einzige Gast, und erneut fragte sich Ellen, wer sich um die kranke Sophie kümmerte, wagte aber nicht, dies laut auszusprechen. An den Feiertagen ruhte die Arbeit in den Minen, und am Weihnachtsabend gab es für die Arbeiter und für die Angestellten von

Tredethian ein Fest. Lydia Golberden hatte Ellen überrascht, als sie vor wenigen Tagen fragte:

»Ist es Ihnen recht, wenn ich mich wieder um das Fest des Personals kümmere, oder haben Sie in diesem Jahr besondere Wünsche?«

»Äh … nein … natürlich nicht«, stammelte Ellen. »Machen Sie nur alles so, wie Sie es gewohnt sind, Lydia.«

Durch geschickte Fragen an Melly war es Ellen gelungen, zu erfahren, dass am Weihnachtsabend der Aufenthaltsraum des Personals zum Tanzsaal wurde. Die Arbeit ruhte, und die Herrschaften mussten sich mit kalten Platten begnügen, denn dieser Tag gehörte dem Personal. Am späten Nachmittag ging man gemeinsam in die Kirche, auch Ellen und Caswyn, dann erfolgte die Bescherung in der großen Halle, die zu diesem Anlass mit Stechpalmen- und Mistelzweigen geschmückt wurde. Auch hier hatte Lydia an alles gedacht: Jeder Angestellte, vom Küchenmädchen bis zum Kutscher, erhielt ein kleines, eingepacktes Geschenk. Es handelte sich um praktische Gegenstände – für die Frauen Schals oder bestickte Taschentücher, die Männer erhielten Pfeifentabak oder Werkzeuge.

Nachdem jeder sein Präsent erhalten hatte, raunte Caswyn Ellen ins Ohr: »Wir haben unseren Teil getan, jetzt lassen wir das Personal allein weiterfeiern. Die wollen nicht, dass die Herrschaft dabei ist, damit sie ungezwungen sein können. Einmal im Jahr gönnen wir ihnen dieses Vergnügen, sofern sie morgen ihre Räusche ausgeschlafen haben und wieder ihrer Arbeit nachgehen können.«

Ellen folgte Caswyn in die Bibliothek, in der ein warmes Feuer brannte und ein Strauß Stechpalmenzweige die einzige weihnachtliche Dekoration darstellte.

»Das ist für dich.« Caswyn überreichte Ellen eine längliche

und schmale Schachtel. »Ich hoffe, ich habe deinen Geschmack getroffen.«

Unsicher starrte Ellen auf das Geschenk.

»Du beschämst mich, Caswyn«, sagte sie unsicher. »Ich habe nichts für dich … ich wusste ja nicht …«

Tatsächlich hatte Ellen nicht erwartet, von Caswyn ein Weihnachtsgeschenk zu erhalten, daher hatte sie sich keine Gedanken um eine Gabe für ihn gemacht.

Spöttisch zog er die Augenbrauen hoch.

»Von dir habe ich auch nichts erwartet, meine Liebe. Der Anstand gebührt jedoch, dass eine Frau von ihrem Mann ein Geschenk erhält. Was würden deine Bekannten sagen, wenn du nicht mit einem neuen Schmuckstück angeben kannst?«

Am liebsten hätte Ellen Caswyn die Schachtel mitten in sein überheblich grinsendes Gesicht geworfen, dann siegte aber doch die Neugier, sie öffnete den Deckel und stieß einen leisen Schrei der Überraschung aus. Auf dunkelblauem Samt lag ein breites, goldenes Armband, das über und über mit Diamanten, wenn nicht sogar Brillanten, besetzt war.

»Das war doch sicher furchtbar teuer«, war das Erste, was Ellen einfiel.

Caswyn stieß ein verächtliches Lachen aus.

»Seit wann machst du dir Sorgen ums Geld? Natürlich war es sehr teuer, die Reparatur des Daches wird kaum weniger kosten, ich hielt es jedoch für angebracht. Deine Nachbarinnen werden vor Neid erblassen, wenngleich ich das Armband für protzig und ziemlich geschmacklos halte.«

Ellen teilte Caswyns Meinung. Auch ihr gefiel das Armband nicht, denn es war viel zu auffällig. Man konnte es allenfalls zu einer großen Abendgarderobe tragen, keinesfalls aber tagsüber.

»Warum schenkst du mir ein solches Schmuckstück, wenn es

dir selbst nicht gefällt?« Ellen musste diese Frage einfach stellen, obwohl sie die Antwort ahnte.

»Weil es zu dir passt, meine Liebe.« Verächtlich zog Caswyn die Mundwinkel herunter. »Dir kann es doch nicht teuer genug sein, Hauptsache, du bist die Beste und die Schönste.«

Nur mit Mühe unterdrückte Ellen ihre Tränen. Heute war Weihnachten, und sie wollte nicht weinen, Caswyn jedoch gelang es immer wieder, sie zu verletzen. Auch wenn Ellen sich sagte, dass er nicht sie, sondern Belinda treffen wollte, schmerzte sie sein Verhalten. Allerdings musste sie zugeben, dass Belinda beim Anblick des Armbands sicher in Begeisterungsstürme ausgebrochen wäre, denn es hätte wirklich zu ihr gepasst. Ellen hingegen legte die Schachtel zur Seite und setzte sich in einen der beiden bequemen Sessel vor den Kamin.

»Ich möchte mit dir über die Minenarbeiter sprechen«, wechselte sie das Thema. »Wie ich bereits sagte: Wir sollten versuchen, die Lebensumstände der Menschen zu verbessern.«

Zuerst antwortete Caswyn nicht. Er ging zum Sideboard, schenkte sich einen Brandy ein und nahm einen Schluck, bevor er sich Ellen gegenüber in den zweiten Sessel setzte.

»Du scheinst das wirklich ernst zu meinen.« Caswyn schüttelte verwundert den Kopf. »Die Arbeiter sind dir plötzlich tatsächlich nicht mehr gleichgültig.«

Natürlich, Belinda hatte sich sicher nie um die Leute gekümmert, dachte Ellen, und Bitterkeit stieg in ihr auf. Je mehr sie von ihrer toten Schwester erfuhr, desto mehr schien sie sich ihr zu entfremden.

»Ich habe gesehen, dass die Kinder keine Schuhe tragen«, sagte Ellen leise. »Selbst jetzt im Winter … Verdienen die Leute denn so wenig, dass sie nicht einmal ihren Kindern anständige und warme Kleidung kaufen können?«

Lapidar zuckte Caswyn mit den Schultern.
»Die Löhne entsprechen denen auf dem Markt. Je mehr eine Familie fördert, desto mehr verdient sie auch. Wenn man jedoch träge und faul ist …«
»Das heißt, die Arbeiter erhalten keinen festen Lohn?«, unterbrach Ellen.
»Nein, natürlich nicht, aber woher sollst du das auch wissen? Bisher hat dich nie interessiert, worauf das Vermögen von Tredethian begründet ist. Ich frage mich immer, woher dein plötzliches Interesse kommt und wie lange es wohl anhalten wird.«
Ellen faltete die Hände im Schoß und blickte auf ihre Finger, als sie leise sagte: »Vielleicht habe ich eingesehen, dass das Leben nicht nur aus Festen, Reisen und schönen Kleidern besteht. Erkläre mir bitte, wie die Arbeiter bezahlt werden.«
Erstaunt blinzelte Caswyn, rang sich dann aber doch zu einer Antwort durch.
»Der Lohn ist abhängig von der Menge des Erzes, die jeder Mann aus der Mine fördert. Dabei wird er von seiner Familie unterstützt. Die Jungen schleppen zuerst die Steine, sobald sie dann das zwölfte Lebensjahr erreicht haben, steigen sie selbst in die Mine ab. Die Mädchen und die Frauen sind für das Auswaschen des Gesteins verantwortlich. Nach jeder Schicht wird abgerechnet. Wie ich bereits sagte, ist das das übliche Verfahren. Im Norden gibt es einige Minen, bei denen die Arbeiter einen festen Wochenlohn bekommen, ich halte von dieser neumodischen Methode allerdings nichts, denn es fördert nur die Faulheit. Es ist ungerecht, wenn ein Mann, der in der Woche zwei Tonnen Erz fördert, den gleichen Lohn erhält wie einer, der nur auf eine halbe Tonne kommt.«
»Vielleicht können aber manche Männer nicht so hart arbei-

ten«, gab Ellen zu bedenken. »Und was ist, wenn sie älter werden oder krank?«
Erneut zuckte Caswyn mit den Schultern.
»Es ist nicht so, dass wir die Familien im Stich lassen, wenn ein Mann bei Ausübung seiner Tätigkeit krank oder verletzt wird. Wir kümmern uns, bis der Mann wieder gesund ist. Übrigens teilte dein Vater meine Ansicht, und ich hoffe, du lässt mir bei der Führung der Tredethian-Minen freie Hand.«
»Warum nicht?«, fragte Ellen scharf. »Sie gehören jetzt ja schließlich dir, so wie dir alles hier gehört.« Sie unterstrich ihre Worte mit einer weit ausholenden Handbewegung.
»Das ist dein Teil der Vereinbarung.« Caswyn grinste, dann wurde er plötzlich ernst und seine Stimme kalt. »Vorhin habe ich wirklich gedacht, du zeigst ehrliches Interesse an meiner Arbeit. Wir unterhielten uns tatsächlich wie zwei erwachsene, vernünftige Menschen. Es beruhigt mich jedoch, mich nicht getäuscht zu haben, denn schlussendlich geht es dir doch nur um den Besitz, nicht wahr, Belinda? Dabei solltest du mir dankbar sein, meine Liebe. Ohne mich würdest du auf der Straße sitzen, und in deinem schönen Tredethian würden sich irgendwelche Ausländer breitmachen. Du brauchst mir nicht vorzumachen, das Schicksal der Arbeiter berührt dich, oder du würdest dich für den Bergbau interessieren. Wie ich dir bereits sagte – ich sorge schon dafür, dass es dir an nichts fehlt, solange du dich wenigstens nach außen hin wie eine gute Ehefrau verhältst.«
Ellen wusste nicht, was sie darauf antworten sollte. Caswyn schien an einer weiteren Unterhaltung nicht mehr interessiert zu sein. Er leerte sein Glas, stand auf und ging mit einem knappen Gruß hinaus.
Noch lange saß Ellen vor dem Feuer und starrte in die Flammen. Belindas Worte, Caswyn wäre ein knallharter Geschäfts-

mann, der – wenn nötig – über Leichen ging, kamen ihr ins Gedächtnis. Allerdings wusste sie zu wenig über den Bergbau, um beurteilen zu können, inwieweit Caswyn mit seiner Arbeitsweise recht hatte.

»Ich werde es lernen«, sagte sie laut und war fest entschlossen, sich von Caswyn nicht aufhalten zu lassen.

Dinah

Tredethian Manor, Cornwall

April 2012

22. Kapitel

Der Andrang im Tea-Room am Montagvormittag war so groß, dass Dinah vor lauter Arbeit kaum zum Nachdenken kam, dabei war ihr Kopf voll von dem, was sie in der letzten Nacht in Ellens Tagebuch gelesen hatte. Entgegen ihrem Vorsatz, früher ins Bett zu gehen, war sie erst gegen vier Uhr in einen leichten Schlummer gefallen. Daher war Dinah froh, dass sie heute alle Hände voll zu tun hatte, denn die Arbeit hielt sie – neben vier großen Tassen starken Kaffees – wach. Auffällig waren die vielen Kinder, die mit ihren Eltern Tredethian Manor besuchten, obwohl keine Schulferien waren.

»Heute ist Bank Holiday Monday«, erklärte Julia, als Dinah sie danach fragte. »Das ist ein Feiertag in England, deshalb die vielen Kinder.«

»Mama, ich will mehr Ketchup auf meine Chips«, brüllte ein kleiner Junge, und Dinah musste sich wieder der Arbeit widmen.

Als sie gegen fünf Uhr am Nachmittag Schluss machen konnte, wusste sie nicht, wie viele Portionen Cream Tea, Cornish Pastys, Kuchen, Chips und Suppen sie zubereitet und ausgegeben hatte. Sie war erstaunt, dass bereits drei-, vierjährige Kinder von ihren Eltern oder Großeltern in ein Herrenhaus mitgenommen wurden. Sie selbst hatte sich in diesem Alter ganz sicher nicht für alte Möbel und Bilder interessiert, in England aber wurden offenbar schon kleine Kinder an die alten Traditionen herangeführt. Julia erklärte ihr, dass Tredethian Manor – wie übrigens fast alle alten Herrenhäuser des Landes – spezielle Angebote für Kinder bereithielt und dass regelmäßig Schulklassen kamen, um den Geschichtsunterricht direkt vor Ort zu gestalten. So einen Unterricht hätte Dinah sich auch gewünscht, anstatt langweilige Bücher mit noch langweiligeren Jahreszahlen auswendig lernen zu müssen.

Nach einer heißen Dusche machte Dinah sich auf den Weg zum Bus, denn sie wollte Horatio Giles persönlich aufsuchen, um ihm vom Inhalt des zweiten Tagebuchs zu erzählen, und sich nicht wieder von seiner Haushälterin am Telefon abfertigen lassen. Sie hatte Glück und traf den Geistlichen an. Der Bank Holiday Monday war kein kirchlicher Feiertag, darum hatte er den Nachmittag frei. Offenbar freute sich Horatio, Dinah zu sehen, und lud sie zu einer kühlen Limonade in den Garten ein.
»Es ist so schönes Wetter, das sollten wir ausnützen.«
Der Garten des Pfarrhauses war nicht groß, aber mit Blumen und allerlei Stauden, die Dinah nie zuvor gesehen hatte, übersät. Es gab auch Gemüsebeete, zahlreiche Beerensträucher und einige Obstbäume.
»Das ist Marys Ressort«, erklärte Horatio. »Ich selbst eigne mich nicht zum Gärtner, und außer ab und zu mal Unkraut zu zupfen, darf ich hier nichts machen.«
Durstig trank Dinah die Orangenlimonade, dann kam sie zum Grund ihres Besuches.
»Horatio, bevor ich den Inhalt des zweiten Tagebuches erzähle, möchte ich noch etwas anderes mit dir besprechen.«
»Nur zu«, forderte er sie auf und lächelte in seiner unwiderstehlichen Art. »Du weißt, du kannst mir alles sagen.«
»Dir als Priester oder dir als Mann?« Die Frage konnte Dinah sich nicht verkneifen, denn der Geistliche schlich sich immer mehr in ihre Gedanken und auch in ihr Herz.

»Beides, Dinah«, antwortete er liebenswürdig. »Also, was hast du auf dem Herzen?«

»Ich hatte einen Traum«, begann Dinah, denn sie spürte, dass Horatio auch heute auf ihre Flirtversuche nicht eingehen wollte. »In dem stritten sich zwei Frauen um ein Kind und rissen es beinahe in der Mitte auseinander …«

»Das Urteil des Königs Salomon«, unterbrach Horatio und zitierte sogleich die entsprechende Bibelstelle: »Erstes Buch der Könige, sechzehn bis achtzehn.«

»Ähm … ja …« Dinah hatte keine Ahnung von Bibelzitaten, daher fuhr sie schnell fort: »Vielleicht ist es Quatsch, aber seitdem denke ich daran, dass die beiden Mädchen wirklich als Babys getrennt wurden. Bei euch Engländern wird doch immer alles genau dokumentiert. Könnten wir also nicht herausfinden, ob es im Jahr 1881 in der Gegend eine Zwillingsgeburt gegeben hat?«

»Eine gute Idee.« Horatio nickte zustimmend. »In den Kirchenbüchern sind ja nur die Taufdaten der Mädchen vermerkt, wir müssen also einen Blick ins Geburtenregister werfen.«

»Das können wir vergessen«, sagte Dinah und seufzte. »Du weißt doch, dass man mir dort keine Auskünfte gibt, außerdem ist heute Feiertag, und das Amt hat sicher geschlossen.«

Horatio grinste.

»Das sollte kein Problem sein, wenn man einen Schlüssel hat.«

»Was?« Dinah fuhr auf und hätte beinahe ihr Glas umgeworfen. »Du kommst da rein? Ist das denn legal?«

»Ich habe einen Schlüssel, da ich zum Wohl meiner Schäflein immer wieder Unterlagen brauche und deshalb die Mitarbeiter nicht unnötig belasten möchte. Und was die Legalität angeht … du gehörst zwar nicht zu meiner Gemeinde, aber das

wird wohl schon in Ordnung gehen, außerdem braucht es ja niemand zu erfahren.«
Der Reverend verblüffte Dinah immer mehr. Niemals hätte sie erwartet, dass ein Geistlicher etwas tun würde, was auch nur im Entferntesten nicht ganz korrekt war. Sie griff nach seinem Ärmel und wollte ihn vom Stuhl hochziehen.
»Na los, worauf warten wir noch?«
Auch Horatio stand auf, er schüttelte aber den Kopf.
»Nicht wir, Dinah, ich werde allein gehen. Sollte ich jemandem begegnen, kann ich meine Anwesenheit begründen, deine jedoch nicht. Es tut mir leid, aber du musst hier warten, bis ich wieder zurück bin.«
Unwillig runzelte Dinah die Stirn, sie sah aber ein, dass Horatio recht hatte. Sein Angebot, in das Amt zu gehen und die dortigen Unterlagen durchzusehen, war schon großzügig genug, sie wollte ihn nicht zusätzlich in Schwierigkeiten bringen.
»Beeil dich«, flüsterte sie und trat dicht neben Horatio. »Und sei vorsichtig, ich würde mir das niemals verzeihen, wenn du wegen mir in Schwierigkeiten geraten würdest.«
Er lächelte, und für einen Moment dachte Dinah, er würde sie in seine Arme ziehen, dann jedoch trat Horatio zurück und räusperte sich.
»Ich weiß auch nicht, warum mich die Sache derart interessiert, aber irgendwie …«
»Ja, Horatio?« Dinah sah ihn erwartungsvoll an, er aber schüttelte nur den Kopf.
»Ich werde Mary bitten, Tee zu kochen. Am Vormittag hat sie einen Victorian Sponge gebacken, den du unbedingt probieren musst. Mary ist sehr stolz auf ihre Kuchenkreationen, und das zu Recht. In spätestens einer Stunde bin ich wieder zurück.«

Dinah stand weder der Sinn nach Tee noch nach Kuchen, nachdem sie den ganzen Tag beides in Mengen ausgegeben hatte, sie wollte aber nicht unhöflich sein. Vielleicht half eine Stunde allein mit Mary auch, die Frau etwas weniger unwillig zu stimmen, was ihre Freundschaft zu dem Reverend anging. Daher trank sie den Tee und probierte auch von dem Kuchen, der zugegebenermaßen köstlich schmeckte.

»Verraten Sie mir das Rezept, Mary?«, fragte Dinah freundlich, um ein Gespräch zu beginnen.

»Schlagen Sie sich den Reverend aus dem Kopf«, sagte Mary zusammenhanglos und sah Dinah fest in die Augen. »Er ist kein Mann für Sie.«

Dinah verschluckte sich an einem Kuchenkrümel und musste husten.

»Ich verstehe nicht …«, presste sie hervor, als sie wieder atmen konnte.

»Ich glaube, Sie verstehen ganz gut, junge Frau.« Mary beugte sich vor und legte eine Hand auf Dinahs Arm. »Auch ich war einmal jung, und ich weiß sehr gut, wie eine Frau einen Mann ansieht, den sie …« Sie zögerte und sagte dann: »Den sie begehrt. Nein, warten Sie!« Mary zog die Hand zurück, als Dinah sie unterbrechen wollte. »Sie wollen sicher sagen, dass Sie sich in Mr. Giles verliebt haben, aber das ist keine Liebe. Er ist für Sie nur ein Spielball, mehr nicht. Vielleicht sind Sie es in Amerika gewohnt, dass die Männer Ihnen zu Füßen liegen, und es reizt Sie, auszuprobieren, ob auch ein Geistlicher Ihrem Charme erliegen wird. Das wird Ihnen bei Mr. Giles aber nicht gelingen.«

Nie zuvor hatte Mary so eine lange Rede gehalten. In Dinah regte sich Trotz, weil die Haushälterin mit ihrer Vermutung gar nicht so unrecht hatte.

»Sollte das Horatio nicht selbst entscheiden?«, erwiderte Dinah patzig. »Bisher sind wir nur Freunde, und ich bin ihm für seine Hilfe sehr dankbar.«

Mary seufzte, stand auf und blickte auf Dinah hinunter.

»Glauben Sie mir, Miss Dinah, ich sage Ihnen das nicht, um Sie zu kritisieren, sondern einzig und allein, um Sie zu schützen. Sie sollten Ihr Herz nicht an den Reverend verlieren, denn sonst werden Sie nur verletzt werden.«

»Mich schützen?« Dinah lachte laut auf. »Ich bin alt genug, um zu wissen, was ich tue. Oder wollen Sie etwa andeuten, dass Horatio nicht derjenige ist, für den er sich ausgibt? Ist er vielleicht ein gesuchter Massenmörder oder etwas in der Art?«

Nachdenklich wiegte Mary den Kopf.

»Lachen Sie nur, Miss, früher oder später werden Sie an meine Worte denken.« Sie sah auf ihre Armbanduhr. »Wenn Sie mich jetzt entschuldigen wollen, die Arbeit ruft. Ich nehme an, Sie werden zum Abendessen bleiben?«

»Wenn Horatio mich einlädt, dann gern«, entgegnete Dinah und erwiderte selbstbewusst Marys fragenden Blick.

So leicht würde sie nicht klein beigeben, denn immer, wenn man ihr etwas ausreden wollte, erwachte ihr Trotz. Einzig aus diesem Grund war sie überhaupt nach Cornwall gekommen. Hätten ihre Eltern bei der Recherche nach Ellen Townsend nicht versucht, ihr die Sache auszureden, wäre Dinah wahrscheinlich gar nicht auf die Idee gekommen, allein nach England zu reisen. Gerade, weil ihr Vater es ihr mehr oder weniger verboten hatte, Nachforschungen anzustellen, war die Sache umso interessanter geworden. So verhielt es sich auch mit Horatio Giles. Unter seiner Soutane war Horatio auch nur ein Mann, und Dinah beschloss, all ihre weiblichen Reize einzusetzen, ihn zu verführen. Was danach geschehen sollte ... darüber würde sie nachdenken, wenn der Zeitpunkt gekommen war.

Eine Stunde später wurden Dinahs Pläne in den Hintergrund gedrängt, denn Horatio kehrte mit wirklich aufregenden Neuigkeiten zurück.

»Du hattest den richtigen Riecher«, rief er mit vor Aufregung geröteten Wangen bereits am Gartentor. »Das musst du dir ansehen.«

Er legte ein Dokument auf den Tisch, und Dinah beugte sich gespannt darüber.

»Das hast du jetzt aber nicht aus dem Archiv geklaut?«, fragte sie, und Horatio schüttelte den Kopf.

»Aber nein, so etwas wage ich dann doch nicht. Es ist eine Fotokopie.«

»Du meine Güte, so eine Sauklaue!«, rief Dinah und kniff die Augen zusammen. Lachend nahm Horatio das Blatt Papier wieder in die Hand.

»Tja, Schönschrift war früher nicht allen bekannt.« Dann wurde er ernst und fuhr fort: »Es handelt sich um die Geburtsurkunde zweier Mädchen, ausgestellt am elften Juni 1881 hier in Penzance. Eines der Mädchen starb jedoch wenige Minuten nach der Geburt.«

»Und das andere?«

»Scheint überlebt zu haben.«

»Wer sind die Eltern?«, fragte Dinah gespannt.

»Es ist nur die Mutter angegeben, der Vater ist unbekannt. Der Name lautet Anna Perkins, sie war zum Zeitpunkt der Geburt siebzehn Jahre alt. Unverheiratet und ohne Verwandte. Könnte diese Anna die Mutter von Ellen und Belinda sein?« Skeptisch runzelte Dinah die Stirn und seufzte enttäuscht.

»Das ist unwahrscheinlich, denn bei Ellen Townsend haben wir im Taufregister die Angabe über die Eltern gefunden – Henry und Anna Townsend. Anna ist ein weitverbreiteter

Name. Schade, dabei dachte ich, es wäre ein guter Gedanke gewesen.«

»Das würde ich auch denken, aber du weißt noch nicht alles.« Horatio klopfte auf einen Vermerk in der Urkunde. »Früher war es üblich, in allen Dokumenten auch den Beruf oder zumindest den Arbeitgeber der jeweiligen Person anzugeben. Bis wenige Wochen vor der Niederkunft arbeitete Anna Perkins als Hausmädchen auf Tredethian Manor.«

»Das gibt es nicht!« Aufgeregt lief Dinah auf und ab. »Natürlich, es ist die alte Geschichte. Eine junge, sicher sehr hübsche Angestellte wird vom Hausherrn verführt und geschwängert, aber dann aus dem Haus gewiesen, um ihr Kind irgendwo allein zur Welt zu bringen.«

»Vielleicht. Vielleicht auch nicht. Und dann wäre es wirklich nur ein unglaublicher Zufall«, sagte Horatio. »Sagtest du nicht, Ellen hätte in ihrem Tagebuch geschrieben, sie wäre die Tochter eines Schullehrers, und ihre Mutter wäre bei ihrer Geburt gestorben?«

Dinah nickte. »Das hat Henry Townsend, Ellens Vater, ihr zumindest erzählt. Es könnte doch sein, dass Anna diesen Henry kennenlernte, als Ellen noch ein Baby war, und sie ihm nach Sussex folgte.«

Horatio faltete das Blatt Papier zusammen und steckte es in seine Jackentasche.

»Das widerspricht dem Eintrag ins Taufregister.« Unschlüssig schüttelte er den Kopf. »Um herauszufinden, wann Ellens Eltern die Ehe schlossen, müsstest du nach Sussex fahren, um dort Einblick in das Archiv zu nehmen. Das wird aber schwierig, denn so weit reichen meine Beziehungen leider nicht.«

Stöhnend fuhr sich Dinah über das Gesicht.

»Es wird immer verwirrender. Wie viele Ellens und Annas gibt es denn noch?«

Horatio lächelte zuversichtlich. »Ich würde eher sagen, einer der Einträge ist falsch. Entweder der im Taufregister oder der im Geburtenregister. Mit ein paar klingenden Münzen war das früher durchaus möglich.«

»Wie sollen wir das herausfinden?«, fragte Dinah skeptisch.

»Ich schätze, das nächste Tagebuch wird dir mehr sagen«, erwiderte Horatio und sah Dinah auffordernd an. »Es ist schon spät, Mary wird sicher bald das Essen fertig haben. Du bleibst doch?«

»Sehr gern!«

Dinah triumphierte innerlich über seine Einladung, und sie würde sich nicht länger an Marys kritischen Blicken stören. Während des Essens erzählte sie Horatio, dass Ellen in Belindas Namen Caswyn Osbourne geheiratet hatte.

»Das ist ja ein Ding!«, entfuhr es Horatio. »Auch, dass der Earl starb, bevor Ellen mit ihm sprechen konnte. Und sie hat wirklich ihre wahre Identität nicht aufgedeckt, sondern weiter unter Belindas Namen gelebt?«

»So schreibt es Ellen in ihrem Tagebuch«, entgegnete Dinah. »Ich kann sie sogar verstehen, denn offenbar war sie sehr in Caswyn verliebt und hatte Angst, ihn zu verlieren, wenn sie die Wahrheit sagt.«

Horatio nickte. »Und diese Wirtschafterin …«

»Lydia Golberden«, half Dinah ihm auf die Sprünge. »Die Tante von Miles, einem ehemaligen Liebhaber von Belinda.«

Horatio grinste. »Da tun sich ja schöne Abgründe auf. Willst du immer noch die Wahrheit über deine Ahnin aufdecken? Wer weiß, was noch alles ans Licht kommt.«

Dinah legte ihr Besteck zur Seite und strich sich eine Haarsträhne aus der Stirn. Sie seufzte.

»Obwohl ich längst noch nicht alles weiß, verstehe ich Amalia, als sie sagte, ich würde vielleicht vieles erfahren, was ich gar nicht wissen möchte. Immerhin hat sich meine Ururgroßmutter eines Verbrechens schuldig gemacht.«

»Dann bist du überzeugt, dass sie eine Mörderin war?«, fragte Horatio erstaunt. Dinah schüttelte den Kopf.

»Das meine ich nicht. Ellen hat jedoch nicht nur Schecks, sondern auch die Heiratsurkunde mit einem falschen Namen unterschrieben. Das ist doch Urkundenfälschung, nicht wahr? Ich weiß ja nicht, wie es früher war, aber heute reicht das schon, um ins Gefängnis zu wandern.«

Horatio schob seinen Teller zur Seite.

»Warum hat Ellen das alles getan?« Fragend sah er sie an. »Zuvor führte sie doch ein einwandfreies Leben. War es das reiche Erbe, das sie dazu veranlasste?«

»Das glaube ich nicht«, erwiderte Dinah. Sie glaubte Ellens Ausführungen, dass sie wirklich vorgehabt hatte, die Sache so schnell wie möglich richtigzustellen, dann jedoch in einen Strudel gezogen wurde, aus dem es kein Entrinnen mehr gab. Ellens Liebe zu Caswyn musste sehr tief gewesen sein, da sie die Maskerade aufrechterhielt, nur um ihm weiter nahe sein zu können. Dinah seufzte. Nach einer solchen Liebe sehnte sich wohl jeder, sie bezweifelte jedoch, dass es das außer in Romanen wirklich gab. Sie selbst war noch niemals in einen Mann derart verliebt gewesen, dass sie für ihn sogar etwas Illegales getan hätte. Obwohl sie sich sehr zu dem jungen Geistlichen hingezogen fühlte, würde sie niemals etwas tun, das sie mit dem Gesetz in Konflikt bringen könnte.

»Ellen hat Caswyn geliebt«, sagte Dinah. »Deswegen hat sie die Scharade weitergespielt.«

»Nun, wir werden hoffentlich bald erfahren, wie und wann alles ans Licht kam.« Er stand auf und sah Dinah bedauernd an. »Wenn du mich jetzt entschuldigen würdest …?«

An diesem Abend konnte Horatio Dinah nicht nach Trede-

thian fahren, denn er hatte einen Termin mit einem jungen Paar, das sich am Wochenende das Jawort geben wollte.
»Wir müssen noch ein paar Einzelheiten der Hochzeit besprechen.« Bedauernd hob er die Hände. »Ich hoffe, du verstehst das, aber der Bus hält ja ganz in der Nähe des Herrenhauses.«
Dinah ließ sich ihre Enttäuschung nicht anmerken und verabschiedete sich mit einem Lächeln. Es war schon dunkel, aber Dinah hatte keine Angst. Ihre Gedanken beschäftigten sich viel zu sehr mit Ellen und all den anderen Menschen, die sie durch Ellens Tagebuch kennengelernt hatte. Dinah hatte das Gefühl, als könnte sie den strengen Caswyn und die herbe Lydia regelrecht vor sich sehen, auch die Zofe Melly konnte sie sich gut vorstellen. Da sie Tredethian Manor inzwischen ein wenig kannte, sah sie Ellen, wie sie durch das große, verwinkelte Haus ging, und sie spürte die gleiche Liebe wie ihre Ahnin zu dem Gebäude. Durch Ellens Aufzeichnungen war das Haus fast wie ein Lebewesen, das atmete, liebte, lachte und auch weinte.
Derart in Gedanken versunken, passierte Dinah den Bahnhofsvorplatz, von wo aus die Busse nach Helston abfuhren. Sie hatte noch über eine halbe Stunde Zeit, und ihr Blick schweifte über die Menschen, die das Gebäude verließen. Offenbar war gerade der Zug aus London angekommen. Ein junger, schlaksiger Mann in Jeans, Sweatshirt und einer Baseballkappe, den Rucksack lässig über eine Schulter gehängt, stach ihr ins Auge. Er sah sich um, steuerte dann auf die wartenden Taxen zu, und Dinah blieb wie angewurzelt stehen.
»Kevin!«, rief sie laut und rannte über die Straße. »Was, in aller Welt, machst du hier?«
Ihr Bruder grinste sie an.
»Tag, Schwesterchen, das ist aber nett, dass du mich abholst.

Woher wusstest du denn, dass ich heute und jetzt hier ankomme?«
»Das ist Zufall.« Dinah war völlig verwirrt. »Hat Dad dich geschickt, damit du die unartige Tochter wieder nach Hause holst?«
An Kevins Gesichtsausdruck bemerkte Dinah, dass sie genau ins Schwarze getroffen hatte.
»Du musst Ma und Dad verstehen ...«
»Spare dir deine Erklärungen!«, schnitt Dinah ihm barsch das Wort ab. »Im ersten Moment hab ich mich wirklich gefreut, dich zu sehen. Wie konnte ich so dumm sein, zu glauben, du wärst meinetwegen gekommen.«
»Das bin ich doch auch.« Nun hob auch Kevin seine Stimme. »Wenn du es genau wissen willst: Es war meine Idee, mal kurz nach Europa zu fliegen, und Dad hat nichts dagegen gehabt. Er kennt dich gut genug, um zu wissen, dass es auch mir nicht gelingen wird, dich heimzuholen, wenn du es nicht selbst willst.«
Dinah verschränkte die Arme vor der Brust und nickte zustimmend.
»Lass uns hier nicht darüber sprechen. Ich hab ein Cottage gemietet, du kannst auf dem Sofa schlafen. Wir müssen nur zum Bus rüber.«
»Bus?« Kevin runzelte die Stirn. »Warum hast du dir keinen Wagen gemietet? Schiss vor dem Linksverkehr, was?«
Für einen Moment war Dinah geneigt, ihrem Bruder zuzustimmen, warum jedoch sollte sie nicht die Wahrheit sagen?
»Nein, Dad hat meine Kreditkarte sperren lassen. Und ohne Kreditkarte kein Auto, so einfach ist das.«
»Na, wenn er was macht, dann konsequent.« Kevin stieß einen Pfiff aus. »Was ist eigentlich mit deinen Nachforschungen wegen dieser Alice oder so ähnlich? Hat sich der Trip und der Ärger mit Dad wenigstens gelohnt?«

»Unsere Ahnin heißt Ellen«, berichtigte Dinah. »Ellen Townsend, und ja, ich habe schon so einiges erfahren. Wenn es dich interessiert, erzähle ich es dir, aber lass uns erst heimfahren.«

Während der Busfahrt wollte Kevin wissen, was Dinah in den letzten Tagen in England gemacht hatte, sie schwieg jedoch. Die Ergebnisse ihrer Nachforschungen waren zu brisant, als dass sie diese inmitten von rund einem Dutzend Menschen, von denen jeder mithören konnte, erzählt hätte. Daher forderte sie Kevin auf, von zu Hause zu berichten, und erfuhr, dass ein Teil ihrer Sachen bereits in Washington eingetroffen war.

»Dad hat eine Wohnung gemietet, und Ma wird nächste Woche rüberfliegen und sich ein paar Häuser ansehen. Ich glaube, sie würde sich freuen, wenn du sie begleitest.«

»Keine Chance.« Dinah winkte ab. »Ich bleibe so lange hier, bis ich alles weiß.« Dass auch ein Geistlicher mit eisblauen Augen nicht unerheblich Schuld an Dinahs Wunsch, noch einige Zeit in Cornwall zu bleiben, trug, verschwieg sie wohlweislich. Kevin hätte sich darüber ohnehin nur lustig gemacht, und Dinah wollte auf keinen Fall, dass ihre Eltern mitbekamen, dass sie für einen Priester schwärmte.

»Und wovon …«

»Lebe ich?«, vollendete Dinah den Satz und lachte. »Keine Sorge, ich habe einen Job. Ja, schau nicht so ungläubig. Ich arbeite, und es macht mir sogar Spaß.«

»Schwesterchen, ich glaube, du hast mir sehr viel zu erzählen«, bemerkte Kevin mit einem Grinsen.

Bis weit nach Mitternacht saßen die beiden Geschwister zusammen, und Dinah berichtete Kevin von ihren aufregenden Erlebnissen der letzten Tage. Horatio Giles erwähnte sie selbstverständlich, allerdings war sie darauf bedacht, seinen Namen gelassen auszusprechen, damit Kevin keinen Verdacht

schöpfte. Was diesen seltsamen Thomas betraf, hielt sich Dinah allerdings weniger bedeckt.
»Amalia meint, Thomas wäre irgendwie in die Sache verstrickt«, sagte Dinah nachdenklich. »Die einzigen Nachkommen von Ellen und Caswyn sind aber doch wir.«
»Wer weiß, Schwesterchen.« Kevin gähnte und streckte sich. »Lass uns jetzt schlafen gehen, die Zeitverschiebung steckt mir ganz schön in den Knochen, aber morgen werde ich dich zu dieser geheimnisvollen Alten begleiten.«
Dinah schüttelte den Kopf.
»Das ist keine gute Idee, Kev. Amalia vertraut mir, ich glaube nicht, dass sie begeistert wäre zu erfahren, dass mein Bruder aufgetaucht ist.«
»Na, schließlich geht die Sache mich genauso viel an wie dich«, murrte Kevin unwillig.
»Ach, jetzt auf einmal?« Dinah grinste. »Vor zwei Wochen noch warst du Dads Meinung, dass es besser ist, die Vergangenheit ruhen zu lassen.«
»Das stimmt so nicht«, begehrte Kevin auf. »Mich hat die Geschichte dieser Ellen Townsend sofort interessiert, ich kann aber auch unsere Eltern verstehen. Es ist schon ein Hammer, dass Ellen eine Zwillingsschwester gehabt hat. Belinda war dann so etwas wie unsere Urgroßtante, nicht wahr?«
Dinah nickte und stand ebenfalls auf.
»Lass uns schlafen gehen, ich muss morgen ja auch wieder arbeiten.«
Kevin hatte sich ein lautes Lachen nicht verkneifen können, als Dinah ihm erzählte, sie würde in einem Tea-Room jobben. Jetzt zwinkerte er ihr zu.
»Du wirst sicher nichts dagegen haben, wenn ich mir das geheimnisvolle Tredethian Manor mal in aller Ruhe ansehe, oder? Und danach, denke ich, werde ich mir einen Kaffee und

ein Stück Kuchen im Tea-Room gönnen. Mal sehen, wie die Bedienung dort ist …«
Dinah schnitt ihrem Bruder das Wort ab, indem sie ihm ein Sofakissen an den Kopf warf. Dinah war auf Kevin nicht sauer, dass er nach England gekommen war. Obwohl die Geschwister nicht immer einer Meinung waren, liebte sie ihn sehr und fühlte sich nicht mehr so allein.

In dieser Nacht schlief Dinah so gut wie lange nicht mehr. Als sie aufstand, fand sie das Sofa im Wohnzimmer verwaist vor, und die Tür des Cottage stand weit offen. In Slip und T-Shirt tappte Dinah nach draußen. Sie entdeckte Kevin, der nur mit Boxershorts bekleidet war, im Garten, wo er sich konzentriert Tai-Chi-Übungen widmete.
»Was machst du denn da?«, rief Dinah. »Komm rein, das ist viel zu kalt!«
Kevin sah über die Schultern zurück.
»Finde ich nicht, im Gegenteil! Ich ahnte nicht, dass die Landschaft und die Luft hier so einmalig sind.«
Dinah lächelte still in sich hinein und freute sich, dass ihr Bruder ihre Gedanken teilte. Obwohl der Himmel wolkenverhangen war – es würde bestimmt bald Regen geben –, war die Luft so rein und klar, als wäre sie über Nacht frisch gewaschen worden.
»Ich mach mal Kaffee.« Dinah wandte sich zur Tür. In diesem Augenblick sah sie Thomas auf das Cottage zukommen. »Oh, nein!«, stöhnte sie und wusste, bevor Thomas auch nur ein Wort sagen konnte, dass er die Situation falsch interpretieren würde.
Thomas' schwarze Augenbrauen zogen sich zusammen, als er Kevin sah. Er trug wieder die obligatorische dunkle Cordhose, Gummistiefel und eine grüne Wachsjacke.

»Verzeihung, ich wusste nicht, dass Sie Besuch haben«, sagte er, und sein Blick schweifte über Dinahs Körper.
Erst jetzt wurde ihr bewusst, wie wenig sie anhatte. Schnell huschte sie ins Haus, griff nach ihrer Jacke, die an einem Haken an der Tür hing, und schlüpfte hinein.
»Was wollen Sie?«, fragte sie unfreundlich, denn unter seinem Blick fühlte sie sich ausgesprochen unwohl.
»Nur sehen, wie es Ihnen geht«, brummte Thomas, dann schaute er wieder zu Kevin, der sich nicht um den Fremden kümmerte, sondern weiter seine Übungen machte. »Ist doch recht einsam hier, besonders in der Nacht. Aber ich sehe, Sie haben einen Beschützer.« Er tippte an seine Kappe und wandte sich ab. »Will dann nicht länger stören …«
Seinem missbilligenden Blick war deutlich anzusehen, was er dachte, Dinah machte jedoch keinen Versuch, die Situation aufzuklären und Kevin vorzustellen. Ihr Bruder war ein gutaussehender junger Mann, sollte Thomas ruhig glauben, sie hätte die Nacht mit einem Liebhaber verbracht. Wenn sie es nicht besser wüsste, hätte sie gedacht, in seiner Miene so etwas wie Eifersucht zu erkennen, was natürlich völliger Unsinn war. Sie kannten sich ja kaum, außerdem waren ihre wenigen Begegnungen – wenn man von dem Frühstück, zu dem er sie eingeladen hatte, absah – bisher wenig freundlich verlaufen.
»War das dieser Mann, von dem du mir erzählt hast?«, fragte Kevin, als Thomas nicht mehr zu sehen war. »Also, auf mich macht der einen ganz vernünftigen Eindruck.«
»Tja, du hast ja auch schon viel mit ihm gesprochen«, erwiderte Dinah schnippisch. »Auf jeden Fall denkt er jetzt bestimmt, dass wir beide ein Liebespaar wären, was mir sehr gelegen kommt. Vielleicht lässt er mich dann in Ruhe.«
»Also, ich denke, er macht sich Sorgen um dich und wollte

nur freundlich sein«, entgegnete Kevin. »Ist doch nett, wenn er sich um dich kümmert, denn einsam ist es hier wirklich.«
»Können wir aufhören, von dem Typen zu sprechen?« Unwillig runzelte Dinah die Stirn. »Ich brauche jetzt einen starken Kaffee, dann eine heiße Dusche, und in einer Stunde muss ich drüben im Herrenhaus sein.«
»Ich glaube, ich haue mich noch mal aufs Ohr«, sagte Kevin. »Heute Nachmittag besichtige ich den alten Kasten, mal sehen, vielleicht entdecke ich ja auch noch was über unsere geheimnisvollen Vorfahren.«
»Kevin …« Dinah hielt ihren Bruder am Arm fest. »Was ist mit unseren Eltern? Wirst du Dad anrufen und sagen, was ich herausgefunden habe?«
Kevin zögerte keinen Moment.
»Nein, wir wissen ja beide, wie er reagieren würde. Dad wäre in der Lage, mit dem nächsten Flieger zu kommen und dich höchstpersönlich heimzuholen. Allerdings muss ich Ma anrufen und ihr sagen, dass ich dich gefunden habe und dass es dir gutgeht. Sie macht sich nämlich wirklich große Sorgen.«
Dinah füllte erst den Wasserkocher, bevor sie leise sagte: »Dann grüße sie bitte von mir. Es ist schon blöd – manchmal könnte man seine Eltern auf den Mond schießen, aber irgendwie fehlen sie einem doch, nicht wahr?«
Kevin trat hinter Dinah und legte seine Arme um sie.
»Schwesterchen, ich glaube, du beginnst endlich, erwachsen zu werden.«

Den ganzen Tag über ging Dinah die Bemerkung ihres Bruders, Thomas wäre um sie besorgt, nicht aus dem Kopf. Wenn Dinah ehrlich war, dann musste sie zugeben, dass es sie heute Morgen gefreut hatte, als Thomas sich nach ihrem Wohlergehen erkundigte. Das hatte nämlich noch nie ein Mann getan.

Gut, Horatio Giles war sehr an der Aufklärung des Geheimnisses um Ellen interessiert, Dinah kam aber immer mehr zu der Überzeugung, dass der Geistliche an ihr als Frau leider kein Interesse zeigte. Sie seufzte. Ihre kleine Schwärmerei musste sie wohl vergessen. Dinah war derart unkonzentriert, dass ihr ein Teller aus den Händen glitt und auf dem Boden zerschellte, ausgerechnet in dem Moment, als Kevin den Tea-Room betrat. Er hob sogleich tadelnd den Finger und schüttelte missbilligend den Kopf, grinste aber verhalten. Julia hingegen nahm es gelassen.

»Das kommt vor, Mädchen«, sagte sie, »und der Schaden wird dir auch nicht vom Lohn abgezogen.«

Es herrschte nur wenig Betrieb, so konnte Dinah ein paar Minuten erübrigen und sich mit einer Tasse Kaffee zu Kevin setzen.

»Ich muss schon sagen, das Haus ist krass«, sagte er mit leuchtenden Augen. »So etwas gibt es bei uns in den Staaten nicht, und wenn ich mir vorstelle, wie viele Menschen hier schon gelebt haben …«

Dinah lachte laut. »Kannst du mich jetzt endlich verstehen, warum ich an dem Haus in Frisco hänge? Es ist zwar nicht so alt wie Tredethian, aber das Zuhause unserer Vorfahren, und die Mauern beherbergen die Geschichte unserer Familie.«

Ein Schatten fiel über Kevins Gesicht. Er rührte in seiner Tasse, bevor er leise sagte: »Du weißt es ja noch nicht … das Haus ist verkauft. Die neuen Besitzer, ein Ehepaar mit drei kleinen Kindern, ziehen nächsten Monat ein.«

Dinah schluckte und presste die Lippen zusammen. Sie hatte gehofft, ihre Eltern würden es sich anders überlegen, obwohl alles dagegen gesprochen hatte. Klar, Brandon musste nach Washington umziehen, und ebenso klar war, dass Olivia ihren Mann begleiten würde. Da war ein leerstehendes Haus am anderen Ende des Kontinents nur unnötiger Ballast. Dinah seufzte und stand auf.

»Es war ja nicht anders zu erwarten. Ich muss jetzt weitermachen, wir sehen uns heute Abend.«

Er nickte. »Ich werde gleich mit dem Bus nach Helston fahren und einen Wagen mieten. Meine Kreditkarte hat Dad ja nicht gesperrt«, fügte er mit einem Zwinkern hinzu.

»Ich werde um acht Uhr Amalia aufsuchen und bekomme dann hoffentlich das nächste Tagebuch«, sagte Dinah. »Das lesen wir dann zusammen, ja?«

Kevin tippte sich an seine Baseballkappe, und Dinah wandte sich wieder ihrer Arbeit zu.

Als Dinah Amalias Zimmer betrat, erschrak sie, denn die alte Dame gefiel ihr gar nicht. Amalias Teint war ungewöhnlich blass, und sie hatte Mühe, die Augen zu öffnen.

»Fühlen Sie sich nicht wohl?«

Besorgt griff Dinah nach ihrer Hand. Bei ihren wenigen Begegnungen hatte sie Amalia ins Herz geschlossen, nicht nur, weil sie den Schlüssel zur Klärung des Geheimnisses besaß.

»Es ist nichts, ich bin nur sehr müde«, murmelte Amalia mit schwacher Stimme.

»Vielleicht ist es besser, wenn ich morgen wiederkomme«, schlug Dinah vor, obwohl alles in ihr darauf brannte, zu erfahren, wie es mit Ellen und Caswyn weitergegangen war.

Amalia schüttelte den Kopf.

»Nehmen Sie sich das nächste Buch, es ist ohnehin das letzte.«

Dinahs Herz klopfte heftig, als sie das in Leder gebundene Buch in den Händen hielt. Endlich würde sie erfahren, warum Ellen einen Menschen ermordet hatte und wie es ihr gelungen war, dem Tod zu entgehen, denn Dinah war inzwischen davon überzeugt, dass Ellen Townsend an diesem Märzmorgen nicht in Bodmin gehängt worden war. Vielleicht hatte Caswyn die Leute bestochen – von der Gefängnisleitung über die Beamten bis zu den Reportern –, damit es den Anschein hatte, die Hinrichtung habe stattgefunden. Dass es bei Ellens Tod zweihundert Augenzeugen gegeben hatte, verdrängte Dinah in diesem Augenblick. In ein paar Stunden würde sie die Wahrheit wissen …

Kevin hatte nicht nur einen Jeep gemietet, der am besten für die schmalen Straßen Cornwalls geeignet war, sondern auch eingekauft. Nachdem Dinah von Amalia zurückgekommen war, schob er zwei Tiefkühlpizzen in den Ofen und öffnete eine Flasche Rotwein. Als die Pizza fertig war, zwang Dinah sich, wenigstens ein paar Bissen zu essen. Sie schmeckte aber kaum etwas, denn die Spannung auf das, was das letzte Tagebuch offenbaren würde, hatte sich ihr auf den Magen geschlagen.

»Am besten liest du mir vor«, schlug Kevin vor und machte es sich auf dem Sofa gemütlich.

Dinah nickte, nahm das Buch und schlug die erste Seite auf. Fast bedauerte sie, dass die Geschichte nun bald zu Ende sein würde, so vertraut war Ellen ihr in den letzten Tagen geworden …

Das Jahr 1903 begann zwar mit milden Temperaturen, es stürmte und regnete aber beinahe ohne Unterlass. Wie anders war der Winter hier in Cornwall als im Osten, wo um diese Jahreszeit meist Frost und Schnee herrschten. Ich war die meiste Zeit ans Haus gefesselt, denn der heftige Wind und der Regen, der oft waagrecht über das Land peitschte, machten einen Aufenthalt im Freien unmöglich, obwohl mir schlechtes Wetter noch nie etwas ausgemacht hatte. Ich sah aber ein, dass ein Klippenspaziergang bei Sturm gefährlich war, dabei hätte ich gern die Minen aufgesucht und mich mit den Frauen der Bergarbeiter unterhalten. Mein Vorhaben, etwas zur Verbesserung ihrer Lage zu tun, musste aber warten, bis sich das Wetter besserte. Caswyn arbeitete jedoch unvermindert weiter. Er verließ jeden Morgen bei Sonnenaufgang das Haus und kehrte erst spät in der Nacht zurück. Somit bekam ich meinen Mann oft ganze Tage lang nicht zu Gesicht. Obwohl ich viel las – in der reichhaltigen Bibliothek befanden sich zahlreiche Werke über den Zinn- und Kupferabbau –, wurde mir die Zeit lang, und ich begann, mich zu langweilen. Mein ganzes Leben war ich an harte Arbeit gewöhnt, auf Tredethian Manor schien es jedoch für eine Frau in der Stellung, die ich nun innehatte, nichts zu tun zu geben …

Ellen

Tredethian Manor, Cornwall

Januar 1903

23. Kapitel

Der Haushalt auf Tredethian Manor wurde von Lydia Golberden und dem Butler Cobbs vorbildlich geführt. Ellen blieb nur, jeden Morgen mit Lydia den Speiseplan des Tages zu besprechen, der ohnehin klein ausfiel, da Caswyn nur selten zum Essen kam und Ellen kaum Appetit hatte. Manchmal musste sie auch ihre Zustimmung zur Anschaffung neuer Tisch- oder Bettwäsche geben, die in einer Dachkammer aufbewahrt wurde, zu der es nur einen Schlüssel gab, den Lydia stets bei sich trug. In einem weiteren Raum waren das kostbare Porzellan und das Familiensilber ebenso sicher verschlossen und wurde nur zu besonderen Anlässen hervorgeholt.

»In den letzten Monaten wurde nichts mehr gestohlen«, sagte die Wirtschafterin zu Ellen. »Vor einem halben Jahr hatten wir jedoch ein Mädchen, vor dem war nichts sicher.«

»Was geschah mit dem Mädchen?« Ellen wagte diese Frage zu stellen, obwohl sich Lydia selbständig um die Belange des Personals kümmerte. Die Herrin wurde nur in Ausnahmefällen mit solchen Dingen belästigt, und wenn, dann zeugte das von der Unfähigkeit der Wirtschafterin.

Wenn Ellen Lydia manchmal auch mangelnden Respekt und eine allzu große Vertraulichkeit ihr gegenüber vorwerfen konnte – unfähig, was die Haushaltsführung betraf, war sie auf keinen Fall.

»Es wurde natürlich entlassen.« Lydia Golberden sah Ellen überrascht an. »Sie haben doch selbst angewiesen, die Diebin müsse auf der Stelle das Haus verlassen, und die Auszahlung des noch ausstehenden Lohns und ein Zeugnis zu verweigern.

Das dumme Ding hatte Glück, dass wir sie nicht der Polizei übergeben haben.«
Ellen biss sich auf die Lippen, dann sagte sie leichthin: »Ach ja, jetzt erinnere ich mich wieder. Ich hoffe, Sie haben das Personal gut im Griff, damit so etwas nicht wieder vorkommt.«
»Selbstverständlich, Mylady.« Lydia senkte ihren Kopf, holte tief Luft und sagte dann: »Außer vielleicht … ich möchte ja niemanden verdächtigen, gebe aber zu bedenken, ob Melly weiterhin im Haushalt verbleiben soll.«
»Melly? Meine Zofe?« Ellen runzelte die Stirn. »Hat sich das Mädchen etwas zuschulden kommen lassen? Mir gegenüber ist sie ausgesprochen freundlich und erledigt ihre Arbeit gewissenhaft.«
»Das mag wohl sein, aber … wie gesagt, es widerstrebt mir, auf Gerüchte zu hören, man redet aber darüber, Melly wäre ein flatterhaftes Ding.«
»Inwiefern flatterhaft?« Ellen richtete ihre volle Aufmerksamkeit auf die Wirtschafterin. »Ich halte sie für eher zurückhaltend und schüchtern.«
»Nun, der Schein trügt.« Lydia spitzte die Lippen, offenbar genoss sie es, die junge Zofe in Misskredit zu bringen. »Sie soll sich heimlich mit einem Mann treffen, obwohl sie ganz genau weiß, dass in diesem Haus keine Liebschaften geduldet werden. Wenn man bedenkt, wie großzügig Sie, Mylady, sich ihr gegenüber gezeigt haben …« Lydia ließ den Rest des Satzes offen, und Ellen wusste, dass sie auf das zerbrochene Geschirr anspielte.
»Vielleicht ist sie verliebt?« Ein Lächeln spielte um Ellens Lippen. »Daran ist doch nichts Verwerfliches, solange das Mädchen seine Grenzen kennt und sich nicht in Schwierigkeiten bringt. Ich werde mit ihr sprechen.«
»Sie?«, rief Lydia überrascht. »Das ist meine Aufgabe, ich

wollte mich nur vergewissern, dass es in Ihrem Interesse ist, wenn das Mädchen entlassen wird.«

Entschlossen straffte Ellen die Schultern. »Melly wird nicht entlassen. Jedenfalls nicht, bevor ich mit ihr gesprochen habe. Das erledige ich am besten sofort. Richten Sie dem Mädchen aus, ich möchte sie unverzüglich sprechen.«

»Das würde ich nicht tun.« Lydias Augen verengten sich zu schmalen Schlitzen, und ihr Blick fixierte Ellen. »Glauben Sie mir, Lady Belinda, es ist in Ihrem Interesse, wenn *ich* die Sache aus der Welt schaffe. Es ist zu Ihrem eigenen Besten.«

Lydias Andeutungen machten Ellen stutzig, daher fragte sie scharf: »Was verschweigen Sie mir, Lydia? Wer ist dieser Mann?«

Lydias Züge wurden hart.

»Ich kümmere mich darum«, wich sie Ellens Frage aus. »Am besten packt das Mädchen noch in dieser Stunde seine Sachen, bevor der Herr nach Hause kommt.«

Ellen begann zu verstehen. Eine flammende Röte schoss ihr in die Wangen. Sie bemerkte, wie Lydia jedes einzelne Wort genoss, auch wenn sie so tat, als läge ihr das Wohl ihrer Herrin am Herzen. Trotzdem war Ellen nicht gewillt, sich ihre Erschütterung anmerken zu lassen.

»Unternehmen Sie vorerst nichts«, befahl sie. »Ich werde mich selbst um die Angelegenheit kümmern.«

»Aber, Mylady …«

»Es ist gut, Lydia«, unterbrach Ellen streng, ganz so, wie Belinda in einer solchen Situation reagiert hätte. »Gehen Sie jetzt wieder an Ihre Arbeit, und künftig sorgen Sie dafür, dass solche Gerüchte unterbunden werden, anstatt sie noch zu schüren.«

»Wie Sie wünschen, Mylady.«

Sichtlich beleidigt, knickste Lydia übertrieben demütig und zog sich zurück. Kaum allein, ballte Ellen die Hände zu Fäus-

ten. Was hatte sie erwartet? Caswyn war ein Mann in den besten Jahren. Er selbst hatte vor ihrer Hochzeit unmissverständlich klargestellt, dass er nicht bereit sei, sein bisheriges Leben aufzugeben.
»Aber nicht unter meinem Dach!«, sagte Ellen laut.

An diesem Abend blieb Ellen so lange auf, bis Caswyn nach Hause kam. Das Personal hatte sie zu Bett geschickt, und Melly, die wie immer ihrer Herrin beim Auskleiden behilflich sein wollte, hatte sie erst gar nicht die Tür geöffnet. Es war beinahe Mitternacht, als das Hauptportal geöffnet wurde. Ellen, die vollständig angekleidet in der Bibliothek gewartet hatte, trat in die Halle.
»Kann ich dich bitte einen Moment sprechen?«
Überrascht sah Caswyn auf. Seine Kleidung und sein Haar waren feucht, und schwarze Schmutzstreifen zogen sich über sein Gesicht.
»Du bist noch wach?« Verwundert schüttelte er den Kopf. »Hat es nicht Zeit bis morgen? Du siehst, ich bin nass und möchte mich waschen und dann zu Bett gehen.«
»Nein, jetzt.«
Je länger Ellen Belindas Rolle spielte, desto mehr gelang es ihr, deren herrischen Tonfall zu imitieren. Ohne eine Antwort abzuwarten, kehrte sie in die Bibliothek zurück, überzeugt, Caswyn würde ihr folgen. Mit einem Seufzer trat er ein und sah demonstrativ auf die goldene Uhr auf dem Kaminsims.
»Was gibt es? Ich bin sehr müde …«
Ellen hob die Hand.
»Bevor wir heirateten, sagtest du mir, dass wir unsere … Ehe … frei von jeglichen Skandalen halten sollen. Nun, ich halte mich an diese Vereinbarung, darum kann ich es von dir auch erwarten, nicht wahr?«

Die Augen, in denen sich Erschöpfung und Müdigkeit spiegelten, fest auf Ellen gerichtet, erwiderte Caswyn: »Ich habe keine Ahnung, wovon du sprichst.«

»Ach nein?« Ellen lachte bitter. »Ich spreche von deiner kleinen Liaison, worüber sich bereits das Personal den Mund zerreißt.«

»Welche Liaison?« Verwirrt fuhr sich Caswyn durch das feuchte Haar. »Es ist spät, Belinda, du solltest schlafen gehen.«

»Warte!« Laut hallte Ellens Stimme durch den Raum, als er sich zur Tür wandte. »Du leugnest also, mit meiner Zofe … also, dass du und Melly …«

Es fiel ihr schwer, ihren Verdacht auszusprechen, denn eine Dame sprach über so etwas nicht. Auf Caswyns Gesicht zeigte sich eine Spur des Verstehens. Zuerst war er verblüfft, dann lachte er laut.

»Du meine Güte, ich weiß gar nicht, wie deine Zofe überhaupt aussieht. Es ist mir nämlich völlig gleichgültig, wer dir das Haar kämmt und dein Korsett schnürt. Und jetzt lass mich in mein Zimmer gehen, ich habe keine Lust auf solch haltlose Vorwürfe.«

»Dann hast du kein Verhältnis mit Melly?«, platzte Ellen heraus, biss sich aber sofort auf die Zunge. Du meine Güte, sie klang ja wie eine verletzte Ehefrau, was von Caswyn auch sofort kommentiert wurde.

»Bemerke ich da etwa Eifersucht?« Seine Mundwinkel zuckten spöttisch. »Liebe Belinda, dieses Thema sollte zwischen uns klar sein, nicht wahr? Ich bin zufrieden, dass du deine Eskapaden außerhalb dieses Hauses betreibst und dass dieser unsägliche Golberden sich hier nicht mehr blicken lässt, ebenso halte ich mich an unsere Vereinbarung. Du siehst, deine Unterstellung ist infam.«

»Das Personal spricht jedoch darüber.« So leicht wollte Ellen sich nicht geschlagen geben. »Natürlich bin ich nicht eifersüchtig, ich möchte nur vermeiden, dass unser guter Name in den Schmutz gezogen wird.«

Caswyns graue Augen musterten Ellen von oben bis unten, fast so, als würde er sie heute zum ersten Mal sehen.

»Das möchte ich auch, meine Liebe. Personal tratscht jederzeit und immerzu. Es wundert mich nur, dass du darauf hörst. Früher war dir jegliches Gerede gleichgültig, obwohl in so manchem Gerücht ein Körnchen Wahrheit steckte, oder?«

Ellen wusste, wann sie geschlagen war, denn Caswyn würde es nie zugeben, selbst wenn Lydias Verdacht der Wahrheit entsprach. Außerdem durfte sie es sich nicht anmerken lassen, wie sehr sein Verhalten sie verletzte, daher sagte sie nur leise: »Ich mag es nur nicht, wenn man mich lächerlich macht.«

Mit zwei Schritten trat Caswyn so dicht vor Ellen, dass ihre Gesichter nur noch eine Handbreit voneinander entfernt waren.

»Dann haben wir also doch etwas gemeinsam, denn ich schätze es ebenfalls nicht, und das weißt du ganz genau. Auch wenn ich dir keine Rechenschaft schuldig bin, versichere ich dir, dass es in diesem Haus keine Frau gibt, mit der ich das Bett teile. Nicht einmal mit meiner eigenen Ehefrau, obwohl ich jedes Recht dazu hätte. Aber glaube mir, meine Liebe, selbst wenn du die einzige Frau auf der Welt wärst – ich würde dich nicht einmal mit der Kneifzange anfassen.«

Unter dieser Beleidigung zuckte Ellen zusammen, was Caswyn zu einem lauten spöttischen Lachen veranlasste. Ohne ein weiteres Wort drehte er sich um, verließ den Raum und warf die Tür hinter sich ins Schloss. Ellen blieb wie erstarrt mitten im Zimmer stehen und presste beide Hände auf ihr wild pochendes Herz. Erleichterung, dass Lydias Verdacht, was ihre Zofe betraf, haltlos war, stellte sich jedoch nicht ein. Im Gegenteil, Caswyn hatte lediglich gesagt, dass es in Tredethian Manor keine Frau gab, die ihm das Bett wärmte, dabei hatte er aber nicht ausgeschlossen, dass irgendwo anders jemand auf ihn wartete. War er wirklich jeden Abend so lange in der Mine? Arbeitete er wirklich Tag für Tag an die zwanzig Stunden? Ellen merkte, wie sich der Stachel der Eifersucht in ihr Herz bohrte, was sie maßlos ärgerte, denn keinesfalls wollte sie Gefühle für einen Menschen entwickeln, der sie so offensichtlich verachtete.

Zu Ellens Überraschung traf sie Caswyn am nächsten Morgen im kleinen Speisezimmer an. Am liebsten wäre sie gleich wieder aus dem Zimmer gelaufen, denn sie schämte sich für ihren nächtlichen Auftritt, sie wollte sich aber nicht schon wieder eine Blöße geben.

»Du bist noch hier?«, fragte sie deswegen leise.

»Natürlich, wir müssen in einer Stunde aufbrechen.« Sein Blick glitt abschätzend über Ellen. »Du hast dich noch nicht entsprechend angekleidet?«

»Angekleidet?« Ellen war verwirrt. Schnell überlegte sie, ob in den letzten Tagen eine Einladung gekommen war, konnte sich aber an keine erinnern. »Ich verstehe nicht …«

»Die Drei-Königs-Jagd!« Caswyn schlug sich mit der Hand gegen die Stirn. »Du hast es vergessen? Das glaube ich nicht, denn du lässt dir doch sonst ein solches Spektakel nicht entgehen.«

»Jagd?« Wie betäubt sank Ellen auf einen Stuhl. »Verzeih bitte, aber durch den Tod meines Vaters … Ich habe wirklich nicht mehr daran gedacht.«

»Der Tod deines Vaters …« Er zuckte lapidar mit den Schultern und lächelte spöttisch. »Du erinnerst dich aber sicher noch daran, dass die Jagd in den letzten Jahren immer auf Tredethian stattfand. Es war vielleicht eine weise Voraussicht, als sich die Cunninghams bereits im Sommer anboten, sie in diesem Jahr auszurichten. Da du in Trauer bist, wäre ein so großes Ereignis in diesem Haus unpassend.«

Erleichtert fing Ellen den Ball auf und sagte schnell: »Genau, ich bin in Trauer, darum werde ich an der Jagd nicht teilnehmen.«

»Das kommt gar nicht in Frage!«, fiel Caswyn ihr ins Wort. Beide Hände auf die Tischplatte gestützt, erhob er sich halb. Sein Blick war fest und entschlossen. »Die Drei-Königs-Jagd ist *das* gesellschaftliche Ereignis Cornwalls. Selbstverständlich werden wir daran teilnehmen, ganz so, wie es sich für ein frisch verheiratetes Paar gehört. Ich habe schließlich lange genug darauf gewartet.«

Langsam dämmerte es Ellen, worauf Caswyn abzielte.

»Ich nehme an, du bist vorher noch nie zu der Jagd eingeladen worden?«, sagte sie bitter. »Dir geht es also nur darum, endlich in der Gesellschaft anerkannt zu werden. Dafür setzt du dich über Konventionen und auch über meine Gefühle hinweg.«

Mit ihren Worten war es Ellen gelungen, Caswyn zu verblüffen, was selten vorkam. Er fing sich aber schnell wieder und sagte emotionslos:

»Was denn sonst, liebe Belinda? Das war die Vereinbarung unserer Ehe, oder hast du das auch vergessen? Du bekommst das Geld, um Tredethian zu erhalten, und ich die Anerkennung, die dem Gatten einer Lady Tredethian zusteht.« Er warf die Serviette auf den Teller und richtete sich auf. »Jetzt iss etwas und zieh dich um, wir dürfen die Cunninghams nicht warten lassen. Ich nehme an, du wirst wie immer Butterfly reiten? Ich habe den Stallburschen bereits angewiesen, die Pferde satteln zu lassen.«

Pferde? Reiten? Ellen wurde es heiß und kalt. In ihrem ganzen Leben war sie noch nie auf einem Pferd gesessen. Sollte Caswyn darauf bestehen, dass sie ein Pferd bestieg, würde er sofort bemerken, dass sie nicht Belinda war, die sehr wahrscheinlich eine exzellente Reiterin gewesen war. In den letzten Monaten hatte Ellen diese Klippe immer umschiffen können, denn Caswyn hatte sie nie gefragt, ob sie mit ihm ausreiten wolle. Im Gegenteil, bei den wenigen Besuchen in Darracott hatte sie stets den Wagen benutzt.

»Ich werde nicht mitreiten, es erscheint mir unpassend«, wiederholte sie trotzig. »Du kannst von mir aus gehen, ich werde hierbleiben.«

Mit einem Schritt war er bei ihr, packte sie an den Schultern und schüttelte sie.

»Du wirst mitkommen, so wahr ich dein Ehemann bin. Ich sagte dir bereits, dass ich mir von dir nicht auf der Nase herumtanzen lasse. Und höre endlich mit der Heuchelei auf. Es ist unerträglich. Jeder in Cornwall weiß, dass du keineswegs über den Tod deines Vaters trauerst. Folglich wird auch niemand daran Anstoß nehmen, wenn du an der Jagd teilnimmst.«

Caswyns Finger schienen sich durch den Stoff des Kleides zu brennen, und Ellen suchte verzweifelt nach einem Ausweg. Sie versuchte, ruhig zu atmen und sich nicht anmerken zu lassen, wie aufgewühlt sie war.

»Also gut«, gab sie schließlich nach. »Ich komme mit zu den Cunninghams, werde bei der Jagd aber nicht mitreiten. Das kannst du von mir nicht verlangen, Caswyn. Für die Damen wird es bestimmt Kutschen geben, die die Jagdgesellschaft begleiten.«

Diese Kenntnisse hatte Ellen aus Zeitungen, in denen regelmäßig Berichte über Jagdgesellschaften erschienen, und es

schien ihr ein annehmbarer Kompromiss, dem Caswyn sicher zustimmen würde.
»Wie du willst.« Grob stieß er sie von sich. »Ich würde nur zu gern deine wahren Beweggründe erfahren.«
Blitzschnell schoss Ellen eine Ausrede durch den Kopf, denn sie wusste, früher oder später würde sie sich erneut mit dem Problem des Reitens auseinandersetzen müssen.
»Also gut, es ist zwar peinlich, aber« – sie seufzte und sah Caswyn entschuldigend an – »in Frankreich … da hatte ich einen Unfall. Mein Pferd strauchelte, ich stürzte und war mehrere Stunden ohne Bewusstsein. Seitdem bin ich nicht mehr geritten, ich habe … einfach Angst …«
Caswyn zögerte nur eine Sekunde, dann lachte er höhnisch.
»Wer soll dir das glauben, Belinda? Ausgerechnet du, die beste Reiterin der Grafschaft, lässt dich von einem kleinen Sturz Bange machen? Hast du etwa auch vergessen, wie du im letzten Frühjahr deine Stute erschießen lassen wolltest, weil sie strauchelte und dich abwarf? Obwohl dein Knöchel verletzt war und du am ganzen Körper blaue Flecken hattest, hast du mit der Reitpeitsche auf das arme Tier eingeschlagen, bis es völlig verstört war. Einen Tag später saßest du wieder im Sattel und hast dem Pferd gezeigt, wer die Herrin ist.«
Ellen zweifelte nicht, dass Caswyn die Wahrheit sprach, denn ein solches Verhalten passte zu Belinda. Sie senkte den Blick, denn nun wusste sie nicht mehr, was sie sagen oder tun sollte.
»Ich gebe dir eine Stunde, dann erwarte ich dich im Stall, sonst zerre ich dich eigenhändig auf das Pferd. Hast du das verstanden?«, fügte er hinzu, und sein Blick ließ keinen Zweifel, dass er seine Drohung wahr machen würde. Ellen resignierte und nickte. Was blieb ihr auch anderes übrig?

Nun ist alles aus, dachte Ellen, als sie über den gepflasterten Hof zu den Stallungen schlich, als wäre sie eine alte Frau. Belindas Reitkostüm passte, wie alle Kleider ihrer Schwester, wie angegossen, und unter anderen Umständen hätte Ellen sich in dem dunkelblauen Rock, der weißen Bluse und dem kecken Hütchen mit einer langen blauen Feder sehr attraktiv gefühlt, jetzt jedoch schnürte ihr die Angst beinahe die Luft ab. Caswyn erwartete sie bereits, auch er sah in seinem Reitanzug äußerst attraktiv aus. Neben Caswyn stand ein Rappe mit glänzend schwarzem Fell, dem Caswyn nicht unbekannt sein musste, denn das Tier schmiegte vertrauensvoll den Kopf in seine Armbeuge. Als Ellen den Stall betrat, führte Jess, einer der Stallburschen, eine bereits gesattelte, rotbraune Stute aus einer der Boxen. Obwohl das Pferd nicht so groß und breit wie Caswyns Hengst war, wich Ellen unwillkürlich zurück.
»Danke, Jess«, sagte Caswyn zu dem Stallburschen. »Ich helfe meiner Frau beim Aufsitzen.«
Plötzlich hatte Ellen ihren Körper nicht mehr unter Kontrolle. Sie begann so sehr zu zittern, dass ihre Zähne aufeinanderschlugen. Haltsuchend klammerte sie sich an Caswyns Arm. Er stutzte, runzelte die Stirn und sah sie forschend an.
»Du hast tatsächlich Angst«, stellte er überrascht fest. »Das ist ausnahmsweise einmal nicht gespielt, nicht wahr?« Ellen sah ihn mit einem panischen Blick an. »Du meine Güte, das muss aber ein schwerer Sturz gewesen sein. Warum hast du mir nicht früher davon erzählt?«
»Ich habe mich geschämt«, presste Ellen mühsam zwischen den Zähnen hervor. Er nickte.
»Das kann ich sogar verstehen, und es zeigt, dass du tatsächlich ein Mensch mit Gefühlen bist, wenngleich ich diese bisher bei dir noch nicht entdeckt hatte. Aber sag mal … bei deinem Sturz … hast du dir dabei den Kopf verletzt?«

»Ähm … ja, wahrscheinlich, immerhin war ich einige Zeit bewusstlos. Warum fragst du?«
Er grinste, und ausnahmsweise schien er Ellen nicht zu verspotten.
»Es gibt Ärzte, die behaupten, dass sich bei schweren Kopfverletzungen der Charakter eines Menschen verändern kann. Obwohl ich von solchen Dingen nichts verstehe, wäre es in deinem Fall eine Erklärung. Du zeigst ja nicht nur Angst vor Pferden, sondern auch sonst bist du seit deiner Rückkehr aus Frankreich verändert.«
Ellen entspannte sich. Mit ihrer Begründung, warum sie nicht reiten wollte, hatte sie Caswyn unwissentlich eine Erklärung dafür geliefert, warum sie sich in letzter Zeit anders als früher verhielt.
Offenbar erwartete Caswyn keine Antwort, denn er rief in den Stall hinein: »Jess, mach den Landauer fertig und hole den Kutscher. Mylady wird heute nicht reiten.«
Dann wandte er sich an Ellen, sah ihr fest in die Augen und sagte: »Sosehr ich deinen Unfall auch bedauere, die Belinda, die hier vor mir steht, gefällt mir ehrlich gesagt tausend Mal besser als die alte. Wir müssen aber zusehen, dass du deine Angst endlich überwindest. Eine Dame in deiner Position muss einfach gut zu Pferde sein.«
Eine grenzenlose Erleichterung überkam Ellen. Für heute war der Kelch an ihr vorübergegangen, und sie begann, sich auf die Jagd zu freuen, denn der Tag würde Abwechslung in ihr Leben bringen. Caswyns Worte hatten sie sehr berührt, und plötzlich sah sie ihn mit anderen Augen. Vielleicht war er gar kein so knallharter Kerl, sondern hatte sich Belinda gegenüber nur abweisend verhalten, um von ihr nicht verletzt zu werden.

Natürlich wurde Ellen von den Gästen der Cunninghams gefragt, warum sie nicht an der Jagd teilnahm, und Ellen blieb bei ihrer Ausrede des Sturzes. Von allen Seiten wurde sie bemitleidet und erhielt gute Ratschläge, wie sie ihre Angst überwinden könnte.

»Sie müssen so schnell wie möglich wieder auf ein Pferd steigen«, rief Lady Cunningham, eine ältere, mütterliche Dame. »Je länger Sie warten, desto schlimmer wird Ihre Angst werden.«

Ellen versprach, es so bald wie möglich wieder mit dem Reiten zu versuchen, heute jedoch wollte sie nur eine Beobachterin der Jagd sein. Sie teilte die Kutsche mit drei anderen Damen, die sie alle bereits von ihrer Hochzeit kannte, und wider Erwarten wurde es ein schöner Tag. Die Luft war mild, der Himmel zwar bedeckt, es war aber trocken, und das Personal der Cunninghams hatte Tische, Stühle und unzählige Speisen auf eine Wiese bringen lassen, wo sich die Jagdgesellschaft und deren Begleiter bei einem Picknick stärkten. Was für eine Verschwendung, dachte Ellen, die den Tag zwar genoss, trotzdem aber die Frauen und Männer nicht vergaß, die in den Minen schufteten und niemals in ihrem Leben einen solch unbeschwerten Tag verbringen würden, wo es allein am Nachmittag Speisen in einer solchen Menge gab, die eine mehrköpfige Familie eine Woche lang satt gemacht hätten.

Unter den Gästen war ein Herr mittleren Alters, Witwer, wie Ellen von einer Dame erfuhr, und ebenfalls Besitzer mehrerer Zinnminen auf der Penwith, der Halbinsel im äußersten Südwesten Cornwalls. Marcus Longstoke gehörte einem alten Adelsgeschlecht an, hatte sein immenses Vermögen aber erst in den letzten Jahrzehnten mit Zinn- und Kupferabbau gemacht.

»Die Zeiten haben sich geändert, Lady Belinda«, sagte er zu

Ellen. »Früher, da wurden die Pächter von ihren Grundherren ausgeblutet, um deren Leben zu finanzieren, heute jedoch reicht ein alter Name nicht mehr aus, um seinen Lebensstandard zu bewahren.«

Sir Marcus war ein freundlicher Herr, den Ellen sehr sympathisch fand und ihn gern als Tischherrn hatte, da er sich auch nicht aktiv an der Jagd beteiligte. Caswyn war nicht bei ihnen, die Männer waren nach einem kurzen Imbiss gleich wieder aufgebrochen, um weitere Hasen und Fasane zu erlegen. Im Laufe ihres Gesprächs erfuhr sie, dass die Longstoke-Minen, die sich in der Gegend zwischen St. Just und Pendeen befanden, mit zu den modernsten in der ganzen Grafschaft gehörten. Besonders eines interessierte Ellen brennend.

»Sie haben wirklich ein eigenes Hospital für Ihre Arbeiter?«, fragte sie. Sir Marcus nickte.

»Es wurde vor vier Jahren eröffnet, und zwei Ärzte arbeiten dort rund um die Uhr. In den Minen sind etwa dreitausend Männer und Frauen beschäftigt, und die nächsten Ärzte befinden sich in St. Ives oder in Penzance. Das ist ein weiter Weg, aus diesem Grund habe ich ein Hospital bauen lassen, in dem sich jeder, der in oder für die Longstoke-Minen arbeitet, kostenlos behandeln lassen kann.« Sir Marcus lächelte und zwinkerte Ellen vertraulich zu. »Nun ja, eigentlich war es nicht meine Idee, sondern die meiner Frau, aber Frauen denken eher an die Menschen, während wir Männer doch mehr auf den Profit sehen.«

Seine Ehrlichkeit überraschte Ellen, und so sprach auch sie offen von ihren Plänen, etwas Ähnliches für die Tredethian- und die Osbourne-Minen zu erschaffen.

»Ich finde es furchtbar, unter welchen Umständen die Leute leben müssen«, sagte sie mit vor Eifer geröteten Wangen. »So ohne jeglichen Komfort, und die Kinder der Bergarbeiter gehen nicht einmal zur Schule. Ich verstehe ja, dass jede Hand gebraucht wird, trotzdem sollten Kinder die Chance haben, etwas anderes aus ihrem Leben zu machen und nicht wie ihre Väter und Großväter in den Minen arbeiten zu müssen.«

»Damit haben Sie vollkommen recht.« Sir Marcus sah sie wohlwollend, aber auch ein wenig erstaunt an. »Wir sind uns ja erst ein Mal begegnet, und das muss schon zwei oder drei Jahre her sein, aber damals …« Er verstummte und wurde plötzlich verlegen.

»Was wollten Sie sagen, Sir?«, hakte Ellen nach.

»Ach, nichts von Bedeutung, Mylady. Schon meine verstorbene Frau betonte stets, ich trüge mein Herz auf der Zunge und möge erst nachdenken, bevor ich spreche.«

»Ich glaube, ich weiß, was Sie meinen.« Lady Cunningham war ihrem Gespräch bisher schweigend gefolgt und lächelte jetzt in die Runde. »Nun, ich habe keine Bedenken, auszusprechen, was wohl heute jeder hier denkt.« Sie sah Ellen an, und ihre Mundwinkel zuckten. »Lady Belinda, Sie sehen nicht nur Sir Marcus und mich erstaunt, dass Sie sich Gedanken um Ihre Arbeiter machen. Bisher dachten wir, dass Ihnen das Wohl dieser Leute ziemlich gleichgültig ist, wobei Ihr verstorbener Vater Reformen gegenüber durchaus offen gewesen war.«

Hastig griff Ellen nach ihrem Glas Limonade und trank, obwohl sie nicht durstig war. Natürlich – Belinda wäre niemals auf die Idee gekommen, die Kinder der Bergarbeiter zur Schule zu schicken oder gar ein eigenes Hospital bauen zu lassen. Verflixt, sie war nicht Belinda, wenn das auch alle Welt glauben mochte! Sie, Ellen, war jetzt Caswyns Ehefrau und die Herrin von Tredethian, und sie würde so schalten und walten, wie sie es für richtig hielt. Sollten die Leute doch denken, was sie wollten!

»Seien Sie nicht zu streng mit der jungen Dame, Lady Cunningham«, sprang Sir Marcus für Ellen in die Bresche. »Der frühe Tod des Earls muss ein furchtbarer Schock gewesen sein, da beginnt man schon mal, über das eine oder andere nachzudenken und sein Leben zu ändern.«
»Trotzdem …« Lady Cunningham schüttelte nachdenklich den Kopf und sah Ellen an, als würde sie sie heute zum ersten Mal sehen. »Verzeihen Sie mir meine Offenheit, meine Liebe, aber schon bei Ihrer Vermählung bemerkte ich eine gravierende Veränderung an Ihnen. Als hätten Sie Ihre Seele mit jemandem getauscht.«
Nie zuvor war Ellen so froh, Caswyn zu sehen, der, die Reitpeitsche in der einen Hand und den Hut in der anderen, auf die kleine Gruppe zukam und sie einer Antwort enthob.
»Oh, ihr seid schon zurück?«, rief Ellen erleichtert und strahlte ihren Mann an, der darüber erstaunt die Stirn runzelte.
»Nun, amüsierst du dich gut, mein Liebling?«, fragte Caswyn und legte Ellen eine Hand auf die Schulter. »Ist das Essen zu deiner Zufriedenheit, und wie schmeckt der Champagner? Hoffentlich ist dein Sitzkissen auch weich genug, und du frierst nicht.«
Nur Ellen hatte den unterschwelligen Spott in seiner Stimme gehört, für jeden anderen klang Caswyn wie ein besorgter Ehemann. Sir Marcus lachte allerdings dröhnend.
»Ich glaube, Sie unterschätzen Ihre Gattin gewaltig, Caswyn, wenn Sie sie für ein zartes Pflänzchen halten. Wir waren gerade in ein sehr anregendes Gespräch über die Situation der Minenarbeiter vertieft. Ihre junge Frau möchte gern ein Hospital für Ihre Leute einrichten.«
Nur ein leichtes Zucken des linken Augenlides verriet Caswyns Überraschung, ansonsten lächelte er unverbindlich. »Ach ja, meine liebe Belinda sprach schon öfter von solchen

Plänen, aber Sie wissen ja, wie Frauen sind, Sir Marcus. Heute möchten sie dies, und morgen ist es schon wieder vergessen, wenn die Schneiderin mit einem neuen Stoff vorbeikommt oder ein Magazin die neuen Kreationen der Pariser Hüte präsentiert.«

»Könnt ihr aufhören, über mich zu sprechen, als wäre ich überhaupt nicht anwesend?« Ellen sprang auf und funkelte Caswyn zornig an. In diesem Moment war es ihr gleichgültig, was die anderen von ihr denken könnten. »Ich bin kein Modepüppchen, dem das Schicksal anderer Menschen gleichgültig ist, und wünsche, nicht als oberflächliche und verwöhnte Frau behandelt zu werden.«

Da Tränen der Wut in Ellens Augen stiegen, drehte sie sich um und lief schnell davon.

»Lady Belinda, es tut mir leid …«, hörte sie Sir Marcus rufen, und dann sagte Caswyn: »Lassen Sie es gut sein, Mylord. Meine Frau fühlte sich schon heute Morgen nicht ganz wohl.«

Es wunderte Ellen nicht, als Caswyn sie nach wenigen Schritten einholte, sie am Arm fasste und zwang, ihn anzusehen. Seinen Blick konnte sie nicht deuten, es lag Erstaunen, aber auch Skepsis in seinen Augen.

»Du scheinst es wirklich ernst zu meinen«, sagte er leise. »Belinda, dein Unfall in Frankreich muss ernsthaftere Folgen nach sich gezogen haben, als ich bisher dachte.«

»Wie meinst du das?«, fragte Ellen und wich seinem bohrenden Blick aus, denn ein warmer Schauer lief über ihren Körper.

»Ich meinte, dich in- und auswendig zu kennen«, fuhr Caswyn fort. »Seit unserer Hochzeit jedoch … Wenn ich es nicht besser wüsste, würde ich denken, dass eine völlig andere Frau als Belinda Swinbrook vor mir steht.«

Ellen schluckte mehrmals, ihre Beine begannen zu zittern,

und haltsuchend klammerte sie sich an Caswyns Arm. Sag es ihm jetzt!, hämmerte eine Stimme in ihrem Kopf, doch Ellen fehlte der Mut. Nicht nur, weil sie fürchtete, Caswyn würde sich von ihr abwenden, sondern auch, weil sie sich strafbar gemacht hatte. Er war ein korrekter Mensch, der keinesfalls darüber hinwegsehen würde, dass sie in Belindas Namen vor den Altar getreten war.
»Ich möchte nach Hause«, sagte sie leise. »Ich fühle mich wirklich nicht wohl, vielleicht bekomme ich eine Erkältung.«
Caswyn nickte.
»Ich werde veranlassen, dass der Wagen dich nach Tredethian bringt. Wenn du dich wieder besser fühlst …« Wieder fixierte er Ellen mit diesem tiefgründigen Blick. »Also, wenn es dir wirklich ernst und es keine deiner Launen ist, dass du etwas für die Bergarbeiter und deren Familien tun möchtest, dann werden wir in Ruhe darüber sprechen.«
»Es ist nicht allein, dass mir die Menschen am Herzen liegen, sondern ich möchte auch etwas tun.« Aufrichtig sah Ellen ihren Mann an. »Lydia und Cobbs führen den Haushalt, für mich bleibt da kaum etwas zu tun. Wenn ich mich um eine Schule und ein Hospital kümmern könnte, dann …« Wären meine Tage nicht so lang, wollte sie eigentlich sagen, verstummte jedoch.
»Dir ist langweilig?« Ungläubig lächelte Caswyn. »Eigentlich dachte ich, du würdest nach London fahren wollen, einkaufen, Freunde treffen und ausgehen. Diese häusliche Ader ist mir ebenfalls neu.« Er seufzte und fuhr dann fort: »Ich werde mir morgen frei halten, dann sprechen wir in aller Ruhe über deine Ideen, ob und wie sie sich verwirklichen lassen.«
»Das ist dein Ernst?« Ellen lächelte befreit. »Caswyn, du musst mir glauben, ich möchte etwas tun. Die Minen gehören jetzt ja quasi mir, und ich möchte wissen, was dort vor sich

geht. Man könnte eine kleine Schule einrichten, und natürlich einen eigenen Arzt für die Leute anstellen. Sir Marcus kann uns dabei sicher behilflich sein, und …«

»Langsam, langsam!« Caswyn lachte und stoppte ihren Redefluss. »Dein Eifer in allen Ehren, aber solche Dinge müssen gut durchdacht werden. Du fährst jetzt nach Hause, legst dich hin und ruhst dich aus. Allerdings habe ich noch eine Bitte an dich.«

»Alles, was du willst«, entfuhr es Ellen, die ihren Zorn vergessen hatte und sich freute, bald eine Aufgabe zu haben.

»Nun, ganz so viel ist es nicht.« Caswyn schmunzelte hintergründig. »Es geht nicht an, dass du nicht mehr reitest, meine Liebe, darum werde ich dir morgen gleich nach dem Frühstück die erste Reitstunde geben. Es wäre doch gelacht, wenn die einst beste Reiterin Cornwalls nicht in wenigen Tagen wieder über die Felder galoppiert. Außerdem gelangst du dann schneller und einfacher zu den Minen als mit dem Wagen.«

Ellens Freude verflog so schnell, wie sie gekommen war, und machte einem Gefühl von Panik Platz.

»Wir könnten uns doch so ein Automobil anschaffen«, schlug sie vor. »Lady Cunningham sagte vorhin, ihr Mann habe sich auch schon verschiedene Modelle angesehen und bald würde jeder ein solches Gefährt besitzen. Ich glaube, das Autofahren ist gar nicht so schwer, und mit diesen Dingern ist man noch schneller als zu Pferd oder mit der Kutsche.«

»Daran habe ich auch schon gedacht«, gab Caswyn zu. »Das entbindet dich aber nicht von dem Versprechen, das du mir eben gegeben hast. Also, morgen früh um acht Uhr im Stall. Ich warte auf dich.«

24. Kapitel

Ellens erste Reitstunde war eine einzige Katastrophe. Es fing schon damit an, dass sie in ihrem normalen Vormittagskleid zu den Stallungen ging, wo Caswyn sie bereits erwartete. Bei ihrem Anblick runzelte er die Stirn.

»Warum hast du dich nicht richtig angezogen?«

Ellen sah an sich herunter.

»Soviel ich sehe, trage ich ein Kleid, Caswyn. Was ist daran auszusetzen?«

»Willst du etwa damit auf ein Pferd steigen?« Caswyn schüttelte energisch den Kopf. »Was ist mit dem Reitkostüm von gestern? Zieh dich um, ich warte so lange hier.«

Während der Nacht, in der Ellen kein Auge zugetan hatte, hatte sie sich ihre folgenden Worte gut überlegt.

»Caswyn, ich weiß, dass ich gestern im Überschwang versprochen habe, dir eine Bitte zu erfüllen, und ich hoffe nicht, dass deine Bereitschaft, was die Mine betrifft, davon abhängig ist, ob ich wieder reite oder nicht. Das eine hat mit dem anderen nichts zu tun. Ich möchte einfach nicht mehr auf ein Pferd steigen, ist das denn so schwer zu verstehen?«

Anstatt einer Antwort drehte Caswyn sich um und stapfte in den Stall. Ellen dachte schon, er hätte es aufgegeben, doch eine Minute später führte er ein gesatteltes Pferd am Halfter auf den Hof.

»Wenn du in diesem Kleid reiten willst – also gut. Aber jetzt rauf mit dir, sofort, oder ich helfe nach.«

Ellen kannte Caswyn inzwischen gut genug, um zu wissen, dass er jedes Wort ernst meinte. Sie überlegte, ob sie einfach weglaufen und sich in ihr Zimmer einschließen sollte. Das

würde ihr aber nur eine kurze Verschnaufpause bescheren, denn Caswyn würde nicht lockerlassen, bevor sie nicht wieder auf einem Pferd saß. Darum biss Ellen die Zähne zusammen und näherte sich dem Tier, das sie aus großen, dunklen Augen ansah. Es konnte doch nicht so schwer sein zu reiten, dachte sie, und das Pferd sah lammfromm aus. Wenn es nur nicht so schrecklich hoch wäre!
Mit einer Hand umfasste sie den Sattelknauf, dann versuchte sie, mit dem linken Fuß in den Steigbügel zu steigen, so, wie sie es schon tausendmal gesehen hatte. Da spürte sie Caswyns Hände an ihrem Hintern, und sie wollte schon empört aufschreien, als sie plötzlich in die Luft gehoben wurde und sich auf dem Pferderücken wiederfand. Ihr Rock war bis über die Knie hochgerutscht, und während sich Ellen mit einer Hand am Knauf festklammerte, versuchte sie mit der anderen, sich wieder schicklich zu bedecken.
»Du wolltest dich nicht umziehen«, erinnerte Caswyn sie grinsend. Nie zuvor hatte Ellen ihn derart amüsiert gesehen, offenbar hatte er große Freude an ihrer Ungeschicklichkeit. »Na, dann los!«
Bevor Ellen reagieren konnte, gab Caswyn dem Pferd einen Klaps auf das Hinterteil, und das Tier trabte los. Ellen klammerte sich am Knauf und an der Mähne fest und versuchte, ihren Körper zu entspannen. Der harte Sattel rieb an ihren Schenkeln. Sie atmete tief durch und passte sich an die Bewegungen des Pferdes an. Es ging erstaunlich gut, und Ellen dachte, dass Reiten wirklich nicht allzu schwer war. Vielleicht würde sie sogar Gefallen daran finden. Dann jedoch fiel das Pferd plötzlich in Galopp, und Ellen, die damit nicht gerechnet hatte, flog in hohem Bogen aus dem Sattel. Sie prallte rücklings auf die Pflastersteine, und ein scharfer Schmerz, der ihr beinahe die Sinne raubte, schoss durch ihren Körper.

»Belinda!« Mit einem Satz war Caswyn bei ihr und kniete sich neben sie. »Hast du dich verletzt?«

»Weiß ich nicht«, murmelte Ellen, die meinte, ihr Körper würde in Stücke gerissen. »Mein Rücken …«

Caswyn reichte ihr die Hand.

»Versuch, aufzustehen. Ganz langsam. Ja, gut so. Kannst du auftreten?«

Obwohl Ellen sich fühlte, als wäre sie in eine Wäschemangel geraten, konnte sie sich auf den Beinen halten.

»Ich glaube, es ist nichts gebrochen«, sagte sie leise und richtete ihren Rock. Als sie aufsah, las sie ehrliche Sorge in Caswyns Augen, und allein dieser Blick machte jeden Schmerz wett.

»Es tut mir leid. Du scheinst wirklich alles verlernt zu haben, denn du hast wie ein nasser Sack auf dem Pferd gesessen.« Er seufzte und nahm ihre Hand. »Offenbar hast du bei deinem Unfall tatsächlich ein Trauma erlitten, und ich dachte, es wäre nur wieder eine neue Masche von dir.«

Ellen wusste nicht, was sie sagen sollte. Sie wurde einer Antwort enthoben, denn Lydia Golberden eilte über den Hof.

»Sir, ich muss schon sagen …« Noch nie zuvor hatte Ellen die Wirtschafterin derart wütend erlebt. »Wie können Sie es wagen? Lady Belinda hätte sich das Rückgrat brechen können!«

Caswyn verschlug es ob dieser Impertinenz, von einer Angestellten derart zurechtgewiesen zu werden, die Sprache. Ellen konnte ein Schmunzeln jedoch nicht verbergen.

»Danke, Lydia, es ist nichts passiert. Wahrscheinlich wird mein Rücken morgen grün und blau sein, aber sonst geht es mir gut.«

Besitzergreifend legte Lydia einen Arm um Ellens Schultern und zog sie mit sich fort.

»Ich werde mich sofort um Ihre Verletzungen kümmern, Miss

Belinda.« Sie sah Caswyn streng an. »Und Sie, Sir, sollten die Wünsche und auch die Ängste Ihrer Frau respektieren.«

»Lydia Golberden, wie können Sie es wagen, in einem solchen Ton mit mir zu sprechen?« Caswyn hatte sich von seinem Schrecken erholt, und eine Zornesader schwoll an seiner Schläfe, was Lydia gänzlich unbeeindruckt ließ. Im Gegenteil, sie hatte noch nicht alles gesagt, was es zu sagen gab.

»Bei allem Respekt, Sir, aber mir liegt das Wohl von Mylady am Herzen, auch wenn es Ihnen völlig gleichgültig ist. Schließlich kenne ich Miss Belinda seit ihrer Geburt und fühle mich für sie verantwortlich.«

Zum ersten Mal, seit Ellen auf Tredethian war, empfand sie Sympathie für die Wirtschafterin und war über ihre Anwesenheit dankbar. Lydia Golberden musste sich in ihrer Position sehr sicher fühlen, nur so war ihr respektloses Verhalten Caswyn gegenüber zu erklären. Dieser machte keine Anstalten, die beiden Frauen aufzuhalten, und Ellen sank dankbar auf ihr Bett, nachdem Lydia sie in ihr Zimmer geführt hatte.

»Ich werde Melly anweisen, ein heißes Bad einzulassen«, sagte Lydia in einem Ton, der keinen Widerspruch duldete. »Warmes Wasser ist das Beste bei Prellungen, und ich bringe Ihnen eine Salbe, mit der Sie sich einreiben müssen. Dann werden die Blutergüsse nicht ganz so schlimm werden. Wir können Gott danken, dass Sie sich nichts gebrochen haben.«

»Danke, Lydia«, murmelte Ellen, »das ist sehr freundlich.«

Lydia trat dicht ans Bett und schaute Ellen an. In ihren dunklen Augen lag ein Glanz, den Ellen nicht deuten konnte, und plötzlich beschlich sie ein unangenehmes Gefühl. Sie fühlte sich, als wäre sie ein Kaninchen, das von einer Schlange fixiert wird, bevor diese zum tödlichen Biss ansetzt.

»Wenn ich Ihnen einen Rat geben darf, *Belinda* …« Ellen fiel sofort auf, dass sie die Anrede weggelassen hatte, und sie fühlte sich plötzlich gar nicht mehr wohl. »Unterlassen Sie Dinge, die Sie nie gelernt haben und nicht können. So, wie Sie andere Dinge nicht können und es wohl auch niemals lernen werden. Dieses Mal haben Sie Glück gehabt, das nächste Mal könnte es anders enden. Sie können nicht reiten, das müssen Sie Ihrem Mann klarmachen.«

»Wie … was … meinen Sie damit?« Ellens Mund war so trocken, dass ihre Zunge am Gaumen klebte. »Ich verstehe nicht …«

Die Wirtschafterin lächelte hintergründig, legte eine Hand auf Ellens Schulter, und ihre Finger krallten sich durch das Kleid in die Haut.

»Ich glaube, Sie verstehen sehr gut.« Lydia ließ sie wieder los, wandte sich zum Gehen und sagte in einem normalen Tonfall: »Melly wird das Bad gleich richten, und ich werde Ihnen den Lunch auf Ihr Zimmer bringen.«

Nachdem Lydia gegangen war, vergaß Ellen ihren schmerzenden Rücken. Das Herz schlug ihr bis in den Hals, und ihre Hände zitterten. Es war absurd, aber für einen Moment hatte Ellen gedacht, Lydia wüsste, dass sie nicht Belinda war. Wenn dem so war – warum entlarvte sie sie nicht? Warum teilte sie es nicht Caswyn mit oder holte gar einen Richter? Sicher, Lydia war Belinda ergeben, die beiden Frauen teilten viele Geheimnisse, doch gerade aus diesem Grund müsste Lydia daran interessiert sein, warum sie – Ellen – in die Rolle ihrer Schwester geschlüpft und was mit Belinda geschehen war.

Ellen schlug die Hände vors Gesicht, und ihre Schultern zuckten. Immer tiefer geriet sie in den Sumpf der Lügen, aus dem es kein Entrinnen mehr zu geben schien.

In diesem Zustand fand Melly sie.

»Mylady, geht es Ihnen nicht gut?« Besorgt kniete sich Melly vor Ellen auf den Boden. »Haben Sie sich ernsthaft verletzt? Soll ich einen Arzt rufen?«

»Das ist nicht nötig.« Ellen riss sich zusammen und versuchte zu lächeln, was ihr gründlich misslang. »Es ist nur der Schreck, die Schmerzen sind nicht schlimm. Lass mir bitte das Bad ein, danach wird es mir bessergehen.«

Zehn Minuten später lag Ellen in dem warmen, nach Vanille duftenden Wasser und begann langsam, sich zu beruhigen. Nein, es war unmöglich, dass Lydia Golberden wusste, dass sie nicht Belinda war. Andererseits – die Wirtschafterin hatte vorhin selbst gesagt, sie kenne Belinda seit ihrer Geburt. Wenn dies stimmte und sie und Belinda Zwillingsschwestern waren, dann musste Lydia auch wissen, dass einst zwei Mädchen geboren worden waren, von denen nur eines auf Tredethian geblieben war, während das andere in eine fremde Familie gegeben wurde. Ellen konnte sich nicht dazu durchringen, die Wirtschafterin direkt darauf anzusprechen. Was, wenn sie sich irrte und mit einer solchen Frage alles aufflog? Das Risiko konnte sie nicht eingehen.

Es klopfte an der Tür, und Ellen, in der Annahme, es wäre Melly, rief: »Komm herein!«

Zu ihrem Erstaunen war es aber nicht ihre Zofe, sondern Caswyn. Schnell griff Ellen nach dem Handtuch, das griffbereit neben der Badewanne lag, und warf es sich über ihren nackten Körper, ungeachtet dessen, dass es völlig durchnässt wurde.

»Was willst du hier?«, fauchte sie, denn seit sie verheiratet waren, hatte Caswyn noch nie ihre Räume betreten.

»Oh, ich denke, ich habe das Recht, meine Frau aufzusuchen und mich zu erkundigen, wie es ihr geht.« Ein spöttisches Funkeln seiner Augen begleitete seine Worte. »Keine Angst, meine Liebe, ich schaue dir nichts weg.«

Jedes seiner Worte drang wie feine Nadelstiche in Ellens Herz. Vorhin, als sie vom Pferd gestürzt war, hatte sie gemeint, Caswyn wäre ehrlich besorgt um sie gewesen, jetzt jedoch war der Spötter zurückgekehrt und hatte nichts Besseres zu tun, als sie erneut zu verhöhnen.

»Was willst du?«, wiederholte sie leise.

Er zuckte mit den Schultern.

»Vielleicht will ich mich wirklich nur erkundigen, wie es dir geht. Und vielleicht will ich mich entschuldigen, weil ich dich zwang zu reiten, obwohl du offenbar wirklich große Angst hast. Wie ich vorhin bereits sagte, ich hatte dir nicht geglaubt.«

Ellen wusste nicht, was sie von seinen Worten halten sollte, die er jetzt frei von jeglichem Spott geäußert hatte.

»Ich habe mir nur den Rücken geprellt«, sagte sie leise. »Durch das Bad spüre ich schon fast nichts mehr.«

»Hm … gut … also …« Er trat von einem Bein auf das andere. »Wenn du fertig bist, dann komm doch in die Bibliothek. Wir können darüber sprechen, was wir tun können, damit es den Arbeitern bessergeht.«

Ellen nickte und schloss die Augen, denn sie konnte seinem Blick nicht länger standhalten, ohne sich zu verraten.

»Ich komme in einer halben Stunde hinunter«, murmelte sie und hörte, wie er das Zimmer verließ und die Tür hinter sich schloss.

Die Wangen vor Eifer gerötet, beugte Ellen sich über einen Plan, der den ganzen Tisch bedeckte.

»Es wäre für unsere Zwecke perfekt. Wir benötigen das zweite Stockwerk jedoch nicht, da unsere Arbeiter nicht ganz so zahlreich sind. Ich denke, fünf Krankenzimmer wären ausreichend.«

Sir Marcus Longstoke nickte wohlwollend.

»Ich dachte mir, dass Ihnen mein Bauplan gefällt, den ich Ihnen gern überlasse.« Er sah zu Caswyn, der am anderen Ende des Tisches stand und eher Ellen als den Plan betrachtete. »Wir Minenbesitzer müssen doch zusammenhalten.«
Sir Marcus war extra aus St. Just nach Tredethian gekommen, um Ellen und Caswyn die Pläne, nach denen das Hospital auf seinem Minengelände erbaut worden war, zu bringen. Auch erzählte er von einem jungen Arzt, der vor wenigen Monaten sein Studium beendet hatte und auf der Suche nach einer Anstellung war, da er keine Mittel für eine eigene Praxis aufbringen konnte.
»Doktor Hancock ist zwar jung, wurde mir aber von seinem Professor, bei dem er promovierte, wärmstens empfohlen. Trotz seiner Jugend scheint er ein engagierter Mann und guter Arzt zu sein, vor allen Dingen erwartet er kein hohes Honorar.«
»Was ein nicht unwesentlicher Punkt ist«, warf Caswyn schmunzelnd ein. »Der Neubau wird jede Menge Geld kosten, außerdem möchte meine liebe Gattin eine alte Fischhalle zur Schule umbauen.«
Ellen nickte eifrig. »Die Halle ist einfach perfekt, Sir Marcus«, sagte sie. »Da in Porthleven der Fischfang in den letzten Jahren stark zurückgegangen ist, steht das Gebäude leer.« Sie sah Caswyn bittend an. »Es handelt sich lediglich um ein paar kleine Umbauten …«
»Das Mobiliar und die sonstige Ausstattung, die eine Schule benötigt, nicht zu vergessen«, wandte Caswyn ein, aber er gab sich aufgeschlossen und interessiert.
In den letzten vier Wochen hatten er und Ellen ihre Ideen, eine Schule für die Kinder der Bergarbeiter und ein Hospital nach dem Vorbild der Longstoke-Minen zu eröffnen, mehrfach diskutiert. Obwohl die Reparatur des Daches von Trede-

thian und weitere notwendige Instandhaltungsarbeiten eine Menge Geld verschlungen haben mussten, war Caswyn Ellens Vorschlägen gegenüber offen. Ellen fragte sich, wie hoch wohl das Vermögen der Osbournes sein musste, diesbezüglich hielt Caswyn sich jedoch bedeckt. Obwohl er in vielen Bereichen offen für Neuerungen war, vertrat er die Meinung, dass finanzielle Belange ausschließlich Männersache waren und sich eine Ehefrau darum nicht zu kümmern brauchte. Ellen hätte sich zwar gewünscht, von Caswyn mehr in seine Arbeit einbezogen zu werden, sie musste jedoch behutsam vorgehen. Caswyn war kein Mann, der sich drängen ließ. Sie war schon froh, dass sich ihre Beziehung in den letzten Wochen verändert hatte. Natürlich gab es hin und wieder spöttische, manchmal auch zynische Bemerkungen, die besonders auf Belindas wenig rühmliche Vergangenheit abzielten, im Großen und Ganzen aber gingen sie und Caswyn nun höflich, manchmal sogar schon herzlich miteinander um. Auch war Caswyn zu den Mahlzeiten nun öfter zu Hause und erzählte Ellen auch hin und wieder, was in den Minen vor sich ging. Letzte Woche hatte er sie zum ersten Mal zu Wheel Gwennap mitgenommen und sie auf dem Gelände herumgeführt. Ellen sah die drei großen Maschinenhäuser, in denen die mit Dampf betriebenen Pumpen ohne Unterlass das Wasser aus den Schächten herauf- und die notwendige Luft hinunterpumpten. Weiterhin gab es die langgestreckten, einstöckigen Holzbaracken, in denen auf Förderbändern das Gestein gewaschen und sortiert wurde. Hier arbeiteten fast ausschließlich Frauen und Kinder, die knicksten, als Ellen den Raum betrat. Die Verwaltungsgebäude waren aus Stein erbaut, ebenso die Häuser der Obersteiger, die mit ihren Familien direkt auf dem Minengelände wohnten. Ellen wusste bereits, dass die anderen Arbeiter aus Porthleven, Helston und den umliegenden kleinen Dörfern jeden Tag den Weg nach Wheel Gwennap zurücklegten. Manche brauchten dafür zwei oder drei Stunden, und das bei Wind und Wetter. Wenn die Männer nach Ende ihrer Schicht den Heimweg antraten, dann taten sie das in ihrer Arbeitskleidung, die wegen des Wassers und Schweißes feucht und schmutzig war.

»Warum können sich die Männer nicht hier irgendwo waschen und umziehen?«, hatte Ellen gefragt. »Wenn sie in trockenen Kleidern nach Hause gehen, werden sie nicht so schnell krank.«

Tom Lanner, der Verwalter der Mine, verzog unwillig das Gesicht, doch bevor er etwas sagen konnte, hatte Caswyn schon eine Hand auf Ellens Arm gelegt und gemeint:

»Du wirst es kaum glauben, aber ich habe auch schon daran gedacht.« Er sah Lanner an. »Tom, gibt es Räumlichkeiten, in denen man Wasch- und Umkleidemöglichkeiten einrichten könnte?«

»Bei allem Respekt, Sir, aber« – Lanner runzelte die Stirn – »meine Erfahrung zeigt, dass man die Leute nicht zu sehr verwöhnen sollte, sonst werden sie faul und arbeiten nur noch die Hälfte.«

»Wenn sie krank sind, arbeiten sie gar nicht«, rief Ellen, die spürte, dass Lanner der Meinung war, Frauen sollten sich aus der Arbeit heraushalten. »Sie haben meinen Mann gehört, Mr. Lanner. Also, welche Räumlichkeiten stehen zur Verfügung?«

Zähneknirschend hatte Lanner sich gefügt, und bereits eine Woche später war ein Waschraum geschaffen worden. Einige der Arbeiter waren zuerst jedoch skeptisch gewesen.

»Das macht Osbourne doch nicht uneigennützig«, war die einhellige Meinung. »Der kürzt uns sicher den Lohn, oder die Zeit, die wir zum Umziehen brauchen, geht von unserer Schicht ab.«

Nach kurzer Zeit stellten sie jedoch fest, dass ihre Bedenken unnötig waren, und die Stimmung unter den Arbeitern hob sich. Schnell sprach sich herum, dass die Neuerungen, die plötzlich in Wheel Gwennap durchgeführt wurden, auf das Bestreben von Lady Swinbrook zurückzuführen waren.

»Ist eine feine Dame«, meinte eine Frau.

Eine andere senkte ihre Stimme und flüsterte: »Früher hörte man ja so das eine oder andere über die Lady. Sie soll sich einen Dreck um die Mine gekümmert haben. Aber sie ist schwer in Ordnung, auch immer freundlich, wenn man sie sieht.«

»Letzte Woche gab sie meinem Sohn sogar ihr eigenes Taschentuch, da seine Nase lief und er sie sich mit dem Jackenärmel abwischen wollte.«

»Auf Lady Belinda lass ich nichts kommen«, rief eine alte, zahnlose Frau. »Es soll nur jemand wagen, noch mal etwas Schlechtes über Mylady zu sagen, der bekommt es mit mir zu tun!«

Wenn Ellen mit dem Wagen nach Porthleven fuhr, kamen die Menschen aus den Häusern gelaufen, die Männer und Jungen zogen ihre Kappen und verbeugten sich, und die Frauen knicksten.

»Gott segne Sie, Mylady!«, war zu hören, und Ellen fand immer Zeit, sich die Sorgen und Nöte der Menschen anzuhören. Auch scheute sie sich nicht, regelmäßig Körbe mit Essen zu bringen, das auf Tredethian übrig war und weggeworfen würde, und Decken für Alte und Kranke zu verteilen. Allerdings wehrte sie sich gegen die Bezeichnung »Engel der Armen«, die immer häufiger unter den Bergarbeitern fiel.

»Dass diese Menschen nicht mehr arm sind, sondern für ihre schwere Arbeit entsprechend entlohnt werden – das ist mein Ziel«, sagte Ellen zu Caswyn. »Tredethian, wie auch dein Elternhaus, wäre heute nicht das, was es ist, wenn diese Leute nicht Tag und Nacht ihr Leben riskierten, um das Erz abzubauen.«

Sie saßen nach dem Abendessen bei einem Glas Wein zusammen. Im Kamin brannte ein Feuer, denn die Abende waren noch kühl, auch wenn der Frühling in Cornwall schon Einzug gehalten hatte und die Natur in den schönsten Grüntönen erstrahlte.

»Du erstaunst mich jeden Tag aufs Neue«, sagte Caswyn leise. »Ich habe keine Ahnung, was aus der Belinda, die ich früher kannte, geworden ist. Mag dein Reitunfall die Ursache für deine Wandlung sein oder vielleicht doch der Tod deines Vaters … ich weiß es nicht, und es ist auch nicht wichtig. Hauptsache, du bleibst so, wie du jetzt bist.«

Er sah Ellen mit einem so zärtlichen Blick an, dass ihr Herz schneller zu schlagen begann. Längst hatte sie erkannt, dass sie sich in Caswyn nicht nur verliebt hatte, sondern dass sie ihn ehrlich liebte. Seine abweisende, oft ruppige Art zeigte sich nur noch selten, was daran lag, dass sie ihm keinen Grund zum Spotten gab. Seit Tagen hegte Ellen die Hoffnung, dass sie und Caswyn eine ganz normale Ehe führen könnten – mit allem, was dazugehörte. Leider machte Caswyn trotz allem noch immer keinen Versuch, sich ihr zu nähern. Mehr als eine kurze Berührung ihrer Hand war bisher noch nicht geschehen, und Ellen wagte nicht, den ersten Schritt zu tun. Auch war sie sich nicht sicher, ob es in seinem Leben nicht eine andere Frau gab, bei der er sich das holte, was er von seiner Ehefrau offenbar nicht wollte. So einfach wollte Ellen jedoch nicht aufgeben! Es lag noch ein langer, schwerer Weg vor ihr, auf dem sie alles versuchen würde, damit Caswyn irgendwann ihre Gefühle erwiderte.

»So ernst, meine Liebe?«, riss er sie aus ihren Gedanken. »Du hast gerade geseufzt, als läge eine schwere Last auf dir.«

Ellen fuhr zusammen, dennoch gelang es ihr, eine unbeschwerte Antwort zu geben.
»Ach, ich habe gerade an deinen Vater gedacht.«
»An meinen Vater?«, wiederholte Caswyn verblüfft.
»Ja, ich frage mich, ob er in Darracott nicht sehr einsam ist, da du jetzt fort bist.«
Caswyn schüttelte verwundert den Kopf.
»Meinem Vater geht es gut, und ich wundere mich, dass du dir darüber Gedanken machst.«
Ellen schlug die Augen nieder und spielte mit einer Ecke ihres Taschentuches. Sie wählte ihre nächsten Worte sorgfältig.
»Er lebt doch nicht allein auf Darracott, nicht wahr?«
»Sicherlich nicht«, entgegnete Caswyn. »Du weißt von deinen Besuchen, dass wir rund ein Dutzend Personen als Personal haben.«
»Ich meinte nicht das Personal …«
»Nicht?« Caswyn spannte sich an. Er stellte das Weinglas ab und beugte sich zu Ellen vor. »Sag, was du meinst, Belinda. Sonst redest du doch auch nicht um den heißen Brei herum.«
»Sophie«, stieß Ellen schnell hervor, bevor der Mut sie verließ. In den letzten Wochen war der Name von Caswyns Schwester nicht mehr genannt worden, Ellen wollte jedoch unbedingt wissen, welches Geheimnis Sophie umgab. »Was ist mit Sophie? Deine Schwester lebt doch auch auf Darracott, oder etwa nicht?«
Die angenehme Stimmung, in der der Abend bisher verlaufen war, änderte sich schlagartig. Caswyns Augen verengten sich zu Schlitzen, und seine Lippen wurden schmal, als er zischte: »Wie gut du einen täuschen kannst, Belinda. Beinahe bin ich darauf hereingefallen, dass du dich wirklich geändert haben könntest.«
»Ich verstehe nicht …« Verwirrt strich sich Ellen über die

Stirn. »Ich kann mich nicht an deine Schwester erinnern, das musst du mir glauben. Wahrscheinlich wegen des Reitunfalls …«

Ellen wusste, welch gefährliches Spiel sie spielte. Doch Caswyn selbst hatte ihr die Erklärung geliefert, warum *Belinda Swinbrook* nach ihrer Rückkehr aus Frankreich ein anderer Mensch geworden war.

Caswyns Finger krallten sich so stark um die Lehnen des Sessels, dass blaue Adern auf seinem Handrücken hervortraten.

»Wir müssen einen Arzt in London aufsuchen«, sagte er statt einer Antwort auf ihre Frage. »Er wird herausfinden, ob du wirklich eine Art Gedächtnisverlust erlitten hast oder ob du nur eine verdammt gute Schauspielerin bist.« Er stand ruckartig auf, und die Füße des Sessels schrammten über das Parkett. »Du entschuldigst mich jetzt? Ich habe noch zu tun.«

Ellen nickte nur stumm und ärgerte sich, Caswyn auf Sophie angesprochen zu haben. Damit hatte sie all das, was in den letzten Wochen zwischen ihnen entstanden war, zunichtegemacht. Hoffentlich hatte Caswyn den Vorschlag, einen Arzt aufzusuchen, nicht ernst gemeint, denn Ellen fürchtete, dieser würde die Wahrheit ans Licht bringen. Trotz allem musste sie herausfinden, welches Geheimnis sich um Caswyns Schwester rankte und was Belinda damit zu tun hatte.

Nachdem Caswyn am nächsten Morgen noch vor dem Frühstück das Haus verlassen hatte und durch Cobbs ausrichten ließ, er würde weder zum Lunch noch zum Dinner nach Tredethian kommen, befahl Ellen dem Butler, er möge veranlassen, dass ihr Wagen angespannt wurde. Cobbs nahm die Anweisung wie gewohnt ohne Gefühlsregung entgegen, aber kaum war er gegangen, um dem Stallburschen Bescheid zu

geben, trat Lydia Golberden ins Morgenzimmer, in dem Ellen in der Zeitung blätterte, bis der Wagen bereit war.
»Sie werden ausfahren, Mylady?«, fragte die Wirtschafterin. »Wird Ihre Zofe Sie begleiten?«
Ellen wusste, es war ungehörig, als Dame allein auszufahren, doch bei dem, was sie vorhatte, konnte sie niemanden, auch nicht Melly, gebrauchen.
»Ich möchte einen Besuch auf Darracott machen«, antwortete sie ehrlich, denn sie war sicher, Lydia würde Caswyn von ihrem Ausflug erzählen. Außerdem würde er es ohnehin erfahren, sobald er seinen Vater besuchte.
»Es soll Regen geben«, gab Lydia zu bedenken, dabei war ihr anzusehen, dass sie sich andere Gedanken machte, als dass Ellen vielleicht nass werden könnte. »Was wollen Sie denn auf Darracott?«
Diese direkte Frage bestätigte Ellen einmal mehr in ihrem Verdacht, dass sich Lydia weitaus mehr herausnahm, als es einer Angestellten zustand.
»Ich werde ja wohl meinem Schwiegervater einen Besuch abstatten dürfen, ohne darüber jemandem Rechenschaft ablegen zu müssen«, entgegnete Ellen energisch. »Am wenigsten Ihnen, Lydia, oder sind Sie etwa anderer Meinung?«
Lydia verzog die Lippen, das Lächeln erreichte aber nicht ihre Augen, und plötzlich wirkte sie auf Ellen regelrecht verschlagen und hinterhältig.
»Wenn Sie wegen Sophie nach Darracott fahren wollen …« Den Rest des Satzes ließ sie in der Luft hängen, ihre Worte schlugen aber wie eine Bombe ein.
»Sie haben gestern Abend gelauscht!« Empört fuhr Ellen die Wirtschafterin an. »Was erlauben Sie sich eigentlich, sich ständig in meine Angelegenheiten zu mischen?«
Verächtlich stieß Lydia die Luft aus, und in ihrer ganzen Hal-

tung lag eine so offensichtliche Respektlosigkeit, dass es Ellen die Sprache verschlug.
»Das müssen gerade *Sie* sagen, Belinda. Wo wären Sie denn heute, wenn ich nicht immer über Sie wachen würde? Wer hat Ihnen den Rücken freigehalten und für Sie gelogen und auch betrogen? So danken Sie es mir, jetzt, nachdem Sie die Frau dieses neureichen Emporkömmlings geworden sind und meinen, als Herrin von Tredethian sicher zu sein?« Sie lachte zynisch, ihr Blick war verschlagen, als sie fortfuhr: »Wahrscheinlich glauben Sie, mit ein paar guten Taten an den Bergarbeitern könnten Sie alles, was war, vergessen machen. Gut, die Menschen lieben Sie, würden sie das aber immer noch, wenn sie die Wahrheit … die ganze Wahrheit wüssten?«
Nie zuvor in ihrem Leben hatte jemand in einer solchen Art mit Ellen gesprochen, nicht einmal Harriet Northam, die gewiss nie ein Blatt vor den Mund genommen hatte. An die anfängliche Verachtung Caswyns hatte sie sich gewöhnt, Lydia jedoch zeigte nicht nur Verachtung, sondern auch Wut, und Ellen spürte, dass es sehr unangenehm für sie werden könnte. Obwohl sie Lydia am liebsten auf der Stelle entlassen hätte, bemühte sie sich, ruhig, aber in einem Tonfall, der keinen Widerspruch duldete, zu antworten.
»Lydia, es mag sein, dass ich so einige Fehler gemacht habe und nicht immer korrekt handelte. Der Tod meines Vaters hat mich jedoch erkennen lassen, dass das Leben nicht nur ein Spiel ist, sondern jeder Mensch auch Pflichten hat. Außerdem nehme ich meine Ehe sehr ernst, auch wenn diese unter Umständen, die Ihnen sehr wohl bekannt sind, geschlossen wurde. Sie und ich … wir sollten versuchen, auf dieser Basis miteinander auszukommen. Und jetzt lassen Sie mich bitte gehen, ich höre, dass der Wagen gerade vorgefahren wird.«

Lydia trat zwar zur Seite, doch als Ellen an ihr vorbeiging, raunte sie ihr ins Ohr: »Wenn Sie hoffen, Sophie Osbourne in Darracott vorzufinden, so muss ich Sie enttäuschen. Ihre Schwägerin befindet sich bereits seit vielen Monaten in einem Irrenhaus in Launceston.«

Als hätte man sie mit der Reitpeitsche geschlagen, zuckte Ellen zusammen, ihre Augen weiteten sich vor Entsetzen.

»In einem Irrenhaus? Warum denn, um Himmels willen?«

In diesem Moment war es Ellen gleichgültig, ob sich Lydia wunderte, dass sie über diese Nachricht derart erstaunt war. Die Wirtschafterin kicherte gehässig.

»Es wundert mich nicht, dass Sie sich auch daran nicht mehr erinnern, *Belinda.*« Wieder betonte sie den Namen auf eine Art, die Ellen beunruhigte. Lydia trat so dicht zu Ellen, dass diese ihren heißen Atem spüren konnte, als sie ihr ins Ohr flüsterte:

»Erst fangen Sie ein Techtelmechtel mit Sophies Verlobtem an, den Sie dann eiskalt abservierten, als er die Verlobung löste und Sophie damit zum Gespött der ganzen Grafschaft machte. Als das Mädchen daraufhin versuchte, sich das Leben zu nehmen, haben Sie sie ebenfalls verspottet, zumal Sophie nach ihrem Selbstmordversuch geistig verwirrt war. Es blieb Ihrem Mann nichts anderes übrig, als seine Schwester in einer Anstalt unterzubringen, denn sie hat noch weitere zwei Mal versucht, sich das Leben zu nehmen. Einmal ist Darracott dabei fast in Flammen aufgegangen. Sophie wurde somit zu einer Gefahr für sich und andere.«

Zutiefst erschüttert sank Ellen auf den nächstbesten Stuhl und schlug die Hände vors Gesicht. Vergessen war ihr Vorhaben, nach Darracott zu fahren. Nun wunderte sie sich nicht mehr, warum Caswyn jedes Mal, wenn die Sprache auf seine Schwester kam, abweisend und zornig reagierte. Sie … nein, halt, nicht sie, sondern Belinda, hatte das Mädchen in den Wahnsinn getrieben! Ellen zitterte am ganzen Körper.

»Hier, trinken Sie.«

Lydia drückte Ellen ein Glas Brandy in die Hand. Obwohl sie sonst außer Wein keinen Alkohol trank, stürzte Ellen die scharfe, braune Flüssigkeit in einem Zug hinunter. Prompt musste sie husten, und Lydia schlug ihr leicht auf den Rücken.

»Jaja, es ist nicht schön, das alles zu erfahren«, sagte sie leise, und ihre Stimme bekam einen schmeichelnden Ton. »Wenn Sie noch mehr wissen wollen, dann fragen Sie mich ruhig. Ich weiß alles, auch Dinge, die Sie vielleicht gar nicht wissen wollen. Allerdings denke ich, es ist jetzt an der Zeit, über mein Gehalt zu sprechen.«

»Über Ihr Gehalt?« Ellen kam sich dumm vor, andauernd die Worte der Wirtschafterin zu wiederholen, sie war aber zu verwirrt, um einen klaren Gedanken fassen zu können.

Lydias Blick glich dem eines Fuchses, der sich seiner Beute sicher war.

»Nun, eine kleine Gehaltserhöhung wäre angebracht, Lady Belinda. Sie möchten doch sicher nicht, dass Ihr Gatte so einiges erfährt, wodurch seine beginnende Zuneigung zu Ihnen ganz schnell wieder abkühlen würde, falls er nicht sogar eine Annullierung Ihrer Ehe in Betracht zöge. Oder sind Sie anderer Meinung?«

»Ich … ich weiß nicht …« Fahrig fuhr sich Ellen mit zitternden Fingern übers Haar. »Ich verstehe nicht ganz …«

Wie bereits einige Wochen zuvor sah Lydia sie wieder derart durchdringend an, dass es Ellen gleichzeitig heiß und kalt wurde. »Ich glaube, Sie verstehen mich ganz genau, *Belinda.* Denken Sie über meine Worte nach, aber nicht zu lange, ich könnte es mir anders überlegen und allen die Wahrheit sagen. So, wie es jetzt ist, profitieren wir alle davon, Sie ebenso wie

ich. Es wäre doch schade, das zu zerstören.« Lydia verließ das Zimmer, und Ellen schlug die Hände vors Gesicht.
»Sie weiß es!«, murmelte sie, und ihre Schultern zuckten. Ellen war sich sicher, dass Lydia Golberden ganz genau wusste, dass sie nicht Belinda war. Was sollte sie, um Gottes willen, jetzt machen? Was *konnte* sie tun?

25. Kapitel

Das ganze Fischerdorf Porthleven war mit Fahnen geschmückt, auf die das Wappen von Tredethian gestickt war. Um das Hafenbecken herum säumten Buden mit Essen und Trinken die Straßen, und die beiden Pubs des Ortes schenkten Freibier aus, das von Caswyn bezahlt wurde. Die Arbeit in den Minen ruhte, obwohl es mitten in der Woche war, aber nicht nur die Bergarbeiter waren gekommen, sondern auch Hunderte von Menschen aus Helston und einige aus Penzance und aus St. Ives. Sogar viele Adlige waren unter den Gästen, auch wenn diese sich von dem einfachen Volk fernhielten, dennoch wollte sich kaum jemand die Eröffnung des Hospitals entgehen lassen.

Als die Kutsche mit Caswyn und Ellen vor dem Portal des Neubaus hielt, wichen die Menschen respektvoll zur Seite. An Caswyns Arm stieg Ellen aus, und sofort ertönten Hochrufe.

»Lang lebe Lady Belinda!«, »Möge Gott sie und ihre Familie schützen!«, »Ein Hoch auf unseren Herrn, Sir Caswyn!«

Schmunzelnd trat Sir Marcus Longstoke, der sie bereits erwartet hatte, zu Ellen und raunte: »Ich glaube, ab heute sind Sie eine Heilige.«

Ellen errötete vor Verlegenheit, fühlte aber auch ein wenig Stolz auf das, was sie vollbracht hatte.

»Das ist mir äußerst unangenehm, Sir Marcus. Außerdem wäre es ohne Ihre Hilfe und ohne die Zustimmung und das Geld meines Mannes niemals möglich gewesen, in so kurzer Zeit unsere Pläne Realität werden zu lassen.«

In nur sechs Wochen war das Hospital, das künftig allen Mi-

nenarbeitern eine kostenlose Behandlung gewährte, errichtet worden. Das zweistöckige Gebäude bestand aus dem massiven Stein der Gegend, und das Dach war mit Schiefer aus den Steinbrüchen der Nordküste gedeckt worden. Insgesamt bot es drei Behandlungs- und vier Krankenzimmer. Fast alle Männer Porthlevens hatten beim Bau geholfen, die meisten nach ihrer langen und anstrengenden Schicht in den Minen. Dr. Hancock, der junge Arzt, hatte gleich bei seinem ersten Besuch auf Tredethian Manor einen guten und kompetenten Eindruck auf Ellen gemacht, und sie waren sich schnell einig geworden. Er bewohnte einen Raum im Hospital, der ihm, da er nicht verheiratet war, völlig ausreichte.
Auch den Plan, eine Schule einzurichten, hatte Ellen unermüdlich in die Tat umgesetzt. Die verwaiste Fischhalle war zu einem großen Schulraum umgestaltet worden, und seit letzter Woche erhielten alle Kinder im Alter zwischen fünf und elf Jahren an drei Vormittagen in der Woche Unterricht. Die verbleibende Zeit mussten sie zwar nach wie vor ihren Familien beim Erzabbau helfen, jetzt hatten die Kinder aber die Möglichkeit, durch fleißiges Lernen etwas anderes aus ihrem Leben zu machen, als ihren Vätern unter Tage zu folgen.
David Elliot, der Ortsvorsteher von Porthleven, hielt eine Rede, in der er Caswyn und Ellen für das Hospital dankte, dann reichte er Ellen eine Schere, mit der sie das Band, das den Zugang zu dem Gebäude versperrte, durchschnitt. Erneut wurden begeisterte Rufe laut, Hüte und Mützen flogen in die Luft, dann strömten die Menschen in das Haus, um sich das Hospital anzusehen.
»Eigentlich sollten wir hoffen, dass wir das Hospital gar nicht brauchen«, bemerkte Ellen und nahm dankbar ein Glas Limonade entgegen, das Sir Marcus ihr reichte. Für Anfang Mai war es sehr warm, und die Sonne strahlte von einem wolken-

losen Himmel. Das Meer lag blau und ruhig in der Bucht, und im Hafenbecken dümpelten die Fischerboote, die allerdings nur noch selten benutzt wurden.

»Bist du nun zufrieden?«, raunte Caswyn an ihrem Ohr.

»Zufrieden?« Ellen runzelte unwillig die Stirn. »Ja, wenn du es so nennen möchtest, dann bin ich zufrieden. Nicht, weil ich meine Pläne umsetzen konnte, sondern weil ich hoffe, dass es den Menschen jetzt bessergeht. Wenn du als Nächstes dazu bereit bist, den Leuten, die sich in Ausübung ihrer Arbeit verletzen oder krank werden, eine Art Ausfallgeld zu bezahlen, dann …«

»Langsam, meine Liebe«, unterbrach Caswyn. »Eines nach dem anderen, meine Mittel sind nicht unbegrenzt. Du weißt, wir haben erst kürzlich einen neuen Stollen unter dem Meer angelegt und müssen erst abwarten, wie ergiebig diese Ader ist, bevor wir weitere, größere Investitionen tätigen können.«

Ellen nickte. Sie war glücklich, dass Caswyn ihr immer mehr von seiner Arbeit erzählte, und sie wäre nur zu gern einmal selbst in die Minenschächte abgestiegen. Diesbezüglich blieb Caswyn aber unnachgiebig.

»Eine Frau gehört nicht unter Tage! Das würden die Knocker nicht billigen und sich grausam rächen.«

Ellen lächelte nachsichtig. Cornwall war ein Landstrich voller Mythen und Legenden, und die meisten Bergarbeiter glaubten an die kleinen Berggeister, Knocker genannt, die in den Stollen ihr Unwesen trieben und deswegen besänftigt werden mussten. Aus diesem Grund ließen die Männer stets einen Teil ihres Essens an den Stolleneingängen liegen, und nicht selten waren diese Gaben am nächsten Tag wirklich verschwunden. Ellen glaubte natürlich nicht an solche Dinge, auch Caswyn hatte seine Bemerkung nicht ernst gemeint, er respektierte aber den Aberglauben seiner Arbeiter.

Die Arbeit in den letzten Wochen hatte Ellen geholfen, nicht ständig über Lydia Golberdens seltsames Verhalten zu grübeln, allerdings hatte sie das Gehalt der Wirtschafterin erhöht. Obwohl es verachtungswürdig war, auf ihre Erpressung einzugehen, war Ellen keine andere Wahl geblieben. Seitdem verhielt sich Lydia ihrer Stellung entsprechend, erledigte ihre Arbeit pünktlich und zuverlässig und spielte nicht mehr auf die dunklen Punkte in Belindas Vergangenheit an. Ja, seit dem verhängnisvollen Vormittag hatte Lydia nie wieder eine Bemerkung gemacht, aus der Ellen schließen konnte, dass die Wirtschafterin die Wahrheit kannte.
Wahrscheinlich habe ich mir das nur eingebildet, versuchte Ellen, sich zu beruhigen, was kein Wunder war, wenn sie bedachte, welchem immensen Druck sie ausgesetzt war.
Auch das schreckliche Schicksal von Caswyns Schwester ließ Ellen so manche Nacht wach liegen. War Belinda wirklich dafür verantwortlich, dass die junge Frau – sie musste zwei oder drei Jahre älter als Ellen sein – nach ihrem Selbstmordversuch in einer Irrenanstalt ihr Dasein fristen musste? Gern hätte Ellen Sophie in Launceston aufgesucht, es war jedoch eine weite Fahrt bis zur östlichsten Stadt Cornwalls. Sie würde den Weg unmöglich an einem Tag hin und zurück schaffen, und eine plausible Begründung, warum sie über Nacht fortbleiben musste, fiel Ellen nicht ein. Caswyn hatte seine Schwester nicht mehr erwähnt und sich Ellen gegenüber langsam wieder freundlich gezeigt. Auch Lawrence Osbourne mied das Thema, wenn sie zusammentrafen, und Ellen erwähnte den Namen Sophie nie wieder. Ihr Schwiegervater war ein häufiger und gerngesehener Gast auf Tredethian. Sie hatte den alten Herrn ins Herz geschlossen, und auch er schien ihr ohne Vorbehalte zu begegnen. Erst vor wenigen Tagen hatten sie zusammen Schach gespielt, denn Henry Townsend hatte Ellen

das Spiel der Könige beigebracht. Als Caswyn nach Hause kam und seine Frau und seinen Vater in trauter Zweisamkeit über das Spielbrett gebeugt vorfand, hatte er laut gelacht.
»Oh, Belinda, nicht nur, dass es mir neu ist, dass du Freude am Schachspiel findest, mit meinem Vater hast du dir einen starken Gegner ausgesucht.« Sein Blick ging zu Lawrence. »Wie viele Züge brauchst du, um meine Frau zu schlagen? Ich hoffe, du demoralisierst sie nicht zu sehr.«
»Demoralisieren? Belinda? Von wegen!« Lawrence fuhr sich durch seinen grauen Haarschopf. »Zweimal hat Belinda mich schon matt gesetzt, und ich bin froh, dass sie mir die Chance zu einer Revanche gibt. Dieses Mal, meine Liebe« – Lawrence sah Ellen an –, »lasse ich mich nicht wieder in eine Falle locken und werde auf meine Dame besser achtgeben.«
Verwundert schüttelte Caswyn den Kopf. Es verging kein Tag, an dem er von Belinda nicht auf irgendeine Art überrascht wurde. Während er sich einen Brandy einschenkte, beobachtete er seine Frau aus dem Augenwinkel. In dem eher schlicht gehaltenen, hellblauen Kleid, das die Farbe ihrer Augen betonte, sah sie sehr hübsch aus. Nun, Belinda war eine sehr attraktive Frau, das hatte er immer schon gewusst, in den letzten Monaten jedoch strahlte außer ihrer äußerlichen Schönheit auch ein Glanz von innen heraus, den die alte Belinda nie gezeigt hatte. Auch schien sie ihre Vorliebe für aufwendig verzierte Kleidung abgelegt zu haben, denn – außer zu offiziellen Anlässen – kleidete sich Belinda eher zurückhaltend, auch trug sie nur wenig Schmuck. Ihr Engagement, was die Minenarbeiter betraf, ließ Caswyn erkennen, dass Belinda ein Herz hatte, obwohl er früher immer gedacht hatte, in ihrer Brust läge ein kalter Stein, und sie wäre einzig und allein auf ihren eigenen Vorteil bedacht. Belindas Wandlung war nicht allein auf ihren Reitunfall zu-

rückzuführen. Nein, da steckte mehr dahinter. Vielleicht hatte der Tod ihres Vaters sie doch mehr getroffen, als sie zeigte. Immerhin waren sie im Streit voneinander geschieden, und keine Tochter konnte es kaltlassen, ein Elternteil zu verlieren, ohne sich mit ihm ausgesöhnt zu haben. Trotzdem traute Caswyn dem Frieden nicht. Kein Mensch änderte sich so plötzlich und so radikal. Irgendwo schlummerte die alte Belinda, es war nur eine Frage der Zeit, wann diese wieder die Oberhand gewann. Aus diesem Grund blieb Caswyn skeptisch und verhielt sich ihr gegenüber zurückhaltend, er wollte nicht enttäuscht oder gar verletzt werden. Außerdem hatte er vor zwei Tagen Miles Golberden in Helston gesehen. Seit Monaten hatte er nicht mehr an den Neffen der Wirtschafterin gedacht und gehofft, Belinda hätte jeden Kontakt zu diesem Spieler und Trinker abgebrochen. Offenbar war dies aber nicht der Fall. Caswyn war den ganzen Tag bei den Minen – er wusste nicht, was seine Frau trieb. Manchmal fuhr sie mit dem Wagen zu Nachbarn, um mit ihnen Tee zu trinken, oder empfing selbst Besuch. Natürlich war sie oft in Porthleven anzutreffen, wo sie sich um die Familien der Bergarbeiter kümmerte, trotzdem blieb ihr genügend Zeit für heimliche Treffen mit Miles Golberden. Natürlich wusste Caswyn, dass Miles der Liebhaber seiner Frau gewesen war, und es gab ihm jedes Mal einen Stich, wenn er daran dachte. Er war jedoch bereit, die Vergangenheit ruhen zu lassen, hatte er selbst auch nicht als Mönch gelebt. Seit ihrer Heirat verhielt sich Belinda in allen Bereichen so, wie es einer anständigen Ehefrau gebührte, Caswyn beobachtete sie jedoch mit Argusaugen. Er schenkte sich ein zweites Glas ein. Nein, er würde sich nicht von Belinda blenden oder gar um den Finger wickeln lassen.

Hätte Ellen geahnt, in welche Richtung sich Caswyns Gedanken bewegten, wäre sie zutiefst erschüttert gewesen. So jedoch fühlte sie sich von Tag zu Tag glücklicher. Lawrence hatte ihr offenbar verziehen, was sie, vielmehr Belinda, seiner Tochter Sophie einst angetan hatte, und Caswyn bezog sie immer mehr in seine Arbeit mit ein. Nur eines lastete auf Ellens Seele: Sie hätte gern ein Kind gehabt, doch solange Caswyn ihrem Bett fernblieb, würde das wohl ein Traum bleiben. So manches Mal war sie drauf und dran gewesen, nachts einfach in sein Schlafzimmer zu gehen, etwas in ihr hielt sie jedoch stets zurück. Die Angst, von Caswyn zurückgewiesen zu werden, war einfach zu groß. Dabei war es nicht allein der Wunsch nach einem Kind, sondern sie sehnte sich nach seinen Berührungen. Bei den wenigen Malen, wenn Caswyn kameradschaftlich den Arm um sie legte, durchlief es sie heiß und kalt, und sie wünschte, er würde seinen Arm niemals wieder fortnehmen. Ihr Stolz war jedoch stärker als ihre Sehnsucht, und sie wollte sich ihm nicht an den Hals werfen, auch wenn er ihr rechtmäßig angetrauter Ehemann war. Belinda hätte keine derartigen Skrupel gehabt. In den letzten Monaten hatte Ellen – außer der verblüffenden äußerlichen Ähnlichkeit – kaum Gemeinsamkeiten zwischen ihr und ihrer verstorbenen Schwester festgestellt. Sie hatte den Earl, ihren vermeintlichen Vater, niemals kennengelernt, aber vielleicht war es seine Erziehung gewesen, die Belinda zu einer harten und egoistischen Frau gemacht hatte. In manchen Nächten lag Ellen wach und hielt stumme Zwiesprache mit Belinda. Trotz allem wünschte sie, sich mit ihr aussprechen zu können, sie war jedoch tot, und niemand würde es jemals erfahren.

Caswyn hatte mit seiner Beobachtung, dass Miles Golberden wieder in der Gegend war, recht gehabt. An einem Vormittag,

an dem Caswyn nach Camborne gefahren war, um einer Versammlung der cornischen Minenbesitzer beizuwohnen, schlenderte Ellen durch den weitläufigen Park von Tredethian Manor. Der Maitag war wunderschön und die Luft fast schon so warm wie im Sommer. Eine leichte Brise wehte vom Meer herüber und vermischte sich mit dem Rauch aus den Kaminen von Porthleven und der Mine, was immer dann geschah, wenn der Wind aus Südwesten kam. Es war jedoch ein Geruch, den Ellen niemals wieder missen wollte, denn er gehörte zu Tredethian wie der zinnenbewehrte Turm und war wohl einzigartig auf der Welt. Zwei Pfaue kreuzten Ellens Weg, von ihrer Anwesenheit unbeeindruckt, und sie sah lächelnd den stolzen Vögeln nach. Überhaupt war der Park von Tredethian Manor ein Tummelplatz für Tiere: Rebhühner, Fasane, Schnepfen, Dutzende von Vogelarten und auch Kaninchen, die vom Gärtner jedoch regelmäßig gefangen wurden.
»Wir müssen aufpassen, keine Plage zu bekommen«, hatte der Mann erst kürzlich zu Ellen gesagt, als sie bei einem ihrer Spaziergänge die Fallen entdeckt hatte. »Sie erinnern sich bestimmt noch daran, Mylady, es war vor vier oder fünf Jahren, als die Viecher nicht nur die Blumenbeete untergruben, sondern fast den gesamten Gemüsegarten zerstörten und alles kahl fraßen.«
Ellen wusste, es war notwendig, die Vermehrung der niedlichen Nager unter Kontrolle zu halten, außerdem mundete ihr ein Kaninchenbraten durchaus, trotzdem taten ihr die Tiere leid. Sie wusste, wenn sie gezwungen wäre, eigenhändig Tiere zu fangen und zu zerlegen, würde sie wohl kein Fleisch zu sich nehmen.
Ellen war bei der südlichen Pforte angekommen, an die sich linker Hand ein großes Waldgebiet erstreckte, das ebenfalls zu Tredethian gehörte. Auf der rechten Seite führte ein Tram-

pelpfad nach Porthleven. Gerade als sie beschloss, den Rückweg anzutreten, denn am Nachmittag erwartete sie Lady Cunningham und deren Tochter zum Tee, raschelte es neben ihr im Gebüsch. Erschrocken sprang Ellen zur Seite, als ein großer Mann hervortrat und ihr den Weg versperrte.

»Sie schon wieder!«, rief Ellen und schaute sich um, aber weit und breit war niemand zu sehen.

Miles Golberden grinste breit.

»Guten Tag, Bella, ich hoffe, du hast mich vermisst?«

Er kam auf Ellen zu, und sie wich so weit zurück, bis sie die eiserne Pforte in ihrem Rücken spürte. Wenigstens schien Miles Golberden heute nicht betrunken zu sein. Auf seinen Wangen leuchteten jedoch rote Äderchen, und die Augen waren von dunklen Schatten umgeben. In den letzten Wochen hatte Ellen Belindas ehemaligen Liebhaber völlig aus ihrer Erinnerung verdrängt und gehofft, er wäre irgendwo auf dem Festland unterwegs. Als hätte er ihre Gedanken erraten, sagte er:

»Der Winter in Italien war sehr angenehm, Anfang des Jahres verbrachte ich einige Zeit in Berlin und dann in Paris. Schade, dass du mich nicht begleitet hast, wir hätten eine Menge Spaß miteinander haben können.«

»Ich werde im Haus erwartet …«

Miles ließ Ellen nicht ausreden, sondern packte sie grob am Arm, und seine Finger bohrten sich wie Stahlklammern durch den Stoff ihres Kleides.

»Ich hörte, du hast dich bei den Leuten hier ganz schön angebiedert.« Verächtlich zogen sich seine Mundwinkel nach unten. »Engel der Armen nennt man dich inzwischen, und dein Mann scheint seine Abneigung gegen eure Ehe inzwischen auch abgelegt zu haben.«

»Lass Caswyn aus dem Spiel.« Ellen hatte sich wieder im

Griff und wusste, sie musste jetzt die Rolle der hochmütigen Belinda spielen. Auf keinen Fall durfte Miles merken, wie erschrocken sie über sein plötzliches Auftauchen war. »Ich muss mich wohl wiederholen: Das mit uns ist vorbei. Lass mich künftig in Frieden, sonst ...«

»Was sonst?« Er lachte höhnisch. »Willst du deinem Mann sagen, dass wir uns geliebt haben und dass du sogar ein Kind von mir abgetrieben hast? Ach, Bella, ich sehe es dir an, du denkst, Osbourne wird nicht mir, sondern dir glauben. Du scheinst aber zu vergessen, dass meine Tante jedes einzelne meiner Worte bestätigen kann.«

Ellen zuckte zusammen.

»Was willst du?«, herrschte sie ihn an, obwohl sie ganz genau wusste, warum Miles gekommen war.

»Also, wenn du mich so fragst ...« Sein gieriger Blick glitt über ihren Körper, und erneut fühlte Ellen sich völlig schutzlos. »Na, komm schon, Bella, Osbourne kann deinen Hunger nach Liebe sicher nicht stillen. Du kannst nicht vergessen haben, wie wunderbar wir beide immer harmonierten und was für herrlich schmutzige Dinge wir miteinander getrieben haben. Die anderen Frauen, die ich gehabt habe, waren zwar auch nicht schlecht, aber keine kann sich mit deiner Unersättlichkeit messen.«

Am liebsten hätte Ellen die Hände auf die Ohren gepresst, um seine Worte nicht länger ertragen zu müssen. Sie wusste aber, so einfach würde Miles sie nicht gehen lassen, daher riss sie sich zusammen und bemühte sich, hochmütig und entschlossen zu sagen:

»Einem Caswyn Osbourne kannst du in keiner Weise das Wasser reichen, Miles Golberden. Du bist vielleicht gerade gut genug, seine Stiefel zu lecken.«

»Du Schlampe!«

Blitzschnell hob er die Hand, und nur mit einem beherzten Sprung zur Seite konnte Ellen seinem Schlag ausweichen. Zornig ballte Miles die Hand zur Faust. Ellens Wut war jetzt mächtiger als ihre Angst, und sie rief: »Wenn du nicht sofort verschwindest, dann schreie ich um Hilfe. Der Gärtner und sein Gehilfe sind ganz in der Nähe, ich habe die beiden erst vorhin gesehen.«
Das entsprach zwar nicht der Wahrheit, Ellen wusste sich aber nicht anders zu helfen. Ihre Drohung schien zu wirken, denn Miles wich tatsächlich einen Schritt zurück.
»Das traue ich dir wirklich zu.« Er taxierte sie verächtlich. »Offenbar hast du keine Angst davor, wie dein Mann auf deine Vergangenheit reagieren wird. Also gut, meine Liebe, doch vielleicht möchtest du es dennoch nicht darauf ankommen lassen. Es geht ja nicht nur um Osbourne. Was, glaubst du, werden die Leute, die dich jetzt wie einen Engel verehren, sagen, wenn sie erfahren, was du in Wirklichkeit bist?«
Ellen wusste, wann sie verloren hatte. Wenn es nur um sie allein gegangen wäre, dann hätte sie das Risiko, Miles könnte öffentlich Belindas Vergangenheit aufdecken, in Kauf genommen. Jetzt jedoch hing ihre Arbeit, das Hospital und auch die Schule, von ihrem Ansehen ab, daher sagte sie nur:
»Wie viel?«
Miles grinste und nickte wohlgefällig.
»Ich sehe, du hast verstanden. Nun, die gleiche Summe wie letztes Mal sollte mich über den Sommer bringen, außerdem habe ich inzwischen gewisse … Verpflichtungen. Aber keine Angst, ich werde nicht wieder ins Haus kommen. Gib den Scheck einfach meiner Tante, sie weiß, wo ich zu finden bin.«
»Es wäre mir lieber, wenn wir uns wieder hier treffen könnten«, entgegnete Ellen. Es widerstrebte ihr, Lydia in diese Sache hineinzuziehen.

»Mir aber nicht, und du wirst tun, was ich dir sage.« Seine Stimme triefte vor Hohn. »Ich hab es mir überlegt, leg noch einen Tausender drauf. Da du offenbar keine Sehnsucht nach meinen Umarmungen hast, erwarte ich einen kleinen finanziellen Ausgleich für entgangene Liebesfreuden.«
»Also gut.« Ellen gab nach, während ihre Gedanken fieberhaft arbeiteten, um einen anderen Ausweg zu finden. »Ich werde sehen, ob ich über eine solche Summe verfügen kann.«
»Überlege nicht zu lange, meine Liebe, sonst sehe ich mich gezwungen, ein paar Worte mit Lady Cunningham zu sprechen, die übrigens eine ganz entzückende Tochter hat. Sie scheint mich zu mögen ...«
Ellen zweifelte keinen Moment an seinen Worten. Der Skandal, wenn bekannt würde, dass Belinda ein Kind abgetrieben hatte, wäre in der ganzen Grafschaft unbeschreiblich. Die Tredethians und die Osbournes wären für alle Zeiten erledigt, und Caswyns beginnende Zuneigung zu ihr würde im Keim erstickt werden. Obwohl Ellen für die Taten ihrer toten Schwester nicht verantwortlich war, war das unsichtbare Band, das sie trotz allem fesselte, stärker. Sie würde niemals zulassen, dass ein Schatten auf Tredethian fiel oder dass alles, was sie sich in der letzten Zeit aufgebaut hatte, zerstört wurde.
Miles Golberden las ihren inneren Zweikampf und sagte spöttisch: »Du wirst die richtige Entscheidung treffen, dessen bin ich sicher. Warte aber nicht zu lange. In zwei Tagen treffe ich meine Tante, dann will ich den Scheck mitnehmen können.«
Damit drehte Miles sich um und war ebenso schnell, wie er gekommen war, wieder im Gebüsch verschwunden.

Der Nachmittag mit Lady Cunningham und ihrer Tochter Rose war für Ellen eine Qual, obwohl die beiden Damen sehr nette, angenehme Besucherinnen waren. Mit Mühe und Not trank Ellen ihren Tee, ließ aber die Thunfisch-Gurken-Sandwiches und die verschiedenen Kuchenstücke unangetastet, während Lady Cunningham mit großem Appetit zugriff. Hauptsächlich drehte sich die Unterhaltung um das Hospital, das bereits nach wenigen Tagen von den Leuten gut angenommen worden war. Dr. Hancock hatte alle Hände voll zu tun, auch wenn bisher schwere Erkrankungen oder gar Unfälle glücklicherweise ausgeblieben waren. Ellen überlegte, ob sie Rose Cunningham vor Miles Golberden warnen sollte, denn seine Andeutung bezüglich des Mädchens ging ihr nicht aus dem Kopf. Sie konnte aber unmöglich vor Lady Cunningham sagen:

»Hören Sie, Rose, gehen Sie Miles Golberden aus dem Weg. Dieser Mann ist ein Trinker und ein Spieler, er wird sie nur ausnutzen und Ihre Tochter ins Unglück stürzen.«

Lady Cunningham würde ihr selbstverständlich die Frage stellen, woher sie das wusste, und Ellen konnte kaum erwidern, dass sie, beziehungsweise Belinda, früher ein Verhältnis mit Miles hatte. Vielleicht hätte sie passende Worte gefunden, wenn sie mit Rose allein hätte sprechen können, es ergab sich aber keine Gelegenheit. Außerdem – war das Mädchen mit neunzehn Jahren nicht alt genug, um zu wissen, was sie tat? Lady Cunningham machte auch nicht den Eindruck, als würde sie ihre Tochter aus den Augen lassen, und die Dame würde Miles bestimmt sofort durchschauen, wenn er es wagen sollte, sich Rose zu nähern.

»Sie sollten sich mehr Ruhe gönnen«, sagte Lady Cunningham, als es Zeit wurde, sich zu verabschieden. »Sie sind dünn geworden und Ihre Wangen blass.«

»Ich bin nur etwas müde«, erwiderte Ellen.

Lady Cunningham trat neben sie und raunte ihr ins Ohr, damit Rose sie nicht verstehen konnte: »Ist da vielleicht etwas

Kleines unterwegs? An der Zeit wäre es ja, aber dann müssen Sie sich unbedingt schonen.«

Ellen errötete und trat verlegen von einem Fuß auf den anderen. Glücklicherweise schien Lady Cunningham keine Antwort zu erwarten, und Cobbs betrat in diesem Moment das Boudoir, um den Damen in die Mäntel zu helfen und sie hinauszubegleiten. Lady Cunningham hatte den Finger in Ellens Wunde gelegt, keinesfalls würde sie sich der Dame gegenüber anmerken lassen, wie es wirklich um ihre Ehe bestellt war.

Als Ellen auch nach zwei Tagen keine Lösung gefunden hatte, was sie mit Miles Golberden machen sollte, stellte sie den geforderten Scheck aus. Caswyn war sehr großzügig, was ihre Finanzen betraf, und kontrollierte ihre Ausgaben nicht. Sollte er trotzdem fragen, wofür sie eine so große Summe benötigte, würde Ellen es mit neuen Kleidern und Hüten begründen. Caswyn hatte – wie fast jeder Mann – keine Ahnung von Mode, und er kannte ihre Garderobe nicht. Außerdem hatte er immer wieder betont, dass er sie für verschwendungssüchtig hielt, auch wenn sie ihm in den letzten Monaten keinen Grund für diese Annahme gegeben hatte.

Es war ein peinlicher Moment, als Ellen Lydia den Umschlag mit dem Scheck gab. Die Wirtschafterin hatte sie aufgesucht, um das Dinner am Abend zu besprechen, zu dem Sir Marcus Longstoke, Dr. Hancock und auch Ellens Schwiegervater erwartet würden.

»Diese Nachricht ist für Ihren Neffen.« Ellen reichte Lydia den Umschlag, ohne sie anzusehen. »Er meinte, Sie würden ihn demnächst treffen.«

Mit einem zufriedenen Lächeln steckte Lydia den Scheck in ihre Rocktasche.

»Schön, dass Sie vernünftig sind«, sagte sie unverschämt.

»Miles ist eigentlich ein guter Kerl, aber seit seine Eltern tot sind …« Sie seufzte theatralisch und rang die Hände. »Sein Vater war mein einziger Bruder, und ich habe an seinem Totenbett geschworen, mich um den Jungen zu kümmern.«
»Bitte, Lydia, ich habe zu tun …«
Ellen hatte keine Lust, mit der Wirtschafterin über Miles zu sprechen. Je weniger sie den Namen hörte, desto besser, Lydia war heute aber offenbar in Plauderlaune.
»Miles hat es nicht leicht im Leben, Mylady«, fuhr sie fort. »Er umgibt sich mit den falschen Leuten, die ihn in Spielsalons und Bars führen, ich aber bin sicher, eines Tages wird Miles sich fangen, eine Familie gründen und sesshaft werden.«
Ellen tat, als studiere sie den Menüplan, und gab keine Antwort. Obwohl sie ein Mensch war, der anderen niemals etwas Böses wünschte, hoffte sie, dass Miles Golberden aus irgendeinem Grund für immer aus ihrem Leben verschwinden würde. Vielleicht reiste er auch wieder aufs Festland. Man hörte immer wieder, dass auf Reisen Unfälle geschahen. Vielleicht würde das Schicksal ja ein Einsehen mit ihr haben …
Sofort schämte Ellen sich ob ihren Gedanken. Miles Golberden war aber ein Problem, für das es keine Lösung zu geben schien.

Am folgenden Abend hatte Ellen sich schon zur Ruhe begeben, als sie plötzlich aufgeregte Stimmen hörte. Caswyn war noch nicht nach Hause gekommen. Am Morgen hatte er Ellen mitgeteilt, es gäbe ein paar Probleme mit einer Abstützung in Wheel Gwennap, die es wahrscheinlich erforderlich machten, dass er die Nacht in der Mine verbrachte, ohne jedoch Näheres zu sagen. Dann hatte er eilig und in offensichtlicher Sorge das Haus verlassen.

Hastige Schritte polterten die Treppe herauf, und Ellen war gerade in ihren Morgenmantel geschlüpft, als es auch schon an ihrer Tür klopfte. Es war Cobbs, was sehr ungewöhnlich war, denn normalerweise betrat der Butler niemals Ellens Räume, erst recht nicht um eine solche Uhrzeit. Als Ellen sein angespanntes Gesicht sah, wusste sie, dass etwas geschehen sein musste.

»Mylady … verzeihen Sie die Störung, aber …« Nie zuvor hatte Ellen den distinguierten Butler derart aufgelöst gesehen. »Würden Sie sich bitte ankleiden und herunterkommen?«

Zur Bestätigung seiner Worte schob sich Melly hinter ihm ins Zimmer. Auch sie war blass, aber nicht bereit, einen Ton zu sagen, während sie Ellen half, sich hastig anzuziehen.

Unten in der Halle war nicht nur das ganze Personal versammelt, Ellen erkannte auch zwei Bergarbeiter, die über und über mit Schlamm und Schmutz bespritzt waren.

»Mylady …«

Der Ältere nahm seine Mütze ab und verbeugte sich vor Ellen. Sie kannte ihn, denn erst vor wenigen Tagen hatte sie seiner Frau, die an einem hartnäckigen Husten litt, Essen und eine warme Decke gebracht.

»Was ist los?« Ellen sah von einem zum anderen, und nicht nur Lydia senkte betroffen den Kopf. »Ist in der Mine etwas passiert?«

Der Mann nickte, dann trat der Jüngere vor und rief: »Der tobende Mann ist eingestürzt. Wir konnten nichts machen!«

»Der tobende Mann?« Ellen runzelte die Stirn. »Was hat das zu bedeuten?«

Nun sprach wieder der erste Arbeiter: »Die Stollen haben Namen, Mylady. Der tobende Mann ist der neue Stollen, der erst vor einigen Wochen angelegt wurde und etwa eine Meile unter dem Meer verläuft. Seit gestern sickerte immer wieder

Wasser durch die Decke, und wir haben alles versucht, die undichte Stelle zu finden und den Stollen zu stützen, aber heute Abend …«

Ellen ahnte, was geschehen sein musste, und ihr wurde vor Schreck eiskalt.

»Gibt es viele Verletzte oder gar Tote?«

Lydia trat neben sie und nahm vertraulich ihre Hand.

»Man weiß es noch nicht genau, Mylady«, sagte sie leise. »Zum Zeitpunkt des Einsturzes waren acht Männer in dem Stollen.«

»Es wird alles versucht, sie zu retten«, fuhr einer der Arbeiter fort. »Vielleicht konnten sie sich rechtzeitig in einen der Nebengänge retten. Es ist aber … nun, Mylady …«

Ellen ahnte, was der Mann sagen wollte, und plötzlich begann der Boden unter ihren Füßen zu schwanken. Sie war einer Ohnmacht nahe, als sie die folgenden Worte hörte: »Sir Caswyn, Ihr Mann, Mylady, war ebenfalls im Stollen. Er wollte persönlich die Stützkonstruktion überprüfen. Bisher haben wir kein Lebenszeichen von ihm.«

26. Kapitel

Den Rest der Nacht, den folgenden Tag, eine erneute schlaflose Nacht und einen weiteren unendlich langen Tag harrte Ellen inmitten der anderen Frauen aus, deren Männer oder Väter ebenfalls im Stollen eingeschlossen waren. Niemand hatte sie davon abhalten können, unverzüglich nach Porthleven zu fahren und gemeinsam mit den anderen die Bergungsarbeiten zu verfolgen, obwohl Lydia meinte, sie könne ohnehin nichts ausrichten und wäre auf Tredethian besser aufgehoben. Ellen hatte die Wirtschafterin streng angesehen.

»Mein Mann ist da unten, Lydia, und kämpft wahrscheinlich um sein Leben. Ich werde in seiner Nähe bleiben.«

Dr. Hancock hatte Ellen sein eigenes Zimmer im Hospital zur Verfügung gestellt, er selbst schlug sein Nachtlager in einem der Krankenzimmer auf.

»Auf Tredethian, zur Untätigkeit verdammt, würde ich wahnsinnig«, sagte Ellen zu Marcus Longstoke, der unverzüglich, nachdem er von dem Unglück erfahren hatte, nach Porthleven gekommen war.

»Aber, Mylady, hier … in dieser Umgebung …« Sir Marcus wies in das Zimmer, das alles andere als komfortabel war. »Allein das Bett ist nur eine schmale Pritsche …«

»Glauben Sie, ich würde ein Auge zutun?«, fragte Ellen.

Ihr Aussehen gab ihren Worten recht. Ihre Augen waren dunkel umschattet, ihr Teint war blass, und sie hatte seit zwei Tagen kaum etwas gegessen. Die Frauen des Dorfes brachten ihr regelmäßig zu essen und zu trinken, aber Ellen konnte keinen Bissen hinunterbringen. Die Sorge um Caswyn und auch um die anderen Männer schnürte ihr den Magen zu. Obwohl sie selbst nichts ausrichten konnte – hier hatte sie das Gefühl, Caswyn nahe zu sein. Tom Lanner und alle kräftigen Männer versuchten unermüdlich, mit Werkzeugen und Gerätschaften das Geröll zur Seite zu schaffen und zu den Verschütteten vorzudringen. Doch hinter vorgehaltener Hand wurde getuschelt.

»Von denen lebt keiner mehr.«

»Der Stollen ist restlos überflutet, die sind alle abgesoffen.«

»Wenn die weitergraben, riskieren sie nur, dass noch andere Stollen einstürzen, und dann wird es noch mehr Tote geben.«

Am Ende des zweiten Tages suchte Tom Lanner Ellen auf und erstattete ihr Bericht. Früher hatte sich der Obersteiger und Verwalter von Wheel Gwennap Ellen gegenüber ablehnend gezeigt und die Meinung vertreten, Frauen hätten in den Minen nichts verloren, außer sie arbeiteten hier, jetzt jedoch zollte er Ellen Respekt. In ihrer einfachen Kleidung und dem schlicht nach hinten frisierten Haar unterschied sie sich kaum von den anderen Frauen, und ihr Optimismus, die Männer lebend zu bergen, beeindruckte ihn.

»Mylady, die Männer konnten sich vielleicht in einen Seitenstollen flüchten«, sagte er, um Ellen Hoffnung zu machen. »Manchmal bilden sich Luftblasen, und es gibt durchaus Fälle, in denen Arbeiter erst nach einer Woche oder länger lebend geborgen wurden.«

Verzweifelt klammerte Ellen sich an diese Hoffnung. Sie zwang sich, nicht daran zu denken, Caswyn niemals wiederzusehen und ihr weiteres Leben ohne ihn bestreiten zu müssen. In diesen Tagen erkannte Ellen mit erschreckender Deutlichkeit, dass sie Caswyn von ganzem Herzen liebte – auch wenn er ihre Gefühle nie erwidern würde. Ein Leben ohne ihn erschien Ellen plötzlich wenig lebenswert.

»Wie kam es eigentlich zu dem Einsturz?«, fragte sie Lanner.
Der Verwalter zuckte mit den Schultern.
»Der tobende Mann wurde …«
»Warum hat der Stollen überhaupt einen solch seltsamen Namen?«, unterbrach Ellen ihn.
Der Anflug eines bitteren Lächelns zeigte sich auf Lanners Gesicht.
»Im Bergbau ist es üblich, Stollen zu benennen, Mylady. Nun, tobender Mann kommt daher, weil der Stollen direkt unter dem Meer verläuft, das oben meistens sehr heftig tobt.«
»Was den Männern jetzt zum Verhängnis geworden ist«, ergänzte Ellen bitter, bat dann aber Lanner, weiter zu berichten.
»Der Stollen wurde vor etwa einem halben Jahr angelegt, weil wir dort weitere Zinnadern vermuteten. Die Crown-Mine und die Levant-Mine bei Pendeen im Westen haben schon seit Jahren Stollen, die weit ins Meer hineinreichen. Dort bauen sie große Mengen Erz ab. Ihr Mann beauftragte für die Bauarbeiten die besten Ingenieure, und wir dachten, der Stollen wäre sicher. Was genau da unten passiert ist …« Mit einer hilflosen Geste hob er die Hände. »Am wahrscheinlichsten ist eine Explosion. Das passiert, wenn sich das Grubengas entzündet.«
»Mein Mann sagte, es gäbe Probleme mit der Stützkonstruktion«, wandte Ellen ein. »Deswegen war er ja vor zwei Tagen unten in der Mine.«
Lanner nickte. »Das stimmt. Letzte Woche berichteten Arbeiter, dass immer wieder kleinere Gesteinsbrocken von der Decke fallen würden, wir erkannten aber zu spät die Gefahr. Erst als gestern ein großer Felsbrocken abbrach und beinahe einen Arbeiter erschlug, beschloss Ihr Mann, sich den Stollen und die Stützen persönlich anzusehen.«
»Sie haben es wohl auf die leichte Schulter genommen.«

Ellens Stimme klang bitter. In ihrer Zeit auf Tredethian hatte sie viel über Minen und den Bergbau gelesen und wusste, dass solche Unfälle leider immer wieder vorkamen. Der Bergbau war eine gefährliche Angelegenheit, und die Arbeiter wurden selten älter als vierzig Jahre. Wenn sie nicht bei Explosionen, Einstürzen oder Wassereinbrüchen starben, dann litten sie bereits in jungen Jahren an einer Staublunge, die einen frühzeitigen Tod zur Folge hatte.

Tom Lanner stand auf, seufzte und knetete verlegen seinen Hut.

»Geben Sie die Hoffnung nicht auf, Mylady. Wir tun alles, um die Männer zu bergen. Von allen umliegenden Minen sind Leute gekommen, und wir versuchen, zur Unglücksstelle vorzudringen. Sir Longstoke hat uns seine besten Obersteiger geschickt, diese Männer haben Erfahrung mit Stollen, die unter der Wasserfläche liegen und vielleicht überflutet sein könnten.«

Ellen wusste, dass jedes Wort, das Lanner sagte, der Wahrheit entsprach und nicht nur dazu diente, sie zu beruhigen. Sie war jedoch zum Abwarten verurteilt. Am liebsten hätte sie selbst zu Spitzhacke und Schaufel gegriffen und gegraben, wusste aber, dass man sie daran gehindert hätte. Sie war eben nur eine Frau und damit zur Untätigkeit verdammt.

Da jede Arbeit in Wheel Gwennap wegen des Unglücks eingestellt worden war, war es ungewöhnlich ruhig auf dem weitläufigen Gelände. Lediglich eine Pumpe war noch in Betrieb, denn es wurde versucht, aus dem tobenden Mann das Wasser abzupumpen, obwohl offenbar ständig neues eindrang. Für die Männer, die sich zu der Unglücksstelle vorgruben, musste zudem Luft in die Stollen gepumpt werden. Die Männer arbeiteten in vier Schichten rund um die Uhr. Ellen sah in abgezehrte Gesichter, wenn sie aus den Schächten wieder an die Oberfläche kamen, und las die Hoffnungslosigkeit in ihren Augen. Als Ellen sich in der Dämmerung des zweiten Tages die Beine vertrat, erschien ihr die Szenerie beinahe gespenstisch. Das Meer, das mit unbändiger Kraft an die schroffen Klippen peitschte, war das einzige Geräusch. Ellen stand auf einem Felsvorsprung und starrte ins Wasser. Hatte sie einen zweiten geliebten Menschen an das Meer verloren? Sie versuchte, diese Gedanken aus ihrem Kopf zu verbannen und optimistisch zu bleiben. Noch gab es Hoffnung, sie musste einfach fest daran glauben, dass nicht nur Caswyn, sondern alle Eingeschlossenen gerettet werden würden.

Die dritte schlaflose Nacht forderte ihren Tribut, und beim Morgengrauen fiel Ellen in einen unruhigen Schlummer. Sie träumte von ihrem Vater Henry, von dem alten Schulhaus in Tadworth, und auch Lady Northam spielte eine Rolle in ihrem wirren Traum. Die alte Dame streckte ihre dicken, fleischigen Hände nach Ellen aus und wollte sie zwingen, zu ihr zu kommen.

»Sie gehören nicht hierher!«, schrie Harriet Northam mit schriller Stimme. »Sie sind eine Lügnerin und Betrügerin, und ich bringe Sie vor Gericht!«

Plötzlich befand sich Ellen in der großen Halle von Tredethian Manor, und Caswyn war an ihrer Seite. Er legte einen Arm um ihre Schultern und zog sie an sich.

»Ganz ruhig, solange ich bei dir bin, wird dir nie ein Leid geschehen.«

So plötzlich, wie Caswyn erschienen war, verschwand er wieder in einer Wand dichten, undurchdringlichen Nebels, und Ellen konnte sich nicht mehr von der Stelle rühren. Durch den Nebel hörte sie plötzlich lautes Schreien und Rufen, zusätzlich läuteten alle Kirchenglocken …

»Mylady, wachen Sie auf!« Jemand rüttelte an Ellens Schulter, und sie fuhr verwirrt aus ihrem Traum auf. »Schnell, kommen Sie, man hat die Männer gefunden.«
Binnen einer Sekunde war Ellen hellwach und starrte einen Bergarbeiter an, der schmutzig und nass, aber mit strahlenden Augen vor ihr stand. Jetzt hörte sie, dass die Kirchenglocken kein Teil ihres Traumes gewesen waren, sondern tatsächlich läuteten, auch drangen aufgeregte Stimmen in das kleine Zimmer des Hospitals. Da Ellen in ihren Kleidern geschlafen hatte, strich sie sich nur kurz das Haar aus der Stirn und band sich ein Kopftuch um.
»Leben sie?«, fragte sie atemlos. »Was ist mit meinem Mann?«
»Ich weiß es nicht. Man hat mich geschickt, Sie und den Doktor zu holen.«
Vor der Tür stieß sie auf Michael Hancock, der bereits seinen Arztkoffer in der Hand hatte. Auch er war aus dem Schlaf gerissen geworden. Das weiße Hemd hing ihm aus der Hose, ein Schnürsenkel war nicht gebunden, und sein dunkles Haar war zerzaust. Jetzt aber hatte niemand Zeit für solche Äußerlichkeiten, und auch Ellen dachte nicht einen Moment daran, wie derangiert sie aussehen musste.
Der Morgenhimmel war düster, und es nieselte, was weder Ellen noch den Arzt störte. Ellen hatte keine Mühe, mit Hancock Schritt zu halten, als sie Seite an Seite den steilen Anstieg auf die Klippen bewältigten, obwohl sie vor Anstrengung keuchte. Schon von weitem sah Ellen Hunderte von Menschen, die sich um den Eingang des Schachtes, von dem aus die Bergungsarbeiten geleitet worden waren, scharten. Die Frauen und Männer wichen zur Seite, als sie Ellen und den Arzt erkannten. Tom Lanner trat vor und lächelte.
»Wir haben in einem Nebenstollen des tobenden Mannes

Klopfzeichen gehört«, stieß er hervor. »Es sind also noch Männer am Leben.«
Was ist mit Caswyn? Am liebsten hätte Ellen die Frage laut herausgeschrien, sah dann aber in die Augen der Frauen, deren Männer auch noch dort unten waren. Sie alle hegten die gleiche Hoffnung wie sie – dass ihr Ehemann oder ihr Sohn unter den Lebenden war. Als hätte Dr. Hancock Ellens Gedanken gelesen, sagte er zuversichtlich:
»Sie haben es alle geschafft, sich im Nebenstollen in Sicherheit zu bringen, Mylady.«
Ellen nickte stumm, und erneut konnte sie nichts weiter tun, als zu warten. Es verging eine quälend lange Stunde, bis die ersten Männer unten im Schacht auftauchten und riefen:
»Werft Seile herunter! Schnell! Und wir brauchen noch ein paar Leute.«
Der Abstieg in die Schächte erfolgte über Leitern, die an den Felswänden angebracht waren. Offenbar waren die Geretteten verletzt, auf jeden Fall so geschwächt, dass sie die Leitern nicht ohne Hilfe hochklettern konnten.
Eine Frau neben Ellen schrie laut auf, als der erste Mann aus dem Schacht auftauchte. Obwohl sein Gesicht vor Schmutz und vor Blut beinahe schwarz und unkenntlich war, stürzte die Frau sich auf ihn.
»Robert! Oh, mein Gott, Robert, du lebst!«
Es folgten noch zwei gerettete Männer, sie alle hatten Platzwunden, Prellungen und teilweise auch leichte Knochenbrüche erlitten. Dr. Hancock wies an, sie unverzüglich ins Hospital bringen zu lassen.
»Passt doch auf!«, rief eine tiefe Stimme aus dem Dunkel des Schachtes. »Der Herr prallt gegen die Wände. Zieht ihn hoch, aber langsam, Sprosse für Sprosse.«
Ellens Herz tat einen Sprung. Sie beugte sich über den Rand

und sah nach unten. Tom Lanner war bereits auf der Hälfte der Leiter und half einem anderen Mann, den bewusstlosen Caswyn nach oben zu ziehen. Caswyns Gesicht war blutverschmiert, an der Stirn klaffte eine fingerlange Platzwunde, und durch sein zerrissenes Hemd erkannte Ellen tiefe, blutige Schrammen auf seiner Brust.

»Lebt er?«, fragte sie angstvoll, als der Bewusstlose endlich auf der Erde lag und sich Dr. Hancock über Caswyns leblosen Körper beugte.

»Ja, Gott sei Dank! Er scheint aber am schwersten verletzt zu sein und muss sofort ins Hospital.« Der Arzt winkte einem Mann. »Holen Sie einen Pritschenwagen, aber schnell!«

Einer der anderen Geretteten, der offenbar nur leichte Blessuren davongetragen hatte, trat näher und sagte leise: »Drei haben es nicht geschafft, sie wurden von den herabfallenden Gesteinsbrocken erschlagen. Mit bloßen Händen hat Sir Osbourne versucht, sie auszugraben, obwohl ihm das Wasser bis zur Brust stand. Da löste sich ein weiterer Felsbrocken, und wir konnten den Herrn gerade noch in den Nebenstollen ziehen. Seitdem ist er ohne Bewusstsein.«

Michael Hancock, der Ellens Erschrecken sah, nickte ihr beruhigend zu.

»Keine Angst, Mylady, Ihr Mann ist gesund und kräftig. Er wird es schaffen!«

Drei Tage und drei Nächte wachte Ellen an Caswyns Krankenlager. Nicht einmal Lydia Golberden, die sich angeboten hatte, Ellen abzulösen, konnte sie dazu bewegen, ihren Platz auch nur für eine Stunde zu verlassen, um sich selbst ein wenig Schlaf zu gönnen. Nach einer gründlichen Untersuchung im Hospital hatte man Caswyn vorsichtig nach Tredethian Manor gebracht, obwohl Dr. Hancock innere Verletzungen

im Brust- und Bauchbereich vermutete. Auch hatte er das Bewusstsein noch nicht wiedererlangt.
»Ich bin überzeugt, in seiner eigenen Umgebung kann er schneller genesen«, hatte der junge Arzt gesagt, und Ellen konnte in seinen Augen lesen, dass für Caswyn Lebensgefahr bestand, obwohl Hancock sich nach wie vor optimistisch gab. Am Abend des ersten Tages bekam er, wie von Hancock befürchtet, Fieber. Ellen tränkte Tücher in kaltem Wasser, legte sie Caswyn auf den Körper, betupfte regelmäßig seine aufgesprungenen Lippen und flößte dem Bewusstlosen eine schmerzstillende Medizin ein, die er glücklicherweise schluckte.
»Es wird alles wieder gut«, sagte Ellen zu Caswyn. »Du wirst wieder gesund, ganz bestimmt!« Sie hielt seine Hand, die sonst so stark und unnachgiebig die Minen verwaltete und jetzt blass und schlaff neben seinem Körper lag. Obwohl Ellen wusste, dass er sie nicht hören konnte, redete sie weiter: »Du darfst nicht sterben, hörst du? Denn wenn du stirbst, ist das sehr selbstsüchtig von dir, da du mich hier alleinlässt. Der Beginn unserer Ehe war nicht vielversprechend und stand unter keinem guten Stern, aber in den letzten Wochen hat sich vieles verändert. Vielleicht liebst du mich nicht so sehr, wie ich dich liebe, doch möglicherweise kannst du mich als gute Freundin und Vertraute an deiner Seite akzeptieren?«
Während sie sprach, liefen Ellen unentwegt Tränen übers Gesicht. Sie wischte sie nicht ab, und sie tropften auf Caswyns Körper, der regungslos dalag, als wäre jedes Leben aus ihm gewichen. Ellen ließ seine Hand los, erhob sich und trat ans Fenster. Sie zog die Vorhänge zurück, öffnete einen Flügel und blickte zum Himmel hinauf, an dem unzählige Sterne blinkten. Es war eine klare Nacht, der Schein des Mondes spiegelte sich in dem kleinen See unterhalb der Terrasse und tauchte die Blumenrabatte und Sträucher in ein unwirkliches

Licht. Es war eine wunderschöne Frühlingsnacht, die ganze Welt war eigentlich wunderbar. Nur das Schicksal war hässlich, weil es zugelassen hatte, dass Caswyn mit dem Tod rang. Er hatte versucht, das Leben seiner Männer zu retten, und dabei sein eigenes riskiert. Ellen war nie sehr gläubig gewesen, aber jetzt faltete sie die Hände, schaute in den Himmel und betete stumm zu dem Gott, der dort oben irgendwo weilte. Sie betete um das Leben ihres Mannes und für ihr eigenes Leben, denn sollte Caswyn sterben, würde sie niemals wieder einen glücklichen Tag auf dieser Erde erleben. Die Tiefe ihrer Gefühle für Caswyn erschreckte sie, machte sie gleichzeitig aber auch unsäglich glücklich. Sie hatte nicht gewusst, dass sie fähig war, für einen Menschen derart intensiv zu empfinden, und dabei war es ihr gleichgültig, ob ihre Gefühle jemals erwidert werden würden.

In der dritten Nacht stieg das Fieber so rapide an, dass Ellen glaubte, sie würde Caswyn verlieren. Lydia schickte einen Stallburschen nach Porthleven, um den Doktor zu holen, doch als dieser eintraf, konnte auch er nichts für Caswyn tun.
»Sein Körper kämpft gegen die Wunden«, sagte Hancock, und von seinem bisherigen Optimismus war nichts mehr zu spüren. »Es tut mir sehr leid, Mylady, es ist mit dem Schlimmsten zu rechnen. Leider kann ich nicht genau feststellen, wie schwer seine inneren Verletzungen sind. In London soll es einen Arzt geben, der über einen dieser modernen Apparate verfügt, mit denen man mit X-Strahlen ins Körperinnere eines Menschen sehen kann. Einen so weiten Transport würde Sir Caswyn nicht überleben.«
»Kann man den Apparat nicht hierherschaffen?«, fragte Ellen hoffnungsvoll, doch Dr. Hancock schüttelte bedauernd den Kopf.

»Diese Röntgengeräte, wie sie nach ihrem Erfinder Wilhelm Röntgen benannt wurden, sind viel zu groß und zu schwer. Es tut mir leid, Mylady, aber Sie dürfen die Hoffnung aufgeben.«
Ellen bat Lydia, dem Arzt ein Zimmer zu richten, denn Hancock hatte angeboten, die Nacht über auf Tredethian zu bleiben. Sonst gab es nichts, was sie tun konnte, außer bei Caswyn zu sitzen und seine Hand zu halten. Die Medikamente schienen keine Wirkung zu zeigen, und Caswyns Leben lag nun einzig und allein in Gottes Hand. Unruhig wälzte er sich hin und her, und mehrmals konnte Ellen hören, wie er Belindas Namen murmelte. Dann beugte sie sich dicht an sein Ohr und flüsterte:
»Ich bin hier, Liebster, ganz nah bei dir.«
Die Uhr in Caswyns Zimmer schlug die zweite Morgenstunde, als er sich plötzlich aufbäumte, laut stöhnte, in sich zusammenfiel und sich nicht mehr bewegte. Für einen Augenblick befürchtete Ellen, er wäre tot, und tastete panisch nach seinem Puls – er schlug ruhig und gleichmäßig.
Ellen läutete, und Melly, die im Nebenzimmer wachte, erschien nur einen Augenblick später. Auch die Zofe hatte kein Auge zugetan. Ellen bat, sofort Dr. Hancock zu holen, der ebenfalls nicht zu Bett gegangen war. Mit einem Blick erfasste er die Situation und schickte Ellen hinaus, um Caswyn gründlich zu untersuchen. Als er sie eine unendlich lange Zeit später, wie es Ellen vorkam, wieder ins Zimmer rief, lag ein Lächeln auf seinem Gesicht.
»Er schläft jetzt tief und fest. Damit meine ich nicht die Bewusstlosigkeit, sondern Ihr Mann hat die Krisis überstanden. Das Fieber wird fallen, und er braucht noch viel Ruhe, aber ich bin sicher, er wird wieder völlig gesund.«
»Danke, Doktor.« Erschöpft sank Ellen auf einen Stuhl. »Für einen Moment befürchtete ich …«

»Dazu besteht keine Veranlassung.« Sanft legte der Arzt eine Hand auf Ellens Kopf, zog sie aber gleich wieder zurück, als ihm bewusst wurde, wie ungehörig eine solche Berührung war. »Gehen Sie jetzt auch schlafen, Mylady. Es ist niemandem gedient, wenn ich Sie als nächste Kranke behandeln muss.«

Energisch schüttelte Ellen den Kopf.

»Ich bleibe bei meinem Mann. Danke für alles, Doktor.«

Hancock, der in der kurzen Zeit ihrer Bekanntschaft bereits festgestellt hatte, dass Ellen einen Dickkopf hatte, zuckte mit den Schultern und ging in sein Zimmer zurück. Ellen setzte sich wieder zu Caswyn auf die Bettkante und nahm seine Hand. Die Nacht schritt voran, und wie von Hancock prophezeit, fiel das Fieber stündlich. Im Morgengrauen sank Ellen in einen tiefen Schlaf. Die sachte Berührung einer Hand, die auf ihrem Arm lag, weckte sie. Als sie den Kopf hob, sah sie in Caswyns Augen, aus denen der Fieberglanz verschwunden war.

»Belinda …« Er hatte Mühe zu sprechen,

»Schlaf, mein Liebster, es ist alles in Ordnung. Nun wirst du wieder gesund«, flüsterte Ellen mit tränenerstickter Stimme. Gott hatte ihr stummes Flehen erhört und ihr den Mann, den sie von ganzem Herzen liebte, nicht genommen.

»Was ist mit den Männern?«

Es war typisch für Caswyn, dass er sich sogar jetzt Gedanken um die Arbeiter machte.

»Du hast vier Leben gerettet«, antwortete Ellen ehrlich, denn Caswyn hätte eine Lüge sofort erkannt. »Für drei kam leider jede Hilfe zu spät.«

Er schloss die Augen und seufzte.

»So ein furchtbares Unglück. Vielleicht ist es das Ende von Wheel Gwennap.«

»Pst!« Ellen legte einen Finger auf seine Lippen. »Du musst schlafen, damit du bald wieder ganz gesund wirst.«
Er nickte schwach und schaute sie an.
»Bleibst du bei mir?«
Ellen verbarg ihre Tränen nicht.
»Für den Rest meines Lebens, wenn du es willst«, flüsterte sie, war sich aber nicht sicher, ob Caswyn ihre Worte noch gehört hatte, denn er war schon wieder eingeschlafen.

Dr. Hancock zeigte sich über die Entwicklung sehr erfreut, blieb aber noch weitere zwei Tage auf Tredethian, bis Caswyn endgültig über den Berg war. Mehrmals täglich untersuchte der Arzt ihn, hörte und tastete den Oberkörper ab und meinte, Caswyn habe wahrscheinlich einige Rippenbrüche erlitten, die Gefahr einer ernsthaften inneren Verletzung wäre allerdings gebannt.
»Trotzdem müssen Sie sich die nächsten Wochen schonen«, sagte Hancock, und Ellen war überrascht, wie nachdrücklich der Arzt trotz seiner jungen Jahre sprach. »Es wird Wochen dauern, bis Sie wieder vollständig auf die Beine kommen, aber alles in allem haben Sie großes Glück gehabt.«
Ellen dankte dem Arzt überschwenglich, drückte seine Hand und ließ sie nicht mehr los.
»Sie haben meinem Mann das Leben gerettet. Das werde ich Ihnen niemals vergessen, Doktor.«
»Nicht doch, ich habe ihm lediglich die richtigen Medikamente gegeben, ohne Ihre Pflege hätte er es allerdings nicht geschafft.« Hancock sah sie scheinbar streng an. »Aber nun verordne ich Ihnen, Mylady, für mindestens zwei Tage Bettruhe und drei kräftige Mahlzeiten am Tag, denn sonst kann ich nicht beruhigt in mein Hospital zurückkehren. Wenn keine Komplikationen eintreten, mit denen ich nicht

rechne, werde ich in zwei Tagen wieder nach Sir Caswyn sehen.«
Tatsächlich fühlte sich Ellen jetzt, nachdem die Sorge um Caswyn von ihren Schultern genommen war, furchtbar müde und erschöpft. Sie küsste Caswyn, der bereits wieder schlief, auf die Stirn, ging in ihr eigenes Zimmer, legte sich bekleidet aufs Bett und war binnen einer Sekunde eingeschlafen.

Obwohl die gebrochenen Rippen schmerzten, war Caswyn keinen Tag länger als nötig dazu zu bewegen, das Bett zu hüten. Er biss die Zähne zusammen und empfing halb sitzend täglich Tom Lanner, um sich Bericht erstatten zu lassen, wie es um Wheel Gwennap stand.
»Der tobende Mann ist verloren«, sagte Lanner. »Ebenso vier Nebenstollen, die ebenfalls überflutet wurden. Die Arbeit in den anderen Schächten ist aber wieder aufgenommen worden, und am kommenden Sonntag findet die Trauerfeier für die drei toten Kumpel statt.«
»Meine Frau und ich werden natürlich kommen.« Caswyn wischte sich fahrig über die Augen. »Es ist furchtbar, was geschehen ist. Lanner, richten Sie den Angehörigen der Opfer mein tiefstes Mitgefühl aus. Selbstverständlich wird für sie gesorgt werden.«
Ellen war Caswyn dankbar, dass er die Witwen nicht im Stich ließ. Sie selbst hatte die Frauen bereits aufgesucht. Eine war noch sehr jung, und ihre drei Kinder hatten nun keinen Vater und Versorger mehr. Caswyn sicherte zu, dass die Familien in ihren Häusern bleiben konnten, bis sich etwas anderes für sie ergab. Eigentlich waren die Cottages den Minenarbeitern vorbehalten, es wäre aber grausam gewesen, die Witwen nun einfach auf die Straße zu setzen, solange sie nicht wussten, wohin sie gehen sollten. Es gelang Ellen allerdings nicht, die

Leute davon zu überzeugen, dass Caswyns Entscheidung, ihnen auch einen kleinen finanziellen Ausgleich zukommen zu lassen, nicht allein auf ihr Bestreben zurückging. Die Frauen beharrten darauf, dass allein durch Ellen ihre Not gelindert wurde.

»Früher ... Ihr Vater, Mylady ... Gott hab ihn selig ... wäre nicht so großzügig gewesen«, sprach eine Frau das aus, was alle dachten. »Ich weiß noch, als mein Vater beim Aufstieg aus dem Schacht von der Leiter stürzte und starb. Ich war damals noch ein kleines Mädchen, aber meine Mutter, meine Brüder und ich mussten binnen weniger Tage unser Zuhause verlassen. Zum Glück konnten wir bei Verwandten unterkommen.« Sie lachte bitter, dann wurden ihre Lippen zu einem schmalen Strich. »Das Schicksal wollte es, dass ich schließlich auch einen Bergarbeiter heiratete und zurückkehrte. Nun habe ich schon das zweite Grab auf dem Friedhof von Porthleven.«

Ellen versuchte, sich ihre Bestürzung nicht anmerken zu lassen. War der Earl wirklich so unnachgiebig gewesen, oder hatten sich inzwischen die Zeiten einfach geändert? Sie wusste, dass immer mehr Arbeiter Cornwall verließen, um auf anderen Kontinenten, wo bessere Arbeitsbedingungen herrschten, ihr Glück zu versuchen. Wheel Gwennap war aber ebenso wie Wheel Mulyara, die zweite Mine von Tredethian, die einige Meilen die Küste hinauf in Richtung der Mount's Bay lag, noch lange nicht erschöpft, und es wäre fatal gewesen, wenn ihnen die Arbeiter davonlaufen würden.

Caswyns Genesung machte täglich Fortschritte. Wenn er und Ellen beim Abendessen allein waren, bemerkte sie, wie sein Blick oft und lange auf ihr ruhte. Hob sie den Kopf, um ihn anzusehen, las sie in seinen Augen eine ungewohnte Nachdenklichkeit, und manchmal meinte sie so etwas wie Zärtlichkeit in seinem Blick zu sehen. Caswyns Verhalten verwirrte Ellen, denn sie konnte nicht einschätzen, wie seine Gefühle für sie waren. Sein Zynismus und sein Spott ihr gegenüber waren jedoch verschwunden, und oft lag in seiner Stimme eine Wärme, die Ellen glücklich machte.

Eines Abends klopfte es an Ellens Tür, als sie sich schon zur Nacht bereitgemacht hatte. Sie öffnete, und Caswyn trat ein. Es war erst das zweite Mal, dass er ihre Räume betrat, seit sie miteinander verheiratet waren.

»Belinda …« Er blieb mitten im Zimmer stehen und sah sich um. Lediglich zwei Kerzen brannten und tauchten den Raum in ein weiches Licht. »Ich muss dich etwas fragen, was mich seit Tagen beschäftigt.« Beinahe verlegen trat er von einem Fuß auf den anderen. Es war, als wäre die Luft plötzlich so spannungsgeladen wie vor einem schweren Gewitter.

Ellen zog ihren Morgenmantel über der Brust zusammen.

»Hast du darüber nachgedacht, den tobenden Mann zuschütten zu lassen?«, fragte sie, denn Tom Lanner hatte bei seinem Besuch am Nachmittag vorgeschlagen, nicht zu versuchen, den überfluteten Stollen wieder instand zu setzen, sondern diesen Schacht endgültig als verloren abzuschreiben.

Caswyn machte eine abwehrende Handbewegung.

»Ich bin nicht gekommen, um über die Arbeit zu sprechen, sondern ich möchte mich für deine Pflege bedanken. Wie ich hörte, bist du die ganze Zeit nicht von meiner Seite gewichen, obwohl du erschöpft warst.«

Verlegen wich Ellen seinem durchdringenden Blick aus.

»Es war meine Pflicht als deine Frau …«

»Belinda!« Laut rief er den Namen und trat so dicht an sie heran, dass Ellen die Wärme seines Körpers spüren konnte. »Als ich verletzt und fiebernd, dem Tod näher als dem Leben, dalag, hatte ich einen Traum. Ich träumte, du würdest meinen Namen rufen und mich *Liebster* nennen. Du hast mir befohlen, nicht zu sterben, um dich nicht alleinzulassen, weil du mich liebst und mich brauchst.« Blut schoss in Ellens Wangen, und sie schwankte. Plötzlich schlossen sich seine Arme um ihren Körper und hielten sie fest an seine Brust gepresst. Ellen keuchte über die ungewohnte Nähe und wurde sich bewusst, dass sie unter dem Morgenmantel nur ein dünnes Nachthemd trug, das mehr enthüllte als verbarg.

»War es wirklich nur ein Traum?« Caswyn barg sein Gesicht in ihrem Haar, das offen über ihre Schultern fiel. »Du hast mich ins Leben zurückgeholt, meine kleine Frau.« Ellen bebte und wünschte sich, er würde sie niemals wieder loslassen. Ihre Stimme klang belegt, als sie flüsterte: »Wie gesagt, als Ehefrau musste ich doch …«

»Pst!« Eine Hand legte sich unter ihr Kinn und hob ihren Kopf, so dass sie ihm in die Augen schauen musste. »Wenn es nur ein Traum gewesen war, dann bedauere ich, aus diesem jemals erwacht zu sein.«

Unter Aufbietung ihrer letzten Kräfte sagte Ellen: »Du hast mir selbst gesagt, ich möge keine Gefühle für dich entwickeln. Ich wollte jedoch nicht, dass du stirbst, und da habe ich eben alles versucht …«

Erneut ließ Caswyn sie nicht ausreden. Sein Mund legte sich auf ihre Lippen. Willenlos ließ sich Ellen in seine Arme sinken. Ihr war es egal, was er von ihr denken würde, sie wollte nichts weiter als diesen köstlichen Augenblick bis zur Neige genießen.

»Belinda, kleine, süße Belinda …«

Ellen zuckte zusammen, denn selbst nach der langen Zeit klang dieser Name fremd in ihren Ohren. »Ich heiße Ellen«, wollte sie rufen, doch wieder verschlossen seine Lippen ihren

Mund, und seine Hände begannen, den Morgenmantel von ihren Schultern zu streifen. Obwohl Ellen keine Erfahrung hatte, spürte sie seine Erregung, und es war wohl Instinkt, dass sie sich fest an ihn presste und seine Küsse mit einer Leidenschaft, die sie nie bei sich vermutet hatte, erwiderte.
Sie konnte sich nicht wehren und wollte es auch gar nicht, als Caswyn sie, ungeachtet seiner Verletzungen, auf die Arme nahm und zum Bett trug. Was morgen sein würde – daran dachte Ellen nicht. Was zählte, war einzig der Augenblick.

Caswyn erwachte bei Sonnenaufgang. Beinahe ungläubig schaute er auf Ellen, die, in seine Armbeuge gekuschelt, entspannt schlief. Die ersten Sonnenstrahlen fielen durchs Fenster und zauberten goldene Reflexe auf ihre Locken. Sanft strich er über ihre weißen Schultern, stand dann aber schnell und leise auf, weil er merkte, wie seine Leidenschaft erneut erwachte. Er musste aber zuerst nachdenken, es gab so vieles, was sich in den letzten Stunden geändert hatte und ihn zutiefst verwirrte.
In seinem Zimmer zog sich Caswyn an und verließ das Haus. Nur das Milchmädchen war schon wach und grüßte schüchtern den Herrn. Caswyn ging in den Park und setzte sich auf eine vom Nachttau feuchte Bank, die bereits von der Morgensonne beschienen wurde. An diesem schönen Frühsommermorgen war es Caswyn unverständlich, wie er ein halbes Jahr mit Belinda zusammengelebt hatte, ohne zu erkennen, was für ein liebevoller, zärtlicher und warmherziger Mensch sie war. Vergessen war die Vergangenheit, in der er Belinda in einem völlig anderen Licht gesehen hatte. Im Stillen leistete er Abbitte, denn Caswyn hatte immer angenommen, dass Belinda früher Affären gehabt hatte, auch wusste er, dass sie in Begleitung eines Mannes nach Frankreich gereist war. Und da

war noch dieser unselige Miles Golberden … Caswyn schüttelte sich wie ein junger Hund, um den Gedanken an den Spieler und Trinker loszuwerden. Die letzte Nacht hatte Caswyn gezeigt, dass er Belinda unrecht getan hatte. Er war ein Mann mit gewissen Erfahrungen, daher hatte er sofort gemerkt, dass sie noch Jungfrau gewesen war. Ihre Küsse und ihre Liebkosungen waren unbeholfen und schüchtern, was seine Leidenschaft aber umso mehr geweckt hatte. Sicher, Belinda war eine wunderschöne Frau, und das Begehren, sie zu besitzen, war schon länger da gewesen, doch heute merkte er, dass es nicht nur die körperliche Vereinigung war, die ihn zu seiner Frau hinzog. Es war mehr, viel mehr. War es … Liebe? Konnte es wirklich sein, dass er die Frau, die er so lange Zeit verachtet und gemieden und nur deshalb geheiratet hatte, um gesellschaftlich aufzusteigen, liebte? Und konnte es sein, dass Belinda ihn ebenfalls liebte und nicht nur ein grausames Spiel mit ihm trieb? Bedingungslos und ohne Vorbehalte, obwohl er sie oft unfreundlich und abweisend behandelt hatte. War dieser Gedanke nicht zu schön, um wahr zu sein? Irgendwo musste ein Haken sein, denn es war zu einfach.

Caswyn wünschte sich, er könnte seinen Hengst satteln und in wildem Galopp über die Wiesen reiten, seine Verletzungen machten einen Ritt aber unmöglich. Dabei sehnte er sich danach, den frischen Wind im Gesicht zu spüren, denn es gab so vieles, über das er nachdenken musste. Binnen weniger Stunden war sein Leben auf den Kopf gestellt worden, und Caswyn wusste noch nicht, ob er darüber glücklich oder erschüttert sein sollte.

27. Kapitel

Die nächsten Wochen zählten zu den glücklichsten in Ellens Leben. Natürlich überschattete das Unglück in der Mine die ganze Grafschaft, und bei der Trauerfeier ließ Ellen ihren Tränen freien Lauf, obwohl sie keinen der Toten persönlich gekannt hatte. Immer wieder musste sie daran denken, dass es auch Caswyn hätte sein können, der kalt und starr in einem der Särge lag, und sie betete jeden Tag, um Gott zu danken, dass er Caswyn nicht nur gerettet, sondern auch seine Liebe zu ihr hatte erkennen lassen.
Sie sprachen nicht mehr über die Vergangenheit, sondern genossen den Augenblick und sahen gemeinsam in eine glückliche Zukunft. Lydia Golberden verfolgte erstaunt die überraschende Veränderung in der Beziehung ihrer Herrschaft, enthielt sich aber jeglichen Kommentars. Ganz anders Melly. Ellens Zofe strahlte über das ganze Gesicht und ließ kaum eine Gelegenheit verstreichen, Ellen zu sagen, wie froh sie über die neue Entwicklung zwischen den Eheleuten war. Melly selbst hatte sich mit einem Fischer verlobt, im Herbst sollte die Hochzeit sein, und Ellen hatte ihr am Hafen von Porthleven ein Cottage geschenkt, das der junge Mann in jeder freien Minute renovierte. Ellen gönnte Melly ihr junges Glück von ganzem Herzen, auch wenn es bedeutete, dass sie sich bald nach einer neuen Zofe umsehen musste.

Wegen der Ereignisse in der Mine und ihrer Liebe zu Caswyn hatte Ellen Miles Golberden völlig aus ihren Gedanken verbannt. Da auch Lydia sich zurückhaltend verhielt und weder von ihrem Neffen noch von Belindas unrühmlicher Vergangenheit sprach, dachte Ellen, dass die Vergangenheit endgültig begraben und vergessen war. Zwar lebte sie immer noch mit der Lüge, sich für eine andere Person auszugeben, aber in ihrem Herzen und charakterlich war Ellen Ellen, und was machte es schon, dass die Menschen sie mit einem anderen Namen ansprachen? Einzig in den zärtlichen Stunden, die sie mit Caswyn verbrachte, wünschte sie sich, er würde sie bei ihrem richtigen Namen nennen. Sie wusste jedoch, dass sie für immer zum Schweigen verurteilt war.

Ende Juli, der Sommer zeigte sich in diesem Jahr von seiner schönsten Seite, geschah etwas, was Ellen in einen noch größeren Glückstaumel versetzte, denn sie hatte allen Grund, anzunehmen, guter Hoffnung zu sein. Ihr Monatsfluss war nun schon zweimal ausgeblieben, außerdem hatten sich ihre Brüste vergrößert und spannten unangenehm. Da sich Ellen weder Melly, die diesbezüglich ja keinerlei Erfahrung hatte, und noch weniger Lydia anvertrauen wollte, suchte sie Dr. Hancock auf. Es war ihr zwar peinlich, einem Mann gegenüber über ihren Zustand zu sprechen, aber immerhin war er Arzt und an solche Sachen gewöhnt. Glücklicherweise verzichtete Hancock auf eine gründliche Untersuchung, die Ellen sehr unangenehm gewesen wäre, sondern hörte sie nur ab, fühlte ihren Puls und ließ sich die Veränderungen in ihrem Körper genau beschreiben. Auch das kostete Ellen Überwindung. Als Hancock dann aber freudig lächelnd ihren Verdacht bestätigte, hätte sie den Arzt am liebsten umarmt.

»Sagen Sie meinem Mann nichts davon«, bat Ellen. »Ich möchte erst ganz sicher sein, außerdem plant er eine längere Reise. Ich bin überzeugt, er würde diese verschieben, wenn ich wirklich schwanger bin.«

»Keine Sorge, Mylady, ich bin an den hippokratischen Eid gebunden, der besagt, dass alles, was Sie mir als Patientin erzählen, niemand außer uns beiden erfährt.« Nachdenklich runzelte er die Stirn und fuhr dann fort: »Ihr Vertrauen ehrt mich natürlich, allerdings rate ich Ihnen, bei Gelegenheit einen Spezialisten für Frauenheilkunde aufzusuchen, denn Schwangerschaften und Geburten sind nicht gerade mein Spezialgebiet. Wenn Sie möchten, höre ich mich diesbezüglich um. In Penzance gibt es sicher einen Fachkollegen, der Ihnen auch eine gute Hebamme empfehlen kann.«

»Bis dahin ist ja noch viel Zeit«, erwiderte Ellen, dankte und kehrte beschwingt nach Tredethian zurück. Am liebsten hätte sie jedem, den sie unterwegs traf, die freudige Nachricht erzählt, sie beherrschte sich jedoch. Caswyn sollte der Erste sein, der von dieser glücklichen Wendung erfuhr. Allerdings wollte Ellen abwarten, bis er von seiner Reise zurückkehrte. Sie wusste, wie wichtig sie für Caswyn war, keinesfalls wollte sie, dass er ihretwegen zu Hause blieb.

Nach dem Unglück in der Mine, als er ans Haus gefesselt war, hatte Caswyn in einem Magazin von neuen Belüftungsmöglichkeiten und Pumpensystemen im Bergbau gelesen. Caswyn reichte Ellen den Artikel, und sie diskutierten darüber.

»An der Westküste der Vereinigten Staaten werden neu entwickelte Pumpen verwendet, die viel sicherer als unsere Systeme arbeiten.« Interessiert war Ellen seinen Ausführungen gefolgt. »Außerdem gibt es Fahrstühle, die die Männer unter Tage und wieder hinaufbringen, die elektrisch betrieben werden, auch die Stollen werden mit Strom beleuchtet. Diesbezüglich sind wir hier in Cornwall noch sehr rückständig. Unsere Arbeiter gehen immer noch mit Talgkerzen auf den Helmen unter Tage, was eine ständige Gefahrenquelle darstellt.«

Ellen wusste, wovon Caswyn sprach. Das beim Abbau des Erzes entstehende Grubengas trat so langsam aus, dass die Männer es nicht bemerkten. Aus diesem Grund gab es in je-

dem Stollen Käfige mit Kanarienvögeln, die regelmäßig überwacht wurden. Ein Vogel erstickte viel früher an dem Gas, und dann war immer noch Zeit, die Männer in Sicherheit zu bringen. Ellen taten die armen Tiere zwar leid, sie sah aber ein, dass es keine andere Möglichkeit gab – bisher gegeben hatte, korrigierte sie sich, denn auch in dieser Richtung gab es in Amerika neue Erfindungen, die sich gut bewährten. Außerdem stellten die offenen Kerzenflammen auf den Helmen der Männer eine zusätzliche Explosionsgefahr dar.
»Sobald ich wieder ganz gesund bin, werde ich nach San Francisco fahren«, sagte Caswyn, und Ellen zuckte unmerklich zusammen.
»Es ist so weit fort …«, murmelte sie, aber Caswyn setzte sich neben sie und nahm ihre Hand.
»Du wirst sehen, die Zeit wird schnell vergehen, und bald bin ich wieder zurück. Ich muss mir die neuen Maschinen ansehen und mit den dortigen Ingenieuren sprechen. Unsere Minen müssen unbedingt modernisiert werden.«
Noch am selben Tag hatte Caswyn sich nach einer Schiffsverbindung in die Staaten erkundigt. Von New York aus würde er mit der Eisenbahn, die inzwischen den nordamerikanischen Kontinent von Ost nach West verband, nach San Francisco reisen. Die Abreise war für Mitte August festgelegt, und nun war Caswyn seit Tagen damit beschäftigt, seine Sachen zu packen. Alles in allem plante Caswyn, zwei oder drei Monate fort zu sein. Die Minen waren bei Tom Lanner in guten Händen, auch hatte Ellen beschlossen, selbst regelmäßig nach dem Rechten zu sehen. Seit dem Unglück war Lanner ihr gegenüber sehr aufgeschlossen und hörte sich sogar ihre Verbesserungsvorschläge an.
Dann wird dein Kind schon sehr gewachsen sein, dachte Ellen und schmunzelte still in sich hinein. Nein, sie würde ihm

nichts sagen, umso größer wäre die Überraschung. Bis zur Niederkunft würden noch Monate vergehen, und bis dahin wäre Caswyn längst wieder zu Hause.

Am Abend vor Caswyns Abreise liebten sie sich ausgiebig, und Ellen war nahe daran, ihm von ihrer Schwangerschaft zu erzählen, doch sie wusste genau, dass er dann nicht fahren würde. Dabei waren die neuen Maschinen wichtig für die Minen.

»Ich mag keine Abschiede«, sagte Caswyn, als er sich im Morgengrauen anzog. »Bleibe also bitte im Bett und versuche, noch mal zu schlafen.«

Ellen räkelte sich. Auch wenn sie die nächsten Wochen auf Caswyn verzichten musste, war sie sehr glücklich.

»Ich werde dir schreiben«, versprach Caswyn, beugte sich zu Ellen hinab und küsste sie ein letztes Mal. Ellen erwiderte den Kuss leidenschaftlich und schlang die Arme um seinen Hals. Er machte sich mit einem bedauernden Lächeln von ihr los.

»Ich muss jetzt gehen, Liebes. Der Kutscher wartet, und ich darf das Schiff nicht versäumen.«

Nachdem die Tür hinter Caswyn zugefallen war, legte Ellen beide Hände auf ihren noch flachen Bauch und seufzte bei dem Gedanken, ihren Mann erst in vielen Wochen wiederzusehen. Eine solche Reise barg auch viele Gefahren. Das Dampfschiff, das von Falmouth nach New York fuhr, war zwar modern und das Wetter im Sommer stabil, trotzdem konnten unerwartet Stürme aufziehen. Und dann die lange Fahrt mit der Eisenbahn quer über den nordamerikanischen Kontinent bis zu dessen Westküste. In den letzten Tagen hatte Ellen Artikel und Bücher über den kalifornischen Goldrausch gelesen, der zwar schon Jahrzehnte zurücklag, aber viele waren überzeugt, dass noch reiche Goldadern in der Erde verborgen waren.

»Reiß dich zusammen«, rief Ellen sich laut zur Ordnung. Caswyn war ein erwachsener und starker Mann, der gut auf sich selbst aufpassen konnte, und die Wochen würden schnell vergehen. Nächstes Jahr um diese Zeit hielt sie bereits einen kleinen Jungen oder ein kleines Mädchen in den Armen. Das Leben war einfach wunderbar …

Die Hitze der letzten Wochen hatte etwas nachgelassen, und Ellen schlenderte durch den Park. Die Blütezeit der übermannshohen Rhododendren war vorbei, jetzt entfalteten die Hortensienhecken ihre farbenfrohe Pracht. Im Osten Englands gab es auch Hortensien, doch nie zuvor hatte Ellen eine solche Farbenvielfalt unter diesen Blumen gesehen. Am besten gefielen ihr die großen Blütenkugeln in Dunkelblau bis hin zu einem dunklen Lila.

»Das liegt an dem Kupfer im Boden«, hatte Caswyn ihr erklärt. »Solch dunkelblaue Hortensien findest du außer in Devon und in Cornwall nirgends sonst in diesem Land.«

Versonnen strich Ellen über eine Blüte. Zwei Wochen war Caswyn nun schon fort, und vor drei Tagen war ein Telegramm aus New York gekommen. Die Überfahrt war ruhig gewesen, nun würde er ein paar Tage in der Metropole verbringen und dann nach Westen weiterreisen. Ellen war persönlich nach Penzance zum Telegrafenamt gefahren, um eine Antwort abzusetzen. Caswyns Telegramm trug sie seitdem in ihrem Ausschnitt, es war, als wäre der geliebte Mann ihr damit immer nah.

»So glücklich, meine Schöne?«

In Gedanken versunken, hatte Ellen nicht bemerkt, dass ihr ein Mann gefolgt war, und sie fuhr mit einem leisen Schrei herum.

»Du schon wieder!« Sie stöhnte, und all die angenehmen Ge-

fühle zerplatzten wie eine Seifenblase. »Willst du wieder Geld?«
Miles Golberden schien keine gute Zeit hinter sich zu haben, denn er sah noch verlebter aus als bei ihrer letzten Begegnung. Seine ausgeprägten Tränensäcke waren geschwollen, die Wangen voller dunkler Bartstoppeln, und die Ärmelaufschläge seiner Jacke waren abgestoßen. Ellen konnte nicht verhindern, dass Miles sie an der Schulter packte und schüttelte.
»Geld? Oh, nein, meine Liebe, dieses Mal kommst du mir nicht so einfach davon.« Er grinste höhnisch, und sein schlechter Atem schlug Ellen ins Gesicht. »Wie ich hörte, hat dich dein Mann für lange Zeit allein gelassen. Wie unachtsam von ihm! Aber jetzt bin ich ja da und werde auf dich achten. Ich habe meiner Tante schon gesagt, sie möge auf dem Stockwerk, auf dem sich deine Räume befinden, ein hübsches Zimmer für mich richten.«
Über eine solche Unverfrorenheit verschlug es Ellen beinahe die Sprache.
»Bist du von allen guten Geistern verlassen?«, stieß sie hervor. »Du kannst wieder einen Scheck haben, wage es aber nicht, auch nur einen Fuß ins Haus zu setzen! Caswyn würde dich persönlich hinausprügeln.«
Miles spuckte verächtlich aus, und Ellen musste gegen eine zunehmende Übelkeit ankämpfen.
»Ich sagte doch, dieses Mal will ich kein Geld. Mir ist schon klar, dass Osbourne mich auf Tredethian nicht duldet, er ist aber zum Glück nicht hier. Dem Personal gegenüber wird dir schon eine plausible Erklärung einfallen, warum ich zumindest in der Zeit, wenn dein trauter Gatte abwesend ist, hier logieren werde. Schließlich ist meine Tante deine engste Vertraute.«
Wut bemächtigte sich Ellen und ließ ihre Angst schwinden.

Es wäre doch gelacht, wenn sie Miles Golberden nicht in die Schranken weisen könnte. Seit sie ein Kind unter ihrem Herzen trug, verspürte sie eine große Kraft in sich und glaubte, mit allen Widrigkeiten, die ihr Glück bedrohen könnten, fertig werden zu können.

»Noch heute werde ich Lydia entlassen«, schleuderte sie Miles entgegen. »Es ist mir gleichgültig, ob ihr dann jedem von meinem Vorleben erzählt oder nicht. Die Menschen kennen mich inzwischen gut genug, um dir keinen Glauben zu schenken, auch Caswyn ...«

»Wird sich sehr wundern, wenn er feststellt, dass seine Ehe ungültig und er gar nicht der Herr von Tredethian ist.« Als hätte er mit einer Reitpeitsche ihr mitten ins Gesicht geschlagen, zuckte Ellen zusammen. Höhnisch grinsend fuhr er fort: »Ich habe keine Ahnung, wer du bist, meine Liebe, aber eines ist sicher: Du bist nicht Belinda Swinbrook. Du siehst zwar aus wie sie, bewegst dich wie sie, und deine Stimme ist Belindas zum Verwechseln ähnlich, trotzdem bist du eine fremde Frau.« Drohend trat er auf sie zu. »Du siehst, ich weiß alles. Alles!«

Der Boden schwankte unter Ellens Füßen, die Übelkeit kehrte zurück, und sie konnte sich gerade noch zur Seite beugen, da erbrach sie sich auch schon. Fast wie in Trance nahm sie Miles' Taschentuch, das er ihr vors Gesicht hielt, dann versuchte sie, sich zu sammeln.

»Der Alkohol hat dir offenbar das Gehirn vernebelt«, sagte sie, aber Miles ließ sie nicht weiter zu Wort kommen. Er hatte sein Pulver noch lange nicht verschossen. Seine Worte drangen wir spitze Pfeile in Ellens Herz, und sie befürchtete, jeden Moment ohnmächtig zu werden.

»Tantchen sagte mir, du bist guter Hoffnung. Nun schau nicht so erstaunt, weil sie das weiß, obwohl du versucht hast, es

geheim zu halten. Lydia ist schließlich auch eine Frau. Ist der Erzeuger wenigstens dein Ehemann?« Er kicherte verächtlich. »Ich meine natürlich Osbourne, mit dem du allerdings gar nicht verheiratet bist. Ich glaube, der Bezirksrichter wird sich sehr für diese Urkundenfälschung interessieren, von der Tatsache, welch schändliches Spiel du getrieben hast, um Belindas Platz einzunehmen, ganz abgesehen.« In freudiger Erwartung rieb er sich die Hände. »Das wird einen feinen Skandal geben, darauf freue ich mich heute schon. Übrigens – was hast du eigentlich mit Belinda gemacht? Wahrscheinlich umgebracht, damit du das alles hier bekommst.«
Ellen wusste nicht, woher sie die Kraft nahm, immer noch auf den Füßen zu stehen. In ihrem Kopf rauschte und brummte es, ihr Magen rebellierte erneut, und plötzlich hatte sie panische Angst um ihr ungeborenes Kind. Ihre Stimme versagte beinahe, als sie flüsterte:
»Ich habe Belinda nichts getan. Es war ein bedauerlicher Unfall ... in Frankreich ... es geschah beim Segeln ...«
»Ah! Du gibst also endlich zu, nicht Belinda zu sein?«, rief er triumphierend. »Du kannst aber nicht erwarten, dass ich dir die Sache mit dem Unfall glaube, das kannst du dem Richter erzählen, außer ...«
»Außer?« Ellen wusste, worauf hinaus Miles wollte, bevor er es aussprach.
»Dann geht es also klar, dass Tantchen mir ein Zimmer in Tredethian richtet? Am besten in der Nähe deiner Räume, dann haben wir es nicht so weit, wenn die Sehnsucht ruft. Wenn nicht, würde ich mich leider gezwungen sehen, deinem werten Gatten zu telegrafieren. Was glaubst du, wie schnell Osbourne wieder zurück sein wird, denn es wird ihm gar nicht gefallen, hier wieder ausziehen zu müssen. Wenn wir es genau nehmen, gehört der Besitz jetzt wohl diesen ominösen Ver-

wandten in Wales, nicht wahr? Weder du noch Osbourne habt ein Recht, auf Tredethian zu leben.«

Ellen konnte nichts anderes tun, als zu nicken. Im Augenblick konnte sie keinen klaren Gedanken fassen, wusste nur, dass ihr Spiel zu Ende war. Es ging längst nicht mehr nur um Tredethian Manor. Jetzt ging es um sie selbst, denn Ellen zweifelte nicht daran, dass Miles sie anklagen würde, bei Belindas Tod die Finger im Spiel gehabt zu haben. Sie dachte auch an Caswyn. Wie würde er reagieren, und was würde er tun, wenn er erfuhr, dass ihre Ehe ungültig war und sie beide keinen Anspruch auf Tredethian hatten? Und vor allen Dingen, dass sie gar nicht Belinda Swinbrook, sondern eine völlig andere Frau war? Gerade jetzt, wo sie sein Kind unter dem Herzen trug.

Miles Golberden sah sich am Ziel seiner Wünsche, darum stieß er Ellen von sich und sagte: »Denke darüber nach. Ich melde mich wieder.«

Noch lange, als Miles längst verschwunden war, stand Ellen wie erstarrt da. Später wusste sie nicht mehr, wie sie in ihr Zimmer gelangt war. Sie warf sich auf das Bett, ihre Zähne klapperten, als hätte sie Schüttelfrost, sie schlang die Arme um sich und wiegte sich wie ein Kleinkind. Plötzlich schoss ein krampfartiger Schmerz durch ihren Unterleib, und sie schrie laut auf. Ihr Baby! Oh, Gott, ihrem Kind durfte nichts geschehen, gleichgültig, was mit ihr passieren würde.

Als hätte Lydia Golberden vor der Tür gewartet, stand die Wirtschafterin plötzlich neben Ellens Bett. Ihr Blick war ausdruckslos, als sie kalt feststellte:

»Miles hat also mit Ihnen gesprochen.«

»Mein Kind!«, rief Ellen verzweifelt. Auch wenn sie Lydia nicht über den Weg traute – im Moment war sie die Einzige, die ihr helfen konnte. »Rufen Sie einen Arzt.«

»Sie brauchen keinen Arzt.« Lydia nahm Ellens Hand. »So

schnell verliert man kein Kind. Sie bleiben hübsch liegen, und ich werde mich um Sie kümmern. So, wie es immer gewesen ist, wenn Sie … oder vielmehr Belinda Hilfe benötigte.«
»Gehen Sie weg!« Entgegen ihrem Wunsch nach Hilfe konnte Ellen Lydia nicht länger in ihrer Nähe ertragen. »Telegrafieren Sie meinem Mann. Sofort!«
»Tz … tz … tz …« Lydia lächelte, es war ein kaltes Lächeln, das ihre Augen nicht erreichte. »Ihrem Mann? Was wollen Sie ihm sagen? Die Wahrheit, dass Sie nicht Belinda sind? Ich glaube, Osbourne wäre darüber alles andere als erfreut.«
Ellen schloss die Augen. Natürlich, die Wirtschafterin hatte es längst gewusst, wahrscheinlich von Anfang an. Ellen hatte ihre Augen vor der Tatsache verschlossen, dass sie niemals auf Dauer die Rolle Belindas spielen konnte.
»Seit wann wissen Sie es?«, presste sie hervor.
»Oh, das habe ich sehr schnell gemerkt.« Lydia zog die Oberlippe hoch und wirkte wie ein Raubtier vor dem Sprung. »Sie mögen zwar äußerlich wie Belinda aussehen, doch Sie haben weder ihre Eleganz, ihren Charme oder gar Belindas Charisma. Selbst in Belindas wundervollen und kostbaren Kleidern wirkten Sie unbeholfen, während Belinda die schönste Frau der ganzen Grafschaft war. Die Art, wie Belinda ihre Garderobe trug, wie sie keck einen Hut nach hinten schob, oder die Art, Menschen allein mit einem Lächeln für sich einzunehmen, machte sie einzigartig. Nein, nein« – Lydia schüttelte vehement den Kopf –, »Landpomeranze bleibt eben immer Landpomeranze. Oh, Ellen, wie konnten Sie sich anmaßen, auch nur zu denken, niemand würde je hinter Ihre Lüge kommen?«
Ellen zuckte zusammen, als hätte sie erneut einen Schlag erhalten. Sie glaubte sich in einem Alptraum gefangen, aber niemand kam, um sie aufzuwecken.

»Was haben Sie gerade gesagt?«, flüsterte sie heiser. »Wie haben Sie mich genannt?«
Lydia grinste zynisch.
»Wie ich Sie nannte? Nun, bei Ihrem *richtigen* Namen. Der lautet doch Ellen, nicht wahr? Ellen Townsend, wenn ich mich richtig erinnere.«
Ellens Schmerzen verschwanden, zurück blieb nur eine furchtbare innerliche Kälte, die Ellen erstarren ließ. Sie wusste nicht, woher sie die Kraft nahm, ruhig zu bleiben und Lydias hochmütigem Blick standzuhalten. Auf einmal fügte sich alles wie ein Mosaik zusammen, und Ellen fragte sich, warum sie die Wahrheit nicht früher erkannt hatte.
»Sie wussten also von Anfang an Bescheid«, sagte sie zwar leise, aber nachdrücklich, da sie gegenüber der Wirtschafterin keine Angst zeigen wollte. »Deswegen Ihr hohes Gehalt, das Ihrer Stellung nicht angemessen ist, und darum nehmen Sie sich Dinge heraus, für die andere Wirtschafterinnen längst entlassen worden wären.« Ellens Blick bohrte sich in Lydias Augen, als sie fortfuhr: »Damals, vor über einundzwanzig Jahren, wurden zwei Mädchen geboren, Belinda und ich, nicht wahr? Warum hat man uns getrennt? Dorian Swinbrook war unser Vater, doch wer war unsere Mutter? Lady Melanie sicher nicht, denn dann hätte es keinen Grund gegeben, uns Schwestern auseinanderzureißen.«
»Intelligent sind Sie zweifelsohne.« Lydia nickte anerkennend. »Das habe ich gleich gemerkt, als Sie hier ankamen und ich die ersten Zweifel an Ihrer Identität hegte.« Sie nahm Ellens Hand und drückte sie so fest, dass Ellen meinte, Lydia würde ihr die Knochen brechen. »Sie wollen die Wahrheit wissen?«, fuhr Lydia fort. »Nun gut, warum sollte ich es Ihnen nicht erzählen, jetzt, nachdem Ihr Geheimnis gelüftet ist. Von allein würden Sie es nämlich niemals herausfinden.«

»Sprechen Sie!«, krächzte Ellen heiser und entzog Lydia ihre Hand.
»Es gab da mal ein Hausmädchen, Anna war ihr Name. Sie war Waise und erst vierzehn Jahre alt, als sie nach Tredethian kam. Ich war damals die Zofe von Lady Melanie, die bereits seit fünf Jahren mit dem Earl verheiratet war. Es war eine von den Eltern arrangierte Ehe, von Liebe auf beiden Seiten keine Spur. Die arme Melanie litt sehr darunter, keine Kinder bekommen zu können, und der Earl wünschte sich natürlich einen Stammhalter, oder zumindest ein Mädchen, das seinen Namen weitertragen würde. Hinter vorgehaltener Hand munkelte man sogar von Scheidung, doch dann kam, wie gesagt, Anna in den Haushalt.«
Lydia verstummte, griff nach Ellens Wasserkaraffe und schenkte sich ungefragt ein Glas ein. Ellen verzichtete darauf, sie deswegen zu rügen. Die Zeit, in der sie als Herrin Anweisungen gegeben hatte, war vorbei. Lydia würde sich niemals wieder etwas von ihr befehlen lassen.
»Der Earl hat diese Anna geschwängert?«, kombinierte Ellen, und Lydia nickte.
»Oh, er hat sie aber nicht zwingen müssen, denn Dorian Swinbrook war ein attraktiver Mann und die kleine, naive Küchenmagd für jede Zuneigung dankbar. Zwei Jahre dauerte ihr Verhältnis, dann wurde Anna schwanger. Natürlich musste sie sofort das Haus verlassen. Der Earl sorgte aber für sie und besorgte Anna eine Unterkunft in Penzance, wo sie bis zu ihrer Niederkunft bleiben konnte. Doch dann gebar sie Zwillinge … zwei Mädchen …«
»Belinda und mich«, warf Ellen ein und fragte sich unwillkürlich, wie ihre Mutter wohl gewesen war. »Ich verstehe aber immer noch nicht, warum Belinda als Tochter anerkannt wurde und ich nicht.«

»Eine Verkettung von glücklichen Umständen.« Lydia zuckte lapidar die Schultern. »Als Annas Zeit kam, kurte Lady Melanie bereits längere Zeit in einem Heilbad in Tschechien. Ein Arzt hatte ihr eingeredet, das dortige Wasser könnte gegen ihre Unfruchtbarkeit helfen. Somit war Lady Melanie in Cornwall mehrere Monate nicht mehr gesehen worden. Als Anna zwei Kindern das Leben schenkte, war es einfach, eines der Mädchen als das von Melanie auszugeben, das sie in Tschechien zur Welt gebracht hatte.«

Verwirrt schüttelte Ellen den Kopf, ihre Gedanken rasten.

»Warum nur ein Mädchen? Lady Melanie hätte doch auch Zwillinge geboren haben können.«

»Nun, der Earl war ein guter, manchmal zu weichherziger Mann.« Lydia lächelte spöttisch. »Offenbar lag ihm das Schicksal der Küchenmagd am Herzen, und er wollte ihr nicht beide Kinder wegnehmen. In Penzance hatte Anna nämlich den Schullehrer Henry Townsend kennengelernt, der sie heiraten wollte, auch wenn sie von einem anderen Mann geschwängert worden war. Nach der Geburt wollte Anna sich nicht von ihren Kindern trennen, aber der Earl konnte sie davon überzeugen, eines der Mädchen ihm zu überlassen. Dem Argument, dass zumindest für eines ihrer Kinder die Zukunft gesichert war, konnte sich Anna nicht verschließen. Schließlich stimmte sie zu und verließ mit einem Mädchen, also mit Ihnen, Ellen, Cornwall, und wir haben nie wieder etwas von ihr gehört. Das war auch eine Bedingung von Lord Dorian.«

»Meine Mutter starb nur kurze Zeit später«, sagte Ellen leise, und zum ersten Mal traten Tränen in ihre Augen. Rasch schluckte sie, denn auf keinen Fall wollte sie vor Lydia Schwäche zeigen. »Ich verstehe immer noch nicht, warum Lady Melanie sich auf diesen Handel einließ«, fuhr sie fort, als sie sich wieder gefangen hatte. »Schließlich verlangte der Earl, mein Vater, von ihr, sein uneheliches Kind anzunehmen und aufzuziehen.«

»Pah!« Lydia lachte verächtlich. »Die Wünsche eines Ehemannes sind Gesetz, vor allen Dingen in diesen Kreisen. Lady Melanie wurde gar nicht gefragt, außerdem hatte sie viel zu viel Angst, dass der Earl sich von ihr trennen würde, wenn sie seiner Forderung nicht nachkam. Sie kam aus bestem Haus – die Schande einer Scheidung hätte sie nicht verkraftet.«

Ellens Kopf schien beinahe zu bersten. Das Geheimnis ihrer Herkunft war nun geklärt, und Belinda hatte recht gehabt: Auch sie war eine Tredethian, wenngleich ein Bastard, der von ihrem Vater nicht anerkannt worden war. Auch wenn sie Dorian Swinbrook nie kennengelernt hatte und viele Jahre vergangen waren, schmerzte es Ellen, dass der Earl sich nie nach ihr erkundigt und es ihn nie interessiert hatte, was aus dem zweiten Mädchen, das schließlich auch sein Fleisch und Blut gewesen war, geworden war.

»Nun wissen Sie es.« Lydia stand auf und trat zum Fenster. Den Rücken Ellen zugewandt, fuhr sie leise fort: »Wann und wo sind Sie Belinda eigentlich begegnet? Und was ist geschehen, dass Belinda nicht nach Hause zurückkehrte? Ist sie … tot?«

Ellen nickte schwach und begann, von Belindas und ihrer Begegnung in Hyères zu berichten. Es gab keinen Grund, der Wirtschafterin nicht die Wahrheit zu gestehen. Trotz allem hatte Lydia ein Recht darauf, zu erfahren, was mit Belinda geschehen war. »Glauben Sie mir, Lydia, es war schrecklich, als ich erfuhr, dass Belinda ertrunken ist. Sie hatte geplant, gemeinsam mit mir nach Tredethian zu reisen und ihrem … unserem Vater, die Wahrheit zu sagen. Belinda wollte, dass ich als ihre Schwester anerkannt werde.«

»Nun, das ist Ihre Aussage. Man könnte aber auch glauben, Sie haben Belinda getötet, um deren Platz einzunehmen und endlich Ihrem tristen Leben zu entfliehen«, murmelte Lydia und wiederholte damit die Vermutung ihres Neffen. Langsam und müde drehte sie sich um und sah Ellen wieder an. »So furchtbar Belindas Tod ist – für Tredethian Manor und die Minen sind Sie ein Glücksfall, Ellen. Obwohl ich Belinda fast wie eine eigene Tochter liebte und alles für sie getan hätte, verschloss ich nie meine Augen vor ihrem wahren Charakter. Sie allerdings haben in den letzten Monaten sehr viel Gutes bewirkt. Wir sollten zusehen, dass alles so bleibt, wie es ist.«
Ellen atmete heftig.
»Was wollen Sie damit sagen?«
Lydia zuckte mit den Schultern und sagte schlicht: »Ganz einfach – Sie bleiben Belinda, und somit bleibt alles beim Alten. Es ist Ihnen gelungen, außer mich und Miles jeden zu täuschen, sogar Osbourne und seinen Vater. Niemand jedoch kannte Belinda auch so gut wie ich.«
»Dann verraten Sie mich also nicht?« Ellen wollte nicht glauben, dass die Wirtschafterin das wirklich ernst meinte.
Lydia zögerte nur einen Augenblick, dann schüttelte sie den Kopf.
»Miles und ich sind die Einzigen, die die Wahrheit kennen. Wegen meines Neffen müssen wir uns aber etwas einfallen lassen. Er wird nicht ruhen, bis er das bekommen hat, was er will.«
Ellen lachte bitter. »Noch mehr Geld, ich weiß. Außerdem will er hier leben, was unmöglich ist, wenn Caswyn wieder zurück ist. Können Sie Miles nicht zur Besinnung bringen? Sie haben doch bestimmt Einfluss auf ihn.«
Es widerstrebte Ellen zwar, sich mit Lydia zu verbünden, sie sah aber keine andere Möglichkeit, Miles dazu zu bewegen, die Gegend oder am besten gleich das Land zu verlassen.

»Es ist nicht nur das Geld«, antwortete Lydia. »Miles war Belinda regelrecht hörig. Auch wenn es in ihrem Leben noch andere Männer gegeben hat, ist Miles nie von ihr losgekommen. Er weiß zwar nun, dass Sie Ellen sind – rein äußerlich üben Sie aber die gleiche Faszination auf ihn aus wie Belinda. Er wird nicht eher ruhen, bevor er und Sie wieder ein Liebespaar geworden sind.«

»Niemals!«, schrie Ellen und sprang aus dem Bett. Der Boden schwankte unter ihren Füßen, und haltsuchend klammerte sie sich an einen Bettpfosten. »Er kann so viel Geld haben, wie ich aufbringen kann, von mir aus meinen gesamten Schmuck, aber er muss von hier verschwinden. Noch heute, bevor die Leute zu reden beginnen.«

»Versuchen Sie es, Ellen.« Lydia schüttelte zweifelnd den Kopf. »Was mein Neffe sich in den Kopf gesetzt hat, erreicht er meistens. Schenken Sie ihm doch ein, zwei Nächte, damit wird er vorerst zufrieden sein. Vielleicht können Sie ihn danach bewegen, für einige Zeit zu verreisen? Damit hätten Sie Zeit gewonnen.«

»Auf keinen Fall!« Entschlossen ballte Ellen die Hände zu Fäusten. »Bevor dieser Mensch mich berührt …« Ellen brach ab, und Lydia starrte sie entsetzt an.

»Was haben Sie vor?«

Ellen senkte den Kopf, da sie Lydias bohrendem Blick nicht länger standhalten konnte.

»Warum tun Sie das?«, flüsterte sie. »Warum sind Sie bereit zu schweigen?«

»Wem wäre gedient, wenn die Wahrheit ans Licht kommt, Ellen?«, antwortete Lydia und lächelte bitter. »Belinda kehrt dadurch nicht zurück, und Tredethian Manor wäre auf immer und ewig verloren. Und ich … meine Stellung hier ist mehr als angenehm. Wenn bekannt wird, dass Sie nicht Belinda sind, dann ist Ihre Ehe ungültig. So oder so – wenn Sie nicht weiter Belinda bleiben, werden wir alle in naher Zukunft Tredethian räumen müssen. Halten Sie mich für sentimental, aber das Haus ist mir in den vielen Jahrzehnten ans Herz gewachsen, und was soll aus den Minen und den Arbeitern werden? Nein, nein, es ist besser, wenn alles so bleibt, wie es ist.«

Ellen wusste nicht, ob sie Lydia hassen oder ihr dankbar sein sollte. Im Augenblick konnte sie ohnehin keinen klaren Gedanken fassen.

»Gehen Sie jetzt, ich möchte allein sein«, sagte sie deswegen nur.

Zu ihrer Überraschung folgte Lydia ihrer Bitte, aber nicht, ohne sich an der Tür noch mal umzudrehen und zu sagen: »Ich werde Anweisung geben, eines der Gästezimmer im Ostflügel für Miles herrichten zu lassen. Dem Personal gegenüber begründen wir es damit, dass mein Neffe vorübergehend hier wohnen wird, da sein eigenes Haus von Grund auf renoviert wird.«

Ellen konnte nur noch schwach nicken. Sie wusste, wann sie verloren hatte, und hatte keine Ahnung, wie sie diesem Teufelskreis, in den sie durch eigene Schuld geraten war, jemals wieder entrinnen sollte. Es waren nicht nur der Skandal und die Gewissheit, dass Caswyn sich von ihr abwenden würde, wenn er die Wahrheit erfuhr, sondern sie hatte sich der Urkundenfälschung strafbar gemacht. Die Rechtsprechung verstand bei solchen Dingen keinen Spaß. Bei der Vorstellung, ihr Kind könnte in einer Gefängniszelle zur Welt kommen, wurde es Ellen übel. Das durfte nicht geschehen! Sie glaubte dem Versprechen Lydias, das Geheimnis zu wahren, aber sie durfte nicht zulassen, dass Miles Golberden alles zerstörte. Wie sie der Wirtschafterin gegenüber angedeutet hatte, würde sie alles tun, damit Miles aus ihrem Leben verschwand. Zum ersten Mal wünschte Ellen jemandem den Tod, und sie war über sich selbst entsetzt. Es ging jetzt aber nicht nur allein um sie und darum, dass man sie verdächtigen könnte, Belinda ermordet zu haben, sondern um das Leben aller Menschen, die mit Tredethian verbunden waren: Das Personal, die Bergarbeiter mit ihren Familien, die Bewohner von Porthleven und die Pächter – sie würden alles verlieren, wenn Ellen ihre wahre Identität offenbarte. Obwohl sie nun Gewissheit hatte, die leibliche Tochter von Dorian Swinbrook zu sein, wurde sie nie von ihm legitimiert. Ellen bezweifelte, dass der Earl so unvorsichtig gewesen war, irgendwo einen Eintrag oder sonst etwas zu hinterlassen, das auf ihre Geburt hinwies. Wahrscheinlich hat es damals eine Hebamme gegeben, die Anna zur Seite gestanden hatte und in die Geschichte eingeweiht gewesen war. Diese Frau zu finden, war aber unmöglich, sofern sie überhaupt noch lebte. Außer Lydias Aussage gab es keinen Beweis, dass sie, Ellen, eine Tredethian war. Selbst wenn, das Testament Dorians war eindeutig, und der Besitz würde unweigerlich in fremde Hände fallen.

»Ich darf das nicht zulassen!« Mit der Faust hieb Ellen gegen die Wand, und der Schmerz tat ihr gut, übertünchte er doch den Schmerz, der in ihrem Inneren wütete. »Bei Gott, ich schwöre es – ich werde alles tun, damit niemals jemand die Wahrheit erfährt. Alles!«

28. Kapitel

Ellen verschanzte sich in ihrem Zimmer. Die Zimmertür hielt sie von innen verschlossen und öffnete nur Melly, wenn sie ihr das Essen oder Wasser zum Waschen brachte. Ihrer Zofe gegenüber begründete sie ihr Verhalten mit Schwangerschaftsbeschwerden, was Melly zwar nicht glaubte, aber sie akzeptierte, dass ihre Herrin plötzlich so verändert war. Auch Lydia wollte Ellen nicht sehen, und die Wirtschafterin ihrerseits machte keinen Versuch, Ellen aufzusuchen. Besuche wurden abgewiesen, und Ellen war es gleichgültig, ob die Nachbarn über sie redeten, weil sie niemanden empfing. Im Moment konnte sie keinen Menschen ertragen, erst musste sie mit sich selbst wieder ins Reine gekommen sein und entschieden haben, ob sie wirklich mit dieser großen Lüge weiterleben konnte. Sie dachte nicht nur an sich selbst, sondern in erster Linie an ihr ungeborenes Kind. Wenn sie ihre wahre Identität aufdeckte, dann würde dieses Kind als Bastard gelten, und sie selbst würde Tredethian verlassen müssen. Wie sollte sie sich und ein Baby durchbringen? Allerdings würde auch dieses Kind das Blut der Tredethians in sich tragen und hatte somit einen Anspruch auf das Erbe. Auch wenn es Ellen widerstrebte, Lydia Golberden hatte recht – es war niemandem gedient, wenn die Wahrheit ans Licht käme. Unter großer Kraftanstrengung schob Ellen die Frisierkommode vor die verborgene Tapetentür, denn sie wollte auf keinen Fall eines Nachts von Miles Golberden überrascht werden, der ja nur wenige Zimmer weiter logierte. Natürlich hatte Miles schon mehrmals an ihre Tür geklopft und gefordert, eingelassen zu werden, Ellen hatte bisher jedoch nicht reagiert. Sie hoffte, Lydia würde auf ihren Neffen einwirken und ihn mit weiteren Zahlungen beruhigen können, damit ihr noch einige Zeit blieb, in der sie überlegen konnte, was sie tun sollte.

Als ihre Zofe eines Abends das Tablett mit den Speisen, von denen Ellen kaum etwas angerührt hatte, abräumte, zögerte sie.

»Mylady, ich weiß, es steht mir nicht zu, aber …«

»Was hast du auf dem Herzen?«, fragte Ellen, denn das Mädchen machte sich ernsthafte Sorgen um sie.

»Ich bin nur Ihre Zofe, Mylady«, sagte Melly und senkte den Blick, »aber der Neffe von Miss Golberden, der im Ostflügel wohnt … der Herr würde es nicht gern sehen, dass dieser Mann hier ist«, stieß sie hervor.

Ellen drehte den Kopf zur Seite.

»Miss Lydia bat mich um den Gefallen«, sagte sie ausweichend. »Mr. Golberden braucht vorübergehend eine Unterkunft, ich konnte ihren Wunsch nicht abschlagen. Bis mein Mann zurückkehrt, ist er längst wieder abgereist.«

Melly zögerte, öffnete den Mund, als wollte sie noch etwas sagen, zuckte dann aber nur mit den Schultern und verließ das Zimmer. In den letzten Tagen war sie sehr besorgt um ihre Herrin gewesen und hatte mehrmals gefragt, ob sie nicht nach einem Arzt schicken solle. Auch Cobbs hatte an Ellens Tür geklopft und um ein Gespräch gebeten, Ellen hatte darauf aber nicht reagiert. Sie fühlte sich nicht in der Lage, mit irgendjemandem zu sprechen. Manchmal setzte sie sich an den Schreibtisch und schrieb lange Briefe an Caswyn, in denen sie ihm die Wahrheit gestand. Sie warf jedoch jeden einzelnen ins Feuer, denn wie konnte sie dem Mann, den sie von ganzem Herzen liebte, gestehen, dass sie ihn von Anfang an hintergangen und belogen hatte?

Es klopfte an die Tür, und Ellen zuckte zusammen, als sie Miles' Stimme hörte, die laut forderte: »Mach endlich auf! Meine Geduld ist am Ende. Du kannst dich nicht ewig einschließen. Wir müssen reden, denn ich habe dir etwas zu sagen, das dich sehr erstaunen wird.«
»Verschwinde«, zischte Ellen, obwohl er sie nicht hören konnte. »Lasst mich doch alle einfach in Ruhe.«
»Hörst du mich?«, rief Miles nun noch lauter. Wahrscheinlich war er im ganzen Haus zu hören. »Also gut, wenn du nicht bereit bist, hier und jetzt mit mir zu sprechen – ich erwarte dich heute nach Sonnenuntergang bei der Grotte im Garten, und ich rate dir zu kommen. Es ist sehr wichtig und auch in deinem Interesse, was ich dir zu sagen habe.«
Mit angehaltenem Atem saß Ellen wie erstarrt da, dann hörte sie, wie sich seine Schritte langsam wieder entfernten. Gedankenverloren griff sie nach der Weinkaraffe, die Melly nicht abgeräumt hatte, und trank einen Schluck. Da sie kaum etwas gegessen hatte, stieg ihr der Alkohol schnell zu Kopf, und als sie die Karaffe geleert hatte, erschien Ellen die Lage gar nicht mehr so aussichtslos.

Die Sonne versank als blutroter Ball am Horizont, und die Dämmerung zog herauf, als Ellen in ein schlichtes Kleid schlüpfte und ihren Mantel nahm. Wegen des Weins war ihr ein wenig schwindlig, trotzdem war sie entschlossen, Miles zu treffen. Sie würde nochmals mit ihm sprechen, ihm intensiv ins Gewissen reden, dass sie eben nicht Belinda war und sie niemals ein Paar werden würden. Ellen hatte sich ihre Worte gut zurechtgelegt und war überzeugt davon, dass Miles Verständnis zeigen würde, was besonders durch die goldene Kette und die dazu passenden Rubinohrringe, die sie in die Tasche gesteckt hatte, unterstrichen werden würde. Miles

Golberden war ein Spieler – er würde zu einer erneuten Finanzspritze sicher nicht nein sagen.

Darauf bedacht, von niemandem gesehen zu werden, schlich Ellen den Flur entlang zur Dienstbotentreppe. Das Personal saß jetzt, wo alle Arbeit im Haus getan war, in ihrem Aufenthaltszimmer beim Essen zusammen. Die steinerne Wendeltreppe mündete in einen langen, niedrigen Gang mit nackten Wänden, von dem aus die Türen zum Küchentrakt abgingen und der zur Hintertür führte. Die Tür öffnete sich geräuschlos, und Ellen schlüpfte nach draußen. Die Grotte, Ende des 18. Jahrhunderts von dem damaligen Earl im Stil eines toskanischen Brunnens angelegt, befand sich hinter dem Rosengarten, und auf dem Weg durch den fast dunklen Garten begegnete Ellen niemandem. Der Himmel war wolkenlos, und der inzwischen aufgegangene Halbmond spendete nur wenig Licht. Vor der Grotte erkannte Ellen die Umrisse eines Schattens, der auf einer steinernen Bank saß.

»Miles?«, flüsterte sie, doch der Schatten gab keine Antwort und bewegte sich nicht. Als Ellen näher kam, erkannte sie, dass wie erwartet Miles Golberden auf der Bank saß, allerdings war sein Kopf auf die Brust gesunken, und es sah aus, als würde er schlafen. »Ich bin gekommen«, sagte Ellen fest. »Also, was hast du mir Wichtiges mitzuteilen?«

Miles reagierte immer noch nicht, und Ellen setzte sich neben ihn auf die Bank.

»Was soll das, Miles?«, fragte sie ärgerlich. »Erst bestehst du auf ein Treffen, und dann sitzt du hier und schläfst. Bist du etwa betrunken? Dann kann ich ja auch wieder gehen.«

Ellen stand auf, da Miles immer noch keine Reaktion zeigte, dabei berührte sie ihn an der Schulter. Sein Körper kippte auf sie, und gemeinsam fielen sie zu Boden. Miles lag wie ein Mehlsack auf Ellen, und sie keuchte.

»Geh sofort runter!«, rief sie, obwohl jeder sie hören könnte. Er rührte sich immer noch nicht, und Ellen versuchte, Miles zur Seite zu schieben. Da fühlte sie eine warme, klebrige Flüssigkeit an ihren Fingern und schrie laut auf. Endlich konnte sie sich befreien, und Miles lag vor ihr auf dem Bauch. Was Ellen dann sah, ließ ihr das Blut in den Adern gefrieren: Miles' Rock war blutgetränkt, und zwischen seinen Schulterblättern steckte ein Messer. Ellen sank auf die Knie und starrte wie gelähmt vor Entsetzen auf das Messer. Nach einer Weile kam sie wieder zur Besinnung. Obwohl sie Miles mehr als alles andere verabscheute, musste sie sehen, ob sie ihm noch helfen konnte. Sie griff mit beiden Händen nach dem Schaft und zog das Messer aus Miles' Körper. Plötzlich hörte sie Stimmen, und es tauchten Lichter auf. Menschen, Laternen in den Händen, näherten sich, und Ellen, die Hände, das Gesicht und ihr Kleid mit Blut besudelt, kniete neben Miles Golberdens Leiche, das Messer in beiden Händen.

»Großer Gott!« Als Erstes hörte sie die Stimme des Butlers, dann schrie eine junge Frau, deren Stimme Ellen als die Mellys erkannte.

»Grundgütiger! Ist er tot?« Nun erschien auch Lydia. Sie trug ebenfalls eine Lampe, deren Licht ihr bleiches Gesicht beleuchtete, das zu einer Grimasse verzerrt war.

Cobbs schubste Ellen zur Seite, beugte sich über den leblosen Körper und tastete nach der Halsschlagader.

»Mausetot«, sagte er langsam, hob den Kopf und starrte Ellen an. Im schwachen Schein seiner Lampe erkannte Ellen sein fassungsloses Erstaunen, das sich in plötzliche Erkenntnis wandelte. Bevor Cobbs etwas sagen konnte, schrie Lydia plötzlich mit schriller Stimme, und die Worte würden Ellen für den Rest ihres Lebens im Gedächtnis bleiben:

»Sie hat ihn umgebracht! Sie ist eine Mörderin!«

Cobbs zögerte, fassungslos sah er die Wirtschafterin an.
»Meinen Sie Mylady? Doch nicht etwa Lady Belinda?«
»Sie ist nicht Belinda!«, kreischte Lydia, kurz davor, den Verstand zu verlieren. »Der Name dieser Frau lautet Ellen Townsend, und sie ist eine Lügnerin und Betrügerin und hat meinen Neffen erstochen! Sie hat erst vor ein paar Tagen gesagt, sie würde Miles eher töten, als dass er ihr Geheimnis verrät.«
»Nein!« Melly schlug die Hände vor den Mund, und Cobbs stand langsam auf.
»Miss Lydia, bitte beruhigen Sie sich«, sagte er und versuchte, Lydia am Arm zu fassen. »Das kann doch alles gar nicht sein ... Lady Belinda ...«
»Glauben Sie es ruhig, Cobbs, ich habe Beweise, dass es sich bei dieser Person nicht um Belinda Swinbrook handelt.« Lydia wich zurück und hob abwehrend die Hände. Im schwachen Licht der Laternen erkannte Ellen ihren hasserfüllten Blick. »Sie haben ihn ermordet!«, wiederholte sie ruhig und in einem eisigen Tonfall. »Es wäre doch nicht nötig gewesen ...«
»Nein, nein ... ich ... er war schon ...«, stammelte Ellen, unfähig, einen Satz zu formulieren.
Cobbs räusperte sich.
»Am besten, wir informieren den Richter«, sagte er langsam. »Er wird entscheiden, was zu tun ist. Mylady« – der Butler verzichtete auf eine Verbeugung –, »folgen Sie mir ins Haus, ohne dass ich Sie festhalte? Das wäre mir sehr unangenehm, Sie werden aber einsehen, dass es im Moment unabdingbar ist.«
Ellen nickte und fand langsam ihre Sprache wieder.
»Ich werde mitkommen, aber ich habe Miles Golberden nicht getötet. Er war schon tot, als ich kam ...«
Ellens Stimme brach, das Entsetzen über den schrecklichen Mord schnürte ihr die Kehle zu. Widerstandslos ließ sie sich

von Cobbs in ihr Zimmer führen und hörte, wie der Schlüssel von außen im Schloss gedreht wurde. In diesem Moment wurde es Ellen in aller Deutlichkeit bewusst, dass der Sumpf, in den sie sich selbst begeben hatte, sie nun verschlang.

Die nächsten Wochen rauschten an Ellen vorbei, als wäre sie die unbeteiligte Zuschauerin eines schlechten Theaterstücks. Zuerst hatte man Ellen einige Tage in ihr Zimmer eingesperrt und sogar einen Wachposten vor ihre Tür gesetzt. Die Tapetentür, die sie selbst verrammelt hatte, um vor Miles sicher zu sein, wurde nun von außen verschlossen, damit sie nicht fliehen konnte. Mehrmals täglich suchten fremde Männer sie auf, die ihr immer wieder die gleichen Fragen stellten, auf die Ellen, so gut es ging, antwortete. Dem Bezirksrichter, Mr. Penlawn, gegenüber, der Ellen an Lawrence Osbourne erinnerte, gestand Ellen die ganze Wahrheit. Sie offenbarte, wer sie in Wirklichkeit war, und schilderte bis ins kleinste Detail alles, was geschehen war, seit sie vor etwa einem Jahr Belinda in Südfrankreich begegnet war. Immer wieder musste sie diese Geschichte erzählen, die sich mit Lydias Aussage deckte – bis in einem Punkt: Die Polizei und auch Mr. Penlawn gingen davon aus, dass Ellen in Südfrankreich ihre Schwester getötet hatte, um deren Identität anzunehmen.
»Geben Sie es endlich zu, Miss Townsend.« Penlawns scharfer Blick bohrte sich in Ellens Augen, und sie, nach langer Zeit wieder mit ihrem richtigen Namen angesprochen, fühlte sich wie in ein dunkles Eishaus gesperrt.
»Ich habe Ihnen alles gesagt, Mr. Penlawn«, antwortete Ellen leise. »Ich habe mit Belindas Tod ebenso wenig etwas zu tun wie mit dem Mord an Miles Golberden.«
Ellen wusste, sie hätte genauso gut einer kahlen Wand gegenüber ihre Unschuld beteuern können, denn alle Indizien spra-

chen gegen sie, und es gab keinen Hinweis auf einen anderen Täter. Schließlich war sie überrascht worden, als sie das Messer in den Händen hielt, und Miles' Körper war noch warm gewesen. Und da war die Angelegenheit mit der richtigen Belinda Swinbrook. Wie ein hungriger Wolf verbiss der Bezirksrichter sich in diese Sache und verhörte Ellen immer wieder.

»Als Sie erkannten, dass es nur Zufall gewesen war, welches der beiden Mädchen beim Vater verblieb, und dass Belinda in den Genuss gekommen war, auf Tredethian Manor aufzuwachsen und eine reiche Erbin zu sein, während Sie zur Armut verdammt waren, töteten Sie Ihre Schwester«, sagte Mr. Penlawn in einer Art und Weise, die keinen Widerspruch duldete. »Sie wollten endlich auch ein Stück des großen Kuchens haben, der bisher Belinda vorbehalten war, obwohl es Ihnen auch zugestanden hätte.«

»Das ist nicht wahr!«, rief Ellen. »Ich habe meine Schwester geliebt und war glücklich, ihr begegnet zu sein.«

»Denken Sie wirklich, das wird Ihnen jemand glauben?« Penlawns Augen sprühten Blitze. »Und was den Mord an Miles Golberden betrifft: Ihre Zofe hat belauscht, wie sich der Ermordete mit Ihnen im Garten verabredete, und Sie wurden beobachtet, wie Sie durch den Dienstbotentrakt hinausgeschlichen sind. Dabei haben Sie das Messer aus der Küche geholt, die um diese Zeit verwaist war, da sämtliches Personal sich im angrenzenden Aufenthaltsraum befand. Sie haben von Anfang an geplant, Golberden zu ermorden, und gingen dabei mit großer Hinterlist und Grausamkeit vor.«

Es war gleichgültig, was Ellen sagte. Penlawn und die Männer, die ihm bei den Befragungen zur Seite standen, waren von ihrer Schuld überzeugt, allein aus dem Grund, weil man sie als Lügnerin und Betrügerin entlarvt hatte. Diesen Punkt leugnete Ellen nicht, denn das hätte keinen Sinn gehabt. Nach ein paar Tagen erhielt sie den Besuch eines Arztes, nachdem Ellen ihre Schwangerschaft offenbart hatte. Nach einer kurzen Untersuchung meinte er, sie wäre wohlauf und kräftig und das Kind würde keinen Schaden nehmen, wenn man die Befragungen und Ermittlungen fortsetzte. Daraufhin brachte man Ellen nach Bodmin in das dortige Gefängnis.

»Bis zum Prozess werden Sie hierbleiben, Townsend«, sagte Mr. Penlawn unfreundlich. »Das Risiko, Sie könnten versuchen, das Land zu verlassen, ist einfach zu hoch.«

Ellen war nahe daran zu resignieren. Niemand wollte ihr glauben – im Gegenteil: Der Richter versuchte mit allen Mitteln, sie nicht nur des Mordes an Miles Golberden zu überführen, sondern ihr auch die Schuld an Belindas Tod in die Schuhe zu schieben.

Man brachte Ellen in eine kleine, dunkle und feuchte Zelle, gab ihr aber genügend Decken und auch regelmäßig frisches Wasser und Wäsche zum Wechseln. Außerdem bekam sie ein einigermaßen genießbares Essen, was sie ihrer Schwangerschaft zu verdanken hatte. Allerdings durfte Ellen die Zelle nicht verlassen und keinen Besuch empfangen. Sie hätte ohnehin nicht gewusst, wer sie hätte besuchen sollen – jetzt, nachdem ihre Identität aufgedeckt war. Der Gefängnisarzt sah in unregelmäßigen Abständen nach Ellen. Ihr blieb nichts anderes übrig, als die peinlichen Untersuchungen über sich ergehen zu lassen, auch ging der Mann grob mit ihr um.

»Mit Ihrem Kind ist alles in Ordnung«, sagte er. »Die Haft wird ihm nicht schaden.«

Einmal kam auch ein Priester, mit dem Ellen aber nicht sprechen wollte. Nach Wochen der Gefangenschaft, in denen ihr niemand sagte, wie es weiterging, hatte sie jegliche Hoffnung verloren. In der Einzelhaft hatte Ellen viel Zeit, nachzudenken. Ob Caswyn von ihrem Verrat erfahren hatte? Wenn er bereits an der Westküste der Staaten angekommen war, konnte er telegrafisch erreicht werden. Sicherlich hatte Lawrence Osbourne seinem Sohn längst ein entsprechendes Kabel geschickt und ihm alles berichtet. Es fiel Ellen schwer zu akzeptieren, dass Caswyn nun nicht mehr ihr Ehemann war, aber ihre Ehe war unmittelbar nach dem Mord an Miles Golberden für ungültig erklärt worden. Beim Gedanken an ihren freundlichen Schwiegervater überfiel Ellen eine tiefe Trauer. Was würde nicht nur Caswyn, sondern auch Lawrence von ihr denken? Hielt Lawrence sie auch für schuldig, zwei Menschen ermordet zu haben? Wahrscheinlich, denn sonst hätte der ältere Herr doch schon längst versucht, sie zu besuchen oder sonst etwas für sie zu tun.

Nach einiger Zeit stellte man Ellen einen Anwalt zur Seite, denn schon bald sollte der Prozess stattfinden. Ihr erstes, kurzes Gespräch verlief aber wenig zufriedenstellend, da der Anwalt keinen Zweifel daran ließ, dass er von Ellens Schuld überzeugt war.

»Die Indizien sprechen gegen Sie, Miss«, sagte er. »Zumindest, was den Mord an Golberden betrifft. Man hat Sie schließlich auf frischer Tat ertappt, wie es so schön heißt. Ein Geständnis könnte die Richter milder stimmen und sich positiv auf das Urteil auswirken.«

»Ich habe es aber nicht getan!«, begehrte Ellen auf. »Als ich zur Grotte kam, war Miles bereits tot. Ich werde nicht etwas gestehen, was ich nicht getan habe.«

Die Miene des Anwalts verschloss sich.

»Seien Sie nicht so stur, Miss Townsend. Wer sonst sollte einen Grund haben, Golberden zu töten? Ein Jahr lang haben Sie sich für jemand anderen ausgegeben und hätten das auch weiterhin getan, wenn Ihnen Golberden nicht einen Strich durch die Rechnung gemacht hätte. Sie fürchteten sich vor den Konsequenzen, Miss Townsend, denn Sie haben sich der Urkundenfälschung strafbar gemacht, außerdem hätten Sie Tredethian Manor verloren, wenn Golberden die Wahrheit offengelegt hätte. Aus diesem Grund musste er sterben, nachdem er Sie mehrmals zuvor erpresst hatte. Das können Sie nicht leugnen«, fuhr der Anwalt rasch fort, als Ellen ihn unterbrechen wollte. »Wir haben von der Bank die Schecks erhalten, die Sie im Namen Ihrer Schwester ausstellten und Golberden übergaben.«

»Seine Tante ... Lydia ... wusste es ebenfalls«, warf Ellen schnell ein. »Sie wollte aber schweigen, weil sie ihr angenehmes Leben auf Tredethian nicht riskieren wollte.«

»Glauben Sie etwa, Miss Golberden hat ihren eigenen Neffen getötet?« Der Anwalt sprach Ellens Gedanken aus und lächelte zynisch. »Vergessen Sie nicht, es war Miss Golberden, die Sie als Erste des Mordes an Miles bezichtigte. Außerdem kam die ganze erschreckende Wahrheit Ihrer Identität erst durch die Aussage von Miss Golberden ans Licht.«

Bittere Galle stieg in Ellens Kehle auf. Sie konnte sich gerade noch zum Eimer schleppen, in den sie sich erbrach.

»Ich gehe jetzt wieder.« Angewidert rümpfte der Anwalt die Nase und wandte sich zur Tür. »Schon aus Rücksicht auf Ihr Kind sollten Sie die Wahrheit sagen. Man wird Sie nicht hinrichten, solange Sie sich in anderen Umständen befinden.«

Ellen fuhr herum. Ihr Teint war grau, die Haare hingen ihr wirr in die schweißnasse Stirn.

»Und danach? Was geschieht, wenn mein Kind geboren ist?«

Er zuckte mit den Schultern.

»Das kommt auf das Urteil an. Wie ich bereits sagte – mit einem Geständnis könnte sich der Richter davon überzeugen lassen, Sie nur lebenslänglich einzusperren, anstatt Sie zu hängen. Noch vor einigen Jahrzehnten wären Sie zu den Antipo-

den deportiert worden, diese Zeiten sind aber vorbei. Denken Sie über meine Worte nach.«
»Ich habe aber weder mit dem Mord an Golberden noch mit Belindas Tod etwas zu tun«, beharrte Ellen verzweifelt, der Anwalt hatte ihre Zelle jedoch bereits verlassen.
Je mehr Zeit verging, desto hoffnungsloser wurde Ellen. Lange hoffte sie auf Caswyns Besuch, denn er musste schon längst aus Amerika zurück sein. Selbst wenn ihn kein Telegramm erreicht hätte – die Zeit seiner Reise war vorbei, und Caswyn musste inzwischen von den schrecklichen Vorfällen gehört haben. Ellen hoffte und bangte, dass er ihr verzeihen und an ihre Unschuld glauben möge. Er musste doch wissen, dass sie niemals fähig wäre, einem Menschen etwas anzutun. Warum kam er nicht? Ihrem eigenen Ehemann würde man doch sicher erlauben, sie zu besuchen?
Er ist nicht dein Mann, mahnte eine Stimme in Ellens Kopf. Caswyn war in dem Glauben, sie wäre Belinda, vor den Altar getreten. Ihre Heiratsurkunde war, ebenso wie ihre Ehe, ungültig, und das Kind in ihrem Bauch war ein Bastard. Sie hoffte, dass sich Caswyn des kleinen Wurms, der nichts für die Fehler seiner Mutter konnte und trotz allem Caswyns Fleisch und Blut war, erbarmen würde. Ansonsten würde ihr Kind in ein Waisenhaus kommen und weder Mutter noch Vater jemals kennenlernen.

Wenige Tage vor Weihnachten begann die Verhandlung. Bei Morgengrauen brachte man Ellen in die Katakomben der Shire Hall in Bodmin, die als Gerichtssaal fungierte, und schloss sie dort in eine Zelle ein. Über sich hörte sie Rumpeln und Scharren, und als man sie schließlich durch den schmalen, kahlen Gang zu der Tür brachte, hinter der sich der Verhandlungssaal befand, klammerte Ellen sich an den Arm des Wärters. Der Saal war bis auf den letzten Stehplatz gefüllt, und vor der Tür drängten sich weit über hundert Menschen, wie der Wärter ihr zuraunte. Erst jetzt begriff Ellen, welch ein Aufsehen nicht nur der Mord, sondern auch ihr Betrug in Cornwall erregt hatte. Als sie Lawrence Osbourne unter den Zuschauern entdeckte, drehte er schnell den Kopf weg, um ihrem Blick nicht zu begegnen. Diese Reaktion bestätigte ihre Vermutung, dass Osbourne von ihrer Schuld überzeugt war und sie für ihre Lügen verachtete. Ellens Blick irrte suchend über die Menge, in der Hoffnung, Caswyn zu entdecken, er war jedoch nicht unter den Anwesenden. Ellen presste die Lippen zusammen, um nicht vor allen Menschen in Tränen auszubrechen. Caswyn hatte sie verlassen – dieser Tatsache musste sie ins Auge sehen.

Der Prozess rauschte wie ein Wasserfall an Ellen vorbei. Sie saß nur stumm da, und die wenigen Worte, die ihr Anwalt zu ihrer Verteidigung vorbrachte, hätte er sich ebenso gut sparen können. Obwohl Ellen nie zuvor eine Gerichtsverhandlung verfolgt hatte, wusste sie, dass, wenn der Anwalt des Angeklagten von dessen Schuld überzeugt war, kaum eine Chance auf einen Freispruch bestand. Dutzende von Zeugen wurden befragt, Lydia Golberden wiederholte ihre Aussage, und die Geschworenen und die Zuschauer waren entsetzt, als sie das ganze Ausmaß der Geschichte erfuhren. Während sie sprach, hielt Lydia den Kopf gesenkt, knetete nervös ihre Finger, und ihre Stimme war so leise, dass der Richter sie mehrmals auffordern musste, lauter zu sprechen. Erst am Ende, als man Lydia bereits aus dem Zeugenstand entlassen hatte, streifte ihr Blick für einen Moment Ellen, dann sagte sie:
»Trotz allem bin ich überzeugt davon, dass Miss Townsend mit dem Verschwinden meiner ehemaligen Herrin Belinda

Swinbrook nichts zu tun oder sie gar getötet hat. Das müssen Sie mir glauben, Sir, mehr kann ich dazu aber nicht sagen.«

Richter Penlawn ging auf diese Bemerkung nicht ein, sondern forderte Lydia auf, den Zeugenstand zu verlassen. Ellen schluckte und presste die Lippen zusammen. Es war egal, ob man ihr anlasten würde, Belinda ermordet zu haben, denn alles lief darauf hinaus, dass man sie für den Mord an Miles Golberden verurteilen würde. Ob ein Mord oder zwei – das Ergebnis war dasselbe: der Tod durch den Strang. Ellens anfängliche Vermutung, Lydia selbst habe ihren Neffen erstochen, war durch die Aussage des Butlers Cobbs widerlegt worden.

»Miss Golberden und ich befanden uns den ganzen Abend über im Personaltrakt«, sagte er ernst und mit fester Stimme. »Wir sprachen über die Anstellung eines neuen Küchenmädchens. Erst als Melly, die Zofe von Lady Belinda ... äh ... von Miss Townsend aufgeregt in die Küche kam und meinte, sie hätte Mylady allein in den Garten gehen sehen und mache sich Sorgen, verließen Miss Golberden, Melly und ich gemeinsam das Haus. Und da der Körper von Miles Golberden noch warm gewesen war, als wir ihn auffanden, ist es unmöglich, dass seine Tante etwas mit seinem Tod zu tun hat.«

»Überlassen Sie die Rückschlüsse bitte uns«, wies der Richter Cobbs zurecht. Seiner Miene war aber anzusehen, dass die Argumentation des Butlers, warum Lydia Golberden als Täterin nicht in Frage kam, nicht von der Hand zu weisen war. Auch Ellen hatte keine Erklärung, wer für Miles' Tod verantwortlich war. Ihren Hinweisen, die halbseidene Welt der Spielcasinos und zwielichtigen Spelunken, in denen Miles regelmäßig verkehrte, zu überprüfen, waren weder der Richter noch ihr Anwalt gefolgt. Beide waren von Ellens Schuld überzeugt, und die Verhandlung war nicht mehr als eine Formsache.

Zum ersten Mal wachte Ellen aus ihrer Erstarrung auf, als Lady Harriet Northam in den Zeugenstand gerufen wurde. Die Dame hatte sich in den letzten Monaten kaum verändert, außer dass sie noch etwas korpulenter geworden war. Lady Harriet mied Ellens Blick und berichtete mit lauter, schriller Stimme von der Zeit, als Ellen in ihren Diensten stand.
»Von Anfang an wusste ich, dass das Mädchen nichts taugt, aber ich bin ja ein christlicher Mensch und wollte ihr eine Chance geben.« In hilfloser Wut ballte Ellen die Hände zu Fäusten, sie war aber zum Schweigen verdammt. »Kaum in Frankreich angekommen, trieb sich Miss Townsend auch schon mit Männern herum«, fuhr Lady Harriet fort. »Immer war sie auf ihren eigenen Vorteil bedacht, außerdem war sie sehr geldgierig.«
»Das ist eine Lüge!«, rief Ellen, und der Richter wies sie sofort in die Schranken.
»Halten Sie den Mund, sonst werden Sie von der Verhandlung ausgeschlossen und bis zu Ihrer Vernehmung in die Zelle geführt.«
Ellen blieb nichts anderes übrig, als in hilflosem Zorn anzuhören, wie Lady Harriet nichts unversucht ließ, sie vor Gericht in Misskredit zu bringen.
Lady Harriet warf einen verächtlichen Blick in Ellens Richtung und fragte provokant: »Wollen Sie etwa leugnen, dass Sie zu heimlichen Stelldicheins geschlichen sind, während ich krank, dem Tod näher als dem Leben, ans Bett gefesselt war?«
»Ich traf mich mit Belinda«, murmelte Ellen so leise, dass es niemand hörte, denn sie wusste, es war gleichgültig, was sie sagte – das Urteil über sie war bereits gefällt.
Ellen erfuhr erst im Verlauf des Prozesses, dass man ihrer Bitte, die Umstände des Segelunfalls, bei dem Belinda starb, in Südfrankreich zu recherchieren, nicht nachgekommen war.

Dabei hatte sie ihren Anwalt angefleht, sich bei der Hafenmeisterei in Hyères nach Belinda zu erkundigen. Der Hafenmeister würde sich sicher noch an die junge Dame und deren Begleitung erinnern. Eine derartige Befragung wäre aber langwierig gewesen, darum wurde darauf verzichtet.
Als ihre Zofe in den Zeugenstand gerufen wurde, wusste Ellen, dass sie keine Chance mehr hatte. Melly musste geweint haben, denn ihr Gesicht war rot und geschwollen. Sie war aber ein ehrliches Mädchen und konnte nicht anders, als wahrheitsgemäß auszusagen, dass sie gehört hatte, wie Miles Golberden sich mit Ellen im Park verabredet hatte.
»Es gab schon früher Gerüchte …« Melly warf Ellen einen um Entschuldigung heischenden Blick zu. »Lady Belinda und Mr. Golberden sollen eine … Beziehung miteinander haben. Mylord Tredethian entdeckte diese Affäre, woraufhin es einen furchtbaren Streit gegeben hat, den alle im Haus mitbekamen. Daraufhin reiste Mylady … also Lady Belinda voller Wut nach Frankreich ab und schwor ihrem Vater, ihn bis ans Ende ihrer Tage zu hassen.«
Zum ersten Mal stellte Ellens Anwalt eine sinnvolle Frage an die Zeugin.
»Sie sagen, Lady Belinda habe ein solches Verhältnis mit dem Ermordeten unterhalten, wir verhandeln heute jedoch über Ellen Townsend. Somit ist es ohne Bedeutung, was vor der Ankunft meiner Mandantin auf Tredethian Manor geschah.«
Der Richter wischte diesen Einwand mit einer Handbewegung beiseite.
»Was wichtig ist und was nicht, entscheide immer noch ich.« Er wandte sich an Melly und forderte sie auf, weiterzuerzählen, aber die Zofe hatte alles gesagt, was sie wusste.
Der Prozess dauerte den ganzen Tag, und Ellen, die stehen

musste, konnte sich kaum noch auf den Beinen halten. So war sie froh, als man sie zurück in die kleine Zelle in der Shire Hall brachte, wo sie die Nacht verbrachte, denn das Urteil der Geschworenen wurde für den nächsten Morgen erwartet.

Kein Geräusch, nicht einmal das Scharren von Füßen, war zu hören, als der Richter mit strenger Miene das Urteil verkündete: »Wir, das ehrenwerte Gericht von Bodmin, eingesetzt von Seiner Majestät König Edward dem Siebten, sind in Abstimmung mit dem ehrenvollen Geschworenengericht, das sein Urteil einstimmig gefällt hat, zu dem Ergebnis gekommen, dass Ellen Townsend des Mordes an Miles Golberden überführt ist. Indes konnte nicht eindeutig bewiesen werden, dass die Beklagte auch ihre Schwester Lady Belinda Swinbrook aus Neid und Habgier getötet hat, deren Leiche verschwinden ließ und einen Unfall vortäuschte. Weiter ist die Beklagte schuldig der Urkundenfälschung in mehreren Fällen, was aber für das heutige Urteil ohne Bedeutung ist. Ellen Townsend wird wegen Mordes an Miles Golberden schuldig gesprochen und zum Tod durch den Strang verurteilt.«
»Nein!« Ellens Schrei hallte durch den Saal. Sie klammerte sich an die Balustrade, sonst wäre sie zusammengebrochen.
»Ich bin noch nicht fertig, Miss Townsend.« Der Richter sah sie streng an, blickte dann wieder auf sein Blatt und las weiter: »Da sich die Verurteilte in anderen Umständen befindet, wird die Vollstreckung des Urteils ausgesetzt, bis sie entweder das ungeborene Kind verliert oder diesem zu gegebener Zeit das Leben schenkt. Danach ist das Urteil binnen sieben Tagen im Gefängnis von Bodmin zu vollstrecken. Die Verurteilte ist mit dem Strang vom Leben zum Tod zu befördern.«
Einige Zeit herrschte eine fast greifbare Stille im Saal, dann wurden einzelne Bravorufe laut. Ellen hörte aber auch Be-

merkungen wie: »Ich glaub es einfach nicht!«, und auch: »Sie hat so viel für die Menschen getan, sie kann einfach keine Mörderin sein.«
Obwohl eben über ihren Tod entschieden worden war, rechnete Ellen im Kopf rasch nach. Wenn sie das Kind austragen konnte – und sie würde alles tun, um sein Leben nicht zu gefährden –, dann blieben ihr noch etwa drei Monate. Ein Vierteljahr, in dem sie nichts unversucht lassen wollte, um ihre Unschuld zu beweisen, auch wenn sie im Moment keine Ahnung hatte, wie ihr das aus einer Gefängniszelle heraus gelingen sollte. Sie klammerte sich jedoch an die Hoffnung, dass Caswyn ihr beistehen würde. Vielleicht hatte er wirklich nichts von dieser schrecklichen Sache erfahren, oder seine Rückreise aus den Staaten hatte sich verzögert. Caswyn konnte ... *durfte* einfach nicht an ihre Schuld glauben! Er musste wissen, dass sie niemals einem Menschen ein Leid zufügen konnte, auch wenn sie ihn, was ihre Identität betraf, schändlich belogen hatte.
Ellen musste sich an diesen Hoffnungsschimmer klammern, sonst wäre sie wahnsinnig geworden.

Nach dem Prozess wurde es Ellen erlaubt, dreimal in der Woche ihre Zelle zu verlassen. In Begleitung eines Wärters durfte sie im Gefängnishof auf und ab gehen. Obwohl es sonst keine Abwechslung in ihrem Leben gab, schien die Zeit nur so dahinzufliegen. Das neue Jahr kam, und Ellen ging es, soweit es die Umstände zuließen, gut. Die Schwangerschaft bereitete ihr kaum Probleme, und sie zwang sich, regelmäßig zu essen, auch wenn sie keinen Appetit hatte. Der Arzt untersuchte sie erneut und meinte, sie würde im März ein gesundes Kind zur Welt bringen. März ... der Frühlingsbeginn ... es würde der letzte Monat werden, den Ellen erleben durfte.

Zu den anderen Mitgefangenen hatte Ellen keinen Kontakt, denn als eine zum Tod Verurteilte durfte sie nicht am allgemeinen Gefängnisalltag teilnehmen. Man brachte ihr zwar Bücher, und auch Besuch war nun erlaubt, doch Ellen konnte sich auf keine Lektüre konzentrieren, und der einzige Besuch, den sie erhielt, war Melly, ihre ehemalige Zofe. Verlegen trat das Mädchen von einem Fuß auf den anderen, und beide wussten nicht, was sie sagen sollten.

»Es tut mir so leid, Mylady …« Für Melly war Ellen immer noch ihre Herrin und würde es immer bleiben. »Aber ich musste dem Richter doch die Wahrheit sagen.«

Melly hatte inzwischen ihren Fischer geheiratet, Tredethian verlassen und erwartete ein Kind. Ellen nahm sie tröstend in den Arm, als Melly in Tränen ausbrach, und schickte sie dann rasch fort.

Zu Beginn des Jahres 1904 entschloss sich Ellen, ihre Erlebnisse aufzuschreiben. Sie wusste zwar nicht, wem sie ihre Erinnerungen hinterlassen sollte, das Schreiben würde ihr aber nicht nur die Zeit verkürzen, sondern ihr vielleicht auch helfen, sich mit dem, was unweigerlich auf sie zukommen würde, abzufinden. Sie bat den freundlichen Wärter, der sie stets wie eine Dame und nicht wie eine verurteilte Mörderin behandelte, um Federhalter, Tinte und Tagebücher, was ihr auch gewährt wurde. Allerdings musste sie dafür ihren Ehering eintauschen, denn sie besaß kein Geld, und es gab auch niemanden, der diese Kosten für sie übernommen hätte. Schweren Herzens zog Ellen den goldenen Ring vom Finger, der ein Vielfaches mehr wert war als ein wenig Tinte und Papier. Damit verlor sie das letzte Bindeglied zu Caswyn, der sich längst von ihr abgewendet hatte. Was bedeutete jedoch ein Schmuckstück, wenn ihr Körper kalt und starr in der Erde lag?

Obwohl es Ellens erstes Kind war, war es eine schnelle und leichte Geburt. Als am späten Abend die Wehen einsetzten, informierte Ellen den Wärter, der sofort eine Hebamme zu ihr schickte. Die Frau sprach nur das Allernotwendigste, ihre Hände waren kalt und grob, und sie ließ keinen Zweifel daran, wie ungern sie ihre Arbeit an einer Mörderin verrichtete. Trotzdem war Ellen froh, nicht allein zu sein. Wie sehr hatte sie sich auf die Geburt ihres Kindes gefreut – jetzt läutete diese den letzten Akt ihres Lebens ein. Die Morgendämmerung eines sonnigen Frühlingstages schimmerte durch das vergitterte Fenster, als Ellen zum ersten Mal den Schrei ihres Kindes hörte.
»Ist es gesund?«, flüsterte sie, erschöpft von der Geburt. »Ein Junge oder ein Mädchen?«
Die Hebamme gab keine Antwort, klopfte mehrmals an die Zellentür, die auch sogleich geöffnet wurde. Hilflos musste Ellen mit ansehen, wie das Bündel Tücher, in dem ihr Neugeborenes verborgen war, einer dunkel gekleideten Frau, die offenbar vor der Tür gewartet hatte, überreicht wurde.
»Geben Sie mir mein Kind!«, rief Ellen unter Aufbietung all ihrer Kräfte. »Lassen Sie es mich wenigstens ein Mal sehen.«
»Scht, scht …« Die Hebamme begann, Ellen zu waschen. »Ihrem Kind wird es gutgehen, es kommt in ein Waisenhaus. Eine Amme wartet bereits. Es ist besser, wenn Sie es nicht sehen, sonst fällt die Trennung nur viel schwerer.«
»Sagen Sie mir wenigstens, was es ist!«, flehte Ellen mit tränenüberströmtem Gesicht. »Bitte!«
Die Hebamme zögerte, hatte dann doch ein wenig Mitleid.
»Ein Junge«, sagte sie leise. »Es ist ein gesunder und kräftiger Junge.«

Ellen erinnerte sich deutlich an die Worte des Richters, dass die Hinrichtung binnen sieben Tagen nach ihrer Entbindung

zu erfolgen hatte. Nun war es also bald so weit ... nur noch wenige Male würde sie durch das schmale vergitterte Fenster am Morgen die Sonne auf- und am Abend untergehen sehen.
Am Abend des Tages, an dem sie entbunden hatte und noch sehr geschwächt war, brachten sie zwei Wärter, die Ellen nie zuvor gesehen hatte, in eine andere Zelle. Es war die Todeszelle im Erdgeschoss. Das Fenster führte auf den Vorhof hinaus, an dessen Nordseite sich der Galgen befand. Dieser Teil des Gebäudes war zweihundert Jahre alt, die Wände der engen Zelle mit feuchtem Moos bewachsen, und zum Schlafen diente Ellen lediglich ein ebenfalls feuchtes und schmutziges Stroh auf dem Steinboden. Ellen nahm es hin und zeigte keine Reaktion, als man sie grob in das Verlies stieß. Nachdem sie das Kind zur Welt gebracht hatte, war die Zeit der Schonung vorbei. Als ihr kleiner Junge seinen ersten Schrei getan hatte, war sie zu einem zum Tode verurteilten Subjekt geworden, und es war egal, ob sie am Kindbettfieber im Schmutz einer Zelle starb oder in wenigen Tagen am Strick baumelte.
Ihre Aufzeichnungen hatte Ellen beendet und trug sie bei sich. Wenn sie erst tot war, würde man diese wohl verbrennen, denn es gab niemanden, dem man ihre Hinterlassenschaft aushändigen konnte. Sie war ganz allein, und allein würde sie sterben, trotzdem hatte ihr die Niederschrift ihrer Geschichte geholfen. Beim Schreiben hatte sie zeitweise vergessen, dass sie es war, die ihrem Tod entgegensah.
Am folgenden Tag begann das Hämmern und Sägen, und Ellen konnte durch das vergitterte Fenster beobachten, wie im Vorhof Holztribünen aufgebaut wurden. Sie begriff, dass ihre Hinrichtung öffentlich stattfinden würde, obwohl dies seit einigen Jahren in England immer seltener praktiziert wurde. Ihr Fall hatte jedoch ein so großes Aufsehen erregt, dass man die Öffentlichkeit nicht ausschließen konnte. Ob Caswyn

auch unter den gaffenden Zuschauern sein würde? Ellen biss sich auf die Zunge, um nicht laut zu schreien. Wahrscheinlich war Caswyn jetzt, da Tredethian für ihn verloren war, wieder nach Darracott gezogen. Diesen Besitz und die dazugehörenden Minen konnte ihm niemand nehmen. Ob er von seinem Sohn erfahren hatte? Ellen wusste nicht, ob sie hoffen sollte, bei ihrem letzten Gang Caswyn in der Menge zu entdecken. Einerseits wünschte sie, das geliebte Gesicht ein letztes Mal zu sehen, sie wusste aber auch, dass sie dann nicht mit erhobenem Haupt, und ohne zu zittern, das Schafott betreten konnte. Ellen hatte sich vorgenommen, nicht zu weinen, zu schreien oder gar um Gnade zu flehen. Sie hatte alles, was sie liebte, verloren: Tredethian Manor, Caswyn und ihren Sohn, den sie kein einziges Mal gesehen hatte. Was spielte es jetzt noch für eine Rolle, dass man ihr auch das Leben nahm? Innerlich war sie schon längst gestorben, und wenn es stimmte, was die Kirche sagte, dann erwartete sie dort, wo sie hinging, das Paradies. Vielleicht würde sie ihren Vater Henry Townsend wiedersehen und auf ihre Mutter Anna treffen, vielleicht sogar Belinda, denn Ellen glaubte nicht daran, dass Menschen, die in ihrem Leben Böses getan hatten, in die Hölle kamen. Belinda war zwar egoistisch gewesen, etwas Schwerwiegendes hatte sie sich aber nie zuschulden kommen lassen.

»Morgen früh, bei Sonnenaufgang.«
Es waren nur vier Wörter, die ein mürrischer Wärter ihr zuraunte, als er ihr das Abendessen brachte. Ellen verstand und nickte stumm. Nun war es also so weit. Das Angebot eines letzten Gesprächs mit einem Geistlichen lehnte sie ab. Sie hatte längst ihren Frieden mit Gott gemacht und zürnte ihm nicht länger, dass er es zuließ, dass eine Unschuldige getötet wurde. Ellen setzte sich in eine Ecke, schlang die Arme um

die angezogenen Knie und faltete die Hände. Sie wollte die letzte Nacht auf dieser Erde nicht schlafen, sondern jede Sekunde bewusst erleben.

Die Glocke des Gefängnisturms schlug Mitternacht, als Ellen plötzlich Schritte vor der Zelle hörte, was um diese Uhrzeit unüblich war. Der Schlüssel drehte sich im Schloss, die Tür wurde geöffnet, und Ellen hörte, wie der Wärter mürrisch sagte: »Wissen Sie eigentlich, wie spät es ist? Die Verurteilte wollte doch keinen Pfaffen. Also nur zehn Minuten, ich will wieder in mein Bett.«

Eine Laterne in der Hand, trat ein Geistlicher ein. Er war wie ein Mönch mit einer dunkelbraunen Kutte gekleidet, das Gesicht fast vollständig unter einer Kapuze verborgen. Ellen war der Mann unbekannt, denn er war wesentlich kleiner und schmächtiger als der Priester, der sie während ihrer Haft mehrmals aufgesucht hatte.

»Lassen Sie mich in Ruhe«, sagte Ellen resigniert und senkte wieder den Kopf. »Ich möchte nicht mit Ihnen sprechen. Es gibt nichts mehr, was ich noch zu sagen hätte.«

Der Fremde kniete vor ihr nieder und beugte sich so dicht zu Ellen vor, dass ihre Gesichter nur noch eine Handbreit voneinander entfernt waren. Als er sprach, hatte Ellen ein Déjà-vu-Gefühl, denn der Geistliche sagte Worte, die Ellen vor langer Zeit schon einmal gehört hatte und die der Anfang einer Geschichte gewesen waren, die in wenigen Stunden mit ihrem Tod enden sollte:

»Na los, zieh dich aus! Beeil dich, wir haben nicht viel Zeit.«

Der Fremde schob seine Kapuze zurück und hielt die Laterne ein Stück höher, damit das Licht auf sein Gesicht fiel. Ellen glaubte, entweder zu träumen oder dem Wahnsinn verfallen zu sein, denn vor ihr kniete niemand anderes als Belinda.

Dinah

Tredethian Manor, Cornwall

April 2012

29. Kapitel

Mann, das ist voll krass! Echt der Hammer!« Fassungslos starrte Kevin seine Schwester an und schlug sich auf die Schenkel. »Warum hörst du auf zu lesen? Gerade jetzt, wo es spannend wird.«

Unschlüssig drehte Dinah das Tagebuch in ihren Händen. »Das war alles.«

»Was? Nein, das glaube ich nicht.«

Kevin riss ihr das Buch aus den Händen, schlug die letzte Seite auf und las den letzten Satz, in dem Ellen schilderte, wie Belinda vor ihr in der Zelle kniete. Hastig blätterte er weiter, die folgenden Seiten waren aber weiß und unbeschrieben.

»Vielleicht eine Geheimtinte?«, mutmaßte Kevin.

»So ein Quatsch«, fuhr Dinah ihn an. »Woher hätte Ellen so etwas haben sollen, wenn es das früher überhaupt schon gab.«

»Warum hat sie nicht weitergeschrieben?«, fragte Kevin. »Wir müssen doch wissen, wieso Belinda lebte und warum sie plötzlich im Gefängnis auftauchte. Es muss noch ein weiteres Tagebuch geben.«

Dinah seufzte und zuckte mit den Schultern.

»Amalia sagte, es wäre das letzte Tagebuch.«

»Na, klasse!« Unwillig warf Kevin das Buch auf den Tisch. »Nun wissen wir also, dass Belinda nicht beim Segeln ertrank und Ellen diesen Miles nicht abgestochen hat. Wer aber war dann der Mörder? Und wie ist Ellen dem Strick entkommen?«

»Ich glaube, Letzteres ist klar.« Nachdenklich runzelte Dinah die Stirn. »Nicht Ellen, sondern Belinda wurde gehängt. Darum kam sie in Ellens Zelle, und die beiden haben die Kleider

getauscht. Ellen verließ dann als angeblicher Geistlicher das Gefängnis, während Belinda hingerichtet wurde. Bei der Ähnlichkeit der beiden hat niemand die Verwechslung bemerkt.«
Kevin lachte.
»Ja, klar! Schwesterchen, bei deiner Fantasie solltest du Romane schreiben.« Er tippte sich an die Stirn, aber Dinah nahm es ihm nicht übel, sie wusste selbst, wie unwahrscheinlich ihre Erklärung klang. »Mensch, denk mal nach, Dinah: Warum sollte Belinda für ihre Schwester in den Tod gehen? Alles, was wir bisher über diese Frau erfahren haben, zeigt doch, dass sie äußerst egoistisch war. Wenn Belinda wirklich noch gelebt hat, dann hätte sie eher ihren Anspruch auf Tredethian geltend gemacht, als sich für ihre Schwester hängen zu lassen.«
»Warum ist sie dann aber zu Ellen ins Gefängnis gekommen?«, gab Dinah zu bedenken. »Vielleicht ist Belinda unter Ellens Namen in die Staaten gereist und hat Caswyn geheiratet? Dann handelt es sich bei unserer Vorfahrin gar nicht um Ellen, sondern um Belinda.«
»Noch unwahrscheinlicher.« Kevin wischte Dinahs Überlegung mit einer Handbewegung beiseite. »Caswyn hasste Belinda, aber er liebte Ellen. Charakterlich waren die beiden Schwestern sehr unterschiedlich. Ellen ist es nicht gelungen, völlig in Belindas Rolle zu schlüpfen, und noch weniger wäre es Belinda gelungen, plötzlich sanft und gutmütig wie Ellen zu sein. Und Caswyn hätte niemals Belinda geheiratet, wenn er gewusst hätte, wer sie ist. Außerdem … warum ist von ihm nicht mehr die Rede? Caswyn muss doch erfahren haben, dass seine Frau nicht seine Frau war und was Ellen vorgeworfen wurde. Er muss doch längst wieder in England gewesen sein, warum hat er aber …«
»Stopp!«, unterbrach Dinah ihren Bruder und boxte ihn in die Seite. »Mir schwirrt schon der Kopf. Du hast aber recht,

es sind noch so viele Fragen offen, und ich kann nicht glauben, dass es kein weiteres Tagebuch geben soll.«

»Na, dann frag doch diese Alte …«

»Sie heißt Amalia«, sagte Dinah streng. »Sprich bitte nicht so respektlos von ihr, denn sie ist eine richtige Dame.«

Kevin musterte Dinah kritisch.

»Du hast dich wirklich verändert, Schwesterchen. Früher hast du nicht gerade höflich über ältere Leute geredet.«

»Menschen verändern sich eben«, antwortete Dinah und merkte nicht, dass sie beinahe wörtlich Ellen zitierte, dann fiel ihr Blick auf die Uhr, deren Zeiger sich auf die vier zubewegten. »So spät, oder vielmehr schon so früh! Ich muss jetzt noch ein paar Stunden schlafen, schließlich bin ich eine berufstätige Frau.«

Kevin grinste, dann gähnte er ausgiebig.

»Ich hau mich auch aufs Ohr. Sei bloß leise, wenn du aufstehst, ich will morgen mal richtig ausschlafen. Am Abend gehst du doch zu Amalia, nicht wahr? Wir müssen unbedingt wissen, warum Belinda am Leben war und warum sie offenbar an Ellens Stelle gestorben ist. Wenn es einer weiß, dann wohl Amalia.«

»Natürlich, glaubst du, ich bin weniger gespannt als du?«

Müde ging Dinah die steile Treppe in das Schlafzimmer hinauf, während Kevin es sich wieder auf dem Sofa bequem machte. Nach einer Katzenwasche warf Dinah sich aufs Bett und war binnen Sekunden eingeschlafen.

Dinah merkte sofort, dass etwas anders war als sonst, als sie mit einer fast halbstündigen Verspätung am Herrenhaus ankam. Sie hatte tatsächlich verschlafen und hoffte, Julia würde ihr keine Strafpredigt halten. Kevin hatte noch tief und fest geschlafen, als Dinah das Cottage verließ, und für einen Augenblick war sie geneigt, Arbeit Arbeit sein zu lassen und wieder zurück ins Bett zu gehen. Früher hätte Dinah das auch getan, sie hatte sich jedoch während ihrer Zeit in Cornwall wirklich verändert. Pflichtbewusstsein war inzwischen für sie mehr als nur ein Wort, wozu Ellen nicht unwesentlich beigetragen hatte. Durch die Tagebuchaufzeichnungen von Ellen erkannte Dinah, dass man nicht nur in den Tag hineinleben konnte, sondern dass jeder Mensch auch Pflichten hatte.

An der Tür des Tea-Rooms hing das Schild *Geschlossen,* als Dinah atemlos ankam, auch sah sie keine Besucher im Garten, was für diese Uhrzeit unüblich war.

»Habe ich was verpasst, und heute ist Ruhetag?«, fragte Dinah, nachdem Julia sie gesehen und ihr die Tür geöffnet hatte. Sie sah sich erstaunt um. »Warum bist du dann aber hier, Julia?«

Die Chefin lächelte traurig.

»Tredethian wird heute erst öffnen, wenn die Tote abtransportiert ist. Für die Besucher ist es wenig angenehm, wenn hier ein Leichenwagen herumfährt.«

»Tote? Leichenwagen?« Alles Blut wich aus Dinahs Wangen, und ein furchtbarer Verdacht stieg in ihr auf. »Wer ist gestorben?«

»Die alte Frau, die im Dachgeschoss lebte«, bestätigte Julia Dinahs schlimmste Befürchtungen. »Deren Pflegerin fand sie heute Morgen leblos im Bett, offenbar ist ihr Herz in der Nacht einfach stehengeblieben.« Sie zuckte mit den Schultern. »Ist tragisch, aber wir kannten sie nicht, außerdem ist es doch ein schöner Tod, so einfach im Schlaf zu sterben, oder?«

Haltsuchend klammerte Dinah sich an den Tresen. Das durfte nicht wahr sein! Das konnte einfach nicht sein! Es gab noch so viele Fragen, die sie Amalia hatte stellen wollen, denn nur die alte Dame kannte die ganze Wahrheit.

Besorgt berührte Julia Dinah am Arm.

»Die Nachricht nimmt dich ziemlich mit«, sagte sie erstaunt. »Hast du die Frau gekannt?«
Stumm nickte Dinah, die Zunge klebte ihr am Gaumen.
»Das ist eine lange Geschichte. Bitte, darf ich kurz weg?«
»Klar, vor dem Lunch öffnen wir ohnehin nicht, und wenn es dir nicht gutgeht – ich komme heute auch mal allein zurecht.«
»Danke, das ist sehr nett von dir«, murmelte Dinah und stolperte nach draußen. Die frische Luft tat ihr gut, aber ein dicker Kloß saß in ihrer Kehle. Nicht nur wegen der Erkenntnis, dass sie jetzt wohl nie den Rest von Ellens Geschichte erfahren würde, war Dinah den Tränen nahe. Nein, obwohl sie Amalia nur ein paar Mal begegnet war, hatte sie die alte Dame wirklich gerngehabt. Außerdem machte Dinah sich schreckliche Vorwürfe. Gestern Abend hatte sie bemerkt, dass es Amalia nicht gutging. Anstatt einen Arzt zu rufen oder zumindest bei Amalia zu bleiben, hatte Dinah nur an das Tagebuch gedacht und war, kaum dass sie es in Händen hielt, einfach verschwunden. Vielleicht könnte Amalia noch leben, wenn sie nicht so egoistisch gewesen wäre. Egoistisch wie Belinda, kam es Dinah in den Sinn, und sie schämte sich, Amalia einfach im Stich gelassen zu haben.
Die Hintertür war weit geöffnet. Ohne zu zögern, ging Dinah im früheren Dienstbotentrakt die Treppe ins Dachgeschoss hinauf. In Amalias Zimmer traf sie auf die Pflegeschwester, die die Tote gefunden hatte, sowie einen Mann, der offenbar Arzt war. Amalia lag noch im Bett, die Decke bis zum Kinn hochgezogen, und jemand hatte ihre Hände auf der Brust gefaltet. Wenn ihr Gesicht nicht so weiß wie reines Porzellan gewesen wäre, hatte Dinah gedacht, sie schliefe nur, denn sie sah entspannt und friedlich aus.
»Wer sind Sie?« Der Arzt sah Dinah skeptisch an. »Haben Sie die Verstorbene gekannt?«

Dinah nickte und trat zögernd ans Bett.
»Bitte, ich möchte sie nur noch einmal sehen«, sagte sie heiser und strich vorsichtig, als könnte sie Amalia verletzen, über ihre Hände. Dann beugte sie sich spontan vor und küsste sie auf die Stirn. Dass die Haut eiskalt war, erschreckte Dinah nicht, im Gegenteil, sie fühlte sich besser, als sie von Amalia Abschied genommen hatte.
»Leben Sie wohl«, flüsterte sie. »Ich werde Sie und Ihre Geschichte niemals vergessen.«
Obwohl Dinah leise gesprochen hatte, trat plötzlich Thomas aus dem Schatten der Zimmerecke heraus und sagte: »Sie sind also doch bei ihr eingedrungen! Sie haben mich angelogen, Dinah.«
Dinah zuckte erschrocken zurück, riss sich dann aber zusammen und sagte nachdrücklich: »Amalia wollte, dass ich sie besuche, auch wenn Ihnen das nicht in den Kram passte.«
»Ich wusste, es bedeutet nichts Gutes, dass Sie hier herumschleichen und sich sogar auf Tredethian eingenistet haben. Sie und Ihr … junger Liebhaber«, erwiderte Thomas und machte eine abfällige Handbewegung.
»Würden die Herrschaften ihre Streitigkeiten vielleicht nicht am Bett einer Verstorbenen austragen?« Streng sah die Pflegeschwester von Thomas zu Dinah und stemmte die Hände in die Hüften. »Das ist mehr als pietätlos!«
»Kommen Sie mit.« Thomas duldete keinen Widerspruch, packte Dinah am Arm und zog sie aus dem Zimmer. »Sie sehen aus, als könnten Sie einen starken Kaffee gebrauchen.«
»Der Tea-Room ist noch geschlossen«, antwortete Dinah automatisch.
»Das meinte ich auch nicht«, gab Thomas zurück. »Sie kommen mit zu mir. Ich glaube, wir sollten miteinander reden.«

Dinah war über Amalias plötzlichen Tod zu verwirrt, um Einspruch zu erheben, außerdem war die Aussicht auf eine Tasse Kaffee verlockend. Schweigend folgte sie ihm in sein Cottage, und erst, als Thomas zwei Tassen Kaffee auf den Küchentisch stellte, fragte er barsch:
»Also, was hat sie Ihnen erzählt? Und warum?«
Dinah brauchte nicht zu fragen, wen Thomas mit *sie* meinte. Inzwischen hatte sie sich gefangen und war nicht gewillt, sich von diesem ungehobelten Kerl fertigmachen zu lassen.
»Was hätte Amalia mir denn erzählen *können?*«, fragte sie herausfordernd und ließ Thomas nicht aus den Augen.
Er hielt ihrem Blick stand und sagte leise: »Die Geschichte von Ellen und Belinda. Deswegen sind Sie doch den ganzen weiten Weg aus den Staaten hierhergekommen, oder etwa nicht? Bereits bei unserer ersten Begegnung, als Sie sich für Belindas Porträt interessierten, ahnte ich, dass Sie etwas mit diesen beiden Frauen zu tun haben.«
Dinah nickte. »Ellen Townsend war meine Ururgroßmutter.« Es gab keinen Grund mehr, mit irgendetwas hinter dem Berg zu halten. Sie hatte das Versteckspiel satt.
»Dann hat Amalia Ihnen die Tagebücher von Ellen gegeben.« Es war keine Frage, sondern eine Feststellung, und er seufzte. »Sie wusste, dass ich das nicht wollte. Ich hoffte, wenn Amalia stirbt, wird es nur noch mich geben, der von alldem weiß, und ich hätte das Geheimnis niemals jemandem erzählt.«
Thomas' Gesichtsausdruck war weich geworden, jeglicher Spott oder gar Hohn war verschwunden, daher entgegnete sie aufrichtig:
»Sie haben ins Schwarze getroffen. Ich wollte alles über meine Ahnin herausfinden, allerdings habe ich nicht eine solche Geschichte erwartet. Warum wissen Sie eigentlich darüber Bescheid? Amalia warnte mich übrigens vor Ihnen. Sie meinte,

Sie würden es nicht mögen, wenn jemand in der Vergangenheit herumstochert.«

»Nun …« Anscheinend in Gedanken versunken, rührte Thomas in seiner Tasse, obwohl er weder Milch noch Zucker hineingetan hatte. »Wir leben hier nicht im modernen Amerika, Dinah. Ich wollte einfach nicht, dass bekannt wird, was meine Vorfahren einst getan haben.«

»Ihre Vorfahren?« Dinah sprang auf und starrte Thomas fassungslos an. »Dann sind Sie auch ein Nachkomme von Ellen? Oder gar von Belinda? Aber wie kann das sein …?«

»Nein, nicht von den Zwillingsschwestern.« Thomas lächelte, wirkte dabei plötzlich sehr freundlich und bat Dinah, sich wieder zu setzen. »Miles Golberden war mein Ururgroßvater.«

»Miles?« Nun verstand Dinah überhaupt nichts mehr. »Er wurde doch ermordet …«

»Da hatte er meinen Urgroßvater bereits gezeugt und das Mädchen mit nach England gebracht, aber sich hier nicht weiter um sie gekümmert.«

»Miles hatte einen Sohn?« Dinah konnte sich auf Thomas' Worte keinen Reim machen. Die ganze Sache wurde immer verzwickter. »Ich verstehe nun überhaupt nichts mehr. Warum wollte er dann immer noch eine Beziehung zu Ellen?« Thomas zuckte mit den Schultern.

»Wahrscheinlich war Miles so etwas, was wir heute als sexsüchtig bezeichnen, und Ellen war zweifelsohne eine sehr attraktive Frau. Auf jeden Fall lernte Miles während seiner Reise auf dem Kontinent ein deutsches Mädchen kennen, schwängerte es und brachte es mit nach England. Vielleicht hätte er sie sogar geheiratet, durch seinen Tod kam er aber nicht mehr dazu.«

»Davon ist in den Tagebüchern nichts erwähnt«, unterbrach

Dinah. »Ellen hätte es doch aufgeschrieben, wenn sie gewusst hätte, dass Miles verheiratet gewesen war.«

»Sie haben alle Bücher gelesen?« Thomas grinste. »Das sieht Amalia ähnlich. Anstatt die Geschichte selbst zu erzählen, hat sie Sie vermutlich mächtig auf die Folter gespannt. Wahrscheinlich hat sie Ihnen nicht alle Bücher auf einmal, sondern schön häppchenweise gegeben, nicht wahr?«

»Klar erkannt«, stimmte Dinah ihm zu, und ihr fiel auf, dass sie und Thomas zum ersten Mal einer Meinung waren. »Erst gestern Abend gab sie mir das letzte Tagebuch. Es kann aber nicht das letzte gewesen sein, denn es endet damit, dass Belinda Ellen hilft, der Hinrichtung zu entkommen. Kein Wort einer Erklärung, wo Belinda so lange war und warum sie offenbar an Ellens Stelle den Weg zum Schafott angetreten hat. Wissen Sie mehr über diese Sache?«

»Lassen Sie mich zuerst den Part der Geschichte, die meine Familie betrifft, erzählen«, sagte Thomas. »Soll ich Ihnen noch einen Kaffee machen?«

»Danke, etwas Stärkeres wäre mir jetzt lieber«, antwortete Dinah und grinste. »Auch wenn ich normalerweise am Vormittag nicht trinke, heute ist wohl eine Ausnahmesituation.«

Thomas stellte eine Flasche Gin und Gläser auf den Tisch. Gemeinsam tranken sie, und Thomas legte nachdenklich einen Finger auf sein Kinn, das ausgesprochen markant war, was Dinah in diesem Moment zum ersten Mal auffiel.

»Also, wo waren wir stehengeblieben? Ach ja, bei Miles und diesem Mädchen. Nachdem Miles ermordet wurde, wandte sich das Mädchen an Lydia, Miles' einziger Verwandten. Diese nahm die Deutsche bei sich auf, mein Urgroßvater wurde geboren, Lydia gab ihm ihren Nachnamen, und so kommt es, dass ich heute existiere. Lydia Golberden ist also meine Ururgroßtante, wenn es diesen Ausdruck überhaupt gibt.«

Mit einem Lächeln strich Dinah eine Haarsträhne aus ihrem Gesicht.

»Keine Ahnung, ich verstehe aber auch so, was du sagen willst.« Unwillkürlich ging sie zum vertrauten Du über, es erschien ihr der Situation angemessen. »Und die Geschichte ist dann von Generation zu Generation weitererzählt worden?«

»Stets jedoch unter der Bedingung, niemandem davon zu berichten. Immerhin war Miles nicht gerade ein netter Zeitgenosse, und die Erpressungen von Ellen waren nicht nur alles andere als ehrenhaft, sondern verstießen auch gegen das Gesetz.«

»Deswegen wolltest du nicht, dass ich mich hier umsehe«, stellte Dinah fest. »Du konntest doch nicht wissen, dass ich auf der Suche nach Ellens Geschichte bin, wir haben nie darüber gesprochen.«

Er grinste und wirkte dabei um einige Jahre jünger.

»Ich habe Augen im Kopf und kenne die Fotos von Belinda und Ellen. Gleich bei unserer ersten Begegnung erkannte ich eine gewisse Ähnlichkeit.«

»Ebenso wie Amalia«, ergänzte Dinah. »Zuerst dachte sie sogar, ich wäre Ellen, die aus ihrem Grab zurückgekehrt ist.«

Thomas lachte. »Ja, das sieht Amalia ähnlich. Ihr ganzes Leben lasteten die Schatten der Vergangenheit auf ihr. Als du dich nach Belindas Porträt erkundigt hast, zählte ich eins und eins zusammen. Wobei ich sagen muss, dass du auch viel von Caswyn hast. Die Nase, zum Beispiel, und auch ein wenig das Kinn.«

»Von Caswyn?« Gespannt sah Dinah Thomas an. »Gibt es von ihm auch Fotos? Ich habe nämlich nur das von seiner Hochzeit mit Ellen in San Francisco.«

Thomas nickte. »Bei seiner Hochzeit mit Ellen, als jeder dachte, er würde Belinda zum Altar führen, wurde fotografiert, und später haben sie gemeinsam ein Hospital eröffnet, auch davon gibt es einige Aufnahmen. Allerdings wurde Caswyn Osbourne niemals in Öl festgehalten.«

»Wie auch?«, warf Dinah ein. »Ein paar Monate, nachdem er nach Tredethian gekommen war, verlor er den Besitz wieder, da seine Ehe ja ungültig war. Außerdem muss er kurz danach ausgewandert sein.« Dinah fiel noch etwas anderes ein. »Caswyns Elternhaus, dieses Darracott, ist das Haus auch zu besichtigen? Ich würde es mir zu gern ansehen.«

»Leider existiert es nicht mehr.« Thomas hob bedauernd die Hände. »Es war Ende der zwanziger Jahre, glaube ich, als ein Feuer das Haus bis auf die Grundmauern zerstörte. Die Ruine wurde dann abgerissen, da sich niemand darum kümmerte.«

»Und Amalia?«, fragte Dinah gespannt. »Wie passt sie in diese Geschichte? Wer war sie, und warum lebte sie auf Tredethian?«

»Amalia war Belindas Enkelin.« Thomas' Worte schlugen wie eine Bombe ein.

»Was? Aber wie … und wieso? Also wurde Belinda nicht hingerichtet? Ich dachte nämlich … da Ellen doch auswanderte …«

»Es ist eine lange Geschichte.« Thomas seufzte und sah auf seine Armbanduhr. »Es tut mir leid, aber die Arbeit wartet, und ich glaube, du musst auch langsam nach Tredethian rüber. Treffen wir uns heute Abend?« Dinah wollte schon zustimmen, als Thomas' Gesicht sich plötzlich verschloss und er kühl bemerkte: »Das heißt, wenn dein Freund nichts dagegen hat.«

»Mein Freund?« Dinah musste einen Moment nachdenken, dann lachte sie laut auf. »Du meinst den ungemein attraktiven jungen Mann, der in meinem Cottage nächtigt? Oh, ich glaube, Kevin würde auch gern erfahren, wie die Geschichte ausgeht, denn mein Bruder ist ebenso gespannt wie ich.«

»Dein Bruder?« Täuschte Dinah sich, oder leuchteten Thomas' Augen auf? Schnell senkte er den Blick und sagte: »Dann kommt doch beide so gegen acht zu mir.«

»Gern.« Dinah folgte Thomas zur Tür. Als sie ihm die Hand gab, sah sie ihn an und meinte: »Ich glaube, so blöd, für wie ich dich zu Anfang hielt, bist du gar nicht. Du kannst auch recht nett sein, wenn du willst.«

Er brummte etwas Unverständliches, dann trennten sich ihre Wege. Dinah ging zum Tea-Room, wo heute aber nicht viel los war, so schickte Julia sie bereits um vier Uhr nach Hause.

»Ich mach den Rest allein, du siehst müde aus.«

Dinah dankte, lief rasch zu ihrem Cottage, wo sie Kevin in der Badewanne vorfand. Mit knappen Worten erzählte sie ihm von Amalias Tod und auch davon, was sie von Thomas erfahren hatte.

»Ich sagte doch gleich, dass dieser Typ ein netter Kerl ist.« Zufrieden nickte Kevin. »Den solltest du dir warmhalten, ihr passt gut zusammen.«

Dinah lachte laut. »Hast du vergessen, dass Dad will, dass ich bald wieder nach Hause komme? Was soll ich denn hier mit einem Flirt anfangen? Außerdem …«

»Außerdem was?«, hakte Kevin nach, als Dinah verstummte. Sie schüttelte nur den Kopf. Unwillkürlich musste sie an Horatio Giles denken. Sie beschloss, gleich nach Penzance zu fahren, was mit dem Mietwagen jetzt nur ein paar Minuten Zeit beanspruchen würde, um Horatio alles zu erzählen. Etwas irritiert bemerkte Dinah, dass ihr Herz aber nicht mehr schneller schlug, als sie an den Reverend dachte. Trotzdem war sie auf sein Gesicht gespannt, wenn er erfahren würde, dass Belinda überlebt hatte.

Dinah hatte Glück, denn gerade als sie den Wagen auf der gegenüberliegenden Straßenseite parkte, verließ Mary das Pfarrhaus. Der Korb an ihrem Arm wies darauf hin, dass sie Einkäufe zu erledigen hatte, und Dinah hoffte, dass die Haushälterin nicht so schnell zurückkehren würde. Sie klingelte an der Tür, es regte sich jedoch nichts. Vielleicht war Horatio gar nicht zu Hause? Sie läutete ein zweites Mal und wartete noch ein paar Minuten. Die Tür wurde nicht geöffnet. Enttäuscht drehte Dinah sich zum Gehen, als sie plötzlich Stimmen aus dem Garten hörte. Sie umrundete das Haus und wollte gerade nach Horatio rufen, um nicht ungebeten in den Garten einzudringen, als sie ihn sah. Dinah blieb wie angewurzelt stehen, denn der Reverend war nicht allein. Er und ein junger Mann saßen nebeneinander auf einer Bank und schienen in ein ernstes Gespräch vertieft zu sein. Dabei hielt Horatio die Hand des Mannes und strich immer wieder mit seinem Daumen darüber.

»Hab noch etwas Geduld, Michael«, hörte Dinah den Reverend sagen. »Ich habe meine Versetzung nach London bereits beantragt. Dort geht es viel aufgeschlossener zu, und niemand wird sich daran stören, dass wir uns lieben. Nur hier auf dem Land … Du weißt doch, wie die Leute reden, wenn sie von uns erfahren würden. Das einundzwanzigste Jahrhundert hat Cornwall noch nicht ganz erreicht.«

Rasch zog sich Dinah zurück. Die Männer hatten sie nicht bemerkt, und sie wollte nicht stören. Es fiel ihr wie Schuppen von den Augen. Natürlich – diese besondere Freundlichkeit und Aufmerksamkeit von Horatio ihr gegenüber, die man leicht als Interesse an ihrer Person verstehen konnte, war den meisten schwulen Männern zu eigen. Nicht selten war der beste Freund einer Frau homosexuell, und Dinah selbst kannte in San Francisco einige schwule Männer. Wie hatte sie nur

so blind sein können? Scham durchflutete sie, als sie daran dachte, wie offensichtlich sie mit Horatio geflirtet und versucht hatte, ihn zu verführen.
»Er hätte mir ja auch was sagen können!«, murmelte sie, während sie zu ihrem Wagen zurückging. »Da habe ich mich schön blamiert.«
Dass Horatio Giles Männer liebte, war für Dinah zwar überraschend, brach ihr aber nicht das Herz. Gut, sie hatte für den jungen Reverend geschwärmt und wäre einer Affäre nicht abgeneigt gewesen, ihre Welt stürzte jetzt aber nicht ein. Dinah dachte an Kevins Bemerkung, sie und Thomas würden gut zusammenpassen. Der war bestimmt nicht schwul. Dinah war froh, dass sie am Morgen so etwas wie Freunde geworden waren, nachdem ihre ersten Begegnungen wenig angenehm verlaufen waren. Im Moment zählte ohnehin nur Ellens Geschichte, und sie hoffte, Thomas würde heute Abend endlich die Auflösung dieser verworrenen Sache liefern.

Die Arme vor der Brust verschränkt, lehnte Kevin im Türrahmen der Badezimmertür und sah Dinah zu, wie sie sich die Wimpern tuschte.
»Gut, dass du dich zurechtmachst«, sagte er grinsend. »Thomas wird es sicher zu schätzen wissen.«
Im Spiegel funkelte Dinah ihren Bruder wütend an.
»Ich schminke mich für mich selbst, aber das kann ein Mann natürlich nicht verstehen.«
»Schon klar.« Kevins Grinsen wurde noch breiter. »Und auch nur für dich hast du dich in eine Jeans gezwängt, die deinen knackigen Po besonders gut zur Geltung bringt, was?«
»Mein Hinterteil geht dich gar nichts an!« Rigoros schob Dinah Kevin aus der Tür und schloss diese hinter sich. »Darf man nicht einmal im Bad mal für sich sein, Brüderchen?«

Während sie die Lippen nachzog, klopfte ihr Herz plötzlich schneller, denn ganz so unrecht hatte Kevin nicht. War ihr es bei früheren Begegnungen mit Thomas egal gewesen, wie sie aussah und was sie trug, hatte sie ihre Kleidung heute bewusst gewählt und auch ein leichtes Make-up aufgelegt. Kurz dachte sie an Horatio Giles und lächelte ihr Spiegelbild an. Was wohl ihre Freundinnen sagen würden, wenn sie erfuhren, dass sie sich beinahe in einen schwulen Mann verliebt hätte? Ihre Freundinnen … Dinah seufzte und schnitt ihrem Spiegelbild eine Grimasse. So richtige Freundinnen hatte sie ja gar nicht. Jede Menge Bekannte, ja, aber eine Person, der sie die tiefsten Geheimnisse ihres Herzens anvertrauen würde, gab es nicht. Überhaupt waren all die Menschen, die ihr in San Francisco wichtig erschienen waren, plötzlich ganz weit weg. Wenn sie mit Kevin nach Hause zurückkehrte, würde sie ohnehin nicht mehr nach Frisco kommen, sondern gleich nach Washington ziehen. Das alte, schöne Haus gehörte nun jemand anderem. Wer jetzt wohl in ihrem gemütlichen Dachzimmer hauste und die Aussicht über die Stadt genoss?
»Fort mit diesen Gedanken«, rief Dinah sich zur Ordnung. Heute ging es um das Ende von Ellens und Belindas Geschichte. Erst dann, wenn sie wusste, was wirklich hinter dieser verworrenen Sache steckte, konnte sie beginnen, Zukunftspläne zu schmieden.

Thomas hatte einen Imbiss aus Sandwiches und kleinen, süßen Kuchen bereitgestellt, und Kevin nahm das Angebot eines Bieres gern an, während Dinah zu einem Glas Wein nicht nein sagte. Auch Thomas hatte sich umgezogen, und Dinah sah ihn zum ersten Mal nicht in seiner typischen Arbeitskleidung, sondern in einer leichten schwarzen Stoffhose und ei-

nem hellen Hemd, das am Kragen offen war und seine muskulösen Arme nur zur Hälfte bedeckte.
Nachdem sie gegessen und getrunken hatte, hielt es Dinah vor Spannung nicht mehr aus.
»Erzählst du uns jetzt, wie die Geschichte endet?«, fragte sie, die Wangen gerötet, was nicht allein vom Wein kam. »Wer wurde denn jetzt gehängt – Belinda oder Ellen? Und wieso tauchte Belinda überhaupt wieder in Cornwall auf, wie konnte sie den Sturm überleben? Von wem war das Kind, dessen Tochter Amalia gewesen sein soll?«
»Schalte mal einen Gang zurück, Schwesterchen.« Kevin legte eine Hand auf Dinahs Arm. »Ich bin sicher, wir werden gleich alles erfahren.« Er sah Thomas an. »Also, schieß los, was weißt du? Ich platze nämlich auch beinahe vor Spannung.«
Thomas lächelte, legte die Fingerspitzen aneinander und betrachtete seine kräftigen Hände. Dann sagte er ruhig und leise, als würde es sich um etwas Banales handeln, dabei glichen seine Worte einer Ladung Dynamit:
»Es gibt noch ein weiteres Tagebuch.«
»Was?«, riefen Dinah und Kevin gleichzeitig, und Dinah fuhr fort: »Aber in Amalias Versteck war keines mehr. Sie gab mir alle, ich habe selbst gesehen, dass das Kästchen leer war.«
Langsam schüttelte Thomas den Kopf.
»Dieses Tagebuch befand sich auch nie in Amalias Besitz, denn es wurde nicht von Ellen, sondern von Caswyn geschrieben. Über Lydia Golberden gelangte es in meine Hände.« Er stand auf und ging zu der Kommode, zog eine Schublade auf und nahm ein in Leder gebundenes Buch heraus, das Ellens Tagebüchern sehr ähnlich war.
»Wusste Amalia davon?«, fragte Dinah gespannt.
»Ja, aber sie wollte es nicht bei sich behalten, da sie meinte, die Aufzeichnungen stünden mir zu.« Thomas zuckte mit den

Schultern. »Du hast sie kaum gekannt, Dinah, Amalia war eine sehr eigenwillige Person, in dieser Beziehung ihrer Großmutter Belinda wohl sehr ähnlich. Wenn sie letzte Nacht nicht gestorben wäre, hätte sie dir sicher von Caswyns Bericht erzählt. Nun ist es eben meine Aufgabe, die Sache zu Ende zu bringen.«

»Dürfen wir es lesen?«, fragte Kevin beinahe schüchtern, was sonst gar nicht seine Art war.

»Deshalb seid ihr doch gekommen«, antwortete Thomas und reichte Dinah das Buch. »Es ist nicht dick. Den Rest erzähle ich euch, wenn ihr es gelesen habt. Willst du vorlesen?«

Beinahe ehrfürchtig nahm Dinah das Tagebuch entgegen, sich dessen bewusst, dass sie nun endlich die ganze Wahrheit erfahren würde. Vorsichtig schlug sie die erste Seite auf. Wie Ellens Tagebücher waren die Seiten an den Rändern vergilbt, aber sonst gut erhalten.

»Der hatte aber eine Sauklaue«, rief Kevin und sah Dinah über die Schulter. »Kannst du das überhaupt entziffern?«

»Das wird schon gehen.« Dinah kniff die Augen zusammen, doch es dauerte einige Minuten, bis sie sich an die unregelmäßige und steile Schrift Caswyns gewöhnt hatte …

… Ellen hat mich gebeten, all das, was ich ihr in den letzten Tagen erzählte, niederzuschreiben. Sie selbst hat keine Kraft mehr dazu …

»Wir müssen die Geschichte der Nachwelt erhalten«, beschwor Ellen mich. »Du musst es aber mit deinen eigenen Worten niederschreiben, so, wie du es mir erzählt hast …«

Obwohl ich kein Schriftsteller bin und außer finanziellen Bilanzen und hin und wieder Geschäftsbriefe nie etwas Schriftliches verfasst habe, möchte ich Ellens Wunsch erfüllen.

Ellen … noch immer habe ich mich nicht daran gewöhnt, sie bei diesem Namen zu nennen, obwohl er viel besser zu ihr passt als Belinda. Belinda – das klingt so hochtrabend, passend für eine mondäne Frau, wie Belinda eine war. Ellen jedoch hat etwas Bodenständiges und Normales, so wie meine Ellen eben ist.
Wir müssen noch drei Tage warten, bis wir auf ein Schiff nach Amerika gehen können. In der kleinen Pension hier in Southampton wird uns aber niemand suchen, und wir haben uns als Mr. und Mrs. Smith eingetragen – ein junges Ehepaar, das sich mit seinem Sohn aufmacht, in den Staaten ein neues Leben zu beginnen. Ich bin sicher, der Wirt glaubt uns kein Wort, das Geld hat er aber gern eingestrichen und keine weiteren Fragen gestellt.
Lydia gibt sich als meine Mutter aus, und wir haben allen Grund, ihr dankbar zu sein, auch wenn ich froh bin, dass diese Frau bald endgültig aus unserem Leben verschwindet. Noch immer traue ich Lydia nicht, aber ohne deren Hilfe wären wir nicht wieder vereint – Ellen, ich und unser kleiner Sohn Matthew. Allein wegen ihm lohnt sich das Wagnis eines Neuanfangs in einem fremden Land.

In den letzten Wochen ging ich durch ein Wechselbad der Gefühle und wusste nicht mehr, was ich denken soll. Wer war gut, und wer war schlecht? Wer sagte die Wahrheit, und wer betrog und log nach Strich und Faden? Ellens und Belindas Verbindung wäre kaum zu glauben, wenn es nicht unumstößliche Beweise geben würde. Als ich im Sommer vergangenen Jahres zu meiner Reise nach Amerika aufbrach, dachte ich, dass ich zwei, höchstens drei Monate fortbleiben und dann den Rest meines Lebens ruhig und friedlich auf Tredethian Manor zusammen mit meiner Frau ver-

bringen würde. Ich glaubte alle in Sicherheit, die Mine war bei Tom Lanner in guten Händen, daher dehnte ich meine Reise etwas aus. Ich gebe zu, Amerika faszinierte mich vom ersten Augenblick an. Die mächtige Stadt New York, in der die Häuser in den Himmel zu wachsen scheinen, und die endlose menschenleere Weite, die ich auf meiner Fahrt gen Westen erlebte, zogen mich in ihren Bann. Auch an der Stadt San Francisco, in der man noch den Hauch des vergangenen Goldrausches spüren konnte, fand ich Gefallen. Die Menschen – und überhaupt das ganze Leben – unterliegen nicht so strengen Konventionen wie in England, und hier kann es wirklich jeder zum Millionär oder Großgrundbesitzer bringen, gleichgültig, unter welchem Dach und in welcher Gesellschaftsschicht er geboren wird. In den Staaten gilt nur harte Arbeit und Fleiß. Amerika trägt die Bezeichnung »Land der unbegrenzten Möglichkeiten« wohl zu Recht.

Nun aber zu den Ereignissen, die mein Leben völlig auf den Kopf stellten. Ich erinnere mich gut an den Tag, als ich beschloss, für immer in San Francisco zu bleiben. Was zog mich jetzt noch nach England zurück? Nach Tredethian, das ich für immer verloren hatte, und zu einer Frau, die mich belogen und betrogen und mir ihre Zuneigung nur vorgespielt hatte, um in den Genuss all der Dinge zu kommen, die ihre Schwester besaß …

Caswyn

San Francisco, USA

Januar 1904

30. Kapitel

»Dann sind wir uns also einig.« Schwer legte sich die kräftige Hand von Jack Barnes auf Caswyns Schulter, und der rotgesichtige, korpulente Ingenieur war sichtlich zufrieden. »Ich freue mich, Sie als neuen Mitarbeiter bei Barnes und Taylor begrüßen zu dürfen. Auf eine gute Zusammenarbeit, solche Männer wie Sie braucht unser Land.«
»Sie können sich auf mich verlassen«, antwortete Caswyn ernst. »Ich werde meine ganze Erfahrung und Arbeitskraft in Ihrer Fabrik einbringen.«
»Darauf sollten wir anstoßen!« Barnes gab seinem Kompagnon Robert Taylor einen Wink, der sofort großzügig drei Gläser füllte. »Sie werden Ihre Entscheidung, für uns zu arbeiten, nicht bereuen, wobei ich immer noch nicht verstehe, warum Sie so mir nichts, dir nichts Ihr bisheriges Leben in Europa aufgeben. Sie wissen, von mir aus können Sie auch nach Hause fahren und Ihre Angelegenheiten regeln. Hauptsache, Sie kommen so bald wie möglich zurück.«
»Das ist nicht nötig«, murmelte Caswyn und leerte sein Glas mit einem Schluck. Warm brannte der Whiskey in seiner Kehle. Nach seiner Ankunft in den Vereinigten Staaten hatte er sehr schnell Bekanntschaft mit dem Getränk gemacht, das inzwischen zu seinem täglichen Begleiter geworden war. *Bourbon* wurde das Getränk aus Mais anstatt aus Gerste genannt, und die Amerikaner konnten offenbar ohne diesen Alkohol nicht existieren, denn bei jeder sich bietenden Gelegenheit wurde Whiskey in Mengen ausgeschenkt und getrunken. Caswyn, der ein Liebhaber eines guten schottischen Malts war, hatte es anfangs den Magen zusammengezogen, denn der

Bourbon unterschied sich doch sehr von einem guten Single Malt. Dann war das erste Telegramm seines Vaters eingetroffen, und der Whiskey hatte ihm geholfen, das Unfassbare wenn auch nicht zu verstehen, so doch an manchen Abenden beinahe zu vergessen. Noch heute, Monate später, konnte er nicht fassen, was sein Vater ihm in langen, ausführlichen Briefen berichtet hatte, nachdem Caswyn ihm eine Postadresse in San Francisco telegrafiert hatte. Belinda, *seine* Belinda, war überhaupt nicht Belinda, sondern eine bisher unbekannte Zwillingsschwester. Und die Frau, mit der er nicht nur sein Bett, sondern auch seine Gedanken geteilt und der er vertraut hatte, hatte Belindas ehemaligen Liebhaber Miles Golberden ermordet, und auch die richtige Belinda Swinbrook war wahrscheinlich ihr Opfer geworden. Die ersten beiden Telegramme aus Cornwall waren verwirrend gewesen, und Caswyn – bereits auf dem Weg nach Westen – machte kehrt, um mit dem nächsten Schiff nach England zurückzufahren. Dann jedoch erreichte ihn der erste ausführliche Brief seines Vaters noch in Philadelphia, wo er auf weitere Nachrichten wartete.

… Berechnend und kaltblütig tötete die Frau, die in Wahrheit Ellen Townsend heißt, ihre eigene Schwester, um deren Platz einzunehmen … hatte sein Vater geschrieben. *Die Ähnlichkeit ist wirklich verblüffend, niemand von uns bemerkte, dass du nicht mit Belinda, sondern mit einer Fremden vor den Altar getreten bist. Nur einer erkannte den Unterschied: Miles Golberden. Darum musste er sterben, denn er drohte, die wahre Identität dieser Betrügerin auffliegen zu lassen …*

Ausführlich schilderte Lawrence Osbourne den Prozess und dass Ellen Townsend zum Tode verurteilt worden war. Als Caswyn las, dass sie ein Kind erwartete, schoss ein scharfer Schmerz durch seinen Körper. Nicht einen Moment glaubte er daran, dass es sein Kind war. Wahrscheinlich hatte Ellen an Miles Golberden ebenso wie Belinda Gefallen gefunden und unter falscher Identität auch deren Verhältnis fortgesetzt, und Miles war der Erzeuger. Und das war für Ellen ein weiteres Motiv gewesen, Miles zu töten, um den Bastard dann ihm, Caswyn, unterzuschieben. Oh, wie blind war er gewesen! Blind vor Liebe, und sein Vertrauen war schamlos ausgenutzt worden! Zwar ergab jetzt Belindas angebliche Veränderung einen Sinn, der Verrat war jedoch zu groß, als dass Caswyn Ellen in irgendeiner Weise würde verzeihen können. Vor allen Dingen nicht die Tatsache, dass sie offenbar eine kaltblütige Mörderin war. Im Grunde war sie keinen Deut besser als Belinda, denn Ellen hatte all dies getan, um sich ein angenehmes Leben zu sichern.

Erst nach und nach wurde es Caswyn bewusst, dass er nun kein Anrecht mehr auf Tredethian Manor und alles, was dazugehörte, hatte. Der Besitz würde, dem Testament des Earls entsprechend, an die familiäre Linie nach Wales gehen, denn Belinda war tot. Mochte diese Ellen vielleicht wirklich ein uneheliches Kind des Earls sein – sie hatte keinen Anspruch auf Tredethian, und als Mörderin sowieso nicht. Sobald sie ihr Kind geboren hatte, würde man sie hängen, und außer diesem Skandal würde nichts mehr von dem Namen Tredethian bleiben.

In dieser Zeit hatte Caswyn begonnen, mehr Whiskey zu trinken, als ihm guttat. Vier Wochen brauchte er, bis er den Schock überwunden hatte, dann telegrafierte er seinem Vater, dass er vorerst in Amerika bleiben würde. Die Tredethian-Minen waren ohnehin verloren, und um Darracott würde sich sein Vater allein kümmern können. Wie geplant reiste Caswyn nach San Francisco, jetzt aber nicht mehr deshalb, um neue Pumpen und Maschinen zu kaufen. Finanziell war er unabhängig, und nichts zog ihn nach England zurück. Die frühere Goldgräberstadt am Pazifik faszinierte Caswyn vom ersten Tag an, und dann machte er die Bekanntschaft von Jack Barnes, der zusammen mit Robert Taylor eine Fabrik für Pumpensysteme besaß und diese Pumpen in ganz Nordamerika verkaufte. Da Caswyn Untätigkeit hasste, beschloss er, sich Barnes und Taylor anzuschließen und in deren Firma einzusteigen. Die Arbeit würde ihm helfen, die Enttäuschung über Belinda … halt, nein, sie hieß ja Ellen … irgendwann vergessen zu können.

»Noch einen Schluck, alter Junge?« Jack Barnes riss Caswyn aus seinen Gedanken, klopfte ihm derb auf die Schultern und füllte die Gläser erneut. »Auf einem Bein kann man doch nicht stehen.«

»Ich finde, wir sollten unsere neue Zusammenarbeit feiern«, sagte Taylor.

»Für mich keinen Bourbon mehr«, erwiderte Caswyn schnell, da er beschlossen hatte, nicht mehr so viel zu trinken. Er hatte jetzt eine neue Aufgabe, die er gewissenhaft erfüllen wollte. Der Alkohol löste weder seine Probleme, noch half er zu vergessen. Er würde sich in San Francisco ein neues Leben aufbauen und vielleicht auch irgendwann wieder einer Frau vertrauen können.

»Die beiden Gläser waren nur zur Einstimmung«, sagte Barnes und zwinkerte Caswyn vertraulich zu. »Wir gehen ganz groß aus. Ich kenne einen netten Saloon, nur zwei Querstraßen weiter. Da sind nicht nur der Whiskey, sondern auch die Mädchen von allerbester Qualität.«

Caswyn ahnte, um welche Art von Etablissement es sich handelte, er konnte aber nicht ablehnen, um seine neuen Geschäftspartner nicht zu verärgern, obwohl ihm der Sinn nicht nach schnellen Vergnügungen stand. Gut, er war jetzt zwar wieder frei und konnte tun und lassen, was er wollte, aber die Erinnerung an die Frau, die er zu lieben geglaubt hatte, war noch zu stark – gleichgültig, was sie ihm angetan hatte. In den Wochen seiner Bekanntschaft mit Barnes und Taylor hatte Caswyn festgestellt, dass es die beiden mit der ehelichen Treue nicht sehr genau nahmen, obwohl sie beide verheiratet und Familienväter waren.

Bereits an der Straßenecke konnte man die Musik einer Fiedel und laute Stimmen aus dem Saloon dringen hören. Die drei Männer traten in den von Zigarrenrauch geschwängerten Raum, und Barnes bestellte am Tresen sofort eine Flasche Whiskey und drei Gläser. Caswyn stöhnte verhalten. Er wusste, er würde nicht umhinkommen, mit Barnes und Taylor zu trinken, und morgen früh würde sich sein Kopf wie ein emsiger Bienenstock anfühlen. Tapfer leerte er das erste Glas, erst dann sah er sich in dem weitläufigen Raum um. Fast alle Tische waren besetzt, etliche Männer spielten Poker, und bei einigen saßen Frauen auf dem Schoß. Die Mädchen waren jung und hübsch, ihre Kleider aber zu tief ausgeschnitten und ihre Gesichter zu stark geschminkt, als dass sie Caswyn reizen konnten. Er hatte natürlich seine Erfahrung mit Frauen, doch zu Prostituierten war Caswyn noch nie gegangen und hatte auch nicht vor, den Abend in den Armen einer dieser Frauen ausklingen zu lassen. Es wäre nur ein flüchtiger Rausch des Vergessens gewesen, und am Morgen danach würde er sich noch schlechter fühlen.
Die Männer hatten sich kaum gesetzt, als eine besonders aufgetakelte Frau, die die Blüte der Jugend schon einige Jahre hinter sich hatte, Barnes um den Hals fiel.
»Jack, Schatz, hast dich ja lange nicht mehr blicken lassen«, gurrte sie und presste ungeniert ihre Hüfte gegen Barnes,

dann bemerkte sie Caswyn. »Und wer ist denn dieser Adonis?« Sie zwinkerte Caswyn zu. »Na, Süßer, sollen wir auf mein Zimmer gehen?«

»Danke, kein Bedarf.« Caswyn winkte ab, bevor Barnes gespielt vorwurfsvoll sagen konnte:

»Aber Alice, du wirst mir doch nicht untreu werden?«

Die beiden küssten sich offen und ungeniert, und Caswyn, dem dies peinlich war, widmete seine Aufmerksamkeit wieder den anderen Gästen. Sein Blick fiel auf eine Frau drei Tische weiter, die ihm den Rücken zukehrte. Ihre Figur war zierlich, und in die üppigen goldblonden, hochgesteckten Locken hatte sie farbige Bänder geflochten. Der Mann machte offenbar einen Scherz, die Frau lachte schrill und entgegnete etwas. Die Worte konnte er nicht verstehen, trotzdem zuckte Caswyn wie unter einem Peitschenhieb zusammen. Auch über die Entfernung und durch den Lärm hindurch kam ihm ihre Stimme vertraut vor, zu vertraut … Da drehte die Frau den Kopf, so dass Caswyn ihr Profil sehen konnte. Er keuchte überrascht auf. Schnell fuhr er sich mit der Hand über die Augen, um das Trugbild, das er gerade erblickt hatte, zu verscheuchen. Es musste am Whiskey liegen, dass er glaubte, niemand anderen als Belinda in dieser Spelunke zu sehen.

»Was haben Sie, Osbourne?« Barnes runzelte die Stirn und schob seine Gespielin zur Seite. »Sie sehen aus, als wären Sie einem Geist begegnet.«

»So etwas Ähnliches …«, antwortete Caswyn ausweichend und wollte sich gerade wieder Barnes und Taylor zuwenden, als er hörte, wie die Frau nun mit lauter und klarer Stimme rief:

»Klar doch, Schätzchen! Wenn du dein Spiel gewonnen hast, dann machen wir beide es uns so richtig gemütlich, und du wirst die Nacht so schnell nicht vergessen, das verspreche ich dir.«

Ohne nachzudenken, sprang Caswyn auf, und sein Stuhl fiel polternd zu Boden. Mit drei großen Schritten war er bei dem Paar, packte die Frau am Arm und riss sie von dem Schoß des Mannes herunter.

»Belinda!«, rief er entsetzt. »Wie kommst du hierher?«

»Caswyn Osbourne?« Ihre Überraschung stand der Caswyns in nichts nach, und Belindas Wangen wurden unter der dicken Schminke schneeweiß.

Der Mann, dem sich Belinda gewidmet hatte, stand auf und baute sich drohend vor Caswyn auf.

»Was erlauben Sie sich?« Obwohl Caswyn nicht klein war, überragte ihn der Mann um einen Kopf, und seine Schultern waren fast doppelt so breit. »Die Kleine gehört mir, suchen Sie sich gefälligst eine andere. Sie wollen sicher keinen Ärger, oder etwa doch?«

Zur Bestätigung seiner Worte schob er mit beiden Händen seine Jacke zurück, so dass Caswyn den Revolver an seiner Hüfte sehen konnte. Er schluckte, denn er hatte sich noch nicht daran gewöhnt, dass die meisten Männer in Amerika mit Schusswaffen herumliefen. Plötzlich war es im Saloon ganz still geworden, alle Blicke richteten sich auf Caswyn, der nach Belindas Arm griff und sie an seine Seite zog. Es war offensichtlich, dass die meisten eine Prügelei, wenn nicht sogar eine Schießerei erwarteten.

»Entschuldigen Sie bitte das Verhalten meines Freundes«, mischte Barnes sich ein. »Er ist Ausländer und mit unseren Sitten noch nicht vertraut.«

Der bullige Mann blickte von Barnes zu Caswyn, ließ seine Hand sinken und sagte: »Dann zieh Leine, Fremder, und lass die Puppe in Ruhe.«

Caswyn ließ sich jedoch nicht einschüchtern und sagte laut und energisch: »Diese Puppe, wie Sie die Dame respektlos bezeichnen, ist meine Ehefrau. Und jetzt werden Sie wohl erlauben, dass ich mit ihr zusammen dieses zweifelhafte Etablissement verlasse.«

Er streckte die Hand nach Belinda aus, die aber einen Schritt zurückwich.

»Ist das wahr, Süße?« Der Mann sah Belinda streng an. »Bist du eine von diesen Frauen, die es von ihren Männern nicht ausreichend besorgt bekommen und sich anderweitig vergnügen?«

Obwohl Caswyn nicht empfindlich war, schoss ihm bei diesen Worten das Blut ins Gesicht. Sein Entsetzen, Belinda in San Francisco vorzufinden, wich einer grenzenlosen Wut. Keinen Moment zweifelte er daran, dass es tatsächlich Belinda war, die vor ihm stand, denn plötzlich erkannte er den Unterschied zu Ellen. Wie hatte er nur so blind sein können! Caswyn hatte zwar keine Ahnung, warum Belinda hier war, denn sein Vater hatte geschrieben, sie wäre tot, er war aber fest entschlossen, es herauszufinden. Grob packte er Belinda am Arm und zog sie mit sich.

»Lass mich sofort los, Caswyn Osbourne«, giftete Belinda und versuchte, sich aus seinem Griff zu befreien. »Was fällt dir eigentlich ein?«

»Erst, wenn du mir erklärst, wie du hierhergekommen bist.« Verächtlich glitt sein Blick über ihren Körper. »Du siehst aus wie eine …«

Im letzten Moment schluckte er das Wort hinunter, aber Belinda lachte laut auf.

»Wie eine Nutte, wolltest du sagen? Bitte, tu dir keinen Zwang an. Du warst ja noch nie besonders feinfühlig, Caswyn Osbourne.«

Die Art, wie sie sprach, und das Blitzen in ihren Augen bestätigten Caswyns Vermutung. Das war genau die Belinda, die er seit Jahren kannte.

»Wo können wir reden?« Plötzlich wurde Caswyn ganz ruhig. »Ich glaube, du hast mir einiges zu erklären.«
Belinda zögerte einen Moment, dann nickte sie jedoch zustimmend.
»Du hast recht, vielleicht ist es besser so. Man kann ohnehin nichts mehr ändern.« Sie deutete mit dem Daumen zur Decke. »Ich hab oben ein Zimmer.«
Sie brauchte Caswyn nicht zu erklären, wofür dieses Zimmer gedacht war, darüber wollte er auch gar nicht nachdenken. Er schob Belinda zur Treppe, allerdings stellte sich der Wirt ihnen in den Weg.
»Fünf Dollar, wenn Sie das Mädchen wollen«, sagte er mit einem schmierigen Lächeln. »Für eine Stunde.«
Aus seiner Westentasche nestelte Caswyn einen Schein und warf ihn dem Wirt ins Gesicht.
»Du verkaufst dich aber billig«, sagte er grimmig. Belinda blieb ihm eine Antwort schuldig.
Das Zimmer war nicht mehr als eine Abstellkammer. Die Wände bestanden aus rohen Holzbrettern, durch eine schmale Dachluke fiel kaum Licht, und außer einem Bett und einem wackligen Tisch mit einem Stuhl gab es kein Mobiliar. Belindas Kleider hingen an Haken an der Wand. Caswyn schubste sie auf das Bett, er selbst zog sich den Stuhl heran. Das Bett schien leidlich sauber zu sein, er verschloss jedoch seine Gedanken vor der Vorstellung, zu welchem Zweck es Belinda diente.
»Also, wie lange bist du schon hier?«, herrschte er sie an. »Man teilte mir mit, du wärst vor über einem Jahr im Mittelmeer beim Segeln ertrunken. Und warum verdingst du dich als Prostituierte, denn etwas anderes bist du wohl kaum.« Caswyn war so in Rage, dass er sie nicht zu Wort kommen ließ. »Was ist mit Ellen? Und sag bloß nicht, du kennst diesen Namen nicht. Ich weiß nämlich alles …«

»Jetzt halte mal die Luft an!«, rief Belinda und stemmte die Hände in die Hüften. »Ich verstehe ja, dass dir das alles verwirrend vorkommen muss, aber es ist ein furchtbares Missverständnis!« Sie versuchte zu lächeln, es war jedoch ein bitteres Lächeln, das ihr Gesicht zu einer Fratze verzerrte. »Als Erstes, ja, ich bin wirklich Belinda Swinbrook, und ich bin, wie du siehst, am Leben und munter wie ein Fisch im Wasser.«

»Ja, aber …« Caswyn wurde zunehmend verunsicherter. »Ellen soll dich doch ermordet haben …«

»Ellen hat niemanden ermordet.« Belinda seufzte und fuhr sich mit dem Handrücken über die schweißnasse Stirn. »Du meine Güte, da muss etwas furchtbar schiefgelaufen sein. Was ist mit Ellen? Wurde sie etwa angeklagt?«

Caswyn nickte. »Mein Vater schrieb es mir.« Er sah ihr ins Gesicht. »Sie soll auch Miles Golberden ermordet haben.«

Belindas Gesicht wurde kalkweiß. Haltsuchend klammerte sie sich an den Bettrahmen.

»Wenn du vielleicht eine Flasche Whiskey …« Belinda leckte sich gierig die Lippen. »Ich brauche jetzt unbedingt einen Schluck.«

»Nein!« Caswyn verschränkte die Arme vor der Brust. »Erst, wenn du mir gesagt hast, welch grausames und verachtungswürdiges Spiel ihr beide, du und Ellen, getrieben habt. Ich wusste, dass du mich nicht zum Mann willst, hast du deswegen deine Schwester nach Cornwall geschickt, damit sie deine Rolle übernimmt? Damit Ellen mich heiratet und du aus dieser Sache heraus bist, denn du hast nie einen Zweifel daran gelassen, wie zuwider ich dir war.«

Sichtlich verwirrt fuhr Belinda sich über die Stirn, wobei ihr Make-up verschmierte und sie plötzlich alles andere als attraktiv aussah.

»Das wollte ich nicht …«, flüsterte sie, gab sich dann einen Ruck, hob den Kopf und sah Caswyn in die Augen. »Ja, es stimmt, es war Ellen, die du geheiratet hast. Ellen kehrte aus Frankreich nach Tredethian zurück, und alle glaubten, sie wäre ich.« Plötzlich kicherte Belinda, und Caswyn war sich nicht sicher, ob sie nur wieder ein gutes Schauspiel ablieferte oder ob ihre Sinne sich verwirrt hatten. »War eigentlich ein nettes Spiel, nur irgendwann gerieten die Spielregeln durcheinander.«

»Und ich als einer der Hauptakteure wurde in die Spielregeln nicht eingeweiht«, sagte Caswyn barsch. »Bist du mir nach San Francisco nachgereist?«

Belinda schüttelte den Kopf.

»Dass wir uns heute hier treffen, ist nichts weiter als ein dummer Zufall. Ich dachte, ich sehe nicht recht, als ich dich plötzlich im Saloon entdeckte.«

»Und ich verstehe überhaupt nichts von deinem wirren Gerede«, antwortete Caswyn. »Na los, erzähle am besten von Anfang an. Ich will alles wissen. Und wage es nicht, mich zu belügen.«

Belinda holte tief Luft, dann platzte sie heraus: »Also gut, ich habe alle in dem Glauben gelassen, ich wäre tot, damit ich endlich so leben kann, wie ich will. Ich konnte ja nicht ahnen, dass Ellen sofort die Gelegenheit ergreift, sich für mich auszugeben. Es ist mir aber egal, denn du weißt selbst, dass ich dich niemals heiraten wollte, und auf Tredethian pfeife ich sowieso. Wie ich deinen Worten entnehme, ist inzwischen alles aufgeflogen. Eine schöne Scheiße, mich geht das aber nichts an.«

Caswyn sprang auf und lief in dem kleinen Raum auf und ab. Eine Ader pochte an seiner Schläfe, als er schließlich vor Belinda stehen blieb.

»Es geht dich sehr wohl etwas an, denn deine Schwester wurde verdächtigt, dich getötet zu haben. Allerdings spielt das keine Rolle mehr, weil sie wegen des Mordes an Miles Golberden ohnehin zum Tod verurteilt wurde.«
»Das ist nicht wahr!« Belindas Entsetzen war nicht gespielt. »Das heißt … Ellen ist tot?«
»Nein, noch nicht.« Grimmig schüttelte Caswyn den Kopf. »Da sie schwanger ist, wurde die Hinrichtung ausgesetzt, bis sie das Kind bekommen hat. So hat es mir mein Vater geschrieben.«
»Schwanger?« Belinda stieß einen verächtlichen Laut aus. »Na, da habt ihr euch ja schnell angenähert, und das, obwohl du dachtest, sie wäre ich.«
»Es ist nicht mein Kind«, sagte Caswyn, und sein Gesicht verschloss sich. »Dieser Miles Golberden wird wohl dafür verantwortlich sein.«
»Miles und Ellen?« Belinda lachte verächtlich. »Das kann ich mir nun wirklich nicht vorstellen.« Zynisch fügte sie hinzu: »Ellen und du – ihr passt hervorragend zusammen, der eine ebenso langweilig und öde wie der andere.«
»Halt den Mund«, fuhr Caswyn sie an. »Ellen ist die wunderbarste Frau, die es gibt.«
»Ach, jetzt doch? Eben sagtest du, sie hätte mit Miles ein Verhältnis gehabt. Du widersprichst dir, mein Lieber.«
»Ich bin nicht dein Lieber.« Zornig runzelte Caswyn die Stirn. »Trotz allem kann ich nicht von der Hand weisen, dass Ellen auch ihre guten Seiten hat.«
»Ja, ich weiß.« Verächtlich winkte Belinda ab. »Engel der Armen – so wird sie ja genannt. Die kann nicht einmal einer Fliege etwas zuleide tun, geschweige denn einen Mann abstechen.«
Caswyn zuckte zusammen. Er packte Belinda an den Schul-

tern und schüttelte sie grob, obwohl er Gewalt gegenüber Frauen verabscheute. Bei Belinda war er aber nicht zimperlich, denn die Frau brachte ihn zur Weißglut.

»Woher weißt du das alles? Woher weißt du, wie Ellen genannt wird und dass Golberden erstochen worden ist? Ich hatte das bisher nicht erwähnt. Warst du etwa in Cornwall und hast Ellen im Stich gelassen?« Caswyns Mund fühlte sich plötzlich trocken an. Obwohl er nicht wollte, dass Belinda sich betrank – er selbst brauchte jetzt auch einen Schluck. »Warte hier, ich hole uns etwas zu trinken«, sagte er deswegen und ging zur Tür. Vorsorglich nahm er den Schlüssel und schloss hinter sich ab.

»Keine Angst, ich verschwinde schon nicht«, hörte er Belinda rufen.

Als er wenig später mit dem Bourbon zurückkehrte, sagte er: »Ich habe den Wirt gleich für die ganze Nacht bezahlt, denn ich glaube, das wird eine längere Unterhaltung.« Er schenkte Whiskey in zwei Gläser, trank seines in einem Zug leer und fuhr fort: »Sag jetzt endlich die Wahrheit, aber alles in der richtigen Reihenfolge, denn bisher verstehe ich kein Wort.«

Belinda lächelte bitter.

»Ich bin gerade dabei. Ihr Männer seid ja so blind! Hast du wirklich geglaubt, die Frau, die letzten Herbst nach Tredethian kam, wäre ich? Hast du nie bemerkt, wie sehr Ellen und ich uns unterscheiden? Nicht äußerlich, nein, da gelang es ihr, alle zu täuschen, Ellen ist jedoch ein Musterbeispiel von Tugend und Ehrlichkeit. Ich hätte nie gedacht, dass sie wirklich so weit geht, dich unter meinem Namen zu heiraten und sich Tredethian unter den Nagel zu reißen. Ich konnte ja nicht ahnen, dass mein Verschwinden eine solche Lawine auslöst. In den letzten Wochen hatte ich viel Zeit, nachzudenken, und glaube, dass Ellen keine andere Möglichkeit sah, als mit meinen Papieren und meiner Fahrkarte Frankreich zu verlassen. Und da sie glauben musste, ich wäre nicht mehr am Leben, nutzte sie die Chance, künftig ein sorgloses Leben als Lady zu führen.« Sie zuckte mit den Schultern. »Ehrlich, das hätte ich von Ellen nicht gedacht, auf mich wirkte sie immer so unschuldig, aber wir kannten uns ja kaum.«

Caswyn schenkte Belinda ein weiteres Glas ein und sagte: »Kannst du aufhören, derart wirr zu sprechen? Ellen ... wo seid ihr euch eigentlich begegnet? Ist es überhaupt sicher, dass sie deine Schwester ist und dass es sich nicht nur um eine zufällige Ähnlichkeit handelt?«

»Ich glaube, daran gibt es keinen Zweifel«, antwortete Belinda und begann zu erzählen, wie sie in Hyères auf ihr Ebenbild gestoßen war und ihr sofort klar war, dass es sich bei Ellen ebenfalls um eine Tredethian handeln musste, schließlich trug auch sie das Muttermal. Sie erzählte von Ellens bisherigem Leben und wie sie ein paar Mal die Rollen getauscht hatten.

»Ich hatte einen Liebhaber«, sagte Belinda ehrlich. »Da kam mir Ellen gerade recht. Sie vertrat mich bei meiner Tante, und ich konnte ein paar Stunden das tun, was ich wirklich wollte. Jean-Luc war Franzose, ein Künstler, und die Zeit mit ihm war sehr aufregend. Zuerst wollten wir wirklich nur ein paar Tage einen Segeltörn machen, gerieten jedoch in einen furchtbaren Sturm. Der Skipper hatte alle Hände voll zu tun, damit wir nicht kenterten, und das Schiff wurde ziemlich in Mitleidenschaft gezogen. Einmal dachte ich, unser letztes Stündchen hätte geschlagen, als ein Teil des Hecks abbrach und Wasser in den Rumpf eindrang. Irgendwie hielten wir uns aber trotzdem über Wasser, bis der Sturm sich gelegt hatte. Da das Unwetter die Messgeräte zerstörte, waren wir vom Kurs abgekommen und dümpelten einige Tage ziellos umher.

Schließlich erreichten wir Sardinien, gerade noch rechtzeitig, bevor unsere Wasservorräte zu Ende gingen. Obwohl wir nur knapp dem Tod entronnen waren, fand Jean-Luc die Situation aufregend, und auch ich empfand es als reizvoll, mit Jean-Luc zusammen weiter durch das Mittelmeer zu segeln. Ich hatte einen großen Teil meines Schmucks mitgenommen, der sich problemlos zu Geld machen ließ. Das Boot wurde instand gesetzt, der Skipper blieb bei uns, und so machten wir uns auf den Weg nach Italien, dann Sizilien, wir besuchten die griechischen Inseln und blieben schließlich auf Kreta hängen. Jean-Luc malte wundervolle Bilder, die sich verkaufen ließen, und ich machte mir keine Gedanken um die Zukunft. Natürlich ahnte ich, dass man denken würde, wir wären mit dem Segelboot untergegangen, aber du kennst mich ja, Caswyn: Was andere denken oder gar deren Gefühle waren mir schon immer gleichgültig. Ich lebte für den Augenblick, was morgen geschehen würde, darum kümmerte ich mich nicht. Außerdem dachte ich, es geschähe meinem Vater recht, wenn er seine Tochter als verloren glaubt, vielleicht hätte er dann all die bösen Worte mir gegenüber bereut.

Alles ging gut, solange wir von dem Geld, das mein Schmuck einbrachte, ein unbeschwertes Leben führen konnten. Dann wurde ich schwanger, und alles Geld war ausgegeben. Natürlich hoffte ich, Jean-Luc würde sich nun eine richtige Arbeit suchen, denn von dem Erlös, den seine Bilder einbrachten, konnten wir nicht leben. Er aber dachte nicht daran, und das Kind wollte er auch nicht. Als ich eines Morgens aufwachte, war der Feigling mit Sack und Pack verschwunden, und ich saß allein auf Kreta fest.«

Belinda machte erschöpft eine Pause. Zum ersten Mal fiel Caswyn auf, dass dunkle Schatten unter ihren Augen lagen, und ihre Hände zitterten, als sie nach der Whiskeyflasche griff. Belinda schenkte den Alkohol nicht in ein Glas, sondern nahm einen kräftigen Schluck direkt aus der Flasche.

»Warum bist du dann nicht nach Tredethian gekommen?«, fragte Caswyn, der die Zusammenhänge nach und nach begriff. »Du bist schließlich Belinda Swinbrook und hättest jedes Recht gehabt, nach Hause zurückzukehren. Außerdem konntest du nicht wissen, dass dein Vater gestorben war und Ellen deinen Platz eingenommen hatte.«

Sie zuckte mit den Schultern und lächelte bitter.

»Sentimentalität war noch nie meine Sache, wie du weißt, aber damals … Ich wollte dieses Kind bekommen, auch wenn sich der Vater aus dem Staub gemacht hat. Du magst es kaum glauben, zumal ich zuvor bereits ein Kind habe wegmachen lassen, dieses Mal war es jedoch anders. Eine Rolle spielte natürlich die Tatsache, dass ich den Kurpfuschern auf Kreta nicht traute und Angst vor einer zweiten Abtreibung hatte. Außerdem wusste ich nichts von den Ereignissen in Cornwall und wähnte meinen Vater noch am Leben. Ich fürchtete, er würde mich mit Schimpf und Schande aus dem Haus jagen, daher beschloss ich, erst nach Cornwall zurückzukehren, wenn mein Kind geboren war. Ich hoffte, Vater würde wegen des Babys, das schließlich sein Enkelkind war, nicht allzu hartherzig sein. In der Zeit bis zur Geburt musste ich aber von etwas leben, außerdem brauchte ich Geld, um mir falsche Papiere zu besorgen. Das war auf Kreta ganz einfach, aber umsonst wollte mir natürlich niemand einen falschen Pass ausstellen. Ich hatte aber nichts anderes als mein hübsches Gesicht und meinen schönen Körper – zumindest so lange, bis ich *dafür* zu unförmig würde.«

Caswyn verstand. Belinda hatte bereits auf Kreta begonnen, sich zu verkaufen.

»Schließlich bist du aber doch nach Tredethian gekommen.

Und dann? Warum hast du dich niemandem zu erkennen gegeben?«
Belinda nahm einen weiteren Schluck, ihre Augen begannen bereits, vom Alkohol zu glänzen, Caswyn hinderte sie jedoch nicht am Trinken.
»Mein Vater war tot, und du und Ellen wart verheiratet. Da wollte ich nicht einfach ins Haus spazieren und sagen: Hier bin ich wieder. Das hätte Ellen, aber auch mich, in große Erklärungsnot gebracht. Glücklicherweise war mir Lydia Golberden immer äußerst gewogen, und sie versteckte mich und mein Baby in einem verlassenen Cottage nicht weit von Tredethian entfernt und versorgte uns mit Lebensmitteln. Für sie war die Wahrheit natürlich ein Schock, wähnte sie mich doch tot. Sie drängte, mich zu erkennen zu geben, respektierte aber meinen Wunsch, noch ein wenig abzuwarten. Lydia ahnte schon lange, dass die Frau, die aus Frankreich zurückgekehrt war, nicht ich sein konnte, denn sie kannte ja die ganze Geschichte, die sie aber all die Jahre auch vor mir geheim gehalten hatte. Jetzt endlich brach sie ihr Schweigen und erzählte, dass Ellen und ich wirklich Zwillingsschwestern sind und warum wir kurz nach unserer Geburt getrennt wurden. Ich erzähle es dir später, es spielt im Moment keine Rolle. Auf jeden Fall fand ich Gefallen an der Tatsache, dass eine andere Frau all die Last, die mit einer Ehe mit dir und der Führung von Tredethian Manor einhergeht, auf sich genommen hatte. Ich hatte auch überhaupt keine Lust, auf Dauer im spießigen Cornwall zu bleiben. Du weißt, ich habe diesen alten, riesigen Kasten von Haus immer schon verabscheut. Ich wollte nur zur Ruhe und zu Geld kommen, um dann wieder die Welt zu bereisen. Lydia sollte mir einige Stücke von meinem Schmuck und andere Wertgegenstände aus dem Haus besorgen, die ich dann versetzen wollte. Ellen hatte ohnehin keinen Überblick über die Kostbarkeiten, die Trede-

thian barg. Amerika war schon lange mein Wunschziel, und jetzt war ich frei, zu tun und zu lassen, was ich wollte, ohne auf jemanden Rücksicht nehmen zu müssen. Mein Kind war mir dabei jedoch hinderlich. Ich rang Lydia das Versprechen ab, sich um das Mädchen zu kümmern. Vielleicht wäre ich irgendwann nach Tredethian zurückgekehrt und hätte geschaut, was aus meiner Tochter geworden ist, oder sie sogar zu mir geholt«, fügte sie mit einem Schulterzucken hinzu.

»Du hast dich kein bisschen verändert, Belinda Swinbrook«, sagte Caswyn verächtlich. »Ich frage mich, wie ich so blind sein konnte, nicht zu merken, dass die Frau, die ich heiratete, eine völlig andere Person ist. Kein Mensch kann eine solche Wandlung des Charakters vollziehen.«

»Sag ich doch, ihr Männer seid einfach nur dumm.«

Belinda grinste und griff erneut zur Whiskeyflasche, obwohl sie bereits deutlich angeheitert war und zu lallen begann. Caswyn nahm ihr die Flasche aus der Hand.

»Du hast genug, Belinda«, sagte er streng. »Oder willst du dein Leben noch mehr ruinieren?«

»Mein Leben?« Belinda lachte zynisch. »Mein Leben ist keinen Pfifferling mehr wert. Ob mich der Alkohol oder die Krankheit ins Grab bringt, ist doch gleichgültig. Vielleicht geht es mit dem Schnaps aber schneller und ist weniger schmerzhaft.«

»Was willst du damit sagen?«

Caswyn sah sie skeptisch an. Tischte Belinda ihm eine weitere Lügengeschichte auf? Es würde ihr ähnlich sehen, selbst mit dem eigenen Tod Scherze zu treiben. Von einer Sekunde auf die andere wurde Belinda ernst, und eine steile Falte bildete sich über ihrer Nasenwurzel. Mit einem Ruck riss sie ihr Mieder auf, und Caswyn musste schlucken, als er ihre weißen, vollen Brüste sah.

»Was soll das?«, herrschte er sie an, aber Belinda schüttelte nur den Kopf, legte eine Hand auf ihre rechte Brust und sagte: »Hier drinnen wuchert ein Geschwür. Hühnereigroß, sagt der Arzt, und man kann nichts machen. Vielleicht noch drei oder vier Monate, dann wird mich der Krebs von innen auffressen. Langsam, aber unaufhaltsam, und es wird ein qualvoller Tod sein.« Sie schloss ihr Kleid wieder und sah Caswyn trotzig an. »Willst du mir immer noch sagen, ich würde mein Leben ruinieren? Und jetzt gib mir die Flasche, ich habe einfach Lust, mich zu betrinken.«

Caswyn war wie gelähmt und ließ es zu, dass Belinda nach dem Whiskey griff und die Flasche austrank. Wenn Belinda die Wahrheit sprach – irgendwie traute er ihr trotz allem nicht zu, dass sie in diesem Fall ein perfides Spiel trieb –, dann konnte er sogar verstehen, dass sie versuchte, sich zugrunde zu richten. Trotzdem blieb er skeptisch und sagte:

»Das ist ja alles sehr interessant, erklärt aber immer noch nicht, warum du ausgerechnet nach San Francisco gekommen bist und dich hier Männern anbietest.«

Lapidar zuckte Belinda mit den Schultern.

»Auf Tredethian … also, da traten Umstände auf, die es erforderlich machten, so schnell wie möglich zu verschwinden. Selbst die gute Lydia konnte ich nicht informieren, dazu war keine Zeit. In Falmouth ging ich auf ein Schiff, dort fand ich einen … Gönner, da ich kaum noch Geld hatte. Ich war ja erst wenige Tage auf Tredethian gewesen, als ich so schnell wie möglich verschwinden musste. Dieser Mann, mit dem ich in den Westen kam, war ein Bankier aus San Francisco. Nur leider warteten hier eine Frau und fünf Kinder auf ihn, so mussten sich unsere Wege trennen.« Sie lächelte bitter. »Na ja, manchmal kommt er noch in den Saloon, wenn seine Frau ihn mal wieder nicht ranlässt. Er hat mir auch die Stellung in diesem Etablissement verschafft und steckt mir regelmäßig einen Schein zu, denn von dem Hungerlohn hier kann ja niemand leben.«

Verwirrt fuhr sich Caswyn durch die Haare. Eine große Frage war jedoch noch nicht geklärt, und Caswyn ahnte, dass Belinda auch hier die Antwort kannte. Er nahm ihre eiskalten Hände, hielt sie fest und sah Belinda in die Augen.

»Wann hast du Tredethian verlassen? War es vor oder nach dem Mord an Miles Golberden?«

Belinda zuckte zusammen und konnte ihre Unsicherheit nicht verbergen.

»Du musst mir glauben, dass ich erst heute von dir erfahren habe, dass Ellen dafür zur Verantwortung gezogen worden ist«, sagte sie leise. »Das wollte ich nicht …«

Caswyns schlimmste Befürchtungen bestätigten sich.

»Warum?«, fragte er schlicht.

Belindas Augen begannen zu glänzen, als hätte sie Fieber, es war aber nur der Alkohol, der ihre Zunge lockerte, so dass sie auch den Rest der Wahrheit erzählte. Lallend fuhr sie fort:

»Leider hatte Lydia Miles von mir erzählt, er war ja schließlich ihr Neffe. Als Miles die Wahrheit erfuhr, wollte er natürlich Profit daraus schlagen. Ellen hatte er bereits erfolgreich erpresst, jetzt wollte er mich auf seine Seite ziehen, denn wenn die ganze Sache ans Licht käme, wäre Tredethian ja für uns alle verloren, und wir wären ohne einen Penny dagestanden. Miles meinte, er wolle Ellen so lange melken wie eine Milchkuh, bis sie entweder kein Geld mehr lockermachen konnte oder von selbst die Wahrheit gestand, dass sie nicht ich war. Dann würde sie vielleicht von allein verschwinden, und ich könnte ihre Stelle einnehmen. Somit wäre Tredethian gerettet, und Miles würde sich für den Rest seines Lebens meiner Dankbarkeit sicher sein. Natürlich wollte Miles unser Verhältnis auch wiederauf-

nehmen. Bei dem Spiel wollte ich aber nicht mitspielen. Nicht nur, dass Miles mir inzwischen zutiefst zuwider war – alles sollte so bleiben, wie es war: Ellen war eine bessere Herrin, als ich es jemals gewesen wäre, sie liebte dich und du sie offenbar ebenfalls, wie Lydia berichtete. Ich wollte nur etwas Geld und Schmuck und dann England wieder verlassen. Miles ließ jedoch nicht locker und meinte, auch ich hätte mich strafbar gemacht, da ich alle im Glauben ließ, ich wäre tot. Ach, was soll ich sagen?« Belinda machte eine abfällige Handbewegung. »Wir hatten einen kleinen … Streit … und Miles wird jetzt niemandem mehr etwas von dem Geheimnis verraten.«
Caswyn wurde es eiskalt.
»Du hast ihn einfach ermordet?«, fragte er, obwohl er die Antwort längst kannte.
Belindas Stimmung schlug erneut rapide um, und plötzlich liefen ihr Tränen über die Wangen.
»Ich wollte es nicht, wirklich nicht. Aber Miles war so unverschämt, und als er mich zu küssen versuchte … ich wollte nichts mehr von ihm, im Gegenteil, er widerte mich an … und ich hatte dieses Messer, das ich mir sicherheitshalber aus der Küche besorgt hatte. Nicht, um Miles etwas zu tun, sondern nur, um ihn auf Distanz zu halten, sollte er mir zu nahe kommen. Ich hatte vorher aber getrunken und so … es war ein Unfall. Plötzlich steckte das Messer in seinem Rücken, und er regte sich nicht mehr.«
»Und du bist einfach abgehauen«, stellte Caswyn fest. »Hast du nie daran gedacht, dass jemand anderer für den Mord zur Verantwortung gezogen werden könnte?«
Belinda schüttelte den Kopf. »Nein, und wenn, dann nicht Ellen. Ich habe keine Ahnung, warum die Leute glauben, sie wäre die Täterin. Ein Mann wie Miles Golberden hatte doch sicher viele Feinde.«

»Mein Vater schrieb, dass Miles' Körper noch warm gewesen war, als man Ellen neben seiner Leiche entdeckte«, wandte Caswyn ein. »Ihr beide müsst euch also nur um wenige Minuten verfehlt haben. Du müsstest doch mitbekommen haben, dass das Personal der Meinung war, Ellen auf frischer Tat ertappt zu haben.«
Belinda schüttelte den Kopf. »Als er so dasaß ... und das viele Blut ... Ich rannte in Panik davon, schnappte mir aus dem Cottage, in dem Lydia mich versteckt hatte, meinen Pass und ein paar Sachen und machte, dass ich verschwand. Unterwegs hielt ich ein Fuhrwerk an, das mich mit nach Falmouth nahm. Dort hielt ich mich verborgen, bis ich die Möglichkeit bekam, das Land zu verlassen.«
»Ohne Geld?«, fragte Caswyn zweifelnd.
»Ich schlich mich als blinder Passagier an Bord und ging einfach in eine Kabine. Dort wurde ich glücklicherweise von dem erwähnten Mann entdeckt, der mir half, in die Staaten zu gelangen, wenn ich ... nun ja, du kannst es dir denken. Irgendwie ging alles glatt.«
»Jetzt könnte ich auch einen Schluck gebrauchen.« Bedauernd sah Caswyn auf die leere Whiskeyflasche. »Wir müssen sofort zurück«, sagte er dann. »Noch heute Nacht werden wir einen Zug nach Osten nehmen. Steh auf und pack deine Sachen.«
»Zurück?« Belinda starrte ihn fassungslos an. »Warum sollte ich nach England zurückkehren? Damit man mir den Prozess macht?«
»Willst du, dass man eine Unschuldige hängt?« Caswyns Gesicht war wie aus Stein gemeißelt, seine Stimme klang gefährlich kalt, als er fortfuhr: »Ellen mag einen großen Fehler gemacht haben und eine Betrügerin sein, sie hat aber weder dich noch Miles Golberden getötet. Selbst du kannst nicht so ver-

dorben sein, ihren Tod billigend in Kauf zu nehmen. Sie ist trotz allem deine Schwester.«

Belinda war zwar vom Whiskey benebelt, erkannte aber, wie ernst es Caswyn war, und leistete keinen Widerstand. Warum auch? Sie würde ohnehin sterben, und es würde ein langsamer und schmerzhafter Tod sein. Vielleicht war jetzt der Zeitpunkt gekommen, um in den letzten Wochen ihres Lebens noch etwas Sinnvolles zu tun und zu beweisen, dass sie nicht bis in den letzten Winkel ihres Herzens schlecht war.

Dinah

Tredethian Manor, Cornwall

April 2012

31. Kapitel

Langsam, jedes Wort betonend, hatte Dinah die letzten Sätze vorgelesen. Im Raum herrschte eine Stille, dass man eine Stecknadel hätte fallen hören. Bedächtig strich Dinah mit dem Finger über die Wörter, die vor so langer Zeit von ihrem Urgroßvater geschrieben worden waren, dann schlug sie das Tagebuch zu. Selbst Kevin, der sonst nie um Worte verlegen war, wusste nicht, was er sagen sollte. Die drei Menschen sahen sich stumm an, und in Dinahs Hals bildete sich ein dicker Kloß. Thomas brach als Erster das Schweigen.

»Nun wisst ihr die Wahrheit.« Seine Mundwinkel zuckten in Andeutung eines Lächelns, das aber alles andere als fröhlich war. »Belinda war an Brustkrebs erkrankt, in der damaligen Zeit eine tödliche Diagnose. Die Vorstellung, langsam und unter Qualen sterben zu müssen, konnte sie nicht ertragen.«

»Darum hat sie mit Ellen getauscht und wurde an ihrer Stelle hingerichtet«, ergänzte Dinah. »Vielleicht war es aber auch ein Akt der Reue, ich meine, vielleicht hat Belinda erkannt, dass sie für ihr Verhalten und auch für den Mord an Miles Golberden büßen musste.«

Thomas zuckte mit den Schultern. »Wir werden es nie genau wissen. Alles, was ich euch jetzt noch zu sagen habe, weiß ich von meinem Großvater, der es seinerseits von seiner Mutter erfahren hat.« Thomas räusperte sich und trank einen Schluck Bier, bevor er fortfuhr: »Caswyn und Belinda reisten auf dem schnellsten Weg nach England zurück, trotzdem dauerte es fast sechs Wochen, bis sie in Cornwall ankamen. Es war Ellens Glück, dass sie ein Kind erwartete, sonst hätte man sie längst gehängt, und Caswyn wäre zu spät gekommen.«

»Warum hat Belinda nicht einfach die Wahrheit gesagt?«, unterbrach Kevin und schüttelte verwundert den Kopf. »Warum diese gefährliche Aktion, Ellen in der Nacht vor der Hinrichtung aus dem Gefängnis zu schmuggeln?«

Thomas sah Kevin wohlwollend an.

»Du hast eine gute Kombinationsgabe, denn darüber wurde spekuliert, solange ich denken kann. Die wahrscheinlichste Begründung ist, dass die Folgen, die ein solches Geständnis nach sich gezogen hätten, Belinda wohl nicht durchstehen wollte. Es hätte erneut einen langwierigen Prozess gegeben, und sie ahnte wohl, dass man eine Todkranke nicht hinrichten würde. So würde sie allein und elendig in einer Gefängniszelle sterben. Außerdem war es – auch wenn Belinda den Mord gestanden hätte – nicht von der Hand zu weisen, dass sich Ellen der Urkundenfälschung und arglistigen Täuschung strafbar gemacht hatte, was ein weiteres Verfahren, wenn nicht sogar erneute Haft für Ellen nach sich gezogen hätte. Egal, wie man es drehte: Tredethian Manor und die Minen waren ohnehin verloren.«

»Trotzdem hätte Caswyn auf seinen Besitz … Darracott … gehen und dort mit Ellen leben können«, sagte Dinah. »Er hat ja schließlich nichts getan.«

Thomas nickte ihr zu und lächelte, und dieses kleine Lächeln wärmte Dinah.

»Ihr könnt es nicht verstehen, aber nicht nur die Zeiten waren andere als heute, sondern die Menschen hier denken auch heute noch sehr konservativ. Obwohl Caswyn an allem, was geschehen war, keine Schuld trug, wäre er in Cornwall erledigt gewesen – einzig aus dem Grund, weil er eine Betrügerin liebte. Dinah, du hast gelesen, dass Caswyn von Amerika begeistert und gerade in die Firma von Barnes und Taylor eingetreten war. Auszuwandern und an einem Ort zu leben, wo niemand sie kannte und keiner von der Geschichte wusste, war das einzig Richtige, was die beiden tun konnten.«

»Und sie nahmen ihren gemeinsamen Sohn mit«, ergänzte Dinah. »Caswyn schreibt aber auch von Lydia Golberden und dass diese Frau bei ihnen in Southampton ist. Was hat sie damit zu tun?«

»Genau, das verstehe ich auch nicht«, warf Kevin ein. »Warum hat sie Ellen geholfen, wo sie zuvor ihr gegenüber doch so biestig war?«

Bevor Thomas antwortete, stand er auf, streckte sich und ging ein paar Schritte auf und ab. »Es wird bald hell«, sagte er nach einem Blick aus dem Fenster, dann wandte er sich an Dinah und Kevin. »Nun, als Lydia Belinda unmittelbar nach dem Mord an Miles nirgends mehr finden konnte, ging sie davon aus, dass sie einfach wieder verschwunden war. Sie dachte, Belinda wollte nicht, dass man sie entdeckte und dass sie in den Mordfall verwickelt werden würde. Lydias Meinung nach hatte Ellen das stärkste Motiv, Miles zu töten, und weil sie wollte, dass Ellen für die Tat zur Rechenschaft gezogen wurde, verschwieg sie, dass Belinda lebte. Wir wissen es nicht, aber vielleicht ahnte Lydia sogar, dass Belinda dahintersteckte.« Dinah begann zu verstehen.

»Nach allem, was ich erfahren habe, denke ich, dass Lydia Belinda regelrecht vergöttert hat. Wahrscheinlich dachte Lydia, dass – wenn Ellen erst mal tot war – Belinda zurückkommen und ihren Platz in der Gesellschaft wieder einnehmen könnte. Trotz des drohenden Verlusts von Tredethian Manor war Belinda immer noch ein Mitglied des englischen Hochadels.«

»Schwesterchen, du bist intelligenter, als du aussiehst«, neckte Kevin sie, wurde dann aber wieder ernst und wandte sich an Thomas. »Was ist mit Belindas Kind geschehen?«

»Nachdem Belinda Hals über Kopf Cornwall verlassen hatte, kümmerte Lydia sich um deren Tochter und nahm sie wie eine eigene bei sich auf«, antwortete Thomas. »Ich denke ebenfalls, dass Lydia hoffte, Belinda würde zurückkommen, schon wegen ihres Kindes. Nachdem Caswyn und Belinda dann aus den Staaten kamen, muss die Wahrheit für Lydia ein großer Schock gewesen sein. Vielleicht schämte sie sich auch, an Ellens Schuld geglaubt zu haben, vielleicht überzeugte Belinda sie, ihrer Schwester zu helfen. So oder so – Lydia half den dreien, nach Ellens Flucht aus dem Gefängnis nach Southampton zu gelangen und sich dort zu verstecken, bis sie auf ein Schiff gehen konnten. Sie begleitete die beiden aber nicht nach Amerika, sondern kehrte nach Tredethian zurück. Neben Belindas Kind gab es ja auch noch Miles' Sohn – meinen Urgroßvater. Lydia war zwar eine ziemlich gerissene und geldgierige Person, aber sie hatte auch ein Herz und kümmerte sich von da an liebevoll um beide Kinder. Zwischen den Kindern bestanden ja nur wenige Monate Altersunterschied, so war es kein Wunder, dass sie später heirateten.«
Blitzschnell dachte Dinah nach, sprang auf und lachte laut.
»Das bedeutet ja, dass wir beide … also, dass wir miteinander verwandt sind!«
»Echt krass!« Kevin schüttelte fassungslos den Kopf, während Thomas in Dinahs Lachen einstimmte.
»Über ganz viele Ecken, ja. Um das jetzt aber genau zu rekonstruieren, bin ich zu hungrig.« Erwartungsvoll sah er Dinah und Kevin an. »Wie wäre es mit einem kräftigen Frühstück und einem starken Kaffee?«
»Ich helfe dir«, bot Dinah sofort an und folgte Thomas in die gemütliche Wohnküche.

Der starke Kaffee belebte sie, und keiner war müde, obwohl sie die ganze Nacht gelesen und geredet hatten. Zu aufregend waren die Dinge, die Dinah und Kevin erfahren hatten. Thomas hatte noch ergänzt, dass er auf Amalias Wunsch hin das Grab auf dem Friedhof in Penzance pflegte.

»Es ist Belindas Grab, nicht wahr?«, fragte Dinah. »Allerdings unter Ellens Namen.«

Thomas nickte. »Alles andere wäre zu verwirrend geworden. Somit glaubten alle, Ellen sei ihrer gerechten Strafe zugeführt worden, hätte aber jedes Recht, auf Tredethian beerdigt zu werden, verloren. Auch hier sorgte Lydia dafür, dass ihre sterblichen Überreste nicht irgendwo in Bodmin anonym verscharrt wurden, sondern dass sie ein anständiges Begräbnis und eine dauerhafte Ruhestätte bekam.«

»Also, mich hat das ganz schön umgehauen, als ich das Grab sah«, sagte Dinah. »Und jetzt zu wissen, dass eine andere Frau darin liegt …«

»Und Ellen liegt wirklich an der Seite Caswyns auf dem Friedhof in San Francisco«, ergänzte Kevin. »So, wie wir immer davon ausgegangen sind.«

»Am besten sagt ihr es niemandem.« Thomas zwinkerte Dinah zu. »Lassen wir die Toten ruhen. In unserem Herzen wissen wir, dass auch Belinda ihren Frieden gefunden hat. Eines interessiert mich aber brennend: Was ist eigentlich aus Ellen und Caswyn geworden? Da es euch gibt, nehme ich an, sie haben in den Staaten Fuß fassen können?«

Dinah nickte und erzählte Thomas, was sie von ihrem Vorfahren wusste. Caswyn brachte seine praktischen Erfahrungen aus dem Bergbau ein, und zusammen mit Barnes und Taylor entwickelten sie immer bessere Pumpen- und Belüftungssysteme. Die Firma wurde zu einer der größten an der Westküste und Caswyn zu einem vermögenden Mann.

»Caswyns Enkel, unser Großvater, hat seine Anteile dann aber verkauft, da er sich nicht zum Geschäftsmann eignete, und ging in die Politik, ebenso wie heute unser Dad«, schloss Dinah. »Die Firma existiert immer noch, unsere Familie hat aber nichts mehr damit zu tun.«

Kevin, der der Unterhaltung in den letzten Minuten schweigend gefolgt war, stellte eine wichtige Frage: »Nach Belindas Tod ging Tredethian doch laut dem Testament des Earls an die Verwandten in Wales, nicht wahr? Wieso konnten Lydia und die Kinder dann hierbleiben? Es wusste doch niemand, dass das Mädchen Belindas Kind war.«

»Du bist ein intelligenter junger Mann.« Thomas lächelte Kevin an, und Dinah platzte heraus: »Er studiert ja auch in Harvard.« Plötzlich war sie sehr stolz auf ihren jüngeren Bruder.

»Na, das erklärt vieles.« Thomas wurde wieder ernst und fuhr fort: »Es ist wahrscheinlich, dass die neuen Besitzer die wahren Hintergründe kannten. Da die Waliser aber nie die Absicht hatten, auf Tredethian zu leben, musste der Besitz anderweitig verwaltet werden. Somit konnte Lydia hierbleiben. Irgendwie schaffte sie es, schriftlich zu vereinbaren, dass die Nachkommen von Belindas Kind ein lebenslanges Wohnrecht auf Tredethian erhalten. Solche Dinge kommen in England häufig vor, daher lebte auch Amalia im Dachgeschoss. Leider hat sie nie geheiratet und Kinder bekommen, so dass diese Vereinbarung jetzt erloschen ist.«

Nachdenklich runzelte Kevin die Stirn, sah Dinah ernst an und sagte langsam: »Wenn ich nun alles richtig kombiniere, dann floss in den Adern unserer Ururgroßmutter Ellen Townsend blaues Blut, nicht wahr?«

Dinah nickte. »Ja, ihr Vater war der Earl of Tredethian, und somit war sie zur Hälfte eine echte Adlige, auch wenn sie nie als legitime Tochter anerkannt wurde.«

Thomas wusste, worauf hinaus Kevin wollte, und fragte: »Habt ihr auch dieses Muttermal?«
Die Geschwister schüttelten gleichzeitig den Kopf.
»Nein, das muss sich wohl im Laufe der Generationen verloren haben«, antwortete Kevin. »Trotzdem … eigentlich sind wir die letzten noch lebenden Tredethians, jetzt, wo die alte Dame das Zeitliche gesegnet hat, oder? Und das Haus gehört irgendwie uns.«
»Vergiss nicht, dass der Besitz an die Verwandten nach Wales ging und später dem National Trust übereignet wurde«, gab Thomas zu bedenken. »Selbst wenn Belinda überlebt hätte, hätte sie kein Anrecht auf den Besitz gehabt, das Testament des Earls war unanfechtbar. Damals gab es so etwas wie Pflichtteile nämlich noch nicht.«
»Und die Minen?«, fragte Kevin interessiert.
»Tom Lanner führte Wheel Gwennap und Wheel Mulyara weiter. Die Minen wurden aber beide so um 1920 herum geschlossen, weil sie keinen Ertrag mehr einbrachten. Im Ersten Weltkrieg wurden die meisten Männer eingezogen, und nur wenige kamen zurück. Von denjenigen, die zu Hause geblieben waren, wanderten viele trotz der verbesserten Arbeitsbedingungen nach Australien oder Südafrika aus. In dieser Zeit begann das große Minensterben in Cornwall. Wenn ihr wollt, zeige ich euch bei Gelegenheit die Ruinen der Maschinenhäuser, die Schächte sind natürlich längst zugeschüttet worden. Es sind nur ein paar Meilen die Küste hinauf in Richtung der Mount's Bay.«
Erst jetzt begriff Dinah, was ihr Bruder vorhin gesagt hatte. Es stimmte – selbst wenn weder sie noch Kevin auch nur den Hauch eines Anspruches auf Tredethian Manor hatten –, in ihren Adern floss das Blut eines einst mächtigen englischen Adelsgeschlechts. Im Traum hätte sie nicht daran gedacht,

eine solche fantastische Geschichte herauszufinden, als sie sich aufgemacht hatte, Ellen Townsends Leben zu erforschen.
»Na ja, was sollten wir auch mit einem solchen Kasten?« Kevin grinste. »Ist ja schon pompös und so, aber wohnen tue ich lieber in einem kleinen, gemütlichen Haus mit Fußbodenheizung, Satellitenfernsehen und Internetanschluss. Und an der Uni sag ich auch lieber nichts davon, denn da gibt es einige, die sind auf die europäischen Monarchien gar nicht gut zu sprechen und finden, sie gehören alle abgeschafft.« Kevin zwinkerte seiner Schwester zu. »Franklin würde sicher begeistert sein. Du weißt doch, was für ein Snob er ist.«
»Franklin?«, warf Thomas ein, und Kevin nickte grinsend.
»Der Mann, der Dinah heiraten will. Ein junger aufstrebender Anwalt, stinkreich, und dazu sieht er auch noch gut aus. Tja, manche haben eben alles …«
Dinah sah, wie Thomas' Gesicht sich verdüsterte, und hatte plötzlich das dringende Bedürfnis, die Sache richtigzustellen.
»Es stimmt, Franklin will mich heiraten«, sagte sie, und ihre Wangen glühten. »Jedenfalls vor ein paar Wochen wollte er das noch, ich habe ihm aber deutlich zu verstehen gegeben, dass ich seine Gefühle niemals erwidern werde und er sich aus meinem Leben heraushalten soll.«
Aufmerksam beobachtete Dinah Thomas, der lediglich ein leises »Ach so« von sich gab und dann so tat, als würde er sich intensiv für das Blümchenmuster an seiner Kaffeetasse interessieren.
Kevin, der Franklin bewusst erwähnt hatte, beobachtete Dinah und Thomas aus dem Augenwinkel. Zwischen den beiden knistert es ganz gewaltig, dachte er zufrieden. Dinah hatte sich sehr verändert, es war, als hätte er eine neue Schwester bekommen. Sie schien inzwischen erkannt zu haben, dass das Leben nicht nur aus Partys, schicken Klamotten und ober-

flächlichen Bekanntschaften bestand. Er gähnte herzhaft und sagte:

»Also, ich weiß nicht, was mit euch ist, aber ich brauche jetzt eine Mütze Schlaf. Danke, Thomas, dass du uns alles erzählt hast, und auch für das tolle Frühstück. Ich gehe ins Cottage und haue mich aufs Ohr.«

Dinah sprang hastig auf.

»Warte, ich komme mit.« Sie konnte es nicht näher begründen, aber aus irgendeinem Grund scheute sie sich davor, mit Thomas allein zu bleiben.

An der Tür hielt Thomas sie zurück.

»Was wirst du jetzt machen?«

Dinah wusste sofort, was er meinte, und zuckte mit den Schultern.

»Nach Hause fliegen, was sonst? Ich habe ja jetzt alles erfahren, was ich wissen wollte.«

»Natürlich«, antwortete Thomas kühl. »Ihr könnt euch ja noch von mir verabschieden, bevor ihr fliegt.«

In Heathrow herrschte die übliche hektische Betriebsamkeit wie auf jedem großen Flughafen der Welt.

Tausende von Reisenden eilten mit großen und kleineren Gepäckstücken umher, vor den Schaltern bildeten sich lange Schlangen, und alle paar Sekunden wurden neue Flüge aufgerufen.

»Hier entlang!«, rief Kevin und drängte sich durch eine Gruppe Wartender. »Der Flug wurde schon aufgerufen, ich habe aber noch Zeit.«

Dinah und Thomas folgten ihm, und nachdem er eingecheckt und seinen Rucksack aufgegeben hatte, holten sie sich jeder einen Becher Kaffee an einer Selbstbedienungstheke und setzten sich in eine Ecke, in der es etwas ruhiger war.

»Willst du es dir nicht doch noch überlegen?« Kevin sah seine Schwester an, die lächelnd den Kopf schüttelte.

»Mein Entschluss steht fest, ich bleibe in England. Nun ja, zumindest mal den Sommer über«, sagte sie mit einem Seitenblick zu Thomas, der sie mit seinem Jeep freundlicherweise nach Heathrow gefahren hatte. »Du kannst Ma und Dad sagen, dass ihre unfähige Tochter einen Job hat, der ihr sogar Spaß macht und mit dem sie über die Runden kommt. Es gibt in England aber noch so vieles, das ich sehen möchte.«

Kevin war bis zu Amalias Beerdigung geblieben, obwohl er die alte Dame nie kennengelernt hatte. Wenn man es genau nahm, war Amalia eine Verwandte von ihm und Dinah gewesen. In diesen Tagen hatte ihnen Thomas einen Teil der Schönheiten Cornwalls gezeigt. Endlich hatte Dinah den berühmten St. Michael's Mount besichtigen können, sie waren nach Land's End, dem westlichsten Punkt der britischen Insel, gefahren und hatten verwinkelte, romantische Fischerdörfer wie Polperro, West Looe, St. Ives und Mousehole besucht. Dinah hatte jede einzelne Minute genossen. In dieser Zeit war der Wunsch, länger in England zu bleiben, gewachsen. Natürlich würde sie sich ein Apartment in Helston suchen müssen, da das Cottage im Park von Tredethian zwar für einen Urlaub sehr schön, auf Dauer jedoch zu teuer war.

»Denke an den Brief«, ermahnte Dinah ihren Bruder. »Hast du ihn auch gut eingesteckt?«

»Klar«, erwiderte Kevin und klopfte auf seine Jackentasche. »Dass du in den Zeiten von Internet dir aber noch die Mühe machst, einen Brief mit der Hand zu schreiben …«

In der vergangenen Nacht hatte Dinah ausführlich an ihre Eltern geschrieben, und es schien ihr persönlicher, dies nicht auf elektronischem Weg zu tun. Mit der Hand zu schreiben war etwas Wunderschönes, und sie fühlte sich beim Schreiben ihren Eltern nah. Dinah erzählte nichts über Ellens Geschichte – sie überließ es Kevin, was und wie viel er den Eltern berichten wollte. Stattdessen teilte sie ihnen mit, dass sie vorerst in England bleiben wollte, um ein neues Leben zu beginnen, obwohl sie ihren Eltern keine Rechenschaft schuldig war. Es war ihr aber ein Bedürfnis, dass Olivia und Brandon sie wenigstens ein bisschen verstanden.

In Washington hätte ich auch von vorn anfangen müssen … Die Worte waren nur so dahingeflogen. *Versteht mich nicht falsch, ich liebe und ich vermisse Euch, es ist aber an der Zeit, dass ich mir darüber klarwerde, was ich wirklich möchte. In Amerika würde ich immer nur die Tochter des erfolgreichen Politikers Brandon Osbourne sein. Ich muss aber herausfinden, wer ich wirklich bin. Dir, Dad, wünsche ich natürlich alles erdenklich Gute und dass Du Deinem Wunsch, eines Tages der erste Mann des Landes zu sein, näher kommst. Ja, Dad, ich sehe Dich jetzt direkt vor mir, wie Du die Stirn runzelst. Glaubst Du etwa, ich wüsste nicht, dass Du Präsident der Vereinigten Staaten werden möchtest? Das ist auch völlig okay, denn nur wer Ehrgeiz hat, kommt im Leben weiter. Ich verspreche, spätestens zu Deiner Amtseinführung komme ich wieder nach Hause …*
Dir, Ma, wünsche ich ebenfalls das Allerbeste. Du wärst zweifellos eine ganz tolle First Lady. Ich bin stolz auf Dich! Das meine ich jetzt ganz im Ernst, und es tut mir leid, wenn ich Euch in den letzten Jahren Kummer gemacht haben sollte und nicht immer zeigen konnte, wie wichtig Ihr mir seid. Eltern zu haben ist etwas Wunderbares – auch wenn man oft nicht einer Meinung ist.
Es bleibt Kevin überlassen, was er Euch von unseren Erlebnissen in Cornwall erzählen wird, von mir aus kann er alles

sagen. Nur so viel: Unsere Ahnin Ellen war eine starke und äußerst mutige Frau, auf die wir alle sehr stolz sein können! Es gibt keinen Grund, diese Frau und ihr aufregendes Leben zu verschweigen. Das müsst jedoch Ihr entscheiden.

Ich melde mich bald wieder und bis dahin …

Eure Euch liebende Tochter
Dinah

Epilog

Sie kommen!« Aufgeregt riss Dinah sich die Schürze herunter, warf einen letzten Blick in den Spiegel und rannte so hastig nach draußen, dass sie sich die Hüfte am Türrahmen anstieß.

»Langsam, mein Schatz, deine Eltern werden drei Wochen bleiben. Ihr habt alle Zeit der Welt.«

Der Wagen rollte vor dem Cottage aus, und bevor jemand von innen die Tür öffnen konnte, hatte Dinah diese schon aufgerissen.

»Ma! Dad! Kevin!« Sie wusste nicht, wen sie zuerst begrüßen sollte, und streckte einfach die Arme aus.

Kevin fiel ihr um den Hals, auch ihre Mutter umarmte sie und drückte sie fest an sich, während Brandon abwartend stehen blieb.

»Gut siehst du aus, Dinah. Das Leben in England bekommt dir offenbar«, sagte er und musterte seine Tochter von oben bis unten.

Lachend sah Dinah von einem zum anderen.

»Mir geht es auch blendend, und ich bin sehr glücklich.«

Brandon nickte zufrieden, während Olivia plötzlich in Dinahs Haar griff und daran herumzupfte.

»Was ist denn das? Du bekommst doch nicht schon graue Haare, mein Kind? Dazu bist du nun wirklich zu jung.«

Mit einer flüchtigen Handbewegung fuhr sich Dinah durch den praktischen Kurzhaarschnitt.

»Das ist nur Mehl, ich habe eben Scones gebacken. Kommt rein, sie müssen gegessen werden, solange sie noch warm sind, dann schmecken sie am besten.«

»Seit wann kannst du denn backen?«, murmelte Kevin, und Dinah boxte ihn liebevoll in die Rippen.
Als sie das gemütliche Cottage betraten, sah Olivia sich interessiert um.
»Wo sind denn die Kleinen? Ich bin ja schon so gespannt.«
»Sie schlafen. Wenn wir Tee getrunken haben, werde ich sie wecken. Sonst haben wir nämlich keine ruhige Minute für uns.«
Während sie zu fünft an dem Tisch saßen und sich den cornischen Cream Tea schmecken ließen, betrachtete Dinah ihre Eltern. Olivia war wie immer perfekt geschminkt und gestylt, kaum zu glauben, dass hinter ihr eine Flugreise von mehreren Stunden lag. Unter den Augen ihres Vaters lagen zwar dunkle Schatten der Müdigkeit, ansonsten hatte er aber von seiner Attraktivität nichts eingebüßt. Das Leben als Senator schien ihm zu bekommen, und für die nächsten Wahlen wurde er als Vizepräsident gehandelt, sofern die Republikaner die Wahl für sich entscheiden konnten.
Fast eineinhalb Jahre hatte Dinah ihre Eltern nicht mehr gesehen. Im Sommer nach den ereignisreichen Geschehnissen lud Thomas sie ein, mit ihm nach Schottland zu fahren. Auf dieser wundervollen Reise durch das Hochland wurden sie ein Paar. War es Schicksal oder Zufall, dass Dinah sehr schnell schwanger wurde, obwohl sie eigentlich verhütet hatten? Für Thomas war sofort klar, dass sie heiraten würden, er war kein Mann, der halbe Sachen machte. Auch Dinah war einer Ehe nicht abgeneigt, denn sie liebte Thomas schon lange, was ihr aber erst in Schottland bewusst geworden war. Getraut wurden sie von Horatio Giles, der wenig später tatsächlich nach London versetzt wurde. Dinah musste sich zusammenreißen, um vor dem Altar den nötigen Ernst zu wahren, als sie daran dachte, wie sie einst versucht hatte, mit dem Geistlichen zu

flirten. Das Schicksal ihrer Ahnen schien sich zu wiederholen, als Dinah im folgenden Frühjahr zwei Mädchen das Leben schenkte. Sie und Thomas tauschten nur einen Blick, und die Namen der Mädchen waren klar: Ellen und Belinda.

Als Dinah nach der gemütlichen Teestunde die Kinder herunterbrachte, traten Tränen in Olivias Augen, als sie zum ersten Mal ihre Enkelkinder in die Arme nahm. Dinah konnte sich nicht erinnern, ihre Mutter jemals weinen gesehen zu haben, doch jetzt machte Olivia aus ihren Gefühlen keinen Hehl. Brandon räusperte sich verlegen, und auch seine Augen schimmerten feucht.

»Das hast du gut gemacht«, sagte er mit belegter Stimme.

»Nun, einen Teil habe ich dazu auch beigetragen.« Thomas legte einen Arm um Dinahs Schultern. »Ich freue mich, Sie endlich kennenzulernen, und danke Ihnen für Ihre liebenswerte Tochter.«

»Na ja, das war nicht immer so«, konnte Kevin sich nicht verkneifen zu sagen, und Brandon warf schnell ein:

»Lassen wir doch das dumme Sie. Schließlich sind wir jetzt alle eine große Familie, auch wenn wir auf verschiedenen Kontinenten leben.«

Gegen Abend bat Olivia ihre Tochter, sie auf einem Spaziergang zu begleiten. Sie gingen zum Herrenhaus, dessen Pforten geschlossen waren, und die Strahlen der untergehenden Abendsonne spiegelten sich in den blankpolierten Fenstern. Sie blieben auf dem Hügel stehen, von dem aus man einen schönen Blick auf Tredethian Manor hatte.

»Genau so habe ich es mir vorgestellt«, sagte Olivia leise. »Hier also hat Ellen gelebt, geliebt, gelacht, aber auch geweint. Wenn man Tredethian Manor mit eigenen Augen sieht, ist einem die Geschichte gleich viel näher.«

Dinah nickte. Ihre Eltern hatten sich nie über das, was Ellen und Belinda geschehen war, geäußert, und eigentlich war es auch gleichgültig. Es war lange her, aber wenn sich alles nicht so abgespielt hätte, so würde es sie, Dinah, heute nicht geben.

»Hatte ich geschrieben, dass ich inzwischen stundenweise im Herrenhaus arbeite?«, fragte Dinah. »Ich passe auf, dass die Touristen nichts anfassen oder gar kaputt machen, achte darauf, dass muntere Kinder im Zaum gehalten werden, und führe auch immer mal wieder Gruppen durch das Haus. Besonders gern amerikanische Besucher, denn ich weiß ja selbst am besten, was wir Amis über die Geschichte wissen wollen.«

Olivia blieb stehen und musterte ihre Tochter kritisch.

»Das Landleben bekommt dir gut, auch wenn du schon ein wenig mehr auf dein Äußeres achten solltest. Dein Haar, zum Beispiel …«

»Ist so, wie es ist, am praktischsten«, unterbrach Dinah. »Ma, ich habe keine Zeit für Theater, Kino oder Partys, zumal solche Vergnügungen hier auch rar sind. Der jährliche Kirchenbasar oder mal eine Ausstellung – das sind die Höhepunkte unseres Lebens. Ich muss mich schließlich um zwei Kinder und den Haushalt kümmern, und Thomas …« Dinah lächelte versonnen, als sie an ihren Mann dachte. »Er arbeitet täglich zehn Stunden auf dem Besitz und hat das Recht, am Abend in ein sauberes, gemütliches Zuhause zu kommen und ein anständiges Essen auf dem Tisch zu haben.«

Olivia verkniff sich die Bemerkung, dass Dinah vor nicht einmal zwei Jahren noch ganz anders gesprochen hatte. Sie wusste noch nicht, ob ihr die neue Dinah gefiel, respektierte aber die Entscheidungen ihrer Tochter, denn sie war schließlich erwachsen und inzwischen selbst Mutter. Als hätte Dinah die Gedanken ihrer Mutter erraten, fuhr sie fort:

»Nicht, dass du jetzt denkst, ich versauere als Hausfrau und Mutter. Im Januar beginne ich ein Fernstudium in Kunstgeschichte und Anglistik. Ma, England und seine Geschichte sind interessant und faszinierend, und ich will so viel wie möglich darüber erfahren. Später, wenn die Mädchen älter sind, würde ich gern unterrichten.«

»Du willst Lehrerin werden?« Hätte Dinah gesagt, sie würde nächste Woche zu einem Flug ins All starten, hätte Olivia nicht überraschter sein können, aber Dinah nickte nur.

»Ich möchte versuchen, etwas von der Liebe, die ich für dieses Land empfinde, an andere weiterzugeben. Amalia sagte einmal, ich wäre Ellen nicht nur äußerlich, sondern auch innerlich ähnlich. Auch Ellen hätte gern unterrichtet, dieser Weg war ihr jedoch versperrt.«

»Na ja, mir ist es lieber, du hast mehr von Ellen als von Belinda«, bemerkte Olivia trocken und zwinkerte Dinah verschwörerisch zu. Dann fragte sie übergangslos: »Und Thomas? Bist du glücklich mit ihm?«

Dinah lächelte versonnen.

»Er ist der beste Mann der Welt, und wir sind sehr glücklich miteinander. So muss es zwischen Ellen und Caswyn gewesen sein. Es ist einfach wunderbar, einen Menschen zu haben, den man als zweite Hälfte seines Selbst empfindet. So ist es zwischen dir und Dad auch, nicht wahr? Erst jetzt verstehe ich, warum du deine eigenen Pläne aufgegeben hast, um ganz für Dad da zu sein. Wenn man wirklich tief und innig liebt, dann ist einem das Glück des Partners wichtiger als sein eigenes.«

Wenn Olivia nicht gewusst hätte, dass sie nur eine Tochter hatte und ebendiese vor ihr stand, hätte sie geglaubt, Dinah wäre vertauscht worden. Sie spürte jedoch, dass Dinah trotz allem nicht ihre eigenen Bedürfnisse verdrängte und von ihrem Leben ganz genaue Vorstellungen hatte. Ihre kleine Tochter war endlich erwachsen geworden …

Dinah führte ihre Mutter zu der Kapelle von Tredethian und zeigte ihr das monströse Monument, in dem die meisten ihrer Vorfahren begraben lagen. Dann trat sie zu einem schlichten Grab, das lediglich ein Holzkreuz und ein frischer Blumenstrauß zierten.

»Wir haben Amalia hier begraben dürfen«, sagte sie leise. »Sie verbrachte ihr ganzes Leben auf Tredethian und sollte auch im Tod nicht woanders sein. Es gab zwar einige Probleme und Formalitäten mit dem National Trust, schließlich wurde unserer Bitte aber entsprochen.«

»Und Lydia?«, fragte Olivia. »Was ist aus ihr geworden? Liegt sie hier auch irgendwo begraben?«

Dinah schüttelte den Kopf.

»Als ihre Ziehkinder verheiratet waren und sich gemeinsam um Tredethian kümmerten, entschloss sich Lydia, wegen des besseren Klimas nach Brighton zu ziehen. Dort starb sie dann im hohen Alter von vierundneunzig Jahren.«

Mit einbrechender Dunkelheit zog Feuchtigkeit auf, und es wurde kühl. Die beiden Frauen schlenderten zum Cottage zurück. Im Dachgeschoss hatte Dinah ein gemütliches Gästezimmer für ihre Eltern vorbereitet, während Kevin wieder mit dem Sofa vorliebnehmen musste, denn mehr Räume hatte das Haus nicht. Dinahs Eltern zogen sich früh zurück, da sich allmählich die Nachwirkungen der langen Reise bemerkbar machten. Kevin breitete eine Decke auf dem Sofa aus, und Dinah und Thomas gingen ins Kinderzimmer. Die Mädchen schliefen tief und fest, sie glichen sich wie ein Ei dem anderen. Lediglich wenn sie wach waren, konnte Dinah den Unterschied zwischen ihnen feststellen.

»Ellen … Belinda …«, flüsterte Dinah. »Na, was sagt ihr zu euren Großeltern und eurem Onkel?«

»Ich bin sicher, die Mädchen sind begeistert.« Von hinten legte Thomas seine Arme um Dinah, zog sie an sich und küsste zärtlich ihren Nacken. »Weißt du, dass ich vor dem Besuch deiner Eltern Angst hatte?«

»Du?« Überrascht drehte Dinah den Kopf, damit sie Thomas in die Augen sehen konnte. »Nun gut, sie haben schon ihre Macken, aber im Großen und Ganzen sind sie ganz verträglich. Ich glaube, sie mögen dich sehr, Ma tut es auf jeden Fall.«

»Das ist es nicht.« Thomas sah Dinah ernst an. »Du führst hier ein völlig anderes Leben, als du es in Washington hättest haben können. Ich habe Angst, dass du wieder nach Hause gehen willst.«

»Pst!« Schnell legte Dinah einen Finger auf seine Lippen. »Mein Zuhause ist hier. Bei dir und bei den Mädchen ... und auf Tredethian. Meine Wurzeln sind hier und nicht in den Staaten. Caswyn und Ellen wurden in Cornwall geboren und haben lange hier gelebt. Immer wenn ich im Herrenhaus bin, meine ich, ihre und Belindas Anwesenheit zu spüren. Halte mich nicht für verrückt, aber manchmal, wenn ich vor Belindas Porträt stehe, denke ich, sie zwinkert mir zu und sagt: ›Auch du bist eine Tredethian – vergiss das nie!‹ Ellen ist mir so nahe, als würde sie noch immer in den Räumen leben. Die Einrichtung ist ja vollständig erhalten geblieben, und oft denke ich: In diesem Stuhl hier saß Ellen, in diesem Bett hat sie geschlafen, mit dieser Bürste hat die Zofe ihre Haare gekämmt, und dieses Geschirr hat sie benutzt. Verstehst du, was ich meine?«

»Sehr gut, mein Liebling.« Zärtlich sah Thomas Dinah an. »In deinen Adern fließt das Blut der Tredethians, und das wirst du niemals verleugnen können. Du gehörst hierher wie das Meer und die grünen Hügel Cornwalls.«

Dinah schmiegte sich an ihren Mann und dachte, was für ein

Glücksfall es doch gewesen war, dass ihre Eltern das Haus in San Francisco aufgegeben hatten, denn sonst hätte sie wohl nie etwas von Ellen, Caswyn und Belinda erfahren – und niemals ihr Glück an Thomas' Seite gefunden.